狄仁杰之绝地回异鬼魁

上册

轩胖儿 著

辽宁人民出版社

图书在版编目（CIP）数据

狄仁杰之绝地旱魃 / 轩胖儿著. — 沈阳 : 辽宁人
民出版社, 2020.9
　　（狄仁杰地支传奇系列）
　　ISBN 978-7-205-09901-5

　　Ⅰ.①狄… Ⅱ.①轩… Ⅲ.①推理小说－中国－当代
Ⅳ.①I247.5

中国版本图书馆CIP数据核字（2020）第114895号

出版发行：辽宁人民出版社
　　　　　　地址：沈阳市和平区十一纬路25号　邮编：110003
　　　　　　电话：024-23284321（邮　购）　024-23284324（发行部）
　　　　　　传真：024-23284191（发行部）　024-23284304（办公室）
　　　　　　http://www.lnpph.com.cn
印　　刷：天津光之彩印刷有限公司
幅面尺寸：170mm×240mm
印　　张：32.5
字　　数：500千字
出版时间：2020年9月第1版
印刷时间：2020年9月第1次印刷
责任编辑：赵维宁
特约编辑：李　飞
封面设计：乐　翁
版式设计：█ 鼎籍文化创意　徐春迎
责任校对：耿　珺
书　　号：ISBN 978-7-205-09901-5
定　　价：99.80元（上、下册）

目录

第一章　厄运

自古以来，干旱便与人类的发展形影不离，它的由来众说纷纭，有人说是神明惩罚人类的不敬，命龙王停止降雨，让人间饱受干旱之苦；有人说是人间怨气聚集，令旱魃得以复生，导致干旱发生。

人类无力反抗天灾，就会把希望寄托于神明，奉上祭祀之物，祈求干旱结束。然而神明时常不能及时满足人的愿望，被逼急了的人们会转而相信一些民间邪神，旱魃便是其中之一。

传说旱魃出世，会引起方圆百里大旱，滴水皆无。没人知晓旱魃是否真的存在、祭祀是否有效果，但人间的惨剧随着大面积旱灾不断地发生着。

旱魃凶悍，远比不上人心险恶；天灾虽猛，却不如人祸猛烈。

七月的天气炎热无比，太阳卖力地炙烤着大地，地面被晒得滚烫，空气闷热得仿佛蒸笼一般。路旁的树木无精打采地立着，蔫耷耷的树叶纹丝不动，上面落满了厚厚的一层细灰，知了躲进树荫中无力地叫着。

小刘庄是魏州地区一个普通的村庄，一条清水河将村子一划为二，人们世代以农业、渔业为生。原本激流澎湃的清水河也没能熬得过三年大旱，昨日还勉强可以看到涓涓细流，如今已彻底变成一条长长的沙龙。

村里唯一的水井位于村外的一处洼地，是多年前魏州大旱时挖的。泉水清澈甘甜，源源不断地冒出来，虽说距离村里的路程有些远，大户人家还是愿意让下人到这里来挑井水喝。

但干旱并未放过这口井，存水量不断减少，泉水亦变得浑浊。

为了确保井水分配公平，村正刘龅牙派人把水井围起来并日夜守护，每人每天只提供一碗水。

天气炎热，一碗水哪够用，村民们仍到清水河去挑含有水分的泥浆，用粗布过滤泥沙后饮用。

刘晓雅是小刘庄方圆百里内最美的姑娘，如今却变得蓬头垢面，曾经粉嫩欲滴的嘴唇因干裂而布满血痂。她拖着沉重的脚步来到河边，看到完全干枯的河道惊呆了，任由肩上的扁担和木桶滚落下来。

"老天不开眼，这是断人生路啊……"刘晓雅本想哭，却哭不出眼泪。

一名男子的身影出现在刘晓雅身后不远处，悄悄地走向她，那一双三角眼中充满欲望之火。

男子叫刘大壮，是村正刘龅牙的独子，从小娇生惯养，比起同龄的孩子们来要壮实很多。满脸的横肉和麻子更是极大地增加了他的匪气，小小的三角眼闪着骇人的光。

他家境虽好，却从小缺乏教养，人品极其低劣，欺男霸女的事情没少做。父亲刘龅牙不但没有阻止和教育，反而用财势帮他化解了不少官司，助长了他的嚣张气焰。

正所谓"养不教，父之过"！刘大壮趁刘晓雅不备将刘晓雅奸污，刘晓雅尝试反抗，可她怎是一个壮男的对手？

刘晓雅的遭遇令人心疼，但生活在乱世中，一名弱女子又能怎样？刘大壮满意地躺在沙地上，浑身上下的油腻让人看得恶心。

刘晓雅胡乱抓起衣裳穿好，踉踉跄跄地向家跑去，在她的潜意识中，只有奶奶才能保护她不受欺负！

她气喘吁吁地回到家，含着眼泪打开房门，她愣住了，仿佛一座雕刻好的石人，呆呆地站在门口一动不动，没有任何声音、任何动作，任由眼泪滴落在门前的石板上。

屋中的横梁上挂着一条垂得笔直的麻绳，上面挂着一个人，本来已经佝偻的身体此刻却变得笔直，蓬松的白发在微风中飘荡着，仿佛诉说着曾经受过的疾苦。

"奶奶！"刘晓雅终于缓过神来，号叫着冲上前去，一把抱住了奶奶僵硬了的双腿，用尽全身力气将她放了下来。

老人已经断了气，原本瘦小的身体显得更加干瘪，脸上的肌肉虽然僵硬，却能够看得出表情决绝，两行发黑的血泪显得格外扎眼。

刘晓雅撕心裂肺地呼喊着，却不见怀里的奶奶有半分反应，只有桌上的半碗水随着叫喊声不停地颤抖着。

水本是生命之源，如今却成了杀害奶奶的凶手！

老人知道这场大旱是百年不遇的，甚至超过了六十年前的那场大旱，家里的粮食不多了，水还剩下半碗，只要她还活着，刘晓雅便会一直守在身边，最终的结果就是两人一同死去。

为了能够让刘晓雅走出去，老人毅然地舍弃了生命，将最后半碗水和粮食留了下来，为她留下活下去的希望。

悲伤的情绪笼罩着她，她紧紧搂着奶奶的尸体坐在地上，时间对她来说已经变得没有意义……

在干旱的盛夏，清凉的夜总是会来得迟一些。

当一缕凉风吹进房间，一阵刺耳的吵闹声也随着传进了刘晓雅的耳朵里，让她从悲痛中清醒过来！

声音未落，一群人凶神恶煞地冲进了房间，将不知所措的刘晓雅围在中间。来人正是村正刘龅牙和他的爪牙，看众人的样子，仿佛有杀父之仇一般。

一名长得尖嘴猴腮的人指着她恶狠狠地说道："就是她！你们看，她还穿着大少爷的衣服，就是她将大少爷的精血吸干！妖孽！说不定清水河的水也是她伙同旱魃搞的鬼！"说罢便上前一步，一脚踹在一脸无辜的刘晓雅身上。

"什么？"刘晓雅脸上尽是迷茫，刘大壮祸害了她，她才是受害者！

她的身体本已虚弱到极限，这一脚将她踹得不由自主地松开了怀中的奶奶，躺在了地上。

她没有哭，因为已哭不出声音。

"先别动手，将她绑起来，带到大少爷被害的地方。"村正刘龅牙虽然失去了儿子，却并没有丧失理智，他要用凶手的血祭奠他的独子。

几名壮年男子拿着绳子上前，不由分说，三下五除二便将她捆得结结实实。

……

趁着夜色，众人押着刘晓雅赶往清水河，很多不明情况的邻居们纷纷跟了出来，随着他们一起来到了刘大壮凌辱她的那个地方——清水河河道。

没人在意她是不是无辜，没人在意事情的真相。常年的饥饿和缺水令人们麻木不仁，连自身生命都顾不得，哪还管得了人家的闲事！

早已有人拿着火把守在河道中，远远地望去，一个人躺在河沙上，一丝不挂地蜷缩着身体。

"唉！"刘晓雅叹着气，她不明白刘大壮为什么会死，但转念一想，明不明白已经不重要了。

当刘晓雅走近尸体时，她惊呆了。

眼前并不是肥头大耳的刘大壮，而是一具风干了的尸体，尸体嘴巴张得很大，黄得发黑的牙齿露了出来，双眼处只留下两个深深的窟窿，鼻子部分塌陷下去。

尸身呈现出暗灰色，皮肉干枯紧紧地贴着骨头，整个腹部塌陷，像是被人取了内脏一般。

"这人……这人……"刘晓雅有些说不出话来。

"大壮，我的大壮啊！"村正刘龅牙号叫着瘫倒在地。

他接到了家奴的禀报后，便立刻带着人去抓刘晓雅，还没看见刘大壮的惨状，丧子之痛令他失去了理智，顾不得尊严和威风，手脚并用地向干尸爬去。

人们也没有见过如此惨烈的尸体，纷纷跑远了呕吐着。

"是女魃，旱魃中的王者！"一名村民颤着声音喊道，随后瞪大了眼睛看着周围，似乎是在寻找着女魃的踪迹。

女魃的传说在整个河北道流传很广，传说她是旱魃中的王者，靠吸食强壮男人的精血为生。当村民们看到刘大壮的干尸，第一时间想到的便是女魃作祟。

"女魃吸干了大少爷的精血！"一名家奴对女魃传说深信不疑，将刘龅牙从干尸上拉开，生怕他被沾染上女魃的气息。

刘龅牙愤怒到了极点，双臂一挣摆脱了家奴，站起身一脚踹在刘晓雅的腿窝子上："跪下！"

她"噗通"一声跪倒在地上，面如死灰地对着那具干尸。

"不是我，真的不是我……"刘晓雅头脑中一片空白，她不知道离开刘大壮后究竟发生了什么，他为什么会无缘无故地变成干尸？

"给我乱棍打死！"刘龅牙紧咬着牙挤出了几个字，话语间充满了怨毒。

"不！"刘晓雅开始拼命地挣扎着，家奴们上前将她按在地上。

家奴们的脸上并没有半点怜香惜玉的表情，拎起木棍摩拳擦掌，准备在刘龅牙面前施展身手，以博得他的好感。刘龅牙从一名家奴手中抢过一根棍子，看样子是准备亲自下手！

"轰！轰！"河道下突然传来几声巨响，一阵阵剧烈的晃动伴随而来，令人们站立不稳。

"是女魃要发威了，快跑！"不知谁在人群之中喊了一嗓子。

这句话就像是军令，人们不约而同地向河岸上奔去。家奴们顾不得刘晓雅，架起有些疯狂的刘龅牙就跑。

"轰隆隆！"地面剧烈地震动着，不多时，河道突然冒起了一阵巨大的尘土，将刘晓雅和那具干尸笼罩在其中。

……

不知过了多久，震动终于过去，尘土慢慢消散。跑到河岸上的人们纷纷向河滩望着，呈现在眼前的是一个巨大的深坑，黑黢黢的洞口不断地冒着凉气。

正当人们疑惑时，深坑中突然响起了一阵撕心裂肺的号叫声，叫声仿佛是来自于十八层地狱的恶鬼，绝望、悲惨以及不甘，不断地冲击着人们的神经。

"是女魃的巢穴，快跑！"随着一声怪叫，人们惊慌失措地四散而逃……

第二章　活祭

　　三年的时间说长不长，说短不短。对于生活无忧快乐的人们，时间转瞬即逝，若生活得水深火热，就觉得漫长而痛苦。

　　至公元 696 年，魏州地区已大旱三年之久。近来契丹攻陷临近的冀州并屠城，杀了冀州刺史陆宝积和参与反抗的民众一千二百余人，使得魏州民众人心惶惶，生怕契丹人打过来。

　　魏州刺史独孤思庄神差鬼使地下了一道召集令，令民众集中到魏州城中，帮助修缮城墙守具以抵御外敌入侵，在外敌入侵时，还可以和守军一起参与守城。

　　但他疏忽了一点，粮草。

　　大旱三年已令魏州的粮食储备消耗殆尽，加上其他地区征集来的民工，令这种情况雪上加霜，城内居民缺粮缺水，壮丁又被源源不断地召集进城，再加上战争带来的沉重赋税，民众已到了生存边缘。

　　若无法解决这些问题，契丹大军还没攻进来，魏州便会成为一座死城。

　　没人知道事情会朝着怎样的结局发展，无助的百姓只能走一步算一步，能勉强挨过了今天已属不易，谁还顾得了明天！

　　清晨的阳光不算暴烈，空气却异常闷热，人们感觉出即将到来的一定是极其燥热的一天。

　　城郊一座巨大的女魃祭祀庙外，人山人海、水泄不通，甚至比平时的庙会还要热闹几分，人们纷纷踮着脚，争相向里面望去。

　　宽敞的大殿中，一座巨大的女魃雕像立在尽头处，前面摆放着一座祭台。一人身穿青色道袍，左手捏着法诀，右手持一把桃木降妖宝剑，闭着眼睛念念有词，嘴角却不时地向上撇着，偶尔偷偷地睁开眼睛，看着一旁被捆得结结实实的少女。

天师是传说中道教在人间的代表，帮助人类降妖除魔。招摇撞骗之人利用人们的无知，摇身变为天师，他们本身不具备降妖除魔的能力，可骗得久了，人们相信得多了，也就变得拥有一些"能力"。

祭祀的费用是不能少的，若是用活人来祭祀，骗子还会提出用漂亮而未经人事的少女进行，以满足其色欲。为了掩盖罪行，事后免不了将少女杀死灭口。

天师站在祭台前，此人又矮又胖，皮肤又黑又粗，龅牙凸眼塌鼻梁，满脸麻子，嘴边一个大大的黑痣，黑痣上长着两根长而弯曲的黑毛。

为了祭祀所需，人们将少女清洗干净，并按照天师要求，给其换上了一件薄薄的白色袍子。少女紧闭眼睛，一头乌黑的长发还滴着水珠，水珠顺着精致的脸颊流到了雪白诱人的脖颈上，流到胸前，将身上的长袍打湿。

少女在未被清洗前只是一个流落街头以乞讨为生的小叫花子，人们怎么也想不到，沐浴更衣后，小姑娘竟然出落得沉鱼落雁，隐有与西施比美之意。

男人们的心中开始后悔，悔不该就这样将少女用做活祭。可是事已至此，谁都不敢冒天下之大不韪来拯救少女。人们只好将所有的欲望藏在心底，暗地里叹着气，心中肆意想象一番罢了。

庙中大殿的四周，按照四象八卦的方位点上了蜡烛，摇曳的烛光映在少女脸上，使她显得更加清秀靓丽。

"好了，现在进入祭祀最神秘的施法阶段，你们出去吧！"天师转过身冲着身后的人们说道，他努力地隐藏眼中的欲望之光，防止被人们看出他的企图。

人们愣了一阵，却不愿意将目光从少女的身上收回来。他们知道，一旦离开了祭祀庙，便再也见不到国色天香的少女。等再回来时，少女将会变成一具尸体，那颗美丽的头颅会摆在女魃的祭祀台上。

"行了行了，都出去吧，出去吧！"领头的年长者吆喝着，转身率先离去。

女人事小、祭祀事大，道理人们还是懂的。众人只好依依不舍地收回了目光，纷纷转身离去。

随着"咣当"一声，祭祀庙的大门关上了，耀眼的阳光被大门隔在外面，只有蜡烛微弱的光芒还在努力地照亮着整座庙宇。

"嘿嘿嘿……"天师笑着走到大门处，从门缝向外张望着，见人们远离大门，这才用巨大的木闩将大门闩住。

"放开我，我会给你意想不到的惊喜。"这是少女被抓后所说的第一句话，声音略带着沙哑，却充满了磁性的诱惑力。

他笑了起来。

行走江湖多年，自然会一些功夫傍身，莫说对付眼前的这名少女，就算是对付两名大汉亦绰绰有余，将她放开又能怎样。

"好!"天师转到少女的身后，一面欣赏若隐若现的身体，一面将绳子解开。

……

祭祀庙外的众人焦急地等待着，没有人敢前进一步，甚至连小声说话都不敢，生怕扰乱了天师作法，影响祭祀效果。

活祭的消息传得很快，聚集在庙外的人们越来越多。

一名身穿青色布袍的老人对身旁的人笑了笑，问道："这位小哥，敢问这是庙会吗，聚集了这么多人?"

被问的男人还算热心，急忙做了一个嘘声的手势，凑近了老人的耳朵，小声说道："大旱了三年，大伙儿都是勉强维持生计，哪来的庙会。这是刚建成的女魃庙，正在进行活祭，盼着老天爷能听到百姓的心声，快快下雨。你这大吵大闹的，要是扰乱了祭祀，小心被人打死。"说罢，男人便钻进人群中向前挤了进去，转瞬便不见了踪影。

活祭! 用活人祭祀!

老人听得心中一惊，心道：这都是什么年代了，怎么还用活人祭祀? 这是魏州城郊，距离州府这么近，难道就没有官府的人来管管吗?

想归想，要救人还得有具体行动。老人脸色一正，对身边魁梧的男人说道："先救人，其他事儿容后再说!"

老人便是前往魏州接任刺史的狄仁杰，身边魁梧的汉子则是一路守护他的汪远洋，袁客师穿着一身皂青长袍，挎着腰刀站在一侧，狄仁杰身后跟着两名女子，白衣女子是汪远洋的夫人肖清平，身穿鹅黄色长袍的是白鸽门门主齐灵芷。

"还是让我去吧，活祭一般用的都是未经人事的少女。"一旁站着的肖清平突然纵身而起，像一只燕子一样掠过人群，来到了祭祀庙的门前。

这几年，肖清平跟随汪远洋学习了不少功夫，轻功更是颇得真传。

这一路来除了和袁客师卿卿我我之外，再未发生其他事情，早已闷得难受的齐灵芷哪甘落后，轻身一纵掠过人群，来到了肖清平身边。

庙中传出了男人喘息的声音，听得肖、齐二人一阵脸红。她们对视一眼，正准备破门而入，却听见身后的人们开始议论起来，很多人横眉冷对地指着二人出声喝骂，甚至还有人撸胳膊挽袖子准备上前动手。

齐灵芷本就不是按常规出牌的主儿，听到众人难听的喝骂后心中愈加不爽，心中一股怒气冲了上来，只见她冷冷地哼了一声，飞起一脚踹在门上，巨大的庙门发出"嘭"的一声，胳膊粗细的门闩竟然应声而断，庙门霎时大敞四开。

这些人是见软了欺、见硬了怕，眼见齐灵芷一脚把大门踹开，这份武功绝非常人所能及，谁还敢上前充当出头鸟！

阳光洒进祭祀庙大殿中，天师躺在地面上，呼吸声有些沉重，身体不停地蠕动着。少女衣衫不整地靠在墙角哆嗦着，眼神散乱。

"畜生！"齐灵芷口中骂道，说罢身形一晃，来到了天师身边，伸出五指一把抓在他的脖颈上，轻轻一提，便将其拎了起来。

"哎哟！"天师翻着白眼口中大喊着挣扎起来，因为练过一些内功，险些从齐灵芷的手上挣扎出去。

"哼！"齐灵芷加大力气，她使出传自父亲齐东郡的鹰爪功，手法自不必说，用力之下，竟将天师捏昏。她还是觉得不解气，将其狠狠地抛向地面，天师好像白条猪一般被摔倒地上，滚了两个跟头才停下来。

为了保险起见，肖清平上前并指一戳，封住了天师的一处要穴。天师闷哼一声，头一歪晕了过去。

齐灵芷瞥了一眼天师，啐了一口，脸上露出鄙夷之色，随后来到少女身边，轻声喊着"别怕"，随后将身上的披风脱了下来，盖在了少女的身上。

少女蜷缩在披风中颤抖着，掩面"呜呜"地哭着，眼泪泉水般涌出来。

狄仁杰环顾着众人，长长地叹了一口气。他在叹息着人们的冷漠、愚昧，在光天化日之下发生这种惨绝人寰的事情，人们竟然到了麻木不仁的地步，若长此以往，国将不国。

袁客师、管家狄平两人拨开人群，护着狄仁杰走到了祭祀庙前。

为首的年长者看了看狄仁杰，脸上露出凶狠之气。喝问道："老头儿，你带来的人破坏了祭祀，女魃大神要是发起怒来，将所有水源都给断了，那魏州地区数十万百姓就会断了生路，你能担得了这个责任吗？"

狄仁杰看了看眼前年长者，小声说道："扣帽子的本领倒是不小！"随后他站在台阶上，眼神像利剑一般投向众人，让众人心神一凛，他冷冷地哼了一声，一脸正色地说道："在我大周疆土之内，竟发生用人活祭这种愚昧之事。你们作为大周的子民，不但不加以阻止，还在这里看热闹。若将你们的女儿用作献祭，还会如此说吗？"

"这……这……"年长之人被问得哑口无言，脸变得通红，说起话来磕磕巴巴。

"再看看你们所信任的天师，都干了些什么！"齐灵芷拎着昏死过去的天师来到了众人面前，用力将其抛在地上。

天师被齐灵芷甩开时，衣袍随着散开，身上沾满了泥土，显得狼狈不堪。令人奇怪的是，原本还算是肥肥胖胖的天师，此时看起来好像瘦了一些，皮肤还有些发皱。

第三章　干尸

"这人根本就一江湖骗子，借着祭祀的名头骗钱骗色，你们却为虎作伥，眼睁睁地看着一名少女被他蹂躏，真是天理难容！"汪远洋愤怒了，整个人笼罩在杀气中，右手放到腰间，气势逼人。若有人胆敢发难，那柄缠在腰间的蝉翼刀怕是会立刻飞出取人性命。

"我……我们并不知道这人是骗子啊……"年纪稍长之人被汪远洋的气势吓得脸色苍白，连连后退，踩在了后面人的脚上后差点摔倒。

"乡亲们，大周律例明文禁止使用活人祭祀，违者轻则杖打一百充军边塞，重则杀头偿命。今天之事，鉴于是骗子作恶在前，且尚未造成严重后果，就不再追究你们的责任了，快快离去吧，以后万不得再进行这种伤天害理的祭祀活动了。"狄仁杰大声地斥责着。

他清楚法不责众的道理，尤其是在国难当头的时刻，若用强硬的态度制止，怕会引起众怒，所以便巧借大周律例将注意力引开。

众人听罢开始议论起来，却没有人离去。

面对这场罕世大灾，人们已经走投无路，把全部希望寄托在祭祀女魃上，哪还顾得了一名弱势小女子的性命。

狄仁杰心里明白，若不亮明身份，这场闹剧还会继续下去，于是便冲着汪远洋点了点头。

"这位便是新上任的魏州刺史狄仁杰大人，我手中的便是狄大人的官凭。"汪远洋心领神会，从怀里掏出一本官凭，展开后出示给众人。

"哎呀！真的是刺史大人……"为首的年长者脸上露出羞愧，急忙跪倒在地，冲着狄仁杰磕头，口中不断地喊着"请大人恕罪"。后面的众人见状跟着纷纷下跪，磕着头。

"众位都起来吧，魏州受灾的事情本官都已清楚，此次受皇帝之命前来魏州任职，正是为了此事。请大家放心，狄仁杰定会与魏州的黎民百姓同甘苦共患难，共渡这大灾之年难关。"狄仁杰严肃地说着。

见狄仁杰说得中肯，众人纷纷出言赞叹着，各自表态后纷纷离去，只留下狄仁杰等人。

"客师，将此人带回刺史府，严加盘问，定罪时要从严从重。"狄仁杰一向爱憎分明，对于这种不法之徒，他的手段向来严厉。

袁客师立刻应了一声，与狄平二人上前将天师捆了起来，放在了马背上，捆绑过程中，天师醒了过来，正要张口骂人，袁客师又是一掌砍在他的脖颈上，令他晕了过去。

狄仁杰看了看蜷缩在庙里一直哭泣着的少女，长叹了一口气："清平、灵芷，将她扶到我的轿子上带回刺史府，问清情况，再通知她的家人。"

肖清平和齐灵芷走了过去，将女子扶了起来，送上了轿子。

狄仁杰走进祭祀庙，打量着大殿。

大殿很宽敞，地面是由青条石铺设而成，尽头是一座石质的雕像，雕像前放着一个巨大的供桌，供桌上放着一些贡品和香炉，几根未燃烧完的香烛冒着缕缕烟熏。供桌前面放着一些蒲团，是供人们祭拜时用的。

女魃像不像其他神像、佛像那样充满威严和肃杀，反而看起来比较平易近人，如同寻常的女子一般。细看之下，所刻画的女子眼露桃花、面带狐媚，身上所穿之物甚是暴露。

狄仁杰摇了摇头，虽然路上听到过女魃的传闻，却想不到民间竟然信奉起这等瘟神来，实在是令人匪夷所思。

"走吧！"狄仁杰走出了庙宇，眉头紧皱着。

汪远洋本欲上前询问关于女魃的事情，见他一脸愁容，便没再说什么，一行人开始向城中缓缓走去。刚走到刺史府附近，便见许多衙役捕快将整条大街封锁得严严实实，一副如临大敌的模样。

一名衙役见狄仁杰等人走过来，便走上前，冲着狄仁杰等人大手一挥，喝道："刺史府封道，闲杂人等请绕行！"

汪远洋急忙走上前，向衙役拱手施礼，随后才不急不缓地说道："小哥，我身后这位老爷是新上任的魏州刺史狄大人。"说罢将官凭递了过去。

衙役听后不敢懈怠，急忙双手将官凭接了过去，查验一番，便将官凭还给了汪远洋，冲着狄仁杰跪了下来，苦着脸说道："狄大人，您可来了，独孤刺史好像出事了。"

狄仁杰心中"咯噔"一下，心中突然升起一种不祥的预感，急忙问道："好像出事了? 出了什么事?"

"小的们受了长史大人的令，一直守在外面，里面的情况不太知道，司马大人和各曹的大人都来了，听我们霍头儿说，好像是独孤大人死了……"衙役说到最后声音越来越小，仿佛是怕被周围的人们听见。

"死了!"狄仁杰听后大吃一惊。

天下社稷本为李唐，武则天身为女人，不但成功地掌控朝堂，最终成功入主明堂成为女皇帝。

眼看着李唐天下变成大周，地位低下的女子居然坐在了龙椅上，诸多的李姓王侯和大臣们自然不服，反叛和消极对抗持续不断。

为清除异己，武则天居然滥用佞臣，诬告之风盛行，以来俊臣为首的一批乌合之众横行朝野。一名州刺史的死对于武则天来说算不上什么大事儿，若在平时，死上十个八个都不足为惜。

但魏州的情况不同，先是发生了三年之久的大旱灾，整个地区民不聊生、饿殍遍地。祸不单行，却又在这个时候，契丹首领李尽忠突然率众造反，和妹夫孙万荣杀了营州（今辽宁朝阳一带）大都督赵文翙，而后率兵南下，迅速攻克冀州，并将城中所有官员和参与抵抗的百姓屠戮殆尽，血流成河、哀声遍地。李尽忠却没有半分停下来的意思，在冀州大肆招兵买马、囤积粮草、锻造军备，欲剑指神都洛阳。

消息传出后，立即引起满朝文武的震惊。尤其是河北道附近城池的官员和百姓，几乎每日都生活在恐慌中，生怕哪一天李尽忠打上门来。

魏州距离冀州不过数百里的路程，城墙低矮少修，大营的兵力羸弱，一旦契丹大军打过来，转瞬间便会灰飞烟灭。

独孤思庄在位期间虽说没有政绩，却也没有恶行，准备和狄仁杰交接后，到神都洛阳复命以待任职，在这种关键时刻，刺史独孤思庄竟突然去世，怎能让狄仁杰不震惊?

狄仁杰深吸一口气，缓了缓心神，沉着声音安抚着有些慌乱的衙役："小兄弟你别急，起来说话。本官问你，这消息传出去了吗?"

衙役犹豫了一下后摇了摇头："应该没有，小的们也是刚刚听说。"

"做得很好!"狄仁杰夸赞着。

衙役一听，脸上露出兴奋之色。像他这种小衙役，别说得到刺史大人的夸赞，平时连见都很难见到。

"快带狄大人进去看看！"袁客师焦急地说道。身为捕头多年，他心里清楚，在案发第一时间验看尸体和勘查现场，对于破案会起到至关重要的作用。

"大人请随我来。"衙役立刻起身在前面带路，边走边向其他人介绍狄仁杰。

衙役们听到后纷纷下跪磕头，脸上露出兴奋的神情。狄仁杰的威名远扬，只要狄仁杰在，一切事情皆可平息。

顾不上与衙役们细说，狄仁杰等人跟着衙役快速走进刺史府的大门。

刚进门便见一人迎了上来，此人身穿红色官袍，相貌堂堂，脸上尽显威严之色，冲着衙役喝道："不是告诉过你们不准人进来的嘛，都出去。"

衙役刚想说话，却见那人瞪大了眼睛，望着狄仁杰呆了一下，缓过神来后急忙施礼："下官魏州长史温康骥不知狄大人驾到，未能及时远迎，请大人海涵。"

魏州长史是地方官吏，平时很难见到京官，不过温康骥却有些见识，单凭着狄仁杰的长相和气质便猜得八九不离十。

狄仁杰温和地说道："温大人勿多礼，是本官着急赶路，这才提前些时日到达。"

"阴兵借路"一案后，狄仁杰本应回神都洛阳复旨，向皇帝禀明一切后再领命前往魏州任职，却因为李尽忠叛军攻陷冀州，对整个河北道造成威胁，这才向皇帝呈请临时改变计划，从彭泽直接向魏州进发，一路上马不停蹄，比预计到达的时间提前了很多。

温康骥打量了狄仁杰身后的几人，冲衙役使了个眼色。衙役颇为机灵，急忙施礼告退。

"温大人，他们都不是外人，有什么话你就说吧。"狄仁杰看出温康骥一副欲言又止的模样，知道一定是关于前刺史独孤思庄的事。

温康骥点了点头，表情变得严肃无比，小声地说道："狄大人，出大事了，独孤大人他……他死了！"

"快带我去看看。"狄仁杰叹了一口气，无力地挥了挥手。

温康骥知道狄仁杰的办事风格，立刻转身带着众人向刺史府的后院走去。

刺史府的后院很大，一排房子坐落在众多的树木中，数名衙役守在后院门口，司马梁艾军在院子中与众僚在一起议论着。

见温康骥急匆匆地走了过来，身后还跟着一群人，众人便停止议论，望向温康骥身后的几人，见到为首的老人气质非凡，心中便怀疑来人有可能是到任的刺史狄仁杰。

狄仁杰的大名远播，可魏州远离洛阳，真正见过他的人并不多。

温康骥见众人一脸疑惑，便率先介绍道："诸位，快来拜见新上任的刺史狄仁杰狄大人。"

众僚听后立刻向狄仁杰施礼。

州府的主要官员有三人，刺史手握军政大权，是州府的主官，根据州府地域等级的大小，官职从正五品到正四品不等。长史和司马是刺史的左膀右臂，一个文一个武。整个驻扎在魏州地区的军营都隶属于司马指挥。长史所能掌管的武装力量是捕快和衙役。

狄仁杰急忙出言阻止众人，走到司马梁艾军面前，说道："众位不必多礼，咱们日后多的是机会，还是先看看独孤大人吧。"说罢便跟着温康骥向中间的一间房间走去，司马梁艾军紧随其后，其他的官吏们却因为品级太低不敢跟随，只好留在院子中。

房间中阴冷阴冷的，仿佛一间千年冰窖，里面很宽敞，中间停放着一个巨大木床，上面盖着一张白色布单。

"狄大人，您得有心理准备才行。"温康骥脸上显露惊恐，仿佛被单下面的尸体非常恐怖。

"嗯！"狄仁杰应声着，却并没在意温康骥的话，他断案几十年，什么样诡异的事情没见过，怎么会被一具尸体吓到？

他走到木床前，伸手将白色的布单掀开，看着放在木床板上的尸体，他愣住了，随后倒吸了一口凉气，盯着尸体问道："这……这是独孤大人的尸体？"

温康骥点了点头。

尸体完全干枯，仿佛是在极其干旱的沙漠放置很久，整个尸体缩小到了极点，皮肤皱着，紧紧地包在骨头上，两个眼睛塌陷成了窟窿。

"独孤大人是什么时间死的？"狄仁杰皱着眉头问道。

"禀狄大人，独孤大人是昨天晚上死的！"温康骥说道。

人死后尸体腐烂需要一个极其漫长的过程，如果遇到特殊情况变成干尸，更是难上加难，一夜之间怎么可能变成干尸？

第四章　危机

温康骧叹了一口气，将头撇了过去，像是不忍心再看到尸体，深深地吸了一口气才答道："这正是独孤大人的尸体，千真万确。"

他的声音变得颤抖起来，脸上带着无尽的悲伤之意。

尸体周围放着一些验尸工具，应是仵作已做了初步验尸。

狄仁杰说道："先听听仵作的验尸结果吧。"

温康骧抹了抹眼泪，转身走到门口将仵作叫了进来。仵作向狄仁杰施了一礼，随后走到了尸体前，正色说道："两位大人，卑职已完成验尸，让苦主验看过尸体，确认这具尸体正是独孤大人。"

"狄大人，这一点我可以证明。独孤大人口中右上有一颗牙被硌断了半颗，已有几年的时间了。"司马梁艾军在一旁说道。

仵作上前指着裸露的牙齿，果然，右上排有一颗牙是断掉的，上面的断茬儿快磨平了，显然是旧伤。

"昨天晚上死的？这怎么可能，这具尸体看起来应该放置很久了。"汪远洋一脸惊讶。

袁客师在一旁摇着头表示不解，凭着他数年断案的经验，人死后暴露于干燥空气和暴烈太阳光下，经过大风吹抽，迅速地蒸发体内所有水分，才有很小的可能形成干尸，但整个过程至少需要几个月的时间。若是昨天死的，就算是放在火炉上烘烤，也不可能变成这样。

"唉！狄大人，下官也不敢相信，可事实如此。昨天早上还和独孤大人商议如何迎接狄大人，如何进行交接，想不到只隔了一个晚上便会阴阳相隔。"温康骧带着哭腔说。

"仵作，你说说。"狄仁杰叹了一口气。虽说独孤思庄的死状诡异，却一定有一个造成死亡的原因，对于断案非常关键。

"是，大人。因为有一件案子需要重新审理，独孤大人命小人将当时的验尸结果整理出来，等小人把结果送呈给独孤大人时，应该是子时。"仵作说道。

袁客师立刻接道："也就是说，独孤大人是在子时后遇害的！"

狄仁杰点了点头，示意仵作继续说下去。

仵作走到了干尸的面前，清了清嗓子，一脸正色地说道："死者年龄四十岁，体表没有外伤，验看舌头、喉咙、内脏等处，未发现中毒迹象，尸身呈现干尸状。据小人分析，是全身失去水分而死……"

说到这里，仵作偷偷看了看一旁的温康骥，便不再说话，脸色变得飘忽不定。

"有什么你就尽管说，不要支支吾吾的，狄大人不是外人，你怕什么，难不成我们在场的几个人有谋害独孤大人的凶手不成？"温康骥怒斥道。

"哦。"仵作又转向狄仁杰，继续说道："小人觉得独孤大人应该是死于女魃之手。那女魃神通广大，是旱魃的王者，所到之处不但会造成方圆千里的大旱，而且会给这个地区带来严重的瘟疫。最令人恐惧的是，女魃非常在意自己的容颜，需要男人的精血来滋养，只要是她看中的男子，一定会被她吸尽了精血，死后的模样……"

众人将目光盯向床板上的干尸。

"女魃？"狄仁杰突然想起女魃祭祀庙的那一幕。

"正是这样，现在女魃传说在魏州非常盛行，莫说是民间，就连州府中的众僚都深信不疑。"温康骥说到这里，脸上红了红，显然他对女魃的传说也是相信的。

"无稽之谈，身为大周堂堂五品大员，竟然相信些歪门邪道之说，魏州怎能不乱？"狄仁杰冷着脸训斥着，声音不大却充满威严，吓得温康骥浑身一抖，急忙低下头去。

房间的气氛严肃，使场面变得冷清下来。

狄仁杰叹了一口气："好了，先不说女魃的事儿，袁客师你协助仵作再次验尸。"他这样说的目的是想让袁客师再次验尸，看看还有没有漏洞，却又不至于驳了仵作的面子。

袁客师应声而去，和仵作准备验尸用的工具。

温康骥咳嗽了一声，向狄仁杰说道："狄大人，此间的事情交给他们去做。您看现在已至晌午，下官命厨房做了些吃的，不如……"

狄仁杰知道这顿饭绝不是一顿简单的家常饭,而是一个接风宴,魏州大旱三年、瘟疫丛生,加上独孤刺史在这节骨眼上离奇死亡,这顿饭吃得实在是无味。但狄仁杰初来乍到,很多事都要依仗众官吏,若死板地奉行清廉勤政、铁面无私,为了一顿饭将人得罪了,后续的工作开展会比较棘手,这一点狄仁杰看得很透。

"好吧,咱们一切从简。"狄仁杰说道。

温康骥尴尬一笑,回道:"放心吧大人,肯定从简。"

狄仁杰从温康骥的笑容中看到了一些不安和愧疚,心里一怔。

……

刺史府的客厅面积不大,摆设一应俱全。

温康骥将下属的官吏一一介绍给狄仁杰,梁艾军则是将魏州大营中的将军们做了介绍,众人施足了礼数后才依次落座。

温康骥尴尬地咳嗽两声,示意狄仁杰用餐。

令人意外的是,偌大的桌子上只有四个菜,每人面前一碗白米饭。

一名长相威猛的将军看到桌饭菜如此简单,脸上瞬间变了色,猛地一拍桌子,站起身向温康骥质问道:"温大人,狄大人刚刚到任,接风宴就吃这个?"

这名将领是狄仁杰的崇拜者,对于温康骥的安排很是不满,虽说魏州物资极度匮乏,却不至如此。

"刘将军,你坐下。"司马梁艾军声音不大却不容置疑。

刘将军欲言又止,瞪了一眼温康骥,气呼呼地坐了下来。

狄仁杰呵呵一笑:"魏州的情况我知道,一路上看到百姓们生活极其艰难,咱们能吃上饭已经很好了。再者,独孤大人的事还需处理,简单一些好!来,大家动筷子。"说罢便端起碗,准备吃饭,却见众人没动,只是望着他。

梁艾军见状,急忙打破冷场解释道:"狄大人,请容下官解释。"

狄仁杰环顾众人,见众人并未有动筷子的意思,也只好放下筷子,笑着点点头。

梁艾军、温康骥和刺史府的官吏们皆嘴唇干裂、面如菜色,显然是长期缺水少粮造成的,再看军营中几名将领都是面色红润。

梁艾军的声音有些嘶哑,显然是长期缺水造成的:"契丹叛乱挥军南下,魏州百姓们节衣缩食,将大部分的给养送到军营,保证兵士们的战斗力以防不测。刘将军等人整天在军营中操练,并不知道外面的情况,这才产生了些误会。"

这些话若出自温康骥之口，定会遭到众将反对，可由梁艾军说出，众将只有瞪大了眼睛吃惊的份儿，因为梁艾军不但是分管军事的州官，更是他们信任的老上司——上一任的魏州大营大将军。

"狄大人，这四个菜已是极限，大厨将养的狗杀了这才……下一顿还不知道到哪里去弄些吃的。"温康骥说罢便低下了头，眼圈隐隐有些发红。

大旱三年，魏州早已陷入了水荒和粮荒的状态，却想不到物资匮乏到了如此地步，连刺史府的官吏们都开始为生计发愁，那百姓的生活岂不是更加不堪？

"梁大人，这……末将……惭愧了……"刘将军的脸瞬间涨得通红，磕磕巴巴说不出话来。

为了备战，将领们全时住在军营进行封闭式的苦训，莫说是回家，连大营的门都未曾出过。在他的印象中，魏州还没到水尽粮绝的地步。

"刘将军，此事怪不得你，你们为抵抗契丹叛军入侵做准备，哪能顾得了这些事！"温康骥立刻打了圆场，缓解了众人的尴尬。

"各位大人，百姓乃魏州之本。不如将军营的给养分出一部分，以使城中百姓摆脱困境。"另外一位将军站起身建议道。

"这样也不是办法，不能保证大营中的粮草供给，一旦契丹大军打过来，便是血流成河。"另外一位将军反驳道。

众将纷纷提出意见激烈地讨论着，狄仁杰、温康骥、梁艾军三人皱着眉头沉思，并未参与讨论。过了好一阵，众人见讨论不出什么结果，才渐渐安静下来，目光集中到思索中的狄仁杰身上。

"温大人，梁大人，朝廷的救济银两已运到魏州，为何救济粮还没到？"狄仁杰捋着胡子问道。

刺史独孤思庄忧国爱民，在大旱之初便向皇帝武则天禀报了此地情况，而后又数次奏请赈灾钱粮，同时免除魏州百姓的三年赋税。朝廷原本并未重视魏州之灾，象征性地表示一下也就罢了，直到契丹李尽忠举兵造反后，才意识到魏州是一道屏障，一旦失守会对神都洛阳造成极大的威胁，这才筹集钱粮支援魏州。

梁艾军与温康骥对视一眼，叹了口气："狄大人，押运救济粮的官兵曾经派人来魏州报信儿，当契丹大军攻打冀州时，押运将领便护送救济粮离开了冀州，半月内定会赶到魏州。过去近二十天，却仍没有他们的消息。无奈之下，下官三天前命大营派出一队探马，向冀州的方向探查。如果运送救济粮的队伍进入魏州地界，按路程来说探马今天应该回来了。"

狄仁杰听罢，心中升起了一种不祥的感觉。

冀州既已被契丹攻克，押运粮草的官兵定会尽全力赶来魏州，以防止契丹部队半路抢劫。算上押运将领派出报信人的单程时间，如今至离开冀州的时间是二十多天，远远超出了预定达到的时间。

想到这里，狄仁杰将端起来的饭碗放下，对司马梁艾军说道："梁大人，你立刻与众将点齐一千兵马，要轻装快马，一个时辰后在城门外会合，咱们一同向冀州方向去看看。"

"狄大人，这件事交给下官去做即可，毕竟契丹大军……"梁艾军刚刚说到这里，便被狄仁杰摆手阻止。

"梁大人，这批救济粮关系到整个魏州的生死存亡，本官定要亲自前去，不要劝阻了，快去准备。"狄仁杰斩钉截铁地说道。他做事的风格一向是雷厉风行，魏州的官吏们早有耳闻，决定的事情绝不会轻易更改。

梁艾军放下筷子，冲着众将领使了个眼色。众将纷纷起身，抱拳施礼后随着梁艾军离去。各曹的参军也识趣地离去，转眼间桌子上只剩下狄仁杰、汪远洋、温康骥三人，狄平一脸愁容地站在旁边。

"温大人，有件事情我要问问你。"狄仁杰平复了一下心情说道。

"卑职一定知无不言，不过大人，咱们边吃边谈如何？"温康骥指了指桌子上的饭菜说道。

狄仁杰苦笑了一声："好，好，边吃边说。"

这是他自打离开洛阳以来，分量最重的一顿午餐了。

第五章　女魃传说

"温大人，我一路走来，所到镇甸不见青壮年，只是些老年人和孩子，听人说是州府将青壮年征到城中修缮城墙和制造兵器，可有这等事情？"狄仁杰夹了一块肉问道。

温康骥脸上露出为难之色，沉默了一阵，将筷子狠狠地按到了桌子上，发出"啪"的一声，仿佛下了很大决心："狄大人，既然事已如此，下官就不再隐瞒，那是独孤大人下的召集令。契丹大军血洗冀州的事情令独孤大人非常震惊，找下官与梁大人商量后，定下了坚壁清野的策略，将魏州境内所有的青壮年召到城内帮助修缮城墙和守具，多余的劳动力便帮助锻造兵器箭羽等。等到契丹大军攻城时，还可以作为预备兵员。"

狄仁杰听罢，脸色变得阴沉，他心里清楚得很，独孤思庄这样做无异于自掘坟墓。魏州大旱了三年，已是颗粒无收，再将境内所有的青壮年都召到城中，不但没人种地，断了农耕之道，一旦契丹大军围城，不出半月，城中人口过多导致粮草消耗过快，城池便会不攻自破。且魏州的城墙矮小，再怎么修缮也挡不住凶猛的契丹军队。

没有了年轻劳动力，剩下的百姓生存会变得异常艰难，就算侥幸能挺过这场大灾，灾后的休养生息怕是也很难恢复。

见狄仁杰的脸色倏地一变，温康骥叹了一口气，说道："下官当时就觉得召集令有些不妥，凭借魏州现有的粮草储备，根本支撑不了那么多人，一旦契丹大军围城，切断了补给路线，后果……"

"温大人，既知道这种做法等于将城池拱手送给契丹，为何不加以阻止？"狄仁杰语气中已有了肃杀之意。

"狄大人，下官曾与梁大人多次劝阻独孤大人，可他就是不听，我们是下属官员，没有办法呀，唉！"温康骥一脸冤屈。

梁艾军把脸撇向一旁，显然也是对独孤思庄的做法有些不满。

狄仁杰看了看温康骥和梁艾军两人，心里有了数，脸色逐渐平和下来，说道："好啦，事情过去就过去了，总要有个解决办法。本官先与梁大人带兵探查运送救济粮的情况，温大人带着官吏们将召集来的村民分批次遣散回家，遣散费用就从赈灾款中出吧，数目由你来定夺。"

只要有了遣散费用，遣散难民的差事对于一名长史来说就是件小事，所以狄仁杰并没放在心上，可此时的他未料到，如此简单的事最后竟然发展得大出意外。

温康骥有些犹豫，原本还想说些什么，却只是张了张嘴，最后还是应了下来。

狄仁杰将全部的心思放在救济粮上，并未注意到他的异常表现，若这时稍加注意，事情的发展便不会那样糟糕。

狄仁杰又对身边的狄平说道："狄平，你立刻去告诉客师、灵芷二人，验尸后协助温大人疏散村民，发放救济款。"

狄平应声而去。

一个时辰说长不长，说短也不短，温康骥趁着狄仁杰查看官府公文的功夫，禀报了魏州的现状，同时又把在民间流行很广的女魃传说绘声绘色地讲述出来，若不是他穿着五品官服，怕是会被人认成是说书先生。

狄仁杰学富五车，自然听过女魃的故事，但温康骥所讲却有所不同。

……

传说在上古时期，古华夏部落联盟首领轩辕黄帝与九黎部落首领蚩尤之间展开一场旷世大战，战争的成因比较复杂，在此不再赘述。

参战双方互有胜负，战争已处于胶着状态。

为了获取胜利，蚩尤邀请了大能者风伯、雨师前来助阵。风伯相貌奇特，长着鹿一样的身体，布满了豹子一样的花纹。脑袋如同孔雀的头，头上的角峥嵘古怪，有一条蛇一样的尾巴，可以任意操控大风。雨师能化身为一条赤龙，操控雨雪。

风伯、雨师一出手便将黄帝的兵马打得落花流水，就连黄帝座下战无不胜的大将应龙也败在风伯、雨师手中。无奈之下，轩辕黄帝只好下令退兵千里，以缓兵之计争取时间寻找破解之法。

应龙神性为水，和风伯、雨师相同，并无克制之法。

危难之际，应龙的下属女魃毛遂自荐，说有破解风伯、雨师之法。黄帝一听，大为高兴，立刻封女魃为大前锋讨伐蚩尤。

女魃的属性原本为火，若不控制神力，她的出现则会造成方圆千里的干旱。她正是利用了这一点，才敢于出手相助，帮助黄帝来对抗风伯、雨师的。

一场风伯、雨师和女魃、应龙之间的战斗开始了。

因为属性相克，应龙和女魃很快打败了风伯、雨师，最终将其逐一剿灭。风伯、雨师是天神，临死前将全身的神力化作诅咒，施在应龙和女魃的身上。

诅咒极其恶毒，让应龙、女魃相爱，却因为属性相克无法接近，只要接近，应龙便会变得失去理智、狂躁无比，攻击附近一切，而女魃则会失去原本漂亮的容貌，变得极其丑陋，并且会越变越丑，永远不能复原。

但双方明明爱着彼此，却又不能相见，这种相思之苦令他们痛苦万分。

两人受到了强力诅咒，不能与黄帝一同回到天界，最终只好留在人间。

女魃思念应龙，常常悄悄地接近他，看到他狂暴地攻击着周围一切时，她的心碎了，甚至比她的容貌变丑更加让她心痛。

女魃通过一些仙友得知，三界之内有一种火焰，可以焚烧天神的诅咒，这种火焰名为地狱黑火，只有在地狱最深处才会有。

女魃身为天神，想进入地狱就要放弃一世修为化作鬼魂，若能经得住地狱黑火的考验，便可获得地狱黑火。若经不住考验，则会被留在地狱中，永世接受烈火焚烧不得超生。

为了心爱的应龙，女魃决定冒死潜入地狱拿到地狱黑火，用来炼化风伯、雨师的诅咒。

有一种说法，说恋爱中的女人智商会变得很低，实则这种说法完全不对，而是女人为了心中所爱愿意付出一切，会产生执念，变得无比执着，这句话用在女魃身上，一点也不过分。

为了应龙，她完全不顾自身的安危，明知道地狱黑火的厉害，仍要一试，哪怕被烈火焚烧，哪怕魂飞魄散。

地狱是人们所畏惧之处，对于失去了神力的女魃依然如此。十八层地狱种种的刑罚，几乎令她生不如死，可解除诅咒的信念一直支撑着她挺了下来，这点令掌管地狱的地藏王菩萨都跟着动容。

当她熬过了十八层地狱，来到地狱黑火源头时，其魂魄已非常虚弱。地藏王菩萨被她的诚意和执着所感动，破例让她恢复神力。

借助神力，女魃大显神威，九死一生地通过了地狱黑火的考验，得到了黑火。

地藏王菩萨告知，只要使用了地狱黑火，魂魄便会永远被黑火所蒙蔽，变成十恶不赦的魔！且永远不能恢复正常，更不可能再回到天界。

这就意味着，地狱黑火可以帮助应龙去除诅咒、恢复天神的身份，但也会令女魃变成魔！

女魃并没有犹豫，炼化了黑火后回到人间，来到了应龙的身边。应龙一如既往地狂暴，不断地向她攻击。女魃不忍还手，被打得奄奄一息。

趁着应龙喘息的机会，女魃将地狱黑火使了出来，炼化应龙身上的诅咒。应龙却依然对着女魃狂轰滥炸，几乎将她打得支离破碎。

应龙身上的诅咒被炼化，恢复了正常，同时也因为黑火的炼化失去了之前的记忆，在天界的指引下，不由自主地向天界飞去。他却并不知道眼前深情地望着他的丑陋女子究竟是谁、为什么在这里。

应龙飞回天界后，女魃借助黑火的能力重新创造了身体，她尝试着将脸变得好看一些，却并未成功，依然变成了从前那副极其丑陋的模样。黑火的威力是巨大的，很快便吞噬了女魃的神志，使之变成了魔，一个不懂得控制神力的魔。

由于地狱黑火令其原本的属性更加凸显，所到之处方圆万里皆大旱，同时大旱带来生灵的大量死亡，进而造成了难以控制的瘟疫。因此，她也被人称为"瘟神"。

为了不再继续变得丑陋，她修炼邪法，通过吸取男子的精血来令其变得漂亮。她变成了一个人见人怕的魔头。

人间遭受了大难，人们向天祈祷求助。黄帝得知后，派出水属性的应龙前往人间进行清剿。

失去记忆的应龙完全不记得和女魃之间的爱情，而被黑火蒙蔽神志的女魃更加疯狂，一方是正义的天神，另一方是获得地狱黑火的邪魔，双方势均力敌。在激战中，两人几乎耗尽了所有法力，失去了黑火蒙蔽的女魃恢复了一些神志，想起了和应龙的过往，看到心爱之人即将与她同归于尽时，她的心软了。当应龙发出最后一击时，她放弃了。

全身法力被打散，身躯变得破烂不堪，地狱黑火彻底消失，女魃却因此恢复了从前的容貌。应龙立刻认出了她，那是他深爱着的女魃。

强大的生命即将逝去！

应龙抱着奄奄一息的女魃，在大地上嚎啕大哭，眼泪引发了人间的一场前所未有的大洪水，就连天界的呼唤，都不曾听到。

无奈，黄帝只好降下惩罚，将应龙变成了一尊石像，阻止了罕世大灾。

女魃虽身死，但由于对应龙有执念，一缕魂魄来到了曾经战斗过的地狱，在地狱主事者的帮助下，进入轮回，投胎到人间界中，开始了寻找应龙的漫长之旅。

传说女魃每隔一甲子就会重新投胎一次，人间每隔一甲子就会产生一场罕世的大旱和瘟疫。人们为了让女魃不再危害人间，便会寻找一些漂亮的女子，以活祭的方式来祭奠女魃。女魃投胎转世离开了这个地方，罕世的大旱和瘟疫便离开人间。

……

温康骥讲得精彩，狄仁杰等人听得动容。尤其是汪远洋，听了女魃和应龙的爱情故事后感慨颇深，心中对肖清平更是爱意有加，想当初为了他，肖清平甘愿舍弃所有的仇恨甚至不惜放弃性命，这种舍身的精神又和女魃有什么区别呢？

"女魃给人间带来了灾难，但她的故事又让人同情、令人心痛，心中如同倒了五味瓶一般，不知究竟是什么滋味。"汪远洋长叹一口气说道。

"大英雄开始学会伤感了。"狄仁杰呵呵一笑。对于汪远洋的反应，他有些意外。按照他嫉恶如仇的性格，定会对女魃恨之入骨，恨不得一刀将之劈成两半。如今他却有了不同的见解，这说明他变得更加理性。

"是啊，大人。用您的话说，那叫做人老多情吧。想来，我也是老了。"汪远洋说罢便向狄仁杰看了看，帽檐下一根根不老实的银丝随着风在空中不停地飘舞着，看得他心中一酸。

第六章　被迫改道

狄仁杰冲着送行的温康骧摆了摆手，望着城门外不远处整装待发的大军，双腿一夹，策马向前疾奔而去。

汪远洋急忙策马紧追，两人与梁艾军的大队人马会合到了一起，他们却不知道，更为诡异的事情即将展现在他们眼前。

狄仁杰看着整装待发的大军，心中对司马梁艾军不由得产生佩服之情。看他的年纪并不大，且一直在魏州任地方官员，能够在短时间内将大队人马按照要求集结完毕，能有这样的魄力和能力，实在让人感到意外。

狄仁杰一马当先，向冀州的方向策马疾奔着。这批救济粮乃是整个魏州百姓生死存亡的关键，身为刺史，他怎能不心急如焚？

汪远洋和梁艾军两人一左一右地保护着狄仁杰，生怕他的速度太快，会摔下马来。毕竟他的年纪大了，连日来日夜兼程地赶路，加上缺水少粮，身体状况每况愈下，若不是一个信念支撑着，怕是早就病倒在床了。

大队轻骑兵跟在三人后面，形成了极其壮观的场面。官道上有一些行人艰难行走着，还有一些是三五成群的逃难者，拉一车行李聚集在路边，用漠视的眼神看着经过的大队官兵。

官道两旁有一些人的遗骸，一些食腐鸟和不知名的动物围绕着遗骸，时而为争夺一口肉打起架来。在这场大灾中，死去的人数实在太多，官府人力不够，来不及进行掩埋，过往的路人只好将尸体抛至远离官道的地方，用饿殍遍地这个词形容所看到的景象再恰当不过了。

随着官道向魏州方向的延伸，逃难者的身影越来越稀少，官道两旁的尸骸却越来越多，看得狄仁杰一阵阵唉声叹气。

看来女魃带给魏州民众的不仅仅是一个悲情的故事，更多的是实实在在的死亡！

"大人，您看那边，好像是我们的军旗！"梁艾军指着官道左前方一处喊道，说罢便勒住了缰绳，停在原地，向远处观望着。

果然，左前方很远的地方有一面残缺的军旗斜斜地插在地面上，在风中不停地飘荡着，发出猎猎的声音。

"保护大人，我去看看！"汪远洋把提前准备好的面巾蒙了起来，双腿一夹，马匹远离官道，快速地向军旗奔去。

汪远洋早年从事的是镖师行业，走南闯北也算是颇有见识，但当他策马来到军旗所在位置时，还是愣住了，整个人仿佛石化一般。

呈现在眼前的景象令他震惊，若非之前看到了独孤思庄的尸体，心里怕会承受不住。

干旱了三年，清水河的水早就消失不见，呈现在眼前的除了黄沙还有板结龟裂的淤泥，曾经的鱼虾早已变成干尸和骸骨，横七竖八地躺在河道中。一阵风吹过，沙土飞扬，看起来荒凉无比。

一杆鲜明的军旗斜插在地面一处裂口上，一个穿着军服的人坐在地面上，双手紧紧地握着旗杆。军旗附近，零零散散地卧着十几具同样的尸体，每具尸体的姿势并不一样，有的已经抽出了腰间的长刀，有的手中握着弓箭。

再看手持军旗之人，他露出的双手和整个脸部变得如干尸一般，风干的皮肤紧紧地裹在骨头上，上下嘴唇缩了起来，露出泛黄的牙齿。原本应该是非常合身的军服，此时变得宽大无比，随着风"呼啦啦"地响着。

长刀雪亮，刀刃未受到任何损伤，羽箭软软地搭在弓弦上，装羽箭的箭壶是满的。

干尸！十五具干尸！

从尸体的服饰来看，应该是魏州派出去打探运送赈灾粮的那批探马。

此时，已经不能用震惊来形容汪远洋的心情。

顾不得多想，汪远洋四处查看周边的情况，确认安全后，这才冲着狄仁杰的方向挥了挥手。

梁艾军命大军停止前进，带着部分将领和精兵，保护着狄仁杰向河道策马而来。

在这个冷兵器战争盛行的年代，战争的惨烈场面很常见，尤其是那些领兵将领，更是见多识广。

当他们看到眼前的一幕时，仍被惊得呆住了。众人都屏住呼吸看着，没人愿意发出声音，生怕会引起其他人的不满而遭到呵斥甚至攻击。

大部分军中健儿不愿相信女魃作祟之说，可有些人还是对此深信不疑，虽没说出来，却认定眼前的事情一定是女魃做的，否则没有人可以让十五名精干的探马在没有任何打斗的情况下死去。

梁艾军更是惊讶，他是地道的行伍出身，对探马这个职业非常了解。探马在战斗力上会稍逊骑兵一些，警惕的程度上是远远地超过普通的兵士。莫说是大规模的袭杀，就算是风吹草动，也会令其惊动。

汪远洋是镖师出身，镖师中也有类似于探马这个职业的特性。探马只是用来探查消息的，遇到敌情定会选择撤退，就算是不能全部撤退，至少会有部分人撤回到大本营通风报信，这就是他们的使命任务，可眼前的十五人几乎死在一处，又没有任何搏杀过的痕迹！

"扶我下马！"狄仁杰打破了沉默。汪远洋一个闪身来到马旁，将他扶了下来。

骑兵们在这时便显示出了他们的训练有素，经历了一阵呆滞，很快反应过来。

一名将领挥了挥手，骑兵们便呈蛛网状向四周散去，进行大范围侦察和警戒。

"狄大人，这……这就是我们派出的那一队探马！"一名将领蹲在一具干尸身旁说道。说话的这名将领是专门负责侦察的，对于手下的探马长相特征了如指掌。

"按说运送粮食的队伍应该走官道，探马们也应该在官道上进行探查才是，他们为什么要到远离官道一里外的河道中来，究竟他们发现了什么？"狄仁杰喃喃地说着，说罢又走到那名手握着军旗的探马身前，按照他的样子坐到地面上，顺着他的眼光看去。

"发生了什么事情，令这十几名探马在几乎没有任何抵抗的情况下失去性命？"狄仁杰抬起头望向远处的河道。

众人面面相觑，没人敢回答这个问题，在他们心中，普通人类已经无法做到。

"梁大人，这是清水河吗？"狄仁杰起身后踩了踩板结的沙子。

"正是清水河，我们现在的位置是在河水上游，此处河水较浅，没修建桥梁。魏州城位于河流的中游，再往下游走就是小刘庄了。"梁艾军答道。他对魏州境内的地形很熟悉，这对于一名领兵打仗的将领是必须具备的素质，他的回答令狄仁杰对他又增添几分好感。

"哦。"狄仁杰应了一声，走到其他的干尸前查看着。

太阳毒辣辣地灼烤着大地，欲将大地中的每一滴水蒸发干净。地面散发出惊人的热气，甚至连空气都开始变了形，使众人觉得仿佛置身于火炉上一般。

彭泽到魏州的距离很远，狄仁杰为了早日到达魏州日夜兼程，身体已经透支到了极限，他身体晃了几晃，豆大的汗珠从脸上唰地一下冒出来，脸色也突然变得惨白，他深吸了一口气，闭上眼睛缓息着。

"大人，不如您先回官道与大队人马会合，让他们护送您回府休息，勘查现场的事，就让卑职去做吧。"汪远洋看到狄仁杰的样子有些心疼。

"不碍事，不碍事，远洋，你在这儿陪着我。梁大人，命人将这里的每一寸土地都要好好搜查一遍，不得有任何遗漏。"狄仁杰摆了摆手冲着梁艾军喊着，随后强忍着身体的不适俯下身来，仔细地观察着地面。

过了一阵，一名将领快步走向狄仁杰，将手上的东西递了过来，说道："狄大人，您看，这好像是稻米。"

狄仁杰急忙接了过来，放在手中轻轻地捻了捻。

"是陈年稻米，如所料不错，这就是运往魏州的赈灾粮。"狄仁杰捏着稻米，放到阳光下仔细地看着。

一名骑兵从远处奔了回来，气喘吁吁地跑到狄仁杰的身边，禀报道："狄大人，在前面不远处的河道上发现了大量的车辙和马蹄印。"

狄仁杰应了一声，向前走了一段距离，地面开始变得干硬，跺了跺脚，心中暗道："这里应该是河道中淤泥聚集之处，清水河的淤泥又多为黏度比较大的黄泥，被太阳烘烤后变得坚硬无比，才没有留下车辙印和马蹄的痕迹。前面那处地方应该是流沙较多的河段，虽然表面看起来干枯坚硬，只要有一定重量，便会下陷，形成痕迹。"

"走，去看看！"狄仁杰在汪远洋的搀扶下上了马，跟随着那名骑兵向前策马而去。走了不到半里路的距离，便见数条车辙印和杂乱的马蹄印清晰地印在河沙上。

狄仁杰下马蹲在车辙印前，用手比量了一下车辙印和马蹄印的深度，随后说道："这些印记正是押运赈灾粮的大军所遗留。"

"大人是如何判定的?"梁艾军问道。

"满载粮食的马车留下的车辙印要比空马车的深一些,而拉车的马也会因此吃力,马蹄印也会有所不同,单个车辙印的宽度明显比民间常用的车辙印略宽一些,这是军队运送粮草、器械专用的马车特征,主要是为了防止走泥土道路时陷入而设计的。"

"有道理,有道理!"梁艾军连声赞同着。

"不过,除了这些车辙印和马蹄印之外,再无其他痕迹,也就是说,没有任何其他的军事力量存在!"汪远洋说道。

这就意味着运送赈灾粮的三百铁甲军并未遭遇力量更加强大的军事力量。

报信儿的骑兵走到印记处说道:"狄大人,梁大人,卑职就是在这儿发现的粮食。"

狄仁杰点了点头,对身边的梁艾军说道:"梁大人,看来运送粮食的队伍一定遇到了不可抗拒的力量,迫使其临时改变运送路线,沿着河道向下游走去。"

梁艾军此时心中所想也是如此,可又有一个疑问产生,究竟是什么力量令一只由三百名铁甲精兵组成的护送队伍被迫改变路线?

第七章　诡异的流沙

热滚滚的气浪不断地冲击着，汗水不停地从人们的额头上流下来，滴到地面上转瞬间便不见踪影。

"梁大人，命大队人马立刻沿着痕迹印追击，说不定还能有些收获。"狄仁杰用长袖子抹了抹汗水。

梁艾军的执行力很强，应了一声后，留下了部分精兵保护狄仁杰，随后带着大队人马沿着痕迹追去。

"大人，此件事情非常怪异，背后必有蹊跷。"汪远洋说道。他在做镖师时经常到大漠走镖，遇到过风干的尸体，却需要经过数月的风吹日晒才行。

"你说得很对，绝不是天灾、女魃之类的那么简单，背后很可能还隐藏着阴谋。凶手诡异、智慧过人，并拥有着非常手段，这才能造出如此诡异的假象。"狄仁杰捋着胡子说道，眼神中散发出智慧的光芒。

他并不相信女魃之说，反而认为世间所有怪异之事都是人做出来的，只是手法不尽相同。而人们看到的是表象，看不到事物的本质，这才衍生出各种各样的怪异传说。

"大人，您说会不会是这些探马中了什么毒，造成身体内的水分蒸发干？"汪远洋问道。

狄仁杰摇了摇头："应该不是中毒。探马将兵刃抽出，弓箭搭在了弦上，这足以说明他们遇到了危险，却无法逃走，这才被迫拿起了武器。你做过镖师，应该知道探马若非被逼无奈，不可能正面对抗敌人。"

汪远洋点了点头："我实在是想不通，有什么手段可以令十五名探马在没有任何挣扎的情况下一命呜呼，还在短时间内变成了干尸。就算我将功力提至极限，也只能在一瞬间不留痕迹地袭杀两三个人，再多就没有把握了。若用刀，还可以勉强一试，但用刀就避免不了在尸体上留下痕迹，血液也会飞溅出来，但所有的尸体并未出现伤痕。"

汪远洋的功夫走的是轻灵路子，速度若闪电，说起快速袭杀的功夫，汪远洋在江湖上排名第一当之无愧，如果连他都不能瞬间将十五名探马杀死，就没人可以做到这一点了。

汪远洋又想到了一种可能，便问道："大人，会不会是多人作案？"

狄仁杰摇了摇头，随后说道："这儿的地形空旷，若多人来袭，会更早地惊动探马。这件事情一定是人为的，依仗的力量却未必是人的力量。"

汪远洋叹了一口气，不再说话。世间让他无法解释的事情太多，就连见多识广的狄仁杰都无法给出答案，更何况他。

"怪哉，怪哉。凶手用一种隐秘的手法，将这十五人瞬间杀死，而这种手法之快，甚至令他们来不及恐惧，却反而死得很安详。"狄仁杰通过观察，发现个别探马的脸上只有惊讶的表情，却并无一丝恐惧，大部分探马脸上的表情很平静，就像是在睡眠中死去一样，只是因为皮肤的水分被抽干，看起来比较恐怖。

经过狄仁杰提醒，汪远洋也注意到这点。死亡是人类较为恐惧的事，人们都对其避之不及，自古至今有几人能够做到在死亡面前保持着镇定！

两人正说着，梁艾军带着部分将领回到狄仁杰身边，身后大队人马浩浩荡荡地向河道赶了过来，他和狄仁杰眼神相对时，微微摇了摇头，意思是已经按照您的命令部署下去了，但目前还没有任何消息。

狄仁杰停住了话头，脸色一正，严肃地说道："梁大人，这批粮食的重要性本官不再重复，要不惜代价夺回来。此间若遇怪事，要冷静对待。"他在言辞中特意强调了'夺'这个字，足以说明他心里已认定粮食不在官军的掌控中。

"请大人放心，就算搭上性命，下官也要将粮食找回来，力保魏州城渡过难关。"梁艾军身为司马，领受任务时一副军人做派，听得众军士气为之一振。

狄仁杰点了点头，正欲上马与大队人马一同起程，却感觉眼前一阵眩晕，若不是汪远洋手疾眼快将他扶住，怕是会摔倒在地。

"大人！您怎么样？"汪远洋关心道。

狄仁杰看了一眼远处，河道因为热气上升变了形状，歪歪扭扭，黄色的河沙在阳光的照耀下看起来异常刺眼，他立刻紧闭眼睛，脸色却"唰"地一下变得苍白，豆大的汗珠从额头上冒了出来。

过了一阵，狄仁杰才缓缓地睁开眼睛，叹了一口气："不要紧，年纪大了，身体有些不中用。"说罢又挣扎着想翻身上马，却被汪远洋阻止。

"大人，您现在这个状态，不可能跟着大军一起快速行进，若分心照顾您，就会影响搜索的速度。"汪远洋知道这句话说出来会令狄仁杰黯然伤心，可为了他的身体，却不得不说。

果然，狄仁杰的脸色沉了下来，倔强的性格使他欲反驳几句，转念想了想，汪远洋的话还是有道理的，便叹了一口气，微微地点了点头："远洋啊，我真的老了。这样吧，你与梁大人率领大队人马在前面，留给我一队人马在后面慢慢追赶你们，如何？"

汪远洋看了一眼狄仁杰，眼睛里满是关心之色，犹豫地说道："搜索的事让梁大人去吧，他有能力做好这件事，我留下来陪您。"说话间语气异常坚定，一副不容得反驳的模样。

狄仁杰抬起眼睛看了看他，只是报以微笑，没再说什么，他心里清楚，汪远洋敢于抗命并无他意，只是担心他的身体状况而已。

梁艾军向汪远洋投去赞许的目光，抱了抱拳，随即转过头大声喊道："狄大人，汪兄所言甚是，就让他陪着您吧。众军听令，立刻随本官沿痕迹前行，找到押运官兵！"说罢双腿一用力，马儿嘶鸣一声向前蹿去。

骑兵们纷纷策马前进，轰隆隆的马蹄声再次响起。

狄仁杰接过汪远洋递过来的水囊，喝了几口清水，脸色红润了一些。长长地喘了一口气，说道："在冀州被攻克的前提下，押运队伍的行动应极其保密。可这三百铁甲精兵，却在官道上被某种力量阻止，不得已才转向清水河河道，欲从河道前往中游的魏州，这说明什么？"说罢便将目光投向了汪远洋，意思是让他动动脑筋。

汪远洋思索了一下，回答道："大人，能够将三百人的精兵逼得改道而行，这股力量非常强大或是神秘，可以令押运的将领觉得不敌。退回冀州无异于将救济粮白白送给契丹，情急之下，这才转而进入河道，欲从河道入魏州城。"

狄仁杰说道："你说得很好，我们暂且假设推理一番。在冀州被攻克前，押运队伍带着救济粮悄悄地离开冀州城前往魏州。不知是什么原因，他们的行动被神秘敌人知晓。敌人在官道设下了巧妙的埋伏，令押运的将领产生畏惧，这才率领人马改道而行，准备沿着河道进入魏州城。"

"既然敌人知道了押运的时间和路线，为什么不直接截获赈灾粮？难道敌人故意这样做，就是为了让押运大军转向河道的方向？"汪远洋惊道。

"一语中的。当时冀州还没有被攻克，敌人布置在魏州与冀州之间的军事力量不足以对抗押运的铁甲精兵，于是便展现了诡异的手段，令押运队伍产生恐惧。若是所猜不错，押运的官兵们已经遇难了。"说到这里，狄仁杰悄悄地用宽大的袖子抹了抹眼睛，显然是在为那些殉难的官兵们感伤。

"大人，那梁大人他们会不会有危险?"汪远洋焦急地问道，并抬起头向梁艾军前进的方向担心地看了看。

"不会，贼人针对的只是粮食，只要将这批粮食劫走，契丹叛军便可以不战而胜，到那时，所有人都成了砧板上的鱼肉，何必现在与梁大人的大军硬碰硬。"狄仁杰解释道。

汪远洋若有所悟地点了点头，悄悄地观察狄仁杰，见他的脸色变得红润，这才放下心来，脸上的表情轻松很多。

"远洋，我好些了，扶我上马，咱们追赶梁大人去。"狄仁杰说道。

……

司马梁艾军是地道的兵士出身，靠着过硬的本领一步一步做到如今的位置，论起打仗的勇猛和行军的迅速，直到现在魏州大营中也无人能够出其右。

河道中的淤泥部分被太阳晒得硬硬的，马儿跑起来不算吃力。可原本是河沙之处，表面看起来很坚硬，当马蹄踩踏时，沙壳破裂令马蹄下陷，跑起来颇为吃力。

亏得沙土地面留下车辙和马蹄的痕迹，使大军得以追踪下去。

梁艾军一马当先，突然，他胯下的枣红马人立而起并嘶叫着，险些将他甩下马去，他急忙夹紧双腿，双手紧紧地拉着缰绳。

枣红马停下来后，四蹄不停地原地刨着，不断地仰起头嘶鸣着，任由梁艾军如何催促，却再不肯前进半步，眼中充满恐惧和不安。

梁艾军一手拉住缰绳，一手轻轻地抚摸着油亮的马鬃，试图安抚它。同时抬起头向四周观察着，眼界内并没发现不妥。

枣红马是前些年从契丹进贡来的一批好马中精心挑选出来的，经过精心的训练，成为一匹极其优秀的军马，在经过梁艾军亲自调教后，早已有了灵性，和主人心意相通，虽不能与三国时期的赤兔马相比，却也不会差太多。只要主人下了命令，它便会载着主人冲锋，毫无畏惧。可如今面对一条已经干枯三年的河道，却不肯继续前行，实在有些怪异。

正疑惑着，却见身边有几名骑兵准备纵马超越他向前奔去。梁艾军急忙挥手阻止，并下令所有人原地不动。

"拿长枪来！"梁艾军伸出了手。

一名将领将手中长枪递了过来。梁艾军拿在手中掂了掂，用尽力气将长枪抛了出去，长枪带着呼啸声以优美的弧线飞出去，飞出了四十几丈后，才一头扎下去，半截枪身插入沙土中。

"好！"身后的兵士们发出了一阵阵叫好。要知道，这是一杆骑兵所用的镔铁枪，整个枪身都是用铁制成，非常沉重，主要用于骑兵冲锋时使用，便于贯穿对手的铁甲。经过严格训练的兵士也只能将铁枪投到十丈之外，而梁艾军投出了四十几丈的距离，被兵士们崇拜亦很正常。

正所谓千穿万穿马屁不穿，梁艾军心中一阵得意，他只是凡人，喜欢夸赞褒奖多一些。

正当众人议论时，却见眼前不远处的黄沙突然动了起来，同时发出"沙沙"的声音，在平静的沙地上形成了数个小型的漩涡。

"是流沙！"一名将军瞪着眼睛惊道。

"流沙？清水河怎么会有流沙？"梁艾军目不转睛地盯着眼前的白沙地有些不解。在大漠中生活的人都知道，流沙的形成是多种多样的，有的是沙子因重量不同相对移动产生流沙，有的是因为地下有巨大的地陷，造成流沙现象。

清水河不过是一条不足一里宽的普通河，河水下面的沙子不太厚，不具备产生流沙的条件。但疑惑归疑惑，事实却摆在眼前，且颇通灵性的枣红马也告诉了他这片沙土有危险。

第八章　噩耗

梁艾军感激地拍了拍枣红马的脖子，枣红马嘶鸣一声摇头摆尾地回应着。

"沙沙"的声音持续了很久，像是爬在每个人心头上的密密麻麻的虫子，令在场所有人产生不寒而栗的感觉。

说也奇怪，当声音停止后，那些出现漩涡的地方竟然变得平复如初，仿佛什么都没有发生过一样。

"怪了!"一名将军说道。他曾经在大漠附近的军营服役过，见识过流沙，流沙总有痕迹可循，却不会像眼前这样，来得急促、去得诡异。

梁艾军仔细地看着眼前的河沙，却没发现任何异常。胯下的枣红马却在此时扭动着身体，不停地点着头喷着响鼻，示意可以前进。

"没有我的命令，任何人不得前进。"梁艾军说罢便一抖缰绳，骑着马缓缓地向前走去。

"梁大人!"魏州大营的大将军苑无涯急忙喊道，说罢便欲策马跟进。

"苑将军，服从命令。"梁艾军语气坚定。

"梁大人小心!"苑无涯急忙拉住缰绳，脸上呈现出焦急神色，却不敢再前进半步。

梁艾军在魏州大营当大将军时，苑无涯只是一名校尉，大营中所有人都知道梁艾军的脾气，无论是谁，只要违反了军令，都会遭受严厉的军法处置。

枣红马载着梁艾军向前奔跑着，速度越来越快。

苑无涯和众将军在后面紧张地看着，连眼睛都不敢眨一下，生怕他会突然消失，众人都做好准备，一旦他发生了意外，便会冲上前去进行抢救。

梁艾军的身影越来越小，随着一个弯道的到来，伟岸的身影终于消失。

"大将军，要不要跟上去?"一名副将小心翼翼地问着苑无涯。

苑无涯犹豫了一阵，最终还是摆了摆手："梁大人的脾气你们都知道，这时候跟了上去，咱都得受到军法处置，还是等等吧!"

见苑无涯这样说，众人不敢再说什么，端坐在马上瞪大眼睛向前望着。

等待是世界上最难熬的事情，尤其是在极其危险的状态下，众人的心中仿佛揣着一万个战鼓，心中不停地"怦怦"响着。

过了很久，当苑无涯忍耐到了极限，准备策马冲出去时，一名副将指着远处喊道："梁大人回来了。"

他手指的方向出现了一个小黑点，远处的小黑点迅速地放大着。众人定睛一看，果然是那匹枣红马，梁艾军稳稳地端坐在马上，急速地驱赶着马儿飞奔着。

梁艾军来到众人面前时，苑无涯仍旧在原地一动没动。梁艾军看他所骑马儿四蹄的位置没有变化，便朝着他点了点头，示意赞许。

苑无涯长长地吁了一口气，心中暗自庆幸：幸好梁大人及时回来，再晚上一阵，我就要忍不住冲出去找他，免不了又要受到处罚。

众将领也松了一口气。

梁艾军做事风格，功是功过是过，绝不会混为一谈。也许前一刻还在打你的屁股板子，可打完后，有可能会为了你的功劳摆酒庆祝，勾肩搭背喝酒吃肉。

苑无涯抬头间看到了梁艾军的脸色，霎时间他惊呆了。刚才还是一脸的严肃，现在却变成了一片死灰，整个人阴沉沉的，眼睛冒着凶狠的目光，像是要吃人一般，散发出的肃杀之气，让接近的人都感到不寒而栗。

"梁大人，究竟发生何事?"苑无涯小心翼翼地问道，生怕声音大了，会惹起对方的怒火。

梁艾军终于缓过神来，长长地出了一口气，脸上的凶狠之色淡了下来，取而代之的是难以言喻的悲伤。

苑无涯隐隐感觉事情有些不妙，急忙问道："是不是押运的队伍出事了?"

梁艾军轻轻点了点头，调转马头后挥了挥手，示意大军继续前进。轰隆隆的马蹄声再次响起，却并没有刚才那股勇往直前的气势，仿佛一声声闷雷敲击在每个人的心上。

"都死了，赈灾粮也没了。"梁艾军仰着头看着碧蓝的天空喃喃地说道。

苑无涯并未做声，他能够体会到梁艾军此时的心情，虽说押运救济粮的队伍不是魏州大营的人，可一样也是军人，带着拯救魏州几十万百姓的神圣使命，如今不明不白地死去，怎能不让人悲伤？

苑无涯迫切地想知道前面究竟发生了什么，究竟是什么力量令三百名精兵死亡，于是他开始慢慢加速，冲在整个队伍的前面，过了弯道后不久，他一把拉住缰绳，马儿几乎立刻停住。

沙地上横七竖八地躺着许多兵士，运载粮食的马车安安静静地停着，车上没有粮食，拉车的马匹全部消失。

兵士们的死状和十五名探马相同，皆变成一具具干尸，就像是在干燥而高温的沙漠上放置了多年一样。有的人甚至连兵器都没来得及拔出来，便倒在地上。仔细地观察着死者的面部表情，发现几乎都是一脸平静，并没有死亡前应该出现的那种恐惧。

河道上没有更多的马蹄印和脚印，也没有任何搏杀过的痕迹，死去的兵士身上甚至没有半点伤痕。

"梁大人！"苑无涯的声音变得有些颤抖，若说那十五名探马的死给众人造成了一定的冲击，这三百名押运的官兵的死简直犹如晴天霹雳一般。

三百名铁甲精兵，就算是数倍的人马，也不可能用这么平静的方式将其剿杀。

"一定是女魃在作祟，一定是！"一名副将看到了眼前的景象不由自主地大喊起来。

梁艾军转过头怒视着喊叫中的副将，把手中长枪向地面一挥，一块板结的沙块飞向那名副将的脖颈，只听"啪"的一声，沙块碎成沙粒落了下来，副将的声音戛然而止，涨红着脸再也不敢发出任何声音。

"如再有谣言生事者，斩！"梁艾军厉声喝道，吓得身边的将领们浑身一抖。

百姓们相信女魃传说也就罢了，但军营中的将士们都被这种神魔鬼怪的传说困扰，对于军令如山的军队来说，那就是天大的灾难了。

现场一片寂静，连马儿也不愿意发出任何声。正在这时，一阵马蹄声响起。

狄仁杰等人来到现场，他只看了一眼，便闭上了眼睛，脸色变得铁青。过了好一阵，才极不情愿地睁开，通红的眼中充满悲伤。

在汪远洋的搀扶下，他慢慢地下了马，走到了那些干尸中间。

"大人小心！"汪远洋提醒道。

狄仁杰点了点头，俯下身来，仔细地验看着每一具干尸，当目光望向一名身穿校尉服饰的将领的干尸后，他再次长叹一声。

"梁大人，马上派出人马到四周进行细致的搜索，看看能够找到些什么线索。"狄仁杰吩咐着。

梁艾军听罢，便冲着身后的骑兵们挥了挥手，骑兵们在军官们的指挥下四散而去。令人失望的是，所有的痕迹仿佛到了终点，周围再也没有任何痕迹可言。

"狄大人，您看这里！"一名副将站在一辆马车的旁边喊着。

狄仁杰急忙走了过去，向马车中看去。只见马车上放着一个装粮食的麻袋，麻袋中还有半袋粮食，稻米从一个裂口处流出来，流到马车的木板上，又顺着木板缝隙落到地面上。

狄仁杰伸手抓起一把米，仔细地观察着那麻袋的裂口，用手丈量了一下它的长度。站起身后便走向那名死去的将领，将其腰间的长刀抽出，用长刀在麻袋的其他地方用力地刺了下去。

麻袋被刺出了一个口子，白花花的稻米顺着口子流下来，缓缓地撒到地上。

狄仁杰拔出长刀递给汪远洋，随后用手在麻袋刚刚被刺开的裂口上量着。

只要裂口的尺度一致，就说明这个麻袋上的口子是押运将领故意刺出来的，目的就是为了让稻米流下来撒到地上，方便救援或者是接应的军队有迹可循。若敌人不加以防范，就算劫走了粮食，还是会留下尾巴，前来接应的大部队一定会找到粮食。

"破损处完全一致！押运将领很聪明，知道这批粮食对于魏州的重要性，州府定会派军队前来搜寻。他们中了敌人的埋伏，知道绝对无法躲过此劫，这才想出计策，留下痕迹，以供接应的军队查找他们的下落。可敌人的凶狠和狡猾超出他的想象，还没等到救援的人马到来，押运官兵就被全部杀死，敌人没将粮食连同马车一起带走，而是用了其他的搬运方法搬走粮食，搬动粮食时，发现了这袋被破坏的麻袋，便留了下来。"狄仁杰分析道。

"令人奇怪的是，为什么这些官兵明明知道有敌人的存在，却并不加以抵抗？就算敌人再强大，也可一拼的。"汪远洋对此有些不解。

不但是他，在场所有的军人对此也是不解，究竟是什么样的力量可以使三百名全副武装的精兵毫无抵抗地平静地死去？

狄仁杰点了点头，说道："说不通的地方咱们暂且先放下，以后再慢慢讨论。"说到这里，他低下头看了看地上的沙子，感觉有些不对劲，却又说不上来，用脚踩了踩，思索了一阵后还是没有任何收获，只好作罢。

"梁大人，先将受难官兵的遗体运回州府妥善安置，再命令魏州大营全面进入战备状态，随时应对契丹大军的突袭。另外，此间之事诡异，超出了我等的认知范围，定要严加保密，不准对外泄露半个字，如有违反者，严惩不贷！"狄仁杰吩咐后便与汪远洋两人拉着马步行向前面走去……

狄仁杰话中意思很明显，眼下的事情难以解释，一旦泄露，会引起百姓恐慌，加上救济粮的丢失，民众会弃城而逃，令魏州变成一座死城，魏州大营将士们亦会士气低落，对于今后的战事非常不利。

此时的众人并不知道，真正的凶险并不止于此。

梁艾军转过头看了看身后的众将领，眼神令众人不禁心中一寒。

"都知道应该怎么做了吧？"梁艾军的语气中充满了威严，不容人有任何反抗。

第九章　消失的内脏

狄仁杰在大理寺任职时断案无数，从无错冤假错案，这得益于他对现场的细致勘查和独树一帜的验尸理论。

这次探查现场的结果却令狄仁杰很失望，作案的凶手将现场处理得非常干净，干净得就算狄仁杰亲自来做也无法做到。

几百万石粮食仿佛在人间蒸发，所有的线索都在这个死亡区域终止。

"大人，您看这片沙地，与之前所看到的沙地有些不同。"汪远洋抓起一把沙子，缓缓地从手上漏下去，流到地面上的沙子非常细致柔软，并没有半点硬结，随后又说道："三年大旱，掺有泥土的沙子会产生板结现象，您看这些沙子!"

狄仁杰点了点头，说道："探马们遇害之地和这里一模一样，在整个河道中，这两处的沙地没有板结，与常理不符。"

"难道这些沙子和作案的凶手有关?"汪远洋提出疑问。

狄仁杰看着手上流下去的沙子摇了摇头："现在还不好说。"

他看了看即将要落山的夕阳，叹了一口气，说道："先回去吧，免得温大人和梁大人担心。"

汪远洋扶着狄仁杰上了马，两人沿着河道前行着，马蹄时而踩在硬硬的淤泥地面上，时而踩在泥与沙混合板结的地面上，沙壳破裂以及踏入沙土中发出"沙沙"声。

狄仁杰没有催促马匹，只是端坐在马背上皱着眉头思索着。

不知过了多久，两人终于又返回官道，在路边露宿的难民们毫无生机的眼神令狄仁杰心中一阵难过，强压着心中不忍，策马向魏州城奔去。

两人刚到刺史府门口，早早在此等候的袁客师、齐灵芷迎了上来。

袁客师神色焦急、眉头紧锁，将狄仁杰扶下马后，便急不可耐地说道："大人，验尸结果和仵作的没有太大出入，独孤大人是因为快速失去水分而死，可疑的是死者神情安详，生前并未经历任何痛苦。"

狄仁杰点了点头。

"另外我和灵芷参加了民众的疏散和发放救济款，发现比较严重的问题，是关于……"袁客师说到这里警惕地看了看四周。

狄仁杰立刻会意，摆了摆手："咱们还是回到房间中再说，小心隔墙有耳。"

他的担心不无道理，初来乍到，众人对魏州的情况并不熟悉，官场上的事儿本身就比较复杂，又涉及钱和粮食，说不定其中有大猫腻，这种事看起来很严重，却不是着急就能处理的。

袁客师脸上一红，意识到他刚才的表现有些心浮气躁，想到这里，他心中一阵愧疚，不再说话，拉着齐灵芷的手跟在狄仁杰身后。

狄仁杰有个习惯，无论走到哪里，都会将收藏的书带着，以便随时阅读，从彭泽来魏州上任时，光是书籍便装了整整一马车，幸好上任刺史独孤思庄也是爱书之人，书房的空间很大，其中摆了不少的书架子，一进入房间，一股浓浓的墨香和纸香便扑面而来。

狄仁杰坐在书房中，品着狄春送来的茶水，说道："这些水来之不易，快喝吧！"

狄春也是机灵，立刻给每个人都倒了碗茶。

袁客师品了一口茶水，咂吧咂吧嘴，咧着嘴说："大人，这水难喝得很，可惜了您的好茶。"

齐灵芷暗地里掐了一下袁客师的胳膊，白了他一眼，说道："有的喝就不错了，听说城中最深的井都见了底，百姓们只能保证少量的饮用水，要是再不下雨，魏州城怕是熬不了几天。"

大旱三年，魏州城中的水源几乎枯竭，原本还有一些从乡下运水到城中贩卖的商贩，近来一段时间却越来越少，想必是临近地区的水源也日渐枯竭。为了缓解水荒，州府雇用了一些打井人，直到现在还没打出一口能出水的井。

狄仁杰皱着眉头，沉默了一阵后冲着狄春说道："狄春，到外面守着，任何人不得靠近书房。"

狄春跟随狄仁杰多年，自然明白他们即将要谈的一定是极为隐秘的事儿，施礼后离开房间并轻轻关上房门。

袁客师轻咳了两声，随后开始讲述他和齐灵芷的经历。

……

齐灵芷特爱干净，验尸对她来说绝对是一场噩梦，还没等袁客师说话，她便皱着眉头跑得远远的。

独孤思庄的尸体几乎保持完整，袁客师查看了尸体和尸检记录后，发现仵作之前的验尸几乎是流于形式，没有做更深层次的解剖，只是用硬质的银针刺入腹腔中，又查看了死者的喉部以及指甲等部位，看看是否有中毒的迹象，等等。

袁客师乃是仵作出身，跟随狄仁杰数年，学到了不少验尸手段，对于验尸哪肯如此马虎，但眼前的这具尸体令他伤透了脑筋。

平常所验看的尸体大多是柔软的，有一些甚至是腐烂恶臭的，无论怎样，只需要锋利的刀便可将肉切开，对内脏和骨头进行验查进而得出结论。独孤思庄的尸体却是一具干尸，坚硬的皮肤像是鞣制的皮甲，寻常的验尸刀具根本起不到作用。

"劳烦大哥找一些工具来，细齿锯，还有厚背斧，砍骨头的那种。"袁客师对仵作说道。

仵作愣了一下，点了点头，转身出去，很快便找来了细齿木锯和一柄屠夫用的大砍刀，虽说没完全按照袁客师的要求去找，但也算能实现想要的功能。

袁客师的验尸技术高明，加上敢于下手，把一旁打下手的仵作看得是眼花缭乱，不时地发出赞叹声。袁客师心中颇为得意，对于技术没有丝毫保留，边做边详细地给仵作讲解着。

尸体完全失去水分，更像是一块被完全风干的腊肉，坚韧无比。当两人费劲地扒开腹部时，几乎同时倒吸一口凉气。

人的内脏受到胸腹的骨骼和皮肉保护，就算变成干尸，但内脏还是在胸腹中，可干尸的腹腔中是空的。

"内脏消失了，没留下一点残余。"袁客师将蜡烛靠近了腹腔仔细检查着，生怕是他眼花造成的错觉，随后又用手向里面掏了掏，但胸腹腔中什么都没有！

"这怎么可能！"仵作不敢相信他的眼睛，说话的声音也变了调。他从事这个行业多年，虽没有袁客师见多识广，也算是经验丰富，但从来没有碰到过今天这种情况。

"再仔细看看！"袁客师有一股永远不服输的精神，越是难做的事情，他便越要做明白，否则便会茶不思饭不想。

空空的腹腔中除了有一股尸体的腥臭味道外，再无任何发现。

"会不会内脏是从口部或是魄门被弄走了？"仵作问道。

魄门是指人体排泄之处，他这样说是为了在袁客师的面前显得斯文一些。

袁客师摇了摇头表示否定。人体的内脏很多，若有人将内脏从这两处弄走，想要不留下痕迹很难做到，更何况，把内脏毫无痕迹地弄走并不是一件容易的事儿。

分析归分析，他还是认真检查了口部和魄门两处，没发现任何线索。

"干尸已经够离奇了，内脏又离奇消失，这宗案件果然极其古怪。"仵作喃喃地说着，这是他有生以来遇到的最离谱的事，一时间头脑中一片混乱。

"可以确定独孤大人是死于谋杀，只是杀手的手法很离奇，咱们无法勘破。"袁客师将手中的蜡烛重新放到一旁。

仵作点了点头，接着说道："我实在想不出究竟什么力量能使一个人在短时间内耗干水分，又让内脏消失得毫无痕迹，难道真如传说中所说的那样？"说到这里，他瞪大了眼睛，下意识地向四周看着，一阵风从背后吹来，吓得他一缩脖子。

"你说的是女魃吧？"袁客师有些好奇，语气却很轻松，显然他并不相信女魃作祟的说法。

"小点声，像您这个年纪的青壮年女魃最喜欢，说不定……"仵作看了看袁客师，却不再继续说下去。

女魃的传说有很多版本，喜欢吸食男子精血这种版本流传最广，因为其中会涉及男欢女爱的场面，民间的说书人也愿意用这种版本来讲述，会吸引更多人的眼球。

"你这老头儿，不要胡说。"袁客师听了有些生气，便挥了挥手，示意他不要再说下去。

每一件事的发生都有着众多关键性的元素，任何一个关键元素达不到，事情便不会发生。就像做菜时菜刀切到了手指，首先得决定去做菜，再选定一把刀，切菜时还得发生一些意外，才能使得手被切到。

要是没有仵作的欲言又止，要是袁客师再稳重一些，也许就没有这个故事了。

袁客师挥手时打在了仵作拿着蜡烛的手上，半截蜡烛被打得脱了手，落到了干尸的腹部的皮肤上。仵作急忙伸手去捡蜡烛，慌乱之下被蜡烛烫了手，"哎呀"一声缩回手。

袁客师心中一阵愧疚，毕竟仵作比他年长，做出这样的举动，对人很不尊重。

"抱歉，抱歉，失礼了！"袁客师红着脸道歉。

也许是职业的关系，也许是在社会的最底层，遇到这种事早已习以为常，仵作并未在意袁客师的道歉，只是"唔"了一声，眼睛却盯向了蜡烛掉落的地方。

"小袁神捕，快看这里。"仵作指着还在燃烧的蜡烛。

小袁神捕的美誉传得很快，至少在同行中，鲜有不知道他名号的。袁客师没在乎称呼，急忙凑了过去，看仵作所指之处。

腹部被木锯横向切开，皮肤上被融化的蜡烛覆盖了一小片区域。这片凝固的蜡烛按说应该是光滑的，可在蜡烛片的中间部分有一个针眼大小的小点。

"奇怪，奇怪，蜡烛片上面怎么会有一个小点？"袁客师将身前整根蜡烛拿了起来，递给了身边的仵作。仵作接过蜡烛后，凑近那处蜡烛片照亮着。

袁客师小心翼翼地将蜡烛片揭了下来，蜡烛片下方竟然出现一根蜡针。干燥的皮肤上现出一个比针眼稍微大些的小孔，要是不在意，会将小孔当做皮肤上的毛孔，毕竟人在失去水分变成干尸后，毛孔会变得大些，就算经验丰富的仵作也不会在意。

毛孔很大、很深，甚至贯穿皮肤，蜡滴落到毛孔上时才会渗进去，出现凹陷小点，下方出现蜡针！

"还有很多小孔！"仵作惊道。他又拿起一根蜡烛，尽量地贴近死者皮肤，在光亮的照耀下，皮肤上有很多小孔显露出来。

第十章　长史的困惑

"难道独孤大人的死与这些小孔有关不成？"袁客师伸手拿出一根长长的银针，轻轻地向小孔中插去，银针毫无阻力地插了进去，突破皮肤刺进腹腔中。

他直愣愣地看着透过皮肤的银针，心中设想着无数可能。

过了好一阵，袁客师才从冥想中清醒过来，长出了一口气，揉了揉有些发胀的太阳穴，抬头看着仵作："仵作大哥，咱们虽然没有找到杀害独孤大人的手法，却找到了一条关键线索。"

"您说的就是干尸皮肤上的小孔吧！"仵作有些惊喜，他能猜出个大概，细节问题还是不太明了。

"正是，小孔遍布皮肤，体内水分应该是从这些小孔离开的，内脏也是。"袁客师一脸凝重地说道。

"这……这有些太匪夷所思了吧？"仵作不敢相信袁客师所说，可看到那充满自信的脸，却又不敢提出反对意见。

人体内的五脏六腑怎么可能从针眼大小的孔中流出去！

仵作挠了挠头，犹豫着说道："其实三年前也发生过类似的案件，只是……"

袁客师故作生气的模样，说道："仵作大哥，有什么事情直说好了，难道您不拿我当兄弟看吗？"

仵作支吾了一阵，才小声说道："就是温大人的府宅，有一次发生了火灾，将整座府邸化为灰烬，后来在下葬时，是我去帮忙收殓尸体的，发现残存下来的尸体和现在的情况一模一样！当晚温大人在云康别院喝花酒，算是逃过一劫！不过从那以后，他就像变了一个人似的……不好说，不好说！"

袁客师沉思一阵，随后问道："温大人府上所有人都死了？"

仵作立刻点头："都死了，就剩下温大人一个！不知道上辈子做了多少善事才换来逃过这一劫。"

袁客师若有所思地点了点头："好了，剩下的事情就交给你了，我还要帮助长史大人去遣散民众。"

此时他心中有了数种设想，但想来想去，却都不可能令尸体在那么短时间内变成干尸，更多的设想仿佛凌乱的丝线，令他有些窒息。

一身鹅黄色的齐灵芷见袁客师走出房间，就迎了过来，她哼了一声，将头微微撇过去，噘着嘴说道："怎么那么久？和那帮男人在一起好没劲，温康骧说的都是官话套话，听不懂也不愿意听，你再不出来的话，本姑娘可就自己出去玩了。"

其实齐灵芷早就来到院子里等他，只是嘴上强硬不愿意说软话而已。

见到齐灵芷，袁客师立刻把脑子里面乱七八糟的想法抛到一边，使用轻功闪到齐灵芷身边，赔笑着说道："姐姐，我这也是刚刚完事，正准备去找你。"说罢便笑嘻嘻地向齐灵芷伸手，抓向那双细长而柔嫩的手。

对于他而言，没有比握着齐灵芷的手更加幸福的事情了。

"你刚刚验完尸，手上很臭的。"齐灵芷皱了皱眉头，急忙用手中长剑将袁客师的手拨开，同时身形一闪，闪出一丈开外。

袁客师嘿嘿一笑，闻了闻双手说道："有点臭，的确有点臭。我去洗洗手，马上回来。"

他朝着水井的方向走去，刚走了几步，又转回来，一脸尴尬："井水都干了，别说洗手，再过些天，连喝的水都没了，我用布将手裹起来好了，免得熏着你。"

齐灵芷眼珠微微一转，将长剑剑鞘递了过去。袁客师立刻会意，呵呵一笑，蹲下身体将双手在地面上搓了一阵，站起身来抓住了剑鞘的尾部，两个人拉大锯般一前一后地拽着，乐乐呵呵地向外走去。

天气一如既往地热着，炽烈的阳光将空气烤得有些变形。

温康骧和一群官员站在刺史府大门口，面对着的是一群青壮年苦工。

也许是官员的话没有吸引力，也许是天热令人提不起精神，这些平时精力多得无处发泄的男人们此刻无精打采，目光呆滞地看着官吏们，嘴唇都呈现出龟裂的状态，一道道黑色的血口子与惨白的脸色形成鲜明对比。能来到这里的，身体状态还算比较好，还有一部分身体虚弱的苦工，只能蜷缩在苦工营地。

苦工们因为长期的饥饿和缺水，不愿意浪费力气说话，甚至连眨眼的频率也降低很多。

温康骥脸色红润，吐沫星子乱飞，双手不断挥舞着，说着一些毫无边际的话，和遣散没有半点关系，内容自然都是些关于官府将如何同旱灾做抗争、如何向朝廷申请赈灾粮款的事，仿佛这不是一场关于遣散的动员，而是宣扬州府为百姓做了多少好事的宣传大会。

苦工们关心的是什么时候能够领到食物、水和遣散费，至于州府是如何抗旱救灾，他们并不关心。

齐灵芷想必是之前听得多了，对官样的言辞并不感兴趣，站在一旁左顾右盼着。袁客师看着温康骥喋喋不休，胸中一阵烦闷，要不是强行克制，会忍不住大吼一声。

他有些纳闷，心想：这些官样话说给皇帝听还是很不错的。这些连生存都非常艰难的苦工，怎么可能听得进去？难道温康骥根本不想遣散这些人？

听了好一阵，袁客师才算明白。

原因便在于州府现在无力发放遣散银两，只能动员众人，令其登记造册后先行离开，以便于后来再行补发。

苦工们背井离乡，被一纸号令逼得抛弃家中老小，放弃耕种来到城中修缮守具和城墙，本是无奈之举，此时要是不给遣散费强行将他们遣散，就算回到家中也无法生存。

温康骥文采很好，做了一番声泪俱下的动员，免不了卖弄一番学识，可世代从土里刨食的农民们怎么听得懂文绉绉的话？所以在这件事情上一开始他便落了下乘。

对于遣散银两，狄仁杰是有交代的，让温康骥做主。可做好这件事的前提必须得有银两才行。从温康骥的口中不难得知，府库中已拿不出赈灾银，剩下的银两是留作魏州大营发军饷用的，这笔银两绝对不能挪作他用，否则便是死罪。

温康骥是聪明人，不会为了遣散费擅自动用军饷。至于那笔朝廷发下来的赈灾款，司库参军罗金柱却没能将其运到这里。众官吏看罗金柱的脸色便可以推断，一定是那些银两上出了问题。

这种事情自然不能当着众多民众说出来，一旦消息泄露，民众会聚众闹事甚至会演变成暴乱。到那时，莫说头顶的乌纱帽难保，脑袋也会被砍掉。

狄仁杰的遣散命令是必须要执行的，但又拿不出来钱粮，所以温康骥只得好言劝说。

但众人并不买账，本来那道不应该颁布的召集令已使众人恼怒，到了城中，生活的艰难更是远远地超乎他们的想象，口粮限量，供水限量，完全生活在生与死的边缘。

苦工们还算理智，并未大吵大闹，只是安安静静地站着，听着温康骥不温不火的劝说。这种状态持续了很久，双方都没有退让的意思。

温康骥见到袁客师、齐灵芷二人，便停止了讲演，冲着身旁一名官吏挥了挥手。那名官吏自觉地走过去接替了他的位置，继续劝说不肯离去的民众。

苦工们见换了一名官吏继续游说，知道不会有什么新鲜说法，有人开始拖着沉重的脚步离场；有的人只是叹了一口气，连眼皮都没抬一下；有的人干脆一屁股坐到滚烫的地上，半躺着听官吏讲话。

温康骥来到袁客师面前，用大袖子抹了抹额头上的汗水，一脸苦相地说道："小袁神捕、齐掌门，本官也有难言之隐，银两发不出来，磨破嘴皮，这些人也不肯离去，但狄大人的命令又得执行，只好这样了。"

"朝廷的赈灾银呢?"袁客师问道。

此时他仅仅是猜测府库拿不出赈灾银，还不敢断言。

"这件事情一时间难以说清，不如咱们先进去，边喝水边说如何?"温康骥回头看了看身后的那些民众小声说道。

袁客师与齐灵芷对视一眼，冲着温康骥点了点头，转身进了刺史府。

温康骥走进大门时，回过头冲着官吏们所站的方向看了看，与几名官吏会意地点了点头，随即便向袁客师二人追去。

会客厅中极其闷热，没有一丝风吹过，令人觉得胸中憋闷，汗水流出来浸湿衣裳。温康骥端着一杯浑浊的水，小口地品尝着，看他的表情便知道水一定很难喝，可他还是不愿意将其一口喝干，像是品着太上老君的仙酒一样。

袁客师暗中叹了一口气，端起茶杯，小心翼翼地尝了一口，混合着泥沙又苦涩的味道险些令他吐出来，可他知道这杯水的珍贵，屏住呼吸"咕噜"一口吞了下去。

"小袁神捕、齐掌门，不是本官不执行遣散令，而是府库中根本没有赈灾银呐!"温康骥的话惊得袁客师和齐灵芷目瞪口呆……

第十一章　关键证人

“府库中没有赈灾银?”狄仁杰大吃一惊，脸色变得苍白，一口气吸进胸腔中，好久都没有吐出来!

自打武则天宣布称帝以来，李姓王侯不断起兵造反，加上突厥、吐蕃、等外藩侵扰，国库亏空得厉害。若不是契丹李尽忠、孙万荣两人率众造反，朝廷怕是无法顾及偏远的魏州城。

为了筹集赈灾银，户部东挪西凑好容易才凑齐，若无缘无故丢了，不但对皇帝难以交代，对受灾的民众更是无法交代。

袁客师、齐灵芷等人是江湖人物，平时大大咧咧惯了，自然不会像狄仁杰一般想那么多。不过从常理来说，狄仁杰有这么强烈的反应也算正常。他刚刚到任，前任刺史被人以诡异的手段谋害，朝廷下拨的救济粮被人劫持，这两件事情如同两座大山压顶般令人无法承受。在这个关头，赈灾银又出了岔子，可以说现在的魏州就是一个烂摊子，处理不当便会身陷万劫不复之地。

见狄仁杰的情绪逐渐稳定下来，袁客师才缓缓说道：“大人，我知道这件事情后，便与温大人到府库中查找线索，在司库参军罗金柱的陪同下进入府库。果然，府库只有用于魏州大营发放军饷的饷银，却没有朝廷下发的赈灾银。查找到进出库记录，发现登记簿上有关于这笔银两进出库的记录，出入库记录上有罗金柱和独孤思庄的签名和手印。”

狄仁杰精神一振：“罗金柱在哪儿? 他可曾有什么说法?”

袁客师回答道：“罗金柱支支吾吾地不肯讲，看样子应该知道一些内幕，在我一再逼问下，他才说只有见到了大人才肯说。我将其软禁在刺史府后院的客房内，并派了两名捕快守着，不准其离开房间半步，等着您回来后再做处理。”

“你做得很好。”狄仁杰松了一口气，看向袁客师的目光充满着欣赏之意：

"像这种涉及府库钱款的案件，多半会有司库参军的参与，否则就算是刺史亲自前往，也无法顺利把银两弄出府库。"

袁客师跟随狄仁杰多年，破获过大案要案无数，眼界还是不错的，所以他能够在很短的时间内抓住问题的重点，狄仁杰这一番赞美令他心花怒放，忍不住得意地看向一旁的齐灵芷。

齐灵芷一撇嘴，正要掐他，却又听狄仁杰问道："赈灾银的数目是多少？"

"三百万两。"袁客师急忙躲开齐灵芷的手，举起胳膊比画着。

数字一说出来，令狄仁杰倒吸一口凉气。三百万两是整个朝廷小半年的赋税收入，若无缘无故地失踪，定会引起皇帝武则天的震怒，魏州一众官吏的头颅怕是要悬挂在城门楼上的笼子里了。

"大人，赈灾银是一个月前出库的，独孤大人又在交接的时候去世，会不会太过巧合了？"袁客师问道。

齐灵芷在一旁立刻接道："你的意思是独孤思庄可能涉嫌贪污赈灾银，畏罪自杀或者是被同伙灭口？"

狄仁杰沉吟了一阵，才说道："独孤思庄这条线索已是死无对证，好在罗金柱还在。"

袁客师说道："大人，要不先去审问罗金柱？"

狄仁杰思考一番后，才说道："罗金柱任司库参军多年，官场经验丰富，若无实证，怕是很难令他说出实情，咱们还是先去府库看看，把事情弄清楚，拿到证据后再审罗金柱。"说罢便站起身向外走去。

"大人所言极是，刺史府又不是寻常之地，常人无法进入，还有两名捕快看着他，谅他也跑不了！"袁客师说道。

在审讯嫌疑人之前，到现场进行一番勘查，以谋求一些线索作为审问的突破点，这是狄仁杰办案的一贯风格，但没想到的是，阴差阳错之下，居然酿成了大错。

……

府库守军是独立于刺史府衙门的，守卫极其森严，就连刺史狄仁杰要进入，也要例行搜查一番。进入府库后，映入眼帘的是一排排木架子，上面摆着很多箱子，箱子上都贴着封条，部分散银直接摆放在架子上，在油灯的映照下，发出冷冷的银灰色，令人着迷。

陪同狄仁杰进入府库的是府库守将和几名库丁，库丁职务虽小，对府库却最为熟悉。

通过库丁的介绍，狄仁杰对府库的情况有了大致的了解。府库平时存放的是准备上缴的税银和下发给魏州大营的军饷。魏州遭受旱灾后，为了安抚民众，州府免了民众三年赋税，原本存放在府库的税银充当一部分赈灾银。

按照习惯，大门口是放置军饷的位置，里面则是放置赈灾银的地方。

狄仁杰看靠近大门的架子上并无装有银两的箱子，便问道："不是说靠近门口的位置是存放军饷的，怎么不见了？反而里面赈灾银的箱子还在？"

库丁支吾了一阵，才回答道："狄大人有所不知，这三百万两银子说起来就几个字，搬运可是很费劲的。赈灾的银子入库时是放在里面的，后来提取时，罗大人说银子多，从里面向外运太慢，这才决定将靠近门口的军饷运走，反正箱子是一样的，里面装的银两也是一样，因此外面这一片便空了出来。"

对于这种灵活做事方式狄仁杰并不反对，可总觉得哪里有些不对劲，却又说不上来，只好点了点头。

"说也凑巧，恰好军饷的数量同样是三百万两，两笔银两整个调换了一个位置。这样也好，下次再有银两入库时，搬运时便会很方便。"库丁又解释道。

银子是个好东西，但前提是要是自己的才行，库丁们搬来搬去的都是官银，只能过过眼瘾、手瘾，却不能用。面对大量的银子，他们早已麻木，白花花的银子对他们来说和石头无异。

狄仁杰翻着手中的记录，发现那笔赈灾银刚刚入库后便被一次性提走，从理论上讲，这种做法本身就有问题。赈灾银并不会直接发放到灾民手中，而是用于购买民众生活所需粮食、药材等生活所需以及灾后建设所用，不可能一次性提取出库。

狄仁杰用手指重重地点了点独孤思庄和罗金柱的签名和手印，冷冷地哼了一声："走吧，咱们会会罗金柱。"

走了几步后，狄仁杰又回过头向府库守将和几名司库小吏说道："此间事情尚不明朗，请诸位切勿乱传才是。"

府库守将本就不关心府库里面的事儿，司库小吏职务低微，见刺史大人下了命令，自然是点头哈腰地连连称是。

……

对于看守罗金柱的两名捕快来说，今天并不是一个特别愉快的日子。罗金柱毕竟是司库参军，官职虽不高，但也是正儿八经的朝廷命官，掌握着魏州的经济命脉，平时连刺史、长史都要敬他三分，捕快怎能入他的法眼？在没有任何证据的情况下，还是袁客师下的令把他软禁起来，执行的捕快自然比较为难。

好在罗金柱并未要官威，否则，两名捕快无论如何也不敢阻挡他离开。

两名捕快看到狄仁杰等人到来，急忙上前拱手行礼，同时暗中松了一口气。其中一名捕快忙走在前面，走到房门前打开门。

在开房门一瞬间，门外所有的人都愣住了，屏住呼吸直直地盯着房中。

捕快看到众人的模样，感觉出异状，急忙扭头向房中看去，房中的情景令他大吃一惊，身体晃了晃，重重地靠在门框上，口中发出"啊"的一声，随即用手捂住了嘴，努力不发出声音。

袁客师和汪远洋二人急忙将狄仁杰护在身后，齐灵芷飞身上房，向四周观望着，并未发现任何异常。

汪远洋警惕地走进房中，手一直悬在蝉翼刀的刀柄附近，环顾了房间后，这才松了一口气，示意狄仁杰等人可以进入。

狄仁杰走进房间，走在最后的那名捕快却没跟进来，而是急速向外走去，看样子应该是去向捕头和法曹参军禀报案情去了。

一具干瘪的尸体坐在椅子上，胳膊轻轻地搭在椅子扶手上，手放置于桌上，手里还捏着一个茶杯，茶杯中有半杯茶水。

狄仁杰伸手探了探茶杯，茶水是温的。

房间的布置非常简单，一张床榻、一张桌子、四把椅子，所有的物品都在原来的位置上，没有遭受破坏的痕迹，地面上除了狄仁杰、袁客师、齐灵芷、汪远洋和死者的脚印外，再无其他痕迹。

狄仁杰走到尸体前仔细地验看着，发现尸体的脸部表情无比平静，甚至还有一些难以言喻的快乐在其中，裸露在外的皮肤毛孔粗大，其他的部位没有异常之处。用刀挑开死者的衣袍，露出瘪瘪的腹部。

已经给独孤思庄验过尸的袁客师早有经验，立刻掏出用银针刺探，几乎毫不费力地通过粗大毛孔探进腹腔中。

"大人，从初步的验尸结果看，死者与独孤大人的死状完全一致，全身失去水分，内脏完全消失。"袁客师将银针收了起来。

狄仁杰皱了皱眉头，俯下身来仔细地看着变粗的毛孔，随后说道："客师，此人是罗金柱吗？"

袁客师点了点头，回答道："正是，卑职虽只见过他一面，但印象深刻，从死者的相貌和穿着上看，他就是罗金柱。"

狄仁杰又将整个房间仔细地检查了一遍，向仍旧靠在门上惊魂未定的捕快问道："你莫慌张，我先问你，你在看守期间有没有脱离岗位？"

捕快愣吓得忙跪倒在地，捣蒜般磕着头，结巴着说道："大……大人明鉴，我二人一直守在客房前，从未脱离岗位，请大人明鉴。"

罗金柱乃是赈灾银失踪案的关键，如果因为两人的疏忽被人害死，他们便难逃一死！

第十二章　众志成城

事态严重时还能保持镇静，只有极少数人才能做到这点。

狄仁杰深吸了一口气，努力让心情平复下来，这才语气柔和地说道："这位小哥，你先不要紧张，起身说话。"

捕快看到狄仁杰的表情后，原本紧张的情绪舒缓了一些，点了点头，但仍旧跪着。

"你仔细想想，在看守期间有没有奇怪的事情发生？"狄仁杰尽量放轻声音，上前搀扶起捕快。

"谢谢大人……事情发生得太快，小人愚钝，有些反应不及，您容我想想。"捕快慢慢地站起身，长长地吁出一口气，眨巴着眼睛努力地回想着值守期间的情景。

狄仁杰等人并未催促，各自把目光收了回去。

过了一阵，捕快突然一拍大腿："大人，我想起来了，大约在半个时辰之前，小人听到了一阵'沙沙'的声音，当时我以为是风声，后来就听见房间内的罗大人发出'唔'的一声，听起来像是……呻吟声。"

"沙沙"声还好说些，可能是风声或者是其他的声音，在生活中比较常见。罗金柱所在的房间是刺史府的客房，外面还有两名看守的捕快，在这种前提下，一个大男人在房中发出呻吟声就显得有些怪异了。可捕快认为，罗金柱发出的声音用呻吟声描述却最为恰当。

狄仁杰抬起头看了看院中的大树，树冠上的树叶纹丝不动，没有一点风吹过。

软禁罗金柱还不到两个时辰，一个大活人进了房间，再见到时却变成一具干尸，若是传了出去，怕是又落个女魃作祟的谣言。

"狄大人！"长史温康骥带着法曹刘大人和捕头霍兰山等人匆匆地走进来，

神色有些惊慌。进入房间后，几人的目光立刻投向罗金柱的尸体，不由自主地倒吸一口凉气，缓了好一阵才算缓过神来，冲着狄仁杰按照礼数作揖施礼。

法曹和捕头立刻在尸体周边勘查着，企图找到一丝线索，但现场并未留下过多的信息。

"唉，真是祸不单行，祸不单行。"温康骥说着说着眼泪流了下来，急忙将头撇过去，用大袖子不停地擦拭着。

"刘大人、霍捕头，你二人着手将罗大人的后事处理妥当。"狄仁杰冲着两人招了招手，便带着汪远洋等人走出房间。

在临来魏州之前，狄仁杰的恩师娄师德告诉他，现在的魏州是一汪浑水，上任后不要急着破案立功，而是要先看清形势再做定夺。狄仁杰当时并未在意，但从到任后的情况来看，与其说是一汪浑水，还不如说是一个沼泽泥潭，一个不慎便会深陷其中，万劫不复！

刺史独孤思庄交接前离奇死亡变成干尸，赈灾粮被半路劫走，却毫无线索，押运的铁甲精兵变成干尸，随后，府库中的赈灾银又消失不见，知情的司库参军罗金柱亦同样变成干尸，眼见着案件走进了死胡同。

赈灾银主要用于购买赈灾物资和灾后重建，还可以拖延一阵，但魏州城中缺水少粮，没了赈灾粮，不出一个月，魏州城将会变成一片死寂。

"灵芷，你马上飞鸽传书给彭泽的钟嘉盛，让他无论如何也要想办法帮咱们弄些银两和粮食，尤其是粮食，弄到后，立刻送到魏州来。"狄仁杰吩咐道。

他动用了私人关系实属无奈之举，向朝廷再申请赈灾粮和赈灾银，怕是要数月之后才能到达，但魏州根本挺不到那个时候。

钟嘉盛是江湖上最负盛名的盗王之王，早年以盗墓为生，拥有财富无数。经过"阴兵借路"一案后，他弃暗投明，用全部积蓄从彭泽到洛阳之间建立了几十间嘉盛货栈，收购山货并运送到周边的大城市贩卖，他的收购价格远远超过其他山货贩子，所以颇受百姓拥戴，生意也是越做越大。

"大人，白鸽门也能筹到一些银两。"齐灵芷点了点头说道。

白鸽门主要以收集贩卖信息为主，在两代帮众的努力下也积攒了不少财富，虽谈不上富可敌国，但拿出几十万两银子也不成问题。

狄仁杰一脸正色地看着齐灵芷，言语间有些激动："灵芷，魏州城前有契丹大军攻城，后有灾荒瘟疫，已是岌岌可危。你能够站出来做些事，我……我替魏州的百姓们谢谢你！"说罢便弯腰准备给齐灵芷鞠躬，吓得齐灵芷和一旁的汪远洋急忙架住了他。

"大人，您这就不对了。能够为民众做一些力所能及的事，也算是给白鸽门的帮众积德，您无须这样。"齐灵芷说道。

狄仁杰欣慰地笑着点点头。

齐灵芷早年随青玄师太走南闯北，经历丰富，见识极其广泛，近年来受到狄仁杰的影响颇深，虽身为女子，胸中却装着天下百姓。她原本是富家大小姐出身，对钱没有概念，只要她觉得这件事应该做便会去做，绝不会吝啬。

齐灵芷说完话便拉着袁客师的手蹦蹦跶跶地离去。

狄仁杰目送齐灵芷二人离开，转过身对温康骥说道："温大人，本官有件事要拜托你。"

"狄大人言重了，敬请吩咐，下官赴汤蹈火在所不辞。"温康骥急忙施礼道。

狄仁杰摆了摆手，说道："没那么严重，只是本官初到魏州，还不太熟悉，劳烦你与城中的富户们说说，让他们捐些粮食出来，以解目前的困境。等赈灾粮一到，定会如数奉还。哦，对于愿意提供粮食和银两的大户人家，再免三年的赋税。"

大旱三年，城中的大户能出的、不能出的，都已出过多次，若再逼迫，怕是要惹出乱子，可狄仁杰的话已出口，也不能当面扫他的面子，温康骥只好勉强点了点头，随即转身离去。

狄仁杰在官场混迹多年，早已练就一双慧眼，对于温康骥的为难，他自然看得出，可到了这时，不是一句为难便不去做这么简单的。

"远洋，你随我再去一趟赈灾粮失踪现场，我觉得还是遗漏了什么。"狄仁杰刚说完话，便感觉身体一阵空虚，忙闭上眼睛调整着呼吸。

汪远洋见狄仁杰的脸色变得惨白，额头上的汗水不停地渗出来，嘴唇也在颤抖着，心中一惊，立刻关心道："大人，您怎么了……"

汪远洋的话还未说完，便被狄仁杰挥了挥手阻止："不碍事，备马！"

狄仁杰的语气坚定，容不得他有半点质疑，汪远洋叹了一口气，叫来了一名衙役，令其到后院牵两匹马，而后便站在狄仁杰的身边守着，生怕他晕倒。

一阵轻盈的脚步声响起，院中的众人都被一阵幽香所吸引，朝着脚步声的主人望去。来人正是在城郊女魃祭祀庙中所救下的少女，她用木盘端着一个茶杯走向狄仁杰。少女每走一步，都会牵动着所有人的目光，就像一块磁石可以吸着铁屑一般。

少女走到狄仁杰身前，恭恭敬敬地将手中的茶杯递给了狄仁杰，说道："大人，小女子承蒙大人相救，否则……"话还未说完，精致得无可挑剔的脸上露出悲伤的神情，眼泪随着流下来。

她这一哭不要紧，悲伤的情绪立刻扩散，令在场的人们都跟着心中一酸，险些哭出来。

汪远洋走南闯北见多识广，漂亮的女人见多了，却从未见过眼前的少女这般诱人的，仔细打量了少女一番，发现少女的相貌虽谈不上倾国倾城，却极其耐看。

"小姑娘，你叫什么名字？"狄仁杰接过茶杯轻声地问道，他对少女能够感染他人的情绪有些吃惊，这等天赋若是比较起来，放眼天下，也只有皇帝武则天年轻时才能与之媲美。

少女用袖子拭了拭眼部，慢慢地抬起头，轻声回答道："大人，我叫小露。"

狄仁杰点了点头："小露，你先在这里住下，等你的家人来了，让他们将你领回去，至于那天师，本官定严惩不贷，还你一个公道。"

小露听罢哭得更加伤心，欲张口说些什么，犹豫后还是咽了回去，给狄仁杰和汪远洋施礼后转身朝着客房走去。

直到她的身影消失在客房后，院中的众人才长长地喘了一口气，各自忙碌起来。

……

太阳高高地挂在天空中，不停地灼烤着大地，景象随着扭曲的空气竟然开始变得模糊起来，仿佛幻境一般！

狄仁杰站在赈灾粮消失的地方，查看着周边的地形，又走到那些柔软的沙地上，用手抓起一捧干燥的沙土，任由沙子从手中流到地上。

"大人，卑职还是没有发现！"汪远洋从远处飞奔过来，抹了抹额头上的汗水。

"远洋，咱们在第一次勘查现场时就发现了这个问题。你看这些沙子，为什么这一片沙子没形成板结？"狄仁杰手中的沙子都流到了地上，随即又抓起一把。

汪远洋看着沙子发愣，并未回答狄仁杰的问题，思索了一阵，才缓缓说道："大人，请恕卑职愚钝。"

狄仁杰笑了笑，将手中的沙子扬到一旁，说道："干旱是自然现象，天灾之一。真如民众所传，是女魃造成了干旱，它拥有那么大的法力，为什么不与众多的神明一同争夺人间的烟火供奉！另外，押运赈灾粮的三百名铁甲精兵，战斗力有多强，你应该清楚，他们竟然兵不血刃地被杀死，赈灾粮离奇消失，这些事都发生在这片怪异的沙地上，难道是巧合吗？"

汪远洋摇了摇头，表示依旧理解不了狄仁杰的分析。

狄仁杰呵呵一笑，抹了抹额头上的汗水，说道："我推断这片沙地的怪异一定与这起案件有关。"

"大人分析得极是，不过……"汪远洋欲言又止。

狄仁杰微微点点头，说道："没错，我只知有关，却无法勘破其中的奥秘。"

汪远洋叹了一口气。

"我看了魏州的县志记载，在一甲子之前也有过这样一场旱灾，要是能够找到一些经历过那场旱灾的老人问问，也许会有一些线索。"狄仁杰说道。

汪远洋笑了笑："我这就陪大人去走访民间，前面是小刘庄，右面是杨树沟庄，咱们去哪？"

狄仁杰看了看两个方向，用手一指："杨树沟庄。"

第十三章　暴乱

不知是狄仁杰的威名还是温康骥的三寸不烂之舌起了作用，经过一番劝说后，城中有三家大户人家愿意拿出一些粮食赈灾。事情进展得顺利，温康骥自然高兴，兴奋之余便带着衙役捕快们亲自上阵，在最繁华的街头放粮赈灾。

世间之事就是如此，一帆风顺时，偏偏会出现一些意料不到的事情，不但将之前的顺利打破，甚至会逆转，朝着恶劣的方向发展。

放粮赈灾本来是件好事，提供赈灾粮的大户们落个善人的名儿，还能再减免三年赋税，受灾的百姓们得到了实惠，官吏们得到上级表扬加官晋爵。但这些必须要建立在一个前提下——秩序。

人们已经很多天没吃过饱饭了，加上赈灾粮被劫，粮仓得不到补充，官府每日发放粮食的计划被迫停止。民众家中所存的粮食吃一天少一天，等吃光了粮食，就会面临饿死的命运。人性有自私的一面，尤其是面临生死时。温康骥在得意之时恰恰忽略了这一点。

来领取粮食的人们都想着能够多领些，以便供家人食用，多挨过一些日子。

温康骥虽说身为长史，整天待在刺史府中，与民众打交道的经验很少，眼见着领取粮食的人越积越多，却没意识到危机已近在眼前。

饥饿难耐的人们从侧面插进队伍中，有人将手中的粮食交给亲人后再次加入了排队的行列，有的干脆直接站在亲人朋友的前面加塞儿。

队伍慢慢地乱了起来，正在领取救济粮的人们害怕后面的人挤上来抢，不再等着衙役们一瓢一瓢的慢动作，将手伸向粮食袋子用手捧着，出现哄抢的兆头。

若是此时，温康骥命衙役出面维持秩序，局面还能控制住，可忙着给人们舀米的温康骥哪还能分出身来管这些，原本应该维持秩序的官吏们都在围着温康骥打转，以博取他的好感。衙役们更加不在乎，被眼前的盛况迷惑了眼睛，乐呵呵地站在一旁守着长史大人。

"你竟然敢加塞儿，还有没有王法了？"一个暴怒的声音从人群中传出，喝骂声和打斗声随即而来。

后面的人们见状，纷纷拥挤着上前，有的将瓢抢过来装粮食，有的干脆伸出手向粮袋子抓去，欲将粮袋子据为己有，冲突由原本的灾民之间逐渐演变成灾民和衙役之间，由局部演变成全局。

衙役们一看事情不妙，便护着不知所以的温康骥向外逃去。

远离了哄抢的人群后，温康骥惊魂未定地问身旁的衙役发生了什么事。当他反应过来是人们在哄抢粮食时，先是瞪大了眼睛愣了一阵，然后愤怒地咆哮着："暴民，都是暴民，将所有的衙役和捕快都叫来，把暴民统统抓进牢中，快，快！"

衙役和捕快行动很迅速，但依然比不过玩命的灾民。救济粮很快被抢光，正当灾民们准备各自回家时，人群中不知是谁喊了一嗓子，说附近的一家大户有很多粮食，施舍的粮食也只是他家的一小部分。

人们听到后再次兴奋起来，顾不上施舍的恩情，顾不上温康骥暴怒所带来的恐惧，顾不上前来支援的捕快和衙役，一窝蜂似的朝着一户刘姓的大户人家疯狂跑去。

……

人们冲进大户人家疯狂抢夺，不时地有人背着一些粮食走出大门，也有人趁着机会抢一些值钱的物品出来，虽然刘家有家丁阻拦，但怎能拦住那么多疯狂的灾民？

赶来支援的捕快和衙役对灾民进行抓捕和阻拦，疯狂状态中的灾民却并不在乎官差的身份，竟然与官差对打起来，加入打斗圈子的人越来越多，局面渐渐失去控制……

幸运的是，司马梁艾军得到了消息，急忙调集大营兵马前往暴乱地进行平乱，这才救出了茫然不知所措的温康骥和一众捕快、衙役。

……

刺史府议事厅充满着肃杀之意，虽是盛夏，众人却感到后背一阵阵发凉。

狄仁杰冷着脸坐在上首位置，看着站在下首的温康骥。温康骥脸上有些瘀伤，身上的官袍也被人撕破了，他低着头一言不发，仿佛一个做了错事的孩子。

过了好一阵，狄仁杰将手中的茶杯重重地放在桌上，发出"砰"的一声，吓得温康骥哆嗦了一下，用余光偷偷地望着狄仁杰。

"温大人，你身为魏州长史，处理事情为何如此草率？若非梁大人及时赶到稳住局势，说不定会闹出什么乱子，你……"狄仁杰最后气得说不出话来，又是一掌拍在桌子上。

狄仁杰把放粮赈灾的重任委托给温康骥，却没想到他能办到如此程度。

"狄大人，下官无能，请您责罚。"温康骥红着脸小声说道，脸上显出悔意。

狄仁杰叹了一口气，眼神不再凌厉，语气缓和了一些："好啦，事情既已至此，责罚你又有何用。好在只是抢了一些财物，并未伤及受害人家的性命，否则你头上这顶帽子怕是要摘下来了。"

他心里清楚，温康骥只是对当时的情况失察，导致处置方法不得当，由于梁艾军支援及时，失物基本都找了回来，也没有人员伤亡，算是不幸中的万幸。

"从现在起，府衙上下要同心协力，共同渡过难关，否则咱们不但负了吾皇圣恩，更对不起魏州的百姓。温大人，你明白了吗？"狄仁杰语重心长地说着。

"下官明白，下官明白。"温康骥猛点着头答道，说罢便要跪下来，被狄仁杰一把拦住。

狄仁杰摆了摆手示意："好啦好啦，先坐下吧。"

温康骥脸上露出了感激的表情，谨慎地半个身子坐到了下首的椅子上。

"独孤大人在魏州城中可有房产？"狄仁杰问道。

"有的，就在离刺史府向西不到一里路的临街位置。"温康骥答道。

狄仁杰沉吟了一阵说道："从目前的情况来看，府库中赈灾银两丢失案件应该与独孤大人和司库参军罗金柱有关，可这二人相继死亡，线索似乎断了。"

温康骥表情一动，接着说道："狄大人的意思是说，两人虽已身死，可家尚在。三百万两纹银数量巨大，不可能悄无声息地运出城，而在城中能够藏匿的地方只有自家住宅！"

"先不要妄下定论，让霍捕头前往独孤大人的宅院，秘密进行调查，同时密切关注罗金柱家。梁大人，你负责询问守城的官兵，看看最近有没有大量的马车出城。"狄仁杰说罢便端起茶碗，发现里面已经没有茶水。

梁艾军的作风硬朗，执行力极强，领受任务后拱手施礼转身离去。温康骥拿起茶壶准备给狄仁杰斟茶，发现茶壶中亦是空的，冲着狄仁杰苦笑了一声。

狄仁杰摆了摆手："不用了，现在全城都在闹粮荒、水荒，咱们也省着些吧。"

温康骥露出了钦佩之色，正要拍马屁说上两句，但见狄仁杰难看的脸色后，便悻悻地施礼后告退。

狄仁杰正欲起身到院子中透透气，却看到袁客师、齐灵芷站在门口，汪远洋亦从远处走了过来。

"来，你们三人快进来，我正好有事情要和你们商量。"狄仁杰笑着说道，也不知道为何，见到三人后他觉得异常亲切，也许是和温康骥等官吏间存在太多的官场瓜葛，让人心累造成的。

四人进了房间后，按照座次坐了下来。

齐灵芷抱了抱拳率先说道："大人，我已飞鸽传书给钟大哥。另外我令白鸽门魏州分舵负责将附近几个城池分舵的钱粮全部集中，预计有五十万两，但粮食储备不多，只有几百担。"

狄仁杰听罢又要站起身给齐灵芷鞠躬致谢，被袁客师阻止。

"大人，我给罗大人做了详细的验尸，确认其死因和独孤大人完全吻合，死亡时间无法从尸检中准确地推断出来。但根据两名捕快的陈述，死亡时间应该在一个时辰之内。"袁客师说道。

"法曹和捕头霍兰山怎么说？"狄仁杰问道。

"法曹精通大周律例，断案却没什么经验，完全是外行一个。霍捕头没具体说，只是说这个案件和独孤刺史的案件一模一样，可以并案处理，后来听闻城中出了暴乱，便带着捕快们支援温大人去了。"袁客师回答道。

齐灵芷看了看外面的天，说道："大人，我觉得魏州城目前最大的危机还是水源和粮食，水源为首，粮食其次。"

人可以七天不吃东西，但三天不喝水就会有生命危险，常在江湖上行走的齐灵芷深知其中利害。

狄仁杰投去了赞许的目光，笑着说道："客师啊，你得好好向灵芷学学。"

齐灵芷听罢斜着眼睛看了一眼袁客师，脸上露出得意的神色。袁客师故作羡慕的表情，随后又冲着齐灵芷做了一个鬼脸，逗得狄仁杰呵呵一笑。

狄仁杰见二人又将目光望向他，这才说道："灵芷，你说得很对，粮食和水源是我们急需解决的问题，不过却算不上难题，我已经有了应对的办法。"

"哦，是什么办法？"袁客师、齐灵芷二人异口同声地问道。

狄仁杰和汪远洋相视一笑，却没继续说下去，只是看着袁客师二人，看得他们一阵脸红。

过了一阵，狄仁杰说道："远洋陪我到杨树沟庄走了一趟，拜访了几名年纪很大的老者，其中一人给了我们很好的提示。"

"是什么？"袁客师抢着问道。

狄仁杰朝着汪远洋看了一眼，示意由他来说。

汪远洋清了清嗓子，说道："魏州地区在六十多年前也有这样一场大旱，两场罕世旱灾的开始时间正好相距一个甲子，那场旱灾是被一场暴雨结束的，若是按照时间推算，那场暴雨应该是在一个月后。"

"这……能准吗？"袁客师挠了挠脑袋，脸上写满了疑问。

第十四章　小虎子的发现

司天监正袁天罡熟悉天文历法，推演卜卦更是无人出其右，狄仁杰极其好学，闲暇时从袁天罡处借了一些天文历法推演的古书，想不到这次来魏州却正好用上，他和汪远洋从杨树沟庄的老者们那得知六十年前那场大旱的相关信息，再通过历法推演得出下雨的时间。

看到狄仁杰手上天文历法的书籍，袁客师立刻想起已经去世的父亲，顿时神色黯淡下来。齐灵芷感到袁客师情绪上的变化，悄悄地伸出手将他的手轻轻握住。

"这样说来，一个月之后，水源的问题便会迎刃而解？"齐灵芷问道。

"从理论上讲是这样，不过连人间的事儿都尚且不确定，更何况老天爷，我所学尚浅，只能根据古书算出个模糊时间，没有绝对把握。"狄仁杰苦笑着说道。

推演占卜方法大多比较神秘，如果没有师父领路指点，单凭几本书很难有所突破，狄仁杰能凭借一己之力看懂推演之法并运用，已属不易！

"水源解决了，再把粮食解决，瘟疫就可以抑制住，魏州算是渡过了一场大劫难。"齐灵芷说道。

汪远洋听后脸上露出疑惑的神色，看向袁客师和狄仁杰，却见两人都微微点头。

这也难怪，袁客师继承了父亲袁天罡的天赋，头脑极其聪慧，狄仁杰自不必说，汪远洋却是镖师出身，凭借的是江湖经验和武功，动脑筋的事儿却稍差了一点，对粮食和水能抑制瘟疫的逻辑有些不解。

"独孤刺史遇害、探马死亡、三百铁甲精兵离奇死亡、司库参军罗金柱的死亡，这四个案件有一个共同特点。"狄仁杰说到这里看向袁客师。

"涉案的死者死状完全一致。"袁客师立刻答道。

"一语中的！"狄仁杰夸赞道。

"说明这几桩案子的凶手为同一人！"袁客师听到狄仁杰的夸赞非常兴奋。

"也有可能是同一伙人！"齐灵芷补充道。

"正解，这些案子看起来毫无线索可言，却有一条线索相通，正是刚才客师所说的内容。"狄仁杰说道。

袁客师得意地看了一眼齐灵芷。

"尤其是罗金柱的死，就在眼皮子底下。"狄仁杰眼中露出智慧的光芒。

"凶手很可能在刺史府？"袁客师惊道。

狄仁杰捋着胡子："有这种可能性，不过现在还缺少证据。"

众人再一次陷入沉默。狄仁杰等人初到魏州，人生地不熟，如果凶手是身边人，掌握着狄仁杰的所有动向和破案进程，对破案是极为不利的。

袁客师话题一转又说道："大人，从眼下的线索来看，独孤大人很可能和这桩赈灾银两消失案有关，毕竟，动用大笔银两光是一个司库参军是不够用的。当然，这是客气的说法。"

齐灵芷对官场上的事儿并不了解，好奇地问道："要是不客气地说呢？"

"贪污！"袁客师的话令齐灵芷一愣。

狄仁杰皱紧眉头，显然是对袁客师的话有同感，但涉及一名刺史，在没有证据的情况下妄下定论实属不当："此案疑点颇多，独孤思庄身为朝廷四品大员，为何要冒着如此大的风险贪污赈灾银两，这是其一；其二，独孤思庄提了这笔银子后不久便离奇死亡；其三，身为府库参军的罗金柱显然知道内情，却在严密看管之下被人灭口。"狄仁杰分析道。

袁客师思索一阵后说道："大人分析得极是，无论从哪方面看，独孤刺史和罗金柱都不是受益者，完全没理由贪污。"

狄仁杰正要说话，突然感到一阵眩晕，豆大的汗珠从额头渗了出来，脸色一下变得惨白。

汪远洋看到狄仁杰的状态不对后立刻关心道："大人，您怎么样？"

狄仁杰睁开眼睛勉强笑了笑，说道："不碍事，天气太热了，不如早些休息，省些口水，免得口渴。"

狄仁杰刚到魏州，便被几桩令人头痛的案子缠着，旅途劳顿加上缺水少粮，身体差到了极点，要不是凭借着坚强的意志力，早已支撑不住。

汪远洋等人看着狄仁杰疲倦不堪的脸，不由得一阵心疼，不敢再说什么，

狄仁杰之绝地旱魃

急忙起身告辞。

送走了众人后，狄仁杰躺在床上翻来覆去怎么也睡不着，头脑中不停地想着罗金柱的案子。

罗金柱死亡现场留下了很多信息，茶杯中还有半杯温茶水，说明他临死前还在品着茶水。如果他真涉及贪污，被两名捕快软禁起来，哪还有品茶的闲心逸致。

另外，刺史府的守卫森严，外人很难进入，说明凶手很可能是刺史府内部的人。刺史府的下人杂役很多，尤其是客房所在的院子，开放式的设计，四面八方都可以走到客房。

再者就是这几起案件的死者，如袁客师所说，尸体完全失去水分，内脏离奇消失，而异常之处则是皮肤毛孔粗大很多。

狄仁杰破案无数，却从未遇到如此离奇的案子。

思绪无论多活跃，都抵不住身体上的疲乏，想着想着，一股股的倦意涌了上来，狄仁杰混混沌沌地进入了睡梦中。

······

太阳早早地升到了空中，燥热的空气包围着地面的一切。

捕头霍兰山是地道的魏州人士，破案抓人的天分谈不上，但至少还算勤快。他和两名捕快站在独孤思庄的府门前犹豫了好一阵，最终还是走到门前叩了叩门环。

过了一阵，大门内一阵脚步声响起，一个苍老的声音从里面传了出来："谁呀？"

霍兰山报上名字，大门里面的人随即叹了一口气。

不久前，这扇大门还不是霍兰山这等小捕头所能敲的，可时隔不久，他便站到了这里，而且还要调查刺史大人贪污赈灾银一事。

世间的高低贵贱又有谁能说得清楚！

大门"咯吱"一声打开了，一张苍老的脸出现在他的面前。

老人是独孤府的管家，也是刺史独孤思庄的表叔。独孤思庄出事后，夫人伤心欲绝，每天以泪洗面，无暇顾及身后事，所有的丧事都是由老管家负责操办的。

"管家大叔，我是来看独孤大人的······"霍兰山话还未说完便被老管家打断。

"霍捕头，要是真心来看大人的话，请随我来吧。"老管家说话间脸上并没有任何的波动，但是听起来话中有话。

霍兰山不敢多说，只得暗自叹了一口气，随着老管家走进院子，边走边回头冲着两名捕快使了个眼色。

两名捕快甚是机灵，走进大门后，借着一个拐弯的机会迅速溜走。

灵堂的一片白色和苦主们哀伤的哭声影响着来人的情绪，女眷们见身穿制服的霍兰山走来，便哭得越发厉害。

霍兰山祭拜了独孤思庄后，回头看到站在他身后不远处的捕快，双方交换眼神后，他心中暗暗地松了一口气，安慰了一番家眷后，便和两名捕快离开。

走出了刺史府，霍兰山稍微平复了一下情绪，才说道："调查出线索了吗？"

"头儿，您不觉得老管家的话有些奇怪吗？难道他事先知道我们是带着目的而来的？"一名捕快好奇地问道。

霍兰山摇了摇头，并没有回答捕快的问题。

"独孤大人的府邸不算太大，我们几乎都走了一遍，不过后院没进去，院门有下人看着，说是后院都是临时来祭拜独孤大人的女眷，不方便进入，咱们只是前来探查，并不是搜查，所以……"一名捕快说道。

"哦，说得过去，独孤大人去世来一些亲戚吊唁也实属正常，得了，就查这些吧，回去和狄大人交个差！"霍兰山回头看了看渐远的独孤府大门。

另一名捕快叫小虎子，人是无比机灵，就是不太招霍兰山得意，看他的样子是有些话想说，但看到霍兰山敷衍了事的态度后，还是把话咽了回去。

原来，在独孤府探查时，他发现在府内和后院大门有一些散落的新鲜土壤，独孤大人平时有什么事情都会让府衙的兄弟们帮忙，却并未听说其府上动土这件事，而且独孤大人刚刚去世，这个时候在府上动土是大忌。但这种线索可以说是线索，也可以说不是。

小虎子心中明白，霍兰山来查独孤府只是应付了事，并没想真查出线索，如果贸然说出来，又没有相应的推理，只会遭来他的一顿呵斥。也许新来的狄大人能够听得进去，可他哪有机会和狄大人说这些呢？

想到这里，小虎子叹了一口气，看了看走在前面的霍兰山，不禁摇了摇头，加快了脚步紧跟着向城门走去……

霍兰山的城门一行也没有太大的收获，大量银子必须要用马车运送，但由于干旱和物资的极度匮乏，进出城门的马车很少。

狄仁杰之绝地旱魃

霍兰山带着兄弟们回到刺史府后，立刻把情况禀报给狄仁杰。独孤府一行没有任何收获，至于罗金柱府，也没查到任何线索，除了难缠的罗夫人一番哭诉外，甚至连书房都没进去。

狄仁杰听得明白，霍兰山这样说也是在提醒他，虽说独孤思庄涉及巨额贪污，却没有确凿的证据敲定罪名，他现在依然是朝廷的正四品官员、魏州的前任刺史，作为接任的刺史大人，应该去独孤府吊唁才是。

"好，辛苦你了，霍捕头。"狄仁杰点了点头。

对于朝廷命官来说，霍兰山位卑言轻，便没再说什么，施礼后准备离去。

"霍捕头，这位小兄弟叫什么名字？"狄仁杰指了指着小虎子。

"也没什么正式名字，大伙都叫他小虎子。"霍兰山答道。

"我看你四肢粗壮，想必有些力气，这些天本官旅途劳顿，浑身酸痛，可否为我揉揉肩膀、捶捶腰？"狄仁杰说罢便自顾着在肩膀上捏了两下。

"小人自然是愿意。"捕快小虎子忙点头答应。对于一名捕快，能够为刺史大人做些事情，是难得的机会。

霍兰山忙笑着点了点头，说道："若大人不嫌弃，卑职也可以留下来的。"

有钱的大老爷们都喜欢找一些年轻漂亮的小丫鬟来敲腿捶背，狄仁杰这种要求他们却是第一次听说，但刺史位高权重，在魏州就是土皇帝，哪有不巴结的道理。

狄仁杰哈哈一笑，挥了挥手说道："霍捕头说笑了，还有重大的案子等着你去侦破，本官的这点小事怎么和案件相比。"

一旁的袁客师和狄平却听出来狄仁杰的话另有目的，绝不是让小虎子给他揉肩膀那么简单。

霍兰山没再说什么，施礼后带着另一名捕快离去。

小虎子走到狄仁杰的身后，伸出手在他的肩膀上揉捏着，虽说没什么手法，但手劲儿大得很。狄仁杰身体的确有些疲乏，被他这样一揉，果然轻松了不少。

"小虎子，你多大年纪了？"狄仁杰问道。

"今年十九岁！"小虎子答道。

"家是本地的吗？"

"是的，大人。"

"虎子，刚才霍捕头在向我禀报时，你一副欲言又止的模样，是不是有话要说?"狄仁杰闭着眼睛问道。狄仁杰不再自称本官,而是"我",这个平易近人的自称一下子拉进了他和小虎子之间的距离。

小虎子脸上一阵高兴,手上却没停,随即说道:"传闻狄大人擅断,今日一见果然名不虚传!"

狄仁杰呵呵一笑,闭上眼睛享受着按摩。

"狄大人,我在独孤大人的府上发现一些刚刚挖掘出来的土坷垃,不过土坷垃已被碾碎,不细心很难发现。小人是地道的农民出身,对土壤有着特殊的感情,所以才能分辨出其中的不同。"小虎子说话间流露出得意之色。

狄仁杰点了点头,夸赞道:"你做得很好,细心才是做好一切事情的基础。"

"那些土一定是从相对较深的地下挖上来的,还带着一些潮气,因为土质比较特殊,是黏度极高的黏土,土坷垃其中的水分才没被蒸发干净,我踩上去时,才发现其中有些不同,要是再过段时间就看不出来了。"小虎子见狄仁杰夸赞他,心中更是得意得很。

狄仁杰闭着眼睛听着,享受着小虎子巨大的手劲,缓缓地说道:"好啦,你去忙吧,这件事情先不要和别人说。"

小虎子哪里肯放手,又替狄仁杰揉了一阵,这才高兴地离去。

"大人,从小虎子的话中可以推断出独孤府上最近动过土,会不会与藏匿赃银有关?"袁客师在一旁问道。

狄仁杰捋了捋胡子说道:"很有可能,我先到独孤府吊唁独孤大人。狄平,你替我准备一下,咱们一会儿就去。"

第十五章　敲山震虎

断断续续的悲戚哭声笼罩在独孤府上空，挂在各处的白色灯笼和灵堂上黑色的"奠"字很是刺眼，大门口站着四名家丁，他们表情麻木，眼睛直愣愣地看着过往的行人，早已失去了往日的威风。

狄仁杰、齐灵芷、袁客师和狄平刚走进独孤府，老管家便迎了上来，也许是上了年纪，也许是悲伤过度，他并没有因为狄仁杰的官职而格外恭敬，只是象征性地作了作揖，便引着众人向灵堂走去。

府院的整体设计风格朴实无华，满院子的植物都已干枯，偶尔一株绿色的植物还顽强地活着，给充满悲伤的庭院填充一丝活力。

在灵堂祭拜过独孤思庄后，老管家引着狄仁杰等人来到会客厅。独孤夫人见狄仁杰等人到来便又哭了起来，众人不知如何安慰，只好默不作声，气氛相当压抑。狄仁杰身为刺史，自然不能冒失，幸好袁客师比较机灵，清了清嗓子，安慰几句后，将近来调查的情况讲述出来。

独孤夫人一边听着一边流泪，当听到赈灾银两案与独孤思庄有莫大的关系时，她先是浑身一震，随后更是不加掩饰地放声大哭，偶尔会偷偷用余光看一眼狄仁杰的反应。

独孤思庄是朝廷四品大员，在没有证据的情况下，谁敢贸然搜查？于是袁客师提出在府中象征性地查看一番的建议，独孤夫人和老管家对视一眼后，勉为其难地答应下来。

独孤思庄的府邸不大，如果按照官职来衡量，府邸显得比较寒酸。府邸内未见到古董字画之类的收藏，家具和陈设用的也都是普通木料。

书房的布置倒是和狄仁杰的书房有些相似，房中摆放着很多书架，上面存有许多书籍，一些未完成的画作还放在书案上，另外一张相对较小的桌案上放着一些批复过的公文。

当狄仁杰等人来到后院的月亮门时，老管家疾走几步，拦在众人面前。

"狄大人，我家老爷曾经下过禁令，除了他本人之外，后院不允许任何人进出，还请大人见谅。"老管家说话时脸上没有丝毫表情，态度却不容置疑，看样子若想进入后院，他就要拼命。

"哦，我听捕头霍兰山说，不让进入后院的原因是有前来祭奠的女眷住在后院，而并非是独孤大人的遗言。"袁客师将话接了过来。这种话比较唐突，要是由狄仁杰来说，怕会失了身份，但袁客师作为随从倒也无妨。

"唔……"老管家被袁客师的话噎住了，哼哼着说不出话来，一张老脸变得通红。

齐灵芷是白鸽门门主，对袁客师的唐突自然看得出，偷着拽了拽他的衣袖提醒他。

"狄大人，人死为大。老爷和您同朝为官，相信您也会尊重他的意愿，这后院连我都从未进入过。"独孤夫人缓缓地解释着，语速适中、语气平淡，显得非常从容。

"可现在独孤大人和赈灾银案有了关联，如果不让我们进去看看，怕是很难交差呀！"袁客师没理会一直在翻白眼的齐灵芷。

独孤夫人哼了一声，冷冷地看了袁客师一眼，显然是对他表示不满，却不再说话，以沉默对抗着袁客师。

狄仁杰见独孤夫人没有让步的意思，便圆场道："夫人说得有理，人死为大，既然独孤大人立下了规矩，咱们就不要勉为其难了，免得他在天之灵不能安息，夫人，府上如有需要本官帮忙的，尽管开口，告辞了！"

狄仁杰说罢便向独孤夫人作揖，随后便朝着前院方向走去。

如赈灾银案真与独孤思庄有关，巨额银两很可能就藏在这个神秘的后院，霍兰山和狄仁杰两拨人都关注过后院，已经打草惊蛇，要是独孤家人将赃银转移，对查案会非常不利。按照袁客师的设想，狄仁杰应该下令强行搜查后院，没想到的是，他居然会向独孤夫人妥协，但看他一副悠闲的样子，袁客师便没再说什么，只是偷偷地用余光观察着独孤夫人和老管家，发现两人表情轻松，像是心中的一块大石头落地一般。

但目前对于独孤思庄仅仅是怀疑，没有实际证据，要是不顾独孤夫人的感受强行搜查，找到赃银倒也罢了，要是没找到，反会落个擅闯民宅、惊扰女眷的恶名，会极大损伤狄仁杰的声誉。

"原来是这样。"袁客师明白了狄仁杰的计划，嘴角微微扬起。

齐灵芷看到袁客师有些得意的表情，也明白他知晓狄仁杰的用意，遂向独孤夫人作揖后跟着离开。

……

太阳高高地挂在空中，不停地释放着热量，灼烤着已经发黄的树木和小草，知了藏在树荫中不停地叫着。

原本应该忙碌的刺史府现在冷冷清清，只有守在门口的两名衙役有气无力地向狄仁杰抱拳施礼，其他的官吏和差役都躲在背阴的房间里。

"这人都哪去了？唔……"袁客师见没人迎出来有些不高兴，正要扯着嗓子喊人，却被狄仁杰拦了下来。

"好啦客师，正值晌午，天气炎热，又没什么大事儿，让他们休息休息吧。"狄仁杰呵呵一笑，抹了抹汗走进书房。

齐灵芷用力扭了一下袁客师的胳膊，小声地说道："就你能耐！"

袁客师嬉笑着和齐灵芷进入书房中，走到茶几旁给狄仁杰倒了一杯水递了过去，他却吧嗒吧嗒嘴，瞄了瞄空空的茶壶，最终还是忍住了，惹得齐灵芷一阵偷笑。

袁客师说道："大人这一招敲山震虎真是妙啊。"

"就知道你看得懂，没错，如果独孤真与赈灾银案有关，独孤夫人在晚上一定会有所行动。客师、灵芷，你俩带几名衙役，乔装后前往独孤府附近密切监视，有了动静不要轻举妄动，回来向我禀报即可。"狄仁杰边说话边把茶水分成三杯，示意袁客师、齐灵芷二人一同饮茶。

袁客师与齐灵芷对视一眼，两人分别拿起一个杯子，慢慢地品着茶水。

"大人，我还想再到后院探个究竟，看看那里面究竟隐藏了什么秘密。"袁客师用舌头舔了舔杯子狡黠一笑。

狄仁杰点了点头："夜探独孤府风险比较大，还是让灵芷去吧，她有隐身功夫会容易一些。"

齐灵芷缠着汪远洋学了很多功夫，其中一项正是隐身功夫，它可以利用环境进行隐匿，功夫练到极致在辅以高明的轻功甚至可以做到凭空消失，这项技能后来传到了东瀛，成了一个著名流派的标志性功夫。

袁客师和身边的齐灵芷对视一眼，两人心领神会应了一声，手拉手转身离去。

"现在的年轻人啊！"狄仁杰目送二人离开，收起笑容后坐在房间中思索案情。

……

太阳落入山间，余晖被大地吞噬，取而代之的是散发着冷光的月亮，它高高地挂在半空，银灰色光芒笼罩大地。夜幕将一天的燥热去除干净，一丝丝凉爽的风吹过，使得蔫头耷脑的树木们精神起来。

一条娇小的身影不停地穿梭着，时而飞上房脊腾空跃起，时而钻进建筑的影子里消失不见，很快便来到了独孤府。

齐灵芷把隐身术发挥到极致，几乎与院墙外的一棵大树融为一体，借着淡淡的月光向府里面观察着。

独孤府内各处都悬挂着白色的灯笼，灯笼在微风的吹动下轻轻地摇摆着。府内很安静，只有灵堂里面还有两名守灵的下人打着瞌睡，身旁的灯笼熄灭却浑然不知。

齐灵芷顺着院墙来到后院附近，从百宝囊中掏出一颗飞蝗石，朝着墙下用力投掷过去，过了一阵后，后院内依然没有任何动静，这才纵身飞下，稳稳地落到后院中。

后院面积并不大，照壁墙对面有三间房子，右面的厢房前还有一口青石垒砌成的水井。

三间房子的大门上都挂着明晃晃的锁头，在月光下散发出淡淡的金属色。她慢慢走上前，在百宝囊中取出一些小工具，很快便将其中一间房的锁头打开。

房间的布置很简单，一张供人睡觉的床榻，一张桌子和几把椅子，还有一些放置小物件的柜子，除此外再无他物。

齐灵芷仔细地搜索了一阵，没发现房间内有任何异常。

又连续搜了另外两个房间，同样没有任何发现，但可以肯定的是，从家具上的灰尘厚度判定，应该有段时间没人住过了。

"真是奇怪了，既然什么都没有，独孤思庄为何故弄玄虚不让人进来？"见没有任何收获，齐灵芷只得退回院子锁好了房门，正准备离开独孤府。

突然一阵窸窸窣窣的脚步声响起，齐灵芷急纵身上了房顶，伏在上面一动不动。

随着一阵脚步声，老管家提着灯笼慢慢地走到后院大门处，呆立了一阵后才转身离去，看样子是夜间例行巡视。

齐灵芷松了一口气，正准备离开，却在房顶上又看到了那口青石砌成的水井，她心中一动，暗想：后院这么小，按说不应该有水井才对，一定有问题。

联想到捕快小虎子所说的新鲜土壤，井口的青石有很明显的敲凿痕迹，应该是新出不久的石料，这说明这口井很可能是新打的井！

魏州大旱三年，城中大部分水井都已干枯，井越打越深，却依然没有一口井能够打出水来，在这种前提下，独孤府为什么还要挖这口神秘的水井？

想到这里，齐灵芷飞身来到水井旁，掏出飞蝗石向里面投去。

"啪"的一声，石头落在了井底。果然没有水声传来！

她拿出火折子晃亮后扔了下去，落底后火焰不时地抖动着，井底有风，说明下面定有暗道。

她拉起轱辘上的绳子，双脚蹬在井壁上，缓缓向井底滑去。还未滑到底，便感到身旁一阵阴风吹了过来，双脚一用力，蹬住井壁停住身形，掏出火折子，晃亮后朝着阴风吹来的方位扔了过去。

呈现在眼前的是一个黑漆漆的通道，通道距离井底还有一小段距离，想必是提前设计好的，哪怕是在涝期，井水也不会将通道淹没。

"看来独孤刺史不是简单人物啊。"齐灵芷心中暗笑一声。

第十六章　别有洞天

　　为了防止外人进入密室，设计者一般会设计些机关埋伏，弓弩、陷阱、毒气等，若有擅闯者，一个不慎便会触动机关，轻则受伤，重则当场丧命。

　　齐灵芷的武功很高，但明枪易躲，暗箭难防，她摸了摸夜行衣里面穿着的蟒蛇鳞甲，想起了养伤的李元芳和如燕二人。

　　蟒蛇鳞甲是李元芳在"阴兵借路"案中一次奇遇后得到的，经过江湖最好的盔甲工匠炮制后，变得刀枪不入，水火不侵，两人退隐江湖之前，把蟒蛇鳞甲送给齐灵芷护身。

　　有了蟒蛇鳞甲，齐灵芷心里托了底，轻轻一荡跳进通道，将内劲运行至全身，借着微弱的火光向前走去。

　　通道很宽敞，走在其中不会感觉到压抑。洞壁是土质的，却非常光滑，显然是在挖好后又经过了一番修饰。走了一阵，视野豁然开朗起来，通道的尽头是一块宽敞的平地，洞顶变高了许多，一扇黑黝黝的大门呈现在眼前。

　　齐灵芷走上前，用剑柄敲了敲大门，大门发出"咚咚"的响声，判断大门为铸铁所制，她用力推了推，铁门纹丝不动，看样子应该有千斤重。

　　她在四周找了一阵，没发现控制铁门的机关，只是在大门旁边发现一个圆柱体，最顶端是一个巨大的圆球，扭动几下，铁门没有任何反应。

　　机关埋伏是一门学问，齐灵芷虽和师父青玄师太学过，却并不精通。

　　"没有机关控制，铁门怎么打开?"齐灵芷手摸着巨大的圆球嘀咕着。看着怪模怪样的圆球，气就不打一处来，内力运转至手上，一掌拍在圆球上。

　　她出身大户人家，从小养成了大小姐脾气，若心中不满，会对身边的物件随意破坏，袁客师深受其苦。她本欲一掌击碎圆球发泄一番，却不想手掌刚一落在圆球上，就听得大铁门发出一阵"咯吱咯吱"的响动声，两扇大铁门竟然慢慢地开了。

设计开门机关的人很了不起，设计成需要灌注内力拍击圆球才能打开大门，这就意味着没有内力的普通人无法打开大门。

齐灵芷闪到一旁，惊讶地看着那颗圆球，心中暗暗称奇，她的一掌不敢说有惊涛骇浪之力，却也无比雄厚，也不知这圆球究竟由何种材料制成，竟然能禁住她一掌之力。

她将火折子向里面扔了进去，借着光芒看到大门内的空间宽敞，四周是木质的架子，上面摆满了银锭子，在火光的照耀下散发出迷人的银光。

"果然在这里。"齐灵芷心中一喜。

她刚想迈进大铁门，就听见身后一阵机簧响动，几股恶风朝着她的后背快速冲了过来。听破空之声定是粗大的羽箭，而且射出的角度相当刁钻，无论在通道中如何躲闪，都会受到其中一支的攻击。

来不及多想，她猛地提起一口气，内力飞速运转起来，身体向上一蹿，同时拔出宝剑，朝洞顶插去，天霜宝剑毫无争议地插进头顶的泥土中。她握着剑柄，借着力量将身体紧紧地贴在洞顶。

"嗖嗖嗖嗖嗖"，五支巨大的羽箭带着呼啸声飞了过去，尾翼发出的响声竟将大铁门震得嗡嗡作响。

"好大的威力！"齐灵芷捏了一把冷汗，庆幸她没有靠着蟒蛇鳞甲托大，否则这五支羽箭定会让她吃足苦头。

过了一阵，见再没有动静，齐灵芷双脚在洞壁上一蹬，宝剑被拔出土层，人轻飘飘地落到地面。

令她奇怪的是，五支羽箭飞进密室后，没发出一点声音，像是凭空消失了一般。

"有些邪门！"齐灵芷判断设计机关的一定是位高人，说不定还在"地支"成员硕鼠——鲁班门的舒生财技艺之上。

齐灵芷不敢再冒进，本欲捡一两块质量比较大的石头扔进密室试探一番，却发现空地甚为干净，莫说是石块，就连尘土都很少，只好把手中的剑鞘甩进密室。

剑鞘刚刚落地，机簧发动的声音响起，一时间密室内"噼噼啪啪"响个不停。令她惊讶的是，密室内的羽箭和暗器却没有一支飞到通道中来，可见机关设计得多么精妙。

过了一阵，声音戛然而止，密室中再次恢复平静。

"厉害，这么密集的暗器竟然没打到存放银两的架子，设计者果然是鬼斧神工。"齐灵芷心中一阵暗赞。又将手中的长剑扔进其中，见没发出任何声响，这才慢慢地试探着走进密室。

刚刚捡起长剑，一股危险的感觉从脊背窜到大脑，密室中仿佛有一双眼睛在盯着她，目光充满了杀气，令人不寒而栗。

齐灵芷手中长剑一动，刺穿地面上的火折子，正准备看看四周情况，一阵阴风悠地吹来，火折子应声而灭，密室陷入一片黑暗。

密室的黑暗是绝对的黑暗，没有一丝光亮，在这样的环境下，眼睛完全失去了作用。

齐灵芷运起月神心法，将内力布满全身，感官提升至极限，移动脚步向外面退去。

"嘿嘿嘿！"一阵笑声从四面八方传了过来。

齐灵芷耳朵动了动，却无法分清声音是从何方而来。

"入得鬼门关，还想回到阳间，怕是非你所愿了。"一个阴森森的声音从身后传了过来。

齐灵芷一个漂亮的转身，手中长剑抖出一朵剑花，使出一招"寒芳留照魂应驻"，手中长剑化为一道疾光刺向声音的来源处，这一式并没有灌注太多内力，剑意旨在轻盈、迅疾，为回风雪舞剑法的精华之所在。

这一剑刺了个空，她急忙收势，剑身破空的声音突然止住，密室中再次回复了平静。

齐灵芷自打出道以来，遇到的强劲对手很多，如"阴阳变"一案中不可一世的犀牛臧霸、"神仙药"一案中功力卓绝的王秋平、"阴兵借路"一案中武功盖世的内卫胡元海，却从未遇到如此神秘的对手，简直是毫无踪迹可循，却随时会出手造成威胁。

"有本事就现身出来，面对面地单挑，隐藏起来偷袭算什么好汉！"齐灵芷大声喝道。

密室内还是一片寂静，寂静得令人发疯。

"吱"，铁器破空的声音乍然从齐灵芷的身后响起，一股强大的力量袭向她的后脑。

齐灵芷来不及转身，只好施展出移形换影的功夫，猛地向左前方蹿去。

躲闪的同时不忘攻敌，只见她在半空中转过身体，手中长剑悠悠地递出，仍旧是一招"寒芳留照魂应驻"，手中长剑化为一道疾光刺向剑气的源头。

"啪"的一声，齐灵芷发出的剑气将一锭银子斩成两截，攻击她的剑气却消失不见，并未对密室中的物品造成任何损害。

"不错，年纪轻轻居然练出了剑气，但外放过度，没有真正地掌握剑气的精髓，短时间交手尚可，稍长一些时间，你的功力就会捉襟见肘！"阴鸷的声音再次从四面八方响起。

"少装神弄鬼，给我出来。"齐灵芷并不在乎对方的说辞，在她看来，对方的武功虽然厉害，却不过是与她半斤八两，仗着对地形的熟悉占了些上风而已。

"再试试这招！"阴鸷的声音再次响起。

齐灵芷知道，若这样下去，早晚会死在对方的偷袭之下。她心中打定主意，悄悄地从百宝囊中掏出一个火折子，同时在手上抓了些蓝光粉。这种粉末在内力作用下会散发蓝色幽光，是从扶桑忍者派得来的三大法宝之一。

"吱吱吱"，三道剑气从身前和左右猛刺而来，随即又是数道剑气呼啸而来。

"好快的身法！"齐灵芷心中一惊，她感到黑暗中有人不断闪动身形，挥动着手中长剑释放出剑气，这种轻功和剑术天下少有，就算李元芳和汪远洋出手，也未必能讨得到好处。

虽说佩服对手的功夫，却并未因此而感到恐惧。只见她淡淡一笑，一式"攒花染出几霜痕"，将手中长剑舞出无数幻影，幻化成剑气击向飞来的剑气，同时身形一闪，冲向神秘人。

"噗噗噗噗"……

剑气相交无声无息，却比刀剑相加的比斗更要惊险，因为一旦剑气击中身体，便会造成极其严重的内伤。

要是在有光亮的前提下，齐灵芷凭眼力还可以看清对方出手，判断对手的招式，可眼下只能凭借着剑气发出的声音来判断，行动上落后了半拍，变得极其被动。

齐灵芷趁着两道剑气的间隙，将手中的火折子用尽全力射了出去，"呼"的一声，火光陡然在空中燃起，照亮了附近的区域。

一个枯瘦的身影现了出来，那人的眼珠竟然呈现出纯白色，对火光并无反应。

神秘人口中咕哝了一句，随即手中长剑一挥，"啪"的一声，将火折子击得粉碎，随即身法一变，脚踏北斗七星方位瞬间来到齐灵芷的身前，一剑刺在她的腹部。

齐灵芷刚才将蓝光粉抹在火折子上，一同打向神秘人，神秘人这一剑将火折子击得粉碎，蓝光粉沾到了剑身上。发出剑气是需要将内力灌注到剑身上，这样一来，剑身便会发出淡淡的蓝光，为齐灵芷的攻击指明方向。

"倒乱七星步！"齐灵芷惊叫出来，同时被这一剑击中身体，整个人被一股巨大的冲击力击中。危急时刻，却见她几个急转，使出一招"晚凝深翠拂平沙"，一声娇喝中剑光冲天而起，扫向对方的头颅。

这一招的用意并不在攻敌，而是用来化解对手这一剑的冲击力以及逼退对手。

神秘人"咦"了一声，感觉手中长剑竟遇到了阻碍，再也刺不进去，所发出的剑气亦是泥牛入海，眼见齐灵芷长剑扫来，他脸色一变，手中长剑一抖，发出"嗡"的一声，踩着倒乱七星步以奇异的角度向后方躲去，毫不费力地躲过了齐灵芷这一剑。

第十七章　恶战

齐灵芷身体急转了几圈，又连续后退了几步才止住退势，站稳身形运了运气，发现内力并无停滞感，只是腹部隐隐作痛。她心中暗自庆幸着，要不是蟒蛇鳞甲，刚才那一剑就要将她洞穿。

"你怎么知道这种轻功？"神秘人脸上现出惊讶的表情，也不再掩饰声音，听起来是一位年迈的老人。

倒乱七星步是江湖上顶级轻功，是汪远洋的独家功夫，很少有人识得，神秘人却一语道破。

齐灵芷盯着散发出蓝色光芒的剑身，慢慢地说道："我知道就是知道，又不是什么高明功夫。"

她的言辞中带有一丝的不屑之意，目的就是为了激怒对手，令对手愤怒进而乱了方寸。

神秘老人并未生气，只是应了一声，随后说道："也许是你我有缘……姑娘，你要是能再接住三招，我便放过你，还会传授你高明的功夫。"

"谁稀罕你的烂功夫，看剑。"齐灵芷的骨子里自带着傲气，明知道功夫不如对方也不肯服输。

齐灵芷率先出手，只见她手中长剑轻轻一抖，一式"霜印传神梦也空"幻出一片寒光罩向神秘人的全身要害，剑气漫天而至，竟然将周围的空气都震得四散开来。

神秘人一愣，面对齐灵芷挥出的剑气，觉得连呼吸都有些困难，但僵硬的脸上只是淡淡一笑，脚下连踩七星方位，竟在剑气的缝隙中闪了出去，来到了齐灵芷的身侧。

"姑娘，让你看看什么是真正的剑法！"神秘人将手中长剑一抖，一缕让人不易察觉的剑气袭向齐灵芷拿剑的胳膊。

眼见长剑刺了过来，齐灵芷面不改色，使出移形换影的功夫，瞬间转过身，将左臂留给了对方的长剑，向对方猛地刺出一剑。她知道对手的功力高出她很多，要是不使出杀招，早晚会折损在他手中。

神秘人脸色一凝，只觉得一缕冷香掠过，齐灵芷已悄然间飘至他的身前，剑心直指他的前胸，剑芒吞吐，正是一式"暗香浮动月黄昏"。

"不错!"神秘人急忙撤剑，斩向齐灵芷的手腕。

齐灵芷叹了一口气，眼见着就要刺中对手，却只能将招数撤回来。她并不气馁，身形滴溜溜一转，又使出一式"风波不信菱枝弱"，神色娴雅、蓄势待发，一道澄如秋水、寒似玄冰的剑光直指神秘人破绽所在。

神秘人淡淡一笑，招数一变，脚下踩着倒乱七星步，竟然贴着齐灵芷的手臂滑到了她身后，头也不回，手中长剑倒转，剑尖眼见就要刺中齐灵芷的后颈。

齐灵芷正得意着，见眼前闪着蓝色光芒的长剑消失不见，心中暗道不好，又觉得脖颈处一阵寒气袭来，来不及多想，猛地一低头，同时向前一个懒驴打滚躲了出去。

这一躲虽然有些狼狈，却实实在在好用，不但将神秘人的剑锋躲了过去，同时创造了攻击的机会。

一个翻身站起来后，她没有丝毫犹豫，手中长剑一抖，幻化出七朵剑花出来，人剑合一冲向神秘人，这正是回风雪舞剑法的绝招"漫天飞雪"，一剑七式，剑中有剑、招中套着招，威力无比。

"好!"神秘人为她这一剑赞叹了一声，手上却没闲着，散发着蓝光的长剑竟然发出"嗡"的一声龙吟声，竟然现学现卖，使用着同样的一剑七式，直直地插在齐灵芷挽出的剑花中。

"啪啪啪"，随着清脆的响声，齐灵芷的长剑竟然段段碎裂，剑式不攻自破，闪着蓝光的剑尖紧紧地贴在她的咽喉上……

在绝对实力面前，所有的招数都变得苍白无力。

闪着蓝光的长剑并未刺下去，而是随着一声幽幽的长叹声慢慢地撤了回去。

"你怎么知道倒乱七星步?"神秘人话语间充满威严，令人难以抗拒。

齐灵芷一愣，头歪向一边，说道："早和你说了，倒乱七星步是很普通的武功。"

狄仁杰之绝地旱魃

神秘人听到这句话，头发和身上的衣袍竟然无风自动，骇人的气势爆发出来，使齐灵芷不由得倒退两步以缓解压力。对方的气势再次激起她的傲骨，她挺起胸膛，脸上现出无畏的表情。

神秘人突然猛地咳嗽了两声，骇人气势随之散去，说道："倒乱七星步是我独创的轻功，只传授给两个人，他们都是我的徒弟，所以我才问你为什么知道这种功夫的。"说话间语气仿佛充满了无奈和悲伤，随后又是一阵剧烈的咳嗽声，看起来他的状况并不乐观。

齐灵芷心中一动，从整个搏斗的过程中得知，神秘人的武功远远高于她，刚才那一剑完全可以杀了她，却因为一句"倒乱七星步"只是将她逼住，并没痛下杀手。原本就怀疑神秘人与汪远洋有一些渊源，现在可以推断他很可能和汪远洋有关联。

神秘人仿佛看穿了齐灵芷的心思，脸色变了又变，随即说道："你我有缘，无论你是谁，都已不重要。你刚才并未趁着我分神之际偷袭，说明你的心不坏，所以我决定传功给你。可惜的是，我原本的功力因为受到了瘟毒的沾染，只能将一部分的功力传给你，剩下的一部分我要将其与瘟毒一起逼进丹田，否则你也会受到瘟毒侵染。"

齐灵芷听罢心中一惊。

瘟疫这个词并不陌生，一般来说，瘟疫都是大面积发生，并具有传染性。瘟毒这个词她还是第一次听说，虽然她对瘟毒并不了解，但知道这种毒一定很厉害，凭借着神秘人深厚的内力都无法将其清除出体内，要是她被瘟毒侵染，怕是连命都保不住。

要是把瘟毒逼进丹田，就算再深厚的内功也会殒命。

"我这儿有很多解毒的药物，不如前辈先看看，说不定可以解了你的瘟毒。"齐灵芷从百宝囊中掏出几个瓷瓶递给神秘老人。

对于传功这种事儿，在江湖上算是可遇不可求，传功意味着传功者的死亡，齐灵芷心地善良，自然看不得对方死在面前。

神秘老人并未拒绝，点了点头，把瓷瓶挨个打开放在鼻子下闻了闻，随后摇了摇头，说道："药是好药，不过对我所中的瘟毒都没用。"

"你只是闻一闻就知道没用？"齐灵芷接过瓷瓶，语气中透着一丝不满之意。

"看你的功夫，应该是小青玄的徒弟吧！"神秘老人轻声说道。

他的声音虽小，却无异于一声惊雷。青玄师太是江湖奇人，齐灵芷的师父，大名鼎鼎的白鸽门门主，却被神秘老人叫成小青玄，可见神秘老人在江湖上的辈分和地位一定很高，从和他交手的过程来看，他的武功应该在青玄师太之上。

"我师父正是青玄师太。"齐灵芷的傲气不敢再表现出来，变得谦虚起来。

"当年你师父和我见面时，也是你这个年纪，一晃这么多年过去了，收了个徒弟，却是一个性子。"神秘老人说道。

齐灵芷抿了抿嘴，没敢再说什么。

"青玄最擅长的是剑法，对应的内功是相对比较柔和的月神心法，虽然也精通解毒术，却比不过毒手药王，我所中之瘟毒，放眼天下，怕是只有毒手药王才能解开，可惜，老毒手早就驾鹤归西了！"神秘老人说道。

神秘老人点破齐灵芷功夫的来源让她又是一惊，青玄师太纵横江湖多年，一手回风雪舞剑法江湖上无人不知，但月神心法是不传之秘，能知道的人寥寥无几，却在今天被神秘老人揭穿！

同时，齐灵芷又身为白鸽门门主，对江湖上的人和事儿自然知道个门儿清，神秘老人所说的这些人物都是上一辈的传奇人物，任何一个人都足以撼动江湖，哪是她这等后辈能比得了的。

"姑娘，我看你骨骼清奇，又得到名师指点，如此年纪便拥有这么高的功夫，实属不易。你若受了我的功力，可否请你帮我办一件事情？"神秘人语气中有些沮丧，显然是在世间还有心事未了。

齐灵芷立刻知神秘老人的心意已决，便不再拒绝，叹了一口气说道："前辈不杀之恩灵芷无以回报，就算您不传功给我，我也会替您做这件事。不过，不能是大奸大恶之事才好。"

神秘人呵呵一笑："当然不会。时间紧迫，先传功给你。"

话音未落，神秘人闪动身形瞬间来到齐灵芷面前。齐灵芷还未来得及看清对手的身法，便发现他已站在眼前，心中一惊，暗道："刚才神秘老人和她交手时并没尽全力，甚至连一半的功力都未施展出来，要是全力施为，一招便可以将自己击败。"

神秘人飞身而起，头朝下，单掌抵住齐灵芷的天灵盖，口中说道："盘腿而坐，勿动杂念，我的功力会顺着天灵盖灌顶而下，帮你拓宽经脉，最后进入丹田。你的月神心法柔中带刚，正好可以容纳我的功法，省去了不少麻烦！"

齐灵芷不敢大意，立刻按照神秘人的要求盘坐下来，心中默念着月神心法，开始打坐运气。一股热流从头顶百会穴涌进来，内力如同滔滔不绝的江水一般，不断地冲击着她的经脉。

这种传功方式她师傅青玄师太曾经讲过，叫做醍醐灌顶法，与普通的传功方式大有不同。这种传功方法效率极高，但对传功者的要求也甚高，传功者必须对内劲的掌握达到炉火纯青的程度，传功过程中不能出现丝毫差错。要是过程中受到干扰，传功者和受功者轻则功力尽失，重则殒命。

"唔!"齐灵芷闷哼一声，强忍疼痛，引导着内力在经脉中运转着。

第十八章　传功

过了一阵，她进入忘我状态，完全感觉不到神秘人内力所带来的冲击，只是利用月神心法引导着对方的内力不停地运转着，小周天、大周天，往复循环，最后将内力归于丹田中，和月神心法融合在一起。

不知过了多久，她长长吁出一口气，缓缓地睁开眼睛，意念一动，便站起身来。此时她感觉丹田中内力澎湃，比之前充沛很多，要是单凭苦练，没有五十年绝不可能达到这种境界。

神秘人坐在她的面前，呼吸有些急促，豆大的汗珠从额头冒出来，整个人看起来有些颓废。

"前辈，您怎样了？"齐灵芷立刻上前扶着他问道。

神秘人没有应声，过了好一阵，才缓缓呼出一口气说道："没什么，没料到瘟毒这么厉害，趁我传功之际，侵染奇经八脉……咳咳……时间无多，你现在不要说话，只听我说。"

齐灵芷应了一声，刚想从百宝囊中掏出火折子晃亮，却被神秘人阻止："不要用火折子，我的模样会吓到你。"

"好。"齐灵芷应了一声，将火折子收了回去。

神秘人的声音听起来仿佛比刚才老了几十岁："我让你帮我做的事情就是找到我的徒弟，她叫云瑶，你转告她，她所爱的人是一只豺狼虎豹，让她务必多加小心。我现在的下场都是拜那人所赐，他的武功极高，又偷学了我的武功，加上擅用瘟毒，几乎可以说是天下无敌。"

"好，我答应你！"齐灵芷立刻答应道。

"云瑶还有一个师兄，属于半路出家，是带艺拜师的，叫汪远洋，原本我想撮合两人，却想不到云瑶她居然心有所属……"老人气息变得更弱，仿佛一只随时会熄灭的油灯。

"汪远洋!"齐灵芷原本就想到了汪远洋,此时才得到验证。

"前辈,您先不要说话,我带您出去,汪大哥就在魏州。"齐灵芷急忙说道。

从话中不难得知,神秘人就是汪远洋的师傅。

"不用了。我中毒太深,走不出这个地宫。唉……云瑶性情淳朴,又极重感情,你务必替我找到她,告诉她……咳咳咳……"老人已是气若游丝,每咳出一口气生命便微弱一分。

"可我就这样出去,汪大哥一定会怪我的。"齐灵芷焦急地说道。

老人惨笑了一声,又勉强说道:"远洋是个好孩子,就是太实在,屡次被人陷害,好在他命好,免于劫难,不像我……"顿了一顿又继续说道:"我体内积累了太多瘟毒,这种瘟毒比瘟疫要厉害百倍,一旦我身死,这种瘟毒便不再受控制,传出去会危害人间。"

老人的话令齐灵芷感动,到了生死关头,他想到的仍旧是不让体内的瘟毒扩散出去危害他人!

老人咳嗽几声,微弱的声音传了过来:"害我的人从来没有以真面目示人,他的特点便是一身毒功,与之交手时会被染上。染上瘟毒,便没有存活的可能,世间也许只有我算是例外吧,咳咳咳咳……你遇到后一定要小心!"

齐灵芷听到老人的咳嗽声一阵心疼,准备上前将他扶起,却感觉他的气势突然间变得不可抗拒起来,吓得她竟然没敢移动脚步。

"快走,我就要控制不住,你将火折子给我。"老人说罢便向她伸出了手。

齐灵芷不敢违抗,只好把火折子轻轻地放到老人手中。

"我不知道你为什么要来到这里,也许你是为了这里的银子,也许是有人故意诱你进来送死。不过这一切都不重要了,这儿将会变成一片废墟。这柄剑跟随我多年,现在转赠你,算是毁坏你长剑的补偿吧,希望你用它来匡扶正义、铲除奸恶。"老人面色黯然,将手中的长剑递给齐灵芷,显然是有些不舍。

齐灵芷郑重地接过长剑灌注内力,剑身发出蓝色荧光,同时发出嗡嗡的龙吟声,剑锋散发出一股股寒意,在蓝光的映衬下,剑鞘显得比较简朴,并无更多的装饰。

"老人家!"齐灵芷知道老人这是临终前交代后事,心里一酸,眼泪险些流下来。

"此剑名为天霜,轻盈锋利,正适合你的回风雪舞剑法。"老人回答道,说罢又挥了挥手，示意她马上离开。

"老人家，我最后再问您一个问题。"齐灵芷后退了一步，却并没有要离开的意思。

老人"唔"了一声，表示同意。

"这间密室中的银子是怎么回事？"齐灵芷还没有忘了此次前来的目的。

"不知道，我被困在这里很久了，就躲在密室旁边的一个洞中。不久前的一天我听见外面有声音，那时我正在专心运功对抗瘟毒，并没有理会。"他幽幽地叹了一口气。

"自打来到这里，我每天都在用内力与瘟毒做着斗争，努力地将体内的瘟毒排出体外，已经将大半的瘟毒排了出去，剩余的瘟毒却非常顽固，竟然将我的眼睛毒瞎。另外，因为比较封闭，排放出来的瘟毒不能散去，以至于这里面几乎没有老鼠等动物存在，偶尔出现一两只，也会被瘟毒杀死，最终成为我的食物。刚才，我听见有人下来，又触动了机关埋伏，以为是来营救我的，便又将瘟毒吸入体内。"老人停止叙述，深深地吸了一口气，看样子是在与体内的瘟毒抗争。

从老人的话中不难得知，他在这里生存很艰难。设计机关的人不会触动机关，所以判断来人是营救他的，这才将排出体外的瘟毒重新吸进体内。

齐灵芷听罢顿生惭愧，心道："若不是今日莽撞，也许老人不会这么快死亡。"

"你无须愧疚，此乃天意。银子的事情你无须担心，等我引爆体内的瘟毒之后，这里会塌陷，瘟毒会变得无害，你便可以前来挖银子了。"老人气息变得很微弱，说话声越来越小。

"快走，快走，我就要控制不住了。"老人语气充满焦急。

齐灵芷不敢再问什么，急忙晃动身形向通道闪去，路过放着银锭子的架子时，顺手拿起一锭银子。刚出井口，就听通道中传来一声惨叫。

她知道那是老人要忍受不住体内的瘟毒，准备利用深厚内力爆体的前兆。来不及多想，她施展出极限的轻功，纵身向院墙闪去。

刚落到墙头上，只听到一声巨大的闷响和轰隆隆的声音传出来，井口亦随之崩塌。齐灵芷含着眼泪提起一口气向刺史府奔去……

没有齐灵芷陪伴的袁客师，觉得时间变得无比缓慢，吃过晚饭后却依然不见齐灵芷的影子，只好待在房间练内功，练了一阵后，却发现根本静不下心来，索性坐在藤椅上思索着案情，从初到魏州遇到的活祭，再到死去的独孤思庄、探马、铁甲精兵、罗金柱等人，看似线索有一条线连着，却抓不住重点，思绪混乱得像一团乱麻，怎样也理不出个头绪来。

不知过了多久，打更的声音响了起来。

"二更天了！"他摸了摸瘪瘪的肚子，饿得实在有些难受。

"不知道灵芷什么时候回来，不如去厨房做些吃的，等她回来一起吃夜宵。"袁客师从床榻上翻身而起，将袍子随便一套，推开房门向厨房走去。

走到院子里，袁客师见狄仁杰的房间已经熄灯，传出一阵均匀的鼾声，叹了一口气，心道："大人今年的身体变差了很多，若是身体好时，现在还在喝着茶水，琢磨着案情。"

他走到厨房附近，看见厨房中竟然亮着灯，同时听见里面一阵窸窸窣窣的声音。

难道是狄平在给大人做夜宵？转念一想又不太可能，狄仁杰已睡下，狄平没必要做夜宵。也许是灵芷回来了，在厨房中偷偷地做些吃的，再找自己享受这个美丽的夜晚？

"哈哈！"袁客师心中暗笑着，放轻脚步轻轻推开门。

厨房中果然有一个人，站在锅台前不知在熬着什么，鹅黄色的衣裳他是认识的，不是齐灵芷又是谁？

袁客师将内力提至极限，脚下踩着倒乱七星步向锅台闪去，他想在身后将齐灵芷一下抱住，给她来一个惊喜。

这是属于恋人之间的游戏，虽然老套，但每次玩起来都津津有味。

袁客师一个熊抱将她抱住，却闻到了一种从未有过的香气，甚至怀中肉体所带来的感觉也截然不同。

齐灵芷常年习武，身体娇小却肌肉紧绷，没有半点赘肉，可怀中的人给人水一般的柔软感觉。

"呀！"女人轻轻叫了一声，随即便转过身来，一双勾魂而幽怨的眼睛带着些许惊讶望着袁客师。

齐灵芷的美貌莫说在江湖上，放眼大周也是数一数二，此时与袁客师脸对脸的女人却并不比她差，但不属于一种风格。

齐灵芷的美属于娇小的、清新的、无比纯洁的美，而眼前的女人浑身上下都散发出一种成熟女人的味道，这种美对于未经人事的男人更加具有诱惑力。

袁客师吓得急忙松开了手，脸"腾"地红起来，后退了一步，借着油灯的光芒看清了眼前的人，她正是在魏州城外女魃祭祀庙中被救下的少女小露。

小露惊讶过后，脸上飞起两朵红云，缓缓低下头，未经梳洗的头发三三两两地散落下来，更增添妩媚之色。

"小袁神捕，你这是……"

"啊……这个……"

第十九章　三姐妹

“唔，我还以为是灵芷，对不起啊……”袁客师原本想解释一下，却发现所有解释都苍白无力，做错了就干脆承认错误，以免错上加错。

厨房中除了灶膛中火焰发出的噼啪声，就只剩下两人的呼吸声，他们低着头不敢说话。小露本无家可归，这才被人抓到用作活祭的贡品，被救回后并无衣物，好在齐灵芷的身材与她相仿，把几件换洗的衣袍借给她穿，导致了现在的误会。

“我……来找些吃的，我先走了。”袁客师为了避免尴尬，说了句话便欲转身离开。

小露抬起了头，轻声说道：“我见你晚上没怎么吃东西，房间的灯又亮着，琢磨着你会饿，就来厨房给你做些夜宵。”

“那……太谢谢你了。”袁客师停住脚步，表情有些意外。

“呵呵，你一定是误会我了。我身上穿着的是灵芷姐姐的衣裳，原来的那身衣裳已被恶贼弄碎了。”小露语气变得凄凉起来，让人听得不由得一阵心疼。

“恶贼关在大牢中，我已关照下去，让他受尽苦头。”袁客师本就爱憎分明，天师的行为又已超出他的认知底线，所以便特意让牢头儿“关照关照”他。

“谢谢袁大哥。”小露哭了起来，身体一软，委身向袁客师的怀中靠去。

袁客师感觉一股诱人的香气钻进鼻孔，令神志陡然一滞，大脑一片空白，眼见着小露靠了过来，若是躲开，她定会摔个跟头；若是不躲，恐怕要有揩油之嫌，无奈之下，只得把两手扬了起来表示自己的清白。

小露嘤咛着，像温顺的小猫一样依偎在袁客师的胸膛上，那双柔若无骨的手轻轻地贴在他的身上。过了好一阵，小露才反应过来，离开袁客师的身体，一脸娇羞地捋了捋头发，转身离开厨房。

“呼!”袁客师长长地出了一口气，他恢复了正常，灵敏的感觉、超常的听力再次回归，只听得厨房外一阵窸窸窣窣的声音响起，"咯吱"一声，房门被打开，身着夜行衣的齐灵芷走了进来。

"灵芷，你回来了！"袁客师想起刚才的事脸红了起来，好在厨房的光线微弱，无法看清他的窘态。

齐灵芷没在意袁客师异样的表情，轻哼了一声，松了一口气，将长剑收回来，盯着他问道："我以为有贼进了厨房偷东西，你这大半夜的不睡觉，怎么跑到这儿来了？"

"我……我见你还没回来，便到厨房来弄些吃的……打算等你回来后，一起吃夜宵。"袁客师说话底气不足，甜言蜜语却令齐灵芷心中一阵高兴。

"是吗？我看看锅里煮的是什么。"齐灵芷兴冲冲地走到锅台前，掀开锅盖。

一股食物的香气飘了出来，令她精神一振。

"不错不错，没想到小袁神捕还有这一手。"齐灵芷拍了拍手，脸上现出一副陶醉的表情。

本就身材姣好的她，此时在紧身夜行衣的衬托下显得更加玲珑，挽起的头发和上衣间露出一段白皙的脖子，细细的腰肢将上翘的臀部衬托得极其诱人。

他走到齐灵芷身后，伸手抱住她，紧紧地贴在她身上。

原本齐灵芷想把晚上的经历讲给袁客师，却被他的突然举动弄得娇羞无比，竟然忘了原本想说的话。

两人依偎了好一阵才分开，齐灵芷脸上的红晕褪去了些许，幽怨地看了一眼闭着眼睛的袁客师，哼了一声，也顾不得吃东西，闪身离开了厨房，看到汪远洋刚好巡视到院子，犹豫了一下后喊了声汪大哥，这才走了过去……

袁客师盯着灶膛中有些微弱的火愣了好一阵，叹了一口气。他对小露没有半分邪念，却给他不同的感觉，他努力把小露驱赶出头脑，却挥之不去，想得多了，头脑开始一片混乱，迷迷糊糊地走回房间，连衣服也没换，一头躺在床上昏睡过去……

梦由心生，这句话不无道理。

袁客师的梦有些惊艳，更是骇人。他梦见与小露在一个巨大的池塘中嬉戏玩耍，池塘的水清澈极了，鱼儿们在他们的身边悠闲地游来游去。水的味道非常甘甜，不时饮上一口，令人神清气爽。

正当两人玩得兴奋时，却听见不远处齐灵芷的声音传了过来，说话声有些急迫。猛地一看身边的小露，不见了踪影，更为离奇的是，小露的声音与齐灵芷的声音掺杂在一起传了过来。

"啊……不……"袁客师吓得大叫一声，从梦中惊醒过来，口中干燥得像是被火烧过一般，急忙下床来到桌子旁，拿起茶杯，却发现只是一个空杯子。

齐灵芷和小露的声音却越来越大，好像两个人在争执，而肖清平的声音也掺杂在其中，不停地劝着。

"糟了，难道是昨晚上的事被灵芷知道了？"袁客师使劲地摇晃着脑袋，想起昨晚上和小露的那一次拥抱，他有些后悔，当时应该躲开才是。

男女拥抱在现代是一件极其正常的事儿，但在古代，男女授受不亲，更何况两人又是单身男女，一旦传出去后，恐怕会对小露的名声不利。

袁客师轻轻推开门，凉爽的风吹进来，令他精神一振，深吸了一口气，竖着耳朵听着。可三人的说话声越来越小，最终完全听不清她们所说的内容，小露的哭声却越来越大。

"要是小露把昨晚的事说出来，灵芷轻饶不了我，索性不如挑明了。"袁客师下定决心要和齐灵芷坦白。

他揣着一颗忐忑的心走出房间，顺着声音走去。

齐灵芷三人站在刺史府的大门口，小露的肩上背着包袱，嘤嘤地哭泣着，齐灵芷和肖清平两人拦在她的身前，拉着她的手，不断地出言安慰着。

齐灵芷看到蹑手蹑脚的袁客师，便绕过小露，冲着他招了招手。

袁客师叹了一口气，硬着头皮走了过去。小露转过身来，看到是他，眼中闪现出一丝幽怨之色。

"姐姐……唔……"袁客师刚说出两个字，却觉得喉咙仿佛被火烧了一般，原本想说的话一下子堵在嗓子眼。

"袁客师，你是不是欺负小露了？"齐灵芷两手掐腰瞪着眼睛问道。

袁客师心情如同倒了五味瓶，犹犹豫豫地走上前，沙哑着声音说道："这……这……"

他没有勇气承认昨晚的事，毕竟这件事影响巨大，按齐灵芷的脾气，轻则大闹一场，重则一气之下离开他也是很有可能的。

"你说话怎么犹犹豫豫的，是不是心里有鬼？"齐灵芷盯着袁客师，脸色逐渐凝重起来。

齐灵芷之前原本就是开玩笑的一句话，但袁客师的反应出乎了她的意料，在她的印象中，袁客师表里不一时才会是这种表现。

"灵芷姐姐，和小袁神捕没关系，我是个不祥之人，待在这儿会连累大家的。"小露解释着，说话时不停地瞥着袁客师。

袁客师心中暗暗舒了一口气，抹了抹额头的汗，问道："小露，你这是要回家吗？"

齐灵芷哼了一声，走到袁客师身边，小声地说道："哪壶不开提哪壶，小露哪来的家？"

袁客师脸上露出尴尬，脸上的肌肉抽搐了几下。

齐灵芷又恢复了正常声音："没你的事了，快去独孤府附近，看看有没有动静。"说罢便转身拉着小露的手，向府中走去，边走便说道："从今天起，你就是我齐灵芷的妹妹，要是有人欺负你，我就会尽施手段，让他痛不欲生。"

齐灵芷虽说年轻，但对付人的手段深得师父青玄师太的真传，当年对付危害江湖的"西北四煞"，虽说最终没要他们的命，却比死更惨。这件事江湖上传得很广，袁客师虽说没亲眼见到，但惨烈的场面不时地浮现在他脑海中，不由得心中一颤，裆部跟着一紧。

肖清平紧跟了几步，走到小露的身边，拉住她的另外一只手，说道："也算我一份，要是有人欺负你，我就让你汪大哥将他斩成八段，然后再丢到后院喂狗。"

小露终于破涕为笑，口中连声叫两人"姐姐"，拉着两人的手向府中走去，经过袁客师身边，偷偷地看了他一眼，眼神中尽显暧昧，吓得他急忙施展出轻功向外奔去。

女人之间的事儿可以很复杂，但也可以很简单。

三人结拜后，肖清平便拉着小露上街去购买新衣裳。自打小露来到刺史府，一直穿着齐灵芷的衣裳，衣袍穿在丰满的身体上有些紧绷，惹得差人们和府上的下人们不时地甩出火辣辣的眼神。

齐灵芷见狄仁杰的房间打开门，狄平端着早餐走了进去，这才走了过去，向狄仁杰施礼，正要说话，却见汪远洋也走了进来。

"大人，我昨晚回来见您已经睡下，便没有打扰您。"齐灵芷解释着，生怕狄仁杰因为消息告知得不及时怪罪于她。

狄仁杰摆了摆手，笑了笑表示没关系。汪远洋却紧皱眉头沉默不语，眼睛有些红肿，显然他还未能从师父遇难的悲痛中脱离出来！

齐灵芷把昨晚在独孤府地下密室的经历原原本本地说了一遍，狄仁杰听后并未立刻说话，只是捋着胡子思索着。

"我安排了衙役在独孤府附近观察，一旦有任何异动，立刻回刺史府禀报。"齐灵芷说道。

"你做得很好。"狄仁杰赞道。

齐灵芷从百宝囊中掏出一锭银子，放到桌子上，说道："大人，这锭银子就是在密室中发现的。"

狄仁杰拿着银子端详一番，随即说道："是官银，这样看来，独孤大人的嫌疑更大了。"

第二十章　雷善明

狄仁杰说罢便将银子重重地放在桌子上，随手拿起茶碗，却发现茶碗中没有水。站在一旁的狄平急忙拿起茶壶，向茶碗中斟了半碗水。

狄仁杰抬头看了看狄平，见他嘴唇上满是裂开的口子，脸上没有半点光泽，不由得心中一酸。这种状态不是生病，而是长期缺水缺粮造成的，要是粮食和水的问题再不解决，魏州很快就会变成一座死城。

"远洋，据你所说，你师父拥有惊世骇俗的武功，为什么会被困在独孤府的密室中？另外他所中的瘟毒究竟是什么毒，竟然将一名内功深厚的高手困住，你师妹所爱的人是谁？她和他现在又在哪里？"狄仁杰问了一连串的问题。

"我师父无论是武功还是智慧都堪称一流，却死得这么悲惨，我定要查清那恶贼，将其碎尸万段。"汪远洋一掌击在椅子的扶手上，将扶手打得粉碎。

汪远洋的脾气一向很好，几乎没与人发过火，想不到神秘老人的死对他的冲击竟如此之大。

"汪大哥，你师妹……"齐灵芷小心翼翼地问着。

汪远洋深吸了一口气，调整好情绪才答道："师妹是师父收养的孤儿，随了师父的姓，取名向百灵，武功和我一样，走的都是轻盈的路子。闯荡江湖后，她不知从哪儿学了一门易容的手艺，名号也不断变化，最终没人知道她真正的名字和真面目。我是带艺投师时，师妹已经下山，我也是从师父口中大约知道师妹的样子，我艺成下山后，遭受你爹齐东郡的陷害，隐姓埋名了好长一段时间，等再出江湖时，彻底与他们失去了联系。"

三人沉默了一阵，不约而同地发出一声叹息。齐灵芷的脸上出现愧疚之意，毕竟齐东郡是她的父亲，早年做了很多恶事，险些将汪远洋害死。

"那些银两，还有密室中的机关，难道说是一个局不成？"狄仁杰有些不解，想不通齐灵芷所遭遇的究竟是怎么回事。

齐灵芷沉思一阵，说道："大人，在我和前辈交手过程中，他好像说了一句奇怪的话，我没听懂，想必是哪里的家乡话吧。"

狄仁杰捋着胡子说道："你说来听听。"

齐灵芷随即便学着神秘老人的话说了一句，但当时情形极其恶劣，老人有些口齿不清，齐灵芷又只听了七八分，所以这句话已经失去了原本的意思。

汪远洋听后神色更加黯然，说道："应该是苗族土语，师父曾经在苗族地区生活过一段时间。"

狄仁杰与齐灵芷对视一眼，心中对这位神秘老人更加好奇。

"不过，据我观察，密室中的银两并不多，应该不会超过十万两。"齐灵芷说道。她父亲齐东郡乃是凉州首府，对于大笔的银两她并不陌生。

狄仁杰应了一声，随即说道："魏州城现在最缺的是水和粮食，银两的作用并不大。我看这样，咱们分头行动。灵芷，你陪远洋去独孤府上与客师会合，将赃银取出，着手调查独孤府的人，尤其是独孤夫人和老管家。我要去查查粮食的事。"

汪远洋神色变了又变，最后语气坚定地说道："大人，我还是陪着您，独孤府有灵芷和客师就够了，我去不去都一样。"

狄仁杰叹了一口气，心中知道汪远洋这样做是为了保护他，遂说道："好吧，人死不能复生，活着的人要更好地活下去。远洋，你放心，我一定会查清你师父的案子，还他一个公道。"

汪远洋重重地点了点头，将手中的天霜长剑递给齐灵芷，说道："灵芷，我师父传功给你，并以宝剑天霜相赠，就说明你们之间有缘，你掌管白鸽门，消息灵通，还请你帮助我找到我师妹和那恶贼。"

他这样说不无道理，凭借他一个人的力量，很难在茫茫人海中找到师妹向百灵。齐灵芷却不一样，身为白鸽门的掌门，江湖上各种情报是得来全不费工夫，找人会容易一些。

齐灵芷没再推托，双手接过宝剑，郑重地说道："汪大哥，你放心，这件事我一定会配合大人查到底，把向百灵和那恶贼查出来，给前辈一个交代。"

说罢，她向二人抱拳拱手后转身离去。

汪远洋看着齐灵芷离去的背影，长叹了一口气，顿了顿，转过身向狄仁杰问道："大人，粮食的事情可有了眉目？"

狄仁杰闭着眼睛摇了摇头："谈不上眉目，不过，令救济粮失踪的手法勘不破，可存放粮食需要很大空间才行。魏州大旱三年，周边的地区都好不到哪去，这批粮食很重要，如果真是契丹人做的，绝不会任由这些粮食发霉烂掉。"

"大人是说契丹人会将这些粮食运到他们的驻地?"汪远洋问道。

狄仁杰捋着胡子说道："前提是这件事必须是契丹人做的，不过说起来，除了契丹人，谁会冒着天下之大不韪做这件事? 十有八九就是他们。"说到这里，他的眼睛中竟然冒出凶狠的光芒，这是汪远洋从未见到过的。

赈灾粮不但是魏州的救命粮，更是大周朝廷的倾力所为，要是落到契丹人手中，战争的天平就要倾斜，到那时战乱大起、民不聊生，这种行为怎能不令他咬牙切齿?

"无论对与不对，都要赌一把。对手狡猾异常，计划还需要时间，不知道咱们能不能挺得过去。"狄仁杰神色有些黯然。

汪远洋张了张嘴，本来想说几句安慰的话，却还是咽了回去。

"远洋，我的计划是这样的……"狄仁杰小声地说着。

……

天气一如既往地炎热，树上的知了仿佛惧怕火一般的天气，躲在树叶下面，懒洋洋地叫着。

一匹快马却出现在通往魏州的官道上，只见马背上的人浓眉大眼，身材魁梧，身穿灰色的布袍，后背上背着两根黑黝黝的镔铁棍。此人正是李元芳在明州时收的记名弟子雷善明。

李元芳伤重与如燕归隐养伤，因担心狄仁杰的安全，便给雷善明写了一封信，让他火速前往魏州，协助汪远洋保护狄仁杰。雷善明得到李元芳的"煞天气功"后，勤修苦练，练就了一身好本领，正愁没有施展之地，接到李元芳的来信后，便立刻告别爹娘前往魏州。

进入魏州的地界后，一幕幕令人震惊的场景不停地闪现在雷善明眼前。干裂的大地、枯竭的大河、逃荒的灾民、变成白骨的尸体，无不刺激着他的神经。

隐约地看见魏州城，胯下的马口吐白沫，要是再催马前进，定会倒毙在官道上。雷善明只得勒住缰绳，从马背上跳了下来，解下腰间的水囊，打开塞子，向马儿的口中倒去。

路上的行人看到雷善明给马喂水的行为，眼睛中流露出惊讶，要知道，魏州城中连人的饮水都比较困难，更何况是喂马。

走到城门附近，行人三三两两地从城里走出来，两三辆马车经过城门，丝毫没有引起官军的注意。在平时，像这样载着货物出城的马车，官兵们绝对不会放过，有的车老板为了省事，便会送上一些好处。可现在，守卫的官兵只坐在城门的阴凉处歇着，根本不去检查过往行人，甚至连眼皮也不愿意抬起来。

"奇怪，真的是很奇怪。"雷善明牵着马走进城，看了看打盹的兵士，不由得摇摇头。按说狄仁杰身为刺史，执掌军政大事，不应如此。可如今看来，守城兵士军纪涣散、毫无斗志，一旦契丹大军攻城，用不了一天便会破城。

带着疑问，雷善明来到了刺史府，向门口的衙役通报姓名和来意，衙役有气无力地转身向里面走去。

过了一阵，狄平走出来，见到一名黑铁塔般的大汉站在府门口，心中一喜，立刻冲着雷善明一抱拳，笑着迎了上去。

"您就是李将军的弟子雷善明？"狄平盯着雷善明后背的两根镔铁棍问道。

"正是在下，您是狄大人的管家吧，狄春大哥呢？"雷善明拱了拱手问道。

狄平笑着点了点头，干裂的嘴唇再次裂开了一个口子，鲜血涌了出来，他只好用舌头舔了舔，苦笑一声，示意雷善明进去，随即便转身在前面带路："我叫狄平，狄春是我堂哥，他父亲去世回家守孝去了，狄大人现在正在书房中。"

见到狄仁杰，雷善明急忙施礼，一番礼数后，便坐在了下首，禀报着他的近况和来意。

雷善明一直给狄仁杰很深的印象，当他听到雷善明的煞天气功已经略有小成时，不禁出言赞叹。

比较木讷的雷善明只是一笑，并没有太在意。在他的心里，李元芳的境界才是他要奋斗的目标。

"大人，我进城时，发现城门守军懈怠，这……"

对于守城官兵懈怠这件事情，狄仁杰并没有说太多，只是叹了一口气，看了看茶杯中浑浊的水。

雷善明性格淳朴，却颇有悟性，一看便知狄仁杰所指。粮草饮水不足，人又不是铁打的，连生存都成了问题，何谈其他。

两人正聊着，小露从外面走了进来，她身穿新买的乳白色的纱衣，满头的乌发随着走动而摆动着，映衬着精致的脸，让人看得着迷。

当雷善明的目光扫到小露身上时，他的心猛地收缩，随即便快速地跳动起来，要不是因为脸色原本就很黑，会看到他的脸变得通红。

小露感觉到雷善明火辣辣的目光，急忙低下头，端着木盘走到二人近前。

"大人，这是过滤后的水，您尝尝。"小露迈着轻柔的脚步走到狄仁杰面前，将一杯水递了过去，又将另一杯水递给雷善明。

雷善明已经看得呆住了，并未注意到递过来的水杯。

狄仁杰忙咳嗽了两声，提醒着他。雷善明这才将目光收回来，口中"哦"了一声，双手将茶杯接过去。

当他的手触碰到小露时，像是被电到了一般，手下意识地缩了回来，险些没将茶杯中的水弄洒。

"小心，小心些，这些水可是来之不易呀。"狄仁杰笑呵呵地提醒着。作为过来人，他看出雷善明对小露极具好感。小露是名可怜的女子，要是能与雷善明结成姻缘，也是成全了一件好事。

小露施礼后便转身离去，雷善明耳朵听着狄仁杰讲话，眼睛却偷偷地瞥向她的背影，一副痴痴的模样。

第二十一章　巨贪

　　雷善明安顿好了一切后，就到刺史府周边转转，以熟悉魏州的环境。他自小在海边长大，从未遇见过旱灾。赶来的路上，他听说了魏州的旱情，却没想到旱成这般模样，若非亲眼看见，无论如何都不会相信。

　　百姓的嘴唇都是干裂的，树叶变成了枯黄色，就连生命力顽强的小草也蔫头耷脑地站在那里。偌大的魏州城中，仅有几口井还有些存水，井口都有重兵把守，否则百姓定会一抢而空。

　　"好热的天！"雷善明抹了抹脸上的汗水叹道。

　　相比较湿热的明州，魏州城干巴巴的热浪更加令人难受。他正欲转身回去，却发现前面不远处的水井旁围着很多人，几人正在争吵，有两个人甚至已经动起手来。激烈的打斗并未引起人们的关注，百姓依旧站在各自的位置上排着队，生怕离开位置后再也挤不进来。

　　看守水井的官差懒洋洋地在一旁看着，像是看一场猴戏一般。

　　雷善明叹了一口气，心想：在这个人人自危的年代，莫说是打架，连路上死了人，人们也不愿意多看一眼。

　　雷善明好行侠仗义，正想过去将两人劝开，却见一名彪形大汉带着几个人走了过去，大汉二话不说，抬起脚就将打架的两人踹倒在地。

　　倒地的两人站起身准备发泄怒火，抬起头看到彪形大汉的那张脸，便立刻低下头不再言语，站起身来，连衣袍上沾的土都来不及拍打，灰溜溜地离开了队伍。

　　"竟然敢在老子的地盘上捣乱，活得不耐烦了。"彪形大汉朝着地上吐了一口口水。

　　人们看大汉吐出的那口口水，都有些心疼。大旱三年，莫说是吐口水，多说一句话都怕浪费吐沫。

彪形大汉朝着打水的队伍扫了一眼，吓得人们急忙低下头，将脸瞥向另一边。

当他看到身穿白色纱衣的少女小露时，那双小小的三角眼放出光芒，肥颤颤的脸上露出淫荡的笑容。只见他双手不断地搓着，撇着八字脚慢慢地向前走着，边走边哼着青楼中常听到的歌曲。

"小妹妹，不要在这里排队了，到哥那儿去，粮食和水有的是！"彪形大汉丝毫不加掩饰，抛出赤裸裸的诱惑。

小露偷偷地看了一眼大汉，便立刻低下头，身体微微颤抖着，手中的木桶掉落在地上。她在府上闲不住，便到厨房提了水桶到井边来排队打水，虽说是给刺史府打水，狄仁杰却要求下人到井边和百姓一起排队，不允许使用特权。

雷善明也一眼认出小露，眼见彪形大汉耍流氓，他冷冷地哼了一声，走上前拦在大汉面前。原本体型庞大的大汉在他面前却像一名小矮人，气势也差了半截。

大汉收起脸上的轻浮，挥了挥手让众打手等人后退，冲着雷善明一拱手。

"这位小友，我叫江铁头，道儿上的兄弟们都尊称我为江老大。我看上了这位小女子，若识相，马上让开。女人嘛，哥哥我那儿有的是，金银财宝任你挑选，粮食和水不限量供应。怎么样？给哥一个薄面如何？"江铁头皮笑肉不笑地说道。

江铁头精于江湖之道，绝不是一上来就开打的街头混混，这也是他能混这么久还屹立不倒的原因之一。

雷善明强忍住愤怒，拱手一抱拳："这位大哥，我家小妹出来打水，却不知怎么得罪了您，还请高抬贵手。"他的话说得不咸不淡，给足了对方面子，也直接提出了目的。

江铁头哈哈大笑，声音竟然如雷鸣般，震得人耳朵生疼。

"敬酒不吃吃罚酒。"两句话不投机江铁头便眼冒凶光，露出了流氓本色，身上的衣袍竟然无风自动，只见他身形一晃，上来冲着雷善明的胸膛就是一拳。他向来信奉的是先下手为强后下手遭殃，不会遵从所谓的江湖规矩。

这一拳俨然是内家拳法，要是寻常人被打到，轻者重伤、重者丧命。

雷善明不敢怠慢，扎下马步，将煞天气功运至极限，将双拳平举，迎着对方的拳头砸了过去。他自打练功以来从未与人交过手，更不清楚江铁头的功力，所以一上手就使出全力。

两只巨大的拳头相交在一起，发出闷声。

江铁头连退数步，却止不住退势，要不是众打手将其扶住，怕是会立刻瘫坐在地。站定后，他嘴角流出一丝鲜血，脸色变得煞白，连续咳嗽着。

雷善明没想到煞天气功竟有如此威力，他不敢相信地望着拳头，又看了看面有惧色的对手，咧着嘴嘿嘿地笑着。

李元芳的《煞天气功》是内外兼修的奇书，对专练内家或者外家功夫的人来说，这门功夫练起来难度很大。对于没有基础只会苦练的雷善明，反而起到事半功倍的效果。

以他现在的实力，莫说是魏州城一名市井流氓，就连江湖一般高手也不是其对手，与袁客师这种级别的高手对打，亦可以仗着功力深厚平分秋色。

江铁头胸腹中翻江倒海，强忍着没吐出鲜血，却说不出话来，勉强站稳身形后，冲着雷善明抱了抱拳，本想转身离去，却怎奈受伤太重，稍微一动，胸腹间像是被千百根钢针刺中一般。

打手们见势不妙，便架着江铁头慌忙离开，甚至连掉落在地上的鞋都没来得及捡。

雷善明摸了摸有些发麻的拳头，松了一口气。令他奇怪的是，在水井旁维持秩序的官差对这场打斗并没有任何兴趣，甚至连眼皮都没抬一下。周围的人们都低着头，一副漠不关心的模样。

他心知肚明，官差一定是被这帮恶霸们收买了，因此不闻不问，百姓应该是惧怕江铁头等人，敢怒不敢言。

"早晚我会将你们这帮为祸乡里的恶霸收拾了。"雷善明暗下决心。他不但学习了李元芳的本领，更是将其嫉恶如仇的性格学个十足，遇到不平事，绝不会袖手旁观。

他捡起地上的木桶，拉起小露的手向刺史府走去。

"谢谢你，雷大哥。"小露的声音又甜又怯，加上刚才的事情造成的恐惧，声音微微颤抖，让人听了不由得产生怜悯，升起一股保护她的欲望，哪怕对方是千军万马也不皱眉头。

雷善明憨笑一声："小露姑娘，你不用客气，要是这些人再欺负你，我就将他们统统打扁。"说罢还用木桶挥舞了两下，险些将木桶的把手挥掉，逗得小露捂着嘴笑了一阵。

雷善明一直拉着小露的手，小露没有挣脱，柔弱的小手仿佛一只听话的小兔子，蜷缩在大手里，感受着温暖。

......

在这个时代，银子作为货币流通仍旧属于少数，大部分都用于大宗交易。银子虽俗，却是生活中不可缺少的，不过前提必须是获取它的来路是正道才行。靠着贪污腐败或是欺压百姓得来的，早晚会遭到报应。就算暂时没暴露，守着大量的银两不敢拿出来用，只能放置于密室中，这样的银两要来何用？

道理很多人都懂，可惜大贪者顾不了那么多，将银子弄到只属于他的地方，哪怕是每天瞧上一眼就能高兴一阵。这俨然成为一种病，无可救药的病。

独孤府后院的围墙倒塌，地面上形成一个很大的坑。人们好奇地从捕快们的缝隙间向里面望去，看看刺史大人的府邸究竟是什么模样，其实令人们更加好奇的是其中的银子。

袁客师站在一堆堆的银锭前，双眼中并无半点贪婪。阳光下，银子散发出迷人的光晕，闪得围观的人们不由自主地眯上了眼睛。

"小袁神捕，银子已查点清楚，一共是九万九千九百九十两。"库丁用余光瞥向摆放整齐的银子，眼中闪现出贪婪之色。

加上之前齐灵芷拿走的十两纹银，正好是十万两！

围观的人们一听，立刻爆发出惊讶的叫声。十万两银子对于州府来说算不了什么，可对于一名普通的百姓，几辈子都花不完！

袁客师看向身边低头的独孤夫人和老管家，冷冷地哼了一声："夫人，您还有什么话可说？"

独孤夫人并未答话，只是在一旁低声啜泣着。老管家则是微微抬起头，脸上显出冤枉的神色，倔强地张了张嘴，但看到银子后又低下头。

"按说应该将你们收监才是，念你刚死了丈夫，对此事又不知情，责令你不准离开魏州城，随时听从传唤。"袁客师说罢便朝着库丁和府库的官兵挥了挥手，示意将银两送入府库中。

这些话是狄仁杰提前交代给他的，就算独孤思庄贪污的罪名成立，也只是他一个人的错，罪不至全家。

独孤夫人听后哭得更加厉害了，甚至比独孤思庄死的时候哭得还伤心。老管家长叹一声，扶着独孤夫人向府中走去。

捕头霍兰山带着一众捕快跟着进入府中，他们的任务是令独孤家人搬出府院，随后将府院封存并进行更为彻底的搜查。

人们见事情已了，纷纷议论着结伴离去，有的是一脸惋惜，有的是一脸妒忌，有的则是一脸恨意。但显然，他们针对的只是白花花的银子。

虽说眼前缺的是粮食和水，但没人能抗拒银子所带来的诱惑！这是发自人的骨子里的，直到现在，人们依然对金钱乐此不疲。

俗，但不可缺！

第二十二章　自取死路

袁客师看着完全塌陷的独孤府后院，心中暗叹着。他已经命人仔细地搜索了塌陷的密室，除了散落的银锭外，还有一些陷阱机关的零件，再无他物。汪远洋的师父没有半点痕迹，甚至连一根完整的骨头都没见到。

"神秘老人说是用火折子引发体内的瘟毒，产生剧烈的爆炸，这样才能将瘟毒彻底销毁，遗体应是被炸成粉末了。"袁客师蹲在大坑中暗想。想了一阵，觉得腿有些麻，便索性一屁股坐在地上，开始思索这桩贪污案。

表面上看，三百万两赈灾银被独孤思庄和罗金柱两人提走，现在从密室中发现了十万两，还有二百九十万两不知所踪。这么大一笔银两，如果用马车运出城，目标太大，这说明这些银两仍在魏州城中，只是不知道藏在何处而已。

再分析独孤思庄贪污的动机和目的，虽说三百万两银子足够诱惑人做出任何事情，也得有命花才行。明明知道和狄仁杰交接在即，却还这个节骨眼将银两私自提取，并将其中的一部分藏于自家的密室，这样做完全是自取死路！

两人只要一进行交接，银两离开府库的事情便会暴露，独孤思庄又无法说明银两的去处，贪污的大帽子就会严严实实地扣在他头上，按照皇帝武则天以往的做法，定要诛灭九族才罢休。

无论从哪方面看，独孤思庄都是只赔不赚，是一桩亏本的买卖，他身为一名朝廷四品大员，怎么会糊涂到做这种傻事！

最离奇的是，他还封闭了后院，不让任何人接近，这一点颇为可疑。要真是贪污了银两，藏在后院水井下的密室中，应该极力隐藏秘密才是，封闭后院的行为摆明了是要告诉世人，贪污的银两藏在后院中！

想到这里，袁客师脸上露出笑容，对于独孤思庄贪污案，摆明了就是栽赃陷害。现在需要做的，就是立刻回到刺史府，向狄仁杰禀报他对案情的分析。

刚走到刺史府门口，他见雷善明拉着小露的手向里面走去，看见小露像只小兔子一样乖乖地跟着。

袁客师放慢脚步，直到小露和雷善明的身影消失，他才向府中走去。

看到狄仁杰一个人在书房，并未见到汪远洋的身影，袁客师再次松了一口气。从汪远洋的表现上能看得出，他对神秘老人的感情极为深厚，要是知道他师父死后连尸体都没留下，怕会精神崩溃。

袁客师将整件事情原原本本地向狄仁杰做了禀报，并将他的推理一同讲述出来。

狄仁杰听后捋着胡子思索着，过了好一阵，才说道："对于独孤刺史的分析，我表示赞同，虽然所有的证据都表明他就是贪污案的主谋，可其中疑点重重。"

"而且从独孤思庄下令封闭后院的行为来看，在他生前应该是预料到了他的死亡，所以提前做了伏笔，让夫人和老管家封闭后院，引起咱们的注意，从而引出十万两官银。不过他应该不知道密室中还存在一名绝世高手，若非机缘巧合，灵芷她……"袁客师神色一黯，眼中显出骇人的光芒，显然是对阴谋的策划者痛恨至极。

对于袁客师而言，没有什么比齐灵芷更加重要了，无论是谁，企图用任何方式伤害齐灵芷，他都会毫不犹豫地去玩命！

"此事牵扯到独孤思庄的家人，他们有可能知道一些线索，你和灵芷多从他们的身上下手。"狄仁杰正色说道。

"明白，大人，我这就去找灵芷。"袁客师说罢便欲转身出门，刚走到门口，便见远处走来一人，急匆匆地向书房走来。此人身穿普通的袍子，腰间却挂着一枚内卫专用的玉佩，脸上表情狂傲不羁。

"大人，是内卫。"袁客师对内卫本没什么好感，一看到是内卫来了，心中便是一阵不快。

武则天登基以来，很多李姓王公大臣不服，消极怠工、造反的比比皆是。武则天为了巩固皇权，任用了一批靠诬陷为生的市井流氓，为了方便管理这些人，便建立了一个组织——内卫，内卫任意诬陷反对武则天的大臣，掌握着大部分人的生死大权，导致朝中大臣人人自危。随着权力越来越大，内卫们也开始膨胀，利用权力为所欲为。

狄仁杰听到袁客师的话后心中"咯噔"一下。他刚刚到任不久，独孤思庄被杀的案子还没有着落，救济粮的案子也没有线索，又在此时出现赈灾银贪污案，内卫在这个节骨眼找上门来，弄不好是皇帝得到了消息，下了限时破案的圣旨。

内卫走到门口，冲着狄仁杰抱拳施礼，皮笑肉不笑地说道："狄大人，接旨吧。"

狄仁杰看了一眼内卫手中的圣旨，忙站起身正了正衣冠，跪下来接旨。

果然如狄仁杰所料，皇帝得知魏州所发生的案件后大怒，将议事的大臣们骂个遍，随后令张柬之拟一道圣旨，派内卫火速送往魏州。虽然在圣旨中没责怪狄仁杰，却限令他在一个月内破案，若破不了案，便是抗旨不遵。

内卫宣读完圣旨，走到狄仁杰身边，将圣旨交给他，随后又小声说道："贾威猛大阁领说了，独孤思庄死亡、赈灾粮被劫、巨额赈灾银失踪，这些案件影响巨大，处理不当会动摇江山社稷的根基，若您不能按期破案，魏王武承嗣和来俊臣等人定会上奏弹劾。到那时，就算是有张柬之、姚崇等人力保，您也得人头落地。"

狄仁杰接了圣旨站了起来，笑着说道："贾威猛怎么变成了大阁领，难道他重出江湖了不成？"

贾威猛早年是一名江湖杀手，以迅猛有力的简单杀人手法闻名江湖，后来在机缘巧合之下加入内卫，一路做到内卫大阁领的位置，经历了各种磨难后，他最终看破内卫的本质，以身体不适为由退出内卫。

内卫显然是对贾威猛的行为有些不解："这世上的事，真是让人难以琢磨，好容易退出了内卫，不知怎么又卷了进来。"

内卫乃是武则天清理反对派的产物，一旦新皇帝即位，所有受到内卫迫害的大臣定会将内卫置于敌对状态，内卫的下场自不必说了。

狄仁杰笑了笑，没再说什么，他心里明白，在内卫大阁领这个位置，几乎没人能全身而退，贾威猛此次出山应该是为了他。

朝廷中佞臣当道，若不是张柬之、姚崇等大臣在外，贾威猛在内相互照应，就算他再有本事、再能算计，也早早死在佞臣的口舌之下了。

"贾威猛大阁领还有没有消息让你带来？"狄仁杰一把拉住转身欲走的内卫。

内卫眼睛一亮，脸上的傲气收敛不少，竖起了大拇指："狄大人真乃神人也，大阁领说了，若您不问，让我转身就走，消息就烂在肚子里。"

狄仁杰听罢一阵大笑，他与贾威猛多年的交情，对彼此都了解甚深。

"大阁领让我告诉您，要小心身边的人，眼见还有三分假。"内卫小声说道。

"就这些?"狄仁杰问道。

"就这些，狄大人保重。"内卫行事干净利落，事情办完便转身离去。

目送内卫走后，袁客师问道："大人，贾威猛为什么不直接告诉我们身边的坏人是谁?"

狄仁杰将着胡子微微一笑："客师，你不了解内卫。内卫千千万，耳目众多，消息来源比较杂，狡猾的敌人也会想到，一定做了妥善的安排，来防止内卫刺探消息。贾威猛只是通过诸多的信息分析，并没有真实证据，要是贸然下了结论，岂不是误导了我们。"

"原来是这样，那我们下一步该怎么办?"袁客师对眼下的局势有些迷惑。

狄仁杰将了将胡子，郑重其事地说道："皇帝给我们的时间不多，应该是来俊臣等人从中作梗。目前我们处于非常不利的境地，缺水断粮，赈灾银贪污案，契丹叛军随时可能攻城，魏州几乎陷入绝境中，现在也只能见招拆招了。"

袁客师听罢，不由得对狄仁杰更加佩服，身处绝境还能够谈笑风生，古今王侯能有几人?

"大人是胸有成竹啊!"袁客师笑着说道。

狄仁杰摇摇头："根据与年长村民了解的情况以及历法书籍的推演，一个月后大旱结束，契丹大军会在那时攻打魏州，所有的事都会在那时终结。不过，一个月的时间会死很多人，要是眼下缺水的情况不能解决，魏州怕是挨不到那个时候了。"

"大人是如何判断契丹叛军攻城时间的?"袁客师有些好奇。

狄仁杰呵呵一笑："因为三年大旱、瘟疫丛生，魏州已是一座危城，契丹李尽忠用兵如神，绝不会攻打这样一座城，令军队陷入困境。不过，一旦解决了粮草、军械和水，他即会攻打魏州，作为其一个补给据点。如果赈灾粮被劫是李尽忠等人所为，他们现在等待的就是水，所以我才推断出一个月后正是李尽忠进攻魏州的时间。"

袁客师略加思索后点点头，脸上露出钦佩之色："大人真乃神人也。对于解决水的问题，我倒是想起一个人来，要是他能来，缺水的事情就有转机。"

狄仁杰捋着胡子深邃一笑："看来咱们想到一起去了，钟嘉盛正在筹集银两和粮食，时间不等人，务必要先解决缺水的难题。你让灵芷马上飞鸽传书，让他火速赶来魏州。"

袁客师转身而去，书房中只留下狄仁杰一人还在思考着。

……

第二十三章　可疑的小叫花子

霍兰山是土生土长的魏州人，袁客师虽说跟随狄仁杰而来，有着霍兰山不可比拟的优势，但俗话说得好，强龙压不过地头蛇，很多事情还必须得霍兰山来做才行。

霍兰山极其不情愿地指挥着捕快们贴封条，却不敢看向站在大门口的独孤夫人。当捕快把最后一张封条贴在独孤府大门上，霍兰山总算松了一口气，赶紧带着捕快们离开。

独孤夫人站在府门前愣了好一阵，老管家实在看不过去了，提醒了一声，独孤夫人这才长叹一声，领着家人们离去。

独孤府的下人们已遣散完毕，遣散费用都是独孤夫人用金银首饰当的银两。现在他们身上所剩无几，勉强在城边租了一座茅草房。茅草房建在城边的角落里，残缺的院墙摇摇欲坠，树枝做成的大门摇摇晃晃，勉强将门口遮住。透过大门，隐约看到老管家在院子里忙碌着，几个小孩子叽叽喳喳帮忙修缮着房屋破损之处。宅子有一间正房、两间偏房和一个小院子，院子除了一个牛棚外，剩下的地方只有杂草。

袁客师皱了皱眉头，本想敲门却发现无门可敲，只好清了清嗓子，轻轻地拨开大门走进院子。

老管家手中拿着一把茅草，瞥了一眼，随后继续手上的活儿，头也不抬地问道："事儿不是了结了吗？现在什么都没有了，只剩下这一家子孤儿寡母，你们还来这里做什么，是看我们笑话来的吗？"

小孩子们不知道老管家为什么发火，吓得立刻停下手中的活儿，陆续进入房间中躲了起来。

齐灵芷刚想上前辩论两句，却被袁客师拉住了衣角。

"老管家，我们是来看看嫂夫人有什么困难需要帮忙。"袁客师尽量将声音放低，生怕声音大了会引起老管家的误会。

"要帮忙就把我家老爷的案子查清楚，但我告诉你，我家老爷是清白的，不可能贪污赈灾银，这种天理难容的事他不会做，我能说的就这么多，你们走吧。"老管家愤愤地说了几句话便下逐客令，态度异常坚决。

袁客师干笑了两声，赔笑着说道："老管家，我们想见见独孤夫人。"

齐灵芷领会了袁客师的意思，急忙在一旁笑着附和。齐灵芷心高气傲，要不是为了破案，绝不可能冲着一名管家低头赔笑。

老管家挥了挥手，像是轰着烦人的苍蝇，不耐烦地说道："夫人病了，不方便见客。"

袁客师与齐灵芷对视一眼，耐下性子对老管家说道："老人家，我们是带着诚意来的。对于独孤大人的案子，其中疑点颇多，需要找夫人核实。案子水落石出，也好还独孤大人一个清白。否则，这顶贪污的帽子会扣在他头上一辈子，就连子孙后代都要跟着受牵连。"

袁客师的话起了作用，只见老管家的身体一震，缓缓地拍了拍手上的土，走到袁客师的面前说道："如果你能够帮助我家老爷洗清冤屈，我独孤震就算是粉身碎骨也会报答你的恩情。"说罢便要下跪磕头。

袁客师急忙搀扶，劝说之下，老管家这才站定身形。两人是第一次知道老管家的名字，尤其是齐灵芷，感觉有些耳熟，却想不起来究竟是谁。

"不瞒你说，我家夫人到老爷的衣冠冢去祭拜了。案子没结，老爷的尸首不能下土安葬，现在府院又被查封，这以后的日子不知道怎么过才好。要是案子被坐实了报到朝廷，她们……还不知会怎样！"老管家说到这里眼圈红了，强忍着噙住眼泪。

"老管家，我想问，独孤府后院水井下面的密室是什么时候建造的?"袁客师见老管家的态度已经发生了变化立刻问道。

老管家想了想，说道："那口井已经存在很久了，应该不会比我的年纪小。至于其中的密室，我却不知道。只记得在去年，老爷说后院要进行修缮，便请来一批人，他们进入后便将后院封闭，吃喝和生活所需都是自给自足，从来不用我们。老爷出事前一个月，他们才离开。对于雇用的人，老爷从来不提，我们做下人的也不好多问。这件事情就连夫人也不知道。"

袁客师点了点头，心道："看来阴谋已经酝酿有一阵了，绝不是仓促起事。听灵芷说那密室中的机关绝不是常人所造。银两应该是近期放进去的，进入密室的人踩到了湿润的泥土带了出来，这才在府门口出现了新鲜土壤，被前去查案的捕快小虎子看到。"

"老管家，那独孤大人生前有没有异常行为?"齐灵芷问道。

"这个倒是没有，老爷勤俭奉公，一切如常。"老管家摇了摇头。

"独孤大人平时勤于政务吗?"齐灵芷是江湖人物，喜欢直来直去，但这个问题问得的确有些唐突。

她想到了长史温康骥对独孤思庄的评价，说他几乎将军政事务都交予长史温康骥和司马梁艾军打理，这说明独孤大人并非勤政之人，而性格直爽的梁艾军并未反对。温康骥还有可能夸大其词，但是凭着梁艾军的为人，绝不可能说谎。

"那当然! 我家老爷是名清廉正直又勤政的好官，可不像那些光拿俸禄不干活的官儿们!"老管家一听齐灵芷的问话便瞪起了眼睛，像一只场上的斗鸡，要是对方敢说个不字，会立刻上前攻击。

齐灵芷尴尬地笑了笑："我只是问问，没有别的意思。"

老管家冷冷地哼了一声："肯定有人说我家老爷的坏话，墙倒众人推，世态炎凉啊!"

齐灵芷正要辩解一番，却听见门外一阵脚步声响起。老管家向门外的方向撇了撇头，脸上喜色一现，说道："是夫人回来了。"

果然，独孤夫人缓缓走进了院子，看到了袁、齐二人，先是一愣，随后抿了抿嘴，说道："你们是来问我家老爷的事情吧，进屋说吧。"

独孤夫人原本是大家闺秀，见过大世面，要不是独孤思庄去世得太突然，绝不会失态，好在悲伤劲儿过去后，她逐渐缓了过来，又恢复了冷静和理智。

房内的摆设很简单，除了一张床榻，还有一张缺腿的桌子和几把破旧椅子，几件换洗的衣袍随意地散落在床榻上。

"两位请坐，现在正值水荒，无法招待你们喝茶了。"独孤夫人眼圈红红的，显然是刚刚哭过。

"夫人，我们来向您了解一些情况。"袁客师很有诚意地说道。

独孤夫人点了点头，说道："我知道你是有名的小袁神捕，这位姑娘是大名鼎鼎的白鸽门门主，至于狄大人那就更不用说了。我可以告诉你们，我家老爷是名好官，没贪污赈灾银。他做了这么多年的官，虽说有大有小，都是人们口中所谓的'肥差'，要贪污也不会现在才开始。"

"哦，夫人，您好好想想，独孤大人生前有没有和你说过什么特别的事情？"袁客师从狄仁杰的口中知道独孤思庄的经历，虽说没有进京为官，却一直在地方管财管物，所经历的官职的确都是肥缺儿。

独孤夫人先是摇了摇头，随后又皱着眉头思索一阵，眼睛突然一亮，说道："官场上的事情他从来不说，就算遇到再大困难，也是一个人顶着。不过，经过您这样一问，我倒是想起一件事情来。"

袁客师和齐灵芷一听便来了精神，异口同声地问道："什么事？"

独孤夫人叹了一口气，神色黯淡下来："出事的前些天，老爷将我叫到书房，说万一出了事，什么都不要问，也不要管，让我带着家人回老家去。我当时还笑着说，'你一个刺史，为官清廉、行事谨慎，能出什么事情？'，却不想没过多久，老爷他就……"

说到这里，她伤心地哭起来，哭声中的悲伤绝非做作。

袁客师、齐灵芷抿着嘴一言不发，他们不知道该如何劝说独孤夫人。另外，如她所说，独孤思庄是清正廉洁的好官，与之前查案所得线索完全不同，而且独孤思庄既然能说出这样的话，就说明他已经预料到他的死亡。

过了好一阵，独孤夫人情绪逐渐稳定下来，抽泣着说道："还有一件事比较奇怪。我一直陪着老爷住在刺史府，他每天都要在书房处理公务到很晚，出事的那天，我早早地回到房间躺下休息，由于天气很热，睡得不是很踏实。大约后半夜，我隐约地听到房间外面有'沙沙'的声音，当时也没在意，现在想想，那声音很不正常。"

"'沙沙'的声音！"袁客师有些惊讶，他想到了司库参军罗金柱出事时，两名捕快也听到了类似的声音。

"是，但绝不是风声，那晚热得很，一点风都没有。那声音听起来就像是很多蛇或是虫子爬行的声音。"独孤夫人抹了抹眼泪。

袁客师端着下巴思索一阵，才又问道："还有其他的怪事发生吗？"

独孤夫人摇摇头，表示没有其他怪异的事情发生。

"独孤大人出事前，府上有没有陌生人来过？"齐灵芷问道。

独孤夫人抽噎了几下，想了一阵说道："我家老爷心地善良，平时好接济一些穷人和乞丐。出事的前些天有名小叫花子昏迷在府门口，老爷命人将他抬到客房救治，醒来之后就一直在府上居住。叫花子是个哑巴，年纪不大，看起来皮肤白白嫩嫩，不太像叫花子，应该是逃难来城里的。老爷出事后，

狄仁杰之绝地旱魃

他便不知所踪。"

"这个小叫花子来得有些可疑!"齐灵芷小声嘀咕着。

说到这里,她猛地抬起头,瞪大眼睛盯着齐灵芷问道:"齐掌门,您的意思是说那小叫花子就是凶手?"

齐灵芷抿了抿嘴,瞟了一眼袁客师,说道:"现在还不能确定,只是独孤大人这件案子疑点太多,很多事情都需要深究。"

随后三人聊了一阵关于独孤刺史的一些事情,见没有什么收获,袁客师二人便安慰了她几句,留了些散碎银两后才告辞离开。

在回刺史府的路上,袁客师走着走着便站定脚步,自顾着说道:"罗金柱被害和独孤大人被害的时候,都有'沙沙'的声音出现,这绝不可能是巧合。"

齐灵芷应了一声表示同意,接着说道:"可我从未听说过有什么东西行走是这种声音,而且还能将人迅速地变成干尸。"

袁客师思索了一阵,依然无法回答齐灵芷的问题,只好说道:"魏州地区大旱已久,人们食不果腹、衣不蔽体,普通的百姓都骨瘦如柴,叫花子怎么可能白白嫩嫩?"

第二十四章　召集令

齐灵芷摇了摇头，说道："小叫花子一定是乔装的，现在有可能是化装成另外一个人的模样，逍遥自在地生活，甚至……"

袁客师精神一振，急忙问道："甚至什么？"

齐灵芷故作神秘地一笑："甚至化装成我的模样出现在白鸽门！"

袁客师噗嗤一笑，说道："那就让我来检查一下你的身体，看看是不是小叫花子易容的！"说罢，他便伸手上前，准备抓住齐灵芷。

齐灵芷呵呵一笑，身形一晃朝着刺史府的方向飞奔而去！

"别跑……"袁客师怪叫着向齐灵芷追去。

两人轻功卓然，一前一后如同飞马一般奔腾，甚至在飞奔过程中留下残影！幸好他们选择的路线行人比较稀少，否则一定会惊世骇俗。

回到刺史府后，两人直奔书房，正好遇到狄平收拾书房。

"客师兄弟、灵芷小姐，老爷刚刚与司马梁大人、温大人视察军营去了。"狄平见两人走进来，便立刻准备两个茶碗，正要倒水，却被袁客师阻止。

"我俩不渴，别倒了！"袁客师舔了舔干巴巴的嘴唇。两人一路施展轻功奔跑，哪有不渴的道理，但现在水源紧缺，能省一些就是一些。

"客师，趁着这个机会，你陪我去找小露聊天。"齐灵芷说话间一脸俏皮，不由分说地拉着袁客师向小露房间走去。

袁客师心中一惊，急忙将齐灵芷的手甩开，笑嘻嘻地说道："你们女孩子聊天，我还是别去了。我得去查独孤大人的案子，怕是没时间。"他这个借口找得妙极，让一向伶牙俐齿的齐灵芷找不到反驳理由。

齐灵芷哼了一声，冲着已经转身的袁客师说道："你必须要去，因为这件事情是和你有关的！"

袁客师心中本就有愧，一听到这话便立刻站住了脚步，细密的冷汗从额头渗出，慢慢地扭动着身子转过身来，露出极其难看的表情，喉咙里像是塞了鸡蛋，说话的声音完全变了调儿："是……是什么事?"

齐灵芷愣了一下，上前拉着袁客师的手，说道："去了你就知道了。"

袁客师"唔"了一声，只好随着齐灵芷走去，他心中万分忐忑，感觉两腿完全不听使唤，只是僵硬地向前迈着步子……

"该来的总会来，躲是躲不掉的!"袁客师脸上一副生无可恋的表情。

……

位于魏州城边缘的苦工营地正暴露在炽烈的阳光下，营地中都是临时建的茅草房，夏不隔热冬不保暖。到了上午，房间内的温度很高，像是一个个热气腾腾的小蒸笼。

上了年纪的苦工周正原本是洛阳城南一个小村子的村民，他脱光了衣裳，躺在地上摆出了一个"大"字，企图通过把身体展开到极致来散热，开始还好些，过了一阵，从地面上透射出一股股的热量不断地灼烤着他的后背，让他心烦意乱。

他叹了一声，无奈地坐起来，穿起了那破得不能再破的袍子，走向房间内唯一的一张桌子。

他将手伸向杯子，杯子里是营地提供的饮水，一天一杯。舔了舔干裂的嘴唇，他犹豫一阵，最终还是将杯子拿到了手中。打开盖子，一股水的清新味道迎面扑来，从鼻孔钻进他的身体里，令他精神一振。

他急忙将杯盖盖了回去，生怕盖得慢了水便会蒸发掉。盖盖子的声音令睡得迷迷糊糊的儿子醒了过来，他勉强睁开眼睛，看到拿着杯子的父亲，说道："爹，你要是口渴就喝一些，不用管我，我年轻，挨得住。"

穷人家的孩子早当家。周正的儿子虽说没进过私塾，但从小就懂事。

周正摇了摇头，将杯子放到桌子上，说道："别说话，躺着。"说罢便将目光望向窗外。

旱灾持续的时间太长了，境内河流几乎都已干枯，浅一些的水井逐渐枯竭。莫说是被临时召来修缮城墙的农民，就连城中官吏们的用水都变得非常困难。

要是没有独孤大人的那一纸召集令，人们可以向南方逃荒寻求生机。如今却被困在城中，开始时想走不让走，好容易换了刺史，终于下令可以离开，赈灾银和赈灾粮又发不下来。如果空着手离开魏州城，走不出一百里，就会被饥渴折磨致死。要是继续留在城里，粮食和水的供应又不足以养活两个人，父子二人几乎每天都是在死亡的边缘上徘徊着。

周正父子的情况也只是整个苦工营地的一个缩影。

"得去弄些水和粮食。"周正暗下决心。

可他心里清楚，城中的还能出水的井被官府的差人看守着，还有当地的一些流氓混混收取保护费，每时每刻都有人盯着水井，想偷水比登天还难。他还记得上次发放粮食时那场暴乱，人们一股脑冲进了大户人家抢夺粮食，其中一个房间放着几口大水缸，盛满了清澈透亮的散发出阵阵凉气的水。

"反正也是死！"周正看了看昏睡过去的儿子，咬了咬牙，走到墙角拎起米袋子，拖着沉重的脚步向外面走去。

……

周正顺利地来到大户人家刘家的院墙外，上一次暴动导致后院的院墙部分受损，因为缺水，只是用几块石头摞在缺口处，并未用泥巴糊上。

"太好了。"周正还担心怎么进去，看到缺口时，他的眼睛亮了起来。

事情进展得很顺利，顺利得令人意想不到，整个刘家大院一个人都没有，静悄悄的。

记得上次进来时还有几只狗不停地叫唤着，甚至还上前扑咬冲进来的人们，此时却未出现，想必是已成为腹中餐了。

周正咧着嘴笑了笑，嘴唇再次裂开，渗出几滴鲜红的血珠子出来，可他没在乎，甚至连舔都没有舔，任由血珠子流下去。

他径直奔向藏水的偏房，轻轻地推开房门，一股潮乎乎的感觉迎面扑来，他心中一喜，心道："果然来对了地方"。

他轻轻地揭开其中一口大缸的盖子，看到了镜子一般的水面，水面反射出来的镜像令他惊讶，头发蓬乱、脸色惨白、嘴唇上裂着许多口子，鲜血正从口子处不断地渗出来。

"先喝个饱再说。"周正双手伸进大缸中，捧起一捧清水放在鼻子下面闻着，那股清新的味道令他非常兴奋。

"呵呵，大户人家就是好，在非常时期，他们竟然还有这么多存水，怕是连刺史大人也想不到吧。"周正笑着将腰间的葫芦摘了下来，灌满了水，随后又拴在腰间。

他走出房间准备去弄些粮食，却惊讶地发现房间外面站着很多人。

"啊！"周正吓得双腿一哆嗦，险些没跪倒在地上。

刘家的家丁和护院十几个人，手持着木棍气势汹汹地站在他面前，为首一人长得是膀大腰圆、满脸横肉，手中拿的不是木棍，而是一条九节钢鞭。

周正虽然没有习过武，却还是从说书人口中听说过的，九节钢鞭是最为难练的外功，没个十年八年的苦练，挥舞起来多半会伤到自己。

"看来是上次的暴乱后，刘家从外面请来的高手来护院。"周正看到此人的眼中闪出一丝寒光，便知道他今天是躲不过这顿打。挨了打也没关系，至少今天喝足了水，还带了一葫芦的清水回去，他和儿子至少还能挨上几天。

"早知道会有刁民来偷东西，没想到这么快！"一名领头儿的家丁说道。

"给我打！"为首之人手中钢鞭一抖，笔直地抽向周正的脸。

周正只觉得眼睛一花，随后一阵钻心的疼痛从眼睛处传来，他隐约看到了眼珠子飞了出去。

"啊！"周正眼睛一黑，一股鲜血便随着眼珠子涌出体外，瞬间浸湿了破烂袍子。

他急忙捂住眼睛，却感觉头上一痛，感觉是一根木棍打在了脑袋上。他闷哼一声躺倒在地，随后不停地翻滚着，躲避着雨点般的木棍。

周正的身体本就虚弱，加上高手那一鞭子将他的眼珠子扎出来，使他几乎丧失了意识。可他仍用一只手护着葫芦，生怕木棍落在葫芦上将其打碎。

打手们仿佛是故意和他作对，手中的木棍以各种角度向他腰间的葫芦打去，每次都打在他的胳膊上。

"骨头挺硬啊。"为首之人上前一脚踢在周正鼓起的腹部，踢得他猛地一弯腰，一口血水从口中喷出来。

"打他的肚子，将偷的水都打出来。"领头儿的家丁显然对他特别痛恨，甚至将之前刘家被灾民们抢劫的事全部栽赃在了周正身上，更加变态地折磨着他。

周正已处于半昏迷状态，唯一还在的意识便是要保护腰间的葫芦，那是带给儿子的救命水。

原本鼓鼓的肚子渐渐地瘪了下去，捂着眼睛的右手慢慢松开，已断成数节的左手臂仍死死地护在葫芦上，显然他并不知道葫芦已经碎裂，清水混合着血水流了一地。

"求求你们，放过我吧，我也是迫不得已……"周正求生的意识很强，毕竟还有一个儿子在临时苦工营地，那是他现在唯一的牵挂。

"哈哈哈……"为首之人狂笑，脸上的横肉颤抖着，仿佛是在嘲笑周正。

周围的打手们跟着一起笑着，虽然他们并不知道在笑什么，却依然笑得那么开心，仿佛眼前变成一团血肉的并不是人，而是一只被狩猎的动物。

为首之人笑罢眯着眼睛盯着周正，手中的九节钢鞭一抖，还挂着眼珠的钢鞭径直地插向周正的裆部。

"啊！"一声惨叫过后，周正彻底失去了意识……

他不知道昏迷了多久，醒来时，太阳依然高高地挂在半空中，暴晒着世间的一切。

"唔……"周正用尽力气将被血粘住的嘴张开，顿时嘴唇被撕开一个口子，鲜血一股脑地涌出来，吐出一口红褐色的血块，他长长地喘了一口气，大量灼热的空气涌入肺中，神志顿时清醒不少。一阵阵剧痛从右眼、左臂和裆部不断传来，下意识地用右手摸向腰间的葫芦，却发现只剩下一个葫芦嘴和拴着的绳子。

强忍着疼痛，他抬头看了看，发现他就在刘家大门不远处，大门旁两名家丁拎着沾满鲜血的长木棍凶巴巴地望着他，吓得他急忙将头低垂，拖着残破的身躯向苦工营地爬去。

第二十五章　冷漠

越是在危难时刻，人性的展示越是淋漓尽致。

路上的行人看到了周正的惨状，只是露出了惊讶的表情，随即便恢复冷漠，自顾着赶路，没人上前帮助他，甚至过问一下。如今不比平时，百年不遇的大旱造成了太多的死亡，活着的人们随时会面临死亡，成为街头上的一具尸体。对于死亡，人们已经习以为常，更何况他还活着。

周正顽强地向前爬着，爬过的地方留下了一条显眼的血迹，在太阳的暴晒下，血迹很快干枯并变成黑色，一群群的苍蝇和不知名的小虫子扑了上去。

"坚持，一定要活着见到儿子，告诉他赶紧逃离这个地狱一般的地方。"周正鼓励着自己，身体却越来越虚弱，眼前的景象变得有些模糊……

狄仁杰在司马梁艾军的引领下来到了军营，虽说大旱三年之久，军营却依然保持着整洁干净。练兵场上依然平整如初，却没有队伍操练。为了节约用水和粮食的消耗，大营将领命士兵们躲进了营帐中。

"梁大人，大营中还有多少粮草、多少清水？有没有伤亡？"狄仁杰问了一连串的问题。

梁艾军深吸了一口气，随后才向狄仁杰禀报："粮草、水源供应比较足，大营中并未出现伤亡，但目前粮草和清水所剩不多，最多还能坚持十天。"

苑无涯脸上露出异状，正欲说话，却被梁艾军用眼神阻止。

魏州大营的情况没有梁艾军说的这样乐观，现在发放到每人的粮草已经减至最小量，粮草也会在七天的时间内消耗干净。水的问题更加严重，最深的水井干枯，存水已经消耗得七七八八，很快军营便会陷入断水的境地。

"缺水缺粮，若契丹叛军此时前来攻城……"大将军苑无涯刚说到这儿，便被梁艾军挥手止住。

"不要胡言乱语扰乱军心。"梁艾军脸上的苦色霎时间变成怒气。

狄仁杰额头上的皱纹扭成了一个疙瘩，却没说什么，走进一个营帐，兵士们纷纷起身行礼。兵士们的身上散发着酸臭的味道，嘴唇干裂得裂了口子，却仍旧保持着良好站姿。

"大家相信我，我一定会尽快地解决粮食和水的困难，请众位兄弟再忍耐一下。"狄仁杰安抚了一番后便转身出了营帐。

看着空空的练兵场，狄仁杰的心中很不是滋味。大将军苑无涯的话虽说难听了些，说的却是事实。魏州大营缺粮缺水三年，为了节约粮食和水源，兵士们的操练减少了很多，战斗力急剧下降。契丹叛军凶猛如虎狼，经过数年的积累和磨砺，已成为虎狼之师，两军相遇，魏州大营将一触即溃。

"苑将军，大营的稳定代表着魏州的稳定。军队虽然战斗力被削弱，可依然是一支优良的队伍，你现在需要做的就是带着官兵渡过眼前难关，逐渐恢复操练。粮草和水源，本官会想办法解决，你大可放心。"狄仁杰站在大营门口望着送出来的苑无涯说道。

"是，大人。"苑无涯虽然脸上显露出疑惑，却没敢说什么，眼睛还瞥了瞥站在一旁的梁艾军。

温康骧在一旁抿着嘴、紧皱眉头，暗中瞥了一眼狄仁杰，又把头撇向一边，显然是有话想说但又不敢说出口。

"梁大人、温大人，我们去临时苦工营地看看。"狄仁杰说罢便朝着大营外走去。

……

狄仁杰等人来到其中一个苦工临时营地，刚到大门，便被眼前的景象所震惊。

一个人拖着身体朝着营地中爬去，每爬一步，都会有一股鲜血从身体内流到地上，在路上淋淋洒洒形成一条长长的血迹。那人边爬边喊着，声音已完全嘶哑，无法听清他所喊的内容。

"快去看看。"狄仁杰忙喊道。

汪远洋、雷善明两人身形晃动，向爬着的人奔去。

不远处的茅草房中突然奔出一人，哭喊着向爬着的人跑去，也许是速度太快，也许是身体虚弱脚下不稳，他失去重心扑倒在地，溅起一阵尘土。

"爹！爹！你这是怎么了？"年轻人哭喊着向前爬，爬到那人身边后，立刻拉着那人的手不停地摆动着。

周正听到声音，勉强睁着左眼看了看儿子，露出苦笑，勉强说道："赶紧离开……"话音刚落，那只本来还散发着异彩的左眼突然失去光芒，变得黯淡而毫无生机，被握着的右手软了下来。

"爹！"年轻人嘶哑着嗓子喊叫着，悲戚的声音竟令身边的汪远洋和雷善明为之一震。

眼睁睁地看着地上的人死去，却不能做任何事情，雷善明的心像是一下子被揪起来，又重重地放下，难过极了。

"这位小兄弟……"汪远洋本欲劝说年轻人，话还未说完，便见那年轻人突然停止哀号，身体僵硬起来，一口气吸进去后便停止了呼吸，"噗通"一声倒在地上，眼神中充满了怨恨和不舍。

"不好！"汪远洋急忙蹲了下来，伸出手贴在年轻人的后背上，将内力缓缓地输了进去。

狄仁杰向前疾走几步，赶到了年轻人的身边，拿起他的手腕开始把脉。

"远洋，不用再耗费内力了，他死了。"狄仁杰叹了一口气，伸手将年轻人的眼睛合上。

汪远洋神色顿时暗了下来，扶着狄仁杰站起身。

"刚才还好好的，怎么说死就死了？"雷善明有些不解，一个活蹦乱跳的年轻人死在了面前，心中怎能不疑惑？

"长期缺水缺粮使他的身体异常虚弱，刚才的疾速奔跑是表象，其实是耗尽了他所有的力量，加上失去亲人的悲伤，双重打击下这才令他猝死。"狄仁杰解释道。

"谁这么狠心，将人打成这样？"汪远洋看到已经不成人形的周正强忍着愤怒。

狄仁杰叹了一口气，指着周正腰间那根拴着葫芦嘴的绳子、衣袍上模糊的水渍和空空的粮食袋子，缓缓说道："父亲忍耐不住饥渴，这才去偷水偷粮，被人发现后招致殴打，至于是谁打人，这条血迹就可以找到源头。"

汪远洋点了点头，朝着跟在身后的一名衙役说道："你回去向捕头霍兰山禀报此事，让他来处理吧。"

衙役应了一声，立刻转身而去。

茅草房中的人们听见了惨叫声，都从窗户向外面望着，眼神中却充斥着冷漠，对惨烈的场面没有任何触动。

很快，一辆马车驶了过来，马车上放着四五具尸体。马车停稳，赶车的两人跳下来，将两具尸体抬上马车，向临时苦工营地大门驶去。

"温大人，苦工营地一共有多少人？"狄仁杰望了一眼一大片茅草房问道。

"回大人，大约有一万人，现在只剩下八千。"温康骥平淡地回答道。

"死了这么多人！那其他的苦工营地呢？"狄仁杰听到死亡人数惊道，两千人的青壮年死去就意味着上千个家庭家破人亡。

"其他营地的情况也差不多，城中这种规模的苦工营地一共有八个。苦工们拿不到补偿的赈灾银不肯离开，城中缺粮缺水，临时营地的条件更加艰苦，每天渴死、饿死的人不少。"温康骥回答道，说话间脸上的表情并没有太大的波动。

"尸体是怎么处理的？"狄仁杰又问道。

尸体若是处理不当，会造成大面积的瘟疫，一旦瘟疫形成，整座魏州城将会在数天内变成死城，所以他才特别关注尸体的处理。

温康骥上前一步说道："大人，不但是这里，就连城里城外每天也都有很多人死去，处理不得当，便会形成瘟疫。放在平时，都会采用土葬或是火葬的形式下葬。现在缺水缺粮的，人们哪来的力气干活，更何况每天都有那么多人死去，想埋也埋不过来。"

狄仁杰点了点头，面对这种天灾，人的力量是极其微弱的，就算怀有一颗慈悲之心，也无法同自然力量抗争。

"三年前，清水河小刘庄河段出现一个深坑，是集中掩埋尸体的好地方，下官命人驾着马车在城里城外来回巡逻，一旦遇到死人，便将其立刻抬上马车，运往小刘庄扔进巨坑，扔进一些尸体后便填一些土，避免瘟毒上审蔓延。这些天死的人越来越多，经统计，三年来，死的人大约有数万之众，所以人们将其称为'万人坑'。"温康骥说道。

狄仁杰叹了一口气说道："虽然做法愧对死者，却是避免瘟疫扩散的最好办法，要是撒些生石灰，效果会更好一些。"

"大人，原来是撒生石灰的，后来生石灰都用完了，这才换成撒土覆盖。"温康骥急忙解释道。

狄仁杰看着逐渐远去的马车，心中焦急如焚。他心里很清楚，这种情况是缺水缺粮造成的，若是不得以解决，数量更大的死亡还在后面。

看温康骥摇头晃脑一副得意的模样，狄仁杰有些不放心，觉得他的话中

狄仁杰之 绝地旱魃

可能会有一些水分。万一瘟疫从万人坑蔓延上来，将会一发不可收拾，所以便决定要亲自前往小刘庄看看万人坑。

"温大人、梁大人，你们二人各自做好本职的事情，本官去一趟小刘庄看看万人坑。温大人，帮我找一名治疗瘟疫的郎中与我一同前去，找到后让他骑马直接去小刘庄找我。"狄仁杰说道。

温康骥神色一顿，随即神色一正，说道："是，大人，下官一定竭尽所能稳定住局势。"

梁艾军厌恶地看了看温康骥，也朝着狄仁杰拱手抱拳应了一声。

狄仁杰带着汪远洋、雷善明两人离开了苦工营地，骑着马向小刘庄的方向奔去。

第二十六章　变种瘟毒

温康骥的办事效率很高，狄仁杰等人还没到小刘庄，那名擅长治疗瘟疫的郎中便骑着马赶了上来。想不到的是，小露也跟了来，虽说是一名柔弱少女，可她骑马的速度竟不输于郎中。

狄仁杰见到小露眉头便是一皱，欲出言劝其回到魏州，心想：小刘庄的情况还不知怎样，若万人坑真的有瘟疫散发出来，好端端的一条命就跟着丢在这里。

雷善明脸上却露出惊喜神色，策马来到了她身边嘘寒问暖。看到如此情景，狄仁杰本已快要出口的话硬生生地闷在嘴里，只好嘱咐了一番，众人便缓缓地向小刘庄进发。

清水河已经完全干枯，河道中到处都是死去的生命，也有一些人的尸体躺在河道里，狄仁杰看得是一阵叹息。

他不相信旱魃作祟的邪说，可大部分百姓相信，在魏州各处建立了不少旱魃祭祀庙，尤其以女魃的祭祀庙为多。百姓也有百姓的道理，若不是女魃，怎么会有如此大旱和瘟疫？

"狄大人，前面就是小刘庄。"郎中指着前面一片村庄，他常年行走于魏州各地，对周边村镇的情况非常熟悉。

远远望去，一排排错落的房屋十分别致，却少了一丝生气，整个村庄安静得出奇，仿佛陷入一片死寂。

狄仁杰看了看身边的郎中，似有咨询之意。

郎中颇为机灵，急忙说道："狄大人，您有所不知，小刘庄原本是魏州城附近最大的村庄，在独孤大人下了召集令后，年轻人都被征到城里修缮城墙和守具去了，只剩下一些老弱病残还在庄子里生活。缺水缺粮加上缺医少药，近两年小刘庄死了不少人，剩下的人不多了。"

"召集令，好个召集令啊。"狄仁杰叹息着。

虽对独孤思庄贪污案还心存疑问，可单就一纸召集令，便能看出他的策略欠缺考虑，对于本就缺水缺粮的魏州城而言，将附近的青壮年都召集到城中，显然是饮鸩止渴。解决了修缮城墙劳力不足的问题，却疏忽了城中粮水不足的弊端。对于被召集的村镇而言，缺少劳动力就意味着没有生活来源，除了逃荒要饭外就只有死路一条。

"走，我们进庄看看。"狄仁杰一抖缰绳马儿便向前奔去。

众人绕着小刘庄的道路转了一圈，却没见到一个人，整座庄子静悄悄的。走到一处人家门口，郎中突然勒住了马缰绳，下了马在门口处看了又看。

大门口处有一只狗的尸体，他眼睛猛地一缩，急忙冲着狄仁杰摆了摆手，大声地说道："大人，这儿已经有了瘟疫，请不要靠近。"说罢便从马背上的褡裢里拿出一些小瓶子，发给了众人。

"快喝下去，可以最大程度地预防瘟疫。"郎中先喝下了一瓶，以表示瓶中的药水并无毒性，只是用来预防瘟疫的。

狄仁杰冲着郎中点点头，拿起药瓶仰着脖子喝了下去，一行人见状纷纷喝下药水。

郎中再次走到大门前，敲了敲门。等了好一阵，却并不见人来应答。雷善明上前用手推了推门，单手微微一用力，发出"嘎吱"一声，大门应声而开。

院里静悄悄的，靠着墙根种的一排大葱变得干巴巴的，毫无生机地站在墙的阴影下。院内共有三间房，房间的窗户关得很严，正房的门半掩着。

正房内的摆设还算不错，看起来主人的生活还算富足，床榻上躺着两个人。听见门外有动静，其中一人勉强扭着头看着门口。

郎中看到扭过头来的那张脸，不由得倒吸一口凉气，只见那人的脸上结满了黑褐色的斑，个别部位已溃烂，不停地向外流着脓水，两片嘴唇肿胀得翻了起来，露出黄色的牙齿，牙床烂得发白，有的甚至烂得露出了牙根。

狄仁杰看到后大吃一惊，瘟疫他是见过的，虽然极具传染性，却没有眼前这么恐怖的状况。

随后走进来的小露看到两人的惨状，吓得"啊"的一声惊叫出来，脸色变得煞白，像一只受了惊吓的小兔子躲在雷善明身后，身体微微颤抖着。

郎中走上前，看了看床榻上的两人，随即回头说道："狄大人，这两人所中瘟疫我从未见过，预防瘟疫的药水不知道是否能起作用，还请众位先行出去，容我先看看两人再做处理。"

狄仁杰本想上前，经郎中这样一说，便点了点头，带着众人退出了房间，来到了院中。

过了一阵，郎中满脸愁容地走出来。狄仁杰暗道不好，急忙问道："怎么样？"

"初步判断，这种瘟疫非常厉害，而且传染迅速。一旦感染，便会从内向外破坏人的身体，等从表面看到症状时，人的五脏六腑已被完全破坏，就算是大罗金仙驾到，也难以救治。屋中的两人已经死了……"沉默了一阵后又继续说道："不过请相信我配置的药水还是有用的，虽然不能治疗这种瘟疫，但是预防还是能够做得到的，前提条件是人的身体强健。"郎中松了一口气。毕竟今天与他同来的是刺史大人，若真的出了纰漏，让狄仁杰丢了性命，他难辞其咎。

众人离开房间回到街上，回头看看那户人家，不禁神色一黯。

"怎么会产生如此厉害的瘟疫？难道真如传说的那样，是女魃……狄大人，咱们还是先撤回魏州城吧！"跟随的一名小吏有些害怕，眼中流露出恐惧，身体跟着微微颤抖。

狄仁杰并没有像以往那样厉声喝骂，只是轻声地说道："你无须担心，有我这名朝廷四品大员陪着你，还有郎中给我们服下的药，你怕什么？"

他之所以没有喝骂小吏，是因为眼前发生的事情实在是难以解释，三百名铁甲精兵、刺史独孤思庄、司库参军罗金柱等人的神秘死状，加之今天小刘庄的瘟疫，恰巧都与女魃的传说相吻合，让每个人都像狄仁杰般不相信迷信也不太可能。小吏本已害怕到极点，此时再喝骂，只会起到反作用。

"瘟疫的传染很迅速，如果所料不错，整个村庄的人都已被感染，瘟疫从发病到死亡很快，能够活下来的人不会太多。至于瘟疫的来源，还得调查一番才能知道。"郎中说道。

狄仁杰点了点头："咱们大伙分开行动，四处搜寻一番，还有救的，便大声喊叫，我与郎中负责施救。"

汪远洋几人点了点头，分头向其他人家走去。狄仁杰则是与郎中两人研究瘟疫的治疗方法。郎中对于瘟疫有些见解，却远比不上御医徐莫愁，但在魏州这样的小城池，能有郎中这样的人才已是不易。

过了一阵，雷善明的声音传来，狄仁杰二人急忙顺着声音走了过去。

她们看到一处豪宅宅院很大，宽敞的大门至少能够容下一辆马车进出，府门上的牌匾写着"刘府"两个大字。从大门的气势上看，这户人家一定是小刘庄的大户。

雷善明引着两人走进正房，刚一进门便看到小露忙碌着，看样子像是在找水。

"她们看起来还算正常，没有被传染的迹象。"雷善明说道。

郎中走上前，检查了床榻上躺着的一名妇人，又看了看坐在地上奄奄一息的老人，随后说道："这两人刚刚被感染，还没发作，我且治治试一试。"

狄仁杰点了点头，说道："尽力而为。雷善明，你到处去走走，要是有人还有救，你就将其一并抬到这里来，以方便郎中观察和施救。"

雷善明与几名小吏应声而去。

很快，汪远洋、雷善明等人陆陆续续抬来二十几名村民，老人和小孩各占一半。狄仁杰和小露向郎中学了一些治疗瘟毒的方法，在刘府的几间大房子中帮助郎中对病人进行治疗。

"啊……"一声惨叫吸引了所有人的注意力，一名病人从地上坐起来不停地呕吐，裸露的皮肤渗出黑色的血珠子。

小露瞪大了眼睛望着病人，不知所措地站在一旁，要不是雷善明伸手扶着她，会吓得瘫坐在地上。

郎中和狄仁杰听到声音赶了过来，看到了病人的情况后，郎中长长地松了一口气，脸上一阵喜色，解释道："大人，病人的这种情况是在向体外排毒，说明药有作用。不过，要想彻底治愈，需要大量地服用清水清理胃肠和体内余毒。"随后脸上显出为难之色，接着说道："配置药水需要很多药材，其中一味名为藜芦的药材比较稀少，使病者体内的瘟毒通过毛孔或是口部排出体外。另外就是清水，现在魏州大旱，正常人的饮用都不能保障，何况是这些奄奄一息的病人。"

"嗯，本官会想办法克服困难，您无须着急。远洋，你立刻回魏州，让温大人召集一些马车，火速赶来这里，将能够救治的病人运往城外的女魃祭祀庙集中，另外让梁大人派些兵士，守住进出小刘庄的进出口，将这里划为禁地，以免瘟疫外传。还有，那些分散在魏州与冀州之间的探马全部撤回城中。"狄仁杰下了一连串的命令。

对于狄仁杰将探马撤回的命令，若非汪远洋提前知道计划，怕是无法理解。他虽不是军中之人，却懂得探马的必要性，一旦契丹大军从冀州向魏州出发，探马会最先知道，至少可以让魏州大营有个准备，若全部撤回，只有等到兵临城下时，魏州城的守军才会知道，到那时，一切都已经晚矣。

第二十七章　殒命

看狄仁杰胸有成竹的神色，汪远洋并没有多问，应了一声，随即便转身离开。

狄仁杰望向身后的几名衙役，说道："你们几人协助郎中照顾病人，雷善明和小露陪我去万人坑看看。"

话音刚落，躺在榻上的刘家妇人说道："大人，瘟疫就是从万人坑传来的，大人救了我们的性命，我也劝上大人一句，不要去万人坑，那是个不祥之地，阴气太重，会伤人的。"

狄仁杰走到妇人的身前，轻声地说道："谢谢大嫂提醒，我还是得去看看，您能告诉我那万人坑在什么位置吗？"

妇人犹豫了一下后点点头，费力地说道："就在小刘庄西面三里左右，在清水河河道的正中心，沿着河道一直向下游走就能看到了。"

狄仁杰心中一惊，万人坑距离小刘庄三里之遥，却能够将村民传染，这说明瘟疫已经在附近扩散。

"大嫂，庄子上的人是怎么感染上瘟疫的？"狄仁杰问道。

"城里送来的尸体并非直接送到万人坑，而是将尸体运送到村口，再由小刘庄的人转运到万人坑。听村口老齐说，前天运送尸体时，万人坑中冒出一股青色的气体，将他笼罩在其中，当时没觉得怎么样，后来他又是咳嗽又是发烧，咳嗽时不但痰里有血，有时还有一些墨绿色脓液，再后来全村人都变成这样了。"妇人感觉有些气喘，手抚着胸口拍了几下。

狄仁杰安抚了几句，对郎中嘱咐一番，这才带着雷善明和小露离开村子，骑上马向万人坑奔去。

河道中心有一个巨大的深坑，将清水河道拦腰截断。大坑边缘不时地有土块脱落，发出"轰轰"的响声。大坑周围几乎是寸草不生，偶尔一两棵不知名的绿色植物冒出头，站在地面上形单影只。

突然大坑中冒出一股青烟直冲天际，青烟在空中很快变淡，最后消失不见。

"青烟一定是坑底的尸体所产生的瘟疫，已经散播在空气中，附近的村庄很可能也都受到了传染。"狄仁杰惊道。

瘟疫一般来说是看不见摸不着，人们感染后才会知道它的存在，可眼前的万人坑竟然冒出青色的烟雾来，这种事他闻所未闻。

三人来到坑边，一股阴寒之气从大坑散发出来，其中还夹杂着腥臭的味道，令人闻之欲呕。雷善明和小露本就没有与尸体打交道的经历，闻后立刻用衣袖掩住了鼻子，紧紧地皱起眉头。

"大人，不要继续向前走了，万一掉下去……"雷善明看了一眼深不见底的巨坑说道。

狄仁杰应了一声转身向后走去，他心中知道雷善明并不是怕死，只是为了他的安危着想。

"还我儿子！你还我儿子！"不远处一阵号叫传来，一个人突然出现在河岸上，疯狂地向三人跑了过来，奔跑速度惊人，竟如同一匹脱了缰的野马。

还未等三人缓过神来，那人已来到近前，他衣衫褴褛，身躯枯瘦，脸上的泥垢遮掩住了真面目，头发像杂乱的蓬草一样张牙舞爪地趴在头上，满脸的胡子打成绺儿，大喊中露出了一口黄色的龅牙。来人张牙舞爪地扑向小露，吓得她急忙躲在雷善明的身后。

来人冲势不止，一头撞在了雷善明的身上，发出"砰"的一声闷响。幸好雷善明早有准备，早将煞天气功运至极限，加上本就强悍的身体，把来人的冲势完全抵消，并反冲回去。

来人"啊"的一声，被反冲力撞得坐到地上，呆呆地看着铁塔般的雷善明，最后竟"哇"的一声哭起来，边哭着边喊着："刘晓雅，你还我的儿子来。刘晓雅，你这旱魃转世的女人，还我的儿子来。"说话间眼睛一直死死地盯着雷善明身后的小露，仿佛小露便是害他儿子的刘晓雅。

狄仁杰知道他一定得了失心疯，行为才这般不寻常理，随即又将目光望向小露，目光中带有询问意味。

小露急忙摇摇头，表示她并不是疯子口中的刘晓雅，无意间瞥见了疯子欲吃人的眼神，吓得她低下头，身体微微颤抖着。

雷善明一只手伸向身后，轻轻地握住那只柔若无骨的手，发现那手竟然不停地颤抖着，心中一疼，转过头轻声说道："小露，你不用害怕。"

小露微微地点了点头，口中轻声答应着，将身体紧紧地贴在雷善明的背上。

"这位老哥，你心中有什么事可以与我说说。"狄仁杰轻声地问着疯子。

疯子眼珠都没有转动一下，坐在地上用手指指着雷善明说道："刘晓雅，你还我儿子来。"

狄仁杰和雷善明都知道，疯子所指的是小露，可小露为什么被认定是刘晓雅却不得而知，疯子的心也许只有疯子才会明白。

"大人，他是疯子，别理他，我们走吧。"雷善明有些不耐烦。空气中散发着尸臭味，加上疯子这么一闹腾，使得他心中非常不爽，便想早早离开。

狄仁杰点了点头，说道："这里离万人坑太近，要是不小心，这人弄不好会失足落下去，害了一条性命，不如……"话还未说完，却见疯子一下子从地上蹦了起来，像一头疯牛一般冲向雷善明。

人都说疯子力量很大，其实是因为疯子并不懂得控制力量和趋避利害，在疯子的眼里，一件他所要做的事情比什么都重要，可以全力以赴。

雷善明武功很高，临阵经验却略显不足，不防之下被疯子撞个正着，庞大的身躯猛地向后退去。身后的小露被他这一撞立刻向后跌去，站在一旁的狄仁杰想要去扶，却已来不及。

雷善明暗道不好，急忙回头一看，吓得他心差点蹦出来。小露后退几步，来到了巨坑的边缘，土块受到踩踏立刻裂开，眼见着就要落入巨坑。

"不好！"雷善明大喝一声，伸出手一掌打在疯子的天灵盖将其击晕，随即脚下一用力，身体一扭，来到巨坑边缘。

小露已随着脱落的土块开始下坠，眼见就要跌入坑中殒命。

情急之下，雷善明提起内劲，身形一闪来到巨坑边缘，发出一股柔力在小露背上轻轻一推。

"哎呀！"小露感觉后背涌入一股轻柔却大得出奇的力量，将她从巨坑边缘推回地面，力量又推着她向前奔出几步才消失。回过头，却看见雷善明与脱落的土块直直地向坑中落去。

"雷大哥！"小露不顾危险向巨坑跑去。

人下坠的力量很大、速度很快，就算是江湖一流高手施救，也未必成功，更何况小露这样的弱女子。

狄仁杰急忙上前一把抓住小露的胳膊，将其硬生生地拽了回来。小露却不肯后退，仍旧向前挣扎着。

"小露，你先冷静下来。"狄仁杰年事已高加上身体虚弱，眼见着就要拉不住小露，只好暴喝一声。

暴喝犹如晴天霹雳，立刻将疯狂状态下的小露震得呆住了，浑身的力气弱了下来，眼泪汪汪地望着万人坑，像一尊石刻雕像。

过了好一阵，小露才慢慢转过头，她看到同样是一脸泪痕的狄仁杰，愣了一下，便扑到了他怀中，放声大哭着……

也不知过了多久，小露哭得累了，竟然昏了过去。

狄仁杰累得有些站不住，只好将小露放在地上，他坐了下来，失神地望向巨坑。

"大人！"随着一声喊叫，狄仁杰从愣神中惊醒过来，看到已经被五花大绑的疯子，又看了看昏迷中的小露，眼前一黑……

狄仁杰醒过来时，太阳最后一丝光晕落入山尖。看到守在身边的小露，他又想起掉入万人坑中的雷善明，顿时心中一阵酸楚，闭上眼睛强忍住眼泪。

"大人，您醒过来了？"小露脸上勉强挤出笑容，她脸上泪痕未消，眼睛红肿，显然是刚刚哭过。

狄仁杰微微点点头，环顾四周。房间中的布置有些陌生，头脑一时间转不过来，过了一阵后，想起瘟疫的事情，遂问道："这是哪里？事情办得怎么样了？"

"大人，咱们还在小刘庄村正家中，雷大哥掉下巨坑后，两名衙役大哥恰巧赶过来，将疯子捆绑起来，把您抬到这里。郎中为您诊断过了，说您是连日劳累，加上缺水缺粮，使得身体虚弱到极致，这才晕了过去。他留下了一些草药，说您是名医，醒来后自会配置。"小露轻声地说道。

"哦！"狄仁杰虚弱地应了一声。

小露抹了抹眼泪，把狄仁杰昏迷期间的事儿一五一十地讲述出来。

……

狄仁杰已经昏迷了一天一夜，昏迷中不停地喊着"瘟疫，克服瘟疫"之类的话。小露几乎没有合眼，一直在床榻旁陪着，不停地用湿手帕给狄仁杰擦拭汗水。

其间，汪远洋从城中带来很多马车，将所有的病人接走，安置在魏州城外的女魆祭祀庙中，并按照郎中的要求，找了一些石灰，撒在祭祀庙周围，免得瘟疫散发出去。

温康骥同时命工匠日夜兼工，在祭祀庙附近建起一座焚烧炉，要是有病人死亡，便立刻放入焚烧炉中焚烧，以免瘟疫扩散。

郎中到万人坑查看，见到青色的烟雾后，分析瘟疫已经扩散，同时发现毒雾还能腐蚀肉体，比普通的瘟疫不知道厉害多少倍。他立刻回到城中医馆熬制药水发放到魏州各地，无论瘟毒多厉害，也要拼一下才好。

小露小小的年纪竟然能将完全不懂的政事说得头头是道，令狄仁杰暗暗吃惊。

第二十八章　禁地

狄仁杰深吸了几口气，大量的空气令他精神一振，头脑也恢复了三分清醒，他想起了雷善明的事。

在疯子冲到三人身边时，他已预感到事情不妙，却没想到发展到如此糟糕的地步，日后若见到雷善明的父母和李元芳，不知怎样解释才好。

狄仁杰正难过着，汪远洋走了进来。

"大人，您感觉怎么样了？"汪远洋轻声地问候着，语气中充满关心，让狄仁杰心中感到一阵温暖。

"我没什么事，人老了毛病比较多。远洋，安顿病人的事情你做得很好，我现在身体有些不适，凡事你多操些心。对了，那疯子现在何处？"狄仁杰自嘲了一番。

"那疯子力气大得很，两名强壮的衙役都不能将其制服，险些被他逃走，现在被我点了穴道，用浸了水的牛皮绳捆了起来。"汪远洋说话间脸上带着恨意，显然是为雷善明身死而愤怒。

"身份查清了吗？"狄仁杰问道。

汪远洋摇了摇头："捕快们没人认识他，可能是小刘庄附近的村民吧。"

狄仁杰眼中露出一股骇人的光芒，从床榻上坐起来，说道："带我去看看他。"

疯子虽被捆了起来，却依然凶悍，口中不断地嚷着："刘晓雅，你还我儿子来……"见到狄仁杰等人走过来，便盯向小露，目光极其凶狠，吓得她急忙躲到汪远洋的身后，连看也不敢看。

狄仁杰刚才已对疯子动了杀机，但看到被捆得像粽子一样的疯子，不由得叹了一口气，脸上的痛恨之意烟消云散。

雷善明是李元芳的弟子，受托来此保护他，却因此丧命，焉能不为其报仇？但疯子的确是疯了，不受自身意识的控制，杀了人只能将其关押，不能将其定为死罪。狄仁杰熟悉大周律例，怎会做出违背律例之事？

"小刘庄的道路封闭了吗?"狄仁杰将目光从疯子身上收了回来。

"梁大人派了人马，封闭了小刘庄，将其划为禁地，并派出了两组巡逻队，在非道路区域巡逻，防止有人误闯，温大人将封路的消息发放到魏州城和各个村镇中。"汪远洋答道。

"好，好，好，你们做得很好。"狄仁杰一连说了三个"好"，心中的大石头终于落地。

天灾不可避免，若处置得当，便会减少人员和财产的损失。众官吏能够在大灾面前齐心协力，将事情办得滴水不漏，实在难得。

尤其是长史温康骥，更是从之前的教训中吸取经验，将事情办得妥妥当当，尤为难得。

"大人，咱们得尽快离开这里。在您昏睡的一天一夜中，万人坑中的毒雾气数次冒了出来，几乎就要蔓延到这里。"汪远洋说话间竟带着些许恐惧。

"远洋莫急，你说得详细些。"狄仁杰安抚道。

汪远洋脸上一红，惭愧之色顿显："大人，我白天欲前往万人坑查看究竟，刚走到离河岸边不远处，便见一阵墨绿色的毒雾涌了过来，我只好向后退去。毒雾的蔓延速度不算快，我便一直远远地观察着。"

"眼见着毒雾慢慢逼近小刘庄边缘，不知发生了什么，毒雾突然迅速地后退，后退的速度很快，与马儿奔跑的速度相当。见到如此情况，我便追了过去，一直追到巨坑的边缘，那些毒雾全部缩进巨坑中，我向坑中望去，发现毒雾已消失不见，在阳光的照耀下隐约可以看到坑底。"汪远洋说道。

"坑底的情况怎样?"狄仁杰一听来了精神，他的心中还对掉进万人坑的雷善明抱有一丝希望。

汪远洋明白狄仁杰的心意，却摇了摇头："坑很深，坑底有许多尸体，并未发现有活动的人。"

"过了一阵，绿色毒雾突然再次涌上来，向四周不断地扩散着。这一次毒雾蔓延的范围还没到河岸，便退了回去。这种情况就像是……像是一只怪兽不断地呼气和吸气。"汪远洋形容道。

"是女魃，女魃。传说女魃口中吞吐的便是散发瘟疫的毒雾，吞吐间便会收走人的性命。"疯子说起话来并不像是疯子，语气平淡而冷静，脸上的表情比正常人还要严肃。

"疯子，你胡说什么！"汪远洋喝道。

"我不是疯子，你们才是，竟然护着女魃的使者，她会害了所有人的命！"疯子将带着恨意的目光投向小露，吓得她急忙躲在汪远洋身后，生怕疯子会挣断绳索冲过来。

"小露莫怕，他已被我点了穴道，没有几个时辰是不会解开的，而且浸了水的牛皮绳越是挣扎就越结实，他挣脱不开。"汪远洋轻声地安抚着小露。

"我儿子就是她杀死的，她就是女魃的使者，刘晓雅，你还我的儿子来！"疯子说着竟然张大嘴向小露的方向咬去，牙齿碰到一起发出"咯噔"一声。

小露身体颤了一下，却强忍住没有后退，将目光望向汪远洋。汪远洋回应着点了点头，随即一闪身，伸出脚尖踢在疯子的哑穴上。

"看来万人坑并不简单，回去后我要查查史料记载，看看有没有和它相关的文字记载。另外万人坑的做法虽然对死者不敬，却最大程度地保护了生者，也算是将功补过了，相信逝者的在天之灵会原谅我们。"狄仁杰朝着巨坑的方向拜了三拜。

"好了，此间的事情已了，咱们去女魃祭祀庙看看小刘庄的村民们，这个人……先派人关押着，以后再做处理。"狄仁杰叹了一口气……

人心都有自私的一面，平日里大都以自我为中心，为了自身甚至不惜践踏别人的利益。要是遇到灾难，人们亦会如此，甚至变本加厉，争抢活下去的机会。

人心的角落中还有善良和团结，若加以引导，善便会被激发出来，令人们团结一心，相互帮助渡过难关。

温康骥身为长史却甘愿冒险，亲自带领霍兰山等一众捕快为感染瘟疫的人们送药、清水和食物，并当众做了一番即兴演说，将人们本已熄灭的希望重新点燃。最后，人们发出一阵阵的欢呼，以表示对他的尊重。

当狄仁杰来到祭祀庙时，欢呼声仍在继续，看到这一番情景，使他对温康骥的印象有了很大转变。

在处理灾民哄抢事件中，温康骥处理得有些草率，可此人能够痛定思痛，吃一堑长一智，妥善解决感染者的困难，带来生存的希望，极大地鼓舞了魏州军民。

"狄大人！"温康骥见狄仁杰便停止演说，来到狄仁杰的面前施礼。

"温大人，你做得很好，本官替朝廷和魏州的百姓谢谢你。"狄仁杰郑重地说道。

"狄大人，此话言重了，下官身为魏州长史，这是职责所在。狄大人凡事都身先士卒，令下官为之感动。"温康骧微微一笑，他这话说得非常巧妙，既说出了他做事情的态度，又变相地捧了狄仁杰，一箭双雕。

狄仁杰赞赏地点了点头，分开人群走到祭祀庙中，看到十桶清水和几袋子粮食摆放在台上，不由得皱紧了眉头。这些粮食和水远不够小刘庄的病人使用，其他村镇的病人将会陆续被送到这里，要是没有粮食和水，这些人还会死去。可他心里很清楚，这些水和粮食已是魏州城所能拿出来的极限。

躺在祭祀庙地上的病人们呻吟着，而高大的女魃石像却依然冰冷，狄仁杰心道："要是真有神明，为何不将女魃这等妖物除去，还留着危害人间？"

正想着，躺在地上的一名妇人突然抬起手，指着站在后面的小露，瞪大了眼睛结结巴巴地喊道："刘晓雅……你是刘晓雅？"说罢竟然颤抖着身子向后缩去。

小露急忙摇头摆手，涨红着脸，连声说不是。

狄仁杰顺着声音看去，一眼便认出那妇人正是小刘庄大户人家刘府中的妇人，于是走上前，轻声向那妇人问道："大嫂你不用害怕，她名叫小露，不是刘晓雅。"

妇人又仔细看了看小露，眼神中露出疑惑的神色，说道："这姑娘和三年前死去的刘晓雅有些相像，不过仔细看看，却又不是，乍一看，着实吓了我一跳。"说罢用手抚了抚胸口，接着说道："狄大人，您是不知道，刘晓雅是女魃的使者，转瞬便会将男人的精气抽得干干净净。当年我家大少爷便是死在她手中，成了一具干尸。后来当我家老爷准备要杀死刘晓雅时，惹怒了女魃，她将清水河道弄了一个大窟窿，将最后的河水吸了进去，刘晓雅跟着女魃不知去了哪里。"说到这里，她又抬头看了看小露，眼神一触即收回，不敢多看一眼。

"干尸！"狄仁杰听到这两个字心中一惊，第一时间想到来到魏州后所经历的案子，独孤思庄、司库参军罗金柱、十五名探马和三百铁甲精兵变成干尸的模样立刻闪现在脑海中。

"是啊，就是干尸，尸身完全干枯了，被刘晓雅吸干了精血，所以她才会那么年轻漂亮，若不是女魃使者，为什么会吸人精血！"妇人说罢便缓缓地坐了起来，后背靠在墙上，眼睛却时不时地瞄向小露。

"霍捕头，你马上命人到刺史府后院将罗金柱的尸体抬来。"狄仁杰对身边的霍兰山耳语道。

霍兰山应声而去，安排妥当后很快回到祭祀庙中。

"大嫂，你能不能详细和我说说关于刘晓雅的事。"狄仁杰说道。他心中有预感，妇人口中的干尸很有可能会和案子有关，要是三年前类似的怪异事件发生过，说明令人变成干尸的手法存在已久，说不定会得到些线索。

第二十九章　翻案

　　妇人点了点头，却没有立刻说话，而是伸出舌头舔了舔干裂的嘴唇，眼睛有意无意地瞟了瞟墙角的那几个装有清水的木桶。

　　捕快霍兰山眉头一皱，摆出一副凶神恶煞的模样，语气颇为严厉："你这妇人，狄大人让你说你便说，这样支支吾吾是何用意，难不成你与刘晓雅是同犯不成？"

　　妇人吓得一阵哆嗦，急忙由坐变跪，捣蒜般地磕着头并出声求饶。

　　狄仁杰皱了皱眉头，转过头给汪远洋使了个眼色。汪远洋走到木桶跟前，用瓢舀了一些清水，递给了惊慌失措的妇人。

　　妇人仍旧跪着，瞄了瞄一脸怒气的霍兰山，犹豫再三，还是将刚刚抬起来的手收了回去。

　　"霍捕头，这位大嫂渴得厉害，给她些水也好回答大人问话。"汪远洋说道。

　　霍兰山立刻冲汪远洋拱了拱手，算是给他一个面子，却将脸撇向一边，不再看那妇人。

　　妇人脸上现出喜色，急忙接过水瓢，盯着瓢里面的清水做了一个吞咽的动作，转过身将瓢递给身边的一个老妇人，口中轻声唤着她。

　　老妇人勉强睁开眼睛，迷茫地望着眼前的人们。感到了水的凉意后，微微地张开嘴，喝下一小口水，人立刻精神了不少，将目光锁定妇人。

　　"阿莲，我是快要死的人，这水你还是留着吧，攒些水和粮食赶紧逃命。"老太太喃喃地说着，说话的声音很小，要是不细听还以为是苍蝇在飞舞的声音。

　　"老夫人，老爷疯了，夫人和大少爷死了，您一个人孤苦伶仃的可怎么办，阿莲哪都不去，一辈子都伺候着您。"妇人嘤嘤地哭了起来。

　　"他这个村正当得不怎么样，遭了这么大的灾，不去为百姓做点事情，却因为大壮的死得了失心疯，没出息的东西。"老妇人说罢便闭上了眼睛不再说话，看样子是非常生气。

狄仁杰从二人的对话中能够听得出，阿莲是刘家的侍女，而老太太应该是村正刘龅牙的母亲，又联想到那个疯子，很可能就是村正刘龅牙。

在场的众人心中都暗叹一口气，谁说人在灾难面前都是自私的，那只是少数人的行为，不能代表所有人。大部分人的心还是善良的。眼前的阿莲便是善良的人之一，她的不舍不弃的精神给众人造成震撼，而老妇人对刘龅牙的批评之词更令人震动。

阿莲叹了一口气，拿起瓢喝了一小口，开始向狄仁杰讲述三年前刘大壮惨死在刘晓雅手中的那件事，虽说她大字不识一个，却将妇女的伶牙俐齿发挥得淋漓尽致，故事讲得极为精彩，听得众人完全入了神。

当听到刘晓雅随着河道的塌陷一并掉进大坑中，并发出一声极其凄惨的叫声，狄仁杰的心中升起一阵希望。

当年刘晓雅一个柔弱的女子摔到坑底还能叫出声，那么一身煞天气功小成的雷善明会不会生存下来？但想到那一阵阵吞吐的瘟疫毒雾，不由得心中又是"咯噔"一下。

故事刚讲完，四名捕快抬着一副门板走了进来。

阿莲原本是坐在地上的，当门板上的干尸出现在她的视线中时，她的瞳孔猛地一收，脸上呈现出极为惊讶和恐惧的表情，嘴巴张得大大的，左手掌堵在嘴上，大口起喘着气，身体跟着一抖，右手拿着的水瓢险些脱手扔到地上。

过了好一阵，阿莲才缓过神来，将瓢放在嘴边猛地喝几口水，喘了一口气长气，才颤抖着声音说道："这……这具干尸和大少爷竟然一模一样，一模一样……"

狄仁杰摆了摆手，示意捕快将干尸抬走，随即说道："远洋你随我出去一下，其他人都在这里等着，我很快便会回来。"

汪远洋陪着狄仁杰走出了祭祀庙，众人面面相觑，不知道狄仁杰葫芦里究竟卖的什么药，便开始小声地议论起来。

过了好一阵，狄仁杰和汪远洋回到祭祀庙中，众人立刻止住了声音，望向狄仁杰。

"刘晓雅并不是女魁使者，更没有将刘大壮的精血吸干，她只是一名可怜的孩子而已。"狄仁杰此话一出，不但是众官吏，所有的百姓都感到震惊。刘晓雅是女魃使者的事情早已家喻户晓，成为铁定的事实。

阿莲更是直愣愣地看着狄仁杰，一脸的不解。

"不但不是凶手，还是一名受害者，虽然她下落不明，可我仍要为她翻案。"狄仁杰说罢便转向众人，开始陈述推理……

狄仁杰的眼神变得凌厉起来，环视了一下众人，缓缓说道："一个是年方十五的小女孩，缺少食物和水多日，软弱无力。一个是二十岁的青年男性，粮水充足、身体强健。小女孩怎么有能力将这样一个身强力壮的男性杀死。说到吸人精血，谁亲眼看见过？人活在这个世上，生死是平等的，妄自揣测便将一个无辜的人定为杀人的罪犯，这不是草菅人命是什么？"

在狄仁杰心中，早就认定刘晓雅并非女魃使者，这才和汪远洋出去向村民们了解情况，从村民们的口中得知刘大壮平时欺男霸女的行径，也了解到刘晓雅家中的情形，最后说到村正刘龅牙将刘晓雅抓起来，并带到清水河滩上准备杀死，顿时心中激起气愤，不由得怒由心生，所以此时说话的语气凌厉无比，吓得人们喘口大气都不敢。

"我刚才和小刘庄的村民们了解刘龅牙和刘大壮的情况。刘龅牙身为村正，虽然没有作为，也算是尽职尽责，可对刘大壮非常溺爱，甚至去纵容他，最终导致恶果。"狄仁杰看了一眼老妇人说道。

"来人，将疯子刘龅牙和证人带上来。"狄仁杰下令道。

几名捕快转身而去，不大一会儿便将疯子刘龅牙和几名村民带了进来。

狄仁杰转过身，对着村民们说道："你们几位尽可放心，刘大壮的罪行和刘龅牙纵子行凶等行为本官已经知晓，今天你们就畅所欲言，将所知道的事情讲出来，本官会还你们一个公道。"

话音刚落，疯子刘龅牙便向小露冲去，同时龇牙咧嘴，一副极其凶悍的模样。

捕快一脚踹在他的腿窝子上，只听得"噗通"一声，刘龅牙跪在地上，痛得一阵哇哇乱叫。捕头霍兰山见状，急忙上前，伸手便戳在了刘龅牙的哑穴上，霎时间便没了声音。

汪远洋看到霍兰山出手又快又准，心中一惊，同时也感到疑惑。霍兰山手指还未接触到刘龅牙的身体，便将其穴道点住，看他的年纪也就三十多岁，却练出凝气成形的功夫，单凭这份功力便足以笑傲江湖，如何会屈居在魏州当一名捕头？

狄仁杰冲着人群中一名青年点了点头，青年犹犹豫豫地走了出来，说道："大人，当时我在附近不远处的河道中。我听老人们说，沙子里可能会有极其罕见的狗头金，要是能找到一块，下半辈子就可以吃香喝辣，所以我便到沙地中去挖金子。刘晓雅的挣扎呼救和刘大壮那一声惨叫声我是听到了的，不过那个时候谁还有心思管闲事，更何况是刘家的事儿。惨叫声后不久，我就听到身边有一阵'沙沙'的声音，之后就再没了动静。"

众人一听，便知道狄仁杰刚才的分析完全正确，刘晓雅是一名彻彻底底的受害者。

"'沙沙'的声音？"狄仁杰与汪远洋对视一眼后问道。

"对，像是风刮过树叶的声音，又像是很多的蛇爬过地面的声音，反正差不多的样子。"村民答道。

"沙沙"的声音已经在独孤思庄、罗金柱两人遇害前出现过，现在刘大壮遇害时也有这种声音出现，说明三人是被同一种手段杀害。

"都说说吧，尤其是刘大壮的事情，我家大人是要为刘晓雅翻案的。"霍兰山打着官腔说道，并将"我家大人"四个字说得很重，显然是为了拉近与狄仁杰之间的关系。

一名老者慢慢地走上前，开始讲述刘大壮做下的恶事……

俗话说得好，墙倒众人推，证人们一开讲便引来很多人围观。后来，围观的人们也纷纷站出来……

讲着讲着，人们变得激愤起来，将对刘大壮的恨意转接到刘龅牙身上，有人甚至已经撸胳膊挽袖子，准备动手殴打刘龅牙。

刘龅牙的母亲颤颤巍巍站起身，走到了刘龅牙身前，几乎是用身体将他挡在身后。母亲便是母亲，虽说刘龅牙做了错事，却是她的儿子。

众人见到此情此景，顿时一愣，原本的激愤消失了大半。狄仁杰趁着机会大声地喊着："乡亲们，众位乡亲，请听本官一言。"

听到狄仁杰的声音后，人们的愤怒慢慢平息下来，将目光投向他。

"刚才众位看到了那具干尸，同时从阿莲的口中得知，干尸与当年刘家大少爷刘大壮的死状完全一致，我想众位老乡也看见过刘大壮的尸体吧？"狄仁杰的话只说了一半，却硬生生将话头掐住。

百姓们纷纷点头，有的还在下面小声地议论起来。

狄仁杰挥了挥手，继续说道："这具干尸是我魏州的一名官吏，他刚刚遇害不久。当年刘晓雅和刘大壮的干尸一同掉入了万人坑中，想那巨坑深不见底，要是人掉了下去，怎么可能生还？"说到这里，他顿了顿，想起了掉进巨坑中的雷善明，心中一阵难受。

"刘大壮的恶行众目昭彰，他对刘晓雅产生恶念，在河道上欲对其行不轨，却遭到意外。至于刘大壮被害的原因，本官还在调查。"狄仁杰说道。

百姓们在一旁议论着，疯子刘龅牙却龇牙咧嘴地冲着小露耍狠。

狄仁杰清了清嗓子，轻轻地将小露拉到了身前，问道："你们看看，她是不是当年的刘晓雅？"

小露脸上一红，低下了头，不敢与众人的目光对视。

第三十章　争执

　　阿莲勉强站起身，摇摇晃晃地走到小露的身前，仔细观察着。过了一阵，她停住脚步，疑惑地摇摇头："看着有点像，可是细看起来不是。刘晓雅虽然长得清秀可人，却没有眼前这位姑娘漂亮，且看这位姑娘的身材，像是生过娃子。"

　　小露一听这话，脸上更红了，抬起头说道："你胡乱说什么！"说罢便躲到了狄仁杰身后。

　　"的确不是刘晓雅。再说那万人坑那么深，嗯……除非变成鬼或者是……女魃使者。"一名老者犹豫着说道。

　　狄仁杰笑道："世间哪来的旱魃、女魃，那都是愚弄人的传说罢了。"对于传说中的妖物或者是神仙，他是不相信的，可一辈子都没走出魏州地区的农民，哪会有他这种见识。

　　老者还想说些什么，可看到霍兰山凶狠的脸，便只是张了张嘴，最终将到了嘴边的话咽了下去。

　　刘母虽对刘龅牙的行为不屑一顾，可毕竟是她的儿子，眼见着得了失心疯，此时又被官府的人五花大绑地抓起来，心中怎能痛快？趁着众人不注意，那双苍老的手轻轻地抚摸着他的头，目光中充满了关切。

　　阿莲跟随老夫人多年，怎能不知她的心思？遂站起身，走到刘龅牙身边，轻声地问着："老爷，您……"

　　刘龅牙看到母亲，凶相顿时消散而去，取而代之的是一脸委屈，仿佛是一名在外面受了欺负的小孩儿回到母亲身边诉苦一般。

　　阿莲叹了一口气，跪在狄仁杰说道："狄大人，我家老爷怪可怜的，少爷死了，夫人也死了，他受不了打击这才得了失心疯。少爷死后，他几乎是每天都到万人坑的边上查看。开始时，我还陪着他一起去，后来那绿色的瘟毒雾气时而涌上来，沾到的小动物们很快毙命，家里还有老夫人需要照顾，我不能冒险。自从那天起，老爷就不见了踪影，再没回过家。”

阿莲说到这里，看了一眼老夫人，见她一脸慈祥地抚摸着刘龅牙的头，又继续说道："有一次我趁着毒雾退去时，来到河道附近的一处高地，远远地看到了老爷在地面上挖着什么东西吃，可是毒雾突然涌了出来，将他吞了进去，我看到他倒在了地上，挣扎了一阵后便不动了。"

众人心中皆是一惊，虽然刘龅牙还活生生地在眼前，可绿色毒雾的威力众所皆知，沾上便会感染瘟疫全身腐烂而死，更何况是被吞进毒雾中。

"过了一阵，等毒雾再次退去，老爷竟然从地上站起身，摇晃着身体向我走来，我当时也不知道他是人是鬼，吓得转身就跑，后来多次看到他出现在万人坑周围，这才觉得老爷一定还是人，不是鬼，想必是上天可怜他吧，让他在毒雾中保留性命。大人，您是好人，也可怜可怜我家老爷，放过他吧，我保证他绝不会危害到其他人的。"阿莲说罢便向狄仁杰投去祈求的目光。

众人听到阿莲的一番话心中动容，又看到慈祥的刘母，态度上竟然有了大转弯，已然原谅了刘龅牙，开始盼望着狄仁杰能够为刘龅牙网开一面！

"阿莲啊，你是个好人，可他涉嫌伤人，尤其是对小露怀有很深的敌意，放了他怕还会惹出乱子，你和老夫人瘟毒未清、身体未愈，连自身都难保，怎么管得了他？"狄仁杰摇了摇头说道。

几名捕快听后立刻押着刘龅牙离开。

听阿莲这么一说，他的心中一动。刘龅牙每天都到万人坑附近出没，瘟毒却不能伤他分毫，若是弄清楚原因，或许可以破解这场灾难性的瘟疫。

"好了，乡亲们，小刘庄刘大壮遇害的事情证实与刘晓雅无关，这件事情已了，以后若是哪位能够遇到刘晓雅，将这件事情告之便可。你们好好养病，只要本官还在，定不会放弃你们。"狄仁杰又嘱咐了一番，便带着众人转身离开祭祀庙。

刚走出不远，狄仁杰向身后的温康骥问道："温大人，郎中现在何处？"

温康骥上前一步，一脸的疑惑，问道："大人，您说的是哪个郎中？"

"就是陪着我去小刘庄的郎中，我还不知道他的名字，惭愧了。"狄仁杰苦笑一声说道。

"哦，他呀，应该在医馆。姓侯，名志勇，多年前在冀州曾经帮助当地的名医避免了一场瘟疫，挽救了很多人的性命，应该是在那时学习了一些治疗瘟疫的方子。"温康骥拍了拍脑袋回答道。

"咱们去医馆看看，瘟疫的事情目前只能靠他，容不得半点差错。"狄仁杰边走边说道。

离开祭祀庙时，小刘庄的百姓一直送他们到那条填着生石灰的深沟旁，所有人都跪在地上叩头不起。

狄仁杰回过头，急忙说道："大伙都起来吧，你们是大周的子民，我狄仁杰就算是丢了命，也要保你们活下去，请大家相信我。"

一名老者抬起头，老泪纵横地说道："狄大人，有您这句话，我们就算是死了也甘心，若侥幸大难不死，定给您老人家立一座生祠，带着小刘庄的百姓每日叩拜。"

狄仁杰重重地点了点头，眼睛中现出些许潮气，双手抱拳高举，向跪在地上的百姓深深地鞠了一躬……

人在世上没有一帆风顺的，碰钉子是常有的事情，就算是有尊严的人，钉子碰多了，也会变得没脾气。

袁客师、齐灵芷从未碰过这么多的软钉子，向刺史府的官吏询问独孤思庄的情况，人们要么东扯西扯，要么打哈哈不说正事。

两人扫兴地回到房间，抿了一口水，感慨着官吏们的谈话艺术。整整一上午，一点进展都没有。除了得到独孤思庄是一名好官的消息外，再没有其他收获。

"这些人真是狡猾，什么都问不到！"齐灵芷一脸沮丧。

她单手托着下巴，胳膊肘放在桌子上，头微微歪着，模样看起来可爱至极。

袁客师嘻嘻一笑，将脸凑了过去，一股少女的幽香钻进鼻孔，令他精神一振："姐姐，这为官之道，博大精深，远非你我这种小民能够明白，不过咱们还是有一些收获的。"

"啊！你又来卖关子，是不是耳朵不痛啦？"齐灵芷歪着头装作生气的模样，伸出手向他的耳朵抓去。

"姐姐莫动手，我招了还不成！"袁客师急忙举手投降。

自打齐灵芷得到了汪远洋师父的功力后，功力更加精纯，已达到可以和汪远洋等人相提并论的程度，对回风雪舞剑法的领悟提升了一个高度，甚至不逊于师傅青玄师太，袁客师哪里还是她的对手，几乎一招就可以将其打败。

"快说。"齐灵芷微微地鼓着腮帮子说道。

袁客师看到齐灵芷的可爱，心中一阵荡漾，稳了稳心神说道："狄大人没来之前，在魏州能够制约独孤思庄的只有长史和司马，其他各曹的大人，级别相差太悬殊，完全没有可能。"

齐灵芷仍旧是一副疑惑的样子。

"你想想，独孤思庄死了，说他一些是非也没什么大碍，可这些官吏们为什么都是支支吾吾的?"袁客师引导着齐灵芷。

齐灵芷嘴巴张得大大的，手指不断地点着袁客师说道："那是因为独孤思庄的案子还有其他的人参与，而且就在魏州现任的官吏中，能够让众官吏都闭口不谈的人……只有长史和司马两人了。"

"一语中的，灵芷啊，所以我觉得独孤思庄贪污案并不简单，也许会有巨大的隐情在背后，只是现在我们还不知道而已。"袁客师说话的语气像足了狄仁杰，还伸手在下巴上摸了摸，惹得齐灵芷伸手捏住了他的大耳朵一阵扭动。

两人正说闹着，突然听见院中一阵争吵，急忙走到门前，将门推开一个门缝向外看去。

长史温康骥和司马梁艾军在院子里争吵，内容是要不要执行狄仁杰关于撤回探马的命令。

原来汪远洋带回了狄仁杰的一连串命令，封闭小刘庄以及将小刘庄的病人运送到祭祀庙的事已安排妥当，可在撤回魏州与冀州间探马的命令上，两人却起了争执。

温康骥主张按照狄仁杰的命令行事，这道命令定有其独特的意义，要是因为没有执行而耽误了计划，可就大大不妙。

梁艾军则是从军事的角度考虑，将所有的探马撤回来，就意味魏州大营变成了瞎子、聋子，一旦契丹大军打过来，便会措手不及，陷入被动。

两人考虑的角度不同，各说各的理，便产生了分歧。幸好两人还算识大局，没有当着众官吏的面争吵。否则，契丹大军未至，自己人倒是先乱了起来。

袁客师与齐灵芷对视一眼，整理好衣服，推开房门走了出去。齐灵芷本想拉住他，却不想他竟然像是知道了她的动作一般，先行躲了开去，径直地向温康骥、梁艾军二人走去……

第三十一章　垄断

　　吵架是小孩子间常有的事情，也许是为了一个小玩具，也许是为了一个不经意的小动作，也许……没有也许，小孩子经常是没有理由的。但是成熟的大人间的争吵通常都会有充足的借口，可以冠冕堂皇地吵架。

　　温康骧和梁艾军是朝廷命官，主管魏州城的军政大事，是有涵养的，见袁客师慢慢悠悠走过来，遂停止了争吵，将脸扭向另一边，不再看对方。

　　"温大人，梁大人，两位先不要争论，我有几句话要和梁大人沟通一下。"袁客师说罢便做了一个"请"的姿势，随后便向自己的房间走去。

　　梁艾军犹豫一下，冷冷地哼了一声，狠狠地瞪了温康骧一眼，向袁客师的房间走去。温康骧对于梁艾军的无理只是耸了耸肩，对着齐灵芷无奈地笑了笑。

　　袁客师的身份极其特殊，不但是狄仁杰的专用捕头，也是大理寺承认的金牌捕头，更兼白鸽门门主未来的夫君，一名年纪刚刚二十出头的年轻人便拥有如此惊人的背景，身为司马的梁艾军也不得不给足面子。

　　袁客师见梁艾军走进来，连忙笑着说道："梁大人，咱们就有话直说了。刚才我听到您和温大人之间的分歧，如果单从军事的角度上看，您绝对是正确的。"

　　齐灵芷走进来，倒了一杯水递给梁艾军。梁艾军将水接过来，放在鼻子前闻了又闻，却没舍得喝下去。

　　梁艾军进来时脸色很难看，听了袁客师这番话后，脸色缓了缓，将水杯放在桌子上，点了点头示意他继续说下去。

　　"不过，狄大人做事通常都是通盘考虑，虽然我现在还没有得到大人确切的意图，但据我推测，这件事一定与赈灾粮有关。"袁客师说道。此时他还不知道狄仁杰的计划，但他完全信任狄仁杰，对于这种违背常规的命令，一定是与最要紧的事情有关。

"赈灾粮?"梁艾军惊道。

"梁大人您有没有想过,目前魏州城最大的危机并不是契丹大军,而是粮食、水还有瘟疫,水是人力无法解决的,但粮食可以。至于瘟疫,粮食和水的问题解决了,瘟疫就会消失。另外,就算是您不撤回探马,契丹大军若是攻城,凭着缺水缺粮的魏州大营,能够坚持几天?"袁客师问道。

见梁艾军没有说话,又继续说道:"您可以不信我,但一定要相信狄大人。这些年他化解了很多危机,想必你是听说过的,这个时候连你都不相信他,'团结一心'这四个字就无从谈起,魏州的失陷就是早晚的事了。"袁客师神色黯淡下来,一副忧国忧民的模样,无论从气质还是动作都像足了狄仁杰。

梁艾军沉默了一阵,点了点头说道:"小袁神捕,你说得有道理,不过将探马撤回这件事情还是有些不妥,容我考虑一下如何?"他这样说其实是做出了让步,毕竟他是负责军事的官吏,要是决策上出了问题,便无颜面对魏州百姓和大营的将士们。

"梁大人,我倒是有个好办法,既让您执行了狄大人的命令,又保证魏州的消息灵通。"齐灵芷走上前说道。

袁客师急忙接下话来:"让白鸽门的探子们来负责这件事,已经沦陷的冀州城中遍布着白鸽门的人,单纯比消息的灵通,探马就有所不如了。"

齐灵芷白了一眼袁客师,说道:"谁让你又多嘴!"说罢便假装伸手欲抓住那双大耳朵,吓得袁客师立刻捂住耳朵退后一步。

梁艾军心中亦是一喜,急忙说道:"有齐门主帮忙,这件事自然不是问题,我马上下令撤回探马便是了。"

袁客师和齐灵芷对视一眼,从这件事情上能够看出,梁艾军并不是单纯地拒绝执行命令,而是考虑的角度不同,又看他性情直爽却不愿意趋炎附势,这一点与两人极其相似,所以对他的好感大增。

送走了梁艾军,齐灵芷一伸手便捏住袁客师的大耳朵,说道:"你刚才做出一副忧国忧民的样子很像那么回事,是真的还是装的?"说罢纤纤细手轻轻一扭,那只大耳朵便被扭成了麻花状。

"哎哎哎!疼,轻点啊姐姐,是真的,真的忧国忧民!"袁客师急忙应答道,同时脸上做出投降的表情,双手举了起来。

齐灵芷哼了一声放开手,问道:"我听你刚才说得像模像样的,究竟是怎么回事?"

"先不说刚才了,狄大人还给我们安排了一个重要的任务。"袁客师神神秘秘地说道。

"什么任务?别卖关子!"齐灵芷属于急性子,一听到袁客师卖关子就有些着急。

"姐姐莫动手,我说。狄大人说,只要探马一撤,就让我俩到赈灾粮消失的地方附近观察,看看有没有什么动静。"袁客师笑嘻嘻地说道。

"我派几个人去不就得了嘛,何必非得咱们亲自去?"齐灵芷想到在太阳底下潜伏在河岸的枯草丛中,最终会被阳光晒黑,就有些不情愿。

袁客师连连摆手,脑袋摇晃得像一只拨浪鼓:"你派去的人可不行,一旦行踪暴露,所有的计划就要泡汤了,还得咱们亲自去才行。带着你的易容工具,等到了河岸,给我改变一下形象。"

齐灵芷无奈地摇了摇头,拉着袁客师的手向外面走去……

狄仁杰等人来到城下时,城门已完全关闭。守城的军官看到是狄仁杰,这才下令打开城门,放众人进城。

按照规矩,已经关闭的城门不到时间是不能打开的,但是军官并没有固执地执行,确认了对方的身份后,将城门打开,兵士们的戒备十足,这种灵活的做法令狄仁杰对其充满好感。经过城门,他冲着守城的官军们点了点头,表示赞许,遂策马径直地向侯氏医馆奔去。

侯志勇站在三口大锅的前面,大汗淋漓地指挥着学徒们搅拌着。三口大锅不断地冒着热气,散发出浓浓的草药香气。

一个学徒模样的人走到了侯志勇身边,低声地说道:"师父,有一味药没了,您看怎么办才好?"

侯志勇看了看学徒:"什么药?"

"藜芦!"

"藜芦?咱们储药量应该还有一些的。"侯志勇扭过身体说道。

"本来存量就少,剩下的已经不够熬一锅的了。"学徒有些为难地说道。

"去买呀,到其他家的药铺去买,全都给我买回来!"侯志勇语气有些急躁,对于金钱他并不是很看重,却对名声看得很重,要是因为医馆少了一味药耽误了治疗瘟疫,会对他名声有损。

"去过了,没有卖的,都让贾大虎买走了。"学徒一脸无奈的表情。

"没有理由啊，除了咱们店铺里的人，没人知道配方，怎么可能将所有的藜芦都买去。"侯志勇瞪起了眼睛，出现了这种事，一定是他医馆的伙计泄露了配方，导致有人借机通过垄断一种药材获得高额回报。

"那就带人去挖，上山去挖!"侯志勇语气有些重，吓得那学徒急忙低下头，向后退了一小步。

"师父，旱了三年，山上的那些还不够动物们吃的，哪还轮到咱们去挖，医馆的药材还都是贾大虎从外地贩运过来的。"学徒提到贾大虎的名字牙根咬得咯咯直响，显然平时贾大虎对医馆的剥削不轻。

"贾大虎!一定是他介绍来医馆做学徒的侄儿泄露的配方。"侯志勇骂道。

虽然心中怒火中烧，却还没失去冷静，整个配方是不可能泄露出去的，其中几味药的用量只有他本人才知道，可草药的种类是所有学徒都知道的，像贾大虎这种靠着垄断而发财的中间商，只需要知道草药的种类便够了，管它多少的用量，统统买下来了事。

"贾小六呢?"侯志勇问道。

"已经两天没来了，应该在贾府。"学徒小声地回答着，生怕声音大了些惹得师父不高兴。

两人正说着，一名小学徒从外面跑进院里，对侯志勇说道:"师父，狄大人来了。"话音刚落，便见狄仁杰等人从外面走了进来。

"什么事情惹得侯郎中发这么大火?"狄仁杰笑着走了过来，看着热气腾腾的三口大锅，知道侯郎中对瘟疫的事情尽心尽力，他的心稳下来不少。

"狄大人，草民侯志勇叩见大人。"说罢便要跪下行礼，却被狄仁杰拦了下来，一番礼数后说道:"大人做的都是忧国忧民的大事，草民的这点小事不值得让您操心。"

"瘟疫若是处置不当会酿成大祸，有什么困难尽管说，我们现在要官民同心，才能渡过难关。"狄仁杰语重心长地说道。

"这……"侯志勇露出为难之色，毕竟是医馆内部出了叛徒，使得藜芦被贾大虎垄断，这种事要是说出去是很丢脸的。

"狄大人，我们医馆没有藜芦这味药了。"学徒在一旁抢着说道。

侯志勇脸一冷，喝道:"有你说话的份吗?到灶膛烧火去。"

学徒吐了吐舌头，急忙转身到灶膛去烧火。

"我之前听你说过，这味药的存量不大，不过藜芦不是稀罕药材，怎么会如此紧缺?"狄仁杰疑惑着问道。

侯志勇长叹一口气,缓了缓说道:"大人有所不知,魏州地区大旱三年,本地的草药很难挖到,都是通过药商贾大虎从外地买的。他却借着这个机会将他的本家侄子推荐到我这里当学徒。万万想不到,这贾小六竟然是冲着解瘟疫的配方来的。"

"哦!他要学这配方做什么?"汪远洋在一旁问道。

第三十二章　以身试药

"中药讲究的是随着病情轻重而变化，配方就算学去了用处也不大，藜芦这味药虽然不是名贵药材，却必不可少。不过贾大虎知道了配方中药材的种类，将魏州城的藜芦都买走，等我医馆的藜芦用尽，就只能到他那里去买，那时候的价格，就不是我能承受的了。"侯志勇叹着气说道。

狄仁杰听到这里，原本还是晴天的脸突然阴沉下来，沉默了一阵后，便对汪远洋说道："远洋，你去到刺史府账房支些银两，以后用我的俸禄补上便是，再到贾大虎家将所有的藜芦买下来。记住，以你个人的名义买，不要和他讲价，要多少给他便是，一定要留好票据。"

汪远洋本欲出言相劝，看狄仁杰神色坚定，便应了一声转身离开。

"大人，这如何使得！"侯志勇被狄仁杰的行为所感动，急忙劝阻道。

狄仁杰摆了摆手，说道："这已不是你一个人的事了，你放心，这笔银子他拿不安稳。"又转过身对霍兰山问道："霍捕头，魏州的商税如何缴纳？"

"回大人，护税和地税分夏、秋两季征收，商税亦是如此，行商缴纳的数量为千钱二十，而坐商为千钱三十，不过独孤大人曾经下令，大旱期间凡交易收入不过千钱者，免征税。"霍兰山回答道。

狄仁杰点了点头，说道："独孤大人为魏州的百姓还是做了一些事情。好了，侯郎中，藜芦随后送过来，辛苦你了。"说罢便转身离开了医馆回到刺史府中。

连日的操劳使得狄仁杰的身体每况愈下，勉强支撑到房间，便和衣躺倒在床榻上动弹不得，睁开眼睛却只觉得房间的四个角不停地在转动，只好将眼睛闭上，静静地养神。

狄平见狄仁杰回来了，立刻送来解暑的绿豆汤，放到桌子上后便轻声地问候着，却并未得到回应。

"老爷！"狄平再次轻声地喊着，仍然不见狄仁杰反应，吓得他急忙上前，伸手给他把脉。狄平好学，和狄仁杰学了一些诊断之术。这一把脉不要紧，吓得他三魂出窍。

狄仁杰的脉象很乱，且特别微弱，只有大病之人才会有如此脉象。轻轻地扒开下眼皮仔细看了看，发现眼底呈现紫黑色，嘴唇变成灰突突的颜色。

"不好，老爷定是染了瘟疫。"狄平知道狄仁杰此次便是前往小刘庄查看万人坑，又从汪远洋的口中得知瘟疫的厉害，结合狄仁杰的症状，立刻联想到了瘟疫。

"肖大姐，快来！"狄平大声地喊叫着。很快，肖清平和小露两人从房间奔出来，迅速来到狄仁杰的房间。

"老爷好像是得了瘟疫，你们帮忙看着老爷，我去请郎中。"狄平说罢便向外走。

"狄平大哥，还是我去吧，侯郎中的医馆比较偏僻，不太好找。"小露急忙走出房间说道。

狄平点了点头，又返回房间照顾狄仁杰。

狄仁杰感觉到身边有人，努力地睁开眼睛，看到狄平和肖清平两人在身边伺候着。

"狄平，取针来。"狄仁杰的声音很微弱。

狄平急忙从一个包袱中拿出了银针。

"我平时教过你如何下针，现在你听我指挥，你来下针。"狄仁杰感觉一阵阵眩晕，遂闭上了眼睛。

"老爷，我学得不好，一旦扎错了……"狄平苦着脸，眼见就要哭出来。

"狄平，现在是危急时刻，行不行都要做。"肖清平反而冷静下来，轻声地劝着，语气非常坚决。

狄平转过脸看着肖清平，眼神中仍没有自信。肖清平点了点头，用鼓励的眼神望着他，并从针包里抽出一根银针，递了过去。

狄平深吸了一口气，接过银针，说道："老爷，您说吧。"

狄仁杰重重地喘了一口气，微微地张开口说道："关元、中注、商曲。"

狄平稳了稳神，随后捏着银针向狄仁杰的关元穴扎去……

也不知过了多久，狄平感觉像是过了一千年，尤其是在他捏着针扎进穴位时，豆大的汗珠子顺着脸颊流了下来，却浑然不知。

当狄仁杰说了声"可以了"，狄平才长长地舒了一口气，双腿一软，险些瘫坐在地，颤抖着手抹了一下脸，发现浑身上下全部湿透。

他这才知道为什么每次狄仁杰用过针之后都会大汗淋漓、精神萎靡，原来下针认穴需要极其准确，容不得半点差错，精神要高度集中，所以极耗费心神。

肖清平打来清水，给狄仁杰擦拭着汗水。狄平摇晃着走到桌子旁，端起那碗绿豆汤一饮而尽。

狄仁杰脸色有些苍白，精神却好了很多，半眯着眼睛躺在床榻上。

"大人!"袁客师的声音从外面传来，声音未落，人便闪进房间，来到了榻前。

狄仁杰缓缓睁开眼睛，嘴唇微微动了动，想说话却没说出来，想必是还没恢复力气。

"大人怎样了?"袁客师一脸焦急地问向肖清平。

"大人感染了瘟疫，刚才狄平用针灸术医治过，小露去请侯郎中了，应该很快就能回来。"肖清平边说边将擦脸巾放进脸盆里洗干净。

话音刚落，只见侯郎中和小露两人从外面跑了进来。

"快，将药给大人喂下去。"侯郎中立刻将一碗药汤递给了肖清平，他则是半坐在床榻上替狄仁杰诊脉。

过了一阵，侯郎中放开了狄仁杰的手腕，皱着眉头说道："狄大人的确感染了瘟疫，加上他身体衰弱和极度疲劳，才导致发病如此迅猛。幸好他及时用针灸术导出一部分毒气，疏通了经脉，使得他渡过了难关，否则……"说到这里，他不禁摇了摇头。

狄仁杰将药一口气喝了下去，随后长长地出了一口气，神色缓和了一些。

"赶快对大人施救啊!"肖清平将药碗放到一旁焦急地说着。

侯郎中紧皱着眉头一语不发，过了一阵才说道："在对小刘庄村民治疗过程中，我发现药效并没有想象中那么好，对于病情只是能暂时缓解，却无法彻底治愈。体质稍好的人倒也罢了，一次不行就多服几次药，将体内的毒气逼到肠胃里，通过呕吐和排泄排出，靠着自身抵抗力渡过难关。可是狄大人的身体太虚弱，自身的抵抗能力很差，若不停呕吐，不知道能不能挺得过去。"

狄仁杰缓缓地睁开眼睛，低声说道："侯郎中，我能挺得住，放心吧。"说话间显得中气不足，一阵气喘后又闭上眼睛。

"大人，我执行您交付的任务时，在万人坑的附近发现了这个。"袁客师从怀中掏出一棵绿色的小草，放在狄仁杰的眼前。

"这是什么？我怎么从没见过！"侯郎中瞪大眼睛望着绿色的小草惊道。

"说来奇怪，万人坑附近寸草不生，单单这种草却生存下来。毒雾不能将其摧毁，会不会小草能够克制瘟疫？"袁客师说道。

狄仁杰勉力睁开眼睛，费力地抬起手将小草拿在手上，放在鼻子前闻了闻，又用手指掐了小草的叶子放在口中咀嚼，过了一阵才说道："侯郎中，你将药方子中的藜芦用这棵小草代替，用量小一些，五碗水熬成一碗，给我服下。"

"狄大人，这种草我从未用过，连药性都不知道，若贸然使用，恐怕……"侯郎中行医多年，知道草药若是用得不好，就会变成毒药，很可能会要了人命。

"不碍事，让我看看你的方子。"狄仁杰虚弱地说道。

"好，好，我马上写给您。"侯郎中急忙走到桌子旁边，拿起一张纸刚要写，想了想，又走到狄仁杰的床榻边，说道："写方子太慢了，我就和您说说吧，这里都不是外人。再说，方子本就是用来救人的，听去了也不要紧。"

在这个年代，郎中都是靠着药方子吃饭的，有些方子除了父子外，连父女之间都不会传下去，若要一名郎中将药方子当众说出来，是需要大决心的。

众人一听这话，对侯郎中的胸怀更加佩服，不禁投去了赞赏的目光。

侯志勇将治疗瘟疫的配方说了出来，狄仁杰听罢，沉思了一阵，调整了几味药，这才闭上眼睛养神。

众人心中明白，狄仁杰是在拿他自己试药，成功了，这场变种瘟疫便有了克制之法，若是不成……

侯志勇不敢再想下去，急忙在纸上写下方子，交给袁客师，让他到侯氏医馆去抓药煎药，他现在还不敢离开狄仁杰，生怕会有意外发生。

一个时辰后，袁客师满头大汗地回到了刺史府，手中端着一碗熬制好的药。

"大人，这药……"袁客师不敢再说下去。

狄仁杰已呕吐过数次，部分瘟毒被排出体外，此时看起来脸色苍白，精神状态却不错，他半倚在床榻上，向袁客师招了招手，说道："给我。"

袁客师将药递了过去，随后便暗中蓄起内劲，要是狄仁杰喝下后不对劲，便立即用内力将药水逼出来。

狄仁杰看了看黑褐色的药汤，仰起脖子一口气喝了下去……

第三十三章　死而复生

　　很多人都喝过中药，大多数中药汤难以下咽，但良药苦口利于病，再难喝也要喝到肚子里才能发挥作用。药汤中每味药材都是有比例的，多了少了都有可能令治病的药变成致命的毒药。

　　见狄仁杰喝下药汤后，袁客师的心开始剧烈地跳动起来，瞪大了眼睛看着他的反应。

　　狄仁杰长长地舒了一口气，正要闭目养神，突然见他猛地睁开眼睛，身体变得直挺挺的，口中发出"嘀嘀"的声音。

　　"大人！"袁客师急忙上前，手掌贴在他的腹部，内力轻轻一吐，只见他猛地张开口，"哇"的一声将喝下去的药喷了出来。

　　肖清平急忙拿着擦脸巾上前帮忙，一旁的小露急忙上前，帮着扶住狄仁杰的头部。

　　"不应该，不应该，到底是怎么回事？"侯郎中见到此情此景，紧张得直跺脚，却想不出任何办法。

　　袁客师缓缓地撤回内力，遂又给他搭脉，令袁客师吃惊的是，原本微弱的脉搏完全消失，一探鼻息，竟然没了气息。

　　"不好，大人……"袁客师急忙将狄仁杰扶了起来，手掌贴在他的后背上开始推血过宫。

　　此时的侯郎中已傻了眼，脸色煞白，汗珠子顺着额头慢慢地流了下来，他只是呆呆地站在那里，口中低声嘀咕着。

　　狄平拿着银针冲了过来，犹豫了一下，将手中的银针扎进狄仁杰的百会穴。

　　"唔！"狄仁杰猛地出了一口气，随后一阵剧烈的咳嗽。

　　狄平将银针拔出来，袁客师撤回了内力，众人见他缓了过来，都长长地呼出了一口气，静静地看着他。

狄仁杰的咳嗽声终于停了下来，缓缓地睁开眼睛，望着眼前的众人，勉强挤出一个微笑，说道："看来阎王爷不愿留我，让我回到阳间将事情处理完。"

"大人，都这个时候你还说笑，我们都快吓死了。"袁客师叹了口气说道，并伸手轻轻推了一把身边的侯郎中。

侯郎中从呆滞中缓过神来，走到狄仁杰的身旁，给他诊脉。过了一阵，又看了看眼底，缓缓说道："狄大人，您体内的毒气大部分解除了，剩下一些残留问题不大。"

"嗯，通过这次试药，说明客师挖来的这种草是具有清除瘟疫的功能，缺点是它的毒性过于剧烈。幸好客师及时地将大部分药汤逼出来，否则，任由两种毒性在体内斗起来，我这条老命就真的保不住了。"狄仁杰说话间已有了底气，一改刚才的颓唐。

"减小这种草的用量，再加上几味药保护五脏六腑。这件事就拜托侯郎中了，用药时要谨慎些才是。"狄仁杰随后说出了几味药和用量。

"明白，我这就去。"侯郎中话音刚落，便抬腿就走，匆匆地离开了刺史府向医馆赶去。

凡有大成就的人都是这样，对擅长的某种领域会专心去研究，以至于对其他事情视而不见，甚至变得不通人情世故，毒郎中徐莫愁如此，郎中侯志勇亦是如此。

"大人，试药有些太过莽撞了，您不知道刚才的情况有多危急！"肖清平将浸湿的面帕递给狄仁杰。

袁客师对于狄仁杰为什么敢亲身试药更是好奇，按说目前魏州处于重重危机之下，他身为刺史不应该如此莽撞才是，就算是想要找出治疗瘟毒的方子，也要让侯郎中这等比较专业的人来尝试，便问道："大人，您是怎么知道这种药可以治疗瘟毒的？"

"你们还记得小刘庄的疯子刘龅牙吧？"狄仁杰缓缓地问道。

众人纷纷点了点头。

"刘家的侍女阿莲说过，刘龅牙得了失心疯后，经常出没在万人坑周围，而且还亲眼看到过他在毒雾过后爬起来。一个疯子，肯定是能吃的便会吃上一口，以填饱肚子。万人坑附近能吃的只有这种草。刘龅牙虽是疯子，也是常人，不可能扛得住这么厉害的瘟毒，所以定是这种草使他能够抵抗瘟毒。

你一拿出来这种草，我头脑中便灵光一闪，加上瘟疫来势凶猛，若是不破釜沉舟，等侯郎中想出办法我也死了。至于我假死的状态，应是体内瘟毒和草的毒性争斗导致。"狄仁杰说话间神情轻松，就好像说一个与他生死完全不相干的故事一样。

狄平眼眶含着泪水，端着一碗绿豆汤走了进来，递给狄仁杰。

"我这不是没事嘛，你看看你。"狄仁杰接过碗笑着说道。

狄平却并不买账，将头撇到一边，偷偷地在一旁掉眼泪。

"大人，我想了想汪大哥师父的事情，觉得万人坑中的绿色毒雾可以用火焰来化解。我趁着在万人坑潜伏的时候试了试，发现火焰对瘟毒的确有化解作用，但是普通火焰的效果却好，需要用内力催动火焰，产生极高的温度才有效。万人坑那么一大片瘟毒，就算是找来一百个李大哥、汪大哥这种高手，内力也不会够用。"袁客师苦着脸说道。

"嗯，你提供的这条线索很有用，也许是破解瘟毒的一条路。不过此事莫急，一定会有克制瘟毒的办法。你和灵芷在万人坑边潜伏，需要注意不要染上瘟毒才是，另外派人将这种草药送到钟嘉盛的货栈，到货栈送草药的药农不少，说不定有认识的。"狄仁杰关心地嘱咐着，将碗递给了狄平，狄平接过碗，在狄仁杰的脸上看了又看。

"你这小厮，难道说我变成了怪物不成？"狄仁杰的冷幽默令狄平笑了起来。

袁客师见狄仁杰身体无碍，便将调查独孤思庄的事情如实禀报，同时将梁艾军与温康骥两人的争执一事禀报。狄仁杰赞许了袁客师和齐灵芷的做法，同时对进入独孤府的小叫花子颇为怀疑，两人又讨论了一阵，明确了查案的方向。

"我还得去找灵芷姐姐，她还在河岸上守着呢，要是回去晚了，我又得挨一顿收拾。"袁客师见狄仁杰没什么大碍，便急忙告辞离开，刚走到门口，便见两人急匆匆地向房间跑来。

"狄大人，狄大人！"充满关切的声音从外面传来，话音未落，温康骥和梁艾军两人与迎面的袁客师点头示意，相继进入房间中。

"狄大人，下官听说您的身体有恙，便匆忙赶来。我就说吧，这些天您连日操劳，又到万人坑去涉险，这……"温康骥眼睛湿润起来，急忙用袖子遮住了眼睛，不停地抹着。

梁艾军则是静静地观察着狄仁杰，看看是否有异样。

"不碍事，都过去了。"狄仁杰呵呵一笑，遂又转过脸，对肖清平等人说道："你们忙去吧，我和两位大人有些事情要商量。"

众人纷纷行礼告退，房间中只剩下狄仁杰、温康骥、梁艾军三人。

"梁大人，可有关于契丹军队动向的消息?"狄仁杰半眯着眼睛问道，显然他还没有回复元气，说起话来有气无力。

"回狄大人，十天前探子传来消息，契丹大军在冀州整装待发，李尽忠和孙万荣两人并不约束军队，冀州城中经常发生兵士抢夺百姓财物、杀人越货等事，冀州城已处于闭关状态，消息是靠着飞鸽传书才传出来的。近来城中实行了戒严和宵禁，很难再弄到情报了。"梁艾军皱着眉头说道。

狄仁杰思索一阵，缓缓说道："据我分析，契丹大军来势凶猛，但粮草和军饷等却供应不足，加上起兵仓促，缺少准备，只是靠着契丹骑兵的凶悍和李尽忠的指挥才攻克冀州。军械方面，都是靠着原来契丹部的一些积蓄，尤其是羽箭，若没有神都洛阳的支援，用一点少一点，就算从冀州得到了一些，也不足以支撑起军队的消耗。"说到这里，他抚着胸口喘息了一阵。

温康骥急忙倒了一杯水，递给了狄仁杰。

狄仁杰接过水杯喝了少许，缓了一口气又说道："契丹大军本就属于叛军，师出无名。这样一来，主帅李尽忠只好用随意掠夺财物来激励下属的将士们。虽然能够暂时提高将士们的积极性，却会造成军心涣散，各自为战。若所料不错，冀州城内一定极其混乱。"

梁艾军点了点头，表示赞同，接着狄仁杰的话说道："狄大人这番分析极其有理，不过我对大人将探马撤回来的事情不太理解。"虽说齐灵芷提出了利用白鸽门刺探军情的办法，却无法令他解惑。

"呵呵，这件事还是等以后再说吧。我们先讨论魏州目前的情况。"狄仁杰呵呵一笑，将梁艾军所提之事轻描淡写地带了过去。

两人并没有做声，都默默地望着狄仁杰。

"有些决定比较仓促，也没有来得及和你们商量。关于独孤大人'召集令'的处理，我想再听听你们的意见。"狄仁杰说道。

令狄仁杰想不到的是，在召集令的处理上，梁艾军居然有着不同的见解，他认为召集令虽有弊端，但对契丹的战事上十分有利。苦工们不但可以修缮城墙，关键时刻也可充军守城。

"梁大人的话虽不错，可眼下的缺粮缺水的问题如何克服？"温康骥在一旁提出了这个问题。

"缺粮是因为赈灾粮被劫，应该难不倒狄大人，至于缺水的问题目前无法解决，只能走一步看一步。"梁艾军说话间明显对狄仁杰有了意见，话中带着刺。

狄仁杰呵呵一笑，说道："赈灾粮的事情还真是有一些眉目，我想应该与万人坑有关！"

"与万人坑有关？究竟是怎么回事？"温康骥一脸惊讶地问道。

第三十四章　奸商

狄仁杰的稳重出乎了温康骥和梁艾军的意料，他对温康骥的惊讶并未感到意外，却只是淡淡一笑，不紧不慢地说道："此事还不是挑明了说的时候，不过很快便会见分晓。"

温康骥本想再继续问下去，见狄仁杰已经将话封住，便只是张了张嘴。

"狄大人，关于遣散苦工的事情我还是觉得有些不妥。没遣散费，他们绝不会离开，要是强行遣散，极有可能会造成暴乱，得不偿失！"梁艾军说到暴乱时故意加重语气，并将目光瞥向了一旁的温康骥。

"怎么又扯到暴乱了！"温康骥在一旁低声嘀咕着，却不敢与梁艾军正视。

狄仁杰连忙咳嗽两声，随即说道："梁大人说得不无道理，魏州的情况变化很快，只是缺粮断水还好些，现在又多出了瘟疫这个大灾星，整个魏州地区都受到影响，壮丁们集中到城里，家中的老老少少便没了依靠，很多人得了瘟疫之后缺少照料死于非命。吾辈身为朝廷命官，自当为皇帝分忧，为所属百姓的性命负责。正所谓人命关天，连这一点都做不到，还当什么官！"

狄仁杰说话声音不大，却充满威严，令站着的二人不由得低下了头。

"遣散费的事情，我已安排下去，很快便会有人送到。他们离开家太久了，也该回去了。"狄仁杰想起在苦工营地死去的周正父子，不由得一阵心酸。

周正父子所在的营地只是所有苦工营地的缩影，还有众多的营地发生着各种各样的惨剧。

"既然大人有了决定，那就无须和我们商量了，下官照做便是。"梁艾军脸色一寒。

狄仁杰听出了梁艾军的不快，却并没有出言呵斥，说道："梁大人，目前魏州城危机重重，需要我们三人齐心协力共同渡过难关，请你们相信我，我一定会带领全城百姓走出困境。"

梁艾军将目光投向狄仁杰，看到了一张苍白的脸和坚定的目光，遂点了点头，施礼后离开。

"狄大人，梁大人当兵的出身，就这个脾气，我与他共事几个年头，摩擦不少，却没影响到什么。您大病初愈，就不要和他计较了。有什么事情，您就尽管吩咐，由下官代劳便是。"温康骥劝道，虽然梁艾军对他并无半点尊敬，他在言语之间还是为其解释，且充满诚意。

狄仁杰笑了笑，说道："温大人，要是没有你帮忙，本官是独力难撑了……"

"狄大人，莫说客气话。关于遣散苦工的事情，卑职倒是有个办法。"温康骥说道。

狄仁杰一听来了精神，挺直了身子问道："什么办法？"

"自然是从独孤大人家中缴获的那十万两银子，这笔银两反正是用于赈灾的银两，用作遣散费说得通。"温康骥说道。

狄仁杰点了点头，说道："好，这件事就交给你去办，一定不能出乱子了，切记切记！"

温康骥脸上一红："放心吧大人，我一定会小心的。"说罢便施礼转身离去。

房间内又恢复了安静，狄仁杰将眼睛闭上，半躺在床榻上养神。

"虽然不能知道真凶的手法，却可以另辟蹊径，将赈灾粮先弄回来，至于凶手的作案手法，只好等有机会再探查了。"狄仁杰想着想着就睡了过去……

当他再次醒来时，感觉神清气爽，向窗外看了看，一缕晨光从远处的群山中飘逸出来，橘红色的太阳含着羞慢慢地露出了半张脸。

"唔！"狄仁杰起身，使劲地抻了一个懒腰，脸色有些苍白，身体瘦了一大圈，精神却好得很，肚子不停地咕噜咕噜叫着。

"大人，您起来了吗？"汪远洋的声音从外面传来。

狄仁杰打开房门，见汪远洋和狄平站在门口，满脸关切之意。

"好一些了，我这身体还行，就是有些饿了。狄平，有没有吃的？"狄仁杰呵呵一笑，将二人的疑惑一扫而空。

"有，有，我马上拿来。"狄平高兴地答应着，说罢便转身向厨房的方向走去。

"大人，我昨天回来就听说您病了，听狄平说得那么严重，可着实吓了我一跳。"汪远洋关心地说道。

"远洋，我大难不死，咱们的好戏还得唱下去。灵芷和客师有没有消息？"

狄仁杰并没有将他的生死经历当回事。

"大人，您这一觉睡了好久，都两天两夜了。袁客师中间回来一次，取些食物和清水，不过灵芷一直在万人坑盯着，目前还没有动静。"汪远洋答道。

狄仁杰听到他居然睡了这么长时间，感到一阵惊愕，转念想想，也实属正常，毕竟上了年纪，加上受到瘟疫侵染，能熬过来已是不易。

"嗯，辛苦他们了。对了，藜芦都买来了吗？"狄仁杰饶有兴趣地问道。

汪远洋憨憨地一笑："有了银子还能买不来？早就送到侯郎中那里去了，这是购买藜芦的票据。这孙子可真黑，要了五千两银子。贾大虎拿到银子就立刻到州府缴纳了商税，做得可是完美无缺。这笔银子如果要不回来，您后半辈子就得喝西北风喽！"说罢便将票据递给了狄仁杰。

狄仁杰听罢哈哈大笑，接过票据看了看："远洋，你平时都是闷葫芦一个，想不到说起话来也很风趣嘛。"

"只要大人开心就好。"汪远洋憨笑道。

"吃饱了肚子，咱们去会会贾大虎，连本带利都要回来。"狄仁杰笑着说道，话音刚落，就见狄平等人端着盘子走了过来，盘子里面装着两碗热汤面，还有一些小菜。

"哈哈哈哈，在这缺水缺粮的魏州，能够吃上热汤面，绝对是一大快事。狄平可是下了大本钱！来，远洋，咱们一人一碗，吃饱肚子好干活。"狄仁杰笑着说道，说罢便坐到椅子上，拿起筷子狼吞虎咽起来。

汪远洋守在门口两天两夜滴水未进，饿得头晕眼花，看着狄仁杰吃得痛快，便跟着狼吞虎咽地吃了起来。

"大人，贾大虎虽说是奸商，可是明码标价，一个愿意买一个愿意卖，我们能拿他怎样？难不成拿着刺史的帽子去压他？"汪远洋吞下一口面后问道。

狄仁杰抹了一把脸上的汗，笑着说道："远洋，说到武功，你是顶级高手，可论起心计，你却不行。你想想，当初独孤刺史定下的免税政策是怎么说的？"

"大灾期间单笔买卖收入低于千钱以下的免税。"汪远洋回想起在侯郎中医馆中的情形，话音刚落，便将手中的筷子放在碗上，接着说道："大人想利用赋税来整治他？"

狄仁杰笑而不语，只是吃着面条和小菜。

"他已按照额定数目缴纳赋税了，咱们不能将他怎么样的！"汪远洋还是想不明白。

"吃面，到时候你就知道了。"狄仁杰神秘一笑……

吃过早饭，汪远洋命人将司仓参军齐维叫来，同时还带着一年来的缴税凭据，同时又将捕头霍兰山和一众捕快叫了来，众人施礼后便站立在一旁。

"齐维，按照大周律例，坐商若有大宗交易，需何时到州府来缴纳赋税？"狄仁杰恢复得不错，说话时底气十足。

"回狄大人，若是有大宗交易，需要交易完成后一日内到府衙交税。按照前刺史独孤大人所颁发法令，大灾期间一千钱以下的交易免税。"齐维平静地回答道。

"近日有没有人到你处来缴纳商税？"狄仁杰又笑着问道。

"回大人……"齐维显出为难之色，话说了一半便停了下来。

"将所有的凭据给我看看。"狄仁杰立刻说道。

齐维犹豫了一下，将手上拿着的凭据递了过去。狄仁杰看了看近几天的凭据，不由得皱了皱眉头。

"本地的商户贾大虎昨天缴纳了税款，数量如此之大，对我魏州的税收帮助很大，你们随我去拜访他。"狄仁杰说罢便站起身走出了房间。

齐维愣了一阵，叹了一口气，最终还是走出了房间。

"大人，官轿已经准备好了。"汪远洋指着一顶大轿子说道。

"好，好久没做过轿子了。走吧，去贾大虎的府邸。"狄仁杰说罢便钻进了轿子中。

……

贾府位于魏州城靠近山脚下的位置，环境优美，更兼之有一条从山上泉眼流下来的小溪贯穿府宅，高明的工匠在府院内挖了一个池塘，小溪从山上流进来聚集到池塘中，更增添一丝活力。

可惜的是，大旱三年，山上那口泉眼也不再冒出泉水，原本的小溪变成了一条干枯的河沟，池塘荒草遍布，看起来荒凉无比。

白墙黑瓦色泽分明，布置格局优雅大气的建筑令贾府看起来非同凡响，若非门口站着两名满脸凶相的家丁，会被误以为是哪位大文豪的宅院。

府院中，几棵柳树稀稀落落地长在池塘边，只剩下干巴巴的树枝，显然是旱死了。

贾大虎从不肯承认他是奸商，他认为之所以能够成功，是因为他过人的手段和聪明的头脑！

但对于狄仁杰的突然到来，贾大虎心中有些忐忑不安。汪远洋前日花了大把现银将藜芦全部买了去，作为一名商人，他立刻起了疑。

从常理来说，没人会以这么高的价格买下全部藜芦，就连傻得冒烟儿的侯郎中也不会做这种事。他所设定的价格已达到了利润顶点，再有人想提高价格垄断药材，不但没人买，还会惹起众人的愤怒。想到这些，他心中寒意顿生，交易完成后，便立刻差人到州府缴纳了税款。

汪远洋对此事也想不通，他花了大把的银两在贾大虎的手中买了藜芦，而贾大虎并没按照计划偷税漏税，利用税收来整治他的计划就会彻底落空。

第三十五章　惩治奸商

　　狄仁杰上任后，贾大虎作为本地最大的药材商人并未登门拜访，现在刺史亲自上门，想必是礼数做得不周，刺史大人挑理来了。要是狄仁杰不顾大周律法，直接扣上一顶发国难财的大帽子，就算没违反大周律例也很难说得清，免不了要受一些皮肉之苦。

　　司仓参军齐维更是惴惴不安，心中像是揣了几百只小兔子不停地跳着，额头上的汗水不断地流下来。平时他对于税收管理松懈，只要给予足够的好处，少收一些税款是很平常的事。贾大虎原本是偷税漏税的大户，这一次却不知吃了什么药，将那一笔巨额交易的税款一文不差地交上来。

　　齐维原本是个胆小的人，可拿惯了黑钱，放着这一大笔税款不拿，心里总觉得过意不去。他非常谨慎，账目上做得严丝合缝，这是他的得意之处。

　　令他想不到的是，狄仁杰不去破案，反而突然要查他的账，而且来到偷税漏税最严重的奸商贾大虎家。

　　狄仁杰下了轿子，看见一个肥胖的中年人恭敬地站在门口，只见他长着一对巨大的招风耳，脸上的肥肉向下坠着，嘴角却以一个弯弯的弧度向上翘着，与脸上下坠的肥肉形成了一个圆形。

　　贾大虎一见狄仁杰，便立刻走上一步，规规矩矩地跪倒在地叩拜行礼。

　　"起来吧。"狄仁杰冷冷地回了一句，说罢看也不看地向贾府里面走去。

　　贾大虎感到了狄仁杰冷冰冰的态度，整个人仿佛是坠入了冰窖一般，不由得打了一个冷战。抬起头看了看从身边走过的司仓参军齐维，见到他的脸上显出从未有过的慌张，甚至连和贾大虎对视一眼都不愿意，低着头跟着走了进去。

　　"不好，一定是出事了，弄不好是齐维把我给卖了。"贾大虎站起身，本能地想逃走，可转念一想，若是逃了，这么大的家业就没了，更何况狄仁杰身边还跟着一名高手。就算能逃走，每天过着衣不蔽体食不果腹的生活，还不如死了的好。

想到这里，贾大虎的脸上重新恢复了镇定，平复了情绪后，转身向府中走去。

狄仁杰坐在客厅的上首位置，寒着脸看着贾大虎和司仓参军齐维两人，却不说话，只是不断地翻看着的账本。整个大厅中沉闷极了，对于旁人还好，贾大虎、齐维却很难过，总觉得一口气憋在胸中无法完全呼出。

他们感到狄仁杰的目光仿佛一把利剑，直直地刺进了心中，痛得冷汗直流。

"大人！草民知错。"贾大虎终于扛不住压力，突然跪倒在地上不断地叩头高声大喊，吓得一旁的齐维一阵哆嗦。

狄仁杰冷哼了一声，等贾大虎不再说话时，这才缓缓说道："你说说吧，如何错了？"说话间官腔拿得十足，却不失威严。

贾大虎抬起头，一脸诚恳地说道："草民早年一直有漏税的行为，今天幸得大人驾到，令草民幡然醒悟，决定将事情和盘托出，并愿意加倍将所漏交的税款补齐，若大人觉得不解气，可将草民关个三年五载的，以解心头之恨。"

贾大虎极其聪明，他看到狄仁杰手中所拿的是司仓参军的账本，判断是查到了齐维的头上，此时若还是执迷不悟，齐维便会率先将他出卖，到时候就算是有多少张嘴，也说不清楚。狄仁杰要是真的对他下狠手，不但是家业不保，脑袋也要跟着搬家。

齐维狠狠地瞪了他一眼，正准备出言呵斥，却瞥见狄仁杰一脸肃杀，吓得他又急忙缩起脖子。

"说！"捕头霍兰山大喝一声，这一声仿佛是晴天霹雳，吓得跪在地上的贾大虎浑身一震，额头上的汗跟着流了下来。这一招乃是捕快们常用的一招，叫做晴天一声雷，对于心理素质不好的犯人，一嗓子便会令其心理崩溃。

"大人，我说，我说。都是司仓参军齐维他指使我的，他告诉我将税款的一部分给他就行了，至于州府那边的事情由他来摆平。"贾大虎颤着声音说道。

"你这贱民，胡说八道，我何时说过，你有什么凭据？"齐维知道要是这时再不说话，以后就再没说话的机会了。

大难临头各自飞，到了此时，贾大虎哪还顾得了齐维，连珠炮似的说着："狄大人，狄大人！草民说的都是千真万确的，所有的和齐维的往来账目我都记录在一个本子上，我现在就可以拿出来，这些账目应该能和我所缴纳的税款一笔一笔地对上号。"

汪远洋走了过来示意贾大虎去取账本。

其间，齐维数次想对狄仁杰说着什么，可看到那张严肃异常的脸，他最终低下了头。

过了一会儿，汪远洋带着贾大虎回到客厅。贾大虎已是汗流满面，顾不得擦拭，便"噗通"一声跪下来。

汪远洋冷冷地瞥了一眼贾大虎，走到狄仁杰的面前将一本账本交给他。

狄仁杰看到整齐的账本冷冷地哼了一声，随手翻了几页，又将齐维所提供的账本翻了几页对了对，随后叹了一口气。

这声叹息虽然很轻微，但在齐维和贾大虎的心中掀起了滔天大浪，不断地冲击着他们。

齐维哆哆嗦嗦地走上前两步，"噗通"一声跪倒在地，大声说道："大人，下官也是一时间鬼迷心窍，加上贾大虎用利益百般诱惑，这才着了道，我愿意将所获得的赃银全数退还给州府衙门，若是大人还不解气，就将……"

狄仁杰猛地站起身，走到齐维身前，将两本账簿狠狠地摔在他的脸上，其中一本立刻散掉，纸张四散落到地面上，又伸出手指着齐维喝道："齐维，你身为司仓参军，竟然在魏州遭遇大灾时利用职权之便谋取私利，你要知道，按照大周律例这可是重罪。"

狄仁杰的言语间充满了威严，吓得齐维一阵哆嗦。

"大人，下官知罪了，还请大人看在同朝为官的分上，从轻发落。"齐维说罢便狠狠地在地上磕了三个响头，再抬起头时，额头上已经见了血印。

狄仁杰挥了挥袖子厉声喝道："谁稀罕与你同朝为官！霍捕头，你带着齐维到书房，让他将所贪污的银两一笔一笔地写下来，若敢有隐瞒，罪加一等！"

霍兰山和一名捕快立刻架起齐维向外走去，此时的齐维双腿抖动，走路有些困难，被两人夹着抬起，拖着向书房走去。

狄仁杰清了清嗓子，转换成笑脸，语气放缓了些，冲着贾大虎说道："贾大虎，我相信齐维一定会将所有的事情供出来，不过你已经先一步招供，算是主动投案，本官会对你做从轻处理。"

贾大虎一听这话，心中松了一口气，连忙叩头。

"不过……"狄仁杰说了半截话，脸上皱起了眉头。

贾大虎是一名精明的商人，察言观色是他最擅长的本领，见到狄仁杰皱起了眉头，就知道这件事还不算完，一定还有下文。

"草民愚钝，请狄大人指点一二。"贾大虎诚惶诚恐地说道。

"魏州城陷入一场巨大的危机中，契丹大军虎视眈眈，又有瘟疫流行，城中缺水缺粮，你作为大周子民，理应伸出援助之手。不过，你却借着瘟疫爆发之际，囤积药物，再以高价卖出获得暴利。很多人因为喝不到解药活生生地被瘟疫折磨致死，你这种行为相当于变相杀人，本官轻判你怕是愧对了魏州的百姓！"狄仁杰语气严厉起来，态度发生了一百八十度大逆转，令贾大虎摸不清套路。

"大人，草民……"贾大虎急忙抬头看了看站在周边的几个人，却发现在他们的眼中充满了肃杀，尤其是汪远洋，更是将杀意外放，吓得他说了半句话便停了下来。

"对于你这种发国难财的人，我应该怎么处理呢？"狄仁杰阴沉着声音说道。

"大人，对于这种人就应该立刻处死，避免其他人效仿，同时也能给百姓一个交代！"汪远洋说罢便将腰间的锯齿虎头刀抽出来。

在"阴兵借路"一案中，汪远洋和杀手快刀柳成空对决，柳成空败北后将此刀赠予汪远洋，虎头刀沾过不少人的鲜血，刀身上发出的寒光和血腥气令人不寒而栗。

汪远洋与狄仁杰配合得十分巧妙，一唱一和、一黑一白将双簧演得完美无缺。

"大人，饶命啊，草民知错了，草民愿意配合大人，共同渡过难关，求大人饶命！"贾大虎像一只磕头虫，头撞在地面上发出"砰砰"的响声。

狄仁杰冲着汪远洋使了个眼色，缓缓地说道："好吧，看在你诚心悔改的分上，我给你一个机会。"

贾大虎此时慢慢地抬起了头，感激地望向给狄仁杰，见汪远洋将刀入鞘，这才松了一口气。

"你知不知道买藜芦的银子从何而来？我可以告诉你，那些银子是准备发放给灾民的赈灾款。灾民和苦工没有银子就不能回家，甚至连生存都成问题，在此之前已爆发过一两次小型暴乱，若灾民知道是因为你，才导致赈灾银两发不下去……哼哼。"狄仁杰冷冷地说道。

汪远洋直到现在才明白狄仁杰计策的厉害，不但成功地分化了贾大虎和齐维的"铁桶联盟"，更将贾大虎至于不义之地。

第三十六章　区别对待

贾大虎一脸恐慌，急忙说道："大人，草民愿意将之前所购买藜芦的银两全数退回。"说罢便眼巴巴地望着狄仁杰。

狄仁杰点了点头，说道："这样也好，但关于你偷漏税款的事，人的罪责可免，不过这银两上……"说到这里他顿了一顿，似乎是在考虑着，站起身背着手在大厅中踱来踱去。

贾大虎喉咙一动，"咕噜"一声咽下一口口水，又抹了抹额头上的血迹，眼睛随着狄仁杰的脚步转来转去，见他一直不说话，便壮着胆子说道："大人，草民愿付漏掉的税款的三倍来补充府库，另外店里所有的草药都以半价出售，以帮助灾民共同度过大灾之年。"

狄仁杰闭着眼睛捋着胡子，仍旧是冷着脸，并没有做声。

"我将府上所囤积的粮食全部拿出来，作为赈灾粮，发放给民众。"贾大虎见狄仁杰不说话，便又抛出了一个条件。

狄仁杰边捋着胡子边走着，不时地向汪远洋腰间的锯齿虎头刀看去，却始终眉头不展。这个举动令贾大虎心惊肉跳，担心万一狄仁杰反悔，一条性命就要丢在这里。

贾大虎仿佛是下了很大决心，咬着牙说道："大人，草民家中还有很多存水，也愿意拿出来与魏州民众共享！另外，草民愿意再将今年药材收入的一半捐献出来，用作苦工营地条件的改善！"

狄仁杰停住了脚步，转过身对着身边的另一名参军说道："回去后你核对齐维的口供，再结合贾大虎的供述，算出他应该补足的税款。贾大虎，今天所有的银两、粮食和水都要到位，否则……莫怪本官依法行事。"说罢大袖子一甩，向外面走去。

霍兰山刚好从书房走出来，手中拿着几张纸，看起来应该是齐维的供述。

随后齐维被两名捕快押着走出来，此时他低垂着脑袋，脸色苍白，像是一头斗败了的野狗一般狼狈。

"霍捕头，先将齐维押入大牢中，待这场大灾过去，再做处理。"狄仁杰命令道。

霍兰山应了一声，随后挥了挥手，和几名捕快押着齐维向外走去。

在回刺史府的路上，汪远洋在轿子旁小声地问狄仁杰："大人真乃神人也，利用两人的嫌隙和齐维的账本逼贾大虎就范。但您只将齐维关进大牢中，而对贾大虎只是罚些银两、捐献粮食和水了事？"

狄仁杰微微一笑，捋着胡子说道："远洋啊，这里面的学问可就大喽。齐维身为朝廷命官，利用手中职权之便贪污税款，若不严惩，其他官吏会相继效仿。贾大虎却不同，他只是普通的商人，用奸诈的手段，大发国难财，这样的人的确可恶。要是将他关押起来，就不能立刻将他的财产充公，只能暂时封存，资源就会大大浪费，对于这场旷世大灾难是毫无益处的。"

汪远洋若有所悟，说道："我明白了，大人处理事情的出发点不同，就有了不同的结果。这贾府之行果然是大快人心，既惩治了贪官污吏和奸诈商人，又获得了大笔的赈灾银和粮食，可谓一举两得。"

狄仁杰笑着点了点头。

一行人还未走到刺史府，便见到很多辆马车停在大门处，为首一人身体清瘦，却精神十足。他见到狄仁杰的官轿，便冲着轿子旁边的汪远洋挥了挥手，并朝着这个方向迎了过来。

"钟嘉盛，钟大哥！"汪远洋惊讶地喊道。

轿夫听到狄仁杰吩咐落轿，便将轿子放稳，掀起帘子让狄仁杰走出来。

"钟嘉盛拜见狄大人！"钟嘉盛急忙走上前欲做跪拜之礼。

狄仁杰急忙上前托住，大笑着说道："钟嘉盛，你可算是来了，要是再晚来几天，我这把老骨头就要饿死喽。"

钟嘉盛打量了一下狄仁杰，见他清瘦了很多，心疼地说道："大人近日来一定是忙于政务，加上缺水缺粮，看起来瘦了很多。"

"哈哈哈，正好借着机会去去身上的肥肉，省得跟你钻洞的时候被卡住！"狄仁杰调侃着。

钟嘉盛是江湖上最著名的盗墓高手，对于官方来说，他就是盗墓贼，但经过"阴兵借路"一案后，他决定金盆洗手、弃暗投明。狄仁杰自然不会拒绝一个洗心革面的人，遂帮助他成立了嘉盛货栈，帮助彭泽县附近的山民贩卖山货，也算是做了一件大善事。

钟嘉盛听到这里哈哈大笑，说道："要是大人肯和我一起去钻洞，我一定将盗洞挖得大些，保证您能钻进去，哈哈哈！"

自打狄仁杰上任以来，一直沉浸在悲苦中，几乎没有露过笑脸，钟嘉盛的到来却给已经陷入绝境的魏州城注入了一丝活力，也将他心头上的阴霾一扫而空。

众人寒暄一番后，钟嘉盛走到马车前介绍道："狄大人，我接到灵芷的飞鸽传书后便开始筹备，我便带着飞钱和几件宝贝绕到了西面的邢州，用宝贝换了粮食，同时将飞钱兑换成现银，雇了些马车，日夜兼程赶来。"

狄仁杰看到他那张饱经沧桑的脸上充满疲惫，便重重地点了点头，说道："钟老弟，我代表……"

钟嘉盛哈哈一笑："行啦狄大人，就别代表了！狄仁杰要是再这么一本正经地说话，就没意思了，还是嘻嘻哈哈的好。先别说了，赶紧将粮食和银两运进去。我倒是无所谓，镖师和车夫马匹两天两夜没休息了，他们一路上说，将货物送到后，休息一下后便立刻离开。魏州城闹瘟疫的事儿已经在周边的城镇传开，没人愿意来，要不是邢州还有几个老朋友帮忙，我只能一个人扛着来喽。"说罢便又是一阵大笑。

"好，好，钟嘉盛，你真是一场及时雨。"狄仁杰说完便转过头，对门口的一名衙役说道："你去告诉温大人，请他立刻着手发放赈灾粮和赈灾银两，马上遣散苦工，让百姓回家。"

狄仁杰听得出来，钟嘉盛已利用所有的资源来做这件事，他口中所说的几件宝贝，一定是价值连城的古董，否则也换不来这么多粮食。

三人正准备进入府中，却见一条黄色的人影从远处飞奔过来。

"灵芷回来了。"汪远洋一阵惊喜。

话音未落，齐灵芷便到了三人的近前，一见到钟嘉盛，便立刻走上来行礼问好，问候一番后，便对狄仁杰说道："大人，先到您的书房，给我点水喝，我和客师有了重要发现。"

"对对，先进屋喝口水，这一路可把我渴得够呛，我也有重要的事情要说。"钟嘉盛说罢便迈步向府中走去……

齐灵芷一口气将水喝干，又依依不舍地望了望水杯，却没有再倒水，因为她知道，现在魏州城中的水比黄金还要珍贵。于是她将水杯放下，便开始讲述她和袁客师的经历。

……

太阳卖力地散射着热量，河滩上原本茂密的野草发黄枯萎，枯草丛中一个个被废弃的鸟窝散落着一些陈旧的蛋壳和羽毛，鸟儿早就不知道飞去了哪里。

齐灵芷将化装和隐身术结合在一起，把袁客师从头到脚都包装起来，他趴在枯草丛中，如果不是走到近前，根本看不出那里还藏着一个大活人。

蚂蚁的生命力极其顽强，在大旱之年，它们依然生龙活虎，在袁客师的身边爬来爬去，偶尔一只大一些的蚂蚁爬到他的眼前，他便会伸出手将其抓住，放入口中吃掉，以解决缺水之苦。

趴在一旁的齐灵芷对袁客师的这种行为有些不屑，尤其是将蚂蚁咬得"噗嗤"一声，令她浑身起了鸡皮疙瘩。

袁客师又抓到一只较大的蚂蚁，兴冲冲地送到她的嘴边。齐灵芷伸手打在他的手上，"啪"地一下将蚂蚁打掉在地，扭过头去不再理他。

袁客师呵呵一笑，又将蚂蚁捡起来放入口中，两人间的游戏虽然简单，却百玩不厌。

天气很热，在太阳下被暴晒就更加难过，好在两人时不时地逗闹一番，并不乏味。

万人坑附近没有任何异常，偶尔冒出青色的毒雾，转瞬之间便消失在空中。袁客师二人虽提前服用预防瘟疫的药物，但齐灵芷不太放心，又将师父青玄师太赠予的避毒丸拿出两颗与袁客师吃下。

虽不惧怕瘟毒，尸臭味道却令二人吃尽苦头。

难挨的白天终于过去，当太阳落入山间，满天的星辰眨着眼睛。一丝带着凉意的风吹过，令人神清气爽，要不是若有若无的尸臭味道，席地而坐饮酒当歌也不失乐趣。

齐灵芷将手从那双大耳朵上拿了下来，停止了对袁客师的折磨，盯着远处的万人坑。

不知什么时候，一些人影出现在万人坑周围，人数不少。令人惊讶的是，这些人对万人坑冒上来的毒雾不躲不避，站在大坑周围指指点点。

齐灵芷正疑惑着，又见远处飘来数条影子，影子速度很快，应该是轻功高明的江湖人物。她正想依仗隐身术靠近一些，却发现万人坑突然冒出一股毒雾，将坑边的人们笼罩在其中。

第三十七章　不畏瘟毒

瘟毒的威力巨大，小刘庄的村民便是先例。

齐灵芷和袁客师睁大了眼睛看着，生怕错过什么。当毒雾消散后，人影再次出现在坑边，他们好像并没有受到毒雾的影响。

"他们是人是鬼？怎么可能在毒雾笼罩下毫发无损？难道是与疯子刘龅牙一般，吃了毒草不死，从而获得抵抗瘟疫的能力？"袁客师小声嘀咕着。

齐灵芷摇摇头，正欲和袁客师讨论，却见远处来了一辆马车，一部分人上前，从马车上拿下绳子，将钢钎拴好并插入地下，又把绳子绑在钢钎上，并将另一头甩进万人坑中，而后竟然顺着绳子向万人坑落去！

毒雾再一次涌了上来，人们再次消失在万人坑中。

齐灵芷与袁客师对视一眼，久久不能说话。过了一阵，率先缓过神来的齐灵芷才提出想到万人坑附近去看看的想法。话刚一出口，便遭到了袁客师的反对。

虽说吃了侯郎中的药和避毒丸，避免感染瘟疫还勉强，但是能否在浓厚的瘟毒下生存还不敢肯定。

一番争执后，齐灵芷最终打消念头，两人向万人坑的方向潜行了一小段距离继续观察。

毒雾涌上来又消散，反复数十次后，万人坑附近等待的人才动起来，不多时，落入坑中的人纷纷跳了上来，将绳索收起来，众人有秩序地撤离。

神秘人的神秘行为激起齐灵芷的好奇心，不顾袁客师的劝阻，她利用隐身功夫和轻功开始跟踪。

没过多久，齐灵芷便气鼓鼓地回来，看着她一副不服气的模样，就知道跟踪一定是失败了。

神秘人反侦察的能力很强，每走一段距离便会留下两人断后，断后的人都是高手，又隐藏得巧妙，若不是齐灵芷有隐身的功夫在，早就被他们发现了。

时间不久，齐灵芷就跟丢了，想起狄仁杰的嘱咐，才不情愿地回到万人坑附近。

……

"大约就是这样！"齐灵芷依然有些不服气，要是再给她一次机会，她依然会选择跟踪。

狄仁杰听到这里呵呵一笑："这些人应该和赈灾粮有关，看来咱们的计策成功了，现在只差最后一步。"

汪远洋点了点头，齐灵芷的眼中却流露出好奇，对狄仁杰口中所说的计划有些渴望之色，却还是强忍住心中的疑问接着说了下去。

"更为离奇的是，这些神秘人来无影去无踪，我提前在外围布下的探子居然都失效了。"齐灵芷说道。白鸽门是靠着打探消息生存的门派，跟踪人的本领是根本，却连神秘人的行踪都摸不到，怎能不让人惊奇？

汪远洋脸色凝重，说道："难道他们是吃了万人坑附近的那些毒草才变得百毒不侵的？"

狄仁杰摇了摇头："应该不会，那些小草虽能克制瘟疫，却不能直接服用。小草本身带有剧毒，直接服用会比得瘟疫死得更快。不得不说刘龅牙疯人有福命，也不知道他是怎么在两种剧毒的摧残下生存下来的。"

"不会又是阴兵之类的存在吧！"汪远洋一想起"阴兵借路"一案中的阴兵刀枪不入、百毒不侵就有些心寒，它的存在远远超出了人所掌控的范围，武功再厉害，也抵挡不住阴兵的攻击。

"不会，毒蛇任天翔死后，那本神奇的《炼丹宝录》也不知去向，世上不可能再有人知晓炼制铁尸丹的办法。另外我看神秘众人行动正常，并不像阴兵。"齐灵芷摇了摇头说道。

狄仁杰点了点头，捋着胡子说道："这些人的行为看起来神秘，却只是运用了咱们不知道的方法而已。方法并不重要，我们只要知道他们最终的目的就可以了。相信他们出现在万人坑绝不止一次，一定还会再去。切记一点，你与客师不要和他们有正面冲突，只利用隐身的功夫跟踪，找到他们最终的落脚点。"

齐灵芷点了点头，不再说话。

"狄大人，一路上我也有些收获。"钟嘉盛神秘一笑。

"说来听听。"狄仁杰饶有兴趣地说道。

"我盗墓多年，对于水汽尤为敏感。在邢州时，我感到从西面刮来的风带着些许潮气，照这样推算，大量携带着潮气的云朵会顺着风飘到魏州形成降雨。"钟嘉盛说道。

狄仁杰微微一笑："的确是个好消息，我根据魏州的县志和一些老人的描述，推算很快便会有一场大雨降临，这一点和你的感觉完全对上了，不过具体的时间有些拿捏不准。"

钟嘉盛呵呵一笑，接着说道："想不到狄大人竟然还能像袁天罡一样进行推演，可真是……"

狄仁杰急忙摆了摆手，阻止钟嘉盛继续说下去，说道："你这老小子，再说下去恐怕就没什么好话了。"

钟嘉盛一愣，随即大笑了一阵，然后变得严肃起来，说道："还有一件事情，是关于契丹大军的。冀州沦陷，我的朋友逃到邢州。据他说，到了晚上，契丹兵士化装成汉人的模样，在城中烧杀抢掠、无恶不作。城中百姓死伤无数，每天都生活在水深火热中。"说到这里，他长叹一声，眼中流露出一股浓浓的杀意，想必是恨透了那些契丹兵士。

"这些乱臣贼子，竟然做出这等丧尽天良的事。"狄仁杰一掌拍在桌子上，发出"嘭"的一声。

"按照这样下去，契丹大军很快就会攒足粮饷。而魏州正处于灾难中，兵马衰弱，防御不足，定会成为下一个目标。"钟嘉盛说道。

狄仁杰沉思片刻后说道："魏州与冀州的路程不短，几十万大军的粮草补给消耗很大，若不能在魏州得到补充，将会落个未战先败的结局。孙万荣和李尽忠是何等人物，不会看不清这点便贸然起事。"

狄仁杰对于目前形势的分析，可以说是入木三分，简简单单几句话，便将契丹大军攻打魏州的利弊全部阐述出来，听得几人露出赞同的神色，纷纷点着头。

"不过……"狄仁杰一顿，捋了捋胡子，随即又说道："契丹大军不攻打魏州的前提是这里没有他们所需补给，要是有了充足的粮饷，他们就会蜂拥而至。"

"这个好办，将整座魏州城封闭，消息不就传不出去了吗?"钟嘉盛笑着说道。

汪远洋摇了摇头表示否定，在一旁说道："这个方法虽然简单实用，代价却很大。"

钟嘉盛一脸不解地看着汪远洋，问道："代价?"

"大人欲将召集来的苦工们遣散，恢复正常的农作生产，好让人们迅速地恢复生活，否则就算契丹大军不攻打魏州，魏州城也会大伤元气、民不聊生。"汪远洋解释道。

"好，说得好!"狄仁杰笑着夸赞道。

汪远洋能够从长远的角度来看待目前的局势，俨然已是一名大将所为。

汪远洋憨憨地一笑："我是受到大人的启发，才胡乱说上一气的。"

"封锁城池却不能封锁所有的通信渠道，就像白鸽门现在依然可以在封锁的冀州城获取情报一样。"齐灵芷在一旁接着说道。

钟嘉盛苦笑一声："看来只有我是个大外行，做买卖不行，谈论军事不行，武功不行，就连分析天下的形势也是不行，唉! 我真的老喽。"

"别忘了你是盗神，在盗墓界你可是传奇人物。"狄仁杰调侃着。

"有什么用，国难当头，空有一身的本领还不是……"钟嘉盛说到这里长叹一口气，低着头不再说话。

"哈哈哈，其实魏州城的这场大旱灾是可以暂缓的，眼下我有两件事需要你帮助。"狄仁杰大笑着说道。

钟嘉盛听罢眼睛一亮，问道："还有我钟嘉盛用武之地?"

狄仁杰收住笑容，重重地点了点头，遂在钟嘉盛的耳边说了几句。

钟嘉盛脸上先是一愣，后又是一副轻松的表情，显然狄仁杰所说的事情对他而言几乎没什么难度。

"第一件事要立刻去办才行，完成后给我消息。第二件事就得看你的真本领了，只要水的问题解决了，危机就算化解了一半。"狄仁杰笑着说道。

"难道盗神大哥有法子让老天爷降雨不成?"汪远洋在一旁接道。

"哈哈哈，让老天爷下雨这件事得看狄大人的，至于给百姓弄点水出来我倒是还有些办法。"钟嘉盛笑着说道。

"远洋，你带着的我手令，让打井人立刻找盗神报道，另外再到苦工营地找些人来，工钱和粮食加倍。挖井的活儿可不比挖盗洞，需要大量的人手。"狄仁杰说道。

"明白。"汪远洋这才知道钟嘉盛的任务便是挖一口出水的深井，他面色一喜离开了刺史府,向苦工营地奔去。

钟嘉盛起身告辞,却没有和汪远洋去苦工营地,而是骑上马向清水河的方向奔去,他盗墓多年,勘察地下水水势是必备课程……

狄仁杰坐在椅子上,看着杯子里面浑浊的水不禁叹了口气,心中也想着关于粮食的事情。

"大人,万人坑的事该怎么办才好?"齐灵芷问道。

"哦。"狄仁杰从沉思中缓过神来,看了看身边的齐灵芷,她脸上沾满泥土,头发变得蓬松,却未掩饰住本身的美丽。

"苦了你了孩子。"狄仁杰长叹一口气。

齐灵芷是白鸽门的门主,荣华富贵享之不尽,却甘愿在魏州吃苦受累,甚至冒着生命危险做事。

"大人,您别老是唉声叹气的。我们吃的这点苦算不了什么,不用放在心上。"齐灵芷想得很开,虽然缺水少粮,却有袁客师陪着,还有亲如长兄的汪远洋,以及父亲一般的狄仁杰,令她感受到家庭般的温暖。

狄仁杰沉思了一阵说道:"钟嘉盛从邢州筹集了一些粮食,贾大虎也拿出一些,但这些粮食只能暂时缓解魏州的困境,却无法解决粮荒。"

"要彻底解决,必须得找到赈灾粮才行。"齐灵芷说道。

"嗯。赈灾粮是朝廷竭尽所能筹来的,是整个魏州地区的命脉。"狄仁杰皱着眉头说道。

"我们下一步应该怎么办?"齐灵芷问道。

第三十八章　守株待兔

"计划进行了一半，剩下的部分就等着对方来进行了。"狄仁杰神秘一笑，显得胸有成竹。

"哦，我知道了，守株待兔，厉害！厉害！"天生聪明的齐灵芷立刻明白了狄仁杰的用意，连连称赞道。

"你和客师肩负的任务很重，一定要打起万分精神来，只要一个疏忽，整个计划就有可能功亏一篑，另外你们要以大局为重，千万不可意气用事。"狄仁杰嘱咐道。

"您放心吧，我现在就去找客师，离开的时间太久了他会……"齐灵芷脸上一红，话未说完便闪身离开了书房。

"这丫头！"狄仁杰看着齐灵芷离去的背影低声一笑。

……

袁客师伏在草丛中，眼睛一眨不眨地盯着万人坑的方向。青色的雾气中人影穿梭，竟然像出入厅堂一般自如。

小刘庄已被划为一片禁地，莫说是人，就算是生命力极强的老鼠和蟑螂，都避而远之，绝不敢靠近。谁想得到，在毒雾的边缘还有一双眼睛在盯着他们的行动。

水是生活必需品，可在水源充足时，却从未感觉到它的存在。人便是这样，若是拥有着，就不会感到它的存在，只有失去后，才会觉得弥足珍贵。

他舔了舔干裂的嘴唇，使劲向下咽了一口口水，可咽下去的只是一股热空气，嘴唇上那点可怜的口水瞬间后便被蒸发干净，原本干裂的大口子渗出两滴血珠子。他苦笑了一声，急忙用手指将血珠子抹了下来，依依不舍地用舌头舔着，一股浓浓的血腥味道冲进口中。

"唉！要是这样下去，不等将粮食弄回来，我就要死翘翘了。"袁客师想到这里，回过头向魏州方向看了看。他盼望着齐灵芷赶快回来，就算在这里被渴死，也一定要等到她回来才行。

现在的状态令他想起"阴兵借路"案中的捕头周琮，在中了剧毒心殇后，仍能挺到雀雀家中与其见面。

太阳散发着炽烈的光芒，灼烤着大地上的一切，丝毫不会顾及大地万物的感受。

袁客师眼前的景象有些模糊，那片毒雾像是一只吞噬人的怪兽，不停地在向他逼近，他甚至已经闻到毒雾的味道，那味道中有苦、有涩、甚至还带着腥臭味。

"姐姐，你怎么还不回来？我坚持不住了。"袁客师勉强睁开眼睛望着万人坑的方向，穿梭在毒雾中的人影变得模糊起来。

当他感觉意识就要消失时，他闻到了一股熟悉的味道，这种味道令他兴奋过，令他痴狂过。一股清凉的感觉从嘴唇向胃部蔓延开来，他拼命地吮吸着，一股股清凉而甘甜的水不断地流进了他的口里。

"慢点喝，你慢点喝！"齐灵芷劝着，遂将手中的水囊拿开。

袁客师慢慢地睁开眼睛，有气无力地说道："姐姐啊，这次你去了好久，我差点就见阎王了。"

齐灵芷微微一笑，眼睛却闪出泪花，说道："放心吧，我不会让你死的，我们不是说好了要白头偕老的嘛！"说罢便将他紧紧地搂在怀中，将脸紧紧地贴在他那发烫的脸上，不断地摩挲着。

袁客师享受地闭上了眼睛，仿佛一只小猫般享受着主人的安抚。

"白头偕老。"袁客师口中念叨了一句，随即便将头深深地埋在齐灵芷的怀中，肆意地享受着她身上自然的体香。

两人的姿势看起来很累，要是普通人恐怕一刻钟都挺不过去，热恋中的他们却没感到时间的流逝，仿佛时间已超出感觉之外，甚至连毒辣的太阳、炙热的风都不忍心去打扰他们。

就这样过了很长的时间，当太阳就要下山时，昏睡的袁客师慢慢地从齐灵芷的怀里挣脱出来，向万人坑的方向看着。

"你放心吧，你睡觉时我一直盯着呢。"齐灵芷看了看怀中的袁客师有些心疼。

"姐姐你看!"袁客师挣扎着坐了起来,指着远处的万人坑。

只见万人坑附近的毒雾全部消失,很多人都聚集在万人坑附近,那些人的身边还有众多马车,车上装着很多袋子。

一个模糊的人影"嗖"地从万人坑中跃上来,稳稳地落在众人的中间,刚刚落地便朝着众人挥手。

众人有的坐上了马车,有的则是站在马前面拉着马儿向前走着。

"这个人的功夫很高明,咱们不能离得太近了,否则会被他发现。"齐灵芷说道。单单从轻功上看,此人已不逊于汪远洋和李元芳。

"好,一切听你安排。"袁客师说罢便悄悄地抓住了齐灵芷的手。

话音刚落,就见为首之人向两人藏身的地方望了过来,虽然距离很远,袁客师却能感到那道目光仿佛一道骇人的寒光一般,令他不由得打了个冷战。

"别动,他只是感应到我们而已。"齐灵芷急忙用内功传音给袁客师。

那人几个闪身便来到了二人藏身的附近,左右看了看,却并没有继续寻找,"咦"了一声后,便转身离去。

"好险!"袁客师抹了抹额头上冒出的汗水,睁开了眼睛。按照隐身功夫的要领,若要真正达到隐身,不但要屏住呼吸,而且还要隐藏住本身的味道,甚至连眼睛也要闭上,因为眼睛会反射出光芒,令机警的敌人发现。

"这个人的内功到了炉火纯青的境界,这么远的距离竟然能感应到我们的存在,要不是运用了隐身功夫,就要被他发现了。"齐灵芷长吁了一口气,这一次的经历更加坚定了她对隐身功夫的肯定。

"我隐约闻到了一股女人的香气,听她发出声音也比较细,不过从身材上看,却不像是女人。"袁客师皱着眉头说道。

"啪!"齐灵芷立刻甩开袁客师的手,在他头顶上拍了一下,随即说道:"你是不是口渴后产生的幻觉,哪里来的女人的香气? 我怎么就没有闻到!"

袁客师笑了笑,说道:"姐姐啊,我的鼻子一向是很灵的,不过,这一次也许是我失误吧。"说罢便伸出手拉住了齐灵芷的手。

当两人正在庆幸没被对方发现时,浩浩荡荡的队伍已消失不见。

"队伍不见了,他们行动很迅速。"袁客师惊道。

"还是先回刺史府。"齐灵芷知道这些人反侦察的经验十足,就算追下去也不会有结果,还不如早些禀报给狄仁杰,让他来拿主意。

若是以前,齐灵芷绝对会毫不犹豫地追查下去,直到水落石出为止,就算要付出代价，也在所不惜。可经历了这么多的事后，她懂了谋定而后动的道理。她不再是那名涉世未深的小女孩儿，而真正成长为白鸽门的掌门人。

……

狄仁杰正在房间中思索着，院子中一阵急促的脚步声响起，遂抬起头向外面看去。只见温康骥匆匆忙忙向书房走来，脸上现出焦急之色，身后跟着捕头霍兰山亦是脸色阴沉。

"狄大人！"温康骥喊了一声，露出了一脸苦相。这种苦相绝不是演得出来的，而是发自于内心的苦表现在脸上。

"发生什么事了？"狄仁杰心中一惊，看到了温康骥的表情，他就预感到事情一定是关于发放赈灾粮和赈灾银两的事情。在灾民们哄抢救济粮事件时，这种表情他露出过一次。

"下官无能，大人所托非人了。"温康骥话未说完，便想跪下来冲着狄仁杰磕头。

狄仁杰急忙站起身，走到温康骥的面前将他扶起。

"温大人，不要慌张，坐下来慢慢说。狄平，快给温大人倒些水来。"狄仁杰忙劝道。他心中明白，事情已经发生了，发怒也无济于事，只会让事情越变越糟。

温康骥缓了缓神，一脸感激地看着狄仁杰，接过水杯一口喝干，抹了抹嘴上的水，依依不舍地将手背上的水痕舔了舔，随后说道："狄大人，下官按照您的吩咐发放赈灾粮和赈灾银，开始还算顺利，很多人领了银子和粮食就离开魏州城，我吩咐了守城的官军，许出不许进。后来事情却发生变化，很多难民领了粮食和银子，却不愿离开，又回到苦工营地。在各个苦工营地的门口，把守的捕快们不让他们进入，为此还发生了争执。也不知怎么的，平时畏捕快如虎的难民，却像是吃了兴奋药一般，竟然公开与捕快们对着干。若不是我提前告诫不能与苦工们有冲突，暴乱事件怕是又要上演了。"

狄仁杰听罢点了点头，捋着胡须说道："苦工的行为我已预料到，却没想到会有这么严重。瘟疫肆虐的消息传遍了整个魏州地区，很多苦工担心家里人，这才领了钱粮离去。有些人是独身，回家和不回家对他们来说并没有什么不同，还不如留在魏州城中，至少用手中的钱粮还能活得下去。魏州大难当前，大部分地区出现粮荒，很多人被迫变成了强盗。领到了钱粮的苦工们担心带着钱粮出去，还不等到家，就会遭到洗劫。"

温康骧若有所思地点了点头，向狄仁杰问道："狄大人，那现在应该怎么办才好?"他最大的好处就是善于请示，善于听取别人的意见，狄仁杰对此很满意。

"让那些捕快和衙役们都撤回来，免得和苦工们发生冲突，钱粮已经发放，是去是留由他们吧。目前最重要的是解决粮食和水的问题，只要这两件事得以解决，人们的生计迎刃而解，所有的问题就不是问题了。"狄仁杰说到这里，想到了在万人坑附近监视的袁客师、齐灵芷二人。

"大人所说极是，下官佩服得五体投地!"温康骧不遗余力地拍着马屁。

"不知道他二人的情况如何，虽说他们内功高深，却还是凡人，这样熬下去……"狄仁杰不敢再想下去，抬头看了看还在等待着指令的温康骧，微微一笑，又接着说道："温大人，苦工的事情就这样吧，现在魏州的情况不比平时，不能事事苛求完美，凡事要以顾全大局为重。"

"狄大人，从收集到的线索来看，那万人坑一定有问题，说不定赈灾粮就藏在其中。"温康骧说道。

狄仁杰饶有兴致地问道："温大人是如何判定的?"

第三十九章　意外

温康骥笑了笑，说道："排除法。那么多粮食没有从陆地运走，又不能飞上天，只能入地了，而万人坑则是最好的去处！"

狄仁杰赞赏地点了点头，闭上眼睛开始思索。温康骥见狄仁杰进入冥想状态，施礼后便走了出去。等温康骥离开后，狄仁杰才缓缓睁开眼睛，深邃的目光望着温康骥离去的背影。

狄仁杰正琢磨着，却见到门外一青一黄两条影子闪动，瞬间便来到面前。

温康骥瞥见到两条影子一晃而过，便知道是袁客师、齐灵芷二人，转过身又回到狄仁杰的房间。

"大人！"袁客师、齐灵芷二人齐声打着招呼，声音有些嘶哑。

狄仁杰见到二人蓬头垢面、脸色蜡黄，心中一疼。尤其是袁客师，满脸的疲倦之色，眼睛中充满血丝。二人无论是家世还是钱财，都属于人上人，本可以找一处好地方享受地过生活，如今却跟随着他吃苦，甚至可能会付出生命代价，他们却克服着种种困难，无怨无悔地守护着。

想到这里，狄仁杰露出愧疚之色，轻声问道："客师，你们没什么事吧？"

袁客师咧着嘴笑了笑，干裂的嘴唇立刻裂开了几个大口子，鲜红的血珠子顺着嘴唇流了下来，他伸出了舌头一舔，将那几滴鲜血舔进口中。

"没事，当然没事。"袁客师说道，说罢还在胸膛上捶了捶。

温康骥急忙走到桌子前，拿起水壶倒了两杯水递给了袁客师和齐灵芷。

二人端着水杯看了看，并没有立刻喝下去，因为他们知道，每个人每天的供水量都是一定的，就算是狄仁杰也不例外。

狄仁杰笑着说道："喝吧，快些喝吧，我这儿水有的是。"

袁客师望着狄仁杰干裂的嘴唇苦笑了一声，说道："大人，我们都不是小孩子了，魏州城中有多少水我们很清楚，不过温大人既然给了水，那就喝一些。"说罢，他便与齐灵芷对视一眼，将手中的杯子放回到桌子上。

齐灵芷端起水杯放在鼻子下面闻了闻，那股水特有的清香令她精神一振，又看了一眼杯中的清水，这才依依不舍地放到了嘴边，轻轻地抿了一口，随后便递给了身边的袁客师。

"姐姐！"袁客师接过水杯，发现里面的水几乎没少，他心中明白，齐灵芷并不是不渴，而是舍不得喝。

他抿了抿嘴，端起水杯抿了一口。

"你们放心，我相信钟嘉盛的能力，如我所料不错，明天早上水源的问题会得到解决。"狄仁杰一脸自信。

"嗯，钟大哥是盗神嘛，最擅长的就是挖洞，对于挖井也一定很在行，会完成好这件事情的。"齐灵芷附和着。

袁客师将没有喝完的水放到了桌子上，遂向狄仁杰禀报道："大人，万人坑附近的情况有了变化。"说罢便把在万人坑附近所看到的事情一一讲述出来，当说到那名轻功和内功都俱佳的神秘人时，狄仁杰眉头一皱。

齐灵芷知道狄仁杰一定想到了神秘的地支组织，组织里面的每名成员无论是武功还是智谋都高人一等，属于人中之龙，这一次赈灾粮被劫，他第一感觉就怀疑和地支成员有关系。

"大人，您在怀疑是地支组织做的?"袁客师问道。

狄仁杰微微点了点头："从一开始我就怀疑过，却没有线索。不过从你们描述他的轻功和武功以及行事方式上看，此人必定和地支组织有关联。你继续说下去。"

"我和灵芷在万人坑附近隐匿了很多天，设想了很多种可能。那些人将赈灾粮从万人坑中弄出来，去处只有一个地方，就是附近的小刘庄。因为小刘庄已被划为禁地，村民又中了瘟疫无法行动，周边的道路全面封锁，粮食存放在那里再合适不过了。"袁客师分析道。

齐灵芷点了点头，接着说道："白鸽门在冀州的弟兄们传来消息，说契丹大军的下一个目标可能是邢州，那里并未受到旱灾的影响，有充足的粮草。照此判断，神秘人将粮食从万人坑弄出来的目的就很明显了，是想在攻打邢州之前，将粮食运送到契丹大营，补充欠缺的粮草。"

狄仁杰点了点头表示赞同，说道："狄平，快将地图拿过来。"

一直站在门外的狄平应了一声，随即便向书房的方向跑去。很快，一张军用地图摆在狄仁杰房间的桌子上，汪远洋跟着狄平一起来到了房中。

几人相互打了招呼后，便围在桌子周围，将目光齐刷刷地盯向了地图。狄仁杰用手指在地图上不停地指点着，最后还是重重地落到了小刘庄的位置上。

"温大人，你有什么看法？"狄仁杰问道。

温康骧在魏州多年，对周边的情况清楚得很，甚至细微到一条民间自发建成的小路都了如指掌，所以他只随意看了看地图，便说道："万人坑距离小刘庄的距离最近，道路属于乡民自发铺成的，来往的行人本来就少，加上小刘庄变成禁地，更是人迹罕至。正如小袁神捕所说，粮食从万人坑中弄出来，不可能立刻向冀州转移，需要一个地方临时存放起来，最好的去处便是小刘庄。"

"大人，温大人所说有理。但据我们观察，万人坑中所散发出来的毒雾所覆盖范围越来越大，如果推断不错，今天应该就能将整个小刘庄覆盖住。就算咱们知道粮食存放在小刘庄，也不敢贸然派官兵前去。"袁客师说道。他看到过毒雾的厉害，莫说是人，就连生命力极其顽强的老鼠、蟑螂之类，接触到了毒雾后无不毙命。

"能不能用那些治疗瘟疫的草药制作抗毒雾的解药，就像运输粮食的那些人一样，可以在毒雾中进出自如？还有小刘庄的村正，不也是吃了那种草，才会不惧怕毒雾的嘛？"齐灵芷灵机一动说道。

狄仁杰摇了摇头，说道："凭着侯郎中的医术是不行的，另外小刘庄的村正纯属是机缘巧合，若是常人吃了，会被毒草当场毒死。"

他开始想念远在神都洛阳的毒郎中徐莫愁，虽然他脾气有些古怪，有时候还会整蛊人，但是对于朋友，绝对是可以豁出性命来的。

"将小刘庄所有的道路都设下埋伏，虽无法进入小刘庄，那些粮食也跑不了。"齐灵芷说道。

温康骧摇了摇头，舔了一下干裂的嘴唇说道："这些人能够令赈灾粮神不知鬼不觉地凭空消失，就一定能让粮食再次消失，我们必须要趁着他们立足未稳，将其一举拿下，把粮食抢夺回来，否则夜长梦多。"说罢便将目光投向狄仁杰，征求他的意见。

"温大人所言甚是，一旦契丹大军得到了这批粮食，便会剑指邢州。邢州在城池防卫虽比魏州好些，也难以对抗凶悍的契丹大军。"狄仁杰说话间面带忧色。

"您的意思是……"齐灵芷似乎是明白了狄仁杰的意图，却仍然不敢相信。

袁客师笑了一下，接道："大人的意思是利用这批粮食将契丹大军引来，以解邢州之围。"

温康骧一听，嘴巴张得大大的，不过这种表情却在狄仁杰看他一眼之后立刻消失，他可不想在上司面前落下一个畏战的恶名。

齐灵芷心中所想得到验证，却有些担忧，随即问道："大人，魏州的情况还不如邢州，对阵契丹大军绝无半分胜算，您可有退敌之策？"

狄仁杰笑了笑："天时地利人和，三者俱全才能退敌，缺一不可。此举乃冒险之举，如果不成则兵败城毁。不过现在谈这些还尚早，一切皆有变数。"

齐灵芷听罢愣了一下，随即又笑了起来："大人定是心中有了计划，若无十分把握也不会这样做。"

不等狄仁杰答话，袁客师握了握齐灵芷的手，说道："世间事哪能有十分把握，神仙也未必能算得完全准确，不过我们相信大人的判断。"

狄仁杰捋着胡子点了点头，表示同意袁客师的意见，随后又将目光望向地图思考着，最后将手掌重重地在桌子上一拍，发出"嘭"的一声。

狄仁杰的眼神坚定起来，站直了身子说道："这些人一定不是普通的老百姓，很有可能是武林高手，所以我们的行动要万分小心。另外，毒雾对人的伤害很大，一个不慎，就会导致全军覆没，尤其是客师口中所说的那名功力很高之人，可能是整个事件的主导人物或者是强力帮手，对他要多加留意。"

汪远洋在一旁说道："大人，这次就让我带队前往吧。要是真的碰到了那人，我也好领教领教。"

狄仁杰点了点头，说道："远洋，你去找梁大人传我令，命魏州大营派出两千精兵，要配上快马轻装，这个锦囊给他，让他在我们出发之后立刻按照锦囊上的指示进行部署。我们要赶在毒雾覆盖小刘庄之前将粮食抢回来。毒雾覆盖的时间会很长，等毒雾再次被吞进万人坑，天就黑了。而那些人等的就应该是天黑。"

"大人，粮食是从万人坑中取出来的，会不会染上了瘟毒？"汪远洋问道。

"远洋啊，这个问题你问得很好。敌人不是要摧毁粮食，而是将粮食提供给契丹的大军所用，所以应该未被瘟毒侵染。"狄仁杰笑着说道。

"要是敌人利用我们抢夺粮食来传播瘟疫呢？"齐灵芷接着问道。

"不会，想让魏州城变成死城很简单，将这批粮食毁了便可以做到，何必大费周章。"温康骥解释道。

　　"温大人说得很对，刚才咱们分析了，敌人之所以劫持这批赈灾粮，一是为了削弱魏州的防御，二是为了契丹大军能够有持久的战斗力。"狄仁杰说罢又将目光望向了地图上的邢州城。

　　……

第四十章　女魃

太阳无情地炙烤着大地，清水河两岸高高的青草变得发黄枯萎。巨大的万人坑不停地吞吐着毒雾，每一次吞吐，毒雾都会从万人坑的巨大洞口向天空喷去，远远地望去，就像是一只墨绿色的蘑菇一般。

随后，毒雾慢慢地落了下来，与喷出洞口的毒雾相互撞击，四散而去。每一次撞击，毒雾都会像海浪一般，向外涌去。每一次的涌动都会使它覆盖的面积扩大很多，以肉眼看得见的速度向小刘庄扩散而去。

狄仁杰等人站在距离小刘庄五里左右的一个小山丘上，狄仁杰、温康骥、汪远洋、袁客师、齐灵芷等人加上负责两千精兵的张将军，翘首看着远处的小刘庄。

"按照现在的蔓延速度，半个时辰后，毒雾就会覆盖半个小刘庄。远洋，你带人立刻冲进去，碰到敌人尽量不要纠缠，务求一击毙命，如果时间来不及就趁着毒雾未侵入之前撤出来，粮食我们可以再找，但命只有一次。这个锦囊是给你的，不到关键时刻不要打开！"狄仁杰一再嘱咐着，并随手递给汪远洋一个锦囊。

汪远洋接过锦囊，重重地点了点头："大人，您还是回到城中吧，这里虽说距离小刘庄还有一段距离，但说不定一股风吹来，就会让瘟毒飘到这里，总是不太安全。"

狄仁杰笑了笑，说道："你们前去小刘庄都不怕，我怕什么！远洋，记住一点，得到粮食后，要是敌人强大不可抵御，便寻找退路，千万不可硬拼。"

汪远洋和张将军点点头，虽然现在还不知道狄仁杰说的是什么意思，但他们知道这句话一定有所指，只是时候不到而已。两人下了小山丘，便骑着马带着众人向小刘庄冲去。

为了不让马蹄声惊动敌人，兵士们在三里外就下了战马，交给一百名兵士掌管，转而徒步接近小刘庄。

还没到小刘庄，万人坑的毒雾却发生了变化。只见那万人坑中散发的毒雾慢慢升到空中，由一个蘑菇云的模样变成了一个巨大的人头像，头像散落下来的头发竟然好像许多条毒蛇一般，从半空中低垂着，每一条还高昂着蛇首，做出随时会攻击人的姿势。

头像的眼睛死死地盯着向小刘庄冲进来的汪远洋等人，张大了嘴巴，同时万人坑发出巨大的吼声，就像是一只准备捕猎的猛虎一般，又像是一头疯狂的野猪在嘶吼。

汪远洋等人停住脚步，惊讶地看着放射出奇异光芒的头像，仿佛被眼前的景象惊得呆住了。不但狄仁杰和汪远洋等人看到了巨大头像，就连远在魏州城的人们也看到这个奇异景象。

谁都没见到过女魃究竟是什么样子，但人总是喜好幻想，当毒雾演变成头像时，加上女魃的传说，便将女魃与眼前的头像结合在一起。

人们纷纷奔走相告，一时间原本平静的魏州变得像是一锅刚刚烧开的水，整个城池沸腾起来。

很多人走出房间，跪到街头上，脸上露出悲哀的神色。女魃是传说中的旱神以及瘟神，若真的在魏州的地界显灵，就意味着巨大灾难就要降临到每个人身上。到那时，莫说是狄仁杰，就连真正的神仙下凡，也无力挽救被女魃笼罩的魏州。

人遇到超出想象的事，第一反应是呆立惊讶，而后是慌乱，若见多识广，会逐渐冷静下来，做出相应的对策。若愚钝，便会将其归类为神仙鬼怪身上，可做的只能是俯首叩拜了。

首先缓过神来的是汪远洋，行走江湖多年，遇到的奇事很多。自打跟随狄仁杰后，所见所闻更是常人不能及。在他心中不存在妖魔鬼怪的说法，心目中的神只有一个，那就是狄仁杰。

"众位兄弟不要理会它，快快随我来！"汪远洋的声音并不大，却用上内力，将将士们震得缓过神来。

军人本就不太相信妖魔鬼怪的存在，被汪远洋当头一喝，立刻心中清明，看了一眼巨大的头像后便不再理会，跟着他鱼贯而入。

刘龇牙的府门前是一块宽敞的圆形空地，原本是村民们聚会所用，地面平整，在空地中心隐约能看到炭火烧过的痕迹，应是夜间聚会时篝火所致。

空地四周共有五条胡同，均匀地成散射状分布着，村子的设计经过高人指点，运用五行的手法建造而成，此前狄仁杰来去匆匆，竟未注意到这一点。

小刘庄如此设计是因为早年屡屡受到契丹民族的侵扰，这才请高人按照五行手法改造村子，一旦有外敌侵入，村民们便可以用五行阵对抗！

但随着时间的推移，契丹已经成为大周的附属国，五行阵也成了摆设。

空地停满了大大小小的马车，车上装载着许多麻袋，部分麻袋上有被水浸过的痕迹。马儿稳稳地托着车辕，不时地打几个响鼻，或是晃动着脑袋甩着尾巴赶走飞舞着的蚊虫。

一些孔武有力的人站在通往空地的路口，手持钢刀，警惕地观察着周围，不时地相互交流眼神，以确保对方是否安全。

两名头目般模样的人坐在马车上，小声地交流着。

"大姐是不是太过小心了，狄仁杰已下了禁令，任何人不得靠近小刘庄，而且我们的行动都是借着毒雾掩护，极其隐蔽。兄弟们搬运这些粮食累得筋疲力尽，马上就要转运了，还不趁机好好休息一下。"一名身高大强壮的头目发着牢骚。

另一名头目听罢，急忙朝着一间院子的方向看了看，见没什么动静，才小声地说道："你是活腻歪了，大姐办事一向谨慎，让我们严守自然有她的道理，幸好她不在这里，否则凭她的功力，听到你说的话让你吃不了兜着走。"

强壮头目身体便是一震，眼睛朝院子瞄了瞄，悄声说道："你说大首领和大姐两人的功力谁更胜一筹？"

"按说是大姐，大姐轻功盖世，内力超然，大首领神龙见首不见尾，从未见过他施展过功夫。"瘦弱的头目说着脸色一沉。

两人正说着，却听见安静的马儿一阵嘶鸣，四蹄不停地刨着地，大眼睛中充满了恐惧。原本是夜间才会出来的老鼠顺着墙根快速地奔跑着。

"又要来了。"强壮头目苦笑一声，捏起一个手势放在口中，吹了一个响哨儿。

哨音刚止，从周边几户人家中鱼贯走出许多的人来，人们走到马儿的身旁，不停地安抚着躁动的马。令人惊异的是，马儿在人们的安抚下竟然平静下来，恢复了之前悠闲的状态。

汪远洋在不远处的房顶上潜伏着，看着惊人的一幕，心中明白了几分。

老鼠等物种生命力极其顽强，在人们相继离去后依然能够生存，它们拥有着天生灵敏的第六感，对于灾难的到来甚至可以预知。想必是预知毒雾即将要蔓延到小刘庄，这才纷纷出逃。

"不能再等下去了，无论里面有多少敌人，都必须要冲进去抢回粮食！"汪远洋心道。

他本想先探听敌人的情况，然后再做出攻击计划，可看到老鼠的出逃，他知道毒雾留给他们的时间不多了。神秘人不惧怕毒雾，大营中的兵士们却做不到，一旦毒雾覆盖小刘庄，抢夺粮食的计划就会泡汤。

想到这里，他冲着几名将领做出进攻的手势。兵士们弯弓搭箭，瞄准分布在各个路口的哨位。

"嗖嗖嗖"，雨点般的羽箭带着呼啸声射向各个守卫。

两名坐在马车上聊天的头目听到羽箭的破空声，心中暗道不好，急忙翻身下车，大声喊叫着，提醒其他人。

各个路口的守卫们却没有两名头目反应那么快，部分武功高强的人闪身躲到了墙垛下面，来不及躲闪的纷纷中箭倒地。

魏州大营中派来的都是精兵，箭法精准，所发羽箭直奔要害，中箭者立刻毙命。

第一批羽箭过去后，却没见到周边的房屋有人出来，原本在宽敞空地的敌人也隐藏了起来，只留下马车和躁动不安的马儿。

"厉害！"汪远洋不得不佩服坐镇高手的韬略。

如果是普通的指挥者，听到外面有呼救声，定会率众赶出来援救，那样就会中了汪远洋利用羽箭进行打击的计谋。可敌方的坐镇者却按兵不动，等着汪远洋等人冲进来，这样一来羽箭便起不到作用，转而变成肉搏战。

如果来袭者不冲进来抢夺粮食，那就拖下去，等到瘟毒蔓延整个小刘庄，就会将来袭者赶走。由此可见坐镇指挥者绝非等闲之辈，至少是精通大军作战才能有如此谋略。

万人坑中的毒雾再次涌出来，空中的女魃头像慢慢向下落去，与涌上来的毒雾撞击在一起，像涌浪一般向四周散去。

"最多一炷香的时间，毒雾就会蔓延到小刘庄。"汪远洋咬着牙率先冲向了宽敞空地。

兵士们见汪远洋冲了进去，将手中的弓箭收起，抽出利于巷战的腰刀，分别从五条胡同跟着冲了进去。

"阻！"一个冷冷的声音从刘龅牙家中传出来。

声音未落，就见周边的房屋中不断有人蹿出来，每个人手中都持着钢刀和木质的盾牌，与之前在路口的守卫会合到一起，阻挡着开始冲锋的兵士们。

守卫并不以杀敌为主，只是利用手中的盾牌阻挡着兵士们冲进宽敞空地。

原本小刘庄胡同并不宽敞，并排四个人便显得有些拥挤。无论多少兵马，能够正面对敌的只有四人。这样一来，兵士们的冲锋就显得苍白无力。

兵士们比不了汪远洋这等高手，无法飞檐走壁，所以后面的兵士们只好不停地呐喊助威。

"上墙！"一名将领喊道。

兵士们反应过来，急忙朝着身边的院子跑去，准备爬过墙头，进攻五行阵。

刘龅牙大院中突然传来一声长长的口哨声，哨声时而尖锐时而雄厚，变幻无常。

哨声刚落，靠近南面一条胡同口的战况有了变化，抵抗的守卫突然向两侧退去，兵士们趁机冲进宽敞空地。

第四十一章　五行阵

一名将领大声呼喊着，挥起手中的长刀同敌人拼杀着，并孤身冲向旁边最近的胡同口，准备里应外合帮助另外一路军队突破防御。身边的兵士们见状纷纷呐喊起来，兴奋地厮杀着，仿佛已经看到了胜利。

将领所到之处，守卫无不避之，眼见着就要杀到相邻的胡同口，却听见身后响起一片惨叫，出手打退一名守卫，以刀护身，转过身来。

眼前的景象令他惊讶万分，原本撕开的口子重新合拢。原本毫无还手之力的守卫们，突然变了章法，不再一味地防守，仿佛一头头凶猛的狮子，挥着钢刀砍杀着兵士。虽然每个人使用的招数不一样，但是对阵兵士，却如同虎入羊群，不断地收割着性命。

"不好！"将领心中暗道，看眼前的局势，一定是守卫一方利用了某种厉害的阵法，令冲进来的兵士们遭受四面的袭击，加上守卫们是身怀绝技的江湖人物，小范围搏杀占尽优势。

一念花开，一念花落。

将领一念之间，身边的兵士们都倒在血泊中，正要出声警告其他各路人马，却听见身后恶风响起，不及之下只好就地向前翻滚，躲过了致命一击。等站起身再回头之时，强壮头目手中抡着铁棒砸了过来。

将领来不及躲闪，只好咬着牙举起钢刀向上架去。

"汪将军……"将领本是想提醒汪远洋小心的，却想不到头顶上那根铁棍竟带着千钧之力，手上钢刀刚碰到铁棍，便发出"当"的一声，断成两截，沉重的铁棍砸到了他的钢盔上。

将领闷哼一声，身体一软倒在地上，抽搐了几下后便再也不动。

强壮头目相当自信，一棍打在将领头上，连看也未看，重新回到他的位置上，看着他所负责那一路人马的战况。

汪远洋在房顶上看得清楚，对方利用小刘庄的地形摆出五行阵。五行阵起源于秦代，是众道士炼丹时常用的手段，利用金木水火土相生相克的原理，借助五行之力炼丹，后经过武学高手的演变，演化成进可攻退可守的阵法。

汪远洋擅长北斗七星阵法，知道每一种阵法各有特点，同时都有阵眼的存在，只要破了阵眼，阵法便不攻自破。

刘龅牙家中再次传出一阵口哨声，守卫阵型一变，放了两支队伍冲进阵来。

汪远洋提醒的声音刚落，五行阵被突破的阵口再次恢复如初，被吞进阵中的两队兵士和将领很快死在其中。

"等我破阵！"汪远洋心中大怒，身形一晃，来到刘龅牙家的大院中。

刚刚落地，就见正房的大门被打开，一个人慢慢地走了出来。只见此人中等身材，脸上带着一个怪异的面具，手上拎着一把颤巍巍的长剑。

"汪远洋！"面具人的声音非常奇怪，听起来不男不女，还带着颤音，让人听了极其不舒服。

汪远洋看了对手一眼，并没有做声。换做平时，他定是做足江湖规矩才动手。现在却不同，要是因为江湖规矩耽误了计划，一百条汪远洋的性命也无法抵回。

汪远洋将蝉翼刀抽出来，身形一晃，白色的刀光一闪，直直地抹向对手脖颈。蝉翼刀法以快取胜，整套刀法只有一招走套路，名曰"冰封千里"，剩下的招数就是砍、削、抹，虽然简单，但配合着倒乱七星步，拥有无比强大的杀伤力。

面具人眼中寒光闪现，不敢怠慢，急忙挥起手中长剑格挡。

汪远洋嘿嘿一笑，招数并未用老，脚下踩着倒乱七星步，身体滴溜溜一转，又闪到了面具人的侧面，手中蝉翼刀抹向他拿着长剑的右臂。这一招不但迅疾，且角度刁钻，旨在伤敌手臂。

"好！"面具人暴喝一声，眼见着右臂躲不过去，便将手中长剑交给左手，反手一剑，刺向汪远洋的小腹，俨然一副亡命的打法。

汪远洋叹了一口气，收回攻势，施展轻功躲开致命一击。

面具人的武功虽然稍逊，但在关键时刻总会使出同归于尽的招式逼汪远洋撤招。

江湖上的武功大多都是有套路的，每一招攻击的部位都有所不同，有的招式是针对上三路，有的是针对中盘，有的则是针对下盘，更有的是针对对手的武器，一旦熟悉了对方的套路，破起来便比较容易。

汪远洋的刀法厉害之处便是在于无招无式，随心所欲，同样一砍，也许这一刀会砍向脖颈，下一刀却可能是砍向手臂，再下一招可能还是砍向脖颈，完全没有套路可言。这种刀法也与他的兵器有关，蝉翼刀不但锋利无比，更是极其轻快，就算是没有武功的人舞动起来也耗不吃力。

面具人用的是江湖最普通的七步追魂剑法，在汪远洋诡异刀法前只有招架之力，一直落着下风，靠着临危之际打出一招同归于尽的招数化解凌厉攻势。但是他心里明白，继续这样下去，早晚会被汪远洋抓住破绽，将其一举击溃。

高手之间的对决往往都是一念之差，面具人心中有了顾忌，被汪远洋抓住机会一阵猛攻，剑法开始凌乱起来。

"厉害!"面具人嘿嘿笑着，随即竟然不顾性命猛地攻出几招，将汪远洋逼退两步，随即将右手放入口中准备吹口哨。

汪远洋分析出面具人才是五行阵真正的阵眼，哪还容得他再用口哨进行指挥。只见他脚下步伐一变，整个人突然变得模糊起来，散发出寒气的蝉翼刀舞动起来，仿佛飞动的蝉扇动着翅膀，同时发出"吱吱"的鸣叫声，一股股的寒气从蝉翼刀射向四周，不断地向面具人袭去。这一招"冰封千里"一出，周围的空气跟着一阵颤抖，将本来温度很高的空气凝结起来。

"冰封千里!"面具人惊道。他虽然没见过汪远洋使用过这一招，却知道这一招的厉害。当年汪远洋为了守卫狄府，打败大名鼎鼎的快刀手柳成空用的便是这招。

面具人内力一吐，手中的长剑竟然被生生地震成碎片，几十片钢刃在空中旋转起来，发出悲鸣般的声音，呼啸着向汪远洋发出的刀气射了过去。

这一招使出后，面具人急忙撤身后退扔掉手中的剑柄，同时双掌猛地向前推出，口中发出一声暴喝。只见他的双掌掌心竟然呈现出鲜红色，劈空的掌力竟然带着一股可熔炼钢铁的高温，好似两条火龙般击向汪远洋的刀气。

两人的内劲在空中相遇，发出"噼噼啪啪"的声响。

面具人脸色陡然一变，看了看左胳膊上一道深可见骨的伤口，闷哼一声，只见他身体微转，右手像是变魔术般变出一大把蓝色的铁砂，抛向汪远洋，他却借着一抛之力迅速向后退去，一纵身飞上房顶，看到远处的毒雾，叹了一口气，施展轻功迅速向村外飞奔而去。

汪远洋的"冰封千里"与前两拨攻击抵消，眼见着面具人抛出暗器。铁砂上散发出幽蓝色的光芒，凭着多年的经验，便知道是淬了剧毒。面具人抛出铁砂的手法甚是怪异，大大小小的铁砂竟以不同的力度、角度和速度向他飞来，将躲闪的方位全部堵死。

汪远洋大喝一声"好"，挥起蝉翼刀，将刀法发挥到极致，舞得是滴水不漏，蓝色的铁砂纷纷被击落到地上，等他击落了铁砂，却发现面具人早已自顾离去。

汪远洋纵身来到房顶，看了看远处的毒雾和远遁而去的面具人，不禁叹了一口气。

面具人应当是抢夺赈灾粮的主脑之一，若是能抓到，会对整个案件的侦破有益。但毒雾从远处蔓延而来，若追击面具人，赈灾粮和众多官兵的性命便会不保。

"火焰掌，想不到继内卫齐彪后，竟然还有人会使用这种功夫！"汪远洋是从李元芳的口中得知齐彪这个名字的，也是当年狄仁杰所破获的"不死奇案"的主谋之一。

汪远洋不再犹豫，身形一晃，朝着五行阵方向闪去……

缺少面具人的指挥，五行阵的威力小了不少。可组成阵法的人皆为江湖高手，众官兵虽然勇猛却无法在短时间突破。

偶尔一路官兵突破了五行阵，阵法内圈接应的守卫们再次杀回去，随即将五行阵补齐。

一阵惨烈搏杀后，双方各有损伤。五行阵的守卫几乎只是防守，只要官兵不突破五行阵，便不主动进攻。

官兵是为了在毒雾到来前将五行阵击溃并拿到粮食，而五行阵的守卫则是极力防守，他们等待毒雾的到来，利用毒雾将官兵杀死。

狭路相逢勇者胜，官兵们自知若是抢不回这些粮食，不但要殒命在此，魏州城的百姓和军营中的众兄弟也会被活活饿死。众人肩负着拯救魏州军民的重任，属于背水一战，岂能不尽全力？

很多院墙被兵士们推倒，红着眼睛向五行阵冲去。

五行阵虽说缺少指挥者，但在内圈中两名头目的指挥下依然运转自如。兵士们奋力全线冲击，却无法破开五行阵。

汪远洋在房顶上看得清楚，内圈中的两名头目成为新的阵眼，若是不除，短时间内便无法击破五行阵。想到这里，他纵身飞起，像大鸟一般蹿上半空，随后径直地落向五行阵的内圈。

两名头目武功不俗，立刻感应到汪远洋的杀气，强壮头目大喝一声："护阵！"

话音未落，护卫圈迅速缩小，将两人围到了中心，十五人以三人为一组，竟又形成了一个微型的五行阵。

要是换做李元芳，可以将煞天气功提升到极致，身体变得刀枪不入、水火不侵，冲进阵中将众人砍杀，但汪远洋的功夫以轻灵快速为主，不能与人硬拼。

他心中佩服着五行阵的设计者，却仍是一副藐视的姿态。汪远洋是镖师出身，行事讲究江湖规矩，但眼前不比平时，魏州城几十万的百姓需要这批粮食，若此时再讲江湖规矩，岂不是真成了迂腐之人？

只见他冷笑一声，身体一坠，落到了五行阵的边缘，手上的蝉翼刀一晃，便展开攻击。

第四十二章　血战

他一上手就使出绝招"冰封千里"，只见他身形一晃，来到了木属性的三人小组面前，将功力发挥至极限，一束束带着寒意的刀气向三人射去。

组成小型五行阵的这十五人显然是经过长期的练习磨合，不但配合得天衣无缝，更比外围守卫的功力高上许多，阵法的威力非比寻常。

木属性的三人没有退缩，同时迎着汪远洋的刀气攻了上去，虽说面对刀气的洗礼很可能殒命，却没有丝毫犹豫。

与此同时，其他四种属性的队伍开始变幻阵型，一瞬间便将汪远洋围住，十几把刀几乎同时飞向他的身体各处。尤其在阵眼的两名头目，所出的招法更是刁钻，一柄钢刀和一根铁棍专挑着其他人漏下的空当打去。

组阵的江湖人物充其量为二流身手，想不到组成五行阵后威力倍增。阵眼中两名头目显然是提前做了功课，知道汪远洋的武功套路，面对众人的阵法势必不敢强行破之。

汪远洋冷冷地哼了一声，躲开强壮头目迎头一棍，脚下倒乱七星步一错，躲开了绝大部分攻向头部的招数，手中的招数"冰封千里"却仍旧没有变化，依然向木属性的三人攻去。

三人无论如何也想不到汪远洋竟然硬碰硬，惊愕之下，手上招数一顿，被数道刀气击中身体，立刻倒地身亡。

与此同时，几柄刀砍或刺到汪远洋身上，令人惊异的是，钢刀所触之处竟发出"噗噗"的闷声。

"破!"汪远洋手中的蝉翼刀飞出去，除了两名被守护着的头目外，剩余守卫的脖子上多出了一道红线。

强壮头目一棍落空，看到汪远洋手中的蝉翼刀脱手，便预感不妙，急忙将铁棍舞得风雨不透。

"叮叮当当!"蝉翼刀与铁棍相碰发出清脆的声音,蝉翼刀质量很轻,撞击之下径直飞了出去,直直地插到一名外围守卫的后背上。

"吱",十二名守卫的脖子同时喷出鲜血,形成了十二道鲜艳的喷泉,鲜血喷到两名头目的身上、脸上,令两人一阵窒息。

二人将脸上的鲜血抹开,看到汪远洋手中还拎着一把刀,这把刀通体黑色,样式普通得很,江湖上常有刀客用这种刀,名为锯齿虎头刀。

这把刀是汪远洋在"阴兵借路"案中与快刀手柳成空对决后所获,表面上是一柄普通钢刀,实则是暗藏机关的子母刀,母刀刀沉,子刀轻快无比,甚至可以与蝉翼刀相媲美。

令两名头目奇怪的是,汪远洋没有理会他们,径直地冲向外围的五行阵,经过被蝉翼刀插中后背的守卫时,右手微动,蝉翼刀颤抖着从尸体上飞出来回到汪远洋手中。他舞动双刀,一黑一白两把刀像是黑白无常,所到之处血光四溅。

两名头目正准备发出警告,却发现已发不出任何声音,看了对方一眼,见到对方喉头下一道细细的红线开始冒出鲜血,转瞬后便喷涌出来。

"唔!"两人脸色死灰,鲜血同时从口鼻中冒出,闷哼一声后,轰然倒地死去。

汪远洋将身法施展到极致,一道模糊的影子不停地在守卫们中间来回穿梭,黑、白两把刀的力道、准确性都无可挑剔。

黑色的锯齿虎头刀刚猛锋利,对手若用刀格挡,亦会被其砍断,最终殒命刀下,白色的蝉翼刀刀身轻盈,迅疾无比,白光一过,喉咙便多出一道血线。

他如同杀神一般,不停地收割着众守卫的性命,偶尔一名守卫侥幸躲过致命一击,也被他砍断手脚,失去战斗力,转瞬之间便被冲进来的官兵杀死。

几百名守卫在不到半炷香的时间内便倒在双刀下。

人的潜能是巨大的,尤其是生死关头,爆发出的潜力更是不可估量,一些习武的高手,都是在经历过生死之战后,功力才会突飞猛进。"阴兵借路"案中李元芳在与胡元海对决中突破瓶颈,将摧心掌突破至大成,这才与如燕一举击溃敌人,现在的汪远洋也是如此。

汪远洋将瞬间袭杀的本领用到了极致,紧要关头甚至还有了突破,蝉翼刀法居然练出了一重一轻的双手刀。

"快将粮食护送走!"汪远洋吐出一口鲜血,双刀拄地支撑着身体。

众兵士顾不得汪远洋，急忙冲进宽敞空地中，牵着马开始向外面走去。

再看汪远洋，腰部以上的衣袍完全破碎，露出了一件乌黑锃亮的软甲，但没有软甲防护的胳膊和大腿上，数十道伤口十分显眼，伤口汩汩地流着鲜血，与敌人的鲜血混合在一起，染红了整个身体。

"汪将军!"张将军心中一惊，急忙上前扶住汪远洋。

"不碍事，都是皮外伤。"汪远洋看了一眼身上所穿的软甲，又想起了隐居疗伤的李元芳夫妇。这件软甲正是李元芳的那件千年蟒皮甲，要不是齐灵芷有先见之明，硬逼着给他穿上，这一仗绝不会赢。

汪远洋之所以呈现出疲惫之态并不是因为受伤，而是最后挥舞双刀袭杀几百名守卫的那一击，几乎耗干了他全部的内力，他一再强行催动内力导致受了内伤所致。

"快走，去军马处会合，毒雾马上会蔓延到这里。"汪远洋勉强站了起来，坐到一辆刚刚经过身边的马车上。

"放响箭!"张将军冲着身边的兵士令道。

……

此时的万人坑却发生着巨变，只听见坑中不断地发出轰鸣声，那声音仿佛一只猛虎的咆哮，又像是一群愤怒的公牛冲锋前的咆哮，又像是千军万马冲锋时的声音。

地面不停地震动着，令人站立不稳。

万人坑中喷出来的毒雾越发浓烈，每一次喷发，势头都要超过前次，有种试与天宫比高的架势。后来喷出的毒雾与坠落下来的毒雾撞在一起，呈波浪式向周围不断地扩散出去。

"快! 加快速度!"汪远洋用尽力气喊着，同时用手中的蝉翼刀刺进马的臀部。

马儿受到众人厮杀的惊吓，加之汪远洋这一刀的刺激，使得它吞力向前奔去。

其他的兵士们纷纷效仿，将手中钢刀或砍或刺，刺激马儿疾速地向前奔去。

小刘庄与魏州城之间的道路是自发形成的普通泥土路，本就坑坑洼洼，加上三年大旱间无人打理，路况变得更差。马车上下颠簸着，马匹深一脚浅一脚地跑着。

毒雾蔓延的速度超乎了众人的想象，行驶在最后的两辆马车，被追赶上来的毒雾无情地吞噬。只听得马儿一阵惨烈的嘶鸣，同时不断地在毒雾中翻滚着，那股力量竟然将车辕拧断，赶车的兵士也发出一声惨叫，随即便没了动静。

一匹马儿挣脱了缰绳，冲出了毒雾，奋力地向前跑着，口鼻喷出的是红色的血沫子，身上被毒雾侵蚀，原本光亮的皮毛竟然成片成片地脱落。没跑出几步远，便一头栽倒在地，身上的皮肉在毒雾的作用下变成血水。

毒雾不断地涌过来，每一次的涌动都会加深毒雾的颜色。毒雾很快将小刘庄覆盖，远远地望去，整个村庄竟像一颗碧绿色的宝石，在阳光下闪烁着诡异的光芒。

......

此时，存放军马处也发生了巨大变化。随着地面的震动，原本安静的军马突然发了疯，前蹄高高扬起，又重重落下，不断地嘶鸣着，眼神中充满恐惧。

看管马匹的兵士见状急忙出声喝止，却无法阻止马儿们的疯狂。一般来说，经过训练的军马都是处变不惊的，遇到变故也不会惊慌失措。

趋吉避凶是生灵天生具备的本领，但此时此刻连有极强克制力的人都是如此惊慌，更何况是马！马儿们逐渐躁动起来，撒开四蹄向小刘庄相反的方向跑去。

两千匹战马奔跑的势头十分震撼，就像黄河堤坝决口一般，因踩踏飞起的扬尘将道路完全掩盖。兵士们眼巴巴地看着战马逃散，却没有任何办法。

......

汪远洋等人驾着马车疾奔着，当马儿的速度慢下来时，向小刘庄的方向望去。绿色的毒雾并没有再蔓延过来，汪远洋松了一口气，命众人将马车停下来。

马儿因为受到伤害，这才鼓足了劲儿向前奔跑，停下来后，有的马儿甚至一下跪倒在地上，大口大口地吐着白沫。

汪远洋被一名兵士搀扶着下了马车，仔细地观察着抢回来的粮食。

整齐的麻袋摆放在马车上，麻袋是特制的，上面的印记清晰，正是赈灾粮所用的麻袋。麻袋不但结实还兼有防水功能，使粮食不至于在运输过程中被潮气所浸染。

汪远洋将蝉翼刀轻轻地划开麻袋，白花花的稻米便从口子流了下来。围过来的官兵们兴奋得一阵欢呼，眼中流露出异样的光芒。

汪远洋抓起一把米，放在鼻子下闻着，并未闻到被毒雾侵染的腥臭味道。

"兄弟们，这一次你们立了头功，魏州有救了。"汪远洋高兴地说道。

"全依仗汪将军的盖世武功，才抢回了粮食，没有汪将军在，我们现在被毒雾化为血水了。"几名幸存下来的将领说道。对于没有逃出来的那两辆车和马匹，他们是亲眼看到的，马儿如此大的身躯都很快被化为血水，更何况是人。

汪远洋看了看只剩下不到一千人的队伍，神色一黯，叹道："这里距安顿军马处还有一段距离，咱们一定要多加小心，以免再出乱子。"

几位将领点了点头，急忙催促着众人赶着马车向魏州的方向驶去。队伍走出不远，便见看守军马的兵士垂头丧气地走了过来。

见到如此情景，汪远洋便觉得事情不妙。原本他打算与大批的战马会合，利用战马代替受伤力竭的马拉车，将粮食运到城中。现在看这些兵士的模样，一定是失了战马。

"你们怎么来了？马呢？"张将军喝问道。

一名队长模样的兵士脸上露出尴尬的表情，支支吾吾地说道："也不知道为何，战马居然发了疯，都跑了……"

第四十三章　死守

张将军气得下巴上的胡子一抖，"噌"的一声将腰刀抽出来，怒气冲冲地瞪着眼前的兵士。

"张将军，我们也不知道怎么回事啊，还请大将军……"兵士看到张将军阴沉的脸色，话到一半便停住，低下头等着那把钢刀落下来。

"张将军，这件事怪不得他们，现在是危急之际，不如让他们戴罪立功。"汪远洋急忙阻止。

张将军犹豫一阵，最终将刀收回刀鞘中，说道："看在汪将军给你们求情的分上，暂且将这件事情记下，一会儿若是对敌莫让我看到你们的胆怯！"

百名兵士急忙大声答应着，随即抽出腰刀加入到队伍中。

汪远洋最担心的是粮食，这些粮食不但是魏州的命脉，同时也是契丹大军继续南下的必需品。敌人费了大力气令赈灾粮消失，在运送粮食的计划中，也定会安排接应的军队，神秘面具人早早就离开了小刘庄，说不定现在已带着接应的契丹精锐部队赶来抢夺粮食。

虽说魏州方面也安排了接应，要是遇到强悍的契丹骑兵，谁胜谁负还难以预料。

汪远洋想得很周全，拉车的马儿却不行了，逃离毒雾时众人将马匹刺伤，强行刺激潜能，导致马匹的体力消耗殆尽。

"将马卸下来，人拉着车走！"汪远洋下令道。

拉车的马儿大部分走不快，有的干脆不走了，卧了下来，要是没有马车架着，早已躺在地上。

兵士们应了声，将马卸下来牵到一旁，众人有的拉车，有的推车，整个队伍艰难地向官道方向慢慢行去。

俗话说得好，越怕什么就越来什么。汪远洋最担心的事情还是来了，而且非常快。

眼见就要到官道，却听到急促的马蹄声从冀州方向传来，震得地面跟着一阵阵颤抖。汪远洋凭借着当镖师的本领，判断来者一定是契丹的精锐骑兵。

一般来说，中原地区的马匹多数是由哈萨克马杂交而来，体格粗壮，步距较大，短距离冲锋占有一定的优势，但耐久力稍差。

而契丹是游牧民族，所用的战马是蒙古马种，身材相对矮小，步距较小，其貌不扬，远没有哈萨克马高大神骏，但耐久力和爆发力都极其强悍，在战场上不惊不乍，是极其优秀的军马。

当汪远洋听到了雨点般急促的马蹄声后，便判断是典型的蒙古马奔跑时的声音。从马蹄声的密集程度上判断，骑兵的人数至少在五千以上。契丹是靠着骑兵起家的，是马背上的民族，彪悍骁勇，骑兵的战斗力更是强大，远非大周的骑兵可比。

"退回土路，布阵！"汪远洋冲着身边的将领说道。面对数倍的契丹骑兵，轻甲轻装的大周兵士完全处于劣势，现在除了等魏州大营的支援外，不可能凭着不到一千人马回到魏州。

他想起临行前狄仁杰的叮嘱，"得到粮食后，若是不敌，寻找退路，不可硬拼"。

就算没有狄仁杰的嘱咐，汪远洋依然会做出如此决定。骑兵最强悍的便是冲锋，若是在平整的官道上，契丹骑兵只要发起一个冲锋，便可以将大周兵士所组成的阵势冲散。

这千余名骑兵乃是魏州大营中的精兵，无论是武功还是执行力，都极其优秀。当众人看到了契丹骑兵身影时，便在张将军的命令下结成了防御阵型。

张将军与汪远洋对视了一下，两人都报以苦笑。他们心中明白己方与敌方的差距，如果没有支援赶到，最多一炷香的时间，在场的大周将士都会战死。此处与魏州和冀州的距离几乎相等，一旦契丹大军得到粮食，就会全速向冀州进发，大周军队就没有机会再夺回去。

汪远洋的体力和内力恢复了一部分，虽说比不了巅峰状态，自保还是没问题的。他心中对狄仁杰信心满满，所以并未露出颓势，将锯齿虎头刀抽了出来，舞出一个刀花，与蝉翼刀一黑一白配合得几乎完美。

世间事转瞬间便可以千变万化，前一刻大周的精兵还在拼力进攻五行阵，此刻面对强悍的契丹骑兵，却只能摆出防御的阵势。

契丹骑兵在距离汪远洋等人半里路的距离停了下来，为首大将身穿乌金铁甲，手持两把巨大的斧头，胯下一匹枣红马，马鬃好似一团火，随着马头的摆动而闪动着。

左、右各一名副将，一人手持狼牙棒，一人手持大砍刀，两人气势虽不如首领，却双眼有神，满脸杀气！

为首大将军微仰着头看着严阵以待的大周将士，显然是在藐视大周的军队。自契丹叛变以来，攻无不克，所到之处几乎没有遇到阻力。

在攻打冀州的过程中，刺史陆宝积拒不投降，率众抵抗。轻松攻克之后，孙万荣一怒下将陆宝积等官吏一千余众尽数杀死，以解心头之恨。

至此，在契丹人的眼中，羸弱便成了大周军队的代名词。

看到大周军队在身穿亮银甲将军的指挥下摆出防御阵型时，契丹大将军心中生出敬佩之意。契丹骑兵的凶悍是出了名的，没人能在如此多数量的骑兵面前保持冷静，尤其对手还只是轻甲单刀的步兵。眼前的大周主将在绝对的劣势下，不但没率众逃窜，反而布阵迎敌，怎能不令人佩服？

可这些并没有让契丹大将军的脸色有丝毫波动，最终将目光落到了汪远洋身上，他感到这名大汉身上散发出浓浓的杀气，这股杀气远比千余名精兵可怕得多。契丹主将的傲气没有令他低头，反而挑战般地迎向汪远洋的目光。

身边的一名副将在契丹大将耳边说着什么，同时看着大周军队，脸上露出了轻蔑的神色。契丹大将军不断地点着头，最后那张充满杀气的脸上竟露出微笑。

汪远洋心中却掀起轩然大波，因为他看到了一支几乎完美的骑兵军队。当契丹大将军冲着身后挥手示意军队停下来时，数千名骑兵竟然在转瞬间停了下来，没有战马的响鼻声，没有骑兵们身上铁甲摩擦的声音，连呼吸的声音都是有意控制！

"厉害，竟将一支骑兵训练到如此程度，若非叛军，会成为定边关稳江山的良将。"汪远洋心中暗叹着，同时仔细地观察着契丹大将身边的人，见没有面具人出现，这才松了一口气。

面具人武功极其高强，己方除他外无人可敌。现在汪远洋受了伤，功力只恢复一部分，一旦被面具人突进防御阵里应外合，大周精兵会很快败落。契丹骑兵虽然厉害，可是比起面具人来，危害小得多。

江湖高手的单人作战能力远高于普通兵士，遇到大型战争，再厉害的高手也无法左右局势。但在小型的冲突中，江湖高手却会起到关键性作用。

"把水喝干！"张将军下了一道命令。

千余名兵士将身上瘪瘪的水囊解下来，"咕嘟咕嘟"向口中灌去，将最后一滴水倒进口中后，便将水囊扔到一旁。

天气极其炎热，水是非常宝贵的，可张将军竟下令喝掉所有的水，就意味着他们将后路断掉，准备背水一战。

"杀！"契丹大将军双斧一挥。

手持狼牙棒的副将挥了挥手，带着一队骑兵向前慢慢行进着。大周将士躲在马车后，手持钢刀、弓箭紧紧地盯着契丹起兵。

第一波进攻的契丹骑兵有五百名左右，土路狭窄，骑兵不能完全展开队形。随着骑兵间的距离渐渐拉开，他们开始加速。

"弓箭准备！放！"张将军下令道。

张将军不愧是魏州大营的强将，战术运用得几乎完美。每一百人为一组，向骑兵冲来的方向放箭，随后这一百名弓箭手立刻后退，下一个百人的弓箭便立刻射出，这样就可以保证羽箭的攻击不会间断。

契丹是马背上的民族，骑兵们在马背上将身体左躲右闪，有的干脆藏在马肚子下面。呼啸而至的羽箭纷纷落空，插在干燥的地面上，一部分射在了马的身上，痛得马儿一阵嘶鸣，却并没有自乱阵脚，仍旧按照冲锋的队形前进着。

骑兵冲锋的速度越来越快，汪远洋等人甚至已感到骑兵手中锋利马刀的寒意。

"无限制放箭！"张将军红了眼睛。

"嗖嗖嗖"，羽箭雨点般地落向契丹骑兵。骑兵们在密集的羽箭下纷纷中箭，摇晃几下后坠落马下。马儿失去了主人，却仍跟着大队人马向前冲去。

带着契丹骑兵冲锋的副将手中的狼牙棒左挥右挡，将射向他的羽箭全部格挡开，不断地发出低吼的声音，像只愤怒的野兽一般，转瞬间便冲到马车前。

短距离令弓箭失去优势，大周兵士无奈地将弓箭收起，拔出腰间的钢刀，准备与骑兵肉搏。

汪远洋忍住伤痛从防御阵中纵身而起，仿佛一只鹰隼飞向契丹副将。

"嘿！"契丹副将嘿嘿一笑，抡圆了狼牙棒砸向半空中的汪远洋。

汪远洋在空中一个漂亮的空翻，恰恰躲过了狼牙棒，轻轻地落到副将身后的马背上，他头也不回，手中双刀倒转，径直向身后撩去。

副将只觉得汪远洋在面前一晃，便失去踪影，心中暗道不好，原本还有些得意的神色变得恐惧起来。他早就耳闻武林高手武功盖世，却想不到竟然高到如此程度，一个回合便落了下风。他哪里知道，来袭者乃是武林中数一数二的高手，平时并不常见，若是普通的江湖人物，断然不是这名历经千百场恶战的将领的对手。

说时迟那时快，契丹副将急忙将手中的狼牙棒倒转，准备抡向后方，却突然感到双臂一痛，胳膊上的千斤力气一散，竟然拿不住平时挥舞自如的狼牙棒。

"砰"，狼牙棒掉到地上发出一声闷响。

汪远洋一击成功，并不贪功，借着马向前奔跑的势头，脚尖在马背上轻轻一点，腾空而起，纵身回到防御阵中。

他并非不想取了副将的性命，只是功力未完全恢复，若要击杀副将，势必要落入冲锋的契丹骑兵中。

契丹骑兵这次冲锋只是试探性的攻击，等待着的即将是一场恶仗，他怎能随意挥霍功力？副将双臂被伤，失去了兵器，且已经冲到了大周兵士的防御阵前，已成必死之局，没必要浪费功力去杀他。

第四十四章　锦囊

张将军见汪远洋一击得手，自然不肯放过杀死对方副将的机会，他手持钢刀，立刻冲向受伤的契丹副将。

失去了兵器双臂下垂的契丹副将脸上的恐惧渐浓，大喊着契丹话令身边的众骑兵保护他。声音未落，便被赶过来的张将军伸手拽下马，一刀结果了性命。

大周的兵士们非畏死之辈，跟着张将军冲了出去，与契丹骑兵战到一处。

一个回合便失去了主将，契丹骑兵在士气上受到些影响，虽骑在马上，却受到地形的限制，无法来回进行冲锋，骑兵的优势荡然无存。

冷兵器时代的搏杀，几乎很少有幸存者的。交战双方拼的就是一股子狠劲儿，双方拼杀得异常凶狠，几乎都是一两个回合便见分晓。

杀死敌人或是被敌人杀死！

汪远洋并未参战，趁机包扎好伤口，在后方恢复着功力，他知道，真正的恶仗还在后头。一炷香过后，契丹的骑兵们开始后退，扔下三百多具尸体和战马，径直退回契丹大军中。

大周的兵士们损伤比契丹骑兵更严重，约有五百人战死，百十来人负伤，还能战斗的只剩下不到四百人。只要契丹大军再进行一次冲锋，便可以结束这场战斗。

汪远洋终于调息完毕，睁开眼睛长长地出了一口气，掏出狄仁杰给的锦囊看了一眼，脸上露出笑容，收起锦囊后，遂将插在地面上的双刀拔了出来。

"汪将军，若是援兵再不到，我们怕是禁不住这一波攻击了。"张将军焦急地说道。他身上多出了几道伤痕，盔甲上不知是他的鲜血还是敌人的，手中滴着鲜血的钢刀多出了数道豁口。

汪远洋顿了顿，微笑着说道："张将军请放心，援军即刻就到，准备好杀敌吧。"说罢，便将手指向了契丹骑兵大队的后面。

一直盯着汪远洋的契丹大将军被他这一指弄得一愣，狐疑地向后方望去，却并未发现异常，转过头冷笑了一声，示意识破了对手的疑兵之计。

正当契丹大将军挥手准备发动第二次攻击时，一阵密集而低沉的马蹄声响起。

一名契丹探马从队伍的最后方策马来到大将军身前，喘着粗气禀报道："大将军，魏州方向的官道上出现大批骑兵，他们行进的速度很快，看军旗应该是魏州大营派来的。"

契丹大将军摆了摆手，说道："不用慌张，你带着三千人马去迎战，拦住大周军队。我带着剩余的两千骑兵速战速决，解决这些残兵败将，拿到粮食后迅速向冀州方向撤退。"说罢便将手中双斧猛地一挥，纵马向前奔去。

在他的眼中，契丹骑兵是刀，而大周骑兵则是案板上的白菜，手起刀落，想怎样切就怎样切！

"张将军，快令众军后撤，利用弓箭阻敌！"汪远洋大喝一声，随后神秘一笑。

张将军没有丝毫犹豫，按照汪远洋的建议下了命令。大周士兵开始放弃粮食车，向后方退去，手中的钢刀插回刀鞘，将背着的弓箭拿了下来。

汪远洋此时的战术是极其正确的，若与契丹骑兵打硬仗，会和前一次的结果相同，最终在援军赶到之前被歼灭。

众多的尸体和无主战马令契丹大军的冲势一挫，冲在最前面的契丹大将军抢起斧子赶走身前的战马，另一只斧子不停地挥舞着，格挡射来的羽箭，胯下的战马几乎没受到影响，向前一蹿，跃过装有粮食的马车，冲向大周将士。他的目标是冲进大周军队中，阻止弓箭手放箭，给契丹骑兵冲锋争取时间。

其他的契丹骑兵就没有那么幸运了，大部分骑兵被众多障碍阻了去路，清除障碍时却又顾不上飞蝗般的羽箭，纷纷中箭落马，又被随后冲上来的战马踩踏而死。

契丹大将军就要冲到大周兵士们的身前，却发现人群中一条青色的影子一闪，转瞬便出现在他的面前，那股强悍的杀气将他笼罩在其中，令得胯下的战马人立而起，不断地嘶鸣着。

契丹大将军身经百战，在汪远洋强悍杀气的笼罩下，依然没有乱了分寸，只听得他大喝一声，借着战马下落的势头，挥起手中双斧，猛地向汪远洋头顶砍去，双斧落下时，竟然带着尖锐的呼啸声，可见此招的猛烈。

这一斧完全没有招式可言，硬生生地迎头砍下。在战场上，越是简单直接的招式就越是好用，这个道理和蝉翼刀法一样，没有招式的攻击才最为可怕。

汪远洋收起了轻视的神色，见双斧来势凶猛，不敢硬接，脚下倒乱七星步一动，一个转身便来到了契丹大将军的身侧，看也不看，挥起右手的蝉翼刀向大将军的右腿砍去。

契丹大将军眼睛一花，顿时失去了攻击的对象，余光瞥见了身侧的人影和刀光闪动，急忙将右腿从马镫中抽出，整个人向左倾斜，躲到马身左侧。

"噗"的一声，蝉翼刀割断了马镫与马鞍间的皮绳，同时割伤了战马的腹部。战马受伤吃痛，再次人立而起。

契丹大将军左脚踩空，身体瞬间失控，重重地落到地面上。见战马人立而起，急忙挥起一只斧子，将连在左脚上的马镫砍断，随即在地面上一骨碌，迅速站了起来。

他虽然不畏惧汪远洋，却看到对方在一个回合便将他逼下马，完全非他所能匹敌。瞥了瞥冲过来的骑兵，他轻叹了一口气，心中退意萌生，拎着双斧向后退去。他并非是怕死之人，可眼见抢夺粮食的任务不能完成，至少也得带着大部分的骑兵安全退回冀州才行，五千名骑兵虽说数量很少，但属于精兵中的精兵，是他一手训练出来的亲兵，是完全忠于他的。

"杀！"汪远洋大喝一声，朝着骑兵们冲了过去，却并没有追击契丹大将军，他相信狄仁杰的计划，是不可能放这样一员猛将回归契丹的。

大周的兵士们收起弓箭，抽出钢刀开始冲锋。

官道上，双方的骑兵交战在一起，三千契丹骑兵一如既往地进行冲锋。可这支大周骑兵的战斗力却出乎了意料，他们不但勇猛无比，手中的长枪招数古怪刁钻，枪枪不离要害。

尤其那员为首的大将，手中一杆皂金虎头枪仿佛一条毒蛇，扎、刺、抨、缠、圈、扑、点，招招要人性命，没人能在他的手中走过一招。

契丹的副将看着那闪着金光的虎头枪，心中一颤，心道："难道是杀神下凡不成，竟然如此厉害？"

念头未消，两人便交上了手。契丹副将这才知道刚才低估了对手，要不是身旁有两名亲兵帮衬，十个回合便会战败。

"你究竟是何人，报上名来！"契丹副将大喊道。

"吾乃魏州大营大将军苑无涯，受死吧！"苑无涯说话间挺枪便刺。

不到二十个回合，苑无涯找准了一个机会挑杀了契丹副将身边的一名亲兵。

契丹副将大惊失色，原本武功就不敌对方，此时更是雪上加霜，幸运的是，他听到了契丹大将军发出撤退的号子声。

……

契丹大将军飞身骑上一匹无主战马，口中呼喊着撤退的号子，率先向官道上撤去。

小道上和官道上的契丹骑兵们听见了撤退的号子，却并未慌乱，在几名副将的指挥下，按照梯次进行撤退。

汪远洋等人虽然尽力追赶，却因没有战马在速度上落了下风，眼睁睁地看着敌人越跑越远。官道上交战的大周骑兵奋力地追击着，却被负责断后的契丹骑兵所阻。

契丹大将军带着大批骑兵向冀州方向撤退，正当他庆幸时，却见从冀州方向突然杀出一支军队，为首将领端坐马上，只见他身穿黄金盔甲，手中拎着一口厚背锯齿九环大刀，刀头上九只钢环随着马匹的上下起伏而发出"哗啦啦"的声响。

此刀有个响亮的名字，名曰"摄魂"，刀背上有穿着九只钢环的孔，在舞动时会发出"呜呜"的声音，仿佛是来自于十八层地狱受难恶鬼的嚎哭声，摄人心魄，心志稍弱一些的人听见，会立刻迷失心窍，最终死在刀下。

"梁艾军！"契丹大将军惊叫出来，他虽然不认识梁艾军，却知道这把大刀"摄魂"乃是梁艾军的成名兵器。

"我在此等候你多时了，想不到你的动作竟然这么慢，再晚来一些，我的兄弟们就要睡着了！"梁艾军毫不客气地挖苦着。契丹军队已处于劣势，他这番言语的目的就在于挖苦对手，进一步瓦解契丹大军的士气。

"废话少说，既然来了，本将军就没打算空手回去，粮食没得到，拿了你的人头也是一样，手上见真章吧！"契丹大将军从惊讶中缓过神来，眼见着退路被断，便慢慢冷静下来，将手中双斧一抖，策马向前冲去。

马背上的对敌相对武林高手过招简单了很多，少了众多的闪转腾挪，少了众多的花哨招式，更多的是劈砍、挑刺、格挡等硬招式。

汪远洋率众赶过来，与苑无涯率领的骑兵以及梁艾军的骑兵三方对契丹骑兵形成了夹击之势。

兵败如山倒，就算是凶猛的契丹骑兵，也禁不住数倍的大周骑兵的冲击。数个回合后，契丹骑兵所剩无几，部分骑兵紧紧地守在契丹大将军的身后，为他抵挡着来自于后方的攻击。

"梁艾军，若我能够打败你，可否放过我身边的兄弟？"契丹大将军见大势已去，知道他不可能突出重围，索性用他的性命换取手下兄弟们的性命，至少能回营报个信，让孙万荣和李尽忠两人提早做个准备。

梁艾军自信地笑了笑，点头说道："如果你能打败我，我连你也一起放回去。众军听令，都不要动手，看本将军如何对敌！"说罢便挥了挥手中的"摄魂"，冲向契丹大将军……

第四十五章　染血的赈灾粮

两军对垒只有胜负。

当梁艾军、汪远洋和苑无涯三人会合在一起，狄仁杰从冀州方向骑马赶来，同行的还有袁客师、齐灵芷二人。

狄仁杰看到梁艾军手上提着契丹大将军的人头，又看到满地的尸体和无主的战马游荡，不由得长叹一声，自言自语道："世间为什么要有战争？"

能够打扫战场的兵士是幸运的，至少他们活了下来。

魏州大营的兵士收集着盔甲、兵器和战马，将尸体运送到万人坑。一部分人留到最后，将血迹和马蹄印清理干净，消除一切战斗过的痕迹。

狄仁杰等人查验着粮食，清点过数量后，骑上马向魏州的方向走去。一路上众人都很沉默，并没有胜利后的那种喜悦。

战争没有真正的输赢，失败的一方自不必说，就算是胜利的一方，也付出了极高代价。

狄仁杰并非嗜杀之人，无论是契丹人还是汉人，在他心中都是大周子民，每一条生命的背后都关联着众多家庭，家破人亡、妻离子散，现在这种结局，他怎能高兴得起来？

打了胜仗，军中的几位将军心情喜悦，一番眼色交流后，还是张将军打破了沉默。

"狄大人，这次我们不但找回了赈灾粮，还一举歼灭了契丹大军五千精锐骑兵，契丹最强悍的主将龚非凡被梁大人斩于马下，要是消息能够传出去，定会令契丹人震惊，为何要将战场伪造起来，做出没有打过仗的模样？"张将军好奇地问道。

众人也不明所以，便将目光齐齐地投向狄仁杰。狄仁杰只是叹了一口气，看向身边的袁客师。

袁客师知道狄仁杰心中疲惫至极，不愿意多说一句话，于是便清了清嗓子，说道："各位大人、将军，整件事情还要从赈灾粮被劫说起。"

众人见狄仁杰不说话，便将目光都集中到袁客师的身上。狄仁杰却一抖马缰绳，加快速度向魏州方向策马而去，汪远洋和梁艾军两人急忙纵马追了上去。一群将领围着袁客师、齐灵芷，随着赈灾粮的马车稳稳地前行着，袁客师开始讲述狄仁杰破获赈灾粮案件的经过。

当初，幕后黑手利用诡异手段逼迫运送粮食的铁甲精兵离开官道，转至清水河河道，无声无息地杀死铁甲精兵，将粮食劫走。随后杀死前来探查的十几名探马，将粮食隐匿起来。

赈灾粮的数量极其庞大，运输绝非易事，粮食消失处并无转运的痕迹，粮食又无法飞走，因此狄仁杰判断，粮食可能藏在地下。

袁客师说到这里，顿了一顿，面带笑意地看着周围一脸惊愕的将领们。

"快说，少卖关子！"齐灵芷逼着袁客师。

众将军本打算追问袁客师，见齐灵芷发了话，便不再言语，只是微笑着看他如何处理。

袁客师眨了眨眼睛，举手做投降状，清了清嗓子继续说道："这个假设比较大胆，灵感来源于河道中沙质地面。当初勘察河道时，有的沙质地面板结，踩上去后会碎裂。有的沙质地面异常松软，却不是自然形成，而是人为所致，目的是为了让赈灾粮通过沙地落入地下。狄大人勘察了万人坑后，便想到河道下并不止一个万人坑，甚至可以说是一条地下山谷，这样一来，利用流沙将赈灾粮藏在地下山谷的计划便有了眉目。"

"但流沙要是跟着粮食一起流下去，那处河道会变成一个大坑，说不通！"有人反驳道。

"敌人一定有一种手段，既可以令粮食落入地下，又不会让沙子漏下去！狄大人为了验证推断，请盗神钟嘉盛前往赈灾粮被劫的地点探查，果然发现沙地下是一条地下山谷。粮食通过柔软的沙子，落入地下山谷中，早在地下等待的敌人将粮食运到万人坑附近储藏起来。"袁客师解释道。

众人听罢又是一阵惊讶。

"地下怎么会有山谷？"

"那些人是如何毫发无损地从万人坑进入地下山谷的？"

众人议论纷纷。

"魏州与冀州间布满探马，敌人无法将粮食运到冀州，因此狄大人下了一道指令，让探马全部撤回去。敌人认为时机成熟，便将粮食运出来，准备转运至冀州。若成功，契丹叛军便可以绕过旱灾的重灾区魏州，转至攻打邢州、相州、滑州、郑州，最后直取神都洛阳，途经的四个州府都是鱼米之乡，粮草和军械贮备充足，这条路线可以最大程度地补充契丹叛军的粮草和军械。狄大人对李尽忠和孙万荣的意图早已洞悉，这才做下诱敌计划，让消失的赈灾粮现身！"齐灵芷出言补充道。

"狄大人本可令大队人马护送粮食直接回城，但这步棋只能称为一步好棋，却称不上妙棋。"袁客师摇晃着脑袋说道。

"为何如此说法？"张将军见袁客师慢条斯理地说着，不免心中有些着急。

"这批粮食如此重要，契丹方面一定会派出精兵来接应，狄大人便制定了一个诱敌歼灭计划。在汪大哥和张将军临行前，大人一再嘱咐，若遇到强悍敌人，不可硬拼，这是诱敌计划的一部分。"袁客师说道。

"我明白了，是利用赈灾粮作为诱饵，加上我军的弱势，使契丹大将军龚非凡轻敌，贸然率精兵追击，梁大人带着大队骑兵趁机潜至冀州方向做成口袋，将契丹精兵一网打尽！"张将军说话间满脸兴奋，他虽说常年在军中，武功韬略自认为不差，却哪里见过这等妙计。

"正是这样，大人通过白鸽门打探到契丹叛军最有战斗力的便是龚非凡这支骑兵，战马、盔甲、兵器等配备最好，且平日军纪严格、训练刻苦，是契丹骑兵中的精兵。龚非凡本人武功韬略都属顶尖，且又是孙万荣的妹夫。所以大人料定，此次接应任务会落到他的头上。一是赈灾粮实乃契丹大军眼下最大的事情，必须有十足把握。二是护送粮食能让他立功，成为除了李尽忠和孙万荣之后的第三名掌权者。"袁客师又分析道。

"狄大人果然厉害，这份决胜千里之外的策略堪比诸葛孔明了。"将军们纷纷赞道。

"这还不算是最妙处。"袁客师说罢便将嘴角一撇，一抖缰绳，胯下马儿向前蹿去。

众人听了半截话，又被激起了猎奇心，急忙策马向他追去。

袁客师见众人追来，脸上露出得意，但看到齐灵芷有些发冷的脸，心中一颤，急忙说道："狄大人计策的最妙处，当是将歼灭龚非凡骑兵的痕迹消除干净，也算是以牙还牙。契丹叛军不知用了什么手段，杀我大周将士，并让赈灾粮消失，朝野上下都造成了巨大轰动，几乎令魏州处于绝境之地。现在咱们令契丹叛军的五千精兵毫无痕迹地消失，让李尽忠和孙万荣大吃一惊，不敢再轻举妄动，为魏州和周边的城池争取时间。你们说，这岂不是大大的妙计？"

齐灵芷等人愣了一阵，缓过神来后便纷纷发出喝彩声，心中对狄仁杰的计谋由衷地赞叹。

袁客师与齐灵芷二人骑马并行着，快速地离开了众将领，向运送粮食队伍的前部奔去。

当他看到一辆车上的麻袋时，原本还在得意着的脸沉寂下来，同时发出一声轻叹。

"客师，你怎么了？"齐灵芷轻声问道。她看到袁客师的脸色瞬间发生了变化，知道他定是发现了什么。

"姐姐，我知道失踪的那些马夫和马匹去哪里了！"袁客师低沉着声音说道。

"你说的是与三百精兵一起押运的马车夫和马匹？"齐灵芷惊道。

袁客师指着车上的麻袋说道："押运赈灾粮的铁甲精兵并没有与人搏斗过，就不可能有血迹洇在麻袋上，这些血迹是哪来的？"

麻袋上除了刚才那场大战留下的鲜血外，还隐隐地有暗红色的污迹，经历了众多磨难，麻袋上已是污迹斑斑，若不仔细看，完全看不出这些不起眼的污迹。

"麻袋再结实，也不可能从地面掉到地下山谷中没有破损。"袁客师说道。

"地下山谷的深度应该与万人坑差不多，从那么高的地方掉下去，麻袋怎么能保持完整？"齐灵芷疑问道。

"让马匹和马夫先掉下去，随后麻袋落到由血肉组成的垫子上，这才保证麻袋不破损。"袁客师神色沮丧地说道。

这些是染了鲜血和生命的粮食！

齐灵芷惊得"啊"了一声，随即捂住嘴，努力不发出声音来。她无法想象粮食的完整是用马夫和马匹的生命作为代价，由于这场胜仗的喜悦，使众人都疏忽了马夫们的事情。

附近赶车的兵士们听到了袁客师的结论和齐灵芷的惊叫声，却并没有表现出太多的惊讶。此次战役以大捷告终，魏州大营损失近五千人马，相对比之下，几百名马车夫也算不得什么了，至少在这些看惯了生生死死的兵士们眼里是这样。

齐灵芷毕竟是女孩子，虽然经历过一些事情，却远远没有今天经历得惨烈，她叹了一口气，开始回想三个时辰前的经历。

……

魏州与冀州之间的官道已经提前封闭，百姓是不会出现在这条路上的，在这种炎热的天气下，还能在路上行走自如的，一定是来自于契丹的探马。

为了不让契丹的探马回去报信，袁客师、齐灵芷陪着狄仁杰、温康骥从冀州的方向追杀回去报信的契丹探马。

探马并非都是骑着高头大马、拉着缰绳不断地催促着马匹奔跑，无论是穿着还是行为举止，大部分探马和老百姓没什么两样，探马中有大人、有半大的小孩，有男人也有女人。

虽说齐灵芷知道眼前经过的是契丹探马，但这些人临死前所流露出的眼神极其震撼人心。尤其是面对几个年纪较小的女性探马时，齐灵芷握着剑的手有些颤抖，江湖上大名鼎鼎的女罗刹竟然为杀人而手抖，几乎忍不住哀求狄仁杰将人放走。

第四十六章　盗神之功

袁客师还是不顾哀求将其全部杀死，没有留下一个活口。

战争往往都是脱离人性的，在敌我双方交战时，仁慈即意味着失败和死亡，没有人愿意为此背上沉重的包袱，只好将包围在身上的人性光环抛掉。

齐灵芷当然明白，但明白并不等于懂得，懂了也未必能做到！

这一点无一例外，因为例外的人都已死去。

……

与巍峨的冀州城墙相比，冷清街道旁的民宅显得略单薄，虽然天气炎热，民宅的门窗却紧闭着，不时地传出一两声狗叫和主人的呵斥声。

偶尔一两家商铺还在营业，却门庭冷落，商贩们蔫头耷脑地坐在门口，有气无力地看着过往的人们。

契丹大营大将军府位于冀州城中心，原本是陆宝积的刺史府，甚至连大门上的牌匾还未更换，凶神恶煞的契丹兵士手持钢刀站在府门前，恶狠狠地盯着过往的人们。

也许是受到屠城的影响，街道上冷冷清清，偶尔一两名过路的行人也是匆匆而过，生怕契丹兵士会冲过来砍杀他们。

一声巨大的咆哮从议事大厅传出来，声音的主人是一个高大强壮的汉子，四十岁上下的年纪，一脸络腮胡子，双眼散射出骇人的精光，脸上的怒意十足，将周围站着的几人吓得低下头不语，此人正是孙万荣，听说妹夫龚非凡和五千精兵消息全无后大发雷霆，要立刻发兵攻打魏州。

端坐在上首位置的人阴冷着脸，大手在椅子扶手上轻轻一拍说道："万荣，龚非凡和五千精锐骑兵离奇失踪、众多的探马被杀，这事来得太怪异了，咱们得冷静下来，看看魏州方面有没有消息传来。我军粮草和军械准备并不充分，若贸然出兵，定会被灭杀在去洛阳的路上。"

孙万荣大手一挥，哼了一声："我当然知道，不过龚非凡率领的五千精兵乃是我契丹大军中最具有战斗力的精兵，怎么可能一声不响地消失？这……这有些说不过去，也许他们被大周军队围困，等着咱们去救援，难道你就眼睁睁地看着兄弟们丢了性命？"

"你先坐下！"李尽忠的王者气概尽显，令孙万荣气势弱了几分，孙万荣嘴上不服，又嘟囔了几句，见李尽忠不应，只好坐了下来。

坐在上首位置的李尽忠这才说道："狄仁杰一向狡猾，这件事说不定就是他搞的鬼。"

孙万荣冷笑一声："等时机成熟，我大军杀进魏州，将这一干官吏杀得干净方可解恨，尤其是狄仁杰，定要将其千刀万剐！"

李尽忠点了点头："等魏州方面传来消息我们再定夺下一步的计划，龚非凡虽是我们的兄弟，却不能因为他扰乱整个计划！"

孙万荣看起来是粗莽大汉，实则心细如发，刚才那一顿发火已令他冷静下来，遂点了点头，坐下来与众人商议对策。

……

太阳依然卖力地灼烤着大地，空气中没有一丝风，使得整个空间仿佛变成了一座巨大的烤炉，烘烤着其中的一切。

魏州城内，一群人聚集在一棵国槐下，围成了一个大圈儿，大气不喘地盯着眼前的深洞。深洞上方架着一个巨大的辘轳，几名苦工分别在两端站着，握着胳膊粗细的摇把。

天气虽然炎热，人们却感到一股凉意从深洞中冒出来，伴随着凉意的还有一丝的潮气。

一张张面带菜色的脸上充满了兴奋，眼睛一眨不眨地盯着深洞，生怕错过了什么。

"吱！"，一声声尖锐的叫声从深洞中传来，那几名握着摇把的苦工开始用力摇动，随着"咯吱咯吱"的声音，缠绕在辘轳头上的绳子一下子绷得很紧，跟着辘轳头的转动前后左右地晃动着。

"水！真的打出水了！"一阵欢呼声在人群中爆发出来。一名年长的苦工跪在了地上，双手捧着还滴着水的木桶，眼泪涌出眼眶。

水虽有些浑浊，却带着凉气，令人神清气爽。

年长苦工颤抖着双手，轻轻地伸进水桶中，小心翼翼地捧出一捧水，放在鼻子下闻了闻，随后便向口中倒去。

众人的目光集中到了年长苦工的脸上，看着那捧水，不禁喉头一动，"咕噜"一声咽下了一口口水。

"轩叔，怎么样?"一名下颌刚刚冒出几根黄色绒毛的少年小声问着。

"好喝，好喝!"轩叔将手心的水倒进口中，又在水桶中捧起一些，尽情地喝着。

"快，快将大恩人拉上来，剩下的事咱们去做就行了。"轩叔顾不得喝水，喊着那几名负责摇摇把的苦工。

不一会儿，钟嘉盛的身影出现在井口，他双脚踩在吊篮上，浑身被泥浆包围着，仅露出一双黑白分明的眼睛和雪白的牙齿。

钟嘉盛的脚刚落地，众苦工纷纷跪了下来，在地上不住地叩头，口中不断地喊着"恩人"二字。苦工轩叔走到钟嘉盛面前，含着眼泪正准备跪下，却被他拦下来。

"众位兄弟快起来，快起来。"钟嘉盛劝着，心中一酸，险些被眼前的情景感动得流出眼泪来。虽被称为盗神，实际上就是盗墓者，不但被世俗所鄙视，更是律法所不许，平日里都是一个人独来独往，哪里受过如此厚爱。

众人纷纷起身，兴奋地围着钟嘉盛。

轩叔颤着声音说道:"恩人，我等是打井人，这段时间一直在寻找打井的地方，尝试了很多次，却依然毫无所获。恩人高明，一次便寻对了位置，这真是奇迹啊。"

钟嘉盛呵呵一笑，说道:"算不得什么，我天生就对水汽比较敏感。另外就是职业所致，我看了你们之前所打的水井，虽然都没出水，但是方位的选择是正确的，只是遇到了岩石，便再也打不下去了。"

众人一听，脸上现出喜色。这些苦工一直在从事打井这个行业，虽说选择井的地点不是完全准确，却是八九不离十，不料在魏州城碰了钉子。

原来魏州的地下结构比较怪异，地面十丈之下大部分是又厚又硬的岩石层，在不干旱的年份十丈的井都能出水。

打井人认为能够出水的地点恰好都在岩石层上，无一例外。众人屡次碰壁后，本打算放弃，却因为独孤刺史的召集令，被迫留在了魏州。

"恩人能不能给我们讲讲，究竟是怎么回事。"轩叔回答道。

钟嘉盛看了看众人一脸渴求的神色，微笑着点了点头，指了指脚下的地面说道："就算是再旱两年，地下储水也不会枯竭，只是多少的问题。不过你们选的那条水带却不能打井，原因就是地下岩层。我探查地下岩层断开之处，便是这里。"

"这点是如何判断的?"轩叔又问道。

钟嘉盛尴尬地笑了笑，却由于满脸泥浆的缘故并未显露出来："这是凭着我多年的经验判断的，一时间也说不清楚。"他没敢说他所从事的行业，毕竟盗墓不是什么光荣的事，哪能随便说出来。

轩叔看出了钟嘉盛的难言之隐，笑了笑说道："我们明白了，不管怎样，这口井是出水了，大伙还是抓点紧，再向下挖挖。"

众人一听，便慢慢散开，三五成群地轮流下井继续挖掘。过了很久，挖井的苦工们终于不再下井挖掘，开始轮番打水上来冲洗身体上的污迹。

坐在树荫下的钟嘉盛看到此情此景，知道一定是地下水大量地涌出来，笑着点点头，准备离开。

"恩人，快来洗洗吧，看您一身的泥浆。"一名苦工拎着一桶清水走过来说道，说罢便看着他笑。

钟嘉盛摸了摸脸上发硬的泥巴，跟着大笑着，脸上龟裂的泥垢也"簌簌"地脱落下来……

魏州城挖出井水的事很快传遍大街小巷，人们纷纷提着水桶涌了过来，自发地排成一条长龙，按照次序打水。

也许是干旱得太久了，上天开始眷顾虔诚的人们，无论多少人来打水，井中的水位丝毫不见减少。

一身干净的钟嘉盛看着人们脸上兴奋的神色，心中的满足感顿时饱满。这是他在彭泽县开设货栈以来，做的第二件好事。至此，他终于明白狄仁杰为什么总能受到人们爱戴，甚至是在他落难时很多人还依然守护在身旁。

想通了这一点，钟嘉盛心中豁然开朗，哈哈一笑，离开水井，向刺史府走去……

太阳带着橘红色的笑脸慢慢地落到山尖，像是为了魏州城得到水源而高兴，光芒将整个城池染成了橘黄色，远远地望去，使得这座古城看起来存在于仙境一般。

令钟嘉盛想不到的是，当他来到刺史府门口时，狄仁杰正率众在大门口站着。

"难道有什么大人物要到这里不成?"钟嘉盛心中嘀咕着,却看到众人的眼神都齐刷刷地投向他,又看到狄仁杰那张久违的笑脸,这才知道众人是来迎接他的。

"钟嘉盛,你为魏州的百姓做了一件大事,狄某在此替魏州上下多谢你的大恩大德!"狄仁杰说罢便双手抱拳,弯下腰去深深地鞠了一躬,同时在称呼上也自称了狄某,而不是本官,说明对钟嘉盛的重视程度很高。

钟嘉盛急忙一闪身来到狄仁杰的身侧,双手扶起他,脸上一红:"狄大人,我做的事情和您比简直是微不足道,哪值得这样兴师动众!我在路上听说赈灾粮已经找到了,这才是大功一件。"

狄仁杰呵呵一笑,说道:"粮食和水都重要,二者或不可缺。"

钟嘉盛点了点头,本想再说些什么,却见到狄仁杰身后众官吏兴奋的眼神,还是将话咽了下去,随着众人一起进入刺史府。

又客套了一番,众官吏这才退去。

狄仁杰、钟嘉盛、袁客师、齐灵芷四人来到书房,狄平沏好一壶茶端了上来。

众人细细地品着茶水,享受着茶的香气和水的滋润。

"这水可比混合着泥沙的水强多了。"袁客师耐不住性子,一口喝干了茶水,又将狄平手中的茶壶抢过来倒了一杯,惹得齐灵芷一阵白眼,要不是顾忌狄仁杰等人在场,早就去扭他的大耳朵了。

狄仁杰点了点头,将茶杯放到桌子上,笑着说道:"钟嘉盛,刚才我看你一副欲言又止的模样,是不是有话要说?"

钟嘉盛脸色一正,说道:"狄大人,我的确是有话要说,在门口人多嘴杂,便忍住了。"

狄仁杰点了点头,示意他继续说下去,齐灵芷、袁客师有些好奇,将目光投向钟嘉盛。

钟嘉盛一向嘻嘻哈哈,很少有严肃的时候,但看他现在一本正经的模样,定是有极其重要的事,而且很可能和刚刚挖好的水井有关。

第四十七章　柳暗花明

书房中奇热无比，众人喝下热茶，豆大的汗水从额头上不断冒出来，却给人淋漓尽致的感觉。

钟嘉盛叹了一口气，抹了抹额头上的汗水，缓缓说道："那些苦工以前选择的打井地点都是对的，却因地下岩层被阻无法打出水。我找到岩石层间的缝隙，挖出了水。不过我发现水源并非活水，而是由于地下结构原因储藏在岩石缝中的水，数量可观却属于死水，用一点少一点，无法长期满足魏州城几十万人口的饮水所用。从水涌出的高度判断可以提供魏州半月所用，之后便会枯竭。我对外宣称水可以无限使用，是为了稳住人心。"

"怎么会这样？"袁客师惊道，随后把手中的茶杯放下，不敢像刚才那样大口大口地喝茶。

狄仁杰皱了皱眉头，沉思了一阵，说道："你做得很对，这件事的确不宜张扬，要是消息传出去，会引起全城恐慌。"

"钟大哥，有没有可能在其他地方挖出水源？"齐灵芷问道。

钟嘉盛摇了摇头："要不是地下岩石构造比较独特，连这些水都不会有。"

"能不能具体说说？"袁客师问道。

钟嘉盛点点头，说道："按说地表水和地下水是完全不同的，地下水自成一路，几乎是永不枯竭，可魏州城的地下水完全干枯，具体什么原因，我也说不清，能留下这点水，也算是幸运吧。"

狄仁杰自信心满满地说道："半个月的储水量够了。狄平，让温大人传令下去，派人把守那口井，只需维护秩序，但供水不限量。"

"咱们找回赈灾粮，而契丹大军需要粮草，这样一来，他们会不会为了粮食进攻魏州？"钟嘉盛担心地问道。

"来也好，不来也罢。没有这批粮食，一样熬不了多久。"狄仁杰笑着说道。

书房中再次变得沉默，狄仁杰话说得虽在理，可契丹大军真要打来，魏州城亦是九死一生。

过了一阵，钟嘉盛打破沉默："我回来这么久，怎么没见到远洋？"

狄仁杰"哦"了一声，随即便将汪远洋所经历的事讲述出来，过程惊险无比，听得钟嘉盛一阵阵地倒吸凉气，当听到汪远洋不顾自身安危拼杀几百名守卫受伤时，他惊得叫了出来。

袁客师急忙说道："钟大哥，汪大哥的伤势并无大碍，只是受了些皮外伤，内伤不重，刚刚处理了伤口，睡下了。你忙了几天几夜没有合眼，先回去休息一下。"

人心中有执念，便会不眠不休地去做，过程中绝不会感到疲惫，当事情完成时，才会觉得疲惫至极。

经过袁客师这一说，钟嘉盛突然感到一阵疲倦上涌，连续打了几个哈欠，眼泪跟着流出来："也好，我先去休息一番，明早再去探望远洋。我明天再到魏州城其他地方碰碰运气，说不定还能弄些水源来。"说罢便起身向狄仁杰告辞，离开书房后径直回到客房休息。

钟嘉盛走后，书房中再次陷入沉寂中。

粮食和水都得以暂时解决，魏州城的危机得到缓息之机，狄仁杰的心思开始转向两件未解决的危机。听汪远洋的叙说，万人坑中的毒雾再次发生变异，不但具有强烈的毒性，更兼之能够迅速腐蚀血肉，竟能在片刻间将一匹马化为血水，若扩散开来，怕又是魏州地区的一场大劫。

另外一个危机便是独孤思庄的贪污案，三百万两银子数额庞大，如果破不了案，就算皇帝不加以怪罪，佞臣们也会利用其做文章，魏州的官员将无一幸免。

过了好一阵，袁客师忍耐不住房间中的燥闷，准备起身到屋外透透气的时候，一直沉思中的狄仁杰动了一下。

"客师、灵芷，你们说独孤大人贪污案中最关键的是什么？"狄仁杰突然问了一句没头没脑的话。

袁客师、齐灵芷都是极其聪明之人，一听之下便明白了狄仁杰的意思，齐声说道："自然是证据！"

狄仁杰点了点头，又说道："要想获得铁证，就得找到那笔被贪污银两的去处。虽然在独孤思庄家中搜到十万两赈灾银，但他贪污的可能性不大，应该是另有内幕。罗金柱身为司库参军却摆脱不了嫌疑，对于府库而言，甚至比独孤大人的权力还大，没有他的参与，独孤大人无法独立完成此事，更不用提那些库丁了。"

袁客师应了一声，接着说道："除了消失的银两外，还有一个关键，就是罗金柱！"

狄仁杰微笑着点了点头，表示同意。

"罗金柱死得那么蹊跷，完全看不出作案的手法，更找不到凶手。"齐灵芷说道。

"哈哈，姐姐，作案的手法固然很巧妙，但是破案并非必须堪破作案的手法，也可以从其他方面着手。"袁客师得意地说着。

"那我们就去罗金柱的家中搜查一番！"齐灵芷说道。在她的心中，只要能够破案，做什么事情都不算过分。

袁客师摇摇头，笑着说道："大人不能去，我们也不能去。"

"为什么？"齐灵芷不明所以。

"大人刺史的身份在那摆着，自然不能去。我们的身份不明，去了只会遭到人家的反对。"袁客师笑着说道。

齐灵芷眼珠一转，说道："我知道了，让霍兰山去！"

袁客师将目光看向狄仁杰，两股智慧的目光交会在一起，仿佛是彼此心意相通般。

"客师，你传我令，告诉霍兰山，让他明天去独孤思庄和罗金柱的家搜查。"狄仁杰说道。看袁客师的模样，显然是洞悉了他此番的意图，心中又对这名年轻人好感增加不少。

"就这么简单？"齐灵芷看两人目光交流了一阵，却并没有明白其中的意思。

袁客师一伸手拉住她的手向外走去，边走边说道："姐姐，到我的房间去，我和你慢慢说这件事情。"

齐灵芷急忙将他的手甩开，脸色变得微红，说道："我要回房间休息了，明天再告诉我吧。"

每次遇到这种她难以理解的事情，都是袁客师卖足了关子。却不想这次齐灵芷竟然忍住了内心的疑惑，不再上当，甩袖子径自离去，留下呆愣着的袁客师。

狄仁杰看着两人，转过头偷偷地笑了笑，随即咳嗽两声，提醒着袁客师。

袁客师缓过神来，冲着狄仁杰尴尬一笑，向刺史府外走去。天气炎热，躺下也睡不着，还不如趁着这个机会去霍兰山的家中，将狄仁杰吩咐的事情赶紧告诉他，免得耽误了事。

……

霍兰山并没有表面上看起来那么冷血，对于袁客师的到来，他显得非常高兴，立刻安排夫人做了一些简单的小菜。

袁客师本来还客气一番，却架不住两口子的劝说，如果硬生生地拒绝，怕惹得两人不高兴，且以后还有许多事依仗霍兰山，借此机会和他接近接近，也是一件好事。

两人一番礼让后便坐在桌子旁，两人喝着酒聊着天，不亦乐乎。

月亮悄悄地爬上半空，银色的月光倾洒在大地上，给原本燥热的大地带来一丝丝清凉。风儿也借着机会来凑热闹，不时地钻进人家中，带来清凉，带走燥热。

霍夫人是地道的南方人，几个小菜虽然简单，味道却很好，酒是地道的当地酒，醇厚绵长，当地人称之为"老白干"。

霍兰山表面上看起来冷淡不近人情，却是劝酒的高手。袁客师的酒量不好，几轮下来，喝得醉醺醺的。

趁着没喝醉的工夫，袁客师将狄仁杰交代的事情告之。霍兰山是性情中人，将杯中的酒一口喝干，随即便拍着胸脯应了下来。

袁客师又陪着喝了一阵，见霍兰山仍没有要停下来的意思，便托词告退。霍兰山又让他喝下整整三大杯后，才放他离开。

虽说袁客师有内功傍身，酒劲儿仍使他头晕目眩，一路跟跄着向刺史府走去，走了一阵，便见前方胡同中人影一闪。

"谁?"袁客师揉了揉眼睛，定神向胡同里望去。喝酒的人自控能力会变弱，他这一嗓子声音很大，同时用上了内力，使得胡同被震得"嗡"的一声。

胡同中没有月光照进去，黑漆漆的，一股股凉意从胡同中散发出来。

"鬼鬼祟祟的!"袁客师将腰间长刀抽了出来，挽了一个刀花，慢慢向胡同里面走去，刚迈出两步，便听见胡同中一阵窸窸窣窣的声音响起。

"袁大哥!"轻柔的声音从胡同中传来，那声音就像一只受了伤的小兔子在求救，让人听起来不由得生出怜悯之心。

"小露！"袁客师虽然喝多了，头脑却还清醒，哆嗦着手将钢刀插回刀鞘，迎着小露的声音走了过去。

"呀！袁大哥你喝多了，怪不得，刚才我还以为是遇到了坏人，便躲进胡同里，你一声大吼差点将我吓死。"小露柔声地说着，说话间将手捂到胸口上，轻轻拍了几下。

话音未落，小露那婀娜的身影走出阴影，在银色月光的映衬下，一袭白色轻纱随着她每一步的走动而飘动，好像是月宫的嫦娥仙子下凡一般，看得袁客师愣在了当场，在原地不停地晃着。

"怎么喝了这么多的酒！会伤害身体的。"小露闻到了袁客师身上的酒味儿，眉头轻轻一皱，却没有丝毫犹豫，径直走上前，伸手扶住了摇晃中的袁客师。

"嘿嘿嘿！我没事，今天高兴，和霍捕头多喝了几杯。"袁客师傻笑着，说话时一股少女身上特有的幽香钻进鼻孔，令他一阵兴奋。

"大晚上的吵什么吵，还让不让人睡觉了？"一个男人粗犷的声音从一户人家传出来，随即大门被打开的"咯吱"声传过来。

第四十八章 幻觉

袁客师酒劲儿醒了七八分，心里顿生愧疚，拉起小露的手向外奔去，令人想不到的是，原本轻功极佳的他，脚步竟然凌乱起来，跑出了胡同，又跌跌撞撞地沿着街道向刺史府跑去。

带着凉意的风在耳边不断地吹过去，终于，小露踩到了袁客师的脚后跟，两人不及之下，齐齐地扑倒在地面上。

小露倒还好些，袁客师是练家子，虽比不上李元芳、汪远洋等高手，却也是江湖上一流的好手，要说半夜奔跑时摔了一个大跟头，怕没几个人会相信。

袁客师迅速地站起身，将衣服拍了拍，假装不经意地看了看周围。四周除了安静的房子，只剩下狗狂叫的声音。

"哎！"小露好像摔得很重，发出一声呻吟，想挣扎着站起身来。

袁客师见状，急忙上前将她扶了起来，两人看着对方狼狈的模样，顿时相视一笑。

"快回刺史府，我替你包扎一下。"袁客师轻声说道。

小露听罢，却摇了摇头："还是我先回去，你再稍晚些进去，免得让其他人看到了告诉灵芷姐姐，到时候就有你好受的了。"

袁客师傻傻地一笑，正要说话，却听小露看向袁客师身后，小声喊道："灵芷姐姐，你怎么来了？"

袁客师听到齐灵芷的名字后，顿时像是掉进了万年冰窖中一样，浑身一抖，头脑瞬间变成空白愣在当场。这大半夜的，要是让齐灵芷看到他们两人在一起，估计跳进黄河也洗不清！

袁客师转过头看向身后，并未发现齐灵芷，在转回头来时，小露也已不知去向，这才"噗嗤"一笑，拍了一下脑袋，心中想着小露的精灵古怪，摇晃着身体向刺史府中走去。

酒精的确可以壮人的胆量，副作用便是让人控制意识和身体的能力有所下降，反应速度变慢，疼痛感变得迟钝。

袁客师刚走到刺史府外的街道，就看到一条身影从刺史府大院蹿上了的围墙，一纵身离开了刺史府的范围。

无论白天还是夜间，刺史府都有衙役巡视，虽比不上皇宫大内，也不是谁想来就来、想走就走的。从那条身影的轻功来看，应该和汪远洋、李元芳等人相当，但从身材看，却娇小如齐灵芷。

袁客师本想施展轻功去追，转念一想，他的轻功虽然厉害却绝比不了那人，且喝了酒，功力打了折扣，只好长叹一口气。想到齐灵芷和小露两人，心中越发愧疚。

齐灵芷性格上虽然霸烈，对他却是一心一意，感情自然不必说。小露与他相处虽然时间很短，却给了他一种齐灵芷不能给的感觉，这种感觉紧紧地抓住了他的心，令其欲罢不能。

"我这是怎么了？"袁客师心中自责道，甩了甩不受控制的腮帮子，晃荡着向狄仁杰的房间走去，还没走到狄仁杰的房间附近，汪远洋便出现在他身旁。

"客师，这么晚了，还没有休息？"汪远洋的声音传了过来，语气中充满关心。

袁客师笑了笑，问道："汪大哥，你看没看见有个人闯了进来，轻功应该和你差不多，看身形应该是名女子。"

"看你一身酒气，一定是喝多了眼睛发花产生了幻觉。有我坐镇，哪来的闯入者？"汪远洋呵呵一笑，轻轻地拍在袁客师的肩膀上。

袁客师"唔"了一声，仔细回想刚才的情景，觉得他的确有些多虑，世间能够练成李元芳、汪远洋这种绝世轻功的人极其罕见，女子受到身体的限制更难炼成。像齐灵芷，功力已不比李元芳差，要是比起轻功来，依然会稍显逊色。刚才那条身影，若是女子，肯定不会超过三十岁，这种年纪怎么可能练成如此高明的轻功！

想到这里，袁客师哈哈一笑，随即说道："汪大哥，可能是我酒喝得多了眼睛发花，您莫见怪。"

汪远洋笑了笑："这些天你和灵芷一直在万人坑蹲守，很辛苦，喝点酒解解乏，早点休息，狄大人用到你们的地方还多着呢。"

袁客师听到这话，心中又高兴起来，冲着汪远洋点了点头，哼着小曲向房间走去。路过齐灵芷房间，他停了下来，屏住呼吸听着里面的声音。

过了一阵，见齐灵芷并未像以往那样调侃他，便自顾着摇了摇头，回到房间。

袁客师不知道的是，一双妙目在暗中窥视着他，见他回到房间，这才轻叹了一口气。

……

清晨的风依然凉爽，它如潜行者般，掬起一阵尘土，掩盖了甜美的记忆，吹散层层灰尘，露出伤感的过往。隐约中，袁客师似乎听到了一种哭声。

哭是人类情感宣泄的一种途径，无论什么人，都曾经哭过，无意识的、有意识的，为高兴激动、为一己伤心或为痛失亲人悲痛。失去亲人的哭声是悲伤的，会将这种情绪传染给附近的人。

袁客师身为捕头，经历过的杀人案很多，苦主悲痛欲绝的哭声，杀人者临死前悔恨的哭声，还有数不清原因的哭声，他都听过。他却从未听过如此悲戚的哭声，这种哭声仿佛能够刺穿人的心，使人不由自主地跟着一起悲伤，甚至能感受到当事人的那种悲痛欲绝的心态。

这哭声他听起来很耳熟，却如何也想不起究竟是谁。

终于，他满头大汗地醒过来，猛地坐起身，抹了抹额头上的汗水。

"是个梦，是个梦！"袁客师口中不断地念叨着，当悲戚的哭声清晰地传到他耳朵里时，他呆住了，因为他听出了哭声的主人——小露！

"糟了！"袁客师立刻从床榻上蹦了下来，身上一股淡淡的幽香立刻传入鼻孔中。他终于想了起来，昨晚喝多了酒，回到房间后没有洗漱换衣，一头栽到床榻上昏睡过去。

他想起小露搀扶他时带来的异样感觉，脸一下子红了起来，幸好他常年在外奔波，被太阳晒得脸色黝黑，这才将红色遮住。

袁客师换了衣衫，随后一个闪身来到房门前，轻轻打开一条门缝向外望去。

小露在院中的石凳上坐着，双手放在石桌上，肩膀微微耸动着，很显然，哭声是她发出的。一身鹅黄的齐灵芷坐在一旁不断地安慰着，不时地拍着小露的后背。

袁客师咽下一口吐沫，发现嗓子干得要冒火，正要转身去喝口水，却听见齐灵芷的声音传了进来。

"客师，我看到你了，快出来！"齐灵芷冲着他的房间大声喊着。

袁客师干咳了两声，整理一下衣衫，将门推开，慢慢吞吞地走出来，来到石桌子前面挨着齐灵芷坐下。

齐灵芷"哼"了一声，说道："快哄哄小露妹妹！"说罢便仰起头看着他。

袁客师看着那白白尖尖的下巴颏，有上前亲一口的冲动，可看了看伤心欲绝的小露，他还是忍住了。

从齐灵芷的语气上分析，小露的难过应该与他无关，否则齐灵芷绝不会是这个态度。他松了一口气，摆出一个难看的笑容。

"怎么哄啊？"袁客师苦着脸说道。要说哄人，他是有一套的，不过要是当着齐灵芷的面，去哄另外一个女孩子，这分寸有些难以把握。哄得不好，就会遭到齐灵芷的"毒手"，哄得过分了，惹得她醋意大发，更得遭其"毒手"，无论如何，都落不着好。

"你这个呆子！"齐灵芷说罢便伸手揪住了袁客师的大耳朵。

"姐姐莫使劲儿，疼！"袁客师急眨着眼睛说着，原本还苦着的脸变成哀求之色。

原本低头啜泣的小露听见两人争吵，急忙抬起头来，抹了抹眼泪，向齐灵芷劝阻道："灵芷姐姐，你就别难为小袁神捕了，这件事情和他无关，是我想雷大哥了，当初他要不是为了救我，也不会掉入万人坑中，呜呜呜呜……"说到这里，她再次哭了起来。

"都怪你太笨！"齐灵芷放开了他的耳朵，又转而安抚小露。

袁客师尴尬地笑了笑，挠了挠脑袋，眼珠一转，随即说道："要不我给你们讲个笑话吧。"

齐灵芷白了他一眼，说道："要是不能把我小露妹妹逗笑，看我怎么收拾你！"说罢便将一只手冲着他一挥，攥起了粉嫩的小拳头。

袁客师见小露低着头，便趁机想抓住齐灵芷的手，却被她迅速地躲开。

"从前呐，有一个老头……"袁客师像说书人一般讲了起来，笑话很好笑，他讲述很有技巧，逗得齐灵芷一阵阵大笑。

也许是被袁客师、齐灵芷二人的情绪所感染，也许是心中的悲伤平息下来，她的哭声渐渐地停了，思绪却飞到了天边之外，想着雷善明魁梧的背影。
……

罗金柱参与贪污的事情没坐实，所以房产并未被封存，他的家人仍住在里面。虽说他是罗家的顶梁柱，可罗家并未因为他身死而无法生活。

人类的社会本身就是一个复杂的集合，一个人的作用再大，也不可能大到所有人都离不开他，一旦真达到了那种程度，就说明这个人在充当着"上天"这个角色，是真正的"上天"所不能允许的，意味着此人离死不远了，用句成语来形容这种情况，就叫做"天妒英才"。

世间千千万万的家庭如此，罗金柱家也不例外。

当霍兰山带着人进入罗家时，罗家众人已没有当初失去罗金柱时的悲伤，看到捕头霍兰山来到府上，没有半分惊讶之色，按部就班地配合着霍兰山的搜查。

卧房是要搜查的重点，书房等地方也没有放过。

自打罗金柱出事后，书房就一直锁着，罗夫人命丫鬟去取钥匙时，性急的霍兰山等不及，从腰间抽出长刀，朝着锁头砍了过去。

"当!"的一声，锁头被砍成两截落到地上。不等霍兰山吩咐，身旁的捕快便推门而入。

第四十九章 铁证如山

捕快们跟随霍兰山已久，知道他为人处世的风格，行动和他的意志早已形成默契。见他不等钥匙，而是出手一刀将锁头砍成两截，这就代表了与罗金柱间没有了往日的同僚情分，剩下的只是公事公办而已。

搜查有很多种方法，这是捕快们入门的第一课。要是提前打好招呼，搜查时便会打马虎眼，走走形式、敷衍了事。要是带着某种目的去搜查，就会翻箱倒柜、掘地三尺，不弄得满目疮痍绝不收手。

霍兰山原本冷峻的脸上此时更像是附带了一层寒霜，所以捕快们在搜查时，自然而然就按照最极端的方式进行。

一时间，书房中发出"乒乒乓乓"的声音，不到一刻钟的功夫，房间内变得一片狼藉，再也看不出书房原本的模样。

罗夫人和罗府的众人虽然看着心疼，却不敢表示不满，只是低着头在一旁叹着气。

霍兰山终于忍耐不住，加入到搜查的队伍中，他显然是对捕快们的效率不满意。仿佛是上天眷顾，随着他的加入，一名捕快立刻在霍兰山甩出去的一本线装书的里面发现了一封信，信落到了地上，被捕快立刻拿在手。

"头儿，我这里发现了一封信，好像是独孤大人写给罗金柱的信！"捕快急忙将手中的信递给霍兰山。

霍兰山接过信后，扫了一下上面的字，眼睛立刻放出精光，将信从信封中取出来，仔细地阅读了信纸上的内容，脸上那层冰霜也随着时间一点点地被融化，取而代之的是神秘笑容。

罗夫人终于抬起头，看到霍兰山脸上露出的笑容，但她的心顿时凉了半截儿。罗金柱与霍兰山一同为官多年，知道他的为人，平时不苟言笑，办案时一副冰霜脸，一旦露出了笑容，也是令人心寒的诡异笑容，这时就有人要遭殃了。

果然不出所料，霍兰山脸上的笑容尽失后，大声朝着众捕快说道："把罗府封了！"随即又慢慢走出书房，对颤抖中的罗夫人说道："罗大嫂，对不住了，还请您带着众家人离开这里，不过不要带走任何物品，嗯……就带些常穿的衣物吧！"

他这样说还算是有些良心，要不是看在同僚的分上，完全可以封存所有的财物，甚至连主要的几个人也可以关进大牢中。

罗夫人本想说些什么，张了张嘴，最终还是将话咽了回去，眼泪在眼眶中转了几转，滑落下来，随即冲着身后的众家人挥了挥手，转身带着人离去。

……

当信呈现在狄仁杰面前时，他先是一愣，随即打开信纸看了看里面的内容，问道："霍捕头，这信上面的字迹你都核对过了吗？"

霍兰山立刻答道："是，卑职核对过了，与独孤大人的字迹完全一致，铁证如山！"

狄仁杰叹了一口气，将信纸慢慢地折了起来，说道："凭借着信上的内容，可以敲定独孤思庄和罗金柱两人狼狈为奸，贪污赈灾款的罪行，现在最大的问题便是赈灾银到哪里去了。"

霍兰山一抱拳，说道："请狄大人放心，卑职一定会尽最大努力将赈灾银找回来。"

狄仁杰没说什么，只是点了点头。对于这封信，他心中还存在着颇多的疑问。前段时间因为哄抢救济粮的问题，霍兰山等人一直都忙于魏州的治安问题，对查贪污案有些疏忽。但昨天刚安排下的事情，今天便有了着落，证据来得太过容易了。

霍兰山见狄仁杰不再说话，便知趣地告退。

狄仁杰心中疑惑太多，想静下心来理一理线索，便坐到了椅子上，端起茶杯抿了一口水。也许是天气太热，也许是身体有些不适，他发现根本静不下来，心中更是无比烦躁。他站起身，将茶杯中的水一口喝干，随即便走出房间，向客房所在的院子走去。

当他走到圆形的拱门时，一阵低低的啜泣声从客房所在的院子传了过来。能听得出来，那哭声是小露的。

狄仁杰知道小露是因为雷善明而哭泣，因为此时，小露的手中正拿着一个木刻的人像，在人像的背后，背着镔铁双棍。石桌子上堆放着一些木屑，一些锋利的刻刀凌乱地摆在桌子上。

他没有走过去，叹了一口气，便转身又向书房走去。他知道，现在无论说什么都无法安慰小露，雷善明因救她而死，这个心结只有她自己可以解开。

······

俗话说得好，"阎王叫你三更死，谁敢留人到五更"。传说人的命数上天注定，任你本领通天也无法更改，到了时辰，就只好乖乖地跟着黑白无常去见阎王。

有些人的命数未尽，虽遇到各种各样的灾难，却依然能够幸运地生存下去。事情既然发生了，就成了既定的事实，无论是生是死，都可以说是天意。

雷善明想着爷爷奶奶给他讲的传说，心中不禁苦笑，凭现在的处境，不知道究竟是幸运还是不幸。

当他从万人坑掉下来时，便将浑身的功力提升至极限，这是人的本能，在最危险时，会将身体最大的潜能发挥出来，以图保护自身，可下坠所带来的巨大冲击力远远超出了他的想象。

当他落下的一刹那，眼前一黑，耳边的风不断地呼啸着，身体完全不受控制地坠落着，转瞬间，一股巨大的力量从后背涌进身体，随着第一次撞击，身体像一只翻转的陀螺一般，再次翻滚下去。

他几乎被这一撞的力量冲击得晕过去，要不是李元芳传授的煞天气功内外双修，恐怕第一次撞击就让他丢了性命。

事后他才知道，第一次撞到的是万人坑中堆积成山的尸体，叠加的尸体起到缓冲作用，这才令雷善明没死。

又一瞬间过后，"啪"的一声，整个人像是掉进泥塘中，虽然力量很大，却得到了足够的缓冲，并未对他造成太大伤害。

雷善明不知道他究竟掉到什么地方，也不知道昏迷了多久。当他睁开眼睛时，发现头顶有光亮，脑袋有些混沌，浑身上下疼痛异常，身体像是散了架子一般。

"噗！"雷善明从口中吐出一口液体，古怪的味道不仅令他恶心，更是让他感到窒息。

"咳咳咳咳……"他剧烈地咳嗽起来，看来是身体对这种外来物起了排斥反应，欲将进入口腔的液体全部咳出去。

雷善明身体慢慢地向下沉去，黏黏的液体逐渐淹没了后脑、耳朵，进而淹没脸颊。经过一阵咳嗽，头脑清醒了不少，知道要是任由这样下去，很快就会被液体淹死。

他忍住了浑身的疼痛，双腿猛地一屈，双臂用力一划，整个人便悬浮在液体中，双腿一分再用力一蹬，同时双臂平举，帮助保持平衡。

雷善明是海边长大的孩子，水性自不必说，在波涛汹涌的大海中堪比一条鱼，遇到了与水一样性质的液体，便本能地用上了游泳的技能。令他意想不到的是，他用力一蹬却蹬到了地面上，急忙将力量收回一部分，双脚仍被震得生疼。他站起身，挂在身上的液体不停地滴下来。液体并不是很深，只是到了大腿根部，液体很黏稠，和木匠用的生漆差不多，味道也有些相似。

洞底的光线不充足，隐隐看到液体呈现出一种黑色，黑色液体的面积并不大，约有半亩地，而他所站的位置正好处于中心。

他终于明白，正是这片令人讨厌的液体救了他的命！

人在黑暗中视觉变得迟钝和模糊，听觉、嗅觉和触觉会变得灵敏许多。

"哗哗哗"，虽然流水的声音很微弱，在安静的地下却异常清晰，尤其是那些黏黏的黑色液体渐渐地离开雷善明耳朵，流水声更为明显。

"水，是水！"雷善明抬起腿沿着水声走了过去，黏稠的液体加上疼痛万分的身体，使得这段本不长的路变得异常艰难。

他终于走到了水源的旁边，整个人一下扑了过去，将水吸入口中，再吐出去，与纯净的水相比，黑色液体的味道更加令人恶心，他不断地咳嗽着，黑色液体混合着鲜血不断地被吐出来。

"唔！"过了好久，口中的黑色液体终于被清理干净，脸上和身上被冲洗了一番，整个人干净了不少。

借着微弱的光芒，看到躯干和四肢上有几十处伤痕，大多数都是瘀伤，左臂一处伤痕比较严重，应该是在第一次撞击在尸山上时，被断裂的骨头戳中，穿透了整个小臂。他仔细验看了伤口，附近皮肤肿胀部分麻木，不知道究竟是毒雾造成的，还是那股黑色液体造成的，大大咧咧的他却没太在意。

又坐在流动的水源旁待了一阵，渐渐缓过神来，视力亦逐渐适应洞中的黑暗，开始打量周围的环境。

眼前的是一条地下河，十几丈宽，从刚才下水的情况看，最深处没过大腿根儿，水流比较缓慢，几乎看不到水花。

顺着水流向下游看去，是那座由千万具尸体组成的尸山，整座尸山释放着墨绿色的毒雾，不停地向上方的洞口涌去。地下河仿佛惧怕尸山，眼见着到了尸山附近，便绕了一个弯，向下流去。

雷善明口鼻中那股黑色液体的味道渐渐散去，取而代之的是更令人恶心的尸臭。

"呃！好臭！"他急忙用衣袖捂住鼻子，相对比之下，那股黑色液体的怪异味道竟然好闻许多。

他运起内力，向四周望去，发现万人坑并不只是一个坑，而是一条地下大峡谷，只是万人坑上方的土层相对比较薄弱，这才塌陷下来形成了大坑。

第五十章　大难不死

不得不说雷善明是幸运的，他情急之下用河水漱口，幸好他所在的位置是尸山的上游，否则两口水下肚，便会中瘟毒。

整个地下峡谷比地面上的清水河的宽度还要宽上数倍，几乎是一眼望不到边际，回过头向上游望去，一股股寒气扑面而来，远处黑漆漆的洞口仿佛一只巨兽的大嘴。对比地面上的热浪，地下山谷内温度很低，一股股寒气令人不由得一阵神清气爽。

下游方向由于巨大尸山的阻挡，看不清峡谷的走势。

当年李元芳大破"龙神怒"一案时，曾经有过地下河冒险的经历，雷善明作为他的徒弟自然听过，沉睡的千年巨蟒、奔腾不已的激流，这些故事令他兴奋很久，想不到今天他落到几百丈深的地下山谷，遭遇与李元芳极其相似。

从周围洞壁上的痕迹上看，地下山谷原本应该是一条巨大的地下河，地下河的干涸破坏了整个魏州地区的水系，导致三年之久的大旱。

抬头看了看几百丈高的洞口，他不禁叹了一口气。人类虽然利用武功挖掘本身的潜能，使原本较弱的身体变得强悍，但与自然界的力量比起来，又显得无比渺小了。几百丈的垂直距离，没有人可以征服，也许只有那些成了神仙的人，或是妖怪才能靠着飞行的本领上去。

万人坑附近不断地冒出毒雾，不可能再有人靠近，就算他大声呼救，也不会有人听见。至此，他已身陷绝境！

按照李元芳冒险的经验，应该是沿着水流向下游的方向走去，走到尽头后会有一个和地上河交汇的出口，到那时就可以利用水的浮力浮出水面，回到地面世界。

但一个巨大的难题摆在眼前，巨大的尸山和不断散发出来的墨绿色毒雾成为拦路虎。按照侯郎中的说法，毒雾就是瘟疫的源头，只要人接触了，就会染上瘟疫，若得不到有效治疗，便会很快死去。

究竟是向上游去冒险，还是按照李元芳的经验冲过尸山向下游走？雷善明有些犹豫了……

不过他知道自己必须得离开这里，胳膊上的伤口肿成了一个硬块，伤口的颜色发黑发乌，估计是中了瘟毒，如果不尽早赶回魏州，这条命很可能就常埋地下了。

人毕竟是人，不是神仙鬼怪，无法依靠餐风饮露生存。人需要吃喝，尤其是习武之人，身体消耗较普通人大，更容易饥渴。

雷善明望着下游方向堆积成山的尸体，心中感慨万千。

人类稳稳地坐在食物链的最顶端，世间万物尽被所用，但眼前这些人惨死后会逐渐腐烂、消散，重归自然，无论生前是贫是富，是位高权重还是身份卑微，最终都会化为乌有，与寻常的野兽、植物等没有分别。至于所谓的灵魂都是神话传说中才出现的，没人真正见到过。

"咦？"雷善明觉得脚上有东西在蠕动，小脚趾微微一痛，便抬起脚，借着微弱的光看着。

靴子不知道摔到哪里去了，黑色液体挂在一双大脚上。一条发出微弱光芒的鱼张大着嘴咬在小脚趾上，不停地摆动身体，与老虎捕食时的撕咬一样，而不像是鱼类，一口将食物吞下了事。

若不是他修习了内外双修的煞天气功，遇到外部伤害会本能地产生抵抗，这几下就会将他的小脚趾撕咬下来。

鱼儿看起来有巴掌大小，背鳍和尾巴呈现出一种怪异的青色，占了半个脸面积的双眼透射出凶狠的目光。

"这是什么鱼？从来没有见到过！"鱼类种类繁杂，有的鱼会利用身上的鳞片反射光，有的鱼类长相凶恶，有的鱼则是五彩斑斓，目的都是为了生存，雷善明从小在海边长大，却从未见过浑身发光且目光凶狠的鱼类，尤其是那凶狠的目光，是人类有强烈憎恨意识时才会发出来，一条毫无感情的鱼怎么可能有这种目光！

扣进怪鱼的两鳃，将它取了下来。怪鱼不断挣扎，张开大嘴地向空气咬去，锋利的牙齿碰撞在一起，发出"咯咯"的声音。

"好凶。"雷善明心道。正想仔细观察一番，却见不远处的水面上泛起水花。

他急忙向旁边的岸上跳去，刚刚落地，泛起的水花便蹿到了他刚才所站的位置。

"看这鱼凶狠的模样，一定是吃肉的。"雷善明向水中望去，见刚来的鱼体型比手中的大了很多，模样却几乎一致，青黑色的脊背露出水面，尾巴不断地摆动着，令水面不断地泛出水花来。

"这条鱼应该是从下游游上来的，它们一定经过巨大的尸山，但看两条鱼的状态，完全没有中毒的迹象。"雷善明想到这里心中一喜，又向手中的怪鱼看去。

一种生灵无论多厉害，都会有它的局限性，像一只狮子，要是到了水中，就会成为鳄鱼的食物。一条凶恶的鲨鱼，若搁浅在沙滩上，最终只能成为众食腐者的晚餐，世间万物皆是如此。

巴掌大的怪鱼在水中虽凶恶，一旦上了岸，生命力便会迅速地流逝，经过刚才这一段时间，怪鱼几乎停止了挣扎，无力地张着嘴，眼中那股凶狠的神色渐渐消散，化作一团死气。

"怪鱼的体内应该含有克制毒雾的东西，世间之事果然奇妙，卤水点豆腐，一物降一物。"雷善明也是饿了，顾不得怪鱼的腥味，开始撕咬怪鱼，却想不到怪鱼居然是诈死，剧痛之下开始挣扎，可任由它动弹，也难逃雷善明之手，身上的肉最终落入他的肚子里。

怪鱼只剩下一个头的时候，居然还挣扎了几下，最终还是被雷善明吃下肚子。

"呃！"打了一个大大的饱嗝，一股腥臭的味道从口中散发出来，令他一阵恶心。一股暖流在胃中扩散开来，不断地向五脏六腑散发而去。

"难道这怪鱼还有别的作用不成？"雷善明心中疑问着。他学了李元芳的煞天气功，练成内外兼修的一身好功夫，却从未在江湖上行走过，也没有青玄师太这样的师父讲述江湖奇闻，见识很少。直到事后，他通过齐灵芷知道，那股暖流通过五脏六腑进入了奇经八脉中，对他的内力和经脉有很大益处。

人饿极了便会饥不择食，雷善明本身就是粗野大汉，小时候经常和父母出海打鱼，生猛海鲜吃得多了，对于吃喝没什么讲究，怪鱼味道虽难以接受，但为了生存，忍忍也无妨。

一条巴掌大的怪鱼并没有满足他的胃口，看了看水中还在泛起的水花，他笑了笑，伸手摸了摸背后的镔铁棍，却摸了个空。

环顾四周，看到附近有些散落在地面上的尸骨，他捡起一根大腿骨，双手一较劲儿，将骨头一端捏碎，又在一块看起来比较粗糙的大石头上磨了一阵，将一端磨出尖头，在空中挥舞几下，风吹进骨头空腔发出"呜呜"的声音。

"也不知是哪位苦主的骸骨，我雷善明今日因生存所需，不得已才使用，日后定当烧纸念经给您超度。"雷善明小声地嘀咕着，他不相信鬼神之说，但心中还是怀着愧疚。

那条大怪鱼仿佛并不知道它的处境，仍旧大力地摆动着尾巴，泛起一阵阵的水花，虎视眈眈地望着岸上的雷善明。它在地下河的水中称霸了好多年，时间长久到它已不知道什么是危险。

怪鱼体型巨大，在水中的力气很大，行动敏捷，且牙齿锋利，要是被咬上一口，就算有煞天气功护身，也会被咬下一块肉去。

雷善明自小在海边长大，哪会与怪鱼在水中搏斗，在岸边与怪鱼对峙一阵后，利用怪鱼靠近岸边的时机，将那根大腿骨当做暗器用尽力气甩了过去！

当大腿骨带着呼啸声准确无误地插进怪鱼身体时，它才知道对手并不软弱可欺，欲转身游走，却发现身体已不受控制，只是在原地不停地扑棱着……

雷善明一口气吃完巨大的怪鱼，肚子饱了，身体变得有些慵懒，一股疲倦涌了上来，头昏沉沉的，找了个干爽的地方躺了下来。

不多时，巨大的鼾声响起。令人惊奇的是，胳膊上的伤口居然不断地流出黑血，周边皮肤的黑色开始变浅，最终恢复了正常肤色，随后伤口慢慢结痂、愈合，整个过程快得令人瞠目结舌。

后来他给狄仁杰等人讲述这件事时，才听得齐灵芷对于此鱼的解释。

地下河川见不到阳光，随着时间的推移，大部分鱼儿眼睛的功能渐渐退化，生出较长的触须来，靠着触觉来进食和生存。

雷善明所遇到的怪鱼名曰"地龙"，极其罕见，生活在地下河川中，以吞噬其他的鱼类为生，同时吸收地脉精华。和其他地下鱼类不同的是，地龙眼睛异常发达，在极度黑暗的情况下，也能看清十丈开外的活物，而且它身上的鳞片能够发出淡淡的荧光，照亮周围水域进行捕食。

传说地龙若吸收足够的地脉精华，即可变成蛟，再脱胎换骨就变成龙。当然这只是传说，毕竟没有人真正见到过蛟和龙。地龙的寿命大约是五十年，机缘巧合下，吸收地脉精华便可以延续生命，同时会开启心智，变得有了智慧。有了智慧，便学会趋吉避凶。

由于尸山所产生的瘟毒侵染了水源，使得原本数量众多的地下河鱼类大批死亡，地龙不得已才来袭击比它体型大很多的雷善明，却反而成了他的晚餐。

从体型上看，巴掌大的地龙是几岁的模样，而巨大地龙至少活了百年以上，由于吸收了很多地脉精华，所以它的血液具有极强的治疗能力，这也是雷善明身受到毒雾侵染却能被治愈的原因，更是地龙能够通过尸山而毫发无损的原因。

齐灵芷是从师父青玄师太那里听说的，却从来没有见过这种怪鱼。雷善明是幸运的，不但掉入万人坑没死，反而有了这样一番奇遇。

但此时的他一无所知，酣睡中一会儿梦见遇见李元芳，一会儿梦见顺水漂流，遇到千年巨蟒，一会儿又梦到万人坑，还梦到了温柔的小露……

第五十一章　失忆

"啊!"雷善明醒转后立刻坐了起来,愣了一阵,发现身上的伤处并无痛感,又检查左臂的伤口,皮肤上的黑色竟然完全消散,伤口已经结痂,用力触碰结痂之处,发出一阵阵疼痛。

疼痛不但没让雷善明难受,反而心中一阵高兴。伤口感染瘟疫会发麻,现在有了疼痛感,说明瘟毒已经去除,伤口愈合只是时间问题,且他修炼的是内外兼修的煞天气功,这点小伤小痛算不得什么大事。

他看了看身边还在隐隐发光的鱼刺和鳞片,心中明白了几分,定是两条怪鱼才让他伤愈得如此迅速。

"哈哈,看来是老天眷顾我,令我有了这番奇遇。"他看到发光的鳞片觉得稀罕,便顺手捡起来放在衣袋里,头脑中却想象着回到魏州后,将鳞片黏附在珍珠上,做成项链或者是手链送给小露的情景。

心中有所盼,就会有行动,雷善明抄起身边的大腿骨,沿着河边向下游走去,走到尸山附近,恶臭的味道愈加浓烈,尸山不停地释放着绿色毒雾,想从尸山旁走过去是绝不可能的。

看到一旁的河水后,他灵机一动,憋足了一口气跳入河水,在及大腿深的水中潜行,沿着河道向下游游去,他从小在海边长大,水性自然不用多说。

事后证明,他这样做完全正确,要是直接从地面通过,就算他吃了两条地龙,皮肤、眼睛等薄弱地方也会受到毒雾的侵害。

不知在水底潜行了多长距离,一口气息已用到极限,不得已才钻出水面,借着依稀的光芒,看到巨大的尸山被远远地抛在身后。

练习煞天气功后,内息运转生生不息,才令他可以在水下潜这么久。虽然躲过了毒雾,但河水也受到尸水侵染,变得奇臭无比,他在水里潜行,自然也沾染了奇臭的味道。

地下山谷的光线越来越暗，雷善明惊奇地发现，他的眼睛竟然能够在黑暗中视物。他分析也许是吃了两条怪鱼，才导致身体发生变化。

口渴人人都有过，但耳朵听到哗哗的水声，眼睛看到流淌的河水，却硬生生地不敢喝，这才着实令人难受。

雷善明一直坚持着，直到觉得到了再不喝一口水就会渴死的程度。

他保持着一分清醒，努力咽下一点口水，缓解嗓子火烧一般的感觉。听到从另一个方向传来水声，他精神一振，急忙奔了过去，据他的经验判断，有另外一条支流与地下河汇合在一起，若所料不错，支流应该是干净的水源。

果然，当他捧起水放到鼻子下面，并没发现腥臭的味道，尝了一口，河水甘甜可口。也难怪，对于一名口渴到快死的人，就算是最普通的水，也会变成琼浆玉酿。

雷善明在河旁挖了一个坑，把水源引了进去，又把进口封住，跳进水池中把浑身上下洗了个通透，又喝了个饱，拍了拍鼓胀起来的肚子，在支流的附近休息一阵，恢复了体力，便在附近寻找吃的。

地下河主干河流因为受到瘟疫的侵染，几乎没有生物生存下来。支流却不同，没受到尸山的污染，无论是河水里面还是岸上，生物极多。

蛇会令哺乳动物产生天生的畏惧感，人类也不例外。可有些人天生缺少惧怕蛇的恐惧心理，因此行动并不迅速的蛇类反而变成了他们最好捕捉的食物。

雷善明抓住了几条粗粗长长的蛇，将蛇皮完整地扒了下来，洗刷干净后灌满清水背在身上。新鲜的蛇肉用身上的袍子裹住，又抓了几条鱼放了进去。

他不知道还有多远才能到达地下河的尽头，且整条主干河流被瘟疫污染，就算被众多支流补充的水源冲淡，仍会有感染瘟疫的危险，所以必须要准备充足的食物和水，才能支撑他走到尽头并逃出生天。

雷善明已将所有的事都想象到了极限，可实际情况远远超乎了他的预计。

没有日出日落作为参考，他走累了，便找一处干燥的地方睡下，醒了继续走。有些地段高高低低、宽宽窄窄，趟过河流，爬过峭壁，一路上不知道遇到了多少危险。

遇到一个分支河流便停下来补充水源和食物，稍作休息后便继续前行。

幸运不会总是降临到一个人身上，准备的食物最终还是耗尽了，蛇皮里的蓄水被喝得一干二净，缺水断粮使他身体很快变得虚弱。

一路走下来，竟然再也没有干净的支流汇合。

为了最大程度节约体力，雷善明想了一个好办法，整个人躺在水面上，任由水流载着他飘飘荡荡，好似一只无主的小舟一般。

冰凉的水带走体温，使他颤抖起来，他知道这种情况若是得不到改善，很快就会失去意识，最终死亡。

越是这种时候，就越是考验人的意志力，雷善明已处于半昏迷的状态，可双臂和双腿时不时地划动一下，使他保持一定的活动量，免得彻底昏迷过去。

此时他的大脑中闪现不少场景，有与父母相见的，也有与巨大的地龙搏斗的，还有柔情似水的小露。

"小露……小露……"雷善明口中低低地喊着，也不知道究竟喊了多少次，最后整个大脑中就只剩下小露的影子。

……

洛阳湖距离神都洛阳不远，水质清澈、风景优美，常有游客在洛阳湖泛舟。

一叶小舟在洛阳湖中飘飘荡荡，撑船的少女口中的调子时而高亢时而轻柔，长长的撑船竿轻轻地向湖水中刺去，双臂轻轻用力，推得小舟破浪前行。

看那少女，肌肤胜雪，双目犹似一泓清水，顾盼之际，自有一番清雅的气质，让人心为之一动，身上穿着一身青色碎花袍子，衬托出少女曼妙的身材。

与众不同的是，她留着一头齐肩的幽蓝色头发，在阳光下呈现出令人神醉的颜色，按少女的年纪，她应该长发及腰才是，却不知是何原因将头发剪短。她的眼瞳并非黑色，在阳光下闪耀出诡异的蓝黑色，仿佛一颗宝石，散发着迷人的光彩。

这个少女很奇特，自然也吸引了很多游人的目光。

歌声突然停下来，她瞪大眼睛看着不远处的湖面，手中的撑船竿甚至忘了抽上来，只是随着小舟的前行飘在水中。

不远处的水中突然出现一个黑色影子，影子上方泛起了一阵水花，随着水花越来越大，黑色的影子逐渐地浮向水面。

少女知道那是一口泉眼所在，有大量的水从湖底冲上来，却不知道黑影究竟为何物！

"哗"的一声，一个巨大的黑影借水流的力量从水中冒了出来，腾空在水面一尺左右高的距离，又重重地落回水面，水花四溅，同时激起了一圈圈的水波纹。

"是个人!"撑船少女惊叫道,犹豫后决定撑船上前去看个究竟。

水火无情,湖水每年都会吞噬几条生命,有的是在玩耍或者捕鱼过程中溺毙,有的则是在湖水上游的河水中被淹亡,顺着河水流入湖中,湖水中出现尸体并非罕见。

当她撑船来到黑影身边时,看到了一张被泡得惨白的脸,仔细一看,那人的胸口竟然微微起伏着。

少女将船撑得近了些,发现那人身材魁梧,加之身上的衣服浸泡了水,令他比陆地上重了很多,凭她的力量无法将其弄到船上。

她轻叹一口气,将船上的钩子取出来,勾在他肩膀下方的衣服上,这样既可以将人拉着,又能保证他的脸不会被水浸泡,令他呼吸顺畅……

水蓝捡到男人的消息传得很快,村民们乐呵呵地赶到她家,看看这名传言中巨人一般的男人。水蓝好容易将看热闹的村民赶走,这才坐在床榻旁照料昏迷中的人。

日升日落,时间如梭,一晃三天的时间过去,水蓝依然在床榻边照顾着。听郎中说,若此人今天再不醒过来,就算大罗金仙下凡,也不能将其从阎王爷的手中救回。

"唉!"一声幽怨的叹气声从水蓝的口中传出来,一汪泪水不停地在眼眶中转着。她心地善良,甚至会为身边小猫小狗的死流泪,更何况是亲手从湖水中救出来的人。

"小露!是你吗,小露?"他睁开了眼睛急切地问着,声音虽然嘶哑,却字字清晰,双眼不住地转动,显得有些迷茫。

水蓝听见声音,立刻转过头,一双挂满了泪水的大眼睛深情地望着床榻上的人。

"你醒过来啦?"少女水蓝的语气中充满了惊喜,眼泪却不听话地流下来。

他听到少女的声音,缓缓地抬起手,揉了揉眼睛,望向水蓝的目光逐渐变得清澈起来。

"你是谁?我这是……在哪里?"他问道,声音中已没有了刚才的急切,细听下还有一丝失落。

"我叫水蓝,这里是洛神村,是洛水源头的一个小村子。"水蓝轻声地介绍着,眼睛中充满了好奇,显然是对这名叫"小露"的女子有了兴趣。

"水蓝，洛水！今天是什么日子？"黑大个儿说着话便猛地坐起来，伸手将水蓝的手抓住，他身形有些枯瘦，但坐起来与站着的水蓝一样高。

"哎呀！"水蓝吓得惊叫出来，连忙挣扎着后退，却发现抓住她的那双手非常有力，决然不是柔弱女子能够挣脱的。

黑大个儿意识到有些失态，口中"唔"了一声，立刻松了手，连声说着抱歉。

水蓝红着脸后退一步，低头不语，双手使劲地捏着衣角。

过了好一阵，水蓝才抬起头，向黑大个儿问道："你叫什么名字？"

黑大个儿抬起头，原本清澈的眼睛变得迷茫起来，口中小声念叨着什么，却听不清楚。

过了好久，黑大个儿才抬起头，哆嗦着嘴唇说道："我想不起来我是谁，我只记得大人、小露、疯子。"

狄仁杰之绝地世界鬼魅

下册

轩胖儿 著

辽宁人民出版社

第五十二章　洛神使者

"大人、小露、疯子?"水蓝跟着小声说着,脸上露出迷惑的表情,瞬间后眼珠一转,嘴角以一种绝佳的角度向上翘着,笑着说道:"以后慢慢想,我先给你弄些吃的去。"

黑大个儿一听到吃的,眼睛立刻放出异彩,急忙点了点头,摸了摸瘪瘪的肚子,喉头一动,咽下了一口口水,发出"咕噜"一声。

水蓝高兴得像一只小兔子蹦跳着跑了出去,一大不会儿的工夫,一股食物的香味便飘了进来。

黑大个儿闻了闻香气,脸上露出享受的表情,随后又将目光望向房间中央的一张桌子上,上面有几条完整的蛇皮和一根磨尖了的骨头棒子。

……

人只有经历过真正的饥饿,才会知道能吃上一顿像样的饭是多么难能可贵。由于长时间的饥饿,吃饭时往往会狼吞虎咽,最后被撑得直瞪眼,甚至还有撑破肚皮的。

水蓝眼睁睁地看着他将整整一盆饭吃光,两盘菜却一点没动。

"你慢点吃,慢点吃啊!"她急忙劝道。

"还有没有饭?"他抹了抹嘴边的饭粒粗着嗓子问道,显然是刚才那盆饭没够吃,说话间将菜端过来,胡乱向嘴里塞去,边吃边赞美着。

水蓝露出为难的表情:"有是有,不过现在不能给你吃了,再吃下去,你就要撑坏了。"

他憨笑了一下,摸了摸肚子,说道:"道理我懂,长期处于饥饿状态的人,不宜吃得过饱,那我就先把这些菜吃光。"他能感到水蓝的善意,心中的戒备完全放下,将她当做亲人一般。

"我去给你倒些水来。"水蓝说罢便转身而去,不大一会儿,端着半碗水走进来，看来她生活经验丰富，知道吃了大量的饭后，水也是不能多喝的。

黑大个儿将两盘菜吃个精光，嘴边还挂着米粒和菜叶，端坐在椅子上发愣，像足了一名不谙世事的小孩儿。

"你在想什么?"水蓝将水轻轻地放在他的面前。

"唔，谢谢你水蓝姑娘! 我……我在想我的过去，我究竟是谁，为什么会在这里。"黑大个儿叹了一口气，脸上一片迷茫的神色。

水蓝眼珠一转，笑着说道: "我先给你起一个名字，免得总是'哎哎'地叫你。看你的脸这么黑，甚至连衣服也是黑色的，不如就叫你黑子吧!"她的声音细细的、柔柔的，听起来让人十分舒服。

"好，好，就叫黑子。这个名字挺有神秘感，我喜欢!"黑子憨笑起来，那是一种发自于内心的笑，完全没有任何做作之感。

院子里传来一阵脚步声，黑子向外望去，只见一个身穿丝质长袍的老人站在院子中间，虽说看起来年纪很大，站在那里却像一杆长枪，精神抖擞。

水蓝与黑子看到后，便急忙到院子中。老人与她小声地说些什么，神情比较严肃。

过了一阵，水蓝低下了头，双手轻轻地在眼睛附近抹了几下，又将头瞥向门口，仿佛不愿意让老人和黑子看到她在哭泣。

老人长叹一口气，摆了摆手，转身离开院子，只留下水蓝呆立着。

黑子失去了记忆，却并不痴傻，看得出来水蓝定是遇到了伤心事，这才有如此表现。想到这里，他急忙站起身，走出房间，来到水蓝身边。

"你……你没事吧?"黑子本来想安慰水蓝，却不知道说什么好，只好结结巴巴地说了一句。

他并不知道水蓝与老人谈了些什么，也不知道究竟发生了什么事情，就算是想劝说一番，也说不出什么来。

水蓝并没有说话，只是摇摇头，默默地转过身回到房间。

人的感情会受到各种因素的影响，会随着身边人感情的波动而起伏。水蓝是黑子的救命恩人，她表现出哀伤，黑子心中自然不好受。

"谁?"黑子听见院子门口一阵窸窸窣窣的声音便大喝一声，身形一晃来到门口。

门旁的墙脚处，一名十来岁的女孩蹲在地上，一双大眼睛惊恐地望着黑子。

黑子一见，心中愧疚感顿生，急忙安抚道："对不起小姑娘。"

小姑娘见黑子服了软，脸上的委屈立刻消失不见，取而代之的是一种难以琢磨的笑意。她站起身来，仰着头说道："也没什么，本姑娘只不过是被你刚才那一嗓子吓着了，看到你人就没那么害怕了。"说罢便转身想走。

黑子"噗嗤"一笑，看眼前的小姑娘也就十来岁的模样，说起话来却像足了大人，实在是惹人发笑。

"小姑娘，你等等，我有事问你。"黑子见她要走，急忙跨了一步挡住去路。

"喂，大个子，是不是觉得我很好欺负啊，我可是会功夫的。"小姑娘说罢便摆出一个姿势来，冲着黑子咬牙瞪眼。架势是江湖上最常见的长拳架势，样子还是不错的，不过由一名柔弱的小姑娘摆出来，却显得比较有趣。

黑子急忙摆了摆手，做出一副投降的模样，惹得小姑娘一阵笑。

"我就想问问关于水蓝的事情。刚才一名老者来过，说了几句话，她就变得哀伤失落，究竟发生了什么事情？"黑子一脸正色地问道。

小姑娘听黑子这样一问，立刻变得神神秘秘，走过来拉住他的手向外走去，走出一段距离，这才小声地问道："想知道发生了什么事吗？"

黑子重重地点了点头，摆出洗耳恭听的模样出来。从水蓝刚才的反应看，就算去问她，她也不会说。而眼前的小姑娘不一样，看起来古灵精怪，却是一副热心肠。

"跟我来！"小姑娘将那只大手松开，冲他摆了摆手。

"这小鬼！"黑子低声笑骂一句，便紧跟着她向村外的方向走去。

"别叫我小鬼，我可是地道的大姑娘了，叫我小倩吧！"小姑娘十足的大人范儿，说罢便轻哼了一声，蹦蹦跳跳地向前跑去。

洛水流域的村落几乎都是相同的，尖顶的房子、宽敞的院落，墙上爬满了绿色的植物，空气中充满了花草的味道，整个村落像是被绿意包围了一般。

村中的小路是用鹅卵石铺成的，大大小小、各种颜色的鹅卵石已深深地陷在泥土里，形成了一条五彩斑斓的石头路，弯弯曲曲的，向远处纵深而去。

两人顺着小路来到洛水河河边。

小倩走到河边停了下来，指着河滩上一处黑色的血迹说道："水妖又出来杀人了，这是今年被杀死的第五个人。我们村里是靠着这条河生存的，要是继续这样下去，全村人都得饿死。"

"水妖杀人？"黑子疑惑地问道。

"对，就是水妖。传说水妖最喜欢喝人的血液，被它杀死的人，都是被吸干了血液而死。"小倩脸上露出惊恐之色。

黑子对小姑娘所说的话有了疑问，既然水妖吸尽了人血，为什么在河滩上还出现血迹？

"我知道你一定会问这些血迹是从哪来的！"小倩仿佛猜到黑子心中所想，还没等他发问便提前揭破。

"从哪里来的？"黑子没与她计较语言上的游戏，在他的心中，只要能够帮助水蓝，做什么都无所谓。

"这个人被拖上岸时，口中还有一口鲜血，吐出这口血，留在喉咙的那口气也随着吐出来，一句话没说就死了。前面死的四个人也是这样。据镇上来的仵作说，死去的村民血液尽失，加上我们洛水流域一直流传很广的传说，这才断定是水妖杀人。"小倩煞有介事地解释道。

黑子点了点头，思索了一下，随即问道："水妖杀人的事情的确很离奇，但和水蓝有什么关系？"他想不明白为什么水蓝会与命案有关。

她将嘴角一撇，哼了一声说道："当然有很大很大的关系啦。你可能还不知道水蓝的身份，要是知道，就不会这样淡定自如了。"

小倩的话引起了黑子的好奇心，心想：这里只是一个小村子，水蓝也只是一个姑娘家，难道还有什么显赫的身份不成？

黑子笑了笑，问道："水蓝有什么神秘的身份，你快告诉我吧！"说话时，他仿佛回到了十年前，他还是一个小男孩儿，在海边和村里面另外一名小女孩儿玩耍，总会玩这种你问我答的游戏。

小倩听了一乐，得意地说道："水蓝姐姐是洛神使者，负责与洛神沟通，传达洛神的指示。洛水中出现了水妖，村民们要水蓝姐姐去与洛神沟通，请她来灭了水妖。那名老者便是村正洛永宁，他对水蓝姐姐很好。"

黑子憨憨地笑了，说道："哪有什么洛神、水妖之类的，都是传说中的，不能相信！"

"洛神就是洛水的水神，神通广大，能让洛水地区风调雨顺，看你黑黑傻傻的样子，说了你也不懂。"小倩毫不客气地抨击着黑子。

黑子嘿嘿一笑："还不是神话里的人物！"

小倩咂了咂嘴，歪着头说道："看你高高大大的，说起话来毫无边际，你说这些是神话传说，证据在哪里？你说凶手不是水妖，那你能将杀害这五个人的凶手找出来吗？"她看起来岁数不大，说起话来却严丝合缝，在逻辑上丝毫不逊于成年人。

黑子被她这一番话问得呆住，缓过神来后拍着胸脯："这件事我会查清楚，不过关于洛神使者的事，还请你详细地告诉我。"他见小倩谈吐不凡，收起轻视之心，说话间变得客客气气。

小倩见黑子的态度变得谦虚起来，满意地点了点头，将头撇到一边，哼了一声说道："这还差不多，不过我不喜欢仰着头和别人说话。"

黑子哈哈一笑，立刻蹲下来，就算是这样，仍旧比小倩高上一头。

小倩嘻嘻一笑，顽皮地眨了眨眼睛，用手在黑子的脸部位置比画了一下，才说道："水蓝姐姐成为洛神使者的事情得从三年前说起，这件事情需要讲很久，你这样蹲着会不会很累？"

第五十三章　奇怪的药引

黑子一听说事情要从三年前说起，心中一动，仿佛想起了什么，那一丝飘忽的记忆却很难抓住，好像看不见摸不着的风一般。

小倩见黑子只是皱了皱眉头，并未回答问题，便踮着脚伸手触碰在他的眉心上。

黑子反应过来，急忙答道："不累，不累！你说吧。"

小倩点了点头，开始缓缓叙述。

……

三年前，不知是何原因，洛水源头的洛水湖在一夜之间水位下降很多，露出了大片的泥滩，泥滩上出现了很多鱼，有的比人还大，老人们说那是洛水湖中的鱼精。

洛水村靠山吃山、靠水吃水，人们当然不会放过这次机会，村民们纷纷上阵，拖的拖，抬的抬。其他村的村民闻讯赶来，加入到捡鱼的队伍中。

人们兴高采烈地挑着一筐筐的鱼回家，有的干脆直接挑到附近的集市上，将鱼变卖了换一些粮食和生活所需。

令人奇怪的是，大一些的鱼体内都没有了血液。但此时的人们哪顾得了这些，疯狂地将鱼捡回家，卖相好的直接卖掉，卖不掉的就带回家，有的腌制，有的晒成干，忙得不亦乐乎。

有了大丰收，村民们免不了要喝酒庆祝一番。

第二天早上阳光明媚，人们本应该早起做饭，准备开始一天的劳作，令人奇怪的是，整个村子却很少人家冒起炊烟，一阵阵的哭声却遍布了整座村落。

村民们大都卧床不起，皮肤出现多处腐烂，浑身滚烫，更严重者整个人都处于半昏迷中，附近镇甸的郎中赶来给村民们治病，不但没治好，反而连自身也病得不轻。

事情惊动了近在咫尺的神都洛阳，洛阳府尹派人到洛水村查看村民的病情，发现所有卧床村民的症状几乎一致，发烧不退、身体腐烂流脓，而且极具传染性，因此判断是瘟疫。

瘟疫来势凶猛，全村的男女老少十有八九都染上瘟疫，剩下的一部分人也有了被感染的预兆，眼见着整座洛水村就要变成一片死寂。

朝廷派来了军队和专门治疗瘟疫的郎中，军队封锁了整个村落和整个洛水湖，不允许村民擅自靠近湖边，也不允许任何人进出洛水村。郎中医术非常高明，不到两天便将解药配了出来，药引子却将他难住。

……

“药引子不也是药材吗？神都洛阳什么药材都有，难道还能是稀罕之物不成？”黑子疑惑道。

小倩撇了撇嘴说道：“全然不对。郎中不知是什么来头，脾气很大，权力也很大，凶恶的官兵和捕快竟然都听他的，他所说的药引子是女子的头发……”

黑子听到这里爆出一阵大笑，小倩见状噘起了嘴，将头撇到一边去，不再理会他。

“女子的头发还不是大把大把的，虽说女子的头发很少修剪，可到了救命的关头，那还顾得了！”黑子大大咧咧地说着，见小倩不高兴了，便又摆出一个微笑，轻声说道：“好啦好啦，我不再说话就是，你说吧！”

小倩毕竟是小姑娘，生气也就是一阵，见黑子说了软话，便“噗嗤”一声笑出来，转过身继续说道：“他要的头发必须是未经人事少女的，而且只能是吃素长大的，这是条件之一。条件之二便是这名少女还得吃下一种药物，这种药物是毒药，吃了后十有八九会死人，如果侥幸不死，头发才能作为药引。洛神村是渔村，怎么可能有这种少女？就算有，万一吃了乱七八糟的药材死了，还不是一样没有？”

“哎呀，经过你这一说，这种头发的确很难找，莫说是一个洛神村，就算是放眼整个洛水流域都很难找到，除非是从小便上山修行的尼姑。”黑子说道。

小倩哈哈一笑：“看你高高大大的，果然脑子不好用，尼姑哪里来的头发。”

黑子一拍脑袋，憨憨一笑。

“不过这女子还真的有。”小倩说到这里故意卖了一个关子，将目光望向黑子。

黑子愣了一阵，随即问道："是水蓝?"

小倩笑道："还没笨到家。"

……

洛水流域很大、人口众多，但符合郎中条件的也只有寥寥数十人，有些人一听说吃了药之后十有八九会死去，便连夜逃跑，最后官府发出悬赏令，肯试药的，无论成功与否，都会得到一万两赏银。就算这样，最终肯试药的也只有十名少女。水蓝是符合条件的少女之一，为了消灭瘟疫，毫不犹豫地吞服了郎中给的药物，幸运的是，经历了三天三夜的高烧折磨，她挺了过来，也是最终试药挺过来的唯一一人!

郎中大喜过望，剃下了水蓝所有的头发，又将头发混合另外一种药物烧成灰，加入到熬好的汤药中。

服用了郎中的药，众人的症状减轻了一些，有的却不见好转，郎中又数次调整药方，最终战胜了瘟疫，由于控制比较得力，瘟疫的传播范围仅限于洛水村。

直到临走时，村民们才知道了郎中的名字——徐莫愁，江湖上大名鼎鼎的毒郎中徐莫愁。

徐莫愁以解毒术著称，但在太医院并不吃香，毕竟在皇城中毒是一件很难的事儿，徐莫愁的解毒术再高明也没用，但江湖上尔虞我诈，中毒是常见的事儿，所以徐莫愁在江湖上的名气要比在太医院大很多。

与洛水村的瘟疫接触之后，徐莫愁并未回洛阳复命，是沿着洛水方向一路向东而去，目的只为了探查瘟疫的来源。

直到后来，人们才知道染上瘟疫的并不止洛水村，而是整个洛水流域，其源头正是洛水湖，徐莫愁以一己之力祛除了瘟疫，挽救了百万人的性命，可瘟疫的来源无从查起。后来朝廷又派了几批人，来到了洛水湖探查，却也没有收获，最终落得悻悻而归。

水蓝剃光了头发，也不知是大病一场令她身体有所改变，还是喝下的药物有了副作用，等头发再长出来时，原本一头乌黑亮丽的长发竟然有了变化，在阳光下隐约散发出幽蓝色，好像洛水湖深处的颜色一般，眼睛也发生了变异，由原本的黑色变成蓝黑色。

传言水蓝为了洛水流域的瘟疫牺牲了一头黑发，感动了洛神，于是她被选为洛神使者，那隐隐的幽蓝色头发和眼瞳便是例证。成为神的使者是件好事，不过是有前提条件的，必须得风调雨顺，不发生任何意外才行。

洛水流域的瘟疫虽被消灭，却莫名其妙地出现了饮人血的水妖，光是洛水村三年期间就有数人死于水妖之口。人们传说水妖每年只吃固定的人数，第一年光是落水村便死了三人，第二年更甚之，死了十人。现在是第三年，几天前一名村民尽失鲜血而死，没有村民愿意做第二人，所以渔民们便都不去捕鱼，日子愈加难过起来。

与此同时，洛水流域其他村庄的人们纷纷找过来，想让洛神使者水蓝出面，将村民们的苦难告之洛神，以祈求洛神将水妖收服。

……

"别人不知道，我可是知道，水蓝姐姐只是一名普通的姑娘罢了。洛神使者的称号是人们强行给冠上去的，开始她还解释一番，可人们传说得多了，她百口难辩，也懒得解释，稀里糊涂就成了什么狗屁使者。"小倩说到这里有些气愤。

黑子挠了挠头："人走得多了，便成了路，话传得多了，便成了真理。"

小倩噘了噘嘴说道："是呀，很多村民见洛神并未施出神威灭了水妖，就迁怒到水蓝姐姐身上，这个月要是还有水妖伤人事件发生，愤怒的村民扬言要砸毁洛神神像，同时将水蓝姐姐杀死祭天！"

"杀死祭天！"黑子意识到事情的严重性，想起刚才穿戴整齐的老者找水蓝时的情景。

黑子与小倩告别后，便来到村里打探关于水妖的情况。令他气馁的是，村民对水妖杀人事件传得绘声绘色，问起细节却说得比较模糊。没有人亲眼看到过水妖杀人的过程，都是村民们之间相互传来传去，最后越说越玄乎。

调查还是有些收获的，据村里面一名老者说，有一个疯子曾经看到过水妖杀人的经过，也正是因为这件事才变成了疯子，疯子在洛水流域的各个村子流浪，口中只有一句话："水妖，白色的水妖，吸食人血会变红！"

疯子的行为和语言得到了其他村民的证实，疯子原本是走街串巷卖杂货的杂货郎。也许是入乡随俗，杂货郎虽是外乡人，口音却与当地人完全一样。没人知道此人究竟是何方人士，疯了自然也没人去追究。

虽然这条线索很难再查下去，可是有胜于无，一天的辛苦总算没白费。或许是受到了水蓝的影响，黑子自打失去记忆后，性格就发生了一些变化，变得比以前更加开朗、乐观。

太阳红着脸慢慢地落入山尖，橘红色的光芒倒映在湖面上，微风吹过，粼粼的波光好看极了。可黑子无暇欣赏美景，从村民家出来后，就急忙向水蓝的家中赶去。

水蓝坐在院子中的石凳子上，托着下巴走神，直到黑子走到近前，这才转过头，冲着他笑了笑。她的笑容很纯真，但同时夹杂着诸多的无奈和忧伤，让人看了会不由自主地产生怜悯之心。

黑子看到水蓝的笑容后心里不是滋味，暗下决心一定要弄清水妖杀人的真相，还水蓝平静的生活。

第五十四章　开棺验尸

桌子上摆着四个青色的小菜，还有一盆香喷喷的米饭，菜是色香味俱全，米饭又软又香。

水蓝是洛神使者，食物和生活上的一切所需都有人定期供给，她平日很少打鱼或者劳作，却不必为生计发愁，闲来无事便研究做饭烧菜，虽说比不上神都洛阳一些大酒楼的厨师，却别有一番风味。

"快吃吧，菜都凉了。我向来不吃荤腥，所以只能让你跟着吃素了。"水蓝苦笑一声。

黑子憨憨一笑，看着四个小菜，喉头一动，咽下了一口口水，说道："这四样小菜色香味俱全，在刺史府也吃不到这样好吃的菜肴。"说罢便拿起筷子，夹起菜尝了一口，口中重重地"嗯"了一声，之后连声夸赞水蓝的手艺。

水蓝并没在乎黑子的夸赞，反而对他刚才说过的话提起了兴趣，连忙问道："你刚才说'在刺史府也吃不到这样好吃的菜肴'，刺史府可是大官儿待的地方，你是那里的差人吗？"

黑子伸进盘子里的筷子停住了，整个人好像被电击了一般，傻傻地愣在那里一动不动。

"刺史府，我为什么会说刺史府？"黑子不断地小声念叨着。

"黑子，黑子，你没事吧？"水蓝见状心中有些害怕。

"喔，我刚才说的话的确有些怪，话本是随口而出，现在经你一说，我想了想，却完全没有印象。刺史府，感觉很熟悉，却又有些模糊。"黑子将筷子收了回来眼睛直勾勾地说着。

水蓝点了点头，轻声说道："不要想太多了，先吃饱饭，有什么事情慢慢想吧。"

黑子想了想，憨憨一笑，点了点头，手中的筷子又开始动了起来。

吃过饭后，两人闲来无事便走到院子里观赏月色。月光柔和而朦胧，照在水蓝身上，竟然像银粉撒在她身上一般，看得黑子眼睛有些发直。

水蓝被他看得有些害羞，便轻咳了两声。

黑子反应过来，尴尬地应了一声，随后问道："洛神使者是怎么回事？"

水蓝感激地看了看黑子，幽幽地叹了一口气，将头撇过去，呆了一阵才转过头："我从头到尾都不知道是怎么回事，莫名其妙地就成了洛神使者，虽然定期有人供应食物和生活所需，可总会有人以各种请愿拜神的借口找上门来，村里的长者和村正大叔是看着我长大的，我哪里是什么使者，但事已至此，他们根本不敢向人们说出真相。我完全失去了自由，作为神圣的使者，甚至连婚嫁都不能。生活虽然富足，却不是我想要的，我只想过上普通人的生活。"说到这里，一双明亮的大眼睛突然蒙眬起来，眼泪在眼眶中转来转去，最终化作一串晶莹的泪珠，顺着脸颊落下来。

黑子跟着叹了一口气，看了水蓝刚刚齐肩的头发，心中暗叹着。衣来伸手、饭来张口的生活是许多人想要的，可要过上这种生活，必须要付出惨痛的代价。

人生便是这样，得到一样便会失去一样，没人可以完全获得而没有付出。就好比笼中的鸟儿，每天好吃好喝伺候着，却不能在天空展翅翱翔，生活虽好，却并非鸟儿所愿，只等一个能够飞出去的机会。

"你放心，这件事包在我身上，从今天开始，我保护你，保证你不会再被别人骚扰。至于水妖杀人事件，我会调查清楚。"黑子拍着胸脯说道，他这样说自然不是热血上涌，而是经过了深思熟虑。

从村民们获得的信息可以推断水妖杀人虽诡异，但地点和方式是固定的，针对的都是下水的渔民，要是坐在船上或在岸边就不会遭到袭击。由此可以判断，水妖是水中的一种生物，发生了变异，以吸食人血为生。

黑子脑海中隐约记得有一件案子和现在的案子有些相似，案件涉及的人员他已经记不起来，但破案的手法还记得清清楚楚，用一匹马将水中的怪物引出，将遇害者在河底的尸骸捞上来。思索了一阵，他心中有了一套自认为合理的方案。

水蓝呆呆地看着沉思中的黑子，闪闪发亮的眸子竟然有了一丝异样光芒，原本白皙的脸上现出红润，见黑子抬起头来，脸上露出了自信的笑容，她张口问道："你想到什么好主意了吗？"

黑子呵呵一笑，说道："明天你让人找两头驴子来，必须是母驴和刚刚生出来不久的小毛驴，同时还需要猪油、羊肠、火把、十只公鸡、二两砒霜、两只陈年酒坛子、浸过松油的长布条……"他一口气说了几样物品，有的物品水蓝甚至都没有听过。

"这些东西是做什么用的?"水蓝好奇地问道。

黑子神秘一笑："很快你就知道了。"

水蓝笑着摇摇头，随后轻轻地靠在黑子身上。黑子只感到一股沁人心脾的香味儿钻进鼻子里，他偷偷地看了一眼水蓝，见水蓝也在偷偷看他，他立刻把目光缩了回来。水蓝和他之间的这种感觉似曾相识，他想了好一阵，却还是想不起来，见水蓝只是靠在他身上，他也不敢打破这种静谧……

……

第二天一大早，黑子又来到河边查看一番，为了验证判断，他来到了最后一人遇难处，发现那摊血迹中存有一些怪异的皮状物质，拿起一小片看了一阵也没能看出究竟，只得将其装起来，又打听着来到死者家中，幸运的是，尸体还没有出殡，停放在院子中。

刚一进院，黑子便闻到一股恶臭，想必是尸体放置时间久了，加上天气炎热，这才造成尸体迅速腐烂散发出异味。

苦主是死者的妻子，听说黑子是为了寻找杀死村民的凶手而来，便接待了他，将他带到后院，听到黑子要开棺验尸的请求后，苦主犹豫了很久，在黑子的一再劝说下才勉强答应下来。

黑子不是村正，也不是镇里的捕快，只是凭借一腔真诚打动了苦主。

后院的尸臭味更加浓烈，几乎熏得人有些头晕目眩，就连苦主也不禁捂住鼻子，脸上露出不快的神色。

无论此人生前与其他人何干，死后变成一堆无用的腐肉，除了靠吃腐肉为生的扁毛畜牲和大大小小的虫子外，没有生灵愿意接近。

征得苦主同意后，黑子将棺材盖打开。死者是渔民出身，属于穷苦人家，棺材用的是最普通的杨木，外面刷的油漆也是薄薄一层。

掀开棺材盖后，那股恶臭味更加浓烈，以至于苦主忍受不住，捂着鼻子急忙离开后院。

黑子从身上撕下了两条布，将鼻孔堵得严严实实的，又撩起袍子将嘴捂住，这才向棺材里面看去。

尸体平静地躺在棺材里，四周撒上了一些白色的石灰，应该是为了防止瘟疫扩散所用，一些苍蝇和蛆虫在尸体上爬来爬去。

将死者的口捏开，其中充满了腐臭的液体，在液体上悬着的还有一些皱褶状的灰色皮样东西。

黑子皱了皱眉头，在他的印象中，死者口中不应出现这种东西，他想起了河滩上遗留下来的那摊血迹也有这种物质，拿出来对比一番，果然完全一致。

他又将死者的衣服解开，露出了腐烂的尸体。人死亡一天后，肠道内大量细菌滋生，产生大量的气体不能及时排出体外，腹部会变得膨大。令人奇怪的是，本应该鼓鼓胀胀的肚子，此时却是瘪瘪的，向里凹陷着。

"咦?"黑子不知道为什么他会知道这些，当他一看到死者肚子时，就知道有些不对劲。

在一旁捡起了一块薄薄的石片，在粗糙的石头上磨了磨，使其变得锋利，将死者的肚子割开一个口子。

令他惊讶的是，肚子里面空空如也，五脏六腑竟然不知所踪。

"这怎么可能?"黑子瞪大了眼睛望着空空的腹腔。

他在村里了解情况时，都说血液被水妖吸干而死，却没有人提起过死者是没有五脏六腑的。另外从尸体表面上看，腹部没有任何破损，就算是有人想偷取五脏六腑，也不可能毫无痕迹，人都做不到，那些贪吃的食腐动物就更加做不到了。

黑子想不通究竟是怎么回事，叹了一口气，将死者的衣服迅速穿好，将棺材盖盖好拜了拜。回到前院，看那苦主正哭得伤心，便走到近前，默默地站在一旁。

女人哭了好一阵才渐渐停下来，看着身边的黑子。

"大嫂，有件事情我想问问您。"黑子小心地问道，因为鼻孔中的布条还在，他发出的声音瓮声瓮气。

女人点点头，用宽大的袖子抹了抹眼泪。

"您相公抬回家后有没有什么异状?"黑子开门见山地问道。

女人摇了摇头，思索了一下后又急忙点了点头，手抚着微微鼓起的肚子哭道："我不敢相信他就这样死去，我们才新婚不久，肚子里面的孩子他都没来得及看上一眼……"

黑子一听，心中又是一惊，这才注意到女子微微鼓起的肚子，心道："女子有了孩子之后，不知道究竟是幸运还是不幸。幸运的是，男人终于有了后。不幸的是，以后女人带着孩子生活，定会变得异常艰难。"

女人缓缓地坐在石凳上，接着说道："他被捞上来后，我舍不得他，便彻夜地陪着。到了晚上，我听到了棺材里面有动静。我有些害怕，不知道该怎么办，于是便喊来了隔壁的三婶陪我。三婶胆子大，确认棺材里面有动静后，便打开了棺材盖，看看里面究竟是什么。"

"是什么？"黑子听得越来越惊奇，心中的好奇心大增。

"什么都没有发生，棺材里好好的，相公他安静地躺在那里……"说到这里，女人仿佛又想起了死去的男人，再次失声痛哭起来。

黑子不知道应该安慰些什么才好，只好默默地坐在一边不做声。

过了好一阵，女人勉强止住哭声，小声说道："打开棺材后就再没发出过动静，后来三婶困了，将我送回屋子后就回家了。"

黑子点了点头，心道："这事儿听起来很玄乎，却没有了后来的发展，也就没有什么线索可言了。"

想到这里，黑子准备告辞，女人却出声道："怪事还在后面，您莫急！"

第五十五章　鬼故事

黑子脸上一红，心中暗道一声惭愧，刚刚离开石凳子的屁股又坐了下来。

"也许是我太思念相公，我总觉得他没死，要是棺材盖得太严实，会将他闷死，所以……"女人说到这里顿了一顿。

"所以您便将棺材盖打开了?"黑子听出了女人的意思。

女人点了点头，接着说道："我翻来覆去也睡不着，便来到棺材的旁边陪着我相公，和他说说话，到了后半夜，天气逐渐凉快下来，我有些困倦，便趴在旁边的桌子上睡了过去。"

黑子一听，心中便是一惊，听女人的口气，好像是要讲一个鬼故事。

"也不知过了多久，我就隐约听见身边发出'沙沙'的声音，当时我的眼皮沉重，抬也抬不起来。但我能感到声音就是来自于棺材。我以为相公活了过来，是他在用手掌抚摸着棺材发出的声音，仔细听起来却又不太像，这种声音持续的时间不长，当我强挺着睁开眼睛时，声音已经消失不见。我点起灯笼去看我相公，却没发现任何异常。"女人接着说道。

"'沙沙'的声音!"黑子依稀觉得这种声音他听过，却又想不起来究竟什么时候听过。

"对，就是那种声音。后来我就迷迷糊糊睡着了，第二天天一亮，我看到了地面上像是有什么东西爬行过的痕迹，那些痕迹很细，却很多，就像是……"女人说到这里顿了顿，可能是在她的语言中无法解释出那种现象。

"像是什么?"黑子问道。

"就像是许多……蛆虫爬过沙地的痕迹!"女人想了一阵，终于找到了一个合适的词语说了出来。

"哦!"黑子应了一声。

人死后尸体会腐化，也会吸引很多蛆虫，尸体长蛆也算不上稀罕事。

"我听见鸡窝里面的鸡一直在叫，就跑过去看，发现有一只鸡死了。像这种事情很常见，算不得什么稀罕事，狐狸、黄鼠狼专门到家中偷鸡吃。尤其是黄鼠狼，它们不但偷鸡，临走时还咬死一些。不过令人奇怪的是，这次死的鸡身上竟然没有伤口。"女人挠了挠脑袋说道。

黑子应了一声，对女人所讲述的事情感觉有些乏味，但出于礼貌又不能离开，便捂着嘴做了一个打哈欠的动作。

女人仿佛没有看到黑子的动作，接着说道："家里穷，平常这些被黄鼠狼咬死的鸡都是要吃了的，相公刚刚死去，我戒了荤腥，改成了吃素，就把死鸡埋在菜地里当肥料。却不料，我家的大黄狗将鸡扒出来吃了。一天之后，大黄狗竟然开始掉毛，浑身上下烂出了大大小小的血洞，流脓流血，最后竟发了疯，不知道跑到哪里去了，最后在河边找到了大黄狗的尸体。从症状上看，应该是得了瘟疫。瘟疫我是经历过的，一看便知。我不敢大意，急忙找了一些柴火，把狗给烧了。"

"怎么会这样离奇？"黑子听到这里，才知道女人口中的故事应该是和死者有关系的。

女人守灵的时候睡了过去，"沙沙"的声音应是来自于棺材，根据地面上众多的细微爬痕推断，神秘生物体积不会太大。

众多的神秘生物向外爬去，爬到了鸡窝时，不知是哪一只怪物倒霉，被鸡吃了，使鸡被染上了瘟疫死去。大黄狗吃了鸡，感染了瘟疫，最终死在了河边。要是由后向前推理的话，要不就是死者染上了瘟疫，要不就是发出那种"沙沙"声音的神秘生物染有瘟疫。

"瘟疫！"黑子想到这两个字心中一惊，瞪大了眼睛朝着停放尸体的后院望去。

女人也感到了黑子的惊恐，急忙说道："你放心吧，没事的，要是有事，我也是第一个。三年前那场瘟疫后，徐御医留给我们一个配方，说只要经常按照上面的配方泡水喝，就不会再被瘟疫侵染。我们村里家家户户的水缸里面都泡着药材，你在水蓝家应该喝了这种水，不会被侵染瘟疫的，不过也有少数人是得了瘟疫死的，这种药水并非万能。"

听了女人的话，黑子知道至少大多数人都是可以避免得瘟疫的，便松了一口气，问道："大嫂，您相公被抬回来时，腹部有没有变化？"

女人摇了摇头，说道："我相公是有名的潜水好手，能够潜在水下一炷香的时间，是不可能被淹死的。"她以为黑子判断死者的死因是被水淹死，导致腹部鼓胀，但实际上被害者被捞上来时，死者的肚子是瘪的，因为穷人家大部分都是瘪瘪的肚子，所以就没太在意。

黑子犹豫了一下，最终决定还是不说死者五脏六腑消失的事，那样做只能增加苦主的烦恼，对破案起不到任何作用。

两人沉默了一阵，院子中只有风吹过的声音，闷极了。黑子见女人不再说什么，便起身告辞，向水蓝的家中走去。

……

魏州的七月骄阳似火，进入了八月，整座城池变成一座巨大的火炉，炙烤着范围内的一切，树上的知了此起彼伏地鸣叫着，令人烦躁异常。

魏州城暂时恢复了平静，虽仍受到契丹叛军的威胁，但有了粮食和水，人们本已不安的情绪渐渐平稳下来。

狄仁杰在书房里踱来踱去，不时地拿出丝帕擦汗。同样站在房间中的还有司马梁艾军和长史温康骧，他们不像狄仁杰那样来回走动，只是安静地站在原地，目光随着狄仁杰的走动而转动着。

也不知过了多久，温康骧忍受不住房间中的闷热和安静，干咳几声后说道："狄大人，现在魏州的形势还是不错的，您用不着这样上火吧。"说罢便用宽大的袖子抹了抹额头上的汗水。

狄仁杰停住脚步，正欲说些什么，却听到梁艾军反驳道："从军事的角度看，那契丹叛军定会攻打我魏州，所以狄大人的担忧并非没有根据。"

狄仁杰听罢，微微一笑，饶有兴致地看着梁艾军，示意他继续说下去。温康骧一脸不服气，想听个究竟，便将目光投向梁艾军。

"契丹叛军盘踞冀州，目标是神都洛阳，有两种作战方案。一是向西北绕道攻打邢州，那里城墙高大厚实、守军数量众多、守城器械强大，攻克的难度很大。二是魏州，如果契丹叛军劫持赈灾粮的计划得逞，魏州没有了赈灾粮，已然成了一座死城，没有攻打的必要。然而现在赈灾粮找了回来，水源也得到解决，有了粮草和水源，加上魏州城墙低矮，守军人数较少，自然就成了叛军首要攻击的对象。"梁艾军分析道。

狄仁杰点了点头，表示赞同，这些分析他之前说过，两人的观点完全一致。

温康骧却哼了一声，说道："你的意思是狄大人不应该破了赈灾粮的案子，不应该将赈灾粮夺回来了？"这话一出，立刻将梁艾军挤到了狄仁杰的对立面。

梁艾军本就是兵士出身，哪里能辩得过文官出身的温康骥，此话一出让他一愣，竟不知如何反驳。

狄仁杰摆了摆手，笑着说道："梁大人分析得很对，找回赈灾粮的确会引起契丹叛军策略上的改变，转而攻打魏州。"

温康骥瞪大了眼睛愣住，缓了一阵才问道："那该如何是好？"

狄仁杰神色一正，一字一句地说道："兵来将挡水来土掩，我堂堂大周四品地方大员，还有十万训练有素的大军，难道还惧怕契丹叛军不成？"

梁艾军是行伍出身，对狄仁杰的义正辞言非常喜欢，立刻响应道："狄大人能有如此想法，真乃大周天子之幸、天下百姓之幸，下官愿誓死追随，若叛军来袭，我愿打第一阵，与魏州共存亡！"这一席话说得极有气势，连一向畏战的温康骥都跟着精神一振。

"下官惭愧，狄大人有如此觉悟，下官定当誓死追随。"温康骥见梁艾军占了上风也不肯落后。

狄仁杰点了点头，捋着胡须沉思了一阵，说道："眼下最难的并不是契丹叛军，而是魏州军民自身。"

温康骥身为长史，察言观色的本领举世无双，听狄仁杰话一出，便立刻明白，说道："如今外患内忧，粮食与水的问题虽然得到解决，可叛军在冀州的暴行引起民众恐慌，如果没有相应的措施，叛军未到，魏州城便先行乱了套。所以当务之急，要想办法稳定人心才行。"

梁艾军听罢一皱眉头，思索了一阵，却是毫无头绪，只好又抬起头看着狄仁杰。温康骥知道狄仁杰一定有了策略，虽然他想到一些办法，却不愿意说出来，免得抢了狄仁杰的风头。

狄仁杰沉思了一阵，随后缓缓说道："梁大人，从今日起，魏州大营要保证最好最充足的食物和水，恢复正常训练，城中保持十队左右的巡逻队，要盔甲鲜明、精神抖擞，能够展示大营将士的威武面貌。同时将城门开放，恢复正常的农业生产和商贸来往。温大人，马上拟写告示通告全城，三年之内，魏州城免各项税收。"

梁艾军是行伍出身，对于上级的命令无论是对还是错，都会先去执行，这次也没有例外，听到狄仁杰的话后，脸上露出坚决的表情，应了一声后抱拳施礼离开。

待梁艾军走后，温康骥这才收回眼神，缓缓说道："狄大人，城中的粮食还好些，水源却并不充足，整座城中只有一口水井，已经对全城百姓不限量供应，要是对大营也不限量供应，怕是支撑不了多久。另外，解除封锁恢复生产虽说有利于百姓，可一旦契丹叛军打过来，就会令咱们措手不及，大人，这……"他说到这里一顿，像是征求狄仁杰的意见，实则是将这个难题踢了过去。

第五十六章　必攻之地

狄仁杰笑着摆了摆手："温大人无须担心，本官自有退敌之道，你只需要将所负责的事情做好即可。"

温康骧若有所悟地"唔"了一声，赔笑着说道："既然大人心中已有计划，那下官就依令执行了。"说罢便施礼退去。

狄仁杰凝视了温康骧的背影一阵，直到完全消失在视野后，他才坐了下来，皱着眉头思索着。

夺回赈灾粮，也只是破了案子其中一部分，幕后真凶杀死铁甲精兵和探马的手法仍旧一无所知。这说明凶手狡猾至极，这一次未成功，一定还会酝酿下一个案件。

另外独孤思庄和罗金柱两人涉及的案子尚未破解，贪污赈灾银的案子就无从破起。而赈灾银对于魏州日后的发展起着重要作用，要是没有了这笔银两，魏州城很难恢复元气。

"手法！凶手究竟是用了什么手法？独孤思庄、罗金柱、十五名探马、三百铁甲精兵，前两者与赈灾银有关，死于刺史府内。后两者与赈灾粮有关，死于清水河河道。所有遇害人的死法都极其怪异，绝不可能是人力可为，若采用了特别手段，一定会有异象发生。"狄仁杰心中想着。

"'沙沙'的声音！罗金柱死前出现过这种声音，独孤思庄死前也出现过这种声音。"狄仁杰思索着，脑海中呈现出一个个奇异的画面……

爱美之心人皆有之，西施也好、貂蝉也罢，漂亮女人天生就具有吸引男人的魅力，这一点毋庸置疑。

小露具备了吸引男人的一切条件，自打她来到刺史府，就将大部分男性的目光吸引过去，甚至连守着美人的袁客师也不例外。

不知是小露身上那种若有若无的香气作祟，还是呼之欲出的丰满肉体以及精致脸颊造成的诱惑，袁客师每次见到她，都会有一种冲动。

袁客师的心中怀着愧疚之意，他觉得对不起齐灵芷，可那种令人欲生欲死的感觉在脑海中挥之不去。

难道这就是恋爱的感觉吗？

问题刚一问出，便被他否定。他与齐灵芷之间的才叫爱情，纯洁的、超越一切世俗的爱情。与小露之间最多算是原始的肉欲上的吸引，可这种吸引却也最致命，几乎可以令一名意志坚定的人崩溃。

袁客师是大理寺的金牌捕快，断案是他的本职，起床后练习了一阵轻功，正要出门去查找府库赈灾银的线索，就听见齐灵芷从远处的花园叫了他一声。

袁客师听到声音后心中一喜，心道："这些日子灵芷和肖清平几乎每天都陪着小露，很少像以前一样单独接触，不知道这次叫我是不是想我了。"

袁客师应了一声，来到客房所在院落，看见肖清平三人坐在院子中一棵大树下的石凳子上聊天。

袁客师慢慢悠悠地走了过来，冲着三人拱手一拜。齐灵芷转过头，颇有意味地望了他一眼，待他走到近前，这才说道："客师，我有一件事情要拜托你。"

袁客师立刻摆出一副笑脸，走到齐灵芷的近前，说道："你的事就是我的事，客师自当赴汤蹈火。"

齐灵芷嘴角微微撇了撇，说道："少油嘴滑舌的，我要你做的事情就是收小露为徒，她要与你学习断案之道。"说罢便又看了看身边的小露。

"啊……这……"袁客师心中一惊，一种不祥的预感在心中升起，他隐约觉得要是收了小露为徒，两人整天待在一起，孤男寡女的，恐会生出许多事端。看齐灵芷一脸的霸道，要是不答应，这件事怕是会没完没了。

"什么这那的，灵芷已经答应了小露，你难道想驳了灵芷的面子不成？"肖清平在一旁说道，说话间将袁客师的后路堵住，容不得他半句反驳。

袁客师又看了看齐灵芷，最终勉强地点了点头。小露见状，急忙站起身走上前，准备行跪拜之礼，却被齐灵芷一下子托住。

"小露，咱们都是好朋友，虽说拜他为师，却不用拘泥于传统的拜师之礼，平时称呼他做袁大哥就好。"齐灵芷瞥了一眼袁客师。

小露脸上露出了一丝羞涩，原本白皙的脸顿时生出两朵红晕，低下头小声地喊着："袁大哥！"

这一声听在齐灵芷和肖清平的耳中并没有丝毫异样，可是在袁客师的耳中，却令他想起厨房和城中胡同的两次经历，心头仿佛被蚊子咬了一口，痒痒的，却又无法抓到。

"我要去府库看看，你们聊！"袁客师生怕被齐灵芷发现脸红，急忙说了一声便转身要走。

"等等，我和清平大姐还有事，小露就拜托给你了。"齐灵芷说罢便在小露的后背推了一把，令她不由自主地向前走了两步。

袁客师心中暗叹了一声，点了点头，转身向外走去。小露看了一眼齐灵芷，在得到了支持的眼神后，这才快步随着离去。

天气炎热难当，小露依然是一身白色的宽松的纱衣，精致的面孔加上隐隐若现的身体，走在袁客师的身旁惹得路上行人纷纷注目。

两人一前一后来到府库，袁客师拿出狄仁杰的亲笔信和府库参军罗金柱的腰牌，守卫的官兵这才让他们进去。

刚进入府库大院，便有一名库丁迎上来，见袁客师出示了信和腰牌，便笑着将二人迎到府库中。令他们惊喜的是，存放银两的府库中很是阴凉，小露甚至被迎面而来的寒气吹得打了一个冷战。

袁客师呵呵一笑，说道："府库中常年见不到阳光，建造所用的都是上好的木料和石材，所以府库冬暖夏凉，在这炎炎夏日，此处是最好的避暑胜地。"

小露听罢，脸上露出惊讶之色，可惊讶远比不上接下来的震惊。

当她看到一排排整齐的架子上摆放着银锭子，在油灯的照耀下散发出冷冷的光芒，这种光芒仿佛天生具备诱惑力，令她的瞳孔猛地收缩。

对于库丁而言，银子的诱惑却远比不上小露所带来的诱惑。自从接二人进入库房，库丁走在他们身后，目光就没再离开过小露修长丰腴的身体。

"张大哥，我和小露姑娘随便走走，你忙你的！"袁客师感到那股带有淫邪味道的目光，心中一阵不爽，便出言将库丁支开。

库丁张耙子支吾了一声，没说不行，但也没立即离开。

"这位小露小姐我好像在哪里见过！"张耙子若有所思地小声嘀咕着，声音虽小，可在安静的库房中，却被二人听得清清楚楚。

小露"噗嗤"一声笑了，回过头向张耙子说道："我原本在城中靠乞讨生活的，也许张大哥曾经施舍过小妹也说不定。"

回眸一笑百媚生，这句话形容此时的小露再合适不过。虽说只是随意的回头一笑，对于张耙子而言，如同是看到了天上的仙女一般，立刻愣在当场，眼睛直勾勾地望着小露那白皙的脖颈，有种恨不得冲过去咬上一口的冲动。

袁客师冷冷地哼了一声，拉着小露的手向库房里面走去，里面存放着魏州大营的饷银。

世间之事就是如此，越是在你不经意时，就越会出现一些线索让你发现。

他原本是为了让小露躲避开库丁张耙子的目光，在行走的时候便急了一些，他的轻功身法自不必说，小露乃是普通女子，虽说还年轻，但是敏捷程度与袁客师比起来要差上很多。

在走过一个架子拐角时，小露跟不上袁客师，脚下一个趔趄，下意识地扶住架子，恰好碰到了存放的银子。

"当啷"一声，银锭子落到地上，发出清脆的响声。

袁客师听到声音后立刻停下脚步，回头看了看刚刚站稳的小露，咧嘴一笑，露出了抱歉的表情，将落在地上的银锭子捡起来，放在手上掂了掂，瞥了瞥银锭子。

银锭子完好无损，从架子掉到坚硬的青石地面上居然没留下任何痕迹。

袁客师以为是另外一面着地，便翻来覆去看着，却发现银锭子居然一点伤痕都没有。

"咦，奇怪。银子质地较软，比不了制造刀剑的铜和铁，从这个高度落下来，应该会在与地面接触的地方留下痕迹。"袁客师盯着银锭子小声地嘀咕着。

"袁大哥，这银子有什么奇怪之处吗？"小露看到袁客师的异样，立刻凑了过来，瞪大了眼睛看着银锭子。

"张大哥，你过来一下！"袁客师冲着库房门口处喊着。

张耙子刚才听出袁客师心中不快，身为一名小小的库丁，不能与大名鼎鼎的金牌捕快相比，就算心有不甘，也不敢言语，只好应了一声，默默地来到库房门口守着。听到袁客师一喊，这才慢吞吞地来到了两人身边，却不敢再抬头看小露，生怕再看一眼就会被迷惑住，可鼻孔中依然存在那股若有若无的香气，无时不刻不在蛊惑着他。

"张大哥，这些银两自打入库后可曾动过？"袁客师拿着银锭子问道。

张耙子缓了缓神，看看袁客师手上的银锭子，很坚定地说道："没动过，当初赈灾银来时，里面的架子是空的，所以就将赈灾银摆放到这里，外面的是魏州大营的饷银。后来提取赈灾银时，为了搬运方便，参军罗大人便命我们清点外面的饷银。银锭子都是一样的，对于我们来说，搬运外面的饷银要轻松一些，也算不得什么大事，反正银两的数量不差就行了。"

袁客师摇了摇头，将手中的银锭子交到库丁的手上，问道："张大哥，你在银库多年，看看这锭银子是否有异常?"

张耙子接过银子，放在手上掂了掂，随即说道："这锭银子并没有异常，无论是从重量还是从手感上，毫无二致。"他身为库丁多年，别的不敢说，银锭子只要一经他的手，必能断定出真伪，这一点信心他还是有的。

袁客师伸手从架子上拿起一锭银子，将其重重地抛在地面上，随后捡起来递到张耙子手中。

他绕着架子转了一圈，随意拿了几个银锭子，用手捏了捏，发现质地很硬，将银锭子放回去后，这才回到张耙子身边。

张耙子不知其意，拿着银两看着。突然，他那本就不大的眼睛一下子瞪到了极限，嘴巴长得大大的，眼睛中闪出了异样的光芒，此时他的表情甚至比刚才望向小露时还要夸张。

"这银子不对劲!"

第五十七章　假银锭

库丁常年与银子接触，银库中比较幽暗，摸银子凭借的是手感，可无论是手感还是视觉，都是人的主观臆断，容易被误导。经过袁客师的提醒后，张耙子终于看出其中的门道。

"普通银锭子摔在坚硬的青石上，定会留下痕迹，可这两锭银子几乎分毫无损，这说明了什么？"袁客师抽出腰刀在银锭上划了一刀，银锭子上只出现了浅浅的痕迹。

张耙子听到这话，心中一颤，眼神中充满了慌乱，他心中已认定这两锭银子是假银锭，若照此推理，那批运送进来的赈灾银很有可能都是假的。

"这可不关我的事情啊，我只是一个普通的库丁，参军大人让我怎么做我就怎么做，这么多年从来没有出过纰漏。"张耙子颤着声音说道。身为一名银库的库丁，知道只要出了问题就得掉脑袋，面对生死，没有人不恐惧。

袁客师冷冷地哼了一声："可惜你的参军大人已经死了，现在只有你和其他库丁才知道事情的真相。"

"我……我……"库丁磕巴着，额头上的血管爆出，虽说库房中阴凉，可豆大的汗珠还是冒出来，顺着脸颊落到地上。

"你清点一下库房的银两，看看有多少是假的，我这就禀报狄大人去。"袁客师说到这里，便准备离开，看到了在一旁的小露，又看了看张耙子。

张耙子从事司库小吏多年，典型的老油条，万一在他离开期间捣鬼，怕是会影响破案。

"小露，你帮我在这里看着，我去请大人来。"袁客师说道。他此时才注意到，小露在昏暗的油灯灯光下显得那样美，就如同洞房花烛夜刚刚掀了盖头的新娘一般。

"好！"小露的声音仿佛带着磁性，吸引着袁客师和一旁清点银两的张耙子。

袁客师看得一愣，若有若无的香气又飘进鼻孔中，竭尽全力地诱惑着他的感官，他打了个冷战，咬了一下舌尖，疼痛令他清醒过来。

"我先去找大人了！"袁客师施展出轻功，一个闪身出了库房，将房门锁住，随后便飞驰而出，甚至都没有理会准备搜身的卫士，在众人的惊讶声中，径直向刺史府飞奔而去。

库丁见袁客师走了，松了一口气，转头看向小露，心中不禁荡起一片涟漪，狠狠地咬了舌尖，一阵剧痛传来，咸咸的味道充满口腔，这才强忍住对小露的依恋，伸手向银锭子摸去。

……

生灵都是有第六感的，对于即将发生的事会有预感，人类也不例外，但人类往往会被日常的喜怒哀乐等情绪所蒙蔽，大部分人失去了预感能力。当大事来临时，来自于本能的预感便会冒出来，令人有所感知。

狄仁杰在屋子里走来走去，想着独孤思庄和罗金柱的案子，却静不下心来。打开房门，一股热浪迎面扑来，耀眼的阳光刺得眼睛都睁不开，一股酸涩的感觉由眼睛冲向脑部，使其更加烦躁不安。

"怎么总是心神不宁？"狄仁杰感觉眼皮跳得厉害，用手轻轻揉了揉眼眶上的鱼腰穴，缓缓地闭上眼睛，努力地平复着内心的不安。

一条青色的影子很快来到狄仁杰的房门口，人还未站定，声音便传了出来："大人，事情不妙了。"

狄仁杰睁开眼睛一看，袁客师一脸惊慌地站在门口。

他心中一惊，袁客师是非常成熟的捕快，不但拥有超常的智慧，更兼之拥有稳重的性格，已不是那名刚刚出道、年轻气盛的小仵作。得知赈灾粮被劫、赈灾银贪污案时，也不见他如此惊慌，为何现在有这样的表现？

"客师，你先别急，咱们进屋慢慢说。"狄仁杰并没有惊慌，越是这个时候就越需要稳重、冷静，要是他也跟着慌了神，说不定会造成更大影响。

袁客师心中暗道惭愧，深吸了一口气稳了稳，随着狄仁杰走进房间。他径直走到房间内的桌子旁，倒了一杯水一饮而尽，这才长长地出了一口气，转身将房门和窗户全部关好，来到狄仁杰的面前，郑重其事地说道："大人，府库中的银两出了事。"

狄仁杰一听此话，浑身一震。府库中的银两乃是军饷，一旦出了问题，定会引起魏州大营的大乱，若处置不当，甚至可能引起哗变。

"究竟发生了什么事？"狄仁杰语气中夹杂着一丝焦急，刚刚坐下便又站了起来。

袁客师顿了顿说道："大人，现在府库所剩下的饷银很可能是假的，我从中抽查了十几锭银子，发现银锭子质地坚硬，绝不可能是纯的银锭子，可从外观和重量上看，却看不出与真的银锭子有任何区别。"

狄仁杰失神地望着前方，按在桌子上的手微微颤抖，腿一软坐到椅子上。过了一阵才缓过神："还有谁知道？"

袁客师从未见过狄仁杰如此，心中更是一惊，小声地回答道："您、库丁张耙子、小露还有我，我们在进入银库后，便将银库大门关上，库丁只有张耙子一人在场，我出来时，将银库大门锁上了，没有这把钥匙，没人可以打开银库。"

狄仁杰点了点头，露出了赞许的表情，说道："你做得很好，做得很好，去将远洋和灵芝喊来，咱们一起去银库看看。"

袁客师应了一声后便出门，狄仁杰在房间中冷静了一阵，便走出来，慢慢向刺史府大门走去。

随着赈灾粮被找回、钟嘉盛打出水井，魏州的危机已解决了大半，独孤思庄贪污案涉及的银两数额巨大，但还不至于对魏州造成过大的损害。

府库中现存的银两乃是军饷，要是出了问题，后果极其严重，这使得狄仁杰原本已经松下来的那根弦又紧绷起来。

不多久，汪远洋、齐灵芝二人出现在狄仁杰身旁。

看着汪远洋、齐灵芝一脸疑惑，狄仁杰摆了摆手，说道："莫问，咱们一起去府库看看。"

......

当狄仁杰等人来到府库门口，护卫首领急忙拦住几人，给狄仁杰施礼后，对着袁客师则是横眉冷对，准备状告袁客师。

府库涉及存放在其中的银两和铜钱等货币，所以进出府库有着极其严格的规定，不但要登记造册，更要进行一番搜身，就连管理府库的参军也不能例外，目的主要是为了防止进出府库的人私自挟带银两出库。袁客师刚才出府库时并没有遵守府库的规矩，而是利用轻功飞身而出，等守卫们反应过来时，他的身影已消失不见，这件事要是传出去，守卫们定会遭到惩戒，甚至会丢了饭碗被充军边塞。

"戚将军，之前有急事需要请刺史大人，这才急了些，还请将军见谅。"袁客师呵呵一笑，率先将话头封住。

戚将军张了张嘴，原本想说的话只好咽了回去。虽说府库的守卫与刺史没有隶属关系，但毕竟还生活在魏州城中，很多事还得依仗着当地官员，另外袁客师乃是大理寺的金牌捕快，有许多特权，就算是要深究，怕是也对他无可奈何。

自打罗金柱出事后，司库参军这个位置就一直空缺着，由于办案需要，府库的另一把钥匙就放在袁客师的手上，可以随时进出府库。

戚将军冲着袁客师微微摇了摇头，脸上露出无奈之色，随后向狄仁杰禀报道："狄大人，刚才末将听到府库中发出一声惊叫，听声音像是库丁张耙子，后来袁捕头带进去的那名少女也发出惊叫，因为职责所在，卑职等就没有进去。"

袁客师听罢脸色一变，一股不祥的感觉油然而生，他想起张耙子看小露时的那种眼神，顿时心生悔意，悔不该将小露与张耙子关在一起！

与狄仁杰对视了一眼，立刻向戚将军投去征求意见的眼神。

戚将军还是有大局观的，亲自带着几人进了府库，直奔银库而去。袁客师更是施展轻功第一个赶到府库大门处，将大门打开。

"咣当！"随着大门的打开，一阵微弱的哭泣声传来，袁客师一惊，心道："这明明是小露的哭声，糟了糟了！若真出了问题，光是齐灵芷那里就不好交代。"

正要向里面奔去，却见小露跑了出来，见到袁客师便扑到他的怀里，大声地哭着，仿佛将受到的委屈一股脑宣泄出来一般。

站在袁客师身后的齐灵芷看到此情此景，脸色一寒，她现在还不知道发生了什么事，但是小露一出来就扑到袁客师的怀里，令她心中感到不舒服。

女人便是女人，前一刻还是以姐妹相称，若涉及伴侣，便会立刻冷脸以对！

"快进去看看！"狄仁杰说罢便向里面走去。

汪远洋一个闪身进了府库，里面的灯光比较暗，却在银子的反射下散发出幽幽的光芒。还未走太远，便看到一个人躺在地面上，身体不停地抽搐着。

"大人，你们先不要过来！"汪远洋大声喊道，随即便开始仔细观察着周围的环境，看看是不是有毒物在附近，在确认没有危险后，这才示意众人可以过来。

狄仁杰走到库丁身边为其把脉，又观察他的脸色，微微摇了摇头。

"大人，他这是怎么了?" 汪远洋问道。

狄仁杰沉思一下，才说道："像是中了风邪，但又有些区别，就算医治得及时，也只能保住一条命，神志很难恢复了。戚将军，快将人抬到侯氏医馆去，请郎中全力以赴救治。"

戚将军点了点头，与两名守卫抬起库丁向外走去。

小露停止哭泣离开袁客师的怀抱，看到了齐灵芷那张带着寒气的脸，忙低下了头。

"小露，刚才……发生了什么?" 袁客师顾不得齐灵芷的异样，焦急地问着小露。

第五十八章　偷梁换柱

小露看了看齐灵芷，见她的脸色有所缓和，才说道："袁大哥走后，张库丁开始检查银两，他查得很认真，几乎是每一个架子都要抽出几锭银子过手。可每过手一锭银子，他就叹声气，检查完一排架子上的银锭子，他突然坐到地上。我借着灯光，看到他的额头上不停地流汗，眼神极其散乱，身体开始颤抖起来。"说到这里，她的眼中流露出一丝恐惧，竟然令她无法继续说下去。

齐灵芷叹了一口气，脸上的寒气完全消散，变成了怜悯，慢慢走到小露身边，轻轻地拉住了她的手。

"小露，你莫怕，无论什么事，它都已经过去了，有我在，没人能伤害你。"齐灵芷轻声安慰着。

小露感激地点了点头，眼中的恐惧渐渐消散，抹了抹眼泪，又继续说道："我刚刚靠近他，想看看他究竟怎么了，他突然大叫了一声，随后便躺在地上，我从来没有遇见过这样的事情，也不知道该怎么办才好……呜呜……"

"发病之前他有什么异状吗?"齐灵芷问道。

小露想了一阵，神情中有了一丝犹豫，转瞬后摇了摇头。

狄仁杰见状说道："先看看银锭子吧。"他心中对库丁的发病感到疑惑，虽说假银锭会对他产生一定的震惊，却不至于到立刻中风的地步。

"狄大人，刚才库丁在每个架子上都抽看了几个银锭子，确认都是假的。"小露在一旁说道。

狄仁杰顺手从身边的架子上拿起一锭银子，放在眼前看了看，又放了回去，抬起头看了一眼众多的架子长叹了一口气。

"灵芷，拿几个作为样本，让城中金银匠看看，这假银锭子究竟是怎么回事，其他的银两一概按照原来的位置摆放好，远洋陪我去府库守卫处了解情况。"狄仁杰说罢便自顾着走了出去。

齐灵芷应了一声，和袁客师二人在架子中不断穿梭，每个架子上拣出几锭银子，在门口处做了登记，便带着银子出了银库，将银库锁好后，来到了府库大门口与狄仁杰会合。

狄仁杰通过询问戚将军得知一些情况，这批银两在入库时并未发生任何异常，入库的手续和检验完全是正常的，也就是说，除了当事人府库参军罗金柱，再没人知道这批假银锭子是怎么回事，可惜的是，罗金柱死了！

"偷梁换柱，好一个高明的手段。"狄仁杰抹了抹额头上的汗水，只感觉头晕目眩，胸口一阵难受，随即便闭上了眼睛，身体不住地摇晃着。

"大人，大人！"汪远洋一个箭步上前扶住他。

"不碍事，不碍事，扶我回府，不能让人看出异样来。"狄仁杰勉强挺直了身体，在汪远洋的搀扶下上了轿子，一行人向刺史府走去……

这些天日夜操劳，之前又受到瘟疫的侵害，狄仁杰的身体已大不如从前。好端端的饷银变成了假银子使狄仁杰心头起了一股火，回到刺史府后，就躺在床榻上不愿动弹。

汪远洋急忙请来郎中给他把脉，服了一剂药，歇息了好一阵，这才缓过神来。

"大人！"汪远洋等人见狄仁杰醒转过来立刻上前问候，请来的郎中识趣地退了出去。

狄仁杰缓缓地坐了起来，半倚在床榻上，有气无力地说道："远洋，今天的事情无论如何不能传出去，否则……"

汪远洋点了点头："大人，您放心，关于保密的事情，我已经嘱咐了戚将军，另外库丁张耙子我让客师去盯着了，一旦他醒过来，就立刻带到刺史府，至于其他人，我也都交代过了，断不会乱说。"说罢，他看了看身边的齐灵芷和小露二人。

二女明白汪远洋的意思，立刻点了点头。

狄仁杰看了看眼前的三人，抿着嘴感激地微笑了一下。这些年走南闯北遇到了不少的凶险，要不是身边人鼎力相助，也不会有如今的成就。

"大人，那些银子……"齐灵芷说到这里顿了顿。

狄仁杰应了一声，示意她说下去。

"我和客师拿着银锭子去一家金银铺子检验，结果是……银子是假的，不过无论从光泽还是重量上看都不差分毫，唯独在硬度上有所区别。金银匠说，这种高质量仿制的银子定是出于高明人之手，绝不是普通金银匠所能制出来的，其中银子的比例只占四成，另外六成是青铜、铁和其他不知名的金属混合而成。"齐灵芷介绍着。

袁客师在一旁点了点头。

汪远洋倒吸了一口凉气："这样说来，银库中的军饷只有原来的四成，三百万两的银锭子只能当作一百二十万两！"

狄仁杰脸色阴沉，思索了一阵后说道："这些饷银是魏州地区数年下来攒下的，本来是用于牵制契丹、扩充军队所用，现在消失了一多半，皇帝那里难以交代。"沉默了一阵后又转向齐灵芷问道："灵芷，金银匠还有没有提供其他的线索？"

齐灵芷给袁客师使了一个眼色。袁客师立刻答道："大人，金银匠说要想配置这种银锭子，需要技术很高明的工匠才行，而这种工匠是不可能在民间的，一定都去了洛阳善金局供职。我在想，会不会是有洛阳的官员参与其中！"

狄仁杰摇了摇头："善金局专门为皇家服务，对善金局的管理非常严格，莫说是做出这样一件大事，就连给自家夫人做个像样的首饰都不可能，连致仕的善金局官员，都要在神都洛阳养老，不能再回到原籍。"

齐灵芷说道："很多能工巧匠藏于民间，并非都供职于善金局，要是从银锭的来源上查找，怕如大海捞针。"

狄仁杰点头表示赞同，说了句："让我想想，让我想想。"随即便不再作声，闭上眼睛思索着。

汪远洋知道狄仁杰进入了冥想状态，冲着身后的齐灵芷和小露做了一个嘘声的手势，三人踮着脚出了房间，轻轻地将门关上，在远离门口的地方站着小声聊天。

天空中的太阳不顾人们的意愿，卖力地灼烤着大地。

站在走廊中的小露不住地用手当做扇子，来回地扇着风，充满媚意的脸上冒出了细密的汗珠，两颊微微泛红，更加增添了妩媚。齐灵芷有内功在身，对于热浪的抵抗力还算好些，依然保持着嫦娥仙子翩翩下凡的形象。两人截然不同的美丽令来回过往的家丁和下人纷纷投来贪婪的目光，若不是顾忌汪远洋和齐灵芷的武功，都会想充当一次登徒子。

小露终于有些忍受不住热浪，准备告辞回房间休息，狄仁杰房间的门开了，那张带着自信的脸出现在众人面前。

齐灵芷一个闪身来到狄仁杰面前，笑着说道："看大人的神色想必是想到了什么，这才面露自信，气色也好了很多。"

狄仁杰赞许地看着齐灵芷，又看了看走过来的汪远洋和小露，笑着说道："灵芷天资聪慧，与客师接触时间久了，连看相的本领都有所长进。你说得很对，我想通了一件事，赈灾银和假军饷的案件也有了破解方法。小露，劳烦你去做些吃的，上次你给我做的桂花粥味道直到现在我还忘不了。"

小露笑了笑，轻声说道："大人要是喜欢吃，小露愿用一辈子时间给您做桂花粥。"说罢便作了揖向厨房方向走去。

齐灵芷从狄仁杰的眼中看到了一丝具有深意的眼神，和袁客师相视一笑，与汪远洋一同进入房间密谈……

汪远洋最惬意的就是听狄仁杰分析推理，他的分析不但条理清晰、推断准确，更兼之思路开阔，听起来颇为过瘾。

赈灾银贪污案和军饷掉包案案情曲折离奇，狄仁杰虽然没有推理出案情的真相，却将最终的结果推理出来，听得汪远洋、齐灵芷、袁客师三人连连惊呼。

……

在赈灾银贪污案中，关键的两个人独孤思庄和罗金柱都已身死，死因相同，尤其是罗金柱的死，在刺史府客房被看守的过程中被杀，这足以说明凶手就在刺史府中。

一般而言，官员贪污是为了满足私欲和利益，可从独孤思庄和罗金柱两人及其家人的下场来看，他们并非受益者，不但担当了罪名，家人也受到牵连。

两人能坐到今天的位置，算是人精中的人精，怎会做出损害自身利益的事？单从动机上来说，他们并不符合嫌疑人条件。

至此，几乎可以排除两人贪污赈灾银的可能，但离开两人，这两件奇案就不能顺利展开。

幕后真凶可以通过控制或是顶替两人完成作案，前者比较容易，却具有风险，一旦两人脱离控制，对幕后真凶将会产生致命的结果。后者运作起来比较难，尤其是刺史独孤思庄，身边时时刻刻有人守护，替换起来难度很大，优点是一旦成功，两人的行动将完全受控。

从独孤思庄体貌特征和罗金柱死前悠闲喝茶水的情况看，两人并未被替换。

结论是幕后真凶控制了罗金柱和独孤思庄，赈灾银到达后，利用了某些手段神不知鬼不觉地将真赈灾银换出，将假银锭送进府库，这样就完成了真假赈灾银的调换。

至于军饷掉包案更是简单，则是利用库丁们偷懒的心理，将已经被掉包的赈灾银放入靠近里面的位置，等提取这笔赈灾银两时，将靠近银库大门的军饷提走，便完成了军饷掉包案！

幕后真凶酝酿了两个阴谋，最终用三百万两的假银锭换走了六百万的赈灾银和军饷。

事不凑巧，此时独孤思庄突然接到狄仁杰即将接任的圣旨，幕后真凶感到危机，为了掩盖事实，只好将事情栽赃到独孤思庄和罗金柱身上，并用诡异的手段将二人先后杀害。

至此，死无对证，而六百万的银子落入幕后黑手之手。

第五十八章　偷梁换柱

第五十九章　推演

　　按照管家独孤震所说，之前独孤府住在后院的那些神秘人与幕后黑手是同伙的，当时的独孤思庄应该受到了威胁，不得已答应做这件事，同时他也知道了幕后黑手的阴谋以及后院中井下的密室，这才招致灭口。

　　堂堂的朝廷四品大员在保护周全的情况下为何会受到威胁？究竟是什么样的威胁令他居然屡屡做出危害自身、危害朝廷，乃至危害魏州百姓的事？至于汪远洋的师父为什么会出现在密室中，应该与云瑶那位神秘男人有关，这就意味着，神秘男人很有可能就是幕后黑手！

　　令人遗憾的是，独孤思庄后院水井中的密室仅仅是幕后黑手抛出的一个诱饵，所有的线索到了此处便断了。

　　携带这么一大笔银两出城不是一件容易的事儿，幕后真凶狡猾得很，不会冒险将银两运出城，因此可以判定，赈灾银和军饷被提出银库后并未出城。

　　幕后黑手并不急于拿到银两，而是将其藏匿起来，等契丹大军攻克魏州城，银两自然就落入契丹叛军手中，成为南下的军饷。

　　……

　　狄仁杰捋了捋胡子，端起一杯茶水慢慢地品着，仿佛那凶狠的契丹大军只是进入口中的茶水，任由其吞下。

　　"精彩呀大人！不过，我还有一个疑问，就是关于替换赈灾银两的事儿。我并未听说押运官兵发生意外，这笔银两按说应该直接进入府库中才对，想要在押运官兵手中将银两换成假的，几乎没有可能。"齐灵芷疑问道。

　　作为白鸽门的门主，通晓江湖上各个门派势力的消息，有很多势力曾打过军饷和赈灾银的主意，却没人成功。银两的运输不但极其秘密，更兼之运送的官兵都是精兵，除非是有规模的军队前来劫杀，否则没有成功的可能。

　　狄仁杰笑着点了点头，说道："灵芷，你说到了点子上，这件事情的确很难，一般的江湖组织绝没有办法从押运官兵手上换下这笔银两，不过……"

"不过什么？"袁客师和齐灵芷异口同声地问道。

狄仁杰捋着胡子脸上却现出了寒气："若以倾国之力来做就不是难事了。远洋，你去府库查查赈灾银的入库记录，向库丁们详细了解入库的过程，看看能否寻找到蛛丝马迹。我再书信一封，给洛阳专门负责押运的左威卫大将军刘守业，相信会得到一些信息。"

汪远洋点头应允，对于狄仁杰的策略他很信服，却担心契丹大军攻城，便问道："大人，契丹大军若是来犯，凭借魏州城的防御和力量难以抵挡，该如何是好？"

"兵来将挡，水来土掩，眼下的几件事情凑在一起，魏州已是契丹叛军必攻之地，至于举兵进犯的时间，还得拜托灵芷去探听一番。"狄仁杰捋着胡子说道。

齐灵芷抿嘴一笑，正色道："能够为大周子民的安危出力，是白鸽门的荣幸，不出三天时间，定会得到消息。"

狄仁杰赞许地点了点头："你们去忙吧，我还有一些事情需要处理，远洋，你去将温大人和梁大人请来。"

三人应声而去，狄仁杰望着离去的背影心中感慨着：若不是身边有这些忠肝义胆的人帮忙，就算自己三头六臂也无法和狡猾的幕后真凶对抗。

狄仁杰露出了笑容，从桌子上拿起一本破旧的魏州县志，翻看起来。

……

文官和武将对于战争的态度截然不同，文官希望避免战争，而武将听到战争则是双眼放光，脸上充满倔强的神色，这一点在梁艾军和温康骥身上格外明显。

梁艾军听到狄仁杰对当前形势的分析后，摩拳擦掌，一副要与契丹大军一决高下的模样，生怕契丹大军不来攻打魏州。

温康骥张大了嘴巴半天都没有反应过来，过了一阵后，才长长地出了一口气，颤抖着声音问道："狄大人，那契丹大军真的来袭，魏州的力量怕是难以抵御，不如奏请朝廷向周边州府借兵，与契丹群贼决一死战。实在不行，还可以退到邢州一同防御，那里城墙坚固，兵马强壮，比魏州的条件好很多。"

狄仁杰还没来得及说话，一旁的梁艾军便冷冷地哼了一声："温大人，您是长史，将城内的事情做好便可。打仗是我梁艾军的事，我不怕，也从未输过，契丹大军不来则罢，若来了，定叫他有去无回！"

梁艾军说话时血气上涌，双眼露出凶狠而坚毅的目光，听得狄仁杰精神一振，温康骥则是脸上一红，神情有些尴尬，喉咙里发出一阵无意义的咕咕声，却再也没说出话来。

"还有，咱们带着大营将士退守邢州，可魏州的百姓怎么办，任由那些虎狼宰割吗？"梁艾军一脸正气地说道。

见现场的气氛比较尴尬，狄仁杰呵呵一笑，圆场道："两位大人，你们说得都有道理，不过现在不是争论的时候，还得想个万全之策才行。"

温康骥做出一副恍然大悟的模样，急忙应声："对，对，你看我们，竟然自顾着争论，将狄大人晾在一旁，还请您海涵才是。"

狄仁杰摆了摆手，说道："眼前的形势如此，容不得我们退出魏州。我这里有一个好消息，是关于旱灾的。当年我从袁天罡处得到一本推演天机的书，根据书中所著，我推演出天降暴雨的大约时间，一旦降雨来临，穿过魏州的清水河便会改道，洪水会出现在与冀州之间的城郊。你们还记得城郊那片低洼地吧，有一段官道是从低洼地通过的。"

梁艾军立刻点了点头，温康骥思索一下后也应了一声，显然二人对魏州附近的地形非常熟悉。

"暴涨后的清水河从那里分流出去，绕过魏州城五十里后，再与清水河主干汇合。河水暴涨后，契丹大军将会被清水河阻拦。据魏州县志所描述，六十年前那场大旱是由一场暴雨结束，暴涨的清水河持续了三个月之久。兵马未动，粮草先行，没有了魏州的粮草补给，三个月的时间，足够将契丹五十万大军拖垮。"狄仁杰得意地说着。

梁艾军脸色阴沉地点了点头，显然他是在为失去和契丹大军决战的机会而不爽，沉默了一阵才问道："狄大人，若契丹大军提前攻城该如何应对？"

这个问题也是温康骥所关心的，他打心眼里不希望契丹大军攻城，所以立刻将目光投到狄仁杰身上，神色颇为紧张。

狄仁杰笑了笑："据目前的情报，契丹大军此次反叛属仓促起兵，粮草、军械、羽箭等准备不充足。冀州是制造军械的大城，成为李尽忠的第一个目标，军械准备充足后，他们才会攻打魏州，否则，军械羽箭不足，后继无力呀。"

看了看二人，狄仁杰又说道："根据契丹大军准备军械的速度推断，进攻魏州的日子正与暴雨来临的时间基本吻合。"

"狄大人，要是您推断的时间有误差，契丹大军岂不是可能提前突破进来？"温康骥脸上再次显露恐惧。

梁艾军立刻接道："都说李尽忠用兵厉害，我倒想领教一番，要是突破进来，正合我意！"这句话一出，立刻将温康骥挤对得无话可说，只好红着脸尴尬地站着。

狄仁杰呵呵一笑，摆了摆手说道："我不是神仙，推演的时间未必精确，一切尽人事吧，总不能坐以待毙。梁大人做好迎战准备是必要的，就算能够将李尽忠大军拦在清水河分支外，三个月后，我们依然面临一场大战。瘦死的骆驼比马大，更何况是善于用兵的李尽忠和孙万荣两人。到那时，契丹大军势力虽被削弱，却依然不可小觑！"

他这一番话分析得甚是精妙，将眼前的形势看得透彻，这不但与他的头脑有关，更兼之拥有两个庞大的信息系统——内卫和白鸽门，大量的信息加上冷静的分析，才使他得出如此推断。

白鸽门是由于齐灵芷的原因，走的是江湖路线，虽然不是正规军，探子却充斥到各行各业，得到的信息无比庞杂。

内卫原本不会提供给狄仁杰信息，自从狄仁杰好友贾威猛重出江湖坐回大阁领这个职位后，只要狄仁杰需要，内卫所得到的信息就会源源不断地提供过来。

梁艾军思索一阵，缓缓地点了点头，表示赞同，说道："狄大人分析得很对，要做好打硬仗的准备，一旦出现变故，末将便会率领大军与契丹叛军决一死战！"

"我会做好梁大人和狄大人的后方支援，尽力去筹集粮草、军械等。"温康骥不甘落后，不愿让梁艾军在狄仁杰面前得势。

梁艾军冷冷地哼了一声，瞪了温康骥一眼，随即拱手告辞，大步流星地离开刺史府，骑马向大营的方向奔去。

狄仁杰看着梁艾军离去的身影叹了一口气。梁艾军是名良将，在人情世故上却有些稚嫩，温康骥看似处处受气，实则城府很深，若长此以往，梁艾军定会吃亏。

温康骥仿佛看透了狄仁杰的心思，上前一步说道："狄大人，您不用担心梁大人与下官之间的关系，在国家大事面前，下官明白孰轻孰重。再说，梁大人一心为国为民，没什么歪心思，只是不谙世事罢了，下官绝不会因为这点小事去计较。"

狄仁杰赞许地点着头，笑着说道："温大人有当年蔺相如之风，要是梁大人知道了，应该能做再世廉颇。好，很好。温大人，我先替皇帝和魏州百姓谢谢你了。"

温康骥的笑有些生涩，同时又带着一丝得意。

第六十章　误会

两人又聊了一阵关于筹集粮草的事宜，温康骥这才离开。

狄仁杰始终都没有说出军饷变成假银锭的事情，这件事影响巨大，一旦泄露出去，会令二人恐慌，尤其梁艾军是个直脾气，掌管魏州大营，要是知道了军饷被掉包成为假银锭，说不定会做出什么事情来。

他定了定神，提起笔给左威卫大将军刘守业写了一封信，询问关于给魏州押运赈灾银的细节。写完后，叫来狄平送往驿站，将信件火速送往神都洛阳。

随后他便背着手在房间中来回踱着，房间不但闷热且极其安静，给人一种难以忍受的压抑，汗水湿透了衣袍，他却浑然不知，头脑中尽是案件相关的信息。

想了一阵，依然找不到关键节点，他只好走到窗前，推开窗户，一股热浪涌了进来，令他一阵窒息，看看刺眼的天空，心中暗叹：契丹叛军虽然凶猛，却因为起事较为仓促，军械、粮草均不足，难成气候，败落是早晚的事情。但凭借他多年断案的经验，抢夺赈灾粮、弄走赈灾银和军饷的幕后黑手可能还在酝酿一个更大的阴谋，若是不察，祸事甚至会影响到国家安危。天灾加上人祸，会令魏州变成一个巨大的吃人漩涡！

狄平见狄仁杰将窗户推开，便走了过来，见他一脸苦闷，便说道："老爷，您总是闷在屋里也不是办法，不如我陪您出去散散心，顺便微服私访，体恤民情！"

狄仁杰一听便乐了，说道："好吧，咱们就去微服私访。"说罢便换了便装，与狄平两人离开刺史府。

……

太阳一如既往地灼烤着大地，原本热闹的街市上冷冷清清，仅有的几名小贩无精打采地坐在树荫下，莫说是吆喝，就连眼皮也不愿意抬一下。

狄仁杰见一个地摊上居然还有梨卖，便来了兴致，遂上前问道："这位小哥，魏州旱了三年，还能结出水果吗？"

小贩"噗嗤"一笑："老人家，您有所不知，我家那块地是宝地，就算再旱三年也照样结出果子来，来来来，您尝一口！"说罢便拿起摊位上的梨递了过去。

狄平手疾眼快，见狄仁杰刚要伸手便立刻将梨接了过来，又放回原处，说道："我叔叔就是问问，没打算要买。"

小贩翻了翻白眼，撇了撇嘴不再言语。

狄平将狄仁杰拉到一旁，轻声说道："老爷，您不买菜可不知道，现在的水果贵着呢，这梨平时一百文能买一筐，现在一百文只能买一个！"

狄仁杰点了点头，随即转过身来到摊贩面前，又问道："小哥，你的梨卖得这么贵，能卖出去吗？"

小贩哼了一声，显然是听到了狄平的悄悄话，说道："原本我是做批发的，都是一筐一筐的卖，你的侄子说得很对，以前一百文可以买一筐。现在价格这么高，谁还能买一筐梨来吃，只好拆开分着卖了。"

"拆开分着卖！拆开！"狄仁杰小声嘀咕着，手却不自觉地拿了一个梨，示意狄平付账。

狄平苦笑一声，只好掏出钱来付给小贩。

狄仁杰用袖子抹了抹，边走边吃着，走了几步之后，便停住一动不动。狄平知道他一定想到了什么。卖梨的小贩却不知，以为是梨出现了什么问题，脸上露出紧张神色，忙走了过来，向狄平询问。

狄平心中一阵暗笑，遂将小贩拽回到摊位，小声说道："我叔叔可能是吃坏了，你这梨究竟是哪里来的？"

小贩一脸苦相，说道："这梨是放在地窖里存放的，是去年秋天的梨。不过我家有祖传存放水果的方法，梨的味道会差一些，却不会让人吃坏的！"他急忙解释着，这样说自是不想落下什么官司。

狄平眼珠一转，开始与小贩讨价还价，想把卖梨的钱要回一些来……

也不知过了多久，狄平虽然没有拿回钱，手上却多了两个梨，掂着梨走到狄仁杰面前。

狄仁杰僵硬的脸上露出笑容，高兴地将剩下的梨吃得干干净净，除了一个梨把咬不动外，连梨核都没剩下。看到狄平手中拿着两个梨并且一脸坏笑，便说道："你这小厮，是不是又去欺负人家店家了？"

狄平将梨抹了抹递给狄仁杰，笑嘻嘻地说道："老爷，一百文买了三个梨，您不心疼我还心疼呢！"

狄仁杰点了点头，说道："大旱三年物价飞涨，民不聊生，官员不作为令情况更加恶化，无论是官场还是民间，都应该整饬一番了。"

正感慨着，却见一条青色的身影在大街上飞奔而来，速度犹如冲锋的快马一般。

袁客师为人比较低调，很少在人们面前显露绝世轻功，现在却顾不了那么多，因为库丁张耙子已处于濒死状态，一旦死去，线索将会再次中断。

自从他与汪远洋学习倒乱七星步后，还从未有过奔跑得气喘吁吁的情况。当他站在狄仁杰面前时，已是汗流浃背，做了几个深呼吸平稳下来。

"大人，张耙子快要不行了，他说要见大人一面，有些话必须您到场了他才会说，霍兰山在那里盯着，见他不行了，就输入一些内力推血过宫。"袁客师平静地将话说完。

狄仁杰脸色一变，说了句"走"，便立刻向张耙子所在的医馆快步走去……

医馆中充满了熬制草药的味道，令人不由得联想起生病的感觉，一名伙计卖力地用蒲扇扇着火炉，炉子上面的药罐冒出大量的热气。三三两两的病人拖着脚步进进出出，表情有忧有喜。

当两人站在张耙子面前时，霍兰山正在为其推血过宫。

张耙子躺在床榻上，状况差到了极点，整张脸变得扭曲，脸色变成了青灰色，头部不时地抽搐一下，眼珠时而左斜，时而右斜，摇摆不定。若不是看到还在努力张合的鼻孔，没人想到他是一个活人。

推血过宫完成后，霍兰山轻舒一口气，将手掌从张耙子的前胸拿了下来，缓缓起身给狄仁杰施礼。

狄仁杰点了点头，上前给张耙子把脉，搭了一下，便将目光望向袁客师二人，并微微摇了摇头。

"张库丁，你说有话要对本官讲，可有未了的心愿？"狄仁杰神色郑重地问着，并俯下身体凑到他的嘴边。

张耙子张开嘴，同时挣扎着身体，看样子是想坐起来，挣扎了几下，最终还是放弃了，躺在床榻上，张开嘴努力地喘着。

"小叫花……女……女魃……使者……来……"张耙子断断续续地说了四

个字，声音嘶哑到了极点，仿佛腐烂的布被撕开时发出的声音，声音虽小，在安静的医馆中却听得真真切切。

话未说完，声音突然中断，张耙子不停转动的眼珠终于停了下来，生命的光芒黯淡下来。

"小叫花，女魃，使者，来！"

袁客师身体一震，女魃，多熟悉的词，先是与独孤思庄、罗金柱二人的死因有关，随后与三百押运的铁骑以及十五名探马有了联系，又与三年前小刘庄刘大壮一案有了联系，现在出现在张耙子口中，怎能不让人震惊？

狄仁杰叹了一口气，说道："张库丁已经去了，霍捕头，你带人将他带回刺史府，让仵作验尸。"

一名妇女站在门口，小心翼翼向里面观望着，见张耙子没了动静，便双眼无神地走了进来，她没有给狄仁杰施礼，也没有看威武的霍兰山一眼，径直走到张耙子尸体前，缓缓地蹲下来，轻轻地将睁开的眼睛合上。

"这是苦主，张家的嫂子。"霍兰山走到狄仁杰身前小声说着。

听到这话，女人终于忍不住哭了出来，哭声凄惨，令在场的三人心中一阵酸楚。

离开了张耙子家，袁客师陪着狄仁杰回到刺史府，本想着到后院与仵作一同验尸，却怎么也提不起精神来，加上心中烦闷，便一路来到后花园。

原本花繁叶茂的后花园已成为枯败所在，干枯池塘的地面龟裂出大大小小的口子，干瘪的鱼儿尸体横七竖八地躺着，令人触目惊心。

袁客师正看得愣神，身后一阵香气飘来，令他从迷茫中清醒过来，他知道，这种幽幽的香气只属于一个人——小露。

世间有这样一种女子，无论走到哪里，都会吸引所有的注意力成为中心点，在旁人的眼里，除了她之外再无他物。

小露正是这样的女子。

"袁大哥。"小露走到袁客师身边。

她和他的距离很近，近到能够感觉到彼此的体温。

"哦，小露啊，真巧！"袁客师不知道该说什么好，头脑变得一片空白。

小露用手不断地在脖子处扇着风，细密的汗珠从脖颈和额头处冒出来。

"好热啊，我有些头晕！"小露说完话身体晃了晃。

袁客师立刻伸手扶住她，看她脸颊满是红晕，双眼有些迷离，想必是中了暑。

"我扶你到那边的凉亭。"袁客师搀扶小露走到凉亭处，正要安顿她坐下，就听见后院大门外传来齐灵芷的声音。

"客师！"

齐灵芷回到刺史府，先是向狄仁杰禀报刺探情报的事，随后便出来寻找袁客师，听下人说他向后花园走来，便径直来到后花园的入口处高喊着。

袁客师一个激灵。

虽说小露已经拜了师，但孤男寡女，小露穿着的衣物比较少，要是让齐灵芷看到，怕是很难说得清楚。

第六十一章　五花大绑的大闸蟹

男女之间的事儿是感觉上的事儿，本就很难说清，如果再夹杂第三者，就更加难以说清了。

袁客师想到这里，立刻松开小露，急忙展开轻功向后花园大门奔去。他现在只有这样做才能让齐灵芷不发现小露，也是他唯一的选择。

当袁客师来到齐灵芷身边时，努力挤出了一个憨憨的笑容后，伸手拉住了她的手。

齐灵芷一脸阳光的笑容，摇晃着袁客师的手，娇嗔道："你怎么跑到这里了，荒无人烟的……咦!"话说到一半，她靠近袁客师的身体，鼓着鼻子用力地吸着，眼珠左右转了几下，脸色变得阴沉下来。

袁客师是何等人物，心中一寒，知道齐灵芷定是闻到了小露的味道，眼珠一转，解释道："是小露，我路过时听到后花园中有声音，听起来像是她的声音，这才走进来，结果……结果……"他耸了耸肩，努力地控制着心跳，脸上虽然一阵阵发烧，却因为原本很黑的脸而遮住了那抹红色。

"嘿嘿嘿……"袁客师见齐灵芷寒着脸不说话，心里没底，便只好傻笑着。

正尴尬着，一阵轻碎的脚步声从池塘方向传来，小露的身影出现在二人面前。她眼睛肿得像桃子般，眼泪如清泉般流下来，随着胸脯的起伏，不停地抽搐着，见到齐灵芷，脸上顿时显得无穷的委屈，疾走了几步，一头扑向齐灵芷的怀中。

齐灵芷一愣，她无法想象一个女人能够哭成这样，得受了多大的委屈，让同为女人的她都感到那股委屈和可怜，不由得甩开袁客师的手，将小露搂在怀里，轻轻地拍着她的后背，脸上的寒霜渐渐淡去，取而代之的是一片怜悯之色。

袁客师目瞪口呆地站着，他完全想不到小露竟然从后花园走了出来。

"袁客师，你是不是欺负小露了？"齐灵芷眼神凌厉，瞪得袁客师心中一阵愧疚，吓得他急忙低下头，只发出轻微的"啊"声，随后便支支吾吾不知说些什么。

小露从齐灵芷的怀中轻轻挣脱出来，含着眼泪说道："灵芷姐姐，这件事情都怪我，是我想起雷大哥了，所以就到后花园……呜呜呜呜……雷大哥是因为救我而死的……"

两名下人听见哭声后走了过来，看到小露楚楚可怜的模样后，甚至忘了呼吸，都暗暗心道："无论小露有什么难处，都会去竭尽全力帮助，哪怕是上刀山下火海！"

齐灵芷朝着两人招了招手，语气冰冷："你们送小露小姐回房，记住，她是我妹妹，不要打歪主意，否则……"说到这里，她的双眼闪出寒意，令在场的几人不由得一哆嗦。

齐灵芷"女罗刹"的名号早已响遍江湖，就连普通的百姓都知道，何况是见多识广的刺史府下人。两人感到一阵寒意，眼中异彩黯淡了许多，急忙扶着小露向前院走去。

三人走后，齐灵芷的脸再次寒下来，凌厉的目光紧紧地盯着袁客师。

袁客师只是低着头，不敢抬头直视。冷场的时间虽短，在他的心中，却仿佛过了几万年，恨不得立刻逃走，逃到千里之外。

"袁客师，虽然你们两人演得很好，却瞒不过我的眼睛，说说吧，你和她之间究竟发生了什么。"齐灵芷终于开口，语气冷得像块冰，连称呼也发生了变化。若没人在时，她一定称呼他为小袁袁。

袁客师心中喊出一万个冤枉，却不敢过于辩解："也没什么呀！"

齐灵芷冷冷地哼了一声，显然是不相信袁客师。

当袁客师抬起头，准备和她辩解时，却发现齐灵芷眼中露出一丝杀气，这股杀气竟然如同江湖上最恶毒的飞芒针一般，钻进身体内便无法取出，永远刺在肉中，折磨着人。

"真的什么事情都没发生，刚才我路过，听见声音就走了进来，遇到了小露，她有些中暑，我就把她扶到凉亭，然后你就来了。"袁客师解释道。

见齐灵芷依然不说话，袁客师举起手："我发誓……"

齐灵芷一下子抓住他的手，叹了一口气，平淡地说道："好吧，我相信你，不过，你以后离她远些，莫要再发生今天的事情，我可以安慰她，可以抱着她，你不行，明白吗?"

小露拜袁客师为师是在齐灵芷的主导下促成的，想不到时隔不久，又是齐灵芷，让他远离小露!

老天多变，齐灵芷更善变!

袁客师一直对于女人吃醋没什么感觉，因为他们两人之间从未插进第三人进来，郎才女貌加上恋爱的热乎劲儿还没过，眼中哪还有其他人。现在他终于知道女人吃醋是件多可怕的事，无论是冰冷的语气还是眼睛中喷出的妒火，足可以将他冻僵或者是烧成粉末。

他急忙应声点头，笑着上前再次拉住了齐灵芷的手，发现她的手变得冰凉。现在正值盛夏，加上大旱，人都热得大汗淋漓，手怎会变得冰凉?

想到这里，他心中一疼，愧疚之心更盛，两手握住了她的手，解开衣袍一个口子，放进胸口捂着。齐灵芷被他的行为感动，心一软，轻轻地靠向他的胸膛……

除了齐灵芷、袁客师这对组合外，汪远洋已成为狄仁杰最得力的助手，他早年做过镖头，因此办事又稳、效率又高，不出两天时间，便将赈灾银入库的情况详详细细地禀报给狄仁杰。

赈灾银入库过程与其他银两入库过程并无二致，数着不属于自己的银两和搬运过程自然是索然无味，没有发生任何意外。押运官兵将银两顺利运送到银库，库丁们在府库参军罗金柱的指挥下清点银两，再将银两送入府库中。

假银锭在硬度上虽然不同，但是在手感、质量和光泽上与真银锭没有任何区别，而库丁们没人会无聊到试一下银锭的硬度，毕竟三百万两银子的搬运已经消耗了他们全部的体力和精力。

由此判断，三百万两赈灾银被掉包一定是在进入府库之前，一旦银两进入府库，进出库都需要登记，把守府库的官兵与府库参军、库丁等人又不隶属于一个系统，相互制约，所以银锭子进了银库后，掉包的可能性几乎为零。

……

人所展现的状态都是有针对性的，例如一名父亲，在受到委屈的女儿面前，总是会展现慈父的一面;一名男性，在心爱的女性面前，所展现的也尽是勇敢、体贴等优点。

小露的美丽可以是清纯无比，也可以是狐媚诱人。她并非在所有人面前都显得狐媚，至少在狄仁杰、汪远洋、肖清平、齐灵芷面前不会这样，在这些人眼里，她永远是楚楚可怜的活人祭祀事件的受害者。

而她呈现给其他人的，却是无边无尽的妩媚和诱惑，这种妩媚几乎不可抵挡，就连袁客师这样有坚定意志力的人也抵挡不住。

一段时间下来，刺史府中几乎所有的男性都被她迷倒，每个男人心中想的几乎都是同一件事。

美丽的女性相互为敌，这句话男人是无法理解的。齐灵芷和肖清平都是美丽的女性，对于其他女性的美丽，有一种天生的嫉妒感。

肖清平还好些，毕竟汪远洋为人正直、忠诚，两人又已完婚，而且年纪上与小露差别很大，不可能有感情上的瓜葛。

齐灵芷不同，她看得出来，袁客师每次见到小露时都会故意闪避，甚至不敢用眼睛看她，说话时也是支支吾吾，对于他这种表现，齐灵芷心中自然明白，那是袁客师心中明明喜欢小露，却极力克制的缘故，所以便对小露起了嫉妒心。

平日里是姐妹，可一旦涉及心爱之人，姐妹亦会反目成仇。

肖清平作为过来人，她看出了齐灵芷对小露的不满，便找到齐灵芷，两人关起门来做了一番长谈。

不知道是肖清平不善言谈还是齐灵芷倔强的性子，她出门时依然是一脸寒气，对迎面走来的小露抛去一个不冷不淡的微笑，擦身而过后，嘴角便耷拉下来，眼中充满了杀气。

肖清平叹了一口气，抱歉地看了看有些发愣的小露，转身回到房中……

至此，小露总感到有一双异样的眼睛在盯着她，当她环顾四周时，却什么都没能发现。

齐灵芷轻功、武功、机智俱佳，又兼有隐身功夫，平日里跟踪人还没有失手过，可以说她已然成为李元芳和汪远洋之下大周第三高手，甚至在武功上有隐隐超越汪远洋的势头。令她气馁的是，在跟踪小露这件事情上却触了霉头，因为有太多的眼睛盯着小露，就算在半夜，也会有几双眼睛在盯着她的房间，令齐灵芷没有任何机会暗地盯梢。

起了嫉妒心，对袁客师的管控开始变本加厉，既然不能盯着小露，就把他盯得死死的，无论是去查案、吃饭、逛街、见狄仁杰，最后发展到上茅厕，齐灵芷都会跟着。

除了睡觉时，袁客师几乎都是在齐灵芷的寒冷目光下度过，真正体会了度日如年的滋味。

　　齐灵芷的行为令袁客师有些上不来气，虽说年轻男女恋爱时可以黏黏糊糊很久，可以窃窃私语到忘记时间，但双方必须是有空间距离的，让彼此都有个休息的时间，避免审美疲劳。

　　袁客师俨然变成了一只被五花大绑的大闸蟹，能够活动的地方仅限于眼睛和嘴，转转眼珠、吐吐白沫而已。

第六十二章　肖清平的困惑

不得不说袁客师是幸运的。

为了探查冀州方面的情报，齐灵芷每天会不定时地消失一段时间，去与白鸽门门人联络。这段时间就是袁客师放松的时间，而且最近几天，她出去办事的时间越来越长，反而令被束缚得紧紧的袁客师有些不适应。

无论怎样，袁客师对齐灵芷的爱没变。

小露仿佛可以未卜先知，一旦齐灵芷有事离开，她就会出现在袁客师身边，不是端来解暑的冰凉莲子粥，就是带来一些上好的美酒佳肴，总会给他一些惊喜。小露不断地向袁客师讨教断案之道，袁客师便把断案技巧讲述出来，听得小露一阵阵入迷。

小露与齐灵芷仿佛是女人的两个极端，一个是极尽温柔和妩媚、可怜楚楚的小女人，另一个却是武功与智慧极致结合体，完美的高冷女强者。一个可以令男人有种大男人的感觉，另一个给男人那种野蛮女友的又爱又恨。

袁客师和小露在一起的次数多了，自然会遭到一些人的非议，尤其到了妇女的口中，传来传去就变了味道。

好事不出门，坏事传千里，齐灵芷每次听到传言便紧皱眉头，下人们看到她，也会下意识地避开，眼神闪烁不定，表情古怪至极。

原本齐灵芷就对袁客师有些怀疑，听了诸多流言后心情不爽，但小露拜师的事儿是她亲自撮合的，有苦说不出，只好找肖清平诉苦。

此时的肖清平也遇到了危机，齐灵芷的求助和诉苦给了她一丝希望。

她遇到的危机是来自于汪远洋的怪异。

……

世间之事都存在着千丝万缕的联系，齐灵芷本来是寻求帮助的，却想不到肖清平所遇之事也与小露发生了关系。

汪远洋是狄仁杰的卫队长，负责整个刺史府的安全，不当值也会很晚才睡，等他回到房间时，肖清平早就进入梦乡了，所以对他夜间所做的事知晓并不多。

闲聊时，小露告诉了肖清平一个秘密，就是汪远洋在不当值的晚上会经常离开刺史府，至于去哪里了却不知道。

最初肖清平没当回事，汪远洋本就属于江湖人物，更何况现在很多案件的侦破又落到他头上，夜间出去打探亦属正常。

女人是敏感的，细心的肖清平在汪远洋的衣服上闻到了一股幽香，这股香气与小露身上的香气有些类似，却不尽相同，像是从波斯带来的高级香粉味道。

肖清平的娘家财大气粗，早年又跟着父亲经商，对于波斯香粉自然不陌生，虽说香粉种类繁多，大体却还是能分得清优劣。

这种香粉名为摄魂，是用数十种奇异花草和动物分泌物熬制而成，最后又经过阴干才算制作成功，整个过程都必须是处女来完成，否则就会失了其特殊味道。每天只需要在身上捵一些，随着时间推移，香气还会发生数种变化，最后变成令人心旷神怡的幽香味道。

这种香味闻起来能让人神醉，令人遐想不已。

正是因为摄魂的这种能力，令其成为女人们的追捧之物，价格十分昂贵，一个拳头大盒子的摄魂值千两纹银，能用得起的不是超级商贾就是官家，后来发展到一些高级的青楼女子也会用。

放眼魏州城，就算顶级的大户人家，对这种奢侈品也会咋舌。汪远洋身上出现了这种味道，自然引起了肖清平的警觉。

肖清平很谨慎，不会因为闻到了香气就找汪远洋质问，要是换做齐灵芷，恐怕早就将袁客师擒住逼问了。

心里有了疙瘩不解开，生活也不会顺心。肖清平一连两天跟踪不当值的汪远洋，但汪远洋轻功卓绝，两个起落便把她远远甩开。

也许是汪远洋感到了肖清平怪异的眼神，行踪更加诡秘起来，身上的衣衫都是交给刺史府的下人来洗，美其名曰是不愿意让她的手沾太多的凉水。

说到这里，肖清平眼中开始流下泪来，低声抽泣着。

齐灵芷拉住肖清平的手，轻声安慰着她，可她心里明白，两人的遭遇一样，小露温柔、成熟、丰腴的身体无不极致地诱惑着男人，作为贤妻良母也好、情人也罢，还有谁比小露更合适呢！

"大姐，今晚上我去跟踪汪大哥，看看他究竟去了哪里。"齐灵芷说道，她修习了李元芳的灵蝠五式，加上汪远洋师父传功给她，她的轻功已经不输于汪远洋，只要略加小心，跟踪到他应该不是难事。

肖清平感激地看着齐灵芷，看到她脸上的忧伤，不禁又是叹了一口气。

……

天渐渐黑了下来，燥热了一天的魏州城涌出一丝的凉意，人们三三两两地趁着月色在树下乘凉。两条身影竟然一前一后地在隐蔽处飞奔着，前者身影已经与黑夜融为一体，就算是眼力很好也很难发现。

后者的身形比较娇小，断断续续地飞奔着，跟踪之法是白鸽门特有的。

跟踪所采用的不单单是眼睛，还有鼻子、耳朵甚至是第六感，有的白鸽门门人还能利用对手遗留在空气中的体温进行追踪，真是无奇不有。白鸽门之所以能够成为江湖上靠信息吃饭的第一大门派，正与跟踪手段有关。

齐灵芷身为白鸽门掌门，自然有她独到的跟踪手段，跟踪毫无防备的汪远洋完全不吃力。

跟了一段距离后，她发现汪远洋不见了踪迹，转身回来，一幢高大华丽的建筑出现在眼前，绕到了正门，发现了敞开的大门上方一块大匾，上面写着"云康别院"四个大字，黑色的匾额，烫金的大字娟秀却不失力度。

"明明就是青楼，非得弄个别致的名字！"齐灵芷冷冷地哼了一声，见里面灯火通明，正要进入，犹豫后又退回阴影中。

她一身黑色紧身衣，这种装扮出现在"云康别院"定会引人注意。

齐灵芷的易容术学自师父青玄师太，技艺天下无双，多次用此技能帮助狄仁杰破案，易容所用之物随身带，以便随时使用。

一炷香的时间后，她整个人变成了一个中年男人，除了身材矮小和身上的夜行衣之外，其他与男人无异。躲在阴影中一阵，发现一个身材与她差不多的男人走了过来，走路摇摇晃晃，口中哼着青楼小调，满脸淫荡之意，显然是喝多了酒，来"云康别院"发泄过剩的精力。

来这里的男人自然不是正经人，齐灵芷口中发出一声冷冷的"哼"，声音粗犷而沙哑，随即便走出阴影中，一个移形换影来到男人身边，伸手便点了他的穴道，随即又一个移形换影，带着男人来到了胡同中。

"云康别院"门口站着的两名看门大汉正点头哈腰地准备迎接瘦弱男人进

门，却发现眼前一花，原本近在咫尺的男人居然失去了踪影。

两人使劲揉了揉眼睛，面面相觑。

"喂，来福，刚才我明明看到一个客人走过来的，怎么突然不见了踪影？"较高大的看门人颤抖着声音问道。

另一人瞪着眼睛惊恐地望着四周，挪着步子退到了大门里，在他的心中，大门内外就是两个世界，一个是灯火通明的世界，一个被银色的月光笼罩，一个是人的世界，一个则是鬼门关！

当齐灵芷穿着瘦弱男人的衣裳再次出现在两名大汉面前时，二人惊得险些下巴掉到地上，目瞪口呆地看着齐灵芷进入别院中，缓过神来后，正欲出手拦截，却见齐灵芷抛出两锭银子，两人伸手一接，脸上乐开了花。

沉甸甸的银子谁不喜欢！

转瞬之后，两人的脸色再次凝固，因为他们手中的并非是一锭完整的银子，而是被切得整整齐齐的半锭银子，将两个半锭银子放在一起，一锭完整的银子出现在面前。

"是人还是鬼？"两人摸了摸后脑勺，觉得一阵阵阴风吹到了后颈……

灯火通明的大厅中，女人们穿着色彩鲜艳而暴露的衣裳到处走着，身上散发着劣质的香粉味道，充满挑逗的声音充斥在整个空间，令人听了耳赤不已。

用大把的银子摆脱了老鸨和黏上来的女人们，齐灵芷摇摇晃晃地到处转着，除了一些关闭的房间之外，并未发现汪远洋的踪迹。

当她穿过后门来到后院附近时，发现有两名大汉在后院门口守着。

看到两名大汉，齐灵芷心中暗暗吃惊。前门的两名大汉看起来身材魁梧、凶神恶煞，实则只是普通人而已。而眼前的两名大汉一看就是练家子，而且还是内外兼修的高手。

这种级别的高手可以当镖师、做做大户人家的护院，甚至独立开设武馆也绰绰有余，怎么会出现在青楼看门？

"后院一定有问题！"齐灵芷得到结论后，便沿着墙潜了过去。两名高手虽然武功不错，却还没到可以发现她的地步。

后院的几间房子错落有致，过了一个月亮门后，是一个别致的花园，虽然是大旱季节，却依然绿意盎然，花园中心位置有一个水塘，虽说水少了大半，但依然有水。水塘的中心位置中有一座凉亭，凉亭中灯光摇曳，一名女子身穿淡紫色纱裙，展示着精妙绝伦的茶道，坐在对面的正是汪远洋！

仔细看那女人，出落得尤为标致，身材丰腴修长，皮肤如同白色凝脂一般，一双乌溜溜的大眼睛闪烁着智慧光芒，单从打扮上来看，此女与前院中的青楼女子完全不同，给人不俗的感觉，整个人显得冷傲十足。

拥有着与小露一样诱人的身体和容貌，却多了几分气质、几分智慧、几分内涵，显然是更胜一筹。

齐灵芷是名自信十足的女子，也不禁升起一股嫉妒之意来。

"怪不得汪大哥深夜不归，竟然有这等绝色女子在此守候，哼！"齐灵芷心中暗道，想到了袁客师与小露间可能存在的暧昧，她心中一寒，稳定了一下情绪后又小心地潜伏着靠近一些。

一阵风吹来，凉亭中女人的紫色纱裙飘舞起来，给干燥的夜增添了一抹神秘色彩，汪远洋放下手中的茶杯抬起头，冲着女人会意地笑着。

一股若有若无的香气顺着风飘到了齐灵芷的鼻子里，她皱了皱眉头。正如肖清平所说，是极品的波斯香粉"摄魂"，齐灵芷从小生活富足，成年后又拜在白鸽门门主之下，见识极广，自然也识得波斯香粉。

第六十三章　冲突

按照眼前的情况分析，与汪远洋有关系的正是眼前的女人，从女人的穿着和相貌、气质上看，定是"云康别院"的花魁！

女人和汪远洋一边品茶一边窃窃私语，几乎脸贴着脸。

齐灵芷屏住呼吸，极尽耳力去听，却仍听不到所讲内容，若再接近，又恐汪远洋发觉，只好作罢。

两人聊了一阵后，汪远洋起身告辞，不过他并未从正门离去，而是飞身从后墙离开。女人目送汪远洋离开后，又回到凉亭，静静地品着茶水，看着池塘愣神。

齐灵芷原本想跟踪汪远洋，却又怕女人发觉，只得藏在原处不动，直到女人离开后，她才原路返回出了别院，喝花酒的中年瘦弱男人依然昏迷着，齐灵芷将身上衣裳脱了下来给男人盖上，纵身一跃，消失在夜幕中……

对于今晚的事儿，齐灵芷有些犹豫不决，不知道究竟应不应该告诉肖清平。从表面上看，汪远洋和女子并无肌肤之亲，但从两人喝茶聊天的状态来看，他们一定是老相识。汪远洋武功高强，又是刺史的护卫队长，身份显赫。女子相貌绝佳、身材丰腴，一身高贵的气质难有匹敌，说两人是郎才女貌一点也不为过。如果把消息告诉肖清平，对她来说无异于一场噩梦，但不告诉她又于心有愧！

齐灵芷犹豫再三后，还是把事情原原本本地说了出来。肖清平并未有太过剧烈的反应，只是低声哭着。在她心中汪远洋是一名完美的丈夫、孩子的父亲，绝不可能做出背叛她的事来，可是事实摆在眼前，她也不知道说些什么好。

齐灵芷又安慰了肖清平一阵，可肖清平只是一味地哭，并未有其他的反应。齐灵芷只好悻悻地回到房间，正准备躺下休息，却觉得肚子有些饿，便出门来到厨房。令她奇怪的是，厨房的灯却点着，灶膛闪烁着火光，从门缝中透射出来。

"难道是袁客师？见我这么晚没回来，又给我做些粥和小菜？"齐灵芷歪着头站了一会儿，一个闪身来到厨房门口，她准备给他一个惊喜，就是突然间出现在他的身后，紧紧地从后面搂着他，这种游戏两人经常玩，且不亦乐乎。

厨房的门开了一条缝，齐灵芷小心翼翼地向里面望去，灶膛中的火光混合着油灯的光芒将厨房映得很亮，案板前，一男一女一个在洗菜一个在切菜，切菜的是小露，号称从来不做菜的袁客师居然洗菜洗得津津有味。

小露突然"哎呀"一声，把菜刀扔在菜板上，紧紧地捏着手指，身体晃了两晃。袁客师立刻跑了过去，一把扶住小露。

"袁大哥，我见到血就头晕。"小露的声音好像蚊子一般，脸色变得煞白，看样子是真的晕血。

袁客师紧紧地抱着她，腾出另外一只手准备从怀里掏出金疮药，却听见门外有一阵响动传来。

"袁客师，亏我这样对你，你看看你，都做了什么好事！"齐灵芷一脚把门踹开，从腰间拔出天霜宝剑，剑一出鞘，寒光四射，手上一抖，一招"寒芳留照魂应驻"使出，手中天霜宝剑化为一道疾光向袁客师刺了出去。

齐灵芷是典型的大小姐脾气，见自己的男人抱着其他女人，自然容不得，气愤之下居然使出了杀招。

袁客师率先反应过来，他惊呼一声，将小露迅速推开，欲闪避开刺来的剑芒，却哪里能躲得开，只好将眼睛一闭，等待一剑穿心的那一刻。

眼见着剑芒就要刺入胸膛，齐灵芷手腕一抖，剑身斜斜地荡开，擦着袁客师的右臂将衣衫刺破，又一挑，一大片衣袖破碎，露出了结实的肌肉。

避免了一剑穿心，齐灵芷却并没有打算放过对手，她一个转身侧踹，一脚踹在对方的胸腹间，袁客师飞了出去，重重地撞在锅台上，落地时嘴角已经流出鲜血。

"你这样做对得起我吗？"齐灵芷吼了一句，她的声音嘶哑，完全听不出是她本人的声音，眼中的泪水不停地转着，却努力地控制着。好在她还有三分理智，刚才踹袁客师这一脚只用上五分功力，若是全力一击，袁客师就算不死也是重伤。

胸腹间的剧痛冲击着袁客师，原本还想解释，却痛得说不出口。

"我……我……"袁客师抹了抹嘴角的鲜血，捂着胸口坐在地上一动不动。

齐灵芷的天霜宝剑剑尖颤抖，剑气呼之欲出，一股杀意笼罩着袁客师，但她还是有些犹豫。

厨房中的气氛凝固到了极点，灶膛中木柴燃烧产生的噼啪声格外刺耳。摔倒在地的小露躲在角落里，浑身颤抖着，裸露的双臂紧紧地抱着双腿，惊恐地望着罗刹一般的齐灵芷，当她看到齐灵芷提着长剑向袁客师逼近一步时，她眼中的恐惧居然消失不见，取而代之的是一种不惧生死的无畏。

小露努力克服着身体的颤抖，猛地站起身，疾走几步，挡在袁客师身前，坚定地看着齐灵芷说道："灵芷姐姐，您不能这样对他！"

"我怎么对他是我的事儿，和你有什么关系？"齐灵芷已经昏了头脑，手腕一抖，一股剑气飞射而出，直奔小露的前胸。

自打接受汪远洋师父的功力后，齐灵芷的剑气收发自如，威力更胜从前，莫说是小露这等不会武功的女子，就算汪远洋这等高手也受不住她这一记剑气。

人类在生死关头会爆发出惊人的潜力。剑气虽快，袁客师却更快，他不知道哪来的力量，整个人带着小露腾空而起，脚尖在锅台上一点，倒乱七星步悠然使出，巧妙地躲过剑气致命一击。

剑气击打在锅台上，硬生生将泥质的锅台崩掉一大块。

"灵芷，你听我解释！"袁客师顾不得胸口疼痛急忙喊着。

"你还抱着她！"齐灵芷双眼通红，仿佛失去了理智，挥起手中长剑胡乱刺了过去。她的攻击没有了章法，完全是本能地刺出长剑，如果她稍有理智，施展起回风雪舞剑法，就算袁客师爆发潜能，也绝躲不过三招，更何况他还紧紧地抱着小露。

袁客师再次施展倒乱七星步躲开，并趁着齐灵芷转身之际急忙来到厨房门口。

齐灵芷虽气愤至极，功夫却没丢，使出移形换影来到厨房门口，一剑刺过去，这一剑刺得又快又准，袁客师的步伐虽妙，丹田内一口气却耗尽，换气之际，长剑剑尖距离小露后背不足三寸，剑势没有改变，就算齐灵芷现在反悔，也没有机会收回长剑。

袁客师再次闭上了眼睛，按照这一剑刺出的力度，定会将他和小露穿透，天霜剑的锋利他是知道的，加上剑身上附着的内力，会将两人的五脏六腑震得粉碎。

"死便死吧，一死百了，反正也说不清了。"袁客师轻叹了一口气。

男女之间的恋爱本身就是一件很玄妙的事儿，靠的是一种感觉，很难说清楚。齐灵芷和袁客师之间原本是非常纯洁的爱情，中间没有任何掺杂。自打小露拜师之后，和袁客师之间的风波不断，虽说两人之间并无感情瓜葛，却不容易解释清楚。

更何况齐灵芷的暴脾气也不容他解释。

很多恋人甚至是夫妻之间的误会就是这样产生的，没有理由，只是缺少一个适当的沟通。

……

八月份的洛水河是渔民丰收的月份。如果是往年，渔船来往于河水与岸边，满载而归的渔民们大声唱着当地的调子，将一筐筐的鱼送上岸。码头上自发形成了一个鱼市，南来北往的商人加入贩卖的行列，鱼贩子早早等在码头，将一串串的铜钱塞到笑不拢嘴的渔民手中。

自打发生水妖杀人事件，不但下水采河蚌的渔民没了，就连坐船撒网的渔民也少了很多，偌大的河面上只有两三条小渔船，渔民将渔网拉上来时都是战战兢兢，生怕杀人水妖从渔网中跳出来。

这段时间黑子的行踪颇为神秘，数次与小倩拿着铁铲到村东面的乱坟岗，神神秘秘不知做些什么，晚上回到水蓝家时两人都是灰头土脸，问起他们，他们只是微微一笑，绝不透露任何信息。

洛神使者的号召力很大，众村民虽畏惧杀人水妖，依然应约来到河边，手中拎着家伙，有的手中拿着木棒，有的手中拎着砍刀，相互鼓励着，做出一副与水妖决一死战的模样。

人们小声地议论着，却没人知道水蓝葫芦里卖的是什么药。

邻村的人们得到消息，趁着早晨天气凉快赶来看热闹，加上洛水村的百十号人，浩浩荡荡一大片人聚集在河滩上。

为首的正是当日与水蓝交谈的老者，洛水村的村正洛永宁，也是洛姓家族的族长。

洛姓家族原本不姓洛，而是姓齐，武则天定都洛阳后，有一次巡视至洛水村，见洛水风光绚丽绝伦，高兴之下便赐予洛水村洛姓。至此，洛姓便成为当地的一大族，无论是经商还是做官，都是一帆风顺，借着皇帝赐姓的光，族里也出了不少人才。

"众位乡亲，洛神使者既约大家来河边，定是水妖杀人事件有了结果，请大家少安毋躁。"村正洛永宁说道，他嗓音雄厚，声音传出很远。

众人一听，顿时安静下来，虽然心中仍有疑问，却不再议论。

洛永宁心中有些惭愧，对于水蓝的情况，他心里最清楚，她只是一名普通的女孩子，哪是什么洛神使者，不过民意难违，洛神使者这个名号已经传开，影响范围并非只是洛水村一处，因此他只能眼巴巴地看着水蓝落得这个名号。

要是风调雨顺也就罢了，托名号的福还能受到众人的供养，但近三年来，洛水流域河水大量减少，且又出了水妖杀人事件，洛神使者的日子并不好过。

众人等了好一阵，见水蓝还是没来，便开始议论起来，整个河滩犹如一个自由市场般乱哄哄。人们纷纷抱怨炎热天气，甚至有人开始发出诅咒准备离开，有的人准备拎着家伙到水蓝家找她算账。

第六十四章　破釜沉舟

水蓝并未让人们失望，当她出现在人们眼前时，标志性的幽蓝色头发在空中飘逸着，一身淡蓝色的纱裙穿在身上，令她气质非凡。铁塔般的黑子跟在水蓝身后，他手中牵着两头大小不一的驴，大驴背上拖着一个大袋子和两个坛子，袋子里面鼓鼓胀胀的，不时地还动一下，也不知道里面装的是什么。

水蓝和黑子来到河边，她转过身淡淡一笑，冲着人们说道："各位父老乡亲，水妖为害洛水村和附近村落数年，水蓝今天就要将杀人水妖抓出来，还被害的父老乡亲一个公道！"说罢便走到洛永宁身边，小声地说着话，说完后抬起头，将目光投向黑子。

虽说水蓝被人们称为"洛神使者"，但人们从未见过水蓝使出过神力，所以对她的话还是将信将疑。

见人们还有疑虑，洛永宁果断地站出来，举起双手向下按了按，大声说道："既然水蓝承诺把水妖抓住，那就请大家相信她，真的遇到危难，还请大伙儿不要自乱阵脚。"

洛永宁在洛水流域德高望重，几句话便说到人们心坎上。洛水流域很多渔民都是靠着打捞珍珠贩卖到神都洛阳为生，发生水妖杀人事件后，没有人再敢下水，甚至连在船上打鱼为生的渔民也害怕水妖，都不愿意出去打鱼。

没人愿意再接受饥饿的洗礼。

几名喜欢叫嚣的渔民站出来，冲着水蓝叫嚷着："抓到水妖也就罢了，若是抓不到，我们就将你扔进河中祭洛神，以惩罚你的大不敬！"

经过几名好事渔民的鼓动，村民们开始叫嚷起来，群情激愤的势头令洛永宁也只能无奈地摇着头叹气。

沉默就是最好的对抗！

水蓝并未出声回应，把信任的目光投向黑子。她与黑子认识的时间不长，可在她心中，黑子是值得信赖的，从他的眼神中能看到常人不具备的坚毅和自信。

"哈!"黑子大吼一声，将众人的声音压了下去，同时将内劲遍布全身，衣袍竟然无风自动，浑身煞气外泄，令众人一阵窒息，原本还有些人闹意见，见黑子如此勇猛，便乖乖地站到一旁。

站在洛永宁身边的几名年轻人是他的亲信，洛家家族中的至亲。为防止有人出工不出力，他才特意把几人召来。洛永宁向他们招了招手，安排一番后，几名年轻人迅速散去。

黑子收起功力，施展轻功来到河边，两指一并，在母驴身上轻轻一戳。母驴闷哼一声，四肢一软倒在地上，铜铃般的大眼睛流露出恐惧，身体不断地挣扎，四蹄却只是在地上抖动，无法起身。他将一盘绳子散开，一头绑在母驴的后腿上，另一头绑在一个大石头上。

随即他又弯下腰一把抓住小毛驴的四肢，还未等它挣扎，便轻轻松松举了起来。

人群中爆发出一阵喝彩声，黑子出手就将母驴放倒，另外未成年的小毛驴也得百十斤的重量，他只是轻轻一抓一举就令小毛驴无法挣扎，可见其力量多么强悍。

黑子举着小毛驴下了水，水没到大腿根时，他双臂一用力，将小毛驴扔了出去。

小毛驴被扔出十几丈远，它惨叫一声，"噗通"一声落入水中。

黑子没有丝毫犹豫，立刻向浮上来的小毛驴连续投掷了十几块石头，石子又快又急，带着呼啸声打在它的身上，小毛驴吃痛，只好号叫着向相反方向游去。

黑子立刻潜下水向岸上游来，人在水中走路要困难很多，游泳却很快，他力气大，又是海边长大的孩子，水性极佳，再露头时，已经接近岸边，人们又是一阵赞叹。

围观的百姓几乎都是渔民出身，水性好的不在少数，却没有人能够一口气潜这么久、这么快!

村正洛永宁借机会将水蓝拉到一旁，他担心地问道:"水蓝，你有把握将杀人水妖抓到吗?现在大话都说出去了，要是抓不到，叔也保不住你呀。"

水蓝抿着嘴笑了笑，看了一眼刚刚上岸的黑子，说道:"永宁大叔，我一个普通女子，有什么本事抓水妖。不过，我对他有信心。因为杀人水妖事件，村民们近来逼得很紧，破釜沉舟才是出路，要是没有黑子，我一个弱女子还有什么办法能够消灭水妖，最终还不是被人们杀死祭河神！"说罢她苦笑了一声，幽怨的眼神看着兴奋的人们。

洛永宁叹了一口气，脸色凝重地点点头，低沉着声音说道："破釜沉舟！好吧，但愿你没有信错人。"

两人不再说话，将目光投向洛水河中的小毛驴。

洛水河原本有几百丈的宽度，三年前那场罕世瘟疫过后，洛水河一直未恢复，现在的洛水河比起从前还不及一半宽度。

母性的伟大自不必说，却并非是人类的专利，有智慧的生灵皆拥有母性。

小毛驴被打得嗷嗷惨叫，下意识地向河中心游去。母子心连心，小毛驴的惨叫声引起了母驴的共鸣，母驴在岸上不停地悲鸣着，但被黑子点了穴位无法动弹，只好努力地抬起头向河中心望去，同时拼命地挣扎，导致干燥的河滩升起一片片的尘土。那双大眼睛中带着恐惧和一丝焦急，眼泪在眼眶中转来转去。

这个时代的牲口很少会作为肉食供应，好些的马匹被征做军马，牛、驴和骡子作为家用牲口，是家里的主要劳力，所以村民们对牲口很是爱惜。看着这种揪心的场景，很多村民都撇过头去，尤其是女性村民，甚至还流下眼泪，嘴上嘟嘟囔囔，应该是在骂着黑子的残忍。

此时的黑子已经顾不上人们的非议，来到母驴面前，从驴背上的口袋中拿出一节羊肠衣，里面不知道包了什么东西，捏开驴的嘴巴，将肠衣直接塞进驴的喉咙中，用掌轻轻一拍，已经沾了猪油的肠衣进到驴的腹中。

洛水河中存在着大大小小的漩涡，水性再好的渔民也不敢迎其锋芒，一旦陷了进去，很难再游出来，行船也要小心翼翼地避过，免得渔船失控撞上暗礁。

小毛驴陷在漩涡中，它来不及号叫，瞪大了眼睛极力地挣扎着，可是任由它如何努力，也无法摆脱漩涡的控制，它仿佛感到了死亡的到来，嘶叫声充满死亡的味道。

"太残忍了，这简直太残忍了！"民众们发出不满的声音，他们已然忘了杀人的水妖，开始同情小毛驴，更是为黑子的行为所不齿。

黑子没有理会众人，定睛向河中心的小毛驴看去。也许是老天眷顾，也许是母驴的呼唤给予了小毛驴力量，它竟然奇迹般地脱离了漩涡的控制，掉转过来拼命地向河边游来。

民众们发出了一声欢呼声，仿佛是为了小毛驴的脱困，又好像嘲笑黑子无用的计划。

黑子在一旁眉头紧锁，他对计划并没有十足的把握，所凭借的是经验和运气。他心中暗想，若抓不到水妖，就带着水蓝远走高飞，决不能让这些愚昧的村民伤害水蓝。

人们各怀心思，看着小毛驴一点点地靠近岸边，很快就会游上岸和母亲会合，到那时，黑子的计划彻底失败，水蓝因为说了大话，会被推上道德的审判台。

世间多磨难，小毛驴距离岸边不足二十丈，突然它身体一沉，一口水呛到口中，冒出了一大串气泡。令人奇怪的是，它竟然没有挣扎，下沉后，水面竟然变得平静下来。

村民们感到万分惊讶，按说陆地生物沉到水中后，都会剧烈挣扎，不可能平静地呆在水中一动不动，可眼见小毛驴沉到水中没了动静，怎能不令人惊奇？

"来了，来了！"黑子努力地掩饰着语气中的兴奋，双眼紧紧地盯着水面。

躺在地面的母驴停止了号叫，费力地抬起脖子向河中望去，一双大眼睛中竟流下了眼泪。

黑子转过身，看着母驴的模样有些不忍，叹了一口气："对不住了，下辈子投胎做人吧，免得又受皮肉之苦。"说罢，伸手在母驴身上一戳。

母驴被解了穴道立刻腾身而起，四蹄翻飞向洛水河奔去，人们在它的眼神中看到了恐惧，可它为了救落水的小毛驴，奋不顾身地冲了过去。

人们的议论声再次响起，没人知道黑子究竟想做什么，却能够在他的身上看到一股自信。

黑子动了，一道黑影冲了出去，来到进入水中的母驴身边，一掌印在母驴的胸部与脖颈交接处，随即身形一晃，又回到河滩上。

没人想到黑铁塔般的黑子能有如此快的速度，人们还没来得及惊呼，他便回到原处，将绑在大石头上的绳子解开攥在手心。

人群中爆发出惊呼声，看向黑子的目光不光惊讶，更带有羡慕、恐惧，还有一些说不清的感觉在其中。

人群中一位身穿青衫的枯瘦老者口中"咦"了一声，看了看黑子，又摇了摇头。

母驴受到重击，口中冒出血沫子，前蹄一软，险些跪在河水中，挣扎了几下后，它义无反顾地继续向河水中冲去。

当母驴来到小毛驴消失的地方后，它瞪大眼睛寻找着，同时张开大嘴高声号叫着，像是在呼唤小毛驴赶紧回到它的身边，又像是预感到了小毛驴已经遇难发出的悲鸣。

令人惊讶的是，母驴不知为何也沉到了水下，同样没有任何挣扎。

黑子手里攥着绳子，手心的汗几乎将绳子浸湿，他几乎不眨眼地望着河面。人们也都屏住呼吸，有的盯着驴消失的河面，有的盯着黑子，有的则盯着那条拴着驴的绳子。

"准备火把！"黑子低吼了一声。

村正洛永宁冲着身边的几名年轻人点了点头，几人立刻点燃火把。人们屏住呼吸望向母驴消失的地方，河滩上安静极了，静得只剩下流水的声音。

"来了！快帮我拽上来！"黑子暴喝一声，随即浑身肌肉鼓起，用力地拽着绳子，人群中出来几名强壮的年轻人，帮着一起拽绳子。

经过几人的努力，水中出现了一个巨大的黑影，渐渐地，母驴的身影出现在浅水区，此时拖拽更加困难，有些人准备下水去拉，却被黑子喝止。

当母驴被拉上岸后，众人惊呆了。

第六十五章　变异水蛭

母驴的嘴紧紧地咬着小毛驴的后颈，瞪大的双眼已变得黯然无神，身上无数白色虫子蠕动着，虫子有小手指般粗细，长度是成人的中指般大小，虫体不时地蠕动一下，白色的身体随之胀大，同时多出一丝红色。

再看驴的腹部，有些虫子已将半个身体钻进腹中，每一次蠕动，白色的虫子身体就会变大一些，身体逐渐变成青色。

"吸血水妖，这就是吸血水妖！"人群中发出尖叫，同时纷纷后退着，生怕这些虫子会冲过去吸食他们的血液。

身穿青衫的枯瘦老者再次"咦"了一声，眼睛中闪出亮光，看起来他对驴尸体上的白色虫子并不惧怕，反而一副感兴趣的模样，正要上前，却被几名年轻人拦住。

"村正有令，任何人不得靠前，杀人水妖不但能吸血杀人，还会传播瘟疫，通通退后。"一名年轻人喊着，同时伸出手推搡着人们。

人们对水妖本就恐惧，加上年轻人一喊，便立刻退后，在河滩上空出三十丈方圆的一块空地。

黑子放下手中的绳子，将地上的大口袋松开，十只大公鸡冲了出来，来到两头驴的尸体前，啄食白色的虫子。

黑子从另外一个口袋中掏出浸过松油的长布条，手腕一抖，身形一晃，利用长布条将两头驴的尸体围了起来。

待大公鸡啄食了一阵，黑子从河滩上捡起一些小石子，朝着公鸡投掷出去，三只鸡应声而倒。其他的公鸡们受到惊吓，立刻四下逃窜，围观的众人随即动手捕捉，很快十只公鸡便被抓住，重新绑好放入大口袋中。

小毛驴尸体上面的白色虫子陆续爬下来，准备回到河中。

"点火！"黑子大喝一声，手拿着火把的几名年轻人将火把投掷，落到了布条上，浸过松油的布条立刻燃烧起来。

虫子就是虫子，行动只是受到原始欲望的驱使，明明知道前面有火，却依然爬过去。

火焰将虫子烧得噼啪作响，没有一条虫子能够冲过火焰回到河中。而母驴尸体上的虫子依然在吸血，身体胀大到拇指粗细，通体变成红黑色，有的虫子甚至胀大到皮肤透明，而那些钻入腹部的虫子，露在外面的身体变成了青红色，显然是吸食内脏造成的。

"噗噗噗！"母驴口中发出了几声闷响，想是在驴口中的虫子吸血太多，爆体而亡。

水蓝是极聪明的女孩儿，立刻联想到了每名被害者口中还有一口血，那就是在死者舌下吸血的虫子因为吸食血液太充足进而爆体，这才在死者的口中留下了一口血。

她与黑子对视一眼，两人心照不宣地笑了笑，他们知道，真正的水妖被抓住了，同时也解决了洛神使者名头带来的困惑。

过了一阵，火焰渐渐地弱了下来，小毛驴身上的虫子跑个干净，只剩下湿漉漉的干瘪尸体。令人奇怪的是，母驴身上的虫子居然噼里啪啦地落下来，躺在地上一动不动。

过了一阵，火焰越来越小，最终熄灭。黑子拿着火把走上前，用火烤着那些虫子。虫子被火烧得噼啪作响，却还是一动不动，显然是已经死透。

从现场的情形上看，白色虫子就是传说中的杀人水妖，并非是人们口中传说的咬人脖子吸食血液的妖怪。这些虫子要是只有一两只，也不会造成太大的危害，但是它的数量庞大，一头强壮的驴很快便被吸干血液，连内脏也被吸食光，尸体失去大部分水分成了半干的尸体，可见它们的威力。

村正洛永宁惊喜万分，上前拉着黑子的手，笑着问道："黑子，你真是帮了我们的大忙，不过我还是想问问，这究竟是怎么回事？"

黑子点了点头，正欲说话，却听见捉住公鸡的那些年轻人大喊着，随即几人便将装着公鸡的那个麻袋拎了过来。

"刚才这些鸡挣扎了一番，随后就没了动静，黑子哥说有了异状就立刻告诉他，所以我才大声喊叫。"一名年轻人说道，对于黑子的称呼也由原来的"哎哎"变成了"黑子哥"。

黑子将袋子中的公鸡倒出来，发现十只公鸡均已死亡，拔下一些鸡毛，发现原本应是黄色的鸡皮却变成了绿色，鸡眼睛也变成一片灰色。

"是瘟疫！"人群中那名身穿青衫的枯瘦老者出了声，现场比较安静，老者的声音虽小，却让人听得清清楚楚。

洛水流域的人们还保持着喝预防瘟疫药水的习惯，可听到"瘟疫"这两个字后，大部分的人显出惊慌之色，急忙后退了数步。

洛永宁冲着几名年轻人摆了摆手，为首的那名年轻人立刻会意，又将公鸡装进麻袋中，拎着到宽敞的地方去烧毁。

"黑子，快说说吧，这水妖究竟是怎么回事。"洛永宁一脸的求知欲望。在场的民众亦投来了渴求的目光，就连一向冷脸的青衫老者也注视着他。

黑子清了清嗓子，说道："破获水妖杀人一案，是我从一个更为离奇的案子中得来的灵感……"

人的记忆有时会与河水一样发生断流，本来很熟悉的字，看着看着就变得不认识，一件朗朗上口的事情，到了嘴边却说不出来，这种感觉人人都有过。

黑子紧锁着眉头，努力地想着那件案子，他知道案子的大略轮廓，可涉及其中的人，那一丝记忆却像大海中的一片树叶，完全不着边际，令他抓耳挠腮、难受至极。

众人都屏住呼吸，等着黑子的答案，等了好久也没见他说话。大人还好些，耐着性子等着，一名顽皮的小男孩儿冒失地说了句："话说了一半就停下了，真是没趣。"

小倩站在小男孩儿身旁，她伸手在小男孩儿的脑袋上拍了一巴掌，嗔道："黑子哥在想事情，哪里轮到你来说话。"

小男孩儿有些惧怕小倩，吐了吐舌头，缩着脖子笑着跑开了。

黑子从思索中脱离出来，感激地看了看小倩，冲着一脸期盼的众人抱歉一笑："那件案子涉及的人物我记不住了，但是其中的手法我记得清清楚楚，根据那位神探的破案手法，我设计了这个计策。"

他记得那件案子发生地点同样是一条大河，还有一名逃脱了"黑龙"追杀的渔民，所涉及的恐怖杀人生物好像是扶桑的一种鱼类，引出这种鱼类的手法，便是用了马匹，最终此案告破。

人们听后无不惊讶，吃惊的不但是河中出现了吃人的黑龙，更令人拍案的还是那位大人破解的手段。

黑子是一个有心人，不但和李元芳学习高明的武功，还四处收集狄仁杰断案的书籍，学习其中的断案手法，案例看了很多，他所讲述的案例正是狄仁杰当年破获的"龙王怒"一案，其中手法与水妖杀人事件极其相似。

可惜的是，黑子现在只记得案件的全过程，涉及的人员却完全不记得。

"勘查死亡现场时，我发现血液中有皮状物质。随后给死者验尸，发现其五脏六腑完全消失，口中存在一些不属于死者的腐败物，看起来类似于水蛭的皮，印证了河滩那些血中皮样物质的来源。"黑子分析道。

他是海边长大的孩子，家住在一条大河的入海口处，对于水蛭印象颇深，在水草茂盛的河段，会有大量的水蛭存在，稻田中也有大量的水蛭，若是不明所以贸然进入，定会被这些吸血鬼偷个够。

洛水河流域的渔民们也知道水蛭，不过大多数渔民是乘船打鱼，在大河中遇到水蛭的机会少之又少，只有下水捞河蚌、挖珍珠的渔民以及种植水稻的农民才会遇到。

有经验的人都知道，对付已经钻进皮肤中的水蛭，绝不能拉拽，水蛭一拉就会断，留在身体中的那部分会令皮肤和血管感染，甚至会令人丧命。

有的人用的方法是烫，用火来烧水蛭露在皮肤外的部分，水蛭就会从皮肤中退出来。有的人则是用鞋底用力拍打被咬处上方，让血液忽大忽小，也可以令水蛭退出来。

水蛭虽然令人厌恶，却还没到令人恐惧的程度。但是眼前的这些白色水蛭不但数量众多，更兼之可以钻进腹中吸食内脏，就有些骇人听闻了。

"天下能够将人血吸干的生灵并不多见，大型的有吸血蝙蝠，一般都是成群出现，可以在一炷香的时间内将人血吸干，却会在人身上留下大量伤口，还会有一些血液遗留下来，更何况吸血蝙蝠不可能生活在水中。再者就是传说中的吸血鬼了，吸血鬼却是从西洋传来的玩意儿，大周并未出现过这种生灵。我便判定，在水中出现能够将人血吸干的应该是大量水蛭，至于水蛭吸食人的内脏，可能是因为它们产生了变异。"黑子继续分析道。

众人一听，议论声又响了起来，对于黑子的分析，他们半信半疑，毕竟"变异"这个词在人们心中还是陌生的。

"我与苦主了解情况，听她说半夜守灵时，棺材附近发出了'沙沙'的声音，地面上有虫子爬过的痕迹。又得知死了几只鸡，狗吃了鸡便得了瘟疫。为了印证我的推断，便让水蓝帮我准备了十只大公鸡，刚才的情形大家都看到了，大公鸡吃了变异水蛭，不久便因感染瘟疫而死。"黑子说到这里显出得意之色。

　　水蓝走上前，一脸疑惑地问着："黑子，为什么要用两头驴，而不是一头？另外两头驴身上的水蛭所呈现的状态也不一样，小毛驴身上的水蛭行动迅速，而母驴身上的水蛭好像是死了一般。"

　　听水蓝这一说，人们再次安静下来，竖起耳朵听着黑子的解释。

第六十六章　妙计

黑子憨憨一笑说道："我听了苦主的描述后，就在想一个问题。要是苦主选择立刻盖上棺木下葬，那么水蛭岂不是被埋在地下跟着一起死了？"说到这里，他给站在对面的小姑娘小倩使了一个眼色。

小倩摆出一副大人的模样，背着手走到众人面前，得意地说道："我和黑子哥到乱坟岗查看以前水妖杀人事件的死者，发现死者的坟堆上有很多小孔，在征得了苦主们的同意后，我俩便将坟堆一点点地掘开，发现那些小孔都是通往棺材的，棺材盖上也有相同大小的孔洞，不少细土顺着小孔流进了棺材中。"

议论声再次沸腾起来，有的人将目光投向水妖杀人事件的苦主，在这个年代，开棺验尸是一件相当忌讳的事，是对死者的大不敬。人们在得到了苦主肯定的答复后，这才逐渐安静下来。

"打开棺木后，发现本应该腐化的尸体却变成了骷髅，黑子哥说，这种情况有些怪异，至于如何怪异，还是让他来说吧！"小倩顽皮地吐了吐舌头，退到了黑子身后，伸出脑袋看着一脸严肃的村正洛永宁。

洛水村的村民都知道小倩的顽皮，所以并没有在意，那些外村来的人却皱了皱眉头，似乎对小女孩儿的插嘴有些不满。

黑子清了清嗓子说："尸体埋入土中，变成骷髅的时间不会这么快，我问过苦主，调查的三具尸体中，一人是今年春季被害，另外两人的被害时间是去年。乱坟岗的土质是以黏土为主，尸体埋入地下后几乎密不透风，腐化的时间和变成骷髅的时间会变长，绝不是一两年的事，就算是密封不严，今年春天的遇难者也不会在这么短的时间内变成骷髅。造成这种现象的只有一种可能，那就是那些神秘的杀人水妖钻进死者的腹中，以吸食人肉为生……"

话说到这里，一名妇女在人群中哭出声来，正是最近遇害的那名渔民的妻子。

"怎么会这样，我可怜的夫君……呜呜呜……"女人的哭声悲戚，令人们跟着一阵黯然。

黑子叹了一口气，接着说道："水蛭发生变异，寄居在人的腹部，吸食五脏六腑，最终在里面产卵繁殖，幼虫靠着吃尸体长大，等有了足够的能力，便咬穿棺木钻出土层，最终回到洛水河中，这就是尸体短时间内变成骷髅的原因。"

他的话再次令人们震惊，要是水蛭繁殖迅速到如此程度，数年之后，整个洛水流域就会成为水蛭的天下！更令人恐怖的是，水蛭身上还带有瘟疫！

"分析出这些后，我便想了一个办法，来引诱这些水蛭。小毛驴是引子，而真正的杀手是母驴。我先将母驴击倒，再将装有砒霜的肠衣沾着猪油送进母驴的腹中，驴是吃草的，腹中进入荤腥的反应就是吐出来，但是我点了它的穴道，令肠衣卡在脖子的下端。将小毛驴扔进河中，我断定那些水蛭会前来吸血。果然，小毛驴很快遇难，此时解开母驴的穴道。母驴爱子，奋不顾身地冲进洛水河中营救小毛驴，我趁机一掌击中肠衣所在的位置，肠衣破损，砒霜进入母驴腹中。这一掌的时间不能早，也不能晚。太早了，母驴就会中毒而死，太晚了，血液还没有充满砒霜的毒性，对水蛭没有杀伤力。"黑子神色一黯，显然他并不愿意这样做，可是为了水蓝，为了帮助渔民摆脱水妖杀人的困境，只能勉强为之。

水蓝悄悄地挪了两步来到黑子身边，伸出手轻轻地拽住了他的衣襟。黑子立刻感应到，微微转头报以微笑。

"母驴找到小毛驴时，也是砒霜毒性发作之时，大量变异水蛭贴在母驴身上，贪婪地吸毒血，有一部分担负繁殖任务的水蛭，钻进了母驴的腹部。如果我推断没错的话，小毛驴和母驴的腹中，应该还有水蛭！"黑子分析道。

"啊！"人群中再次爆发出惊呼声，纷纷惊叫着远离两头驴的尸体，生怕那些水蛭会从驴腹中蹦出来伤人。

黑子憨憨一笑，从一名年轻人手中接过一把砍刀，走到母驴面前将其腹部划开。令人震惊的是，从刀口流出来的不是五脏六腑，而是混合着黏稠液体的青色水蛭。

"众位放心，它们被毒死了。小毛驴腹中的水蛭虽没死，却进入繁殖状态，应该不会有太大危害。为了谨慎起见，还请大伙儿移到百步之外。"黑子话音

狄仁杰之[绝地旱魃]

刚落，人们便争先恐后地退后，只有一些好奇且不怕死的年轻人留了下来。

黑子示意众人帮忙，几名年轻人立刻点了点头，眼中冒出兴奋之色。在他们心中，能和黑子一起破案那可是一件可以炫耀很久的事儿。

两只酒坛是按照黑子的吩咐准备的，坛子中有小半坛酒，将两坛酒的盖子打开，一股浓郁的酒香立刻散发出来，令人闻了就产生醉意。

黑子手起刀落，寒光一闪，小毛驴的腹部被划开了一个口子，流出的果然是混合着黏液的青色水蛭，与之前不同的是，这些虫子在黏液中不断地蠕动着。

"将水蛭弄进酒坛中，小心不要被它咬到，另外不要用手直接接触虫体。"黑子说完便拿着砍刀挑起一只虫子，放入打开的酒坛中。

说也奇怪，虫子进入酒坛后，就立刻停止了蠕动，整个身体蜷成一团，仿佛一个硬硬的石头球。

在小毛驴附近的，除了黑子等年轻人，还剩下一名青衫枯瘦老者，他捋着稀稀疏疏的胡子，一脸赞赏地看着忙碌中的黑子。

"这位老伯，还请您远离一些，我对这些水蛭没有太大的把握，年轻人敏捷，遇到了变故跑得快，您这么大岁数，要是出了意外，我……"黑子抱歉地笑了笑。

青衫老者点了点头，却没有一丝紧张感，上下打量了黑子一番，才不紧不慢地说道："不要紧，正如你所说，变异水蛭进入繁殖阶段，动作不太灵便，咬不到人的，至于它体内的瘟疫，只要别沾到身体就没什么问题，你们放心做事吧。另外，你将水蛭放入酒中这个方法，是和谁学来的？"

老者的讲述和问题听起来很专业，令黑子眼前一亮。他这次的计划能够成功，有一半是取决于运气，很多环节都是抱着试试的想法去做的。

黑子挠了挠脑袋，苦笑了一声："我只是学着那件案子的手法进行的，对于水蛭的了解，是因为我是河边长大的孩子，家里经常会让我去抓些水蛭泡酒，一旦有个跌打损伤之类的，喝上一小口，并用水蛭酒搽涂，瘀肿即会很快消散。"

青衫老者点了点头："你刚才所说的案子可是洛水流域通谷县'龙王怒'一案？"

黑子紧缩着眉头思考着，最后眼睛一亮，使劲地拍了拍脑袋，发出"嘭"的一声："对，对，我想起来了，正是通谷县，不过断案的大人，我还是想不起来，好像是姓狄……想不起来了。"

青衫老者一听，脸上露出兴奋的神色，仔细看了看黑子的脸，说道："你的脑袋一定是出了问题，导致部分记忆消失，不过这都是暂时的，等此间事情一了，我替你诊治一番。"

黑子感激地点了点头，眼前这位老者的行为虽有些怪异，却给人一种踏实感。

几名年轻人用棍子和砍刀等物，迅速地将变异水蛭送进两只酒坛中，最后将盖子盖好，放到了黑子面前，为首的年轻人带着崇拜的目光问道："黑子哥，您要这些变异水蛭有什么用？万一出了意外，该如何是好？"

年轻人问话间语气颇为关心，令黑子心中一暖："变异水蛭繁殖很快，洛水流域又这么大，我们抓到的，应该只是一小部分。我找一些高手来看看水蛭，寻求破解之法才是王道。"

年轻人眉头紧锁，想必是听说河水中还会有变异水蛭便产生恐慌，他叹了一口气说道："要是上次解瘟疫之围的毒郎中徐莫愁在，应该可以破解变异水蛭，可惜的是，自从洛水流域三年前发生瘟疫后，徐御医便辞了官，行走江湖，据说是为了寻找瘟疫的源头。"

黑子听罢眼睛一亮，立刻问道："兄弟，你可知道徐御医现在何处？"

年轻人摇了摇头。

黑子有些失望，又问道："你知道他长得什么模样吗？"

年轻人思索了一下，又是摇摇头，说道："三年前也没见到他本人，因为大量的官兵守护着他，我们只能远远地望着，看他五十岁左右的模样，很瘦……呃，和眼前这位老伯比较像。"说罢便看了看眼前的青衫老者。

青衫老者只是笑了笑，将目光望向了不远处的洛水河。

年轻人挠了挠脑袋，说道："不过听说那老头儿性情古怪，喜怒无常，就连好朋友狄仁杰狄大人，他都敢整蛊……呵呵，我这是道听途说，不知道是否属实。"

黑子正欲继续问，却听青衫老者咳嗽两声，再一看，老者的脸色沉了下来，目光锐利，紧盯着年轻人。

年轻人尴尬地笑了笑，冲着老者一抱拳："老伯，我不是说你啦……哎哟……我的肚子很痛！"

不但是他，另外几名年轻人也都捂住了肚子，脸上现出痛苦的表情，其中两个已经痛得躺在地上直打滚。

围观的人们吓得立刻后退，有的人甚至拔腿开溜，一些年长的男女慌着神冲了过来，上前查看几名年轻人的情况，想必几位老人是这些年轻人的父母。

对子女来说，世界上最伟大的便是父母，在危难之际，只有父母才会奋不顾身地去营救子女。

为首的年轻人抬起手伸向青衫老者，痛苦地求着："老先生，难道您就是徐莫愁徐御医？刚才是我说了您的坏话，与其他人无干，要是惩戒……就惩戒我一个人吧。"说话间有些吃力，五官扭曲成一团，豆大的汗珠顺着脸颊流下来，很快将身上的长衫浸湿。

"惩戒个屁！"青衫老者冷冷地哼了一声。

第六十七章 毒郎中

青衫老者将目光从洛水河方向收了回来，没有否认也没有承认，走上前蹲了下来，捏住年轻人的手腕把了把脉，翻看了他的眼皮，捏开嘴看看舌苔，这才缓缓站起身，说道："变异水蛭好厉害，虽然你们用刀棍将其挑进酒坛，却在过程中沾染了黏液。水蛭本属微寒，变异水蛭却成了极寒之物，而包裹它的黏液是其吞噬驴的内脏后产生，亦属于极寒，加上本身带有瘟疫，这才令几人腹痛，要是不及时医治，会损伤元气，就算日后能好，也会折损寿命。"

几名老人一听，立刻傻了眼，但心中明白，青衫老者能将此事说得头头是道，一定懂得破解之法，说不定此人真的就是徐莫愁。

想到这里，几名老人心有灵犀，齐齐跪倒在青衫老者面前，大声呼救。

青衫老者将几位老人一一扶起，捋着胡子说道："人参乃至阳之物，若有百年人参，可切一薄片，磨成粉末，用温酒喂服，可立即治愈。不过荒野渔村，怕是没有百年人参……就用粗盐三钱代替，研磨后用大火炒熟，用烈酒喂服，每日一次，一连三日，方可痊愈。"

几名老人听后立刻拜谢，口中叫着"老神仙"，同时又要叩拜，被青衫老者和黑子阻止，远处的人们听到青衫老者的话，有几人立刻跑了过来，七手八脚地将几名年轻人抬走。

人们见此间的事情已了，留在地上的黏液又极具危险，也顾不得两具驴的尸首，四散而去，只有水蓝和村正洛永宁留了下来。

洛永宁上前一拱手，笑着问道："老先生可是大名鼎鼎的徐莫愁徐御医？"

青衫老者没有说话，看了一眼洛水河，缓缓说道："我的身份并不重要，重要的是灭绝洛水河中的变异水蛭。村正，你找些人来用火油将两头驴的尸体烧干净，同时告知渔民们，变异水蛭未除净，且不可再下水打鱼，待我寻找破解之法后，灭了那变异水蛭，才可恢复渔业。"

青衫老者说话虽然和气，却给人不可抗拒的感觉，也算是承认了他的身份。洛永宁愣了一下，随即点点头应了下来。

"至于你，咱们也算是机缘巧合，带我到你的住处，我给你医治，说不定可以帮你恢复记忆，拿着坛子，走!"青衫老者说道。

黑子面色一喜，朝着青衫老者一拜，正要说些感谢的话，却见老者背着手向洛水村的方向走去。水蓝却并未显示出高兴的样子，反而眉头微微皱起。

从黑子一身武功和智慧来看，他的身份定不简单，一旦恢复了记忆，恐怕就要离开洛水村，有可能今生今世再也无法相见，这自然不是水蓝想要的结果。

黑子抱起两个酒坛子，冲着洛永宁抱歉一笑，一个闪身，和水蓝追向青衫老者。洛永宁苦笑一声，冲着远处几名族人招了招手……

……

水蓝在前面带着路，青衫老者不时地看看她飘逸的幽蓝色齐肩长发，眼神有些古怪，黑子则是紧紧地跟在老者的身侧，生怕这名可以治愈他的老者会消失。

"老先生，刚才我也沾了一些黏液，为什么没有中毒?"黑子不解地问着。

青衫老者神秘一笑，说道："想必是你之前有了什么奇遇，加上练就了一身内外兼修的功夫，这才令你免于此难。若是我没走眼，你的功夫应该是和李元芳学的吧?"

黑子听到"李元芳"后，整个人像是被电击了一般，立刻定住脚步，傻愣愣地站住不动，过了好一阵，才缓过神来，急忙施展轻功追了上去，同时口中不停地念叨着"李元芳"三个字。

"老先生，您真的是徐莫愁徐御医吗?"水蓝回过头笑问老者。

青衫老者报以微笑，说道："你这丫头，若不是我，你也不会有这样一头幽蓝色的头发。"说罢身形一晃，使出和黑子一样的轻功灵蝠五式，速度竟然不亚于内外兼修的黑子。

"真的是徐莫愁，他就是大名鼎鼎的毒郎中徐莫愁……"黑子看到了老者使出的轻功与他竟然完全一致，令他想起了一些往事片段。

当年徐莫愁看中了李元芳的轻功灵蝠五式，于是便用一瓶极效疗伤药与他换取。李元芳早已视徐莫愁为知己，莫说是换，就算他想学，也会毫不犹豫地教给他。这样一来，徐莫愁便多了一种保命的轻功，由于他的内功并不深厚，不能发挥到极致，无法练成移形换影的绝学。

李元芳……煞天气功……保护……

黑子的脑海中不断地出现这些词汇，却无法将其贯通起来。

"徐御医，刚才的年轻人说了您的坏话，真的不是您整蛊他吗？"黑子追上徐莫愁喘着气问道。

徐莫愁白了黑子一眼："你和你师傅李元芳一个德行，说话太直。我徐莫愁是那种小心眼儿的人吗？他们真的是中了变异水蛭的极寒之毒。"

"我是谁？李元芳是谁？狄仁杰又是谁？"黑子一口气问道。

徐莫愁身形一滞，停了下来，望着远处跑着跟来的水蓝说道："一会儿我治好了你，你就什么都想起来了，抱好了酒坛子，全靠它们了。咳咳，也不知道元芳两口子的伤势怎么样了……唉！"

黑子憨憨一笑，脸上充满期待。

……

"阴兵借路"一案后，十二地支成员之一毒蛇任天翔惨死。至此，论起毒术，徐莫愁已是天下第一。

世人只知道他的毒术天下无双，却不知道他的医术亦数世上罕见，绝不比身在皇宫的御医差，就连一贯揶揄他的狄仁杰，对他的医术也是赞叹有加。

徐莫愁轻吁了一口气，将手从黑子的手腕上拿下来，捋了捋胡子思索着。

黑子没有着急，反而是一旁站着的水蓝有些着急，上前轻声问道："徐御医，黑子的情况如何？"

徐莫愁没有应声，过了好一阵，才起身说道："水蓝，你去准备些药物，断肠草一钱、蜈蚣胆两颗、三步倒的毒液三滴，金线蛇的蛇鳞二十枚……"

水蓝的记忆力很好，徐莫愁说罢，她立刻重复了一遍，十几味药一样不差，说完之后，她一脸不惑之色，又问道："您说的这些药可都是毒药，每一样都可以令强壮的水牛死亡，更别说是人了，这……能行吗？"

徐莫愁笑了笑，捋着胡子说道："别忘了我的江湖名号，'毒郎中'可不是白叫的，快去吧小丫头，这些药中有几味药是给你准备的，可以让你幽蓝色的头发重新变回乌黑色。"

水蓝听了立刻兴奋起来，蹦蹦跳跳地出了房间……

"你倒是沉得住气。"徐莫愁看着黑子说道。

黑子呵呵一笑，说道："我的命运掌握在您手中，沉不沉得住气都和我无关，索性不去想，省了烦恼。"

徐莫愁一听这话，立刻拍掌叫好："很难得，你小小年纪就能有如此境界，要是再磨炼些时日，必成大器。我徐莫愁一生高傲，放眼大周，也没找到合适的弟子传授毒术，若你有意，可否拜我为师？"

在这个信息闭塞的年代，大部分都是弟子找师父，能否拜师成功得看师父的脸色。对于资质高的弟子，做师父的也会主动放下身段，来求徒弟，毕竟好苗子并不多见。

尤其像徐莫愁这样的顶级高手，能看上眼的人并不多。

黑子心中一喜，张大嘴巴险些叫出来。徐莫愁乃是皇帝身边的御医，同时又是江湖上顶尖的用毒高手，要是拜了此人为师，会受到极大的尊敬。他没有丝毫犹豫，立刻跪下来磕了三个响头，高声叫着"师父"。

徐莫愁点了点头，说道："为师有三不收，一不收妄语之徒，二不收心术不正之徒，三不收心不诚之徒。我见你做事诚实可靠，心无旁念，前两项算是过关。现在为了体现你的诚意，我要你磕三百个响头。否则，我徐莫愁还是不会收你。"

黑子一愣，随即反应过来，虽然他丧失了一部分记忆，却知道徐莫愁的名头，能够拜入名师门下，莫说是磕三百个头，就算三千个也照做不误。

"咚……咚……咚……"

黑子没使用煞天气功保护，而是真心实意地磕头，每一下都用尽力气。很快，他感觉有些头晕，额头上磕出了血，顺着脸颊流下来，浸湿了前衣襟，而此时他磕头的数量还不到五十个。

……

水蓝找到刚刚处理完驴尸体的洛永宁，安排了徐莫愁要的药材，"洛神使者"的名号依然好用，所需要的物品，整个洛水流域的人都会帮助筹集，所以她并不担心那些古怪的药材收集不到。

她今天的心情很好，哼着小曲回到家中，还没进屋，就听见里面发出"咚咚"的声音，进去一看，吓了一跳。

黑子满脸是血，跪在地上用力地磕头，徐莫愁则是面无表情地坐在椅子上，捋着胡子。

"黑子！"水蓝急忙上前俯下身拦住了黑子，同时向徐莫愁投去征求的目光。

徐莫愁深深吸了一口气，扬起下巴，毫不理会水蓝的目光。

"水蓝，我要拜徐御医为师，这是在行拜师礼，你别管我。"黑子轻轻摆脱开水蓝，继续磕着头。

水蓝看到黑子的惨状，心疼得眼泪流了下来，见黑子不理会她，便走到徐莫愁身前，小声说道："徐御医，我知道您在江湖上大名鼎鼎，可收徒弟也不至于要这样吧。他这样磕头会死的！"

徐莫愁微微一笑，说道："拜师是件需要诚心的事情，我将一身的本领倾囊传授，受几个磕头叩拜不算过分。黑子，磕了多少了？"

黑子缓缓抬起头，眼中充满血丝，同时眼珠不住地左右乱转，但脸上依然是坚毅的神色，颤抖着声音说："二百七十八个。"

"继续吧！"

"咚……咚……"

"三百个，为了表示黑子的诚意，我再行三拜九叩之礼！"黑子咬着牙再次磕头。

第六十八章　恢复记忆

水蓝看着满脸是血的黑子，心中难受极了，眼泪顺着脸颊流下来，落到地面上，与黑子的鲜血混合在一起。

"徐莫愁，你这条毒虫子，够了吧，收个徒弟就可以将他百般戏耍吗？就算你是大名鼎鼎的徐莫愁又怎样！"水蓝终于爆发，一脸怒气，蓝色的眼瞳散发出冷冷的杀气，同时拉住黑子，准备将他扶起来。

徐莫愁嘿嘿一笑，听到"毒虫子"这三个字，使他想起了狄仁杰对他的称呼。瞥了一眼愤怒的水蓝，他将桌子上的酒坛打开，伸手从里面拿出三只变异水蛭，又变戏法似的拿出一些药粉，撒在水蛭身上。

水蛭原本是缩成一团球状的，遇到药粉便舒展开身体蠕动起来，逐步在恢复着活力。

黑子刚刚站起身，却觉得头晕目眩，身体一晃，险些摔倒，急忙深吸了一口气，猛地在舌尖一咬，一股剧痛令他清醒过来。

"快扶他到床榻上，用温水将头上的血迹擦干！快！"徐莫愁语气带着威严，不容任何反驳。

水蓝不明所以，正要反驳几句，感到扶着的黑子一阵摇晃，只好冷冷地哼了一声，将他扶到床榻上，令其躺好后，流着眼泪拿来水盆和丝帕，将其脸上的血迹小心地清洗干净。

三只水蛭周身渗出青色液体，身体开始缩小，胖胖的身体恢复到小手指粗细。

徐莫愁将水蛭放到黑子头顶的神庭穴、百会穴、风府穴上，水蛭一接触黑子的皮肤，立刻钻进皮肤吸食血液。开始时，虫体每一次蠕动，都会有一抹鲜红出现，几次之后，虫体上出现的颜色竟然变成了黑色。

徐莫愁一见，脸上显出笑容，说了声："莫动！"随后转身从酒坛中又拿出三条水蛭，如法炮制，待之前的水蛭吸饱之后，将其逐一取下，再重新换三条上去。

水蓝虽然不明白徐莫愁用的是什么方法，却知道他一定是在给黑子医治，心中的恨意也渐渐消失，擦干了眼泪在一旁帮忙。

几轮之后，水蛭吸收的血液再次变成了鲜红色，徐莫愁面色一喜，小声道："成了！快帮我捏开他的嘴！"

将一些不知名的药粉喂进黑子口中后，徐莫愁松了一口气，擦了擦额头上的汗水，向水蓝问道："我让你准备的药材什么时候能到？"

水蓝看到徐莫愁全力医治黑子，心中怒气去了大半，平静地说道："很快，永宁大叔办事效率很高，洛水村是附近最大的村落，医馆有好几家，药材是不缺的，您所说的药虽然稀罕，却还是有的。"话音刚落，就听院外一阵马蹄声，一个身影风风火火地冲了进来，手上还拿着数个纸包。

"来了！"水蓝急忙迎了出去，将那人手中的纸包拿到手，连声致谢，送走来人后回到房中。

徐莫愁接过纸包立刻打开，从身上掏出两个小葫芦，用长长的小指甲将药粉挑进葫芦中，手法迅疾而果断，最后又从泡着水蛭的酒中舀出一些酒来，放入其中一个葫芦中递给水蓝。

"这葫芦中的药是给黑子的，分三次喂给他，每次间隔一个时辰。"徐莫愁说话间手并没有闲着，手指又挑了几样药材放入另一个葫芦中，递给水蓝说道："这份是给你的，用温水服下，三天后，你的头发会逐渐变成黑色，眼睛也会恢复正常。我有些累，去西厢房休息一下，等黑子醒来，让他找我。"徐莫愁脸上露出疲惫之色，应该是刚才给黑子治疗时耗费精力太多造成的。

水蓝面露愧疚，正欲道歉，却被徐莫愁摆了摆手阻止，显然他并没计较水蓝之前的态度。

徐莫愁离开后，水蓝按照要求分三次将葫芦中的药水喂给黑子。却没动令她头发和眼睛恢复正常的葫芦，犹豫了一阵后将葫芦放到柜子中……

黑子做了一个很长的梦，梦中他回到了家乡，奔腾入海的河流、一望无际的大海。转眼间，他来到大旱的魏州，看到了令他魂牵梦绕的小露，随后他又来到城外小刘庄，满地疮痍和尸体令他震惊，尤其是那个巨大的冒着青色毒雾的万人坑，毒雾幻化成的头像张开的大口向他咬来，他本想躲开，却发现身后站着一名老者，老者一脸正气，身穿四品大员的官袍，眼神中充满了信任。

一名蓬头垢面、龅牙外露的人站在老者身后，眼睛中带着一丝疯狂、一丝恨意，枯瘦的双手已贴在老者的后背上，只要轻轻一推，老者便会掉进大坑中！

……

"狄大人，小心！"黑子猛地坐了起来，却发现有些呼吸不畅，一阵咳嗽后，喷出一些黑血，伸手一摸，耳朵、鼻孔、眼睛均有黑色血流出，令他奇怪的是，黑血流出来后，他却感到神清气爽，仿佛换了一个身体似的。

"你感觉怎么样？"水蓝关心地问着，同时用丝帕给他擦着。

黑子看了看面前的水蓝，长吁了一口气，原本迷茫的眼神开始渐渐清澈起来，最后脸上露出笑容。

"水蓝，我都想起来了，都想起来了！"黑子一骨碌从床榻上蹦了起来，抱着水蓝在地上转着、喊着。

水蓝脸涨得通红，立刻伸出双手推黑子，怎奈黑子力大，推了几下后，没有任何效果，看着黑子那张毫无心机的脸，水蓝有些痴迷了，伸出手环在他的脖子上，任凭黑子抱着打转儿！

过了好一阵，黑子才冷静下来，见怀中的水蓝一脸娇羞，这才知道刚才兴奋得有些失态，急忙将她放下来，红着脸说道："对不住，对不住！"

水蓝半转过身，有些羞涩："你也不是有心的。哦，刚才你说想起来了，都想起什么来了？"

黑子说道："想起了以前的一切……我叫雷善明，明州人士，奉师父李元芳之命保护魏州刺史狄仁杰大人，因为一些事情，导致我有了一番奇遇，过程说起来话长，以后有时间再与你说。现在我要回到狄大人那里，向他说明我的遭遇，说不定会对魏州之难有所帮助。"

水蓝点了点头，说道："徐御医让你一醒来就去厢房找他，随我来吧，嗯……雷大哥，我有件事情想问问你。"说到这里，她的脸上再次出现一丝羞涩。

水蓝本就是大美人，一头的幽蓝色头发加上蓝宝石般的眼瞳，更加令人着迷。

雷善明年轻，正处于对感情敏感时期，立刻感应到了水蓝的爱慕之意，脸上一红，心中有些忐忑，小声说道："问吧。"

"你说我的头发和眼睛是现在的好看，还是变回黑色好看?"水蓝的声音小得像蚊子。

谈过恋爱的男女都知道，一名女孩子问男孩子这样的问题就代表她喜欢上了对方，问题的答案并不重要，重要的是问题本身的意义。

雷善明是初出茅庐的毛头小伙，哪能懂得这些，被水蓝这样一问，立刻向她头发看过去，看得她一阵阵脸红。

他看了一阵，温柔地说道:"我还是喜欢你现在的模样，幽蓝色的头发令我想起大海的颜色，你的眼睛就好像一块完美无瑕的蓝宝石，纯净极了，美丽极了，我……"

水蓝走上前，轻轻地抱住雷善明，踮起脚，两片柔软而湿润的唇贴在了他的唇上。

雷善明只觉得大脑再次变成一片空白，整个人好像是飞到了云端，水蓝给他的感觉就像是极其纯净的水，让他安宁、舒适，不像小露那样，给人一种最原始的欲望，炽烈而霸道。

不知过了多久，院中一阵轻微的咳嗽声惊醒了两人，水蓝缓过神来，立刻离开他的怀抱，低着头走了出去。

雷善明愣了一下，随即一拍脑袋，憨笑着跟着水蓝走了出去。

徐莫愁似乎知道了黑子已经恢复，笑盈盈地站在厢房门口等着，一见两人走出房间，便迎了上去。

雷善明疾走几步，来到徐莫愁身前，立刻跪拜下去，又磕了三个响头，徐莫愁点了点头，并没阻止。水蓝欠身一拜，徐莫愁示意其不必多礼。

"师父，所有的事情我都想起来了，您真乃神医也!"雷善明站起身赞叹道。

徐莫愁笑了笑，说道:"你叫雷善明，是李元芳派来保护狄仁杰的，却不知为何，出现在与魏州相距甚远的洛水村?"

雷善明一听，佩服之色更甚，问道:"我来到洛水村的经历有些离奇，待有时间我慢慢向师父道来如何?"

徐莫愁捋着胡子笑道:"好吧，说来话长一会儿慢慢说。跟狄仁杰接触久了，谁都会跟着学点推理，更何况我又不笨，知道你是来辞行的，不过却没必要……"他话说了一半便停住，静静地看着雷善明。

雷善明心领神会，这是徐莫愁在考他，于是说道:"因为您也要和我一起去魏州。"

徐莫愁赞许地点了点头，说道："魏州的瘟疫很厉害，皇帝命我前去协助狄仁杰。水蓝姑娘，你好生保重，我们一会儿就启程，此一去不知何时再相见了。"

水蓝看了看雷善明，不舍之意渐浓，幽幽地叹了一口气："徐御医，洛水河变异水蛭之灾该如何是好？"

徐莫愁摆了摆手，从袖袋中掏出一张方子，笑道："就知道你这小丫头会问，我这里有一张方子，将上面的药物制成药丸，还是按照雷善明的方法，弄一些牲畜来，给它们喂下药，只要将牲畜牵到河边，令其在水中来回走动，水蛭便会寻着味道而来，一旦上了岸，还不是任由人的拿捏！"

水蓝一把拿过方子转身便出了房间，急匆匆地走了出去，看样子应该是找村正洛永宁商量对策去了。在她心中，雷善明的离去自然重要，可相对洛水流域十几万人的生死，也就顾不得其他了。

水蓝走后，雷善明沉吟一阵，将他所经历的事情如实道来。他在地下河谷中的经历十分怪异，就算是见多识广的徐莫愁也听得一阵吃惊、一阵叫好。

第六十九章　离别

雷善明对徐莫愁的治疗方法也颇有兴趣，便向其询问。徐莫愁捋着山羊胡子一笑，像师父给徒弟解惑般地讲解起来。

徐莫愁给雷善明把脉时，发现其脉象生涩，又通过询问得知其时常头痛，此状属血瘀脑部造成。

原来，雷善明顺着地下河流一直漂着，地下河最后的出口便是洛水的发源地洛阳湖的湖底的五口泉眼，由于长时间的缺氧，加上巨大的水压，令他脑中的部分血管发生堵塞，导致他的大脑中部分功能受损，导致的表象是记忆暂时丧失。

徐莫愁先是让雷善明磕头，使其头部血管扩张，随后用秘法将水蛭身上的瘟毒祛除，放置在神庭穴、百会穴、风府穴三处穴位上，水蛭开始吸血，脑部的瘀血从穴道逐渐被吸出来，最后再用药物令受损的脑部复原，令他恢复记忆。

徐莫愁所用的药物基本都是毒药，寻常的郎中是绝不敢用的，但在他的眼中，可以是杀人的毒药，也可以是救人的良药，用他的话说，多一分少一分都是毒药，只有恰到好处，才能起到治病救人的作用。

雷善明对于徐莫愁的神技崇拜得五体投地，若不是被拦着，又要行叩拜之礼。至此，他开始了一段学习毒术的经历，也正是这段经历，令他成为集内功、外功、毒术为一体的顶尖高手，在江湖上成就了一番大事业。

……

"咱们走吧，狄胖子现在一定焦头烂额，我得赶紧过去看看他，哈哈！"徐莫愁朗声笑着。

雷善明听得出，他的话虽有调侃之意，实则是赶过去帮忙，于是收拾行李，随后向水蓝告别。

雷善明对水蓝的感情是极其纯真的，没有掺杂半分欲念，但分别在即，他的心中突然涌起一股不舍之意。水蓝的纯真和直率是他从未遇到过的。在他所认识的女孩儿中，老家明州的邻家女孩儿很淳朴，小露妖媚、善解人意，但只有水蓝能给他安静的感觉，一种从心里向外、由灵魂而来的安静。

面对水蓝失落的眼神，他竟然说不出话来。

……

雷善明走后，水蓝突然觉得原本还算温暖的家一下子空了，总觉得缺了点什么，看到雷善明留下的物品后，她心中一阵酸楚，悠地叹了一口气，将柜子中的装着药粉的葫芦拿了出来，愣愣地看了一阵，她想起了雷善明的话。

幽蓝色的头发代表着大海，蓝色的眼瞳代表着纯净的蓝宝石。

她笑了，将葫芦中的药粉倒到了地上，用脚碾着，又走到外面，将葫芦扔进灶膛中。

"我还是喜欢叫你黑子，傻傻憨憨的黑子。魏州，狄大人，小露，不知道你们会不会接受我……"水蓝从床榻上拿起一个包袱，看了一眼她生活了多年的房间，神色坚毅地走了出去……

……

女人本就多愁善感。

肖清平此时的心情已经不能用难过两个字描述了。汪远洋在她心中极其重要，甚至已经超越了她本身，知道了心爱男人的心竟然另有所属，这种滋味好比在她的心中插了一万根烧红的钢针，拔出来再插进去，再拔出来……

她属于温柔内向型的那种女人，知道汪远洋有其他的女人也不愿意去吵闹揭破，至少她现在还是他的夫人。心中不平静，她躺在床榻上翻来覆去睡不着，加上天气炎热，令她大汗淋漓，无奈，只好起身走到窗前，将窗户打开。

一阵阵带着潮气的凉风吹来，令她精神一振，淡淡的月光映入眼帘，使她内心逐渐平静下来。

自打肖清平跟着汪远洋练习武功后，耳力越来越好。当一阵微弱的吵闹声传入耳朵，她屏住呼吸侧耳一听，立刻分辨出声音是来自偏院厨房的方向。

刺史府有护卫巡夜，从未发生过有人夜闯刺史府的事。深更半夜有了动静，汪远洋又不在，由心而生的责任感让她放下汪远洋的事儿，她快速穿上长袍，拿起床榻旁挂着的长剑，身形一晃出了房间。当她来到厨房门口时，她看到了惊人的一幕。

袁客师抱着小露从厨房门口不断后退着,齐灵芷满脸杀气,手持宝剑天霜剑势如虹,眼见着就要刺入小露的后背,这一剑要是刺中,凭借天霜宝剑的锋利,定会将二人洞穿!

　　"不好!"肖清平将身法施展到极限,向三人冲了过去。

　　肖清平的身法虽快,哪赶得上齐灵芷的剑快,危急关头,她将手中长剑拔出,将剑鞘朝着齐灵芷甩了过去,同时大喊一声:"灵芷小心!"

　　齐灵芷虽在盛怒之下,听风辨位的功夫却还在,感到有东西朝她飞来,又听到了肖清平的提醒,手中长剑去势一变,将飞来的剑鞘荡开。就算是这样,剑势的余威仍将小露后背的轻纱划开,雪白的肌肤露出一大片。

　　袁客师借此机会立刻抱着小露向后闪去。

　　肖清平来到了三人中间,急忙说道:"有事好说,先不要动手!"说罢便倒提长剑走上前,轻轻地握住了齐灵芷持剑的手。

　　对于一名武林顶尖高手来说,控制力是最基础的能力,双手颤抖是不可能出现的。可齐灵芷的手真的在颤抖着,这足以说明她正处于失控状态!

　　过了一阵,齐灵芷深吸了几口气,又缓缓吐出,从愤怒状态中清醒过来,铁青着脸将宝剑收入鞘中,甩开肖清平的手,飞身上房,几个闪身后,不见了踪影。

　　肖清平没想到三人会闹成这样,冲着袁客师投去了责备的目光,见他没有反应,叹了一口气,随后捡起剑鞘,追着齐灵芷而去。

　　小露仿佛一只受到惊吓的小兔子,颤抖着身体紧紧地抱着袁客师,头拱在他的怀里,眼泪顺着脸颊流了下来。

　　袁客师叹了一口气,轻轻地将小露推开,看着梨花带雨的面容,他心中仿佛是倒了五味瓶,不知什么滋味。

　　"你先回去休息吧。"袁客师轻声安慰着。

　　小露点了点头,抹了抹脸上的眼泪,摇晃着身体向房间走去。经历过刚才的事情后,袁客师心中只剩下一团团的混乱。他施展轻功离开刺史府,漫无目的地在大街上逛着,也不知过了多久,身后传来叫他的声音,回头一看,正是捕头霍兰山。

　　霍兰山疾走几步追上来,笑着说道:"难得深夜遇到小袁神捕,相约不如偶遇,到我家喝酒去?"

　　袁客师抬起头,脸上的疲惫之色尽显,令霍兰山一愣,脸上的笑容立刻僵住了。

"你……怎么了?"霍兰山急忙问道。

袁客师摆了摆手,有气无力地说道:"这么晚了,就别去你家了,咱们找个地方喝个一醉方休!"他现在只想喝个酩酊大醉,然后沉沉地睡去,若是一觉不醒,正好得了解脱。

霍兰山本想劝说几句,话到嘴边又咽了回去,朝着袁客师点了点头,在前面领路。

袁客师心里乱乱的,本能地跟着霍兰山疾奔。来到一处地方后,霍兰山停住脚步,他才回过神来,抬头看了看眼前的建筑。巨大的两扇门内灯火通明,门口站着两名彪形大汉,长得凶神恶煞般,见到霍兰山,立刻变成一副奴才相,点头哈腰地施礼。

"这是哪里? 还在魏州城吗?"袁客师有些失魂。

霍兰山一笑,指着大门上方的牌匾说道:" '云康别院',男人喝酒玩乐的好去处,在魏州城的一个不起眼的角落里,你来这里时间不长,又整天查案,自然不会寻到这种地方,走吧。"

"云康别院,云康……"袁客师有些犹豫,这个名字感觉有些熟悉,像是曾经听过,可他现在脑袋很乱,想不起什么时候听过,但是他知道"云康别院"就是青楼,只是名字起得雅致一些罢了。

他从一间半开的窗户间看到两个熟悉的身影,两人都是魏州的官员,美女环绕,推杯换盏,堪比帝王。他哑然失笑,不再犹豫,紧走几步,跟着霍兰山走了进去。

魏州当地的酒很辣,但是有佳肴下酒,加之美女做伴,酒便成了助兴之物。袁客师不知道喝下了多少,陪酒的女人几乎只要拿起酒盅,他就接过来喝下去。

喝多了,再辣的酒,最终也变成了无味的水,流下来的眼泪也不知道是咸的还是辣的。他开始放纵,时而搂着身边的霍兰山一起喝酒,时而抱起歌伎肆意轻薄。

"霍大哥,你喜欢他家的花魁对吧?"袁客师在酒精的作用下有些发飘,他进门时看到一名绝色女子,而霍兰山的眼睛就一直没离开那女子的身体。

霍兰山狠狠地灌下一口酒,傻笑着说道:"袁客师,你小子喝多了吧,哈哈哈哈……"

袁客师不知道的是，那名绝色女子正是和汪远洋幽会的女子，不但霍兰山喜欢她，魏州有一半官员都渴望与她共眠一夜，可惜的是，绝色女子心高气傲，无论官位多高，送给她多少财宝，她都不为所动。

　　她越是这样，男人们就越觉得她珍贵。很多慕名而来的富商和官员甚至为了见她一面，不惜一掷千金，男人们只要看到了她的容貌，便会陷入了她的温柔乡里无法自拔。

第七十章　反目成仇

　　肖清平轻功比齐灵芷还差了很大一截，追了一阵后，连齐灵芷的影子都看不到，只得悻悻地向刺史府走去，快走到刺史府门口时，她望见一个熟悉的身影。

　　"远洋!"肖清平急忙追了过去。

　　大门口值守的两名衙役见到是肖清平，便立刻施礼并将大门打开。大门处弥漫着一股酒香的味道，还有一股……香粉"摄魂"的味道。

　　肖清平叹了一口气，她不愿意回到房间，因为她不愿意闻到那股香粉味道。她径直来到了后花园，却发现找了好久的齐灵芷居然在凉亭中站着。

　　肖清平从未见过失魂落魄是什么样子，看到齐灵芷的背影后，她幽幽地叹了一口气，心中一阵心疼。

　　齐灵芷受到打击变成这般模样，自己又何尝不是呢!

　　……

　　刺史府依然是刺史府，可是其中的人，却发生了变化。

　　袁客师几乎整天一身酒气，大清早回到房中，关上房门倒头就睡，直到晚上才会走出来，摇摇晃晃地离开刺史府，向魏州城的角落走去。

　　汪远洋也不如从前敬业，大部分的夜里他都没有值守岗位，卫队长一职几乎是徒有虚名。对于卫士们的训练，他更是提不起精神来。

　　齐灵芷很少在刺史府中出现，偶尔来一次，也是直接到书房向狄仁杰禀报冀州城的消息，之后转身就走，绝不在刺史府多待一会儿。

　　最可怜的就属肖清平了，每天夜深人静时，她都会来到后花园中以泪洗面。

　　四人的变化如此之大、如此之快，刺史府上到官吏下到家丁，已是无人不知，可他们的身份特殊，没有人敢随便议论是非。

唯独不变的是小露，她仿佛没有受到影响，日子依然过得平静，可能是由于雷善明的缘故，她的脸上多出了一分忧愁，愁眉之间居然多了一丝忧郁美，这点变化让官吏们越发喜欢她。

狄仁杰除了忙于政务之外，便是寻找几宗案件的线索，等发现苗头不对时，这才开始找几人分别聊天劝解。

最令他生气的便是袁客师，本来和齐灵芷好好的一对，活生生地闹到了现在两不相见的地步，袁客师不但没有任何反悔的意思，反而每天沉浸在酒池肉林中。

当袁客师清晨再次浑身酒气地回到刺史府时，被狄仁杰堵了个正着。在众官吏的眼中，狄仁杰是名好官儿，对下属没有架子，很少见到他对人发火。

狄仁杰看到袁客师这副模样后，心头怒火中烧，当着众官吏的面劈头盖脸地训斥了他，若不是温康骥拦着，恐怕会将他革职赶出刺史府。

袁客师没有太大的反应，听完训斥后转身回了自己的房间，依然倒头就睡。

至于汪远洋和齐灵芷，狄仁杰虽然没有出声喝骂，却也借一次聊天的机会分别提醒了他们一番。可惜的是，汪远洋原本就少言寡语，加上心中有愧，对狄仁杰的提醒也只是低着头，却不敢应声。齐灵芷在气头上，只是出于尊敬没有和狄仁杰辩论，但对袁客师的气始终未消。

众官吏对于汪远洋和袁客师的行为虽不敢表示出不满，意识里却有些瞧不起二人，更有些幸灾乐祸。在众官吏的心中，能够和狄仁杰这种级别的封疆大吏关系密切是一件很难得的事，这两人竟然身在福中不知福。

袁客师挨了一顿训斥，心中不好受，面子上更觉得过不去，睡醒后收拾了行礼，住进了"云康别院"中，过上了醉生梦死的生活，至于消费所用的银两，都是捕头霍兰山支付的。

女人毕竟还是心软，齐灵芷冷静下来后，觉得狄仁杰的劝说不无道理，她不应该放弃袁客师，更不愿意见到他如此堕落，便与肖清平相约找到"云康别院"，准备和袁客师好好谈谈。

令她气愤的是，当二人好不容易进入别院找到袁客师，他居然和一名歌伎在喝酒调情，对于齐灵芷的到来竟然置若罔闻！

齐灵芷哪受得了这个气，心中怒火再次被点燃，不但砸毁了房间内所有的物品，还出手殴打袁客师，吓得歌伎花容失色，号叫着逃命而去。

袁客师已经醉得迷迷糊糊，哪里能躲得过，齐灵芷的一顿拳脚打得他鼻青脸肿，若不是肖清平极力阻止，齐灵芷可能会一把火将"云康别院"烧个精光。

歌伎找来了"云康别院"的老板——长相猥琐的老妇人，她在风月场多年，见识过的人和事无数，也不是吃素的，见齐灵芷武功、气势无敌，别院中的打手肯定不是她的对手，便及时地请来了捕头霍兰山，原本发誓要将齐灵芷送入大牢的老板在看到了霍兰山铁青的脸后，默不作声地溜了出去。她知道，能够让霍兰山闭口缄言的人，绝不是她能惹得起的。

齐灵芷甩了一大把银票作为赔偿后，气呼呼地离开"云康别院"，高声发誓再也不见袁客师。齐灵芷离开后，肖清平边给袁客师包扎边劝诫。

袁客师平时称呼肖清平为姐姐，对她尊重有加，可今天他完全听不进去，只是一味地喝着酒，还没等肖清平的话说完，他便一头拱到桌子上醉得不省人事。

肖清平本欲将袁客师带回刺史府，却遭到了老板的反对，正欲发怒，却见与汪远洋约会的紫衣女子出现，同时在老板的口中得知，紫衣女子名为向云瑶，乃是"云康别院"的花魁。

两个女人第一次面对面对峙，肖清平不得不承认向云瑶的美丽，就算是身为女人，也为她的美丽而动心。

她看了看烂醉如泥的袁客师，知道今晚无论如何也带不走他，只好作罢，狠狠地瞪了一眼向云瑶，转身离去。

齐灵芷是名敢作敢当、敢爱敢恨的少女，对于破坏她与袁客师感情的小露自然恨之入骨。

回到刺史府，便开始百般刁难小露。小露本就是好脾气，加上对袁客师的事情心中有愧，几乎是逆来顺受。

刺史府中其他人却不这么想，相对温柔可爱、又令人怜悯的小露，强势的齐灵芷便成为众人排挤的对象。开始时，人们惧怕齐灵芷，还是偷偷地议论，时间久了，人们大胆起来，不但公开讨论小露的遭遇，更是声讨齐灵芷的泼辣。

齐灵芷的大小姐脾气哪能忍受这样的委屈，数次与众人发生冲突，仗着一身武功暴打了几人，却惹得众人到狄仁杰处告状。

正当狄仁杰准备劝说齐灵芷时，她却主动找上门来，当着众官吏的面辞行，并告之白鸽门从此不再给刺史府提供任何信息！

她说到做到，当天就收拾了行礼，不顾狄仁杰和肖清平的劝阻，坚决离开了魏州城不知所踪。

夫妻之间不怕吵闹，就怕冷战，冷战看似平和，对于感情上的伤害更甚于吵架。肖清平的日子并不好过，虽然没与汪远洋说破，可两人的关系日益冷淡，几乎是形同陌路。

齐灵芷离开三天后，肖清平给狄仁杰留书一封，说家乡父母年迈，需要回去照顾。

狄仁杰心中明白，肖清平的离去只是因为汪远洋，并非是她父母的缘故，不过人已离去，就算大骂汪远洋一顿也无济于事。

汪远洋对于肖清平的离去并未在意，每天依然如故，白天回到房间休息，晚上消失不见。

至此，狄仁杰身边的几名得力助手走的走散的散，只剩下一个汪远洋还不理正事。

人心散了容易，再想聚起来如同登天！

……

傍晚，夕阳西下，残阳将整座刺史府染成了红色。

满头花发的狄仁杰站在刺史府院中，看着原本属于齐灵芷的房间空空荡荡，不禁叹了一口气。

"狄大人，您还得保重身体才行。契丹大军攻城在即，现在没有了白鸽门提供情报，我们等于成了瞎子，容不得半点疏忽啊！"温康骥在一旁劝着。

狄仁杰点了点头，苦笑了一声："想不到我最信任的人在关键时刻竟然纷纷离去，幸好有你在。否则，我怕是孤掌难鸣了。"

"能与狄大人一同谋事是下官的荣幸，自当竭尽全力。"温康骥是文官出身，头脑机灵得很，绝不会在语言上落下，随后他话锋一转："狄大人，下官觉得赈灾粮被劫案应该有内奸……"说到这里，他抬起头看着狄仁杰，这是他的看家本领，也是大多数官员擅长的——察言观色。

若狄仁杰露出不悦的神色，话题就会终止，若感兴趣，他便会滔滔不绝地说出见解。

狄仁杰笑了笑，示意温康骥说下去。

温康骥露出兴奋之色，继续说道："契丹叛军兵临城下，运送赈灾粮的事儿，无论是路线还是时间，除了关键的几名将领知道外，连那些押运的兵士都不知道。下官认为应该从知道押运详情的这几人入手，进行严查，必要时甚至可以动用非常手段，否则内奸不除，一旦契丹大军打来，里应外合，魏州城一日可破呀！"

狄仁杰神秘一笑，说道："温大人说得极有道理，不过据本官了解，你也是知情人之一！"

温康骥一听，惊慌之色立显，豆大的汗珠从额头上冒出来，急忙解释道："狄大人，下官可是清白的，还请狄大人明察！"

狄仁杰摆了摆手："温大人多虑了，本官没说你是内奸。不过，能够知道押运时间和路线的人就那几个人，都是位高权重，处理不当会引起内乱。这样吧，你令霍兰山秘密进行调查，要是遇到阻力，不要去碰硬。"

温康骥抹了抹额头的汗珠，勉强露出了笑容："狄大人，刚才您可吓坏下官了，在平时出了这件事都不得了，更何况现在是战时，这种行为就等同于背叛大周，按大周律是要灭九族的。"

狄仁杰呵呵一笑，与温康骥说了一些调查方面的细节，其间忍不住打了几个大大的哈欠。温康骥何等聪慧，立刻起身告辞。

人一旦遇到了不如意的事情，身体极易疲乏。之前的几宗大案令他焦头烂额，现在身边人又出了问题，而且是最难处理的感情问题，狄仁杰已身心俱疲。

他和衣躺在床榻上，却怎么也睡不着。

第七十一章　内奸

狄仁杰对温康骥的印象还算不错，虽说温康骥之前犯了一些错误，却能及时修正，而且在和梁艾军有矛盾这件事上处理得算是进退有度。对于查找内奸的事情，狄仁杰早有打算，难得温康骥也能想到这点。

调查内奸的事儿说起来容易，但实施起来难度很大，一旦处理不当会引起哗变。

提起内奸，他想起了数年前神都洛阳那场官场大清洗，很多都是以通敌的罪名进行的，当时的洛阳官场人人自危，生怕一句话说错遭到灭顶之灾。

狄仁杰长长地叹了一口气，头脑昏昏沉沉，下意识地抹了抹额头上的汗，翻了个身睡了过去。

……

爱有很多种，伟大的父母之爱、炽烈的男欢女爱、纯洁的友谊之爱……有的爱是无条件的，有的爱是清澈的，有的爱是盲目的。

在众官吏的眼中，狄仁杰对汪远洋极其纵容，可谓是厚爱有加。

一名刺史府的卫士首领，不但不管卫士们的训练，甚至对夜间守卫情况也不管不问，早已失去了卫士首领的资格。但汪远洋依然到账房预支俸禄，可以自由进出刺史府，过着潇洒的生活。

肖清平走后第二天清晨，汪远洋拖着疲惫的身体回到刺史府，正欲进入房间休息，却见小露走了过来。

她的气色不是很好，充满媚意的脸有些苍白，红肿的眼睛中还隐含着潮气。

汪远洋看得一阵心疼，轻声说道："小露，我知道你为了袁客师的事难过，不过感情的事很难说，该是你的就是你的，不是你的强求不来。你和灵芷都是我的妹妹，你们之间的是是非非我不做评论，只奉劝一句，凡事勿强求。"

小露点了点头，抹了抹流下的泪水，又从轻纱裙中掏出一封信递了过去，信封上写着"远洋亲启"几个大字。

汪远洋看到字迹，原本疲惫的脸上立刻显出悲哀之色。信封上的字迹是肖清平的，他再熟悉不过了，字是她的字，但如今看起来味道不对。

他颤抖着双手接过信封，轻轻地捏了捏，里面只有一张纸折叠后的厚度。

"她走了吗？"汪远洋心中明知道答案却依然问着，他幻想着小露能给出否定的答案，说话间声音有些悲戚，听得小露心中一颤，这种悲戚只有失去了至亲的人才会表现出，足以能够引起他人的共鸣。

小露的泪水如同断了线的珍珠流下来，过了一阵才缓缓地点了点头。

汪远洋长叹一声，整个人仿佛是丢了元气一般，一瞬间苍老了很多，将信封撕开，娟秀的字迹他是熟悉的。他跟随狄仁杰走南闯北，肖清平不知给他写了多少封信，字迹仍旧是她的字迹，可此时人远在天涯。

"远洋，我想我该离开你了，到一个没有人认识的地方孤老终生，勿寻、勿念。"落款为肖清平。

汪远洋脸色变得惨白，紧紧地抿着嘴唇，将信纸猛地一抓，发出"哗"的一声，转过身踉跄地朝着房间走去，眼泪终于不受控制，从眼圈中滚落下来，打湿了衣衫。

男儿有泪不轻弹，但情感所致，眼泪哪会受到人的控制！

小露冲着汪远洋伸出手，准备安慰几句，却不知道说些什么，最终手臂无力地垂了下来，呆呆地目送汪远洋进入房间，她幽幽地叹了一口气，准备回到房间休息，却看到狄仁杰站在院子中的一棵树下。

小露走了过去，小声说道："狄大人，汪大哥心里很乱，就让他一个人静静吧！"

狄仁杰铁青着脸很久都没说话，最后只是点了点头，便转身离去。

一个人长期应对糟糕的情形，心情会变得很糟，就连心志坚定的狄仁杰也不能例外。

看着站在下首的温康骥和梁艾军两人，狄仁杰满脸忧愁地说道："本官近来总是心神不宁，果然身边的人出了事情。幸好有你们二位尽心尽力帮助，否则……"

对于狄仁杰身边这些帮手，官场和江湖中人几乎都知道，李元芳夫妇因为在"阴兵借路"案中力战胡元海，大伤元气，只好隐居养伤。雷善明前来投奔，却因为一个疯子"丧命"万人坑。

汪远洋、肖清平、袁客师、齐灵芷四人追随狄仁杰走南闯北，经历了不少磨难，立下了汗马功劳，想不到此刻竟然去了四分之三，剩下的一个汪远洋也丧失了斗志。

外界传说狄仁杰断案如神，但狄仁杰心里明白，要是没有汪远洋等人作为得力助手，就算他是三头六臂，也很难有所作为。

梁艾军有些同情狄仁杰，不过他本就不愿多话，对此只是拱手抱拳以示安慰。

温康骥急忙接过话头："狄大人为大周的江山社稷鞠躬尽瘁，可谓是我辈的楷模……"话刚刚说到这里，便听见院子中一阵吵闹，其中一个声音听起来像是汪远洋。

狄仁杰冲着话说一半的温康骥歉意地摆了摆手，正要出门查看，却见梁艾军抱拳说道："狄大人，还是下官去看看吧，有些事儿您不方便处理。"

狄仁杰点了点头，投去赞许的目光。

梁艾军转身出门，朝着吵闹的方向奔去，从身法上看，虽然不比汪远洋等人，却也非常迅疾。

温康骥看着梁艾军离去后，便来到房门口，看了看外面空无一人，关上了门，回到狄仁杰身旁，神秘地说道："狄大人，上次您交代的事情，霍兰山已在实施，调查有了初步结果……"

狄仁杰脸色一正，立刻问道："什么结果？快说说！"

相比汪远洋等人的事，赈灾粮被劫案影响巨大，虽说赈灾粮已经找回来，却又牵扯到内奸的问题，一旦处理不当，契丹大军对魏州城中的防卫情况便会了如指掌，魏州城便成了叛军的囊中之物。

温康骥抿着嘴犹豫了一阵，才说道："从目前所掌握的线索来看，很多都是指向司马梁艾军的，不过还没有确凿的证据。"

狄仁杰倒吸一口凉气，脸色凝重地说道："此事关系重大，你详细说说。"

温康骥点了点头，开始陈述调查的结果。

……

负责调查的是捕头霍兰山，虽说他有时会有摆官架子，办起事来却丝毫不会马虎。

赈灾粮由三百名铁骑加上一千名车夫押运，自神都洛阳经由相州、冀州后到达魏州。

负责押运的官兵中只有将领才知道押运时间和路线，可他本人也在押运队伍中，若透露出去，不但得不到任何好处，还会白白损失了一条性命，所以押运将领泄密的可能性不大。

至于神都洛阳方面的官员，泄密的可能性更是不大，因为大周的律法极其森严，要是赈灾粮落入敌人手中，相关官员一定会被追责，而且皇帝武则天的手段历来凌厉，轻则有牢狱之灾，重则人头落地，有谁会去做这种事情。

所经过的冀州地界也无人知道押运的时间和路线。

知道押运赈灾粮路线和时间的魏州方面官员只有三人，刺史独孤思庄、司马梁艾军、长史温康骥。

独孤思庄疏于政务、胸无大志，对银子感兴趣的程度大于权力和责任，这是魏州官吏们的一致认同，勾结契丹谋反的可能性不大，就更不可能将魏州的救命粮拱手送给契丹人。

至于温康骥，本就是文官一个，中举之后官途一帆风顺，日后得到重用的可能性很大，没必要冒着天下之大不韪帮助契丹李尽忠叛乱。要知道，现在的大周无论是国力还是兵力都属于鼎盛时期，李尽忠叛乱的下场只有死路一条，温康骥若是连这点都看不透，又如何在大周复杂的官场上游刃有余？

暗查之下，竟查到梁艾军原本是契丹人的血统，父亲梁定江乃是契丹人，早年在契丹部落中不受重视，总章元年（668）带着族人投奔高宗，因为能征善战，被封为四品大将军，镇守魏州。直到现在，魏州大营中，仍有一半左右的将领是梁艾军的族人，这也是梁艾军在魏州大营声望极高的原因之一。

梁定江投靠高宗后，娶了汉人为妻，生活习惯上几乎都随着汉人，加之军中人员流动较大，所以除了那些追随他的亲信外，几乎没人知道他还有契丹人的血统！

契丹李尽忠却知道魏州司马梁艾军是契丹人，两人此前常有书信来往！

……

狄仁杰闭上眼睛，深吸了几口气，才示意温康骥继续说下去。

……

线索之二便是关于运送赈灾粮大军的接应。赈灾粮运送到冀州地界后，契丹李尽忠攻打冀州，若非押运赈灾粮的将领机灵，这批粮食在冀州地界便会落在李尽忠手中。

刺史独孤思庄不理政务，兵马调动一事完全由梁艾军掌管。这批赈灾粮关乎魏州城的安危，按理说应该派出大军到冀州与魏州交界处接应才是，梁艾军却只是派出了探马。要是派出大军接应，押运赈灾粮的三百铁骑就不会那么容易被神秘力量灭杀。

从以上两条线索上看，梁艾军勾结契丹的可能性很大。

……

"卖国通敌，这可是灭九族的大罪。温大人，梁艾军的身份特殊，在军中地位超然，断不可凭着这些线索臆断，而且契丹大军攻城在即，要是在他身上出了乱子，魏州城便不攻自破了！另外，很多人做事都是不择手段的，就算损失了性命也在所不惜，内奸的行为不能以常规的思维去考虑。"狄仁杰思索了一阵才缓缓说道。

温康骥急忙点头称是："狄大人所虑极是，下官有些武断了，不过眼前的形势危急，您还是早作准备，依下官所见，不如请求朝廷命周围的城池派援兵，至于梁大人那里……下官想听听您的意见！"

"求援的事再议，至于梁大人，你让霍兰山继续调查，万不可打草惊蛇，如有异动立刻向本官禀报。另外，你还要督促捕头霍兰山，命他抓紧查出独孤思庄和罗金柱被杀案，这两件案子可能是整个事件的核心！"狄仁杰面色凝重地说道。

温康骥一听此话，知道狄仁杰已将他当做心腹，面露喜色，急忙应声，却不敢露出声色，又聊了几句关乎民生的事情，便施礼告退。

刚走出书房，温康骥便遇到刚刚劝说汪远洋回来的梁艾军，微笑着点了点头后，便自顾着离开了。

梁艾军看到温康骥那副皮笑肉不笑的笑容后心中硌硬起来，他与温康骥共事多年，知道这人一旦笑了，反而没有好事，说不定又在狄仁杰的面前说了什么坏话。

第七十二章　夜袭大将军府

相对柔和的温康骧而言，梁艾军算是直性子，所有的情绪都体现在脸上，瞪了一眼温康骧后，他冷冷地哼了一声，甩着袖子走进了狄仁杰的书房。

梁艾军施礼后便向狄仁杰禀报了汪远洋的情况。

汪远洋脾气很好，这在刺史府是尽人皆知的，也许是受到了肖清平离开的刺激，也许是之前被狄仁杰当面训斥，从来不发脾气的他居然和一名扫院子的下人发生了争执，原因是下人扫地的声音太大，影响了他的休息！

梁艾军一顿劝说后，这才把汪远洋哄进房间。回到房间后，汪远洋只字不说，只是一味地喝着闷酒，几大口下去便喝多了。

梁艾军叫来下人，将汪远洋弄到床榻上睡下这才回来。

……

"先不提他了，关键时刻不起作用，光是添乱。梁大人，有句话我要问你，你是契丹人吗？"狄仁杰开门见山地问道，说话时还看了看门外。

梁艾军对此话非常敏感，险些跳了起来，涨红着脸大声说道："下官的确是契丹人，这点毋庸置疑，不过我是吃着汉人的粮食长大的，父亲为了大周江山鞠躬尽瘁，死而后已，现在您问我这个问题，是不是以为我与契丹人勾结，劫持赈灾粮和贪污赈灾银？"

狄仁杰没想到梁艾军反应如此剧烈，急忙摆了摆手，微笑着说道："梁大人误会了，我没有那个意思，只是……"

还未等狄仁杰的话说完，梁艾军铁青着脸哼了一声，显然是在极力地忍着内心的愤怒，生硬地说了句："狄大人要是不信我可以去调查，下官告退！"说罢转身便走，甚至没有理会狄仁杰的挽留之言。

梁艾军打开房门，发现温康骧正准备敲门，狠狠地瞪了他一眼后，快步离去。

温康骥冲着狄仁杰摆出了一副无奈的表情，说道："狄大人，您莫上火，梁大人就是这样的暴烈性子，绝不是针对您。他之前和独孤大人也是这样，一言不合便拍案而起，我更是吃了他不少辱骂，都习惯了。"

狄仁杰望着梁艾军离去的背影，尴尬地笑了笑，有气无力地说道："不要紧，不要紧。"

温康骥犹豫了一下才说道："大人，刚才我想起一件事情来，是关于独孤大人的。"

狄仁杰坐到了椅子上，闭着眼睛微微点了点头，示意他继续说下去。

温康骥走到桌子旁，帮着倒了一杯茶水，递了过去，这才低沉声音说道："这也是我无意中才得知的，有一次……嘿嘿……"他说到这里，显得有些犹豫不决，仿佛有难言之隐。

狄仁杰睁开眼睛，喝了一口茶水说道："温大人，有什么话就直说，只要不是危害社稷的事情，本官就当没发生过。"

温康骥急忙道谢，之后又沉吟了一阵才说道："下官曾经去过'云康别院'，您也知道的，男人嘛，总会有一些欲望……我看到了独孤刺史，他与'云康别院'的老板看起来很熟。传言，独孤刺史花费了大量的银子在花魁向云瑶身上，只为博得美人一笑。贪污赈灾银一案发生后，下官一直在想，独孤大人如果贪污了银子，最有可能的出处就是'云康别院'了。"

狄仁杰将茶杯重重地放在桌子上，发出"咚"的一声，说道："快说说你的分析。"

温康骥应了一声说道："狄大人，您想想看，独孤大人能够做到魏州刺史的位置自然不简单，平生却只爱好钱财，从他与向云瑶的关系上看，怕是也喜爱美色。魏州城中，他的房产只有一处，要是藏到家中，一旦事发，很容易就被起赃。'云康别院'人多眼杂，小隐隐于山，大隐隐于市，其实那里才是藏银两的最好去处。下官见小袁神捕已经在'云康别院'住下，是不是得到了一些线索，施展了苦肉计潜伏下来……"

狄仁杰摇了摇头，说道："什么苦肉计？袁客师这个不争气的东西，竟然整天混迹于烟花柳巷，不提他也罢。"

温康骥偷偷地观察了一下狄仁杰，随后才说道："狄大人，不如派霍兰山去'云康别院'搜查，说不定还可以查到一些线索！"

狄仁杰沉思了一阵，说道："现在魏州城已是草木皆兵，一旦有大的行动，却没有我们想要的结果，那就糟糕至极了。容我抽时间去找袁客师，反正他现在就在那里，我让他暗中留意一下便可。"

温康骧连忙点头："但愿小袁神捕能够从阴影中走出来，大显神威，找到赈灾银！"

"哦，对了，城外女魃祭祀庙中的难民怎么样了？瘟疫控制住了吗？"狄仁杰想起这件事心中一阵愧疚，这段时间光是忙活赈灾粮和军饷掉包案，疏忽了那些感染瘟疫的难民们。

温康骧皱了皱眉头，说道："侯郎中已经尽力，治愈了一些人，可还有些人反复发作，他调整了几次药方，依然没有起色。狄大人，下官说些不该说的话……"说到这里，他看了看狄仁杰的脸色，见并没有太反感的表情，于是接着说道："魏州城已是危机重重，粮食和水虽然得到缓解，但是大旱不解除，便是坐吃山空。难民得了瘟疫，几乎没有治愈的可能，自生自灭也就罢了，何必再浪费大量的人力、财力……"

狄仁杰叹了一口气，脸色变了又变，最后才稳定下来，缓缓说道："温大人，无论是得了瘟疫的难民、城中百姓，还是备战的魏州大营将士，都是我大周子民，我等应以慈悲之心对待，哪怕他还有一口气在，就不能放弃。我知道你的用心……好了，这件事不要再提了，记住，不能放弃任何一个百姓！"

温康骧知道狄仁杰刚才是强压怒火，吓得他冷汗连连，急忙点头称是，最后又表了态这才离开。

狄仁杰站起身，背着手走到窗前，望着已经开始西落的太阳，不禁黯然神伤。

……

魏州虽说处于战线前沿，治安却很好，几乎很少出现鸡鸣狗盗的事。

宁静而清冷的夜晚悄然而至，烦躁了一天的人们趁着凉爽进入梦乡。一阵风吹来，打蔫儿的树叶仿佛来了精神，随着风儿摇摆起来，发出欢快的"哗哗"声。

在大将军府门口值守看似是一件风光无限的差事，实则枯燥无味至极。单不说白天要在烈日下站得溜直，夜间还会受到困倦和蚊虫的双重困扰，若是疏忽懈怠被头领发现，还会遭受一顿责罚。

两名兵士时而打着哈欠流着眼泪，时而挥舞一番赶走可恶的蚊子。

一条人影出现在大将军府附近，仿佛出没于黑暗的幽灵一般，迅疾悄无声息。人影并未在意两名值守兵士，身形一晃，从大门口旁边一处墙垛跳进院中。

"兄弟，刚才我揉了一下眼睛，好像看到一个人从旁边的围墙跳了进去！"兵士甲看了看身边的墙说道。

大将军府的院墙很高，三丈有余，若说人能够跳进去，两名兵士无论如何都不会相信。

兵士乙笑了笑，挥了挥手说道："呵呵，我看你是瞌睡虫上脑了，眼睛揉花了吧！"

兵士甲叹了口气，摇了摇头，再次打了一个哈欠……

过了不多时，一声暴喝从大将军府院中传了出来，拳脚打斗声随即响起。值守的两名兵士立刻拔出腰刀，正准备冲进去，却想起了梁艾军严格的军纪，互相看了一眼后，硬生生停住脚步，警惕地守在岗位上。

黑影突然出现在两名兵士的身边，两人还未反应过来，兵士甲突然觉得脸上一痛，"哎哟"一声还未出口，便晕了过去。兵士乙被这突如其来的变化吓傻了眼，正欲高声叫喊，觉得胸口一阵剧痛，眼前一黑……

打斗声引来了未参加值守的兵士，火把和灯笼纷纷亮了起来，兵士们拿着兵器涌向打斗声处，却发现院中只有梁艾军孤零零地站着，手中拎着一口锯齿厚背钢刀。

小公子和奶妈所住的房间房门破碎，其中传出奶妈的啜泣声。

"有刺客！抓刺客！全面戒备！"一名护卫首领模样的人喊着。

论起马上功夫，梁艾军从来没服输过，之前截杀契丹大将龚非凡时，只是用了十个回合便将其斩于马下，提了对方的人头，哪怕遇到了李尽忠这等猛将也可以以命相拼，可对阵江湖高手，他的功夫就无法比拟了。

梁艾军长长地呼出一口气，看了看手中被打弯了的钢刀，心中暗叹：如果没有这柄刀护着胸口，刚才那一掌便会令他重伤。

不过从刺客一击便退的情况看，并非是来取他的性命，否则就算他有九条命也不够！

他冲着护卫首领摆了摆手，说道："不必了，刺客已经走了。加强值守和巡逻人手，把府上所有的灯都点上，赶紧去将侯郎中请来。"说罢便向小儿子和奶妈所住的房间走去。

……

凡是好官都勤于政务，狄仁杰自然不能例外。东方曙光刚刚光临大地，他起身来到院子中活动了一番筋骨，随后便来到议事厅。温康骥、梁艾军等人早已等候多时，见狄仁杰走进来，急忙施礼问候。

　　狄仁杰回礼，刻意看了看梁艾军，见他礼数未少，却依然是副冷脸，心中暗叹一口气，走到上首位置坐了下来。

第七十三章　暴躁的梁艾军

虽说是大灾之年，魏州官吏们的敬业精神依然可嘉，按照次序向狄仁杰汇报魏州地区的情况。关于军事方面，梁艾军和大营主将苑无涯却没说话。苑无涯将目光投向梁艾军，见他铁青着脸双眼通红，便抿了抿嘴，低下头看着地面不敢说话。

狄仁杰与温康骥对视一眼，正要问梁艾军，却见他"腾"地一下站了起来，冲着众官吏不耐烦地摆了摆手："你们都下去，我和狄大人有事要说。"

梁艾军在魏州多年，威望自不必说，虽说是正五品的官职，为人却较为霸气，众官吏对他都有些惧怕，见他这样一说，狄仁杰也没有提出反对，相互间使了个眼色，便齐齐地起身离去。

苑无涯不明所以，以为梁艾军要说的事情是与军事有关，几次欲站起身离去，最终还是留了下来。

"苑将军，大营兵士的操练不需要你到场吗？"梁艾军冷冰冰的语气令苑无涯打了一个冷战。

苑无涯急忙起身，急忙冲着狄仁杰三人施礼后告退。当他离开议事厅出了院子后，却发现一众官吏都在墙角缩着，竖起耳朵听着里面的动静。

现在的魏州已是危机之地，主管军事的司马将官吏撵出来，和刺史、长史说起了悄悄话，谁知道是不是关于契丹大军攻城的事儿。

"嘘！"司功参军急忙将苑无涯拉了过来，要不是见他没有做声，恐怕会伸手将他的嘴捂住。

众官吏听着议事厅中的声音，过了很久，却没有什么动静，正当众人失去耐性准备离开时，一声愤怒的吼叫传了出来。

"狄仁杰，别人敬重你，是因为你官大。我敬重你，是因为你的为人。可现在看来，我的判断是错误的。你要怀疑我就去调查，用不着找些人来打扰我的家眷，要是再这样下去，莫怪我翻脸无情！"梁艾军显然已经失去理智，竟然与比他高一个品级的狄仁杰吵了起来。

官大一级压死人，梁艾军为官多年，哪有不知的道理。

狄仁杰铁青着脸，听完梁艾军的话后才缓缓说道："梁大人，本官并没有派人到你的府上进行骚扰，究竟是怎么回事，你可否详细说说？"

梁艾军哼了一声，恶狠狠地瞪了一眼站在一旁的温康骥，喝道："眼看着契丹大军举兵来袭，你们却在这里玩什么狗屁手段。狄仁杰，别以为你是皇帝的红人就可以为所欲为，好好做你的事，先把魏州刺史坐稳了再说！要是没有我梁艾军在魏州镇守多年，神都洛阳哪里来的安宁？"

作为一名下属官员，这样顶撞顶头上司是大忌，虽然刺史对司马没有任免权，却可以给皇帝上书一封，将其弹劾，结果自不必说，梁艾军能够保住性命就算是万幸了。

温康骥急忙拦到两人中间，一面冲梁艾军使着眼色，一面冲着狄仁杰说道："狄大人，梁大人属于直筒子火爆脾气，要不是有人惊动他家眷，也不会惹来这么大的火气。"说罢又转过身，冲着梁艾军说道："梁大人，我看有人惊扰你家眷的事还需调查一番，怎可一下子栽到狄大人头上？"

狄仁杰没有做声，梁艾军却一掌拍在了桌子上，发出"砰"的一声，随后暴喝道："昨夜有人闯到我的大将军府，不知用了什么手段，令我那犬子昏迷不醒高烧不退，还在墙上留下信息，说是对内奸的惩罚。我怎么就成了内奸了？温康骥，让你手下的那些废物捕快们赶紧查查，要是查不明白，就给我滚出魏州，哼！"说罢他便转身离去，留下面面相觑的两人。

躲在外面的众官吏急忙四散而去，生怕走得慢了会被这位煞神遇到，说不定还拿谁出气！

梁艾军走后，温康骥先是叹了一口气："狄大人，梁大人府上不知道发生了什么事，竟然令他如此暴躁，他平时霸道一些，却还不至于如此。此事还请狄大人海涵才是，下官一定尽力去查，看看是否能查出些倪端。"

狄仁杰摆了摆手："不碍事，不碍事。现在是危难时期，这点事儿算不得什么，不过梁大人的状况不太好。人总是处于暴怒状态，很容易造成判断失误。另外，有人去惊扰家眷的事儿，是不是霍兰山他们做的？"

温康骥立刻瞪大眼睛，一脸恐慌地摆着手："绝对不是，绝对不是。梁艾军护家的脾气在魏州是有名的，霍兰山就算是要调查，也不敢去打扰他的家眷，更何况之前狄大人您还特意提醒，要秘密调查的！"

狄仁杰点了点头，说道："现在形势危急，也许这件事情与契丹人有关！这样吧，今天傍晚咱们去一趟他家，看看究竟是怎么回事，另外你让霍兰山多注意梁艾军的府邸，免得契丹人趁乱坏事。"

对于敌对关系的军事首领，派人进行刺杀和威胁是常有的事情，梁艾军属于魏州大营的精神支柱，主管魏州地区的军事，被契丹人威胁或侵扰也是正常的事情。

两人正谈着，却见捕头霍兰山从外面走来，走到门口处四下望了望，这才走进来，施礼后低声说道："两位大人，据线报，在梁艾军家中书房有个密室，应该有与契丹李尽忠的来往书信。这封是从书房中找到的一封未发出去的废旧信纸，是写给李尽忠的，却被撕碎了，只剩下这一角。另外，正大光明地去搜查怕是行不通，梁大人的脾气火爆，一言不合就会大打出手……"说罢便将一小张皱皱巴巴的纸拿了出来，递给温康骥。

温康骥接过那一角纸，皱着眉头看了看，将纸递给狄仁杰，冲着霍兰山说道："脾气暴躁这点狄大人和我刚刚领教过。另外我问你，你是否派人去梁府侵扰家眷？"

霍兰山苦笑一声："温大人，您在魏州的年头也不少了，卑职做事您难道还不知道？宁可调查不出什么，也不会去惹那个'爆竹'啊！"他将梁艾军形容成爆竹寓意一点即着，这个比喻再恰当不过。

狄仁杰点了点头，说道："这样吧，本官与温大人傍晚会去梁大人的府上，到时你也同去，看看有没有机会发现些什么。温大人，字条上的字迹是否是梁艾军的？"

霍兰山眼睛一亮，说道："要是能与两位大人同去，说不定可以有所斩获。"

温康骥点了点头："单从字迹上看，的确是梁大人的字迹无疑，他的字写得虽不太好看，却苍劲有力，一般人是无法模仿的。不过，这并不能说明什么，只能说两人通过信件有过来往，梁大人忠君爱国之心魏州人人皆知，应该不会做出勾结李尽忠这等事情。"

狄仁杰抿着嘴应了一声，转向霍兰山问道："霍捕头，你这线索是从何而来？"

霍兰山脸上露出为难之色，支支吾吾地说道："狄大人，线人也是要吃饭的，只要有银两，得到一些看似无用的东西还比较容易。"

狄仁杰点了点头，不再追问，他明白霍兰山所说，一定是大将军府中的下人被霍兰山收买，平时将梁艾军一些扔掉的东西偷偷藏起来，有用时便会拿出来换钱。作为一名优秀的捕快，不但要有过人的头脑，更重要的是信息，养一些线人再正常不过。

三人又针对独孤思庄和罗金柱被杀案进行了讨论，同时霍兰山将几桩案件整个梳理了一番，讲得头头是道，很多地方与狄仁杰的推断竟然不谋而合。若非浓浓的魏州口音，狄仁杰还以为是袁客师的推理分析。

想到袁客师，狄仁杰又露出愁容，他开始想念汪远洋等人在身边团结一心、各显其能的时候。

可惜时光不能倒流。

温康骥看出了狄仁杰所想，给霍兰山使了个眼色，两人施礼后告退。

狄仁杰捏着一角纸在房间中愣着神，以至于汗水湿透了衣衫也浑然不知。

狄平端着一碗解暑的绿豆水走了进来，见狄仁杰正在冥想，正要退出去，却发现他的嘴角露出一丝神秘笑容，便停住脚步，笑着说道："老爷准是想到了什么，才有此一笑。不过看您浑身大汗淋漓，不如先喝了这碗祛暑的绿豆汤。"

狄仁杰哈哈一笑："你这小厮，竟比那狄春还要伶牙俐齿。"随即脸色变得黯然，语气转而低沉："想不到我狄仁杰在最困难时，身边只剩下你一人！"

狄平抿着嘴脸色凝重地说道："老爷，无论您处于怎样的困境，狄平都会跟着您，我……"说到这里，他看到狄仁杰帽子下的鬓角已变得霜白，心中一酸，眼泪在眼眶中转了几下，险些没哭出来。

"好了好了，你这人，我哀伤就哀伤，你跟着起什么劲儿。"狄仁杰一口气将绿豆水喝光，闭上眼睛定了定神，再睁开眼睛时，脸上显出满满的自信。

狄平用手背抹了抹眼睛，呵呵一笑，说道："老爷，让您这一打岔我险些忘了一件事，洛阳左威卫大将军刘守业给您的信，另外一件是李将军捎来了口信儿……"说罢他凑到狄仁杰的耳朵旁，小声地说着……

狄仁杰听得眼睛一亮，望着窗外的烈日不住地点着头，小声念叨着："难得元芳还惦记我？太好了，太好了，他和如燕的伤势恢复得如何？"

"如燕小姐还好些，李将军的伤势并未痊愈，只是听说了魏州危机重重，特别担心您，这才托人捎来口信。"狄平说道。

狄仁杰转过身去，用大袖子在眼睛上抹了抹，声音变得有些颤抖，又问道：

"小元芳可好？"

狄平用力地点着头，说道："那小家伙可好着呢，长得壮实，能吃能喝，长大了一定能成为李将军般的人物。"

狄仁杰连声说好，过了一阵才转过身来，从狄平手中接过刘守业的信，颤抖着双手打开，信的内容很简单，讲述了左威卫派出的铁甲骑兵押运银两的过程。

如果一切正常，刘守业也就没必要写这封信了。

第七十四章　怪风

在相对和平的时期，押运银两是件肥差，一路好吃好喝不说，目的地的州府定会准备好礼品等迎接。但对于位于交战前沿的魏州来说，此行便是危险重重了。

负责押运的将领非常谨慎，一千名铁甲骑兵连吃饭和饮水都是分成三批进行，以防止食物和水中有毒，也防止契丹叛军偷袭抢夺银两。

幸运的是，整个押运的过程平淡无奇，没有契丹大军，也没有土匪强盗半路劫持，除了在魏州地界过清水河河滩时遇到一阵巨风，再无其他意外。

怪异的是，巨大的旋风来得突然，而且持续了半个时辰之久。人的力量就算是再大，也无法同自然力量相比。旋风夹杂着大量沙尘，骑兵无法对抗，只得纷纷下马，躲在马匹的一旁，用力地拉着缰绳，令马儿卧了下来，以免被狂风吹走，同时将三百辆马车聚集并围在中间保护起来。细细的沙粒不断地打在人身上，令裸露在外的脸部生疼，强力的风似乎将空气抽干，令兵士们呼吸感到困难。众人纷纷掩住口鼻闭上双眼，偶尔从手指的缝隙呼吸一下，得以喘息。

骑兵的战马还好些，拉车的马匹却只是普通的马，遇到风沙袭击后变得狂躁无比，不断地扬起前蹄，挣脱了马车夫的控制，奔了出去，冲了一段距离后，又将马车上的箱子掀翻在地。

怪风终于过去，押运官兵急忙骑马追赶马车，幸运的是，拉车的马由于体力问题，并未走远，三三两两地游荡在官道上。

官兵们立刻对箱子进行清点，装有银两的六百个箱子完好无损，甚至连封条都未损坏，装车后，顺利地运送到府库中，由府库看守官兵接管，府库参军罗金柱带领众库丁开始清点银两，无差错之后，铁甲精兵才返回神都洛阳。

......

狄仁杰看到这里捋着胡须思索着。

银两掉包一定发生在怪风来袭的这段时间内，风起后马不受控制狂奔翻车，箱子落到地面，那么重的箱子怎么可能丝毫无损？

一定是有人提前埋伏在附近，待马车脱离押运官兵控制后，将箱子掉包。箱子是提前准备的，所以才会无损！

如果推理成立，那幕后真凶不但熟知押运赈灾银队伍的路线和时间，还能仿制出银箱和封条，甚至知天文晓地理，能够掐算出那阵怪风出现的时间！

中国古代出现过一些能人异士，能夜观天象分析天下局势，能推演占卜算出旦夕祸福，掐算天气变化只属于最基本的能力。

"狄平，快将县志拿来！"狄仁杰急忙令道。

狄平应了一声，随即跑出房间，过了一阵，手中拿了两本书，将其中一本递给狄仁杰，说道："老爷，这本是书吏提供的县志，另外这本是小袁神捕从存放资料的仓库中无意找到的，说也许会有用。"

狄仁杰接过县志和那本破旧的书，将破书随手放到桌子上，翻开了县志。

......

"万岁通天元年三月，魏州城外清水河河道出现一阵巨大的旋风，一时间飞沙走石，啸声不断，飞沙竟然波及魏州城，对面不能视人，不掩鼻无法呼吸，啸声竟如同旱魃号叫之声，令人心神撼动。半个时辰后，怪风突然消失，城中地面沙土竟然有寸余厚！押运赈灾银的官兵未损分毫，银两顺利入库，幸哉幸哉！"

......

狄仁杰将县志重重地放在桌子上，自言自语道："好厉害的人，好厉害的人！竟然将天文地理算到如此精确，恐怕普天之下只有袁天罡和李淳风之流才能与之媲美！"

狄平听到袁天罡的名字一阵惊讶，正待询问，却见到狄仁杰又进入冥想状态，只好将嘴边的话咽了回去，默默地站在一旁。

......

魏州城中的人们盼着夜间早些到来，至少还能得以在热浪中喘息一阵，可对于忧虑较多的人来说，每一个夜晚的到来都是一种折磨。

每一天的逝去代表着距离契丹大军攻城的时间越来越近，李尽忠屠城的消息令民众都心生恐慌，城破即意味着死亡。

没人能想到一名武将的书房中竟然有如此多的书籍，巨大的书房中四周摆满了书架，上面整齐地摆放着各种各样的书籍，有竹简也有纸质书籍，其中有些看起来古色古香，想必是有些年头的古书，甚至有些是一卷卷的羊皮，散发着淡淡的羊膻味道。

房间正中央地面上放着一个火盆，其中的炭火燃烧发出噼啪声，旺盛的火焰将房间中的温度提升到极致。

梁艾军心神不宁地在书房中走来走去，不停地用袖子抹着额头上的汗水，眼睛却一直看着书桌上一摞信件。最终他在信件前站定，一掌拍在信上，将其抓起，走到书架前，扭动一个不起眼的装饰品，巨大的书架居然向两侧分开，露出了黑黢黢的甬道，甬道很短，是用上好的防潮耐腐木料制成，尽头则是一个地下密室。

密室中存放的不是兵器，而是满满一屋子书籍。梁艾军将书信放到一个木制的格子中，转身出了密室，刚刚扭动机关关闭书架，便听到管家的声音从门外传来："老爷，刺史狄大人来了。"

梁艾军心中一紧，急忙应了一声，推开门，看到狄仁杰、温康骧、霍兰山三人站在老管家的身后。

人对反常事物的出现会格外关注，强大的好奇心会令人产生猎奇感，就算一时间无法弄清楚，也会在事后左思右想。

映入三人眼帘中的不是梁艾军，而是房间中的那个火盆。

此时正值盛夏，房间中摆着一个火盆无论如何也说不过去，更何况是放在满满一屋子书的书房！

梁艾军向狄仁杰抱拳施礼，说道："狄大人到本人府上有何贵干？"说话间语气生硬，显然对狄仁杰等人的到来并不欢迎。

霍兰山平日虽惧怕梁艾军，可眼见房间中不该出现的火盆，显然是梁艾军准备将那些信件烧毁，情急之下只得硬着头皮说道："梁大人，有人密报说你的书房中有一个密室，密室中有你与契丹叛将李尽忠的来往信件，若心中无愧，可否让我进去搜索一番？"

"什么线报？哪里来的线报？你手下那些窝囊废还能从我大将军府上弄到线报？滚！"梁艾军态度强硬，完全不按照霍兰山的问话进行回答，同时强壮的身体横在门口，看样子只要霍兰山敢上前一步，他就要动手打人。

"你……"霍兰山虽然武功高强，却只是一个编外的捕头，哪里敢与朝廷亲命的正五品司马动手。

霍兰山慌乱的举措令狄仁杰和温康骥处于尴尬的境地，搜查一名正五品司马的府邸，要说没有刺史和长史的指令，谁会相信！

狄仁杰心中暗叹一声，急忙打着圆场："梁大人，本官与温大人前来主要是来看看你家中究竟发生了什么事，并没有其他意思。霍捕头刚才言语有些唐突，想那勾结契丹之说，纯属民间谣传，莫当真才是。"

梁艾军正要反驳几句，却听见一个女人哭着从厢房跑了出来，边跑边喊："老爷，老爷，不好了，小少爷快不行了！"

梁艾军身体晃了晃，看了一眼狄仁杰，冷冷地哼了一声，冲出门伸手拨开挡在前面的霍兰山，向厢房的院子跑去。

狄仁杰看了一眼书房中的火盆，叹了一口气，追着梁艾军而去。霍兰山正要进入书房，却被温康骥一把抓住，跟着狄仁杰追了过去。

厢房中，侯郎中已经背起了药箱子，沮丧着准备离去，见梁艾军慌张地跑了进来，心中一阵愧疚，急忙朝着他作揖施礼，正要说些抱歉的话，却见狄仁杰也跟着进来。

"侯郎中，小少爷究竟是怎么了？就算是死也要死个明白吧！"梁艾军坐到床榻上，伸手抓起不到十岁的小儿子的手，心疼地摩挲着。

"禀梁大人，小少爷中的是瘟疫，不过这种瘟疫很特殊，与之前苦工大营所发生的瘟疫不同，其毒性厉害无比，又兼之是高手用内劲将瘟毒直接打进小少爷的奇经八脉中，毒发不但迅疾而且凶猛无比。本人从医多年，从未见过如此厉害的瘟疫，这等瘟疫，威力应该还在小刘庄瘟疫之上。不过经过我的处理，瘟疫已不具备传染性，只不过小少爷……唉……"侯郎中低下头抿着嘴不再说话，一名郎中眼睁睁地看着病人死去，心中滋味自不会好过！

狄仁杰走到床榻近前，轻声说道："梁大人，可否让我给小公子把脉看看？"

梁艾军抬起头冷冷地看着狄仁杰，但他在对方的眼中看到了真诚，这才点了点头，站起身让到了一旁。

狄仁杰把手搭在小孩的左腕上，皱起了眉头："心口有一口气，还有得救，不过我只能将他心脉中的瘟疫导出，暂时保住他一条命，解毒还需要另外一人。"

虽然狄仁杰没有说出解毒者的名字，众人心中却明白，天下能解此瘟毒者非毒郎中徐莫愁莫属。除了大周皇族之外，能够请得动徐莫愁的也只有狄仁杰了。

梁艾军眼中闪出精光，急忙上前拉住狄仁杰的手说道："狄大人，还请您救救我的儿子，之前下官……"

狄仁杰摆了摆手，阻止他继续说话，从怀中掏出银针包，准备开始施展"金针渡命术"。

侯郎中立刻施礼告退，江湖各道有各道的规矩，狄仁杰的金针渡命术属于医学中的绝学，按规矩传子不传女，他作为一名外人怎能在此观看？

刚迈出两步，却听狄仁杰出声叫住了他："侯郎中，这金针渡命术，有时会需要同时下两三只针，本官年迈，手眼都不太灵光，就劳烦你来协助吧。"

狄仁杰说得诚恳，令犹豫不决的侯郎中转过身来，满脸感激之色，朝着他施了三次大礼，这才放下药箱子来到床榻前。

施术过程几乎没有任何声音，整个房间安静极了，若非狄仁杰沉重的呼吸声，侯郎中会被这种安静折磨得崩溃！

第七十五章　关键性证据

侯郎中从医三十年，向来凭借的是经验，从来不相信奇迹。

一炷香后，满脸大汗的侯郎中颤抖着手将最后一根银针拔出，见原本毫无生机的小孩居然扭动起来，同时脸上显出痛苦的表情，他几乎惊讶地叫出声来。

金针渡命术说起来很简单，实则惊险万分，不但要求施术者在认穴上精确，下针的时机和时间长短也极其严格，差了半分便会立刻要了病人的命，需要施术者全身心投入，也难怪每次狄仁杰施术完毕后会精神萎靡。

狄仁杰年老力衰，加上最近身体不适，这一番施术令他脸色苍白、大汗淋漓，要不是温康骥从一旁扶着，早已倒在地上。

"快，扶小公子起来，霍捕头，麻烦你帮助小公子推血过宫，侯郎中，你给开一个方子……"狄仁杰话未说完便身体一软晕了过去。

侯郎中年纪比狄仁杰尚轻，身体一向很好，也感到一阵阵疲乏，见狄仁杰昏迷过去，顾不上给小公子开方子，急忙与温康骥两人将他扶到一旁的椅子上进行救治。

一炷香后，小公子猛地一张口，喷出数口又腥又臭的黑血。

霍兰山收起内劲，将小公子平放在床榻上，轻吁出一口气，说道："小公子脉象虽弱，却趋于稳定，心脉中瘟毒已经逼出，性命暂时是保住了！"

梁艾军眼中潮气闪现，嘴唇哆嗦着，冲着狄仁杰、霍兰山、侯郎中三人深深施礼。

"唔！"狄仁杰在侯郎中的救治下清醒过来，缓缓站起身，苦笑一声："年老了不中用了……小公子的情况如何？"

"已经平稳下来，狄大人，您……"梁艾军一脸愧疚。他之前对狄仁杰等人的态度恶劣，现在人家反而救了他儿子的性命，还累得晕了过去，怎能不心生愧疚？

狄仁杰露出一丝笑容，说道："小公子身体虚弱，心脉中瘟毒虽除，其他经脉中瘟毒却随时可能侵入，还需要一些药物来祛邪扶正。侯郎中，你记下一个方子，赶紧去熬了药，给小公子喝下去。"

侯郎中按照狄仁杰所说记下来，随后便拿着方子立刻出门，回医馆配制草药。

梁艾军正要再次拜谢，却听见外面传来一阵嘈杂声音，从窗户向外看去，竟然看到一阵阵火光。

正当众人疑惑之际，管家惊慌失措地闯了进来，没等梁艾军发问，便说道："老爷，书……书房走水了！"

梁艾军脸色一变，冲着狄仁杰一抱拳，急忙冲了出去，朝着书房的方向奔去。

"快，去看看！"狄仁杰晃晃悠悠地向外走去。虽说此次前来主要是为了探查大将军府遭到侵扰的事情，同时也是为了追查梁艾军与李尽忠书信来往之事，根据霍兰山的线报，相关的信件就在书房的密室中，居然在这个时候书房着火，怎能不令人起疑？

当三人来到书房所在的院子，大火已将整座书房笼罩，下人和兵士们放弃扑救书房的火势，转而将水泼向相邻的房间，同时用钩枪、长棍等物不断把书房附近的易燃物移开，以免大火波及其他的房间。

水火无情，不大一会儿的工夫，书房便被烧得只剩下四面墙，房顶开始陆续坍塌，发出巨大的"轰轰"声。

梁艾军站在书房不远处，呆呆地看着燃烧正旺的房间，突然，他好像是想起了什么，冲着救火的众人喊道："快快后退，快快后退。"

人们听到梁艾军的喊叫，虽然不明白究竟是什么意思，第一时间的反应便是去执行。

人们纷纷后退，眼见火势已经减弱，庆幸火灾没有波及其他房间时，书房中突然再次冒出耀眼火光，原本已经奄奄一息的火势突然爆发，周围的温度猛然升高，随后发出"砰"的一声，爆炸的闷声传出很远，震得人耳朵嗡嗡直响，散碎的石块和未燃烧干净的木料飞了出来，落到了人群中，一些躲避不及的下人和兵士们被烧个正着。

人人都在向后躲着，捕头霍兰山却动了，只见他身形一晃，竟然冲向火场！

正当狄仁杰等人惊讶之际，霍兰山从大火中闪身而出，身上七八处着了火，头发和眉毛也烧去了不少。人们急忙上前帮助扑火，幸好他身上火势不大，转瞬间便被扑灭，令人奇怪的是，霍兰山始终保持着双手合十的姿势。

"霍捕头，你怎么样？"温康骥关心地问道。

霍兰山苦笑一声，将双手打开，掌心中出现一张残破的信纸。借着火光，隐约可以看到上面还有一些字迹，开头的部分几个字还算是清晰，写着"李……忠兄……"，其余的字迹因为纸张被火焰熏得有些发黑，并不是很清晰，要是在阳光下仔细辨认，应该还能看清楚。

"大人，这是给李尽忠的信！"温康骥瞪着眼睛惊道。

"人没事就好，以后再不要冒险了！快收好，回去再说！"狄仁杰脸色凝重。他看得清楚，一定是刚才的爆炸将密室中的信件抛出来，霍兰山手疾眼快，竟然冒着生命危险抢出一张，要是动作再慢些，所有纸张都会化为灰烬。

梁艾军不知道从哪里钻了出来，冲着霍兰山大吼一声，骂道："你找死吗？莫不是想死在我大将军府，赖上一笔银两不成！给我滚出去！"说话间眼睛一直盯着霍兰山手中的纸片，如果不是有狄仁杰等人在场，他眼中喷出的怒火定会将霍兰山连同纸片一起烧化！

霍兰山尴尬地笑了笑，冲着梁艾军拱手抱拳后，迅速转身离去，在府门口等着狄仁杰、温康骥二人。

"梁大人，书房本来火势减弱，为何又突然爆炸？"温康骥好奇地问道。

梁艾军摆了摆手，说道："我正在研究一种威力强大的武器，要是成功，莫说是李尽忠的几十万叛军，就算是突厥、吐蕃之流，也会在我大周军队的攻击下摧枯拉朽，到那时，天下平定，百姓安居，可长治久安矣！"

温康骥眨巴了几下眼睛，本想再具体问问，看到对方的脸色后便没有再说什么。

梁艾军深吸了几口气，努力令情绪平复下来，说道："狄大人、温大人，近来我府上发生了不少事，小少爷先是受到袭击，今天书房这把火来得实在蹊跷……还请二位大人先行回去，待我处理完毕后，再解释如何？"

他感激狄仁杰救子之恩，语气客气了不少。

狄仁杰缓缓点了点头，说道："梁大人，魏州城四面楚歌，需要吾等精诚合作，无论有什么事情，一定要开诚布公才好，若是藏私，对整个局势不利。"说罢便给温康骥使了一个眼色，两人离去。

霍兰山见狄仁杰两人走了出来，将手中的残破纸片交给狄仁杰。两人上了轿子，霍兰山走在一旁，一行人开始缓缓向刺史府走去。

狄仁杰之所以被称为神探，是因为他擅长利用一些线索和片段进行梳理和分析，进行验证后破解迷局。

大将军府一行不但救活了毫无生机的小公子，同时也得到了一些线索。

首先是火盆，原本是冬季用来取暖的，在炎热的夏季，书房中出现了不应该出现的火盆。再者是梁艾军所谓的威力巨大的武器，他只是一名武将，哪懂什么研制武器。第三点是霍兰山拼命从大火中抢出来的纸片，单从字面上就能看出，信件正是李尽忠和梁艾军之间的往来书信。最后一点是梁艾军反常的脾气以及对待狄仁杰等人的态度。

这些线索串在一起，可以得出的结论很多，其中最可怕的一种就是梁艾军私下勾结李尽忠，制造秘密武器，妄图与契丹大军挥师南下，攻克神都洛阳，进而统治中华大地！

除了谋反之外，虽然还有其他可能，却很难说得通。

看当时的情形，梁艾军已知道霍兰山手中纸片为何物，而现在契丹大军正在备战中，时机不成熟，他不可能任由一张与李尽忠联络的残信破坏他的计划。

这张残破的纸片成为能够定罪于梁艾军的关键性证据，也是唯一的证据！

狄仁杰看了看手上的纸片，露出神秘笑容，掀开轿帘，冲着霍兰山说道："霍捕头，小心……"

话音未落，便见霍兰山将腰间长刀抽了出来，做了一个手势，令轿夫停了下来。

"嘿嘿嘿嘿……不愧是狄仁杰，不过今晚你们免不了一死！"一个雄厚的男人声音从半空响起，话音中带有严重的契丹腔。

话音未落，两条身影分别从前后突袭而来。

处于战争前沿的城池防守通常很严密，尤其是军政大员，就连抬轿子的轿夫都要从大营的兵士中精心挑选。遇到刺客是预料中的，所以轿夫们并未慌乱，放下轿子后，背对着轿子做出防御姿态。

狄仁杰、温康骥两人在轿子中听到声音，立刻将轿帘掀开，看到两条黑影一前一后扑来。

霍兰山冷冷地哼了一声大声喝道："保护两位大人！契丹的乱臣贼子，竟然胆敢刺杀朝廷命官，就不怕被株连九族吗?"他这一声喝骂并非真的恐吓对方，而是召唤在附近巡视的兵士和捕快。

两名刺客有备而来，一下便看穿了霍兰山的计谋，也不答话，身材矮小的刺客甲手中钢刀一抖，人刀合一奔着他就是一击。

另外一名高大刺客将手中钢刀挥舞得呼呼作响，疯魔般地冲向狄仁杰的官轿。

霍兰山看得清楚，高大强壮的刺客乙气势惊人，刀法和身法却属于下乘，抬轿子的八人是军中健儿，手中却亏在没有武器。

刺客甲身形娇小，身法迅疾、刀法纯熟且隐含内劲，一看就是内家高手，比看起来威猛的刺客乙不知要强了多少！

说时迟那时快，眼见刺客甲刀尖刺到霍兰山胸前，霍兰山终于动了，只见他左手执钢刀，右手扶着刀背用力推出，一招"力尽关山"格挡对方的刀。两柄钢刀相交，发出难听的金属摩擦声，同时冒出一串火花！

霍兰山的身手绝非一名州府捕头应该拥有的，单凭这一刀，足以和江湖一流高手比肩！

第七十六章　刺杀

高手过招很少一上来就拼命，霍兰山和刺客甲并未比拼内力，几乎是一沾即退。

疯魔般的刺客乙砍倒了一名轿夫，身体也受到众多拳脚击打。令人惊讶的是，刺客乙像是没有痛觉一般，对于打在身上的重拳重脚居然毫无畏惧。霍兰山心急如焚，不等刺客甲出招，他借势脚下方位一变，手中钢刀一晃，由下至上撩向刺客甲的胸腹部，一招"孤城落日"使得恰到好处。

霍兰山的刀法是江湖上极为普通的雁歌刀法，没有复杂的招式，但在搏杀中却极为实用。

他知道刺客甲武功高强，这一招只求退敌，好得出空闲时间斩杀刺客乙。否则，一旦被刺客甲缠住，狄仁杰和温康骥两人就危险了。

刺客甲仿佛洞穿了霍兰山的意图，脚下踏着八卦微微一闪，身躯一扭，不退反进，手中钢刀如毒蛇一般，直挺挺地刺向霍兰山咽喉！

外行看热闹，内行看门道。刺客甲虽然没有招数，但出手的角度很刁、速度又快，在武功上明显高出霍兰山一些！

霍兰山哼了一声，骨子里的倔强爆发出来，眼睛中冒出凶光，竟然不闪不避，刀势一变，一招"大漠穷秋"斜斜地砍向刺客甲的头颅。这一招已是他的极限，目的就是为了和刺客甲同归于尽，也只有这样，才能为两位大人赢得逃生的机会。

刺客甲不愿意拼命，收起刀势向后退去，眼中流露出可惜之意。如果霍兰山不使用同归于尽的招数，他后续的招数便会连续不断地进击，霍兰山必然会死在刀下。

刺客甲借着退势正好来到温康骥所乘坐的轿子旁，手中钢刀向轿中一刺。温康骥怪叫一声，顾不得身份，几乎是从轿门滚出来，躲过致命一击，手臂却被钢刀划了一道口子，鲜血从破了的袖子流出来。

两名轿夫借机会冲向刺客甲。刺客甲武功高强，身形一晃，几乎是瞬间便反退为攻，一刀朝着一名轿夫肋下砍去。

轿夫是千挑百选的军中健儿，虽然没有霍兰山的功夫，但也都是刀头舔血的主儿，眼中露出了决绝的神色，不但没有躲避，反而主动冲了过去，钢刀瞬间砍进肋骨中。轿夫忍住剧痛，用结实的左臂和身体紧紧地夹住钢刀，任凭对手如何用力也抽不出！

另一名轿夫猛地扑向刺客甲，他的目的就是将其缠住，哪怕是一瞬间也好！两名轿夫配合得非常到位，夺刀、扑击，若对手是普通的高手，怕是立刻被拿下。

刺客甲眼露凶光，松开手中钢刀，脚下微动，堪堪避开扑过来的轿夫，同时一掌柔和地印在他的胸口。这一掌看似无力，却夹杂着巨大内力。轿夫被打得喷出一口鲜血，退后两步后两腿成弓步，硬生生地止住退势，闷哼一声，红着眼睛再次冲身而上，不死不休……

霍兰山一招逼退刺客甲，余光瞥见两名轿夫舍命冲过去，他不再犹豫，双脚一较劲，身体硬生生地转了一百八十度，倒提着钢刀冲向刺客乙。

狄仁杰在轿子中看得清楚，霍兰山与两名轿夫刚才是拼了命才赢得了这个机会，几乎是在那一瞬间经历了生死之难。

"狄大人！"温康骥趁机来到狄仁杰轿子旁，打开轿帘扶着他下了轿子。

霍兰山瞥见两位大人下了轿子，心中更加着急，几乎是用尽全力扑向刺客乙。

刺客乙仿佛是吃了疯药，不顾轿夫们的拳脚打在身上，挥舞着钢刀扑向狄仁杰两人。

"噗"，霍兰山的钢刀稳稳地插在刺客乙的胸前，却想不到刺客乙的冲击力很大，推动着霍兰山继续冲向狄仁杰，眼见着刀尖就要刺到狄仁杰胸前。

温康骥见状大吼一声，一闪身挡在了狄仁杰身前，刀尖刺入了他的左肩膀，痛得他大叫一声。

几名轿夫冲了过来，抱住刺客乙向后一拉。霍兰山用力一拔，钢刀从刺客乙的胸前拔出，一股血从他的胸前蹿出，立刻摔倒在地一动不动，显然是被钢刀刺穿了心脏，当场毙命身亡。

与刺客甲缠斗的两名轿夫被掌击晕倒，刺客甲没有半点犹豫，立刻提起双掌向狄仁杰冲了过去。

狭路相逢勇者胜。

霍兰山大喝一声，使出雁歌刀法中的一招"绝域苍茫"，紧握钢刀带着逼人的杀气，砍向刺客甲，一道刀气喷射而出，几乎是势不可挡。这一招乃是雁歌刀法的精髓，霍兰山练到了极致，刀气自然而然产生出来。

刺客甲"咦"了一声，脚下方位一变，堪堪躲过刀气，一掌朝着霍兰山的胸口印了过去！

霍兰山大吃一惊，这招是他的最后手段了，却不想被对手轻易破解，刀势已出无法收回，只好弃刀，双掌一并，迎着对手击了过去。

"噗"。

两人四掌碰撞在一起发出闷声，霍兰山一连倒退了三步，这才稳下来，脸上的倔强之色更甚，深吸了一口气，努力调整有些紊乱的内劲，准备迎接对手的第二拨攻击。

令人惊讶的是，刺客甲竟然连晃都没晃，趁着霍兰山倒退的机会，脚踏八卦位，身法陡然诡异起来，一晃之下竟然来到狄仁杰身边。

"受死吧狄仁杰！"刺客甲的声音有些怪异，像是刻意掩饰本人声音而发出的假声，此刻听起来令人毛骨悚然，随后便一掌拍向狄仁杰。

霍兰山内力不畅，知道凭借他的身法无法阻止刺客甲这一掌，却依然使尽全力一拳打了过去，这一拳毫无章法，凭借的完全是一股子狠劲儿，若能够打中刺客，就算不死也要重伤。

他看出刺客甲并不是死士，所以才用这种围魏救赵的招数。要是刺客甲与刺客乙一般疯狂，狄仁杰就算有九条命，此刻也得见阎王。

刺客甲感到拳风临体，只好在狄仁杰身前转了一个圈，向一旁跳开，微微点头表示赞誉，正欲提掌再上，却感到不远处有一股强悍无比的杀气临体，莫说是动手，就算是想动一动都会受到杀气的牵制。

"有高手！"刺客甲蒙着面，虽然看不到其脸色，却能从眼中看出他已萌生退意。此时，不远处传来叫喊声和火把的光芒，他不由得轻声叹了一口气，身形一晃，消失在夜幕中。

待援救的捕快等人来到狄仁杰面前，霍兰山喷出一口鲜血，脸色也如同一张白纸一般，整个人萎靡下来，显然受伤很重，若不是有人扶着，恐怕会瘫倒在地。

"快把人抬回刺史府救治!"狄仁杰查看了众人的伤势并无大碍后立刻下令。

……

侯郎中不但治疗瘟疫有手段,对于治疗外伤、内伤也颇有心得,加上齐灵芷留给狄仁杰的外伤药,温康骥很快哼哼着在床榻上睡去。

霍兰山服用了侯郎中治疗内伤的丹药,在一间客房中打坐运功疗伤。受伤最重的当数抬轿的四名轿夫,所幸这些伤,治好后不会留下后遗症。

给众人包扎后,侯郎中陪着狄仁杰来到书房中,两人分别坐下。自从与狄仁杰学习了金针渡命术,心中已然将他当做恩师,不在医馆中坐诊时,便跑到刺史府来帮忙。

"狄大人,温大人的伤势不是很重,那一刀用的是蛮力,虽说刺得比较深,却没有伤到经脉,加上您提供的外伤药非常有效,半月之内就可以复原如初了。至于霍捕头的内伤,想来问题也不大,休养一段时间便可无事,轿夫们受的伤,经过治疗后应该不打紧!"侯郎中望着手中的小药瓶说道,说话间眼睛莹光四射,显然是对手中的外伤药非常感兴趣。

狄仁杰沉吟了一阵,突然张口问道:"侯郎中,一个人如何能做到不畏疼痛?"

侯郎中思索了一阵,说道:"狄大人,据草民所知,您之前破获的'阴兵借路'一案中,有不畏刀枪和疼痛的阴兵。御医王秋平'作乱犯上'一案中,他制造的极乐丸可以令人忘却疼痛。还有一些自然生长的植物也能让人的疼痛感觉消失,不过这些植物都是剧毒之物,要是没和解毒药物一同服用,人很快便会死亡。"

狄仁杰点了点头,说道:"侯郎中,可否与我一起给死去的刺客验尸?"

侯郎中眼睛一亮,急忙抱拳说道:"求之不得,求之不得!"

狄仁杰乃是当朝有名的神探,验尸手段更是独具心得,要是能跟着学习一番,对于今后的从医之道会有很大的帮助。

还未动身,便见仵作慌慌张张地跑进来,大喊着:"狄大人,不好了,受伤的轿夫死了,我正要将他盖上,却见他的尸体发生了变化,绿色的脓水突然冒出来……哎呀!"

狄仁杰眉头一皱,口中喊了一句"快走",便急忙出门。

当仵作将尸体上的白布掀开时,侯郎中险些叫出声来。只见尸体上多处发生溃烂，七窍流出浓臭味道的绿色脓液。

侯郎中立刻拉着狄仁杰两人离开后堂，从怀中掏出一瓶药水，看了一眼瓶子，深吸一口气，脸上显出犹豫不决的神色。

"狄大人，轿夫染了瘟疫，瘟疫非常厉害，竟能够在这么短的时间内将尸体脓化。小瓶中是预防瘟疫的药水，快些喝下去。"侯郎中急忙说道，说罢便打开瓶塞子一口气将药水喝了下去，过了一阵，打了一个冷战，眼睛一亮，遂又掏出两只小瓶递给二人。

狄仁杰与仵作没有丝毫犹豫，接过瓶子后将药水喝了下去。

侯郎中观察着两人，过了一盏茶的时间后，他才松了一口气，示意药水已起了作用。

"狄大人，这究竟是怎么回事?"仵作抹了抹嘴边残留的药水小心翼翼地问道。

狄仁杰摇了摇头，将目光投向侯郎中，毕竟侯郎中是治疗瘟疫的高手，现在只有他才能给出答案。

第七十七章　无痛之谜

侯郎中长出了一口气，说道："狄大人，请容草民进入后堂中再看看，一是要看看尸体为什么会被侵染瘟疫，要做一些防护措施，以防止瘟疫扩散。您受过瘟毒侵染，身体还有些虚弱，就不要进去了。"

狄仁杰正要说话，仵作在一旁抢着说道："我陪侯郎中进去给刺客验尸，这是小人的职责所在，就算有危险，也义不容辞。"

狄仁杰感激地望着二人点了点头，说道："好吧，两位一定要小心，若有什么不妥之处，要以保住性命为要。"

侯郎中两人应了一声，随即便进入后堂中。

狄仁杰回到客房看望温康骥，温康骥已醒了过来，见他进来，便要起身，痛得龇牙咧嘴一阵吸冷气，脸上却努力保持笑意，表情看起来有些怪异。

狄仁杰忙摆了摆手，示意其不要乱动，随后坐到床榻前，询问了温康骥的伤势后，两人开始分析之前的刺杀行动。

两名刺客显然是一主一副，起到主导作用的是身材矮小的刺客甲，而刺客乙只是起到转移注意力的作用。

刺客甲不但武功高强，更兼之智慧非常，懂得趋吉避凶。但是从他的行为上分析，此人并非死士，刺杀不成立刻撤退，也可以说刺杀并非是绝对的目的。

要是刺客甲不顾一切，当时在场的人没有人可以活下来。

至于刺杀的目的，可能是契丹李尽忠、孙万荣派来刺杀魏州政要的，也可能是那张梁艾军与李尽忠的往来信件残片有关键性证据，这才引来杀身之祸！

分析到这里，狄仁杰将手伸进了袖子中，摸索了一阵，脸色陡然一变。

离开大将军府，狄仁杰将霍兰山冒死得到的那张残破的信纸放到了袖袋中，本打算回到刺史府再仔细研读，想不到经过刺杀事件后，残破信纸居然不翼而飞！

狄仁杰与温康骥回想整个刺杀过程，最终将画面定位到刺客甲从他身前转了一圈却没有出手攻击他的那一瞬间。

"正是那一瞬间，刺客利用巧妙的手法将残破信纸偷走，目的是为了消灭证据，好厉害的手段。"狄仁杰小声说道。

"狄大人，信纸被偷了？"温康骥眼睛瞪得比牛眼睛还大，他不敢相信刺客竟然能够将信纸从狄仁杰袖袋中偷走。

狄仁杰缓缓点了点头，说道："有也好没有也罢，梁艾军总是摆脱不了嫌疑，没了证据，却恰恰好说明他有问题。"

温康骥挣扎着半坐起来，将脑袋摇得像只拨浪鼓："绝不可能，梁大人虽说不近人情，忠贞爱国之心却人人皆知，他绝不会是契丹奸细。另外，梁大人一向光明磊落，不可能做出暗杀之类的事情。"

温康骥一改口风，反而在此刻维护起梁艾军！

狄仁杰叹了一口气："我也不愿相信，可眼前所有的证据都指向他，就算他不是奸细，不是他组织的这场刺杀行动，也脱不了干系。咱们相信他，皇帝却未必能听得进去。"

温康骥听到"皇帝"两个字立刻张大嘴巴，很久没有做声。武则天的手段众臣都是知道的，无论是谁，只要有一丝风吹草动，便会令内卫彻查。内卫的实力良莠不齐，加上很多人受到周兴、来俊臣等人指使，随意编造事实诬陷大臣，被查的人很难逃脱被诛杀的命运。

"狄大人，您可要帮帮梁司马，现在魏州正处于危难时期，他出了岔子，凭着苑无涯那等庸才，契丹大军会轻易攻破城池。到那时，叛军挥师南下，神都洛阳就有难了！"温康骥言语中肯，分析得极其透彻。

苑无涯虽说是魏州大营的大将军，却有名无实，真正指挥着大营将士们的是梁艾军，无论行军还是打仗，他都无法同梁艾军比拟。

狄仁杰低头不语，过了好一阵，才说道："这件事情我会彻查，不过梁艾军的司马职务只能暂时由我代替了，待查清事实之后，再给他复职！来人。"

一名值守的小吏应声走了进来，冲着两人施礼。

"传我令，魏州司马梁艾军因涉及与契丹叛军李尽忠、孙万荣来往之事，暂时停止其司马一职，不准离开府院。因事出紧急，此事待调查清楚后，本官会呈报给皇帝说明一切！"狄仁杰正色说道。

"等等，狄大人，现在魏州正值危难之际，要是不明不白临阵换将，会引起人心涣散，您还是先考虑一番如何？"温康骥急忙拦住小吏，脸上满是忧虑。

狄仁杰沉思了一阵，其间深呼吸了数次，显然是犹豫不定，最终才一掌拍在桌子上，发出"嘭"的一声，脸上显出坚毅之色："为谨慎求见，还是要将梁艾军做停职处理，这样做也是为了保护他。至于后果，由我狄仁杰一人承担。"

小吏看了一眼温康骥，见他没再反对，便应了一声，施礼后转身而去，前往大将军府传达刺史令。

温康骥见狄仁杰执意如此，便没再说什么，随后他针对魏州大营的粮草补给问题提出几点意见，都得到了狄仁杰的认可。

狄仁杰对这名一路成长进步的长史给予了充分肯定，从最初发放赈灾粮引起暴乱、再到处置小刘庄感染瘟疫村民，温康骥在他的影响下有了长足的进步，令他很满意。

狄仁杰说道："温大人，咱们若能渡过眼前难关，日后本官定会在皇帝面前给你请功。"

温康骥一听，激动得差点又要跪倒在狄仁杰面前。

一阵急促的敲门声响起，狄仁杰应了一声后，仵作和侯郎中两人推门而入。

侯郎中看了看温康骥，狄仁杰没有丝毫要回避的模样，这才说道："狄大人，轿夫被瘟疫侵染的原因不明，但我知道令刺客不惧疼痛的手法了！"

痛觉是生物具备的保护机体不受损害的一种能力。人类是高等生物，具备痛觉能力可以令其趋吉避凶。

但是痛觉会令人产生不愉快，例如一些疾病、外伤等产生的疼痛。为了避免痛觉，人类是极其聪明的，发明了许多方法令人丧失这种能力，比如华佗制造的麻沸散，武林人士常用的点穴或者是封穴等手段。

而刺客乙所采用的手法十分怪异，利用十根银针刺入头部穴道，关闭了刺客的痛觉。

侯郎中说到这里停了下来，征求意见式地看着狄仁杰，生怕他不相信刚才的话。

狄仁杰捋着胡子沉思了一阵才说道："此间的事情光怪陆离，本官已见怪不怪。"

"这种手法与您的金针渡命术有异曲同工之妙，却用在了刺客身上，真是可惜！"侯郎中叹息着。

狄仁杰沉思不语。

仵作清了清嗓子打破了沉寂："狄大人，在给刺客验尸过程中，小人有一些发现。"

狄仁杰"嗯"了一声，示意仵作说下去。

"死者年纪在三十五岁左右，身体强健，双手均有老茧，双腿为罗圈腿，大腿内侧老茧较多，在其胃部发现一些未消化的肉类和酒的味道，从肉质上看，应该是马肉。"仵作说到这里便停了下来。

温康骧立刻接了过来说道："这说明此人应该是常年骑马手持双手武器的骑兵。至于胃里有酒肉，要是契丹人还算正常，要说是魏州大营中的人，别说是酒肉了，能吃到东西就算不错了，我之前听说大营中战马饿死后会被吃掉，想来这传言应该是真的！"说罢还向狄仁杰看了看，以示询问其分析得对不对。

狄仁杰点了点头，说道："温大人所说极是，仵作，你拿兵符代本官传令，命大营苑无涯大将军立刻清点大营将士，清点完毕后，若有人员缺失，便让他来认尸！另外让捕头霍兰山立刻前来。"

仵作面上一喜，接过狄仁杰手上的兵符，施礼转身离去。

"狄大人，下官有一点疑问，不知当讲不当讲？"温康骧病恹恹地问着。

狄仁杰呵呵一笑："温大人，你我乃生死之交，还有什么话不能说。"

温康骧咧着嘴笑了笑："刺客并非真正要刺杀咱们，而是另有目的。"

狄仁杰点了点头，一旁的侯郎中思索了一下，也表示赞同。

温康骧笑道："但目的究竟是什么？难道是您手上的残缺纸片？"话刚说到这里，便见门外不远处霍兰山急匆匆走了过来，三人的目光齐刷刷地望向他。

霍兰山还未进门，便感到了众人关注的目光，愣了一下，随即在门外施礼，得到应允后才走进门。

狄仁杰与温康骧对视一眼，说道："嗯，霍捕头忠心可嘉，若非你，我二人已身首异处了。霍捕头，你在与逃跑刺客交手时，看出对手使用的是什么武功了吗？"

霍兰山低下头思索了一阵，缓缓摇了摇头，眉头紧皱，说道："禀狄大人，对手身材矮小，力量不足，却是名内家高手，轻功高明，步伐巧妙，每次都是堪堪躲过我的招式。他手持钢刀，没有任何招式，不知道是在掩饰还是真的无招无式……请恕卑职无能，无法辨别出其究竟是哪门哪派。"

无招无式！

纵观天下武功，门派种类颇多，却没听过哪个门派无招无式，除了一个人！

第七十八章　绝情

想到汪远洋，温康骥心中一动。根据江湖线报，汪远洋和李元芳的功夫完全不同，李元芳的功夫比较霸烈，一招一式都是硬功夫，大开大阖四平八稳，而汪远洋的功夫属于灵巧型，凭借的是巧妙的轻功和简单有效的招式。

按照霍兰山所说以及现场观察，刺客甲的轻功巧妙，竟然与汪远洋的倒乱七星步有很多相似之处，而毫无招式却简单实用的刀法也与蝉翼刀法相似。而齐灵芷部分武功学自汪远洋，身材与娇小刺客极其相似。

温康骥欲言又止，毕竟齐灵芷是白鸽门门主，又是狄仁杰的身边人，作为一名下属官员，在没有证据的情况下妄加揣测定会引起狄仁杰的不快。

狄仁杰沉思片刻，说道："霍捕头，替本官好生安抚遇难轿夫家眷，受伤残疾的，要保证他与家人的生活。你受伤不轻，我有一瓶治疗内伤的药物，乃是江湖奇人青玄师太所炼制，你拿去疗伤吧。"说罢便从怀中掏出一个小瓷瓶，瓷瓶通体碧绿，单看瓶子就知道不是凡物。

青玄师太在江湖上名气很大，霍兰山怎能不知，他双眼一亮，立刻上前接过瓷瓶，详细端详了一番，这才小心翼翼地收到怀中，向狄仁杰连连致谢。

四人正谈论逃跑的刺客之事，却见大将军苑无涯出现在门口，大门处烛光幽暗，他的脸色却比烛光还要幽暗，甚至还泛着黑气。

刚一进门，苑无涯便"噗通"跪到地上，重重地磕了一个响头，这才说道："狄大人，末将请罪来了，请您重重责罚。"

狄仁杰心中"咯噔"一下，知道苑无涯上门请罪定是与被杀死的刺客有关，轻叹一声后，走到苑无涯身前，将其扶了起来，说道："大将军，有事起来慢慢说。"

苑无涯感激地看了一眼狄仁杰，说道："末将奉狄大人令清点大营校尉以上的将官，果然缺了一人，此人是大营中的一名校尉，名叫梁天华，原本是……"说到这里，他停了下来，眼神闪烁不定，脸上有些犹豫。

狄仁杰见状安慰道："你放心说，有什么为难之事本官替你做主。"

苑无涯还是犹豫不决，过了一阵才下定决心缓缓说道："梁天华是司马梁艾军的本族亲戚，原本是在梁府做护卫的，三年前才正式参军入伍，经过提拔，现任校尉一职。说起来很是奇怪，白天他还参加了训练，没有发现其有何不妥之处，到了晚上怎么就成了刺杀两位大人的刺客？"

狄仁杰听罢，脸上露出不悦之色。若此人是梁艾军的亲信，此次刺杀行动就算梁艾军不是主谋，也无法脱了干系。

温康骥欠了欠身，说道："苑将军，此事事关重大，你可看清楚了？那刺客是梁天华？"

苑无涯重重地点了点头，说道："此人身份我已经确认，梁天华平时训练刻苦，身上伤痕颇多，最为明显的就是他右手臂上的刀伤，那是一次大营中比武时留下的，当时卑职还是大营中的副将，梁大人是大营的大将军。梁天华被对手砍中右手臂后却依然坚持比武结束，并取得胜利，也是那次比武，才令他由一名兵士提拔为军官。我刚才认尸时特意看了尸体的右手臂，发现了那条伤疤。"

见狄仁杰没有做声，他继续说道："另外我听仵作说在他胃里找到了一些马肉，恰好昨天有一匹战马饿死，若是平时，按理都是厚葬。现在是非常时期，便将肉分了。普通兵士太多，所以只分给校尉以上的军官，梁天华是其中之一。"

狄仁杰点了点头，说道："好了，这件事我知道了，苑将军，此时涉及人物层次较高，所有事宜均要保密，不要声张，以免造成不良影响。现在局势紧张，与契丹一战随时会爆发，你回大营后，要严加管控官兵，不能再发生擅自离营的事情！"

苑无涯暗中松了一口气，急忙施礼千恩万谢，而后转身离开。

此事虽没有证据表明是苑无涯指使，可他毕竟是大将军，下属将官出了刺杀州府官员的事，要是扣起帽子来，他就得吃不了兜着走。

苑无涯走后，侯郎中再次查看了温康骥的伤势，见无大碍之后，也告辞离开。

房间中只剩下狄仁杰与温康骥两人，两人各怀心事谁都没说话，狄仁杰捋着胡子在房间内走来走去，像是在思索案情，而温康骥有些失血过多，躺在床榻上半眯着眼睛养神。

过了好久，狄仁杰停住了脚步打破了沉默："温大人，刚才多亏你，否则我一定被那刺客一刀穿心而死，不过却连累你受了皮肉之苦。"

温康骧睁开眼睛，咧着嘴笑了笑说道："狄大人说的是哪里话，危急关头，下官想的就是如何保护大人的安全，就算是搭上一条性命也在所不惜。"

狄仁杰感激地忘了温康骧一眼，又说道："温大人，你一直在地方任职，为官的经验上还欠缺一些，难得的是，你凡事能够以大局为重，这段时间你的进步本官是看在眼里的，要是魏州的官吏都能像你这般就好了，别说李尽忠三十万大军，就算是一百万，也起不了大风浪。"

温康骧被说得脸上一红，回道："狄大人抬举下官了。下官还有一事相询，就是关于破敌之道。"

狄仁杰应了一声，示意他继续说下去。

温康骧问道："袁天罡识天时晓地利，所著之书有《六壬课》《五行书》《推背图》《袁天罡称骨》等，传闻狄大人大破袁天罡之后，得到了一本关于推演天时以及观地势的书，可否属实？"

狄仁杰笑了笑，说道："那只是江湖传言，我只是得到了一些纸张，上面记载了一些推演天时的方法而已，十有八九都不准，对敌之道并非只靠推演天机，天时地利人和缺一不可。"说到这里便停住，做出一副神秘的模样。

"哦，下官受教了！"温康骧没问出个究竟来显得有些失望。

狄仁杰呵呵一笑："温大人，你受伤颇重，不宜颠簸，今晚就在这里睡下吧，我让管家狄平在外守候，需要什么找他即可。"

温康骧表情转换很快，立刻换成一副笑脸，说道："好，反正府上也没有家眷，在哪里都是一样！"

狄仁杰眼中闪出一丝疑惑，却一闪即逝，安慰了几句，准备出门时又问道："温大人，您身上的味道很奇特，平时喜好摆弄草药之类的吗？"

温康骧应了一声，说道："下官平日也喜欢看些医书，研究一些方子，却并不精通，时间久了，身上便沾染了这味道，若是大人不喜，下官不去研究便是了。"

狄仁杰连忙摆手，说道："有些爱好也是好事，本官对医术也略有研究，有时间可以切磋一番！"

温康骧脸上一红，说道："狄大人虽身为官员，却是当世名医，下官哪里能比得了。"

两人说了几句客套话，狄仁杰才离开。走到汪远洋房间门口，他叹了一口气，敲了敲门，懒洋洋的声音从中传了出来，打开房门，一张憔悴无比的脸呈现在眼前。

"大人，这么晚了，找卑职可否有事？"汪远洋口中喷着酒气，身体有些摇晃。

"远洋，你为什么变成今天的模样我不想多问，但你是刺史府的卫士首领，负责整座刺史府的安全，现在全府上下戒备，你作为卫士首领，应该过问一番才是，怎能抛开职责闷在房间中喝酒？"狄仁杰说话的声音虽然不大，但是在安静的夜间却传出很远。

附近巡逻的卫士听见声音走了过来，见狄仁杰与汪远洋谈话，便远远地走开了。

汪远洋被狄仁杰训斥反而嘿嘿地笑着，眼皮也不抬，说道："大人，我比不了李元芳，他在你心中的地位无人可比。我现在什么都没了，夫人不辞而别，您又看不上我，那我走好了，免得污了您的眼睛。"

"你！"狄仁杰本来只是想劝劝汪远洋，却想不到一向忠厚老实的他竟然说出这等话来，气得他胡子都翘了起来。

"刺史府这么多的卫士保护您，多我一个汪远洋不多，少一个不少。临走前我还有件事情请大人帮忙，一会儿我到账房支些银两，还望大人应允，就算是我这么多年在大人身边出生入死的酬劳吧。"汪远洋摇晃着脑袋说道。

"你这人，怎么如此颓废？你忘了曾经要报效国家的誓言了吗？忘了之前出生入死的经历吗？你准备将这一切都放下？"狄仁杰有些恼怒，声音提高了一些。

狄平走了过来，看着争吵中的两人，却不知如何劝解。

狄仁杰重重地叹了一口气，脸上的神情黯淡下来，说道："好吧，你走吧，狄平，带他去账房支些银两，数目由他来定，缺口由我日后的俸禄补足。"

汪远洋冲着狄仁杰一抱拳，以表示谢意。狄仁杰却将身体半转过去，头也撇了过去，似乎是不愿意接受这一礼。

狄仁杰望着汪远洋离去的身影抹了抹眼睛，有些哽咽："远洋，无论什么时候，要是想回来，大门永远为你敞开！"

汪远洋停住了脚步，不断地摇晃着身体，最终还是跺了跺脚，向前院账房走去，留下了唉声叹气的狄仁杰孤零零地站在房门前。

狄仁杰万万想不到汪远洋会这样绝情，在最需要他的时候，他居然决然离去！

……

月黑风高，刺史府却灯火通明。狄仁杰遇刺后便加强了刺史府的防卫，巡逻的卫士三人一组，又加了几组明岗暗哨，戒备森严。

一条黑影悄无声息地潜入了刺史府，仿佛鬼魂一般无声无息，黑影并不太在意刺史府的戒备森严，在巡逻间隙和明哨、暗哨之间来回穿梭，如同回到家中一般，目标正是防卫最森严的狄仁杰房间……

第七十九章　是敌是友

大将军府本是魏州大营大将军的府邸，梁艾军做大将军时，大刀阔斧地修缮一番，住得久了便习惯了，改任魏州司马时，将另外一座宅院换给苑无涯。

苑无涯是梁艾军一手带出来的将领，自不好说什么。至此，大将军府便成了梁艾军的府邸。

梁艾军脾气虽暴躁，却只是针对军事和政务，很少当着家人的面发火。用他的话说，火气是职务带来的，要发火，会去大营或者是刺史府。

可今天不知为何，自从刺史府来传令的小吏离开后，他便在房间中闷着，不时地飞起一脚将身边的家具踢飞砸碎，一时间"乒乒乓乓"的声音不断响起，最终随着床榻被踢碎的声音而结束。

家人和卫士不知道究竟发生了什么，没人敢在这个时候去敲门，只好聚集在房间外面竖起耳朵听着。

"嘭"。

随着一声巨响，两扇门飞了出去，碎片飞向院子的各个角落，门框最终重重地落到地面上，掀起一阵尘土。

还没等人们从震惊中清醒过来，一声暴喝便在耳边响起："你们都闲着没事做了吗？这么晚了还聚集在我房间门口，都给我滚开！"

梁艾军不但在大营中是神一般的存在，在大将军府也一样，下人们第一时间转身就走，卫士们愣了一下，随即低下了头退后两步，才缓解了对方强悍气势带来的压力。

唯独梁夫人站在原地未动，只是轻轻皱了皱眉头，将身边的小女孩儿紧紧地搂在怀里，正要说话安慰一番，却被梁艾军凌厉的眼神逼得将话咽了回去。

梁艾军的小女儿还不到十岁，父亲的严厉她是知道的，她紧紧地抱着母亲，生怕暴怒的余威会波及她。

梁艾军叹了一口气，走到小女儿面前蹲下来，粗糙的手抚摸着女儿颤抖的头部，轻声说道："囡囡，夜深了，快去休息吧。"

梁夫人轻叹一口气，点了点头，抱起小女儿转身离去。

梁艾军站起身，冲着卫士们挥了挥手，示意他们回到各自的岗位上去，唯独将卫士的首领小武留了下来。卫士们终于松了一口气，纷纷离去。

小武随着梁艾军进了房间，不禁一阵咋舌。地面上都是碎片，房间中除了一张断为两截的床榻外，再无完整家具。论起破坏力，也只有狂暴的火牛阵才能拥有如此巨大的威力。

梁艾军背着手不停地走着，结实的皮靴踩在碎片上发出难听的响声，小武站在原地，头却随着梁艾军的走动不停摆动着。

脚步声突然停了下来，小武见状急忙凑了过去，梁艾军耳语道："你去大营，传我将令，令钱里忠、刘庆国以及其麾下将领立刻到城外的……"

梁艾军说话的声音越来越小，小武不断地点着头，最终一脸正色地看了看梁艾军，随后走出房间，趁着夜色向大营的方向奔去。

……

人是有第六感的，也就是常说的超感官，尤其是睡觉时，五官的感知能力降到了最低点，第六感便会起到意想不到的作用。

深夜已至，冷冷的月光洒向宁静的魏州城，古老的城门上，身穿铠甲的兵士巡逻着，不时地望向冀州城的方向。

由于疲劳操心，狄仁杰睡得很踏实，鼾声如雷鸣般，震得窗户纸不停地颤动。

熟睡的他突然感到一道针刺般的目光，那目光好像能穿透身体钻到他的心里一般，令他浑身不自在。混沌中，他强挺着把眼睛睁开一条缝，借着从窗户纸透射进来的月光，恍惚看到一条黑影站在床榻前。

狄仁杰没感到对方的敌意，长吁出一口气后，双手支撑着坐了起来，抹了抹额头上的汗。

"狄仁杰，你倒是睡得安稳。你可知道司马梁艾军正在谋划夺权？"来人的声音不阴不阳，听起来有些怪异。

狄仁杰听后并没有表示出应有的惊讶，打了一个哈欠伸了伸懒腰，笑着问道："你是谁？又是怎么知道这些事的？"

来人哼了一声："拖延时间也没用，刺史府上的高手都已离去，剩下的酒囊饭袋对我产生不了威胁。另外我是谁并不重要，重要的是，魏州大营现在有一半的将领正在城中一处民宅与梁艾军商议夺权的事情，也许下一刻，契丹大军就会被迎进城，大摇大摆地成为魏州城的主人！"

狄仁杰摆了摆手说道："无凭无据就说魏州司马谋反，这等谎话我若相信，那魏州城迟早是契丹人的，你走吧，趁着巡逻的卫士还没发现你。"

来人口中发出一声不屑的声音，斜着眼睛瞟了一眼狄仁杰，说道："都说狄仁杰是神探，看来是虚有其名罢了。你若不信，立刻派人去我说的地址，也许还能将他们抓到。"说罢便说出一个地址，是魏州城中一处比较偏僻的地方。

狄仁杰仍旧是摇了摇头。

来人阴笑着，笑声中充斥着揶揄和嘲笑，仿佛是笑狄仁杰的无知与无能。

"你为什么要帮我？"狄仁杰突然问道，也将来人的笑声打断。

来人像是思索着，随后说道："我不但是帮你，也是在帮助自己，好自为之吧，狄仁杰！"说罢身形一晃便从门缝蹿了出去，随即门又轻轻地合上。

来人出门后，并没有遇到任何阻拦，巡逻的卫士们有规律的脚步声依旧，看样子并未发现来人。

狄仁杰心中暗叹一声，单不说来人究竟目的为何，这一身功夫足以与李元芳、汪远洋等高手媲美，如果目的是刺杀他，几乎是十拿九稳。

他使劲地抽了抽鼻子，眉头轻轻皱起：难道是他？

至于来人所说关于梁艾军的事情，狄仁杰是半信半疑。梁艾军脾气暴躁，忠贞爱国之心却人人皆知，要说他聚众谋反，可信度不高，但是此事事关重大，还是去探查一下为好。

狄仁杰穿好衣裳，喊来值守的卫士，传令府中部分卫士和捕快，又命人叫来捕头霍兰山集合捕快和卫士。

集合这么庞大的一支队伍并非易事，霍兰山身为捕头，领导能力却比不了那些指挥千军万马的大营将军，等把所有人集合到一起后，一炷香的时间已经过去。

魏州城说大不大说小不小，为了不扰民，狄仁杰乘坐了简易的滑竿，两名健步如飞的轿夫抬着，飞快地跟在霍兰山的身后，众人拎着刀举着火把紧跟在滑竿后，整只队伍仿佛一条长长的火龙，在月光下迅速地游动着。

魏州城北的建筑是一片低矮的旧房，远远望去，已是破烂不堪，有些房子屋顶露出了大洞。这里居住的大部分居民都是靠种地为生的农民，大旱三年，农民们靠着州府的救济为生，人的生计都成了问题，哪有精力来修缮房屋。

饥饿和贫困导致民众家破人亡，很多处房屋空了出来，时间久了没人打理，便成了荒屋。

众人一路赶来，却并未听见狗叫，只有火把在风中发出"呼呼"的声音。连人都活不下去，狗早就成为人的腹中餐了。

霍兰山轻车熟路，来到一间破旧的民房院外，冲着狄仁杰轻声说道："狄大人，这里就是您所说的那户人家，原本姓金，在农户中也算是富足，可惜前年被一群流浪汉抢劫，一家十三口全被杀死，此事引起了全城轰动，也令百姓们恐慌。幸运的是，半月后卑职率人将抢劫者抓住，经由独孤大人审讯后判了立斩，算是给民众一个交代。这间宅子死过人，虽说卖得便宜，却没有买家，一直空着。"

捕快和卫士们还算训练有素，在霍兰山说话间已将整座大院团团包围，只待一声令下就冲进去拿人了。

狄仁杰望着安静得出奇的院子皱着眉头，冲着霍兰山点了点头。

大门虚掩着，霍兰山用手中钢刀轻轻一点，门顺势而开，几名捕快迅速地冲进院子，占据着有利的位置，警惕地望着四周。

霍兰山保护着狄仁杰进入院中，院子很大，两侧的厢房房门紧闭，窗户纸几乎都已破碎。正房的房门半掩着，房间内安静得出奇，并不像有人在其中。

狄仁杰正欲迈步进入，霍兰山将其拦下，抢先一步推开门进入房间中，转了一圈确认安全后，这才示意狄仁杰可以进入。

狄仁杰心中一暖，想起了离去的汪远洋，要是他在，每次做这件事的正应该是他，可惜，现在汪远洋不知身在何处！

房间内充斥着一股发霉的味道，借着火把的光芒，看到大部分的墙壁都已脱落，露出里面色泽不一的石块。

房间中央放着一张破旧的桌子和一些样式不一的椅子，令人奇怪的是，满是灰尘的房间中，桌椅上竟然一尘不染。桌子上放着一盏油灯，灯碗中的灯油清澈油亮，灯芯洁白。

狄仁杰走上前，凑近油灯，鼓着鼻翼嗅了嗅，随即又用手将灯芯捏了出来捻了捻。

"狄大人，您看这里。"霍兰山举着火把照亮一处地面。

地面上有许多凌乱的脚印，从脚印的样式来看，应该是骑兵穿的长筒靴，前脚掌靠后位置有一些不深不浅的磨痕，应该是长期踩马镫造成的。脚印的边缘清晰、棱角分明，显然是不久前造成的。

狄仁杰叹了一口气，头脑中不断地还原着此地之前的情景……

第八十章　聚众谋反

房间中没点灯，十几名身穿普通长袍的男子趁着夜色陆续进入院子，有秩序地进入房间，借着破损窗户透进来的月光，看到众人脸色凝重，空气中充斥着沉闷，房间中安静极了，只有十几人厚重的呼吸声还在继续。汗水在众人的脸上不停地流下来，却没有人抱怨。

过了一会儿，一阵有力的脚步声传来，众人纷纷抬起头，其中一人从腰间掏出火折子，点燃了桌子上的油灯。

后来者应该是主事人，进入房间后，众人便开始围着他坐了下来，讨论了一阵之后，突然房间外面响起一阵急促的脚步声。

来人几乎是闯进房间中，与主事人不知道说了些什么，主事人站起身，用手将燃烧的灯芯捏灭，随后众人立刻向外走去，借着夜色迅速离开了大院，消失在夜幕中……

"大人真乃神人也!"霍兰山听了狄仁杰的话颇为吃惊，单凭现场的简单线索，便推断出这么多，若不是亲眼所见，很难令人相信。

狄仁杰摆摆手缓缓道来："从脚印上能看出这些人常年骑马，不过骑兵所穿的长筒靴是廉价的猪皮靴，虽然耐用却生硬笨抽，只适合在骑马时穿，不适合在地面行走。而将领所穿的长筒靴是上好的牛皮软靴，轻便柔软，平地行走也不会受到影响，因此断定这些人定是校尉以上级别。再看灯芯，顶端成散开状，桌子上还有少许的黑色粉末，应该是有人将灯芯捏灭，又将手指上的黑色粉末搓到桌子上。此人定是常年习武，手指粗糙有力，行事果断，一般的百姓，有谁会用手将油灯捏灭?"

霍兰山点了点头，说道："分析得极是，可您怎么知道后来是有人报信后，众人才仓皇离开的?"

狄仁杰微微一笑，来到大门口，手一指。

霍兰山凑近一看，门框上一根歪斜着的木刺上挂着一丝布条，布条很长，刮住布条的木刺上还有一些发黑的血迹。月光朦胧，若非仔细查看，根本看不出来。

霍兰山将布条捏了起来，放在火把旁细看了一阵，才说道："狄大人，从布条的颜色和质地看，应该是大营中将官穿的青色裤子，这种布料结实耐用，是骑兵专用布料，耐磨又透气，但因为价格昂贵兼之颜色不好看，所以寻常百姓很少使用。"

狄仁杰点了点头，夸赞霍兰山见识很广，又引导着问道："你看木刺上的血迹，再看看这处被折断的窗棂，有什么收获？"

霍兰山仔细看了看，思索了一阵，突然眼睛一亮，说道："最后进来的这人显然是望风的，遇到紧急情况后，不顾一切地闯进来，窗棂和门框因为年久失修，木质发生了变化，加上来人有些慌乱，推门的过程中手指用力过度，捏坏了窗棂，同时左腿撞到了门框上，门框上的木刺恰好将他的裤子刮住，走动过程中木刺被带得斜了起来，刺到了他的腿部。"他边说边比画着，推理过程很严密。

狄仁杰赞赏地点了点头："正是如此，霍捕头聪明至极，若假以时日，必可以成为一代名捕。"

霍兰山得到赞许后心中非常高兴，急忙冲着狄仁杰抱拳施礼，随后又问道："狄大人是如何判断这些人离开的时间的？"

狄仁杰笑了笑，说道："人的鼻子虽然比不上狗鼻子灵，可有人偏偏对某一种味道比较敏感，本官天生就对灯油的味道敏感，所以一进入房间，就闻到了一股油灯刚熄灭不久的那股味道，这才判断这些人刚走不久。"

霍兰山一听，立刻说道："我立刻命人追捕，应该可以抓到他们！"

狄仁杰摆了摆手阻止他，随后背着手在房间内踱着步子："这些人训练有素，进退有度，绝不会被你等追上，而且魏州城好容易得来的安宁，大半夜的去追捕，会扰了百姓的好梦。霍捕头，劳烦你去一趟大将军府，让梁大人立刻到刺史府见本官。"

霍兰山立刻应声，人却没有行动，反而对身边的一名捕快耳语一番，那捕快听后立刻转身而去。

见狄仁杰有些疑惑，霍兰山解释道："狄大人，刚刚发生了刺杀事件，卑职还是守在您身边，请梁大人的事也就是传个话，让他们去就可以了。"

狄仁杰之绝地旱魃

396

狄仁杰感激地看着霍兰山，说道："霍捕头，难得你能为本官的安全着想，好，好。若远洋、客师他们也能像你一样就好了。"他一连说了两个好，令霍兰山又跟着一阵激动。

霍兰山安排了两名捕快继续搜集脚印等证据，随后护送狄仁杰又回到刺史府。

……

天空中繁星点点，欢快地眨着眼睛，并不知人间疾苦。一阵凉爽的风吹来，给枯黄的树叶注入了生命，不停地哗哗响着。清凉的夜能给人一个安稳的睡眠，刺史府虽说灯火通明，却鸦雀无声，劳累了一日的人们早已睡下。

狄仁杰将狄平赶回房间睡觉，他却来到书房中，手里拿着一本质地古朴的书，望着天上的星斗，手指不断地变换着姿态掐算着，时而紧皱眉头，时而闭眼思索，过了好一阵，桌子上的蜡烛开始飘忽不定，摇晃的烛光令他从推演中清醒过来，轻声叹了一口气，拿起剪子将蜡烛芯剪短。

剪断的烛芯还在剪子刃上，他的动作停滞下来，思维又重新回到金家大宅。

从搜集到的线索来看，秘密聚会的肯定是大营中的将领，从数量上看，应该在十人以上，能够聚集十名以上将领的人，除了大将军苑无涯外，就只有司马梁艾军才能做到。

从神秘人前来通风报信到前往民宅调查，时间大约不到半个时辰，可当捕快们到达现场后，却发现聚会的人应该离开有一段时间了。捕快和卫士们行动还算迅速，就算有望风的人，聚会的人也不会在这么短的时间内从容离开。

照此推断，一定是有人提前给聚会这些人报了信，才令这些人早早离开。从常规上来分析，卫士们没有机会，捕快没有机会，霍兰山没有机会，那么有机会的就只有那个闯入狄仁杰房间的神秘人了！

问题来了，神秘人既充当了告密者又充当了保护者，这又是为何？要是组织聚会的人真的是梁艾军，他的目的是什么？

契丹叛军动向未明，就算梁艾军和契丹勾结，也没必要在这个时候聚众谋事，惹上一身骚！

狄仁杰从窗户看了看天空，启明星清晰地呈现在眼前，但他的心有些乱，将手中的书放下，背着手在房间中不停地踱来踱去。

回到刺史府已有一个时辰，眼见天亮了，请梁艾军的捕快却还没回来，要是密谋造反的真的是梁艾军，两名捕快很有可能被控制住，甚至……

梁艾军在魏州多年，从普通的士兵成长为州府司马，无论是人脉还是势力，都不是其他人所能比拟的。关于他有契丹人的血统的事情，一旦消息坐实，朝中的佞臣们定不会放过这个机会。

"不行，看来得起用他了，否则事态会越来越糟！"狄仁杰小声地嘀咕着，走到书桌前面，在一张小纸条上写了一些字，塞进了一个很细的芦苇管子中，随后从口袋中掏出一个小竹筒，将塞子打开后，从其中倒出一物，此物大小如马蜂，浑身却长着羽毛，如同一只微小型的鹰隼。

将竹筒绑在小鸟的腿上后，狄仁杰从身上掏出一个红色小瓷瓶，打开塞子，放到小鸟的嘴边晃了晃。令人惊讶的是，瞬间后，沉睡中的小鸟竟缓缓地睁开眼睛，身体开始活动起来，颤抖了一阵，最终翅膀一振飞在空中，从打开的窗户缝隙飞了出去，那速度竟如同离弦的羽箭一般。

狄仁杰又掏出一个蓝色小瓷瓶，打开塞子，从中倒出一粒小米粒大小的东西，放在桌子上，此物可以最大程度地吸引那小鸟，等小鸟飞回来后，便会吃掉它并再次入睡。

狄仁杰望着窗外愣了一阵，感到一股倦意涌了上来，缓缓地走到床榻前，和衣躺了下来，本想思索下一步的对策，可闭上眼睛后，头一歪便昏睡过去。

人在疲倦至极后，睡得很快，可心中有事，睡眠质量得不到保障。

狄仁杰躺在床榻上翻来覆去，汗水不停地流下来，浸湿了衣袍，口中不停地念叨着，内容却只有他一个人能够懂得，显然是被噩梦困扰着。

死去的独孤思庄、罗金柱、三百名铁甲骑兵、十五名探马以及万人坑中腐烂发臭的尸体不断出现在他的脑海中，同时出现的还有"沙沙"的声音，仿佛就在他的耳边。

掉下万人坑的雷善明，离去的汪远洋、袁客师、齐灵芷、肖清平不断浮现在他眼前。

那"沙沙"声可以勾引人的魂魄，却不会令人感到恐惧，眼见着魂魄被神秘的"沙沙"声一点点勾走，狄仁杰忍不住大叫起来。

……

"当当当"，清脆的敲门声将狄仁杰惊醒，他坐起身来，摸了摸额头上的汗水，头还有些眩晕，深吸了几口气后，不适的感觉得到了一些缓解，看了看他仍旧在房间中，这才轻吁出一口气，应了一声，转头向窗外望去，天光大亮，太阳已露出山头。

梦中的时间一瞬千年，但在现实也许只有短短一刻钟。

推门而入的是小露，一身飘逸的白色轻纱，脸上带着一丝倦容，手上端着一碗汤。

"大人，我见您昨晚睡得晚，早晨便给您熬了一碗清热提神的汤。"小露说道。

狄仁杰"哦"了一声，露出了笑容，将碗接过来后，对小露的近况询问了一番。

虽说袁客师、齐灵芷二人因小露纷纷离去，可在狄仁杰心中，这三人都是孩子，一时间斗气罢了。尤其是小露，身世可怜，没有生存技能，也没有武功傍身，若离开刺史府，在兵荒马乱的时期很难生存下去。

狄仁杰喝了汤，正要和小露聊上几句，却见霍兰山从远处跑来，人还没走到门口，口中便喊着："狄大人，不好了，梁大人失踪了！"

第八十一章　潜逃

狄仁杰闻后手一颤，险些把碗摔到地上。

"梁大人失踪了？"狄仁杰脸色变得苍白。

"传令的捕快被大将军府的卫士扣留，说两人与梁大人的失踪有关，正在严刑逼供！消息是梁府管家传出来的，让卑职过去给个交代，卑职思前想后，觉得平日与梁大人冲突较多，贸然前去容易造成纠纷，所以便立刻前来向大人禀报。"霍兰山语气中有些急躁，捕快毕竟是他的手下，原本都是问别人口供的，现在却被他人严刑逼供，他如何不急！

"快走！"狄仁杰站起身，却感到一阵眩晕，身体晃了几下。小露连忙上前扶住狄仁杰。

"霍捕头，备轿！"狄仁杰闭着眼睛说道。

捕快在古代并非理想的职业，不稳定、月俸少、高危险性，要想养家糊口，只能靠着吃拿卡要才能实现。对违法乱纪的民众，捕快会毫不客气地处以刑罚，犯人熬不住，要么招供，要么拿着银子前来疏通。这样一来，捕快或者破案立功或者得到好处。每名捕快对于刑罚手段都非常熟悉，刑讯逼供也是常态。

捕快用刑很有分寸，既让犯人受到痛苦，又不会害人性命。军营的兵士们练习的是战场杀敌的本领，讲究的是一击毙命，对于刑讯之道并不擅长。

两名捕快分别被绑在两棵枯树上，人已经奄奄一息，鲜血从口鼻不停地淌下来，整张脸肿胀得厉害，几乎看不出面目，胸口微微起伏，口中发出"嘶嘶"的呼吸声。

一名卫士头领眼冒凶光，正磨着刀，看样子准备要动刀了。

不远处传来一阵急促的脚步声，同时一个声音传来："狄大人，我家老爷昨夜睡不着，在后花园乘凉，大半夜，两名捕快突然找上门，说有要事相见。

下人将两人领到后花园门口，见老爷在凉亭中站着，便让两人进去，我听说此事后，立刻赶到后花园，却……"

"能确认凉亭中站着的是你家老爷梁艾军？"霍兰山的声音传了进来。

"当然，那名下人是专门伺候老爷的，还能认错？等我来到后花园，发现两名捕快晃晃悠悠地站着，我家老爷却不见了。我急忙喊来卫士，询问两名捕快，他们神志有些不清。仔细勘查凉亭，发现有搏斗的痕迹，还有一些血迹！"听声音说话之人应该是梁艾军府上的管家。

"还有什么发现？"狄仁杰的声音传来。

"没有了，两名捕快的腰刀拿在手中，刀上有血迹，他们身上并无伤痕！我见此情况，怕是老爷被他们害了，便命卫士将二人绑了。"管家说道。

说着话，几人从后花园大门走进来。霍兰山看到两名捕快的模样，立刻大叫一声，一个闪身冲了过去，不等周围的几名卫士反应，刀光一闪，砍断了两人身上的绳子，刀入鞘后，伸出双臂轻轻地揽住两人，将其平放在地面上。

这些动作是他一瞬间完成的，尤其是抽出腰刀砍断绳子的那一下，刀法又快又准，既割断了绳子，又没有伤到两名捕快分毫，看得几名卫士心中一惊。

卫士首领正要喝骂，却听见狄仁杰的声音传来："霍捕头，人怎么样了？"

霍兰山没理会一旁的卫士，蹲下身来检查两名奄奄一息的捕快。两人身上几乎没有完好之处，到处都是瘀肿，部分皮肤裂开口子，看伤口的痕迹，是被马鞭抽出来的。把了把脉，脉象紊乱，应是受到了严重的内伤所致。

"狄大人，他们受到的皮外伤还好，内伤有些严重！"霍兰山说话间带着恨意，对卫士殴打捕快极度不满。

大将军府的卫士们见刺史大人来了，也不敢再造次，急忙收起兵器，冲着他施礼。

狄仁杰铁青着脸，看了一眼卫士首领，喝问道："是谁给你的权力，可以滥用私刑？是谁给你的权力，可以拘捕并殴打州府的捕快？说！"

卫士首领低着头，额头上的汗冒出来，喉咙中发出一阵轻微的声音，像是有话要说，却又不敢说。

"念在你们关心主人失踪心切，暂且饶你！现在魏州正值大难之机，尔等最好戴罪立功，否则……"狄仁杰说到这里脸上杀气陡现，令管家和卫士首领心中一颤，头低垂得更加厉害。

狄仁杰心中明白，这件事情虽说卫士首领有过错，却因为所守卫的主人失踪所致，并非恶意殴打捕快，在这种关头，若是纠结起谁对谁错，会显得有些不合时宜。

狄仁杰冷冷地哼了一声，蹲下身来检查了两名捕快的伤势，确认没有性命之忧后，才站起身慢慢走到凉亭中，观察着其中的痕迹。

凉亭坐落在花园的中心位置，原本不远处是有一汪水潭的，现在只剩下一个长着几棵小草的土坑。凉亭整体由普通的梨木制成，六根支撑凉亭的柱子涂着朱红色的漆，其中两根柱子受到了一些破坏，上面有刀砍过的痕迹，地面上的脚印凌乱，一摊发黑的血迹出现在凉亭入口处。

"管家，你过来！"狄仁杰喊道，同时蹲下身仔细地看着那摊血迹。

管家急忙小跑着来到狄仁杰身边，冲着他一抱拳，随即也蹲了下来。

"你们发现捕快是在这个位置吗？"狄仁杰指着凉亭入口处问道。

管家立刻点了点头，说道："对，当时他们俩就是站在这里，手里拎着刀，地上一摊鲜血……"

狄仁杰皱了皱眉头，站起身后思索了一阵，对管家说道："把捕快的钢刀拿来。"

管家立刻转身而去，在一棵枯死的树下捡起两把腰刀拿了过来。腰刀是捕快常用的制式腰刀，钢刀入鞘，刀鞘一侧被磨掉了颜色，刀把上的绑绳变成了黑灰色，已然无法辨认原本的颜色。

狄仁杰抽出钢刀，仔细地观察着刀身，并没有发现刀身上有血迹，刀锋部分完整，没有磕碰过的痕迹。

"管家，这摊血迹是两名捕快的还是你家老爷的？"狄仁杰脸色凝重地问着，双眼逼视着管家。

管家被看得心中一寒，几乎是下意识地说道："应该是我家老爷的，当时两名捕快身上没有伤痕。"

狄仁杰微微点了点头，看了看凉亭外面的草地。由于大旱，草地上的草完全枯萎，干瘪的草紧贴在地皮上，上面有一些不太清晰被踩过的痕迹。

走出凉亭，来到草地上，狄仁杰用手拨弄了几下枯草，最终摇了摇头。由于干旱，草地的地质变得很硬，没留下脚印。

"狄大人，他们醒过来了！"霍兰山喊着。

狄仁杰听罢急忙走了过去。两名捕快半倚在树干上，有气无力地出着气，口鼻中的鲜血已被霍兰山擦拭干净，眼睛肿得成了一条缝，其中一人努力地睁开眼睛，望着狄仁杰。

"你们不用怕，现在已经安全了，本官有几个问题要问你，你现在能够回答吗？"狄仁杰轻声问道。

捕快甲轻轻地点了点头，呼吸时喉咙间发出"嘶嘶"的声音。

"究竟发生了什么事？"狄仁杰问道。

捕快甲嘶哑着声音说道："我刚走到梁大人身前，梁大人回过头，我们发现他的表情狰狞，于是便抽出腰刀来，却闻到了一股奇怪的味道，随后便什么都不知道了，醒过来时，发现被绑了起来，他们……他们逼问我俩梁大人的下落……"说到这里时，他的声音有些颤抖，显然还没有从被刑讯逼供的恐惧中走出来。

"你看清了那是梁大人？"霍兰山在一旁问道。

捕快闭上了眼睛，像是在思索，过了一阵，才睁开眼睛，说道："我也不敢肯定，但是从身材、衣着和相貌上看，应该是梁大人。"

狄仁杰叹了一口气，说道："霍捕头，你带他们去医馆疗伤，我有些事问管家和卫士。"

霍兰山瞪了一眼卫士首领，冷冷地哼了一声。管家还算是识趣，立刻叫来几名下人，帮着霍兰山将两名捕快抬走。

狄仁杰冷着脸看着卫士首领，过了好一阵才问道："你从两名捕快的口中得到了什么？"

卫士首领见狄仁杰语气缓和了不少，心中松了一口气，说道："回禀大人，卑职什么都没问出来，他们好像真的不知道梁大人的下落。"

狄仁杰点了点头，冲着管家说道："管家，梁大人自打被停职，有没有异常的表现？"

管家想了想，说道："老爷很少在家里发脾气，最近这几天却总是摔摔打打的，损坏了不少家具，其他的倒是没发觉。狄大人，您得赶快找到我家老爷，魏州大营缺不了他，与契丹人对阵缺不了他，要是苑无涯那厮领兵对阵契丹，定是有输无赢！"

卫士首领接着补充道："大人，小人如此着急，也是因为这点，还请大人责罚。"

狄仁杰听后皱了皱眉头，并未应答。

管家觉得话说得多了一些，急忙捂住了嘴，红着脸低下了头。

"你去问问昨夜守夜巡逻的卫士，昨夜间是否有异常的情况发生。"狄仁杰向卫士首领问道。

卫士首领立刻拱手施礼，转身而去。

狄仁杰再次来到凉亭中，仔细地看着两根柱子上的痕迹，突然，他看到了柱子下端有一处不太明显的刻痕，蹲下来摸了一下，脸上遂现出一丝耐人寻味的笑容。

无论是内卫还是江湖门派，都有独特的记号用作联络，白鸽门是江湖上的大门派，所使用的记号也极为特殊。狄仁杰一摸，便摸出了门道，虽然还是有些担心，却比之前轻松了很多。

根据两名捕快所述，可以分析出梁艾军是因为畏惧狄仁杰质问他密谋一事，因此才将两名捕快用迷香迷倒，随后潜逃，因为逃得比较匆忙，甚至连家眷都来不及告之，要是真的潜逃出城，一定径直投奔冀州驻扎的契丹叛军。

但这种推论有众多破绽，既然梁艾军密谋造反，为何被两名捕快吓得逃离？就算跟着捕快面见狄仁杰，他抵死不认账，任谁也没有办法。若是被识破，直接造反了事。魏州的城小兵力少，契丹叛军破城是早晚的事，选这个时间密谋造反实在有些不明智。更何况还有熟悉魏州一切的神秘人出现，从密谋造反事件上看，神秘人既充当了告密者又充当了保护者，神秘人究竟是什么身份？

"破绽太多，弄不好又是一起栽赃陷害案！"狄仁杰揉了揉隐隐作痛的太阳穴，长长地吁出一口气。

第八十二章　瓦解

自打来到魏州后，几件离奇的案子便相继发生，无论是独孤思庄和罗金柱的贪污案，还是现在的梁艾军密谋造反，其中真真假假、虚虚实实，总是令人摸不着头脑。

狄仁杰走到凉亭眺望后花园，一片枯黄中还有一抹绿色存在，看得他眼睛一亮，喃喃自语道："越是乱象就说明离真相浮出水面不远了！"

他心结已解，脸上再次露出自信的微笑，命大将军府的护卫召集魏州众官吏。官吏们对魏州早已失去信心，但受职责所限，也只能应召而来。

狄仁杰早早便坐在大将军府的议事厅上首位置，神情严肃地看着众官吏。

"传吾令，魏州司马梁艾军密谋造反，勾结契丹欲谋魏州之地，其罪可诛，现将梁府上下全部打入大牢，待抓到梁艾军后，禀明圣上，交予三司会审！"狄仁杰语气中充满肃杀之意，令站在一旁的管家和护卫首领浑身一抖，双腿发软，差点跪倒在地。

但凡重大案件，都是由大理寺卿、刑部尚书、御史中丞共同审判，俗称三司会审，如果三司会审也无法做出判决的，便会把终审权放在皇帝身上。密谋造反属重大案件中的重案，一旦坐实，定是株连九族。

温康骥见狄仁杰一脸肃杀，虽说有些不解却不敢多问。霍兰山等捕快原本对管家和护卫首领等人带着恨意，听到命令后立刻上前将两人拿下。

"温大人，苑大将军，随本官回刺史府。"在管家喊冤的声音中，狄仁杰甩着袖子离开了大将军府。

回到刺史府后，狄仁杰三人立刻进入书房，关上门后进行密议。

……

酒精可以令人发挥不可想象的能力，也可以令人胆大包天，甚至醉酒乱性。

自从袁客师住进"云康别院"后，老鸨便专门为他准备了一个大号的酒杯，容量堪比饭碗。房间中充满着酒肉的香气，胳膊粗细的蜡烛将整个房间照得通明，靠着墙壁放着一张巨大床榻，白色的纱帘低垂着，透过纱帘可以看到床榻上铺着一张红色的薄被。

　　一张方桌摆放在房间中心位置，上面摆满了酒菜，两名歌伎缠着袁客师不停地斟酒夹菜。

　　袁客师有些头重脚轻，涨红着脸，不时地眯上一会儿，随即又睁开眼，晃荡着脑袋，口中喷出一些口水，一掌拍在桌子上，拿起酒杯又灌下一大杯酒，拍了拍鼓胀起来的肚子，打了一个饱嗝，一旁陪酒的歌伎轻轻地皱了皱眉头，却依然皮笑肉不笑地敷衍着，连声夸赞，从满满一桌子菜中拣出一条鸭腿塞向袁客师的口中。

　　"有酒有肉有美女，这才叫日子，呃……"袁客师张开嘴将鸭腿叼在口中，学着狗吃食的样子大口地嚼着鸭腿，惹得身边的两名歌伎一阵轻笑。

　　"袁爷，您可得轻着点，这一掌下去，桌子就得散架，您已经拍坏四张桌子了，这可都是高价收购来的黄梨木啊。"一名歌伎嗲嗲地说着，说罢还捧起袁客师的手看着，仿佛这双手拥有无尽的力量一般。

　　女人喜欢有力量的男人，这是人类上古传下来的基因所致，男人也会以这种力量为豪，尤其是面对女人时。

　　"是呀是呀，袁爷您功力盖世，莫说是一掌拍散桌子，就算是什么大周第一高手，在您这一掌之下也会趴在地上求饶！小女子爱死您这双手了！"另一名歌伎不示弱，连续不断地拍着马屁。

　　袁客师十分受用，脸上显出得意的表情，口无遮拦地说道："我袁客师是深藏不露，要是玩起真的来，谁能挡得住我?"

　　话音未落，便听见一声冷冷的哼声，房门"嘎吱"一声被打开，一张忧郁的脸出现在袁客师面前。

　　袁客师一愣，随即变出一副笑脸来，晃晃悠悠地站起身，端着酒杯走到门口说道："汪大哥，想不到咱们能在这里见面，来来来，小弟我做东，咱们喝两杯如何?"说罢便伸手欲搭在汪远洋的肩膀上。

　　汪远洋脚下步伐一动，身体微微倾斜，令袁客师这一搭扑了空。袁客师嘿嘿一笑，转身回到了桌子旁，端起酒壶倒了一杯酒。

　　汪远洋走到桌前，看了看满满的一大桌子酒菜，不禁皱了皱眉头，接过酒杯，轻轻一捏，银质的酒杯便成了一块银锭子。

"客师，听我一句劝，抓紧时间回去，给灵芷道个歉。"

袁客师愣了一下，随后无奈地笑了笑。

"你俩都年轻，很多事儿都看不透，各退一步，海阔天空。"汪远洋劝道，他的声音嘶哑，满脸的胡楂令他充满沧桑感。

袁客师摇了摇头，嘿嘿一笑，正欲说话，却听见一声糯糯甜甜的声音传来，人还未到，一股令人心醉的幽香便飘了进来，幽香立刻将满屋子的酒肉气逼走，令人精神一振，随即一名紫衣女子走了进来。

此女不但拥有齐灵芷的超凡脱俗，更兼有堪比小露的丰腴，双眼中却并无半点情欲，仿佛一名不食人间烟火的仙子；令人蠢蠢欲动的身材，又像是一只能够将人诱惑到极致的妖精！

较好的保养和化妆使人无法看出女子的真实年龄，却可以从看透一切的双眼中断定此女定是历经沧桑。

袁客师觉得喉咙有些发干，机械地端起酒杯，向口中灌去，烈酒下肚，令他一阵咳嗽。

"汪大哥都这样说了，你就听句劝吧，至于你在这里的花销，算在我的账上好了！"女人的声音仿佛天籁，令人听罢心生愉悦。紫衣女子正是"云康别院"的当家花魁云瑶，虽身在青楼却不卖身，对于客人亦十分挑剔，若是看不上，就算是送来一座金山，也无缘见她一面。

袁客师来这里的时间不止一两天，自然知道花魁云瑶的大名，却从未见过，想不到通过汪远洋见到了她，兴奋之下，红着眼睛端着酒杯不知不觉地来到云瑶面前，说道："只要你陪我喝完这壶酒，我就听你的！"

云瑶黛眉轻皱，瞥了瞥一旁的汪远洋。不等云瑶答话，汪远洋冷冷地哼了一声，一闪身来到袁客师面前，隔开了两人，脸色铁青地说："袁客师，你这么年轻就玩物丧志，以后能有什么大出息！"

袁客师本就比汪远洋矮上半头，汪远洋现在几乎贴着他站着，给他很大的压力，令他心中有些不爽，便借着酒劲儿说道："汪大哥，你一口一个出息，你呢？不也在这逛窑子嘛！大家都是出来玩，何必那么认真，要回去也是你回去，我可不回去，狄仁杰那老头儿管得太宽，齐灵芷几乎压得我喘不过气来，这里有酒有肉，美女一大把，还有花魁姐姐云瑶陪着，我回去干啥？"

"你！"汪远洋本就不善言谈，被袁客师这样一说，立刻僵住了，气得脸色铁青。

袁客师退后一步，随后伸手准备将汪远洋拨开。这一举动终于触动了汪远洋的底线，给了他动手的借口。

汪远洋身体未动，手上却不含糊，闪电般将袁客师的手腕捉住，轻轻一带一送。一股大力涌向袁客师，令他不由自主地向后退去，撞到了桌子上，险些将桌子撞翻。

"谁都别拦着我，我要教训这个不知长进的后辈！"汪远洋身上衣袍无风自动，一股杀气由心而发，令在场的人不由得一阵心悸，尤其是云瑶，也许她从未见过愤怒的汪远洋是什么样子，不由得花容失色，捂着胸口退后两步。

袁客师惊得目瞪口呆，一向温文尔雅的汪远洋火气怎么会来得这么突然，急忙叫道："汪大哥，你不会是来真的吧？"

汪远洋脸色一寒，手上在腰间一抹，一道白光立刻飞射而出，直奔袁客师。

袁客师顾不得惊讶，脚下步伐一动，立刻向一旁闪了出去，白色的刀光几乎是贴着袁客师的身体斩在桌子上，桌子应声而裂，酒菜噼里啪啦地落到地上。

袁客师从来没和汪远洋动过手，此时才知道他与汪远洋之间的差距有多大。汪远洋还没有使出双手刀的功夫，就将他逼得狼狈不堪，浑身上下除了泥土之外，还有大量的酒菜粘着。

房间中除了那根看起来还算粗壮的立柱之外，其余家具均已破碎，散落在地面上。地面上纵横着数条沟壑，那是被汪远洋刀气所致。

站在门外的老鸨急得团团转，脸上的汗水不停地流下来，征求式地看一眼异常冷静的云瑶。

见两人没有要停下来的意思，云瑶皱了皱眉，冲着老鸨使了个眼色，轻声说道："闹剧该结束了，不过咱们没人能制止他们，只有去请狄刺史过来才行。"

……

当狄仁杰带着温康骥以及霍兰山等人来到"云康别院"时，袁客师号叫着从窗户蹿出来，身上的衣袍七零八落，数道伤口流淌着鲜血，整个人疯魔状般。随着一声暴喝，汪远洋挥着手中的蝉翼刀追杀出来，要不是看到狄仁杰那张异常难看的脸，怕是会一刀将袁客师的头颅斩下来。

两人仿佛做错事的孩子一般，站在狄仁杰面前低着头一动不动，过了一阵，才缓缓将头抬起来，异口同声地问道："大人，您怎么来这里了？"

狄仁杰冷冷地哼了一声："还不是拜你们所赐，丢脸都丢到青楼来了。"

汪远洋红着脸低下头不再言语，袁客师却轻哼了一声，不屑地说道："狄大人，我已经脱离了刺史府，愿意做什么不愿意做什么，好像和您没多大关系吧？"

狄仁杰听罢，气得胡子险些翘起来，一甩袖子说道："从今天开始，你袁客师与我狄仁杰再无瓜葛，生死由命。"说罢便转身欲走。

云瑶嗲嗲的声音传来："哟，狄大人，您这样一说，便将责任抛给了这二位，他们却付不起我别院的损失呢！"

狄仁杰停住脚步，正欲怒斥几句，却见温康骥走上前，对他耳语几句，意思是毕竟这里是民间，倘若不做处理，会对刺史府的声誉不利。听到此话，狄仁杰的脸色缓和下来，点了点头。

温康骥得到了许可，便皮笑肉不笑地跟着云瑶来到被破坏的房间中，那原本就不和谐的笑容立刻僵硬起来。

房间内到处都是刀气斩过的痕迹，横七竖八几十道，几乎道道都深达两指，这要是砍在人身上，就算不断为两截，也要身受重伤。所有的家具已经破碎，看不出原本的模样来，落在地面上的酒菜混合在一起散发出怪异的味道。

温康骥看到云瑶比画着的手指，心中一颤，三百两的赔偿，按照狄仁杰的俸禄，也要吃紧好一阵。

"还有对面的房间！"云瑶的话令温康骥几乎一抖，他想不到江湖人物之间的打斗竟然会造成这么严重的破坏，之前他并不相信齐灵芷大闹"云康别院"赔偿五百两纹银的事情，现在他终于肯相信了。

当狄仁杰带着一脸怒气离开"云康别院"时，温康骥叹了一口气，回头看看有些不舍的汪远洋和一脸无赖相的袁客师。

他知道，以狄仁杰为中心的团队彻底瓦解了。

第八十三章　火神的恩赐

　　四岁的小女孩儿应该还在父母的怀抱中亲昵撒娇，可满脸污迹的娇娇却端着一碗水慢慢地挪着脚步，小心翼翼地来到一名妇女面前，眼睛盯着手中的碗蹲下来，送到妇女的嘴边，奶声奶气地叫着娘。

　　妇女勉强睁开眼睛，同时闻到了水的清香，精神一振，眯缝着的眼睛瞬间变大，努力地张开干裂的嘴唇，探着头正要喝一口，想了想，又将脸撇向一旁。

　　妇女并非不想喝水，而是舍不得喝这口水。她体内的瘟疫已经恶化，就算喝了侯郎中配置的药，仍旧无法阻止瘟疫的蔓延，绿色的恶魔逐渐将她的身体侵蚀，慢慢变得虚弱……她心中明白，这副皮囊时日无多，还不如省下一口水给娇娇。

　　虽说钟嘉盛没将水源是死水的事说出去，打井人却也不是傻子，能够看得出来逐渐在减少的井水。坏消息总是蔓延得很快，就好像怎么治也治不好的瘟疫一般。

　　很快，几乎全城的人都得到了这个消息，虽然没有从官方得到肯定，每天人均的供水量也并没减少，但是人们渴怕了，对于这个消息还是心怀恐惧，便很自觉地将发放下来的水存起来，以备不时之需。

　　女人再次听到娇娇的呼喊声，用手抹了抹眼睛，慢慢地转过头，看着一脸渴望的女儿，那双明亮的大眼睛中充满了渴望，那是对生命的渴望和对母爱的渴望。女人的心软了下来，轻轻地叹了一口气，求生欲望再次点燃，她要坚强地活下去，为了女儿！无论是缺水缺粮还是致命的瘟疫，都要尽全力去克服！

　　娇娇清晰地看到妈妈脖颈上出现一块青色的斑痕，斑痕的中心位置流着脓血，脓血顺着衣袍流到身体上，浸染了一大片，她忍不住伸出稚嫩的小手想去抚摸那个青斑，却被母亲突然严厉起来的眼神吓得手一抖，又慢慢缩了回来。

"娘！"娇娇的声音带有哭意，她虽然还不谙世事，却感觉到生命力从母亲的身体上一点点流逝。

妇女目光中的严厉变得柔和起来，眼泪在眼眶中转着，勉强抬起手，轻轻地抚摸娇娇的头，声音有些嘶哑："娇娇，你快出去，侯伯伯正在熬制药水，他一定能将娘治好，娘就带你进城，给你买糖人吃。"

人都留恋生命，不过有时却无法控制。女人对孩子有着无限的眷恋，渴望着能够亲手将其养大，望其成人！

娇娇将碗放在一旁，一头拱进了母亲的怀抱中，不停地抽噎着，极尽所能忍着不哭出声来，生怕引起母亲的悲痛。

母亲像是突然想起了什么，立刻将娇娇推向一旁，厉声喝道："快离我远点！"

娇娇被母亲这当头一喝吓得目瞪口呆，停止了哭声，愣愣地看着有些陌生的母亲，她哪里知道，母亲是怕她被传染上瘟疫，这才狠心将她推开。

"六婶，麻烦您带娇娇到外堂去，不要让她再进来了。"母亲冲着一名走过来的中年妇女说道，说罢便将头撇向一旁。她并非不想再看自己的孩子，而是怕看了一眼后就忍不下心让她离开。

娇娇眼中含着泪，两个嘴角向下撇着，努力地克制着情绪，黑乎乎的小手紧紧地攥着衣角，小小的拳头因为过度用力开始发白。

六婶走了过来，将娇娇抱起来，转身就走，甚至连看女人一眼都没看，走出几步之后，才长长地喘出了一口气，走到门口，才小声嘀咕着："我也不想让她进来，可她又哭又闹的，谁能一直看着她，万一偷着跑进来，还不知道发生什么事情，侯郎中给我们俩喝了预防瘟疫的药，这才进来的，你放心吧！"

"娘！"小女孩儿娇娇的感情终于爆发出来，小手拼命地朝着母亲的方向伸着，身体剧烈地在六婶怀抱中挣扎着，豆大的泪珠落了下来，哭声随即而出。

孩子的哭声并未引起大厅中人们的关注，仿佛哭声并不存在，只有六婶不断地拍着孩子的后背，口中发出哄孩子才会发出的模糊声音。

六婶走出内堂，立刻将门关上，将孩子交给另外一名妇女，随后冲着一名长者说道："娇娇娘有些不行了，这是第八个送进内堂的人了，一个爆发得比一个厉害。要是侯郎中再不想出办法，我们恐怕没有能活着出去的！"

"他六婶，您也别急，侯郎中不是在配药嘛，说不定下一服药就可以将咱们全部治愈！"长者安慰着，但话语间语气不坚定，显然是心里没底。

六婶撇了撇嘴，现出疑惑的表情，摇着头回到了属于她的位置上哄着哭闹着的娇娇。

空旷的祭祀庙大厅中挤满了人，有坐着的，有躺着的，形态各异，唯一相同的，便是满脸的蜡黄和毫无生机的表情。

大厅的正中间放着一张桌子，上面堆放着一些草药，旁边一个燃烧正旺的炉子还有药罐，侯郎中蹲在火炉子前，手中拿着蒲扇不停地扇动着，木炭燃烧的味道和中草药的味道随着蒲扇的每一次扇动飘向四周。

侯郎中不时地抹着额头上的汗珠，眼睛虽被烟熏得有些难受，却竭尽全力睁开，紧紧地盯着火炉上的药罐，生怕将药材熬过头。

"就看这一次能否成功，要是不行，我也无能为力了！"侯郎中小声嘀咕着，说话时还朝着其他人看了看，却发现所有人都安静地待在原本的位置，甚至都没有投来关注的目光。

原来，在三天前侯郎中接到学徒传报，说聚集在女魃祭祀庙中的难民情况不好，个别人的病情出现恶化。他感到事情有些不妙，急忙带着草药等来到了祭祀庙中，发现难民们感染的瘟疫发生扩散，原本已经控制住的疫情失控。细查之下，发现瘟疫竟然再次发生变异，导致原本治疗瘟疫的药水失效。

侯郎中立刻着手重新配药，经过数次的试验后，仍未找到破解变异瘟疫的正确药方，感染的范围在不断扩大，病人的病情渐渐加重，甚至出现暴死的现象。

侯郎中将手放在药罐盖子上，缓缓地将盖子掀开，抽着鼻子闻了闻，从他的表情上看，对药汤的药性比较满意，急忙倒出半碗，亲自端着药碗走进内堂。

人们之前的漠视是因为侯郎中不断失败，七条人命相继离去，娇娇娘是第八人，要是侯郎中最后的手段也不能救回她，人们就只能等死，所以对于娇娇的哭声以及侯郎中的熬药过程，人们都抱着冷漠态度，因为与其关注耗神费力，还不如养精蓄锐保住元气来得实在。

侯郎中的药熬制成功，大厅中的人们不再漠视，所有的目光都集中到他身上。侯郎中断言，若是此次再配不出解药，便再无办法。

狄仁杰之[绝地旱魃]

人们慢慢地站起身，拖着沉重的病体向内堂门口靠拢，几百双眼睛齐刷刷地盯着古朴的大门，仿佛这扇门便是生死门，侯郎中带着娇娇她娘走了出来便是生门，否则便是死门！

等待是最能考验人耐心的事情，所有人几乎不发出一点声音，笼罩在一股极其沉闷的气氛中，加上闷热的天气，很快，汗水便令所有人的衣袍湿透。男人们还好些，索性将衣袍敞开，不断地用手扯着衣襟扇着，女人们只能任由汗水浸透衣袍，露出玲珑有致的身材。

当侯郎中垂头丧气地走出房间时，所有人的心都凉了，仿佛置身于千年冰窟一般，目瞪口呆地看着他走到药炉附近坐下来。

六婶是个急性子，率先摆脱了呆滞，疾走几步来到侯郎中面前，双手摇着他的肩膀问道："侯郎中，你不是最擅长治疗瘟疫的郎中吗？你快点治好我们！"

侯郎中慢慢抬起头，苦笑一声："对不起，真的对不起，我已经尽力了。"

六婶本来还像一只斗鸡一般，听了侯郎中的话后，整个人立刻蔫了下来，双手垂下来，默默地走到停止哭泣的娇娇面前，将她抱了起来，坐在墙角抹着眼泪。

当人类面临死亡威胁时，便会不由自主地选择反抗，为了保住性命都会极尽手段！

人们从呆滞中缓过神来，用尽最大力气冲到侯郎中身边，大声质问着，却得不到侯郎中的答复。人们越来越难以控制情绪，终于愤怒，将心中的不满发泄到他身上，他们开始拉扯、推搡他，若不是一名长者出面制止，侯郎中怕是会被愤怒的人们杀死！

侯郎中整理了一下被扯烂的衣袍，站起身，双手按了按说道："众位乡亲，我也染上了瘟疫，相信过不多久，就会进入内堂。"说到这里，他的神情黯淡下来。

人们也感到那种悲戚是发自于内心的，同时也令人们心中一阵难过，侯郎中本可以在城中医馆，不用理会女魃祭祀庙中的众人，但是他听说这里情况危急后，还是义无反顾地赶过来，冒着被感染的危险为众人医治，现在得到的却是众人的辱骂和殴打。

人们想到这里，脸上露出了愧疚之色，纷纷低下头不再言语。

"这次瘟疫的变异十分古怪，我无法弄清如何才能克制，相信所有在女魃祭祀庙中的人都已感染，发作是迟早的事情，现在最大的问题并不是如何活下去，而是如何不让瘟疫扩散出去！"侯郎中说到这里，向人们看了看。

听到这个结论，有的人已经瘫软下去，坐在地上，有的开始小声地哭泣，有的则是默不作声，心中不知道在想些什么。

侯郎中叹了一口气："只有一个方法，那就是火，来自于火神的恩惠，火可以消除一切瘟疫，火亦可以令我们重生！"

一名老者颤颤巍巍地走上前，指着侯郎中质问道："你的意思是放一把火将我们全部烧死？"

第八十四章　生死抉择

　　狄仁杰心中的难过达到了极致，但事物发展到极致后，便会朝着相反的方向发展，所以他笑了。温康骥却想不出狄仁杰笑出来的理由，虽然在一旁陪着干笑，却能感觉到他心中的苦闷。

　　陪了狄仁杰一阵后，温康骥便出了房间四处散步，以驱散心中的那股烦闷。不知不觉地就来到了后花园，原本的花园鸟语花香，小溪涓涓，一片生机，可如今的后花园已有很久没人打理了，到处充斥着枯枝败草，一片凄凉之色。

　　"温大人！"管家狄平的声音传来。

　　温康骥回过头，看到狄平从远处走来。

　　当狄平看到温康骥眉头上的疙瘩比狄仁杰还要大时，便"噗嗤"一声笑出来，随即说道："温大人，我家老爷都没愁成这个样子，却把您愁得眉头像咸菜疙瘩似的，正好中午愁着没菜下锅呢。"

　　温康骥苦笑了一声，抬起手连连指着狄平："去！你这小厮，没大没小！平日里就知道嘻嘻哈哈，哪里知道当官的苦处！不说也罢，不说也罢！"

　　狄平眼珠一转，压低声音神秘兮兮地说道："我听说汪大哥和小袁神捕在青楼打起来了，不过我告诉您，这绝对是不可能的，他们一定是老爷派去的卧底，估计应该是和赈灾银有关。"

　　温康骥听罢一愣，思索了一下后说道："狄大人是怀疑赈灾银藏在'云康别院'，所以才让小袁神捕和汪将军施展了一出苦肉计，进而查出银两的下落？"

　　狄平脸上露出一丝得意，随即又露出一丝无辜，说道："我可是什么都没说啊，这可都是温大人自己分析出来的。不过据我推测，小袁神捕和汪大哥目前还没有任何进展。否则，早就得胜而归了，何必在那里又是喝酒又是打架的！"

温康骥听罢后不再说话，背着手一副沉思不语的模样。狄平见状，拱了拱手退了下去。后花园再次陷入一片寂静，荒芜充斥着每一处空间。

温康骥正看着枯死的花草树木愣神，听见一阵急促的脚步声响起，狄平的声音再次传来："温大人，城外女魃祭祀庙发生变故，老爷已经赶了过去，临走时让我通知您……"

狄平的话还未说完，温康骥脸色一变。从狄平的话中不难得知，女魃祭祀庙中若是发生变故，一定是关于瘟疫！

温康骥甩开大步向外走去，边走边说道："你这小厮，怎么不早来禀报？"

狄平赔笑着，走到府门口时，从一名下人手中牵过一匹马，这才令温康骥停止抱怨，冲着他点点头，随后翻身上马，策马向城外奔去。

……

面对生死抉择时，人们往往会失去应有的理智，更何况此时并非是生与死之间的选择，而是选择如何死！

侯郎中知道所中瘟疫无法治愈，只要走出女魃祭祀庙的范围，一定会将瘟疫传播出去，到那时，用不着契丹叛军攻城，这场不可抵御的瘟疫，就足以将魏州地区化为一片死寂！

在他眼中，只有一种办法可以将这场灭世的瘟疫去除，就是火！火可以净化世间一切污秽之物，就连瘟疫亦是一样。不过他面对的难题并不是他自己，而是更多感染了瘟疫的村民。

当一个人知道所感染的瘟疫不可治愈，又知道瘟疫具有极其强悍的传染性时，他能够抉择用火来消灭自身以保瘟疫不会传播出去吗？

人不到生死的最后一刻，总是会抱有希望，希望能够出现奇迹，将危在旦夕的生命挽救回来。但是大多数情况都是违背人的意愿，希望最终会随着时间的推移而破灭。

侯郎中默默地走到女魃祭祀庙外，院子的角落堆放着很多木柴，是供夜间取暖和做饭用的。他抱着一堆木柴走进祭祀庙中，他心中已做好准备，村民也许会疯狂地冲上来，将他手中的木柴扔掉，并狠狠地打他一顿。

但人们的反应出乎他的意料，他们并没有愤怒，甚至连辱骂声都没有。一名老者默默地站起身，叹着气走出女魃祭祀庙，来到院落中，抱起一些木柴，慢慢地走回庙中。

……

很快柴火便堆砌成一座小山，女魃祭祀庙整体是木质结构，一旦大火燃烧起来，转瞬就会变成一个巨大的火球，将其中的一切吞噬！

侯郎中想不到人们对于生死能看破到如此程度，原本的冷漠慢慢淡去，转换成对其他人类的眷顾，转换成一种对人类的大义！

人们陆续加入到搬运柴火的行列中，女人抱着木柴抽泣着，男人则是阴沉着脸，平静地将木柴堆起来，就连小女孩儿娇娇也摇摇晃晃地抱着几根柴火堆放在柱子下面，又摇摇晃晃地走出去继续搬运。

人们为了搬运柴火，耗费了大部分的力气，他们有气无力地坐在柴火周围，手拉着手，脸上露出毅然决然的神色。

小女孩儿娇娇显然还不知道即将面对的是什么，躲在六婶的怀里，脸上的泪痕犹在，不时地抽噎一下，大大的眼睛闪烁着，很明显，她还不知道母亲的死讯，一直以为母亲只是在内堂休息，等侯郎中的药效起作用便会走出来与她相会。她更不知道堆砌成山的木柴是做什么用的，甚至不知道生死究竟意味着什么！

老者面无表情，冲着侯郎中无力地挥了挥手，示意他可以点火，口中念叨着："烧吧，烧吧，烧死了也好，免得将瘟疫传到城中！"

侯郎中看着手中的火把犹豫着，要只是他一个人，他会毫不犹豫地点燃木柴，可他面对的是众多的百姓，一条条鲜活的生命！

人们默默地盯着侯郎中手中的火把，火把发出"噼啪"的声音充斥着整个空间，跳动着的火苗好像净化瘟疫的火神，又好像吞噬生命的恶魔！

侯郎中将手中的火把慢慢靠近柴火，他的手在颤抖，跳动的火苗闪动着，像一条毒蛇一般，吐着火红的芯子，舔向近在咫尺的木柴，当火焰即将碰到木柴时，他的手一抖，立刻将火把缩了回来。

他重重地叹了一口气，抬起头看了看身边的人们，人们的眼中流露出对生的渴望，同时存在的还有一股决绝之意。他的眼角流下了一滴泪，紧紧地闭上眼睛，狠了狠心将手中的火把扔向木柴……

一道青色的人影突入女魃祭祀庙，手中钢刀一挥，一道强悍的刀气挥洒而出，将侯郎中投掷出去的火把击飞，狠狠地撞在墙上，火星四溅，火焰随之慢慢熄灭，散发出一股松油的味道。

"侯郎中！你在做什么？"狄仁杰的声音从门外传来。

侯郎中顾不得惊讶，立刻站起身，冲着门外大喊道："狄大人，千万不要进来，我们感染了变异瘟疫，我尝试了很多办法，却无药可解！"说罢，还看了看一脸铁青的霍兰山。

温康骥原本是走在最前面的，半只脚已经踏入大门，听到侯郎中的话，立刻停下脚步，脸上露出一丝恐惧，正要退回去，却见身边的狄仁杰大踏步地走了进去，脸一红，犹豫后，还是跟着走了进去。

狄仁杰转过头，朝着温康骥投去赞赏的目光，随即冲着身后的随从说道："你们就不要进来了，立刻传令下去，命大营苑无涯大将军派出大军，将女魃祭祀庙一带封锁，不准任何人进出。"说罢便向里面走去。

跟随的官吏们松了一口气，退了出去，一部分留守在女魃祭祀庙外，另外一些骑上马赶回魏州城安排相关事宜。

侯郎中苦笑一声，说道："狄大人，您何必非要进来蹚这浑水。眼下的这场瘟疫绝非凡人可解。"

狄仁杰面色一正，看了看周围的人们，那一张张面带菜色的脸上因为他的到来，再次充满希望，抿了抿嘴说道："事情还没到不可挽回的地步，咱们得争取一线生机。"

侯郎中望了望渐渐熄灭的火把，叹了一口气，说道："狄大人，变异瘟疫只有用火才能完全消灭，除此外别无他法，您看！"说罢，他将袖子挽起，胳膊上出现了几处绿色的圆点，用手挤了挤，居然从圆点中心冒出墨绿色的脓血，又将下眼睑扒开，其中原本红色的血丝变成淡绿色，脸上泛着青色，嘴唇发乌。

狄仁杰皱了皱眉头，捋着胡子低头沉思。

温康骥捂着鼻子看了看侯郎中胳膊上的绿点，眼中再次流露出惊恐，不由自主地退后一步，生怕瘟疫会钻进他的身体一般。

侯郎中见狄仁杰不语，便抓着身边一名老者的胳膊，将他的衣袖撸了起来。老者的胳膊上已经遍布绿色的圆点，挨得比较近的连成一片，形成数个大的烂点！墨绿色的脓血从各处不断地冒出来，散发着腥臭的味道。

"它的可怕之处就在于随时会发生变异，原本有克制性的药水已没有作用，且它的传染性还在不断扩大，若不能当机立断，等瘟疫传了出去，就会变得无法控制。"侯郎中摇着头说道。

温康骥再也忍受不住，捂着嘴跑到女魃像附近呕吐起来。

"另外这种变异瘟毒的传染性很强，您看，我进入祭祀庙不到半天，便染上了瘟疫，而且发展如此迅速，若不及时作出决定，一旦瘟疫传播出去，后果将会不堪设想！"侯郎中再次劝着，眼睛仍旧盯向冒着烟的火把。

"难道这一切都是天意?"狄仁杰眼中流露出一丝的无奈，重重地叹了一口气，缓缓闭上眼睛。

侯郎中默默地走到火把面前，弯腰捡了起来，又回到狄仁杰面前，从怀里掏出火折子，递给他。

狄仁杰接过火折子，晃动几下之后，火折子发出"噗"的一声，火苗燃起，拿着火折子的手伸向火把，当火把再次燃烧起来时，他的脸色阴沉下来。

第八十四章　生死抉择

第八十五章　神奇药方

在人们看来，狄仁杰完全没有必要走进来和众人一起死，还有温康骧一看就知道是怕死之人，可现在两人不但走了进来，还要亲自点燃烧死众人的木柴！

"关门！"狄仁杰低沉着声音吩咐着。

两扇大门"咣当"一声合上了，将大部分的阳光隔绝在外，大厅中顿时暗了下来，只有火把的光芒卖力地跳动着。

大厅中气氛沉闷极了，人们原本燃起的希望再次破灭，失望、无助的情绪再次占领上风。

温康骧听到关门的声音，终于停止了呕吐，转过头惊恐地望向狄仁杰，眼看着侯郎中手中的火把燃烧起来，身体竟然不由自主地颤抖起来，手指着侯郎中说道："狄大人，这……这是要做什么？"

狄仁杰看了看温康骧，不禁摇了摇头，语气坚定地说道："温大人，本官终于理解侯郎中刚才的决定，无论换做是谁，都不会让这害人的瘟疫流传出去，只有火才能烧毁这一切。"

温康骧听罢，整个人变得僵直，口中发出"嗬嗬"的声音，眼珠毫无意义地转着，显然是面对生死的抉择无法适应。霍兰山叹了一口气，身形一闪来到温康骧面前，伸手扶着他，轻声地叫着他。

温康骧终于缓过神来，想到了生死，头脑一阵眩晕，推开霍兰山，蹲到地上再次呕吐起来。

"什么？"侯郎中突然歪着头小声地喊着，整个大厅中除了温康骧呕吐的声音外，再没有其他的声音，可他硬生生地来了这么一句，令众人有些惊讶。

所有人的目光都集中到侯郎中的身上，没人知道他究竟听到了什么，这一切是那么诡异，因为太阳的光芒透过窗纸斜斜地射入大厅中，将地面映成花纹，若说闹鬼，恐怕没人会相信。

侯郎中转动着头颅，最终将目光锁定在高大的女魃像上，他的神情有些激动，眼圈中竟然湿润起来，嘴唇不停地颤抖着，口中不知道在说些什么。

"侯郎中！"狄仁杰不知道他遇到了什么，试探着叫他。

侯郎中冲着狄仁杰摆了摆手，瞬间后，脸上现出喜色，连连说道："有救了，有救了！"

不等狄仁杰说话，他兴奋地说道："狄大人，快，您命人去我的医馆取药，咱们有救了！"

狄仁杰被侯郎中的举动弄得一愣，想了一下，随即点了点头，冲着门外喊了一声。侯郎中拿着火把踉跄着跑到门口，冲着一名官吏说着……

温康骥长长地喘了一口气，将手上沾满污秽的丝帕扔在了女魃像的脚下，在霍兰山的搀扶下回到狄仁杰身旁，看到大门口欢天喜地的侯郎中，那张惨白的脸上露出了疑问。

狄仁杰摇了摇头，说道："不要问我，我不知道发生了什么，也许是侯郎中突然来了灵感，想到了克制瘟毒的办法。"

温康骥一听，脸上立刻现出惊讶，朝着门口的侯郎中看去，正要迈步上前问个清楚，见狄仁杰等人都没有动，这才收住了脚步，掩饰性地用脚在地面上蹭了蹭。

安排好一切后，侯郎中又回到狄仁杰身边，兴冲冲地说道："狄大人，您放心，这是女魃显灵，告诉草民克制瘟毒的办法，一定能行，一定能行！"

狄仁杰皱了皱眉头，没再说什么。对他而言，到了这个时候，无论是女魃也好，还是灵感突至也罢，只要救了在场的人们，是何缘由已变得不重要。

所有人被这大喜大悲的一幕惊得呆住了，不敢相信地望着侯郎中。侯郎中终于反应过来，脸上一红，冲着大家解释着："一定是女魃显灵，一定是女魃显灵。"

人们一听，纷纷回过头，望向巨大的女魃像。令人惊讶的是，此时的女魃像竟然通体散发出淡淡的荧光，看起来仿佛是神圣的神仙一般！

"真的是女魃显灵了！"一名长者本就相信女魃之说，现在先是听到侯郎中得到了女魃的提示，而后女魃神像又散发出荧光显灵，相信女魃传说也在情理之中。

村民们一听，立刻转过身，纷纷下跪，冲着女魃像磕头，口中还喊着女魈保佑之类的话。

狄仁杰与霍兰山对视一眼，两人皆微微摇了摇头，再看温康骥和侯郎中，他们的眼中都出现了崇拜之色，只是由于身份的原因没有跟着村民跪下来叩拜。

又过了一阵，侯氏医馆的学徒送来汤药，放到门口后立刻捂着鼻子后退，眼睛中充满了惊恐。

侯郎中口中骂着，来到门口将汤药拿到手闻了闻，毫不犹豫地喝了下去，过不多时，胳膊上的那些绿色圆点开始慢慢褪去，脸上的黑色最终完全褪去，恢复了正常。

侯郎中兴奋地来到狄仁杰面前，说道："狄大人，您看，您看！真的好用！"

狄仁杰伸出手在侯郎中的手腕上把脉，脸上出现一阵疑惑，最终又化为赞赏。人们开始服用汤药，要说这汤药果然是神药，喝下去不久后，就连被瘟疫折磨得病入膏肓的人也慢慢恢复了元气，身上除了溃烂处外，所有的墨绿色全部消散干净。

人们欢呼着，将侯郎中围在中间，庆祝着、欢笑着。温康骥被大喜大悲的起落弄得哭笑不得，看着接近于疯狂中的人们，无奈地耸了耸肩，将狄仁杰拉到一旁，小声地说道："大人，看来侯郎中一定是福灵心至，这才得到解药，等确认我们身上的瘟疫全部去除之后，就将解药发放给魏州每一名百姓。"

狄仁杰点了点头，却并没有顺着他的话，而是说道："温大人，在大事面前，为官者不要轻易露出胆怯，会给民众造成疑惑的！"

温康骥脸上一红，急忙点头称是，趁着狄仁杰说话的空隙，将话题转移开："狄大人，我命霍兰山探查，获悉了府库中赈灾银藏在何地！"

此话一出，狄仁杰神色一凛，向兴奋中的民众望了望，见众人并未在意两人的对话，这才松了一口气，遂说道："叫上霍兰山，咱们庙外谈！"说罢便自顾着走出祭祀庙，来到院中一处角落。

官吏和随从们见狄仁杰走了出来，正欲上前，却被狄仁杰摆了摆手阻止。众官吏立刻停止脚步，脸上露出疑惑的神色，显然他们还以为瘟疫并未清除。

对于生死，没人会轻视，尤其是官场，一旦面对生死抉择，官吏们便会首先以自保为主，对于此，狄仁杰只是报以一笑，因为常人都会这样做，要是不这样做，反而有些不正常。

温康骥带着霍兰山来到狄仁杰面前，施了一礼，眉毛一扬说道："狄大人，说起过程来真是离奇。"说到这里，他给霍兰山使了个眼色。

霍兰山清了清嗓子，说道："狄大人，卑职得到线报，说赃银很有可能就藏在'云康别院'中，便请示温大人，温大人一番分析后令卑职微服私访，潜入别院中进行探查。得知赈灾银运来魏州不久，'云康别院'就开始进行整修，整整三天时间没有开业，您可不知道，这'云康别院'莫说是三天不营业，就是一天，魏州城很多人都受不了，这……"

话刚说到这里，温康骥清了清嗓子，提醒着霍兰山。

霍兰山知道话说得有些不妥，便尴尬地一笑，瞥了一眼狄仁杰，发现他并未在意，便接着说道："卑职发现，整修过的'云康别院'与原本最大的区别便在于地面。原本的云康别院用的是木质的地面，是用上好的梨木板制成，而整修后的'云康别院'，地面居然换成了青色的砖面。"

温康骥瞪大眼睛接着说道："当霍捕头向下官禀报此事时，下官便觉得此事有异。原本好好的木质地板，为什么换成造价低廉的青砖，这其中是不是有鬼？"

狄仁杰正欲说话，却听霍兰山又接着说道："汪远洋与袁客师两人的一番搏杀却给卑职带来了新的思路，汪远洋的刀气纵横，不但将家具砍得稀巴烂，同时也将部分地面青砖划开，卑职便趁着夜色潜入被破坏的房间，发现……"

"发现了什么？"狄仁杰笑着问道。

温康骥呵呵一笑，他要的就是这种效果，只要狄仁杰一问，他就可以顺理成章地说下去，来体现他在破案中的作用："霍捕头发现那些青砖竟然不是青砖，而是银砖！"

狄仁杰捋着胡子，认真地听着两人的叙述。

"据卑职计算，要是'云康别院'所有青砖都是银砖，那么绝对不是三百万两的数目，而是更多。"霍兰山说到这里，将目光望向温康骥。

"更多是多少？"狄仁杰终于来了兴致。

到目前为止，只有少数人知道府库中丢失的银两数其实是六百万两，三百万两的赈灾银和三百万两的军饷，而少数的人中并不包括温康骥和霍兰山，要是'云康别院'暗藏的银两多于三百万两，就意味着被掉包的三百万两军饷有了下落。

霍兰山摇了摇头，叹了一口气说道："卑职没什么文化，只能算出个大概，嗯……应该能在五百万两以上！"

狄仁杰一听，露出欣喜的神色，甚至比那些刚刚获得新生的人们还要兴奋，他双手不断地搓着，随后又背着手走来走去，过了好一阵，才停下脚步，冲着二人说道："稳住，一定要稳住。从今天起，对'云康别院'要严加管控，捕头、衙役三班轮流监视，不能让银两流失出去，另外此事不宜声张，尽量要控制范围。"

温康骥立刻点了点头，脸上却露出不解的神色，问道："狄大人，咱们知道了银子所藏之处，为什么不将银两取出来？"

狄仁杰呵呵一笑，恢复了应有的冷静，说道："我敢断言，魏州城所有的事都与幕后黑手有关，到现在还没有黑手的线索，若贸然将银子取出来，会打草惊蛇，反正银子放在'云康别院'也丢不了，不急不急！"

温康骥和霍兰山一副恍然大悟的样子，心中想到的是汪远洋和袁客师二人，他们应该是狄仁杰派去的卧底，就算今日温康骥不揭破银两的下落，凭着汪远洋二人的能力，早晚会将银子找到。

狄仁杰怎能看不出温康骥的心思？便说道："汪远洋和袁客师这二人实在是不争气，要是有他们的帮助，何至于本官现在如此窘迫，唉，不提也罢！"

温康骥和霍兰山都知道，狄仁杰离开了汪远洋等人，就等于变成了聋子、瞎子，就算有再强悍的逻辑推理能力，没有线索也是白费，现在他身边没有了李元芳和如燕，袁客师、齐灵芷二人又相继离去，最后连汪远洋和肖清平也离去，真正成了孤家寡人。

虽说之前温康骥推断汪远洋等人是由于某种原因离开狄仁杰，可从狄仁杰的反应来看，袁客师等人可能是真的颓废了。

温康骥在魏州经营这么多年，手下的眼线无数，这也得益于霍兰山的帮助，霍兰山本就是江湖人物，被温康骥拉拢后才正式加入到官场中。从各种线报来看，汪远洋与"云康别院"的花魁云瑶关系非同一般，几乎算是被她给迷住了，虽说两人相敬如宾，却能看出汪远洋对云瑶的狂热。

袁客师就更不用提了，与齐灵芷之间属于女强男弱的局面，数年的压抑令他心理极度空虚，自打被霍兰山引入"云康别院"后，每天沉浸在醉生梦死之中，说这两人是狄仁杰派去的卧底，那未免演得太真实了些。

想到这里，温康骥笑了，霍兰山能体味到他的笑寓意着什么，狄仁杰身边的助手全部离去，司马梁艾军也畏罪潜逃，现在除了依靠他温康骥之外，再无他法。

三人各怀心思思索着，却见侯郎中满脸喜气地从女魃祭祀庙大厅中走出来，还未走到近前，便张口说道："狄大人，温大人，这药方简直是神方，喝下去后，瘟疫的症状很快减轻，所有人都恢复了正常，不但如此，我还发现这种药还可以起到预防瘟疫的作用。我现在要立刻赶回医馆，将药汤发放给民众和大营中的将士。"

　　狄仁杰皱了皱眉头，他感到此事总有些不妥之处，却一时间找不到切入点，无法反驳侯郎中的话，最终只好点了点头。

　　"女魃祭祀庙中的村民还需要观察一段时间，我将两名得力的学徒留在这里，一旦发生变故，会做出相应的处理。"侯郎中胸有成竹地说道，说罢便朝着远处两名学徒招了招手，那两人飞快地跑了过来，脸上露出轻松的神色，显然是他们知道侯郎中灵光闪至而来的神奇药方起了作用。

　　狄仁杰看了看两名年轻的学徒，赞许地点了点头，说道："温大人，既然侯郎中将事情安排妥当，那咱们就回去吧，刺史府还有一大堆事情等着咱们处理。"

　　温康骥听罢，急忙点了点头，甚至都顾不上狄仁杰，迈开脚步径直走出祭祀庙大院，来到驻守的官兵身边后，这才松了一口气。

第八十六章 反常

魏州位于战线前沿，人们通过城墙防守、大营将士的紧张程度等便能够感到契丹叛军带来的压力。远在洛阳的皇族大臣们也并不轻松，在他们看来，契丹叛军攒够了粮草和军械，便会长驱直入进攻洛阳，一旦破城便是国破人亡！

对于契丹叛军攻克冀州一事，武则天动了真火，先是将武承嗣等人狠狠地训斥了一顿，又将李尽忠和孙万荣两人的罪行数落个遍，最后被气得说不出话来。大臣们站在大殿上，几乎头不敢抬、气不敢喘，生怕愤怒中的武则天会迁怒于他们。

最终还是武承嗣硬着头皮给了建议，让拱卫西京长安的百万威卫大军东进，来到洛阳附近，一旦契丹叛军威胁到洛阳，大军便可迎头痛击。否则便只能移都长安，再调集大军剿灭叛军。

武则天渐渐冷静下来，铁青的脸终于有了缓和，众大臣见状，纷纷附和魏王武承嗣的建议，毕竟没人愿意冒着风险与契丹大军作战，更不愿意狼狈地逃离洛阳，有了百万大军的拱卫，就算契丹叛军凶猛，也无法突破洛阳的防卫，再与其他赶来支援的军队里应外合，便可以把契丹叛军歼灭于洛阳城下。

武则天听了众人的建议后，最终决定命西京长安的百万大军开拔至洛阳附近，前锋大军务必在十日内达到洛水流域。集结完成后，随时北上做好与契丹叛军对决的准备。

张柬之、姚崇等大臣虽对武则天的圣旨有所疑虑，却说不出个缘由来，只好按照圣旨办事。

百万大军哪是说开拔就开拔的，粮草、军械、马匹缺一不可，但是圣旨一下，就算准备不充分，也要按时到达，否则就是违抗圣旨，那可是杀头的大罪。

……

当狄仁杰看到百万大军已到达洛水流域的塘报后，隐隐觉得事情有些不妥。

从眼前的情况看契丹大军只有三十万的兵马，虽说大部分是战斗力很强的骑兵，但是对比百万数量的大周军队以及高大厚实的城墙，败落是早晚的事情。若大周军队出兵讨伐，亦可以凭借数量优势击溃契丹叛军。

那么问题来了，为什么契丹叛军不趁着大周百万军队未集结洛阳时出击，而是在冀州按兵不动？

李尽忠和孙万荣绝非是酒囊饭袋，为什么会做出如此低级的举措？

狄仁杰捋着胡子苦苦思索着，却始终得不到要领。房间内闷极了，汗水噼里啪啦地落下来，浸湿了衣袍，口干得像是着了火一般，端起水杯，却发现水杯已空。

"水，银子，粮食，大周的百万大军，契丹叛军按兵不动，这些事之间究竟存在着什么关联？幕后黑手究竟在酝酿什么？从来到魏州任职，就有一条线在暗中牵着，我就像是一只被控制的木偶！"狄仁杰索性走出房间，刺眼的阳光令他有些眩晕，加上身体有些虚弱，脚下不稳差点摔倒在地，闭上眼睛缓了一阵才恢复正常。

如果温康骥所说属实，六百万两赈灾银和军饷就藏在"云康别院"，这就意味着"云康别院"的老板与幕后黑手有直接联系，令人奇怪的是，那老板是一名年近六十的老妇人，并不像做大事的人，硬是说她勾结独孤思庄等人侵吞六百万两银两，怕是有些说不过去。

"不对，不对，太过反常，一定还有更大的阴谋在后面！"狄仁杰在院子中踱来踱去，却始终不得章法，无法找到问题的切入点。

幕后黑手动了这么大的手笔，要这些银子定是给契丹叛军做军饷用，怎能轻易地被破解藏身之处？

另外，如此厉害的瘟疫被侯郎中轻松破解，就算是福灵心至也不可能做到，要说是女魃显灵给予他的灵感，更是无稽之谈，唯一的可能性就是幕后黑手故意将解药泄露给侯郎中，可侯郎中与狄仁杰等人一直在一起，幕后真凶哪里来的时间告之解药配方！

"难道是这样？糟糕，侯郎中有难了！"狄仁杰想到这里心中一惊，急忙喊道："狄平，快备轿，命霍兰山与众捕快立刻随我去侯氏医馆！"

狄平听到喊声，从房间中冲了出来，一边叫着下人备轿，一边扶着狄仁杰向外走去……

当狄仁杰看到侯氏医馆中乱得如过街老鼠般的学徒时，他知道还是来晚了。

自打来到魏州，通过救治瘟疫认识了侯郎中，他不惜代价救死扶伤的精神感动了狄仁杰，更是感动了魏州千千万万的人，可是现在瘟疫未除，他却因此而遇难，这怎能不令他痛心疾首？

"狄大人！"温康骥从内堂走了出来，正好看到匆匆走进来的狄仁杰，便上前打招呼。

"温大人，你怎么在这儿？"狄仁杰边走边问道。

温康骥脸上一红，小声嘀咕了一句，却含糊不清。狄仁杰叹了一口气，没有再追问，跟着一名学徒穿过内堂来到了后院。后院有三个房间，中间的房间门口站着一些人，人们议论纷纷，同时抻着脖子向里面望去。

霍兰山立刻走上前，喝令众人闪开一条路，狄仁杰等人走了进去。

房间的布置极其简单，除了靠着墙角的一张床榻外，倚墙而立的便是木质的药架子，每个抽屉上都写着药材的名字，房间正中间放着一个火炉，火炉上放着一个药罐子，大量的水蒸气从药罐与盖子的缝隙冒出来，散发出浓浓的草药味道。

侯郎中躺在床榻上，脸色惨白，双眼紧闭，身边一名医馆坐堂的郎中正在替他把脉。

"情况如何？"狄仁杰轻声问道。

坐堂郎中松开侯郎中的手腕，站起身答道："禀狄大人，我大哥脉象极其微弱且非常混乱，同时眼睑、嘴唇、指甲上泛有青色，看样子应该是染上了瘟疫。由于他常年接触治疗瘟疫的药材，这才勉强保住了一条性命，换做普通人，早就命丧黄泉了。"

狄仁杰点了点头，从话中得知坐堂的郎中乃是侯郎中的弟弟，而导致侯郎中濒死的原因正是刚刚被他破解的瘟疫。

众人一听侯郎中染了瘟疫，不约而同地倒吸一口凉气，尤其是温康骥，脸上露出惊慌之色，当他看到狄仁杰严肃的目光时，不自觉地低下了头。

"请众位放心，我大哥所中的瘟疫没有传染性，这也是令人奇怪之处。但瘟疫对人体的毒害很大，从发作到濒死几乎只有半炷香的时间。"坐堂郎中说道。

"侯郎中不是将瘟疫解除了吗，怎么还会感染瘟疫？"温康骥说话间眼神闪烁不定，显然是对侯郎中的解药不信任。

坐堂郎中摇了摇头，抿着嘴一言不发。

"好了，你们都出去，狄平，取针！"狄仁杰沉着声音说道。

众人一听，知道狄仁杰是要施展惊天地泣鬼神的金针渡命术来救回侯郎中。坐堂郎中面色一喜，急忙跪倒在地，冲着狄仁杰磕了三个响头，这才站起身与众人离开房间。

天气很炎热，没有一丝风吹过，太阳将人们灼烤得汗流浃背，却没人愿意离开房门口半步。

当房间中传出狄平的惊呼声后，温康骥第一个推开房门冲了进去，见狄仁杰被狄平扶着，坐在床榻旁的椅子上紧闭双眼，浑身上下被汗水浸透，便急忙跑了过去，轻声地叫着狄仁杰："狄大人，您怎么样了？"

狄仁杰缓缓睁开眼睛，疲惫之色顿显，说道："我没事，侯郎中的情况比较糟糕，我只能用金针渡命术导出他体内的一些瘟毒，却不能完全清除，说也奇怪，明明瘟疫被解药清除了，怎么会再次被侵染？"

温康骥心疼地看了看狄仁杰，说道："好了狄大人，您也尽力了，还是先回去休息，魏州城几十万的百姓还指望着您，您可不能倒下！至于侯郎中，他吉人天相，应该没事的。"

狄仁杰点了点头，同时脸上露出疑惑之色，对于温康骥出现在侯氏医馆，显然是不符合常理，遂问道："温大人，你怎么会出现在这里？"

问题一出，温康骥一愣，随即脸上露出愧疚的神色，小声说道："狄大人，这件事能否容我回到刺史府再向您解释？"

狄仁杰叹了一口气，说道："好吧，那咱们就边走边说！"说罢站起身，稳住身形后，朝着外面走去。

炎热的天气不会因为人们的感受而改变，太阳红彤彤的脸挂在半空，尽情地释放着热量。

温康骥走在狄仁杰的左侧，落后半步小心翼翼地跟着。狄平紧紧地跟着狄仁杰，生怕他有闪失。

狄仁杰挥了挥手，示意狄平不用跟得太紧，狄平口中嘟囔着，落后了几步，眼睛却一直盯着狄仁杰。

"温大人，坐轿子太闷，咱们走走。"狄仁杰微笑着说道。

温康骧急忙应声答应，同时说道："狄大人，刚才下官到侯氏医馆是有原因的，在祭祀庙中时，我就怀疑侯郎中的解药。下官虽说不精通医术，却也知道瘟疫不会轻易就被破解。所以我是带着疑惑去询问侯郎中的，意想不到的是，当我来到后院时，便听到侯郎中在房间中发出一声惨叫，后院中的几名学徒率先冲了进去，发现他倒在地上昏迷不醒，脸上泛着青色，看样子应该是瘟疫发作，下官担心瘟疫会传染，便急忙离开，准备向您禀报，正好看到您来到这里……"

狄仁杰"嗯"了一声，捋着胡子思索着。

"'云康别院'的事情安排得如何了？"狄仁杰引出另外一个话题问道。

听到"云康别院"这四个字，温康骧脸上的愧疚立刻消失，取而代之的是一股发自内心的得意，说道："狄大人，'云康别院'已在严密监视之下，莫说幕后黑手将银子弄走，就算一只苍蝇想飞出去，下官也会将其拿下！"

狄仁杰点了点头，随即一脸严肃地说道："温大人，这件事情你做得很好，但是你作为州府的官员，不要总是表现出一副怕死的样子，这样会引起民众的恐慌，你明白了吗？"

温康骧脸上一红，连忙点头。

狄仁杰叹了一口气，说道："有些事情也是为难你了，好了，咱们还是去一趟大营，看看大将军苑无涯的备战情况。"

第八十七章　女魃之吻

司马梁艾军畏罪潜逃对于魏州大营绝对是一场灾难，大营中所有梁艾军的嫡系武将均被解除了兵权并被控制起来。苑无涯摆脱了梁艾军的阴影，变得扬眉吐气起来，每天背着手在各个演练场巡视，不时地还指点一番，十足的大将军模样。

苑无涯的马上功夫没得说，可对于领兵打仗的韬略并不擅长，这也是众人不太服气他的原因之一。

现在梁艾军畏罪潜逃，苑无涯算是彻底拿到了军权，遗憾的是，那枚象征权力的兵符也随着梁艾军的潜逃下落不明。

这枚兵符意义重大，是武则天亲自赐予梁艾军的，为的就是克制契丹。它不但能够调集魏州大营中的军马，也可以调集周边州府大营中的军队，这是梁艾军敢于同契丹叛军叫阵的底牌。

对于狄仁杰的到来，苑无涯显得胸有成竹，他站在点将台上指挥着将领们操演军队，尽可能地展示他的指挥才能。

狄仁杰没说什么，温康骧却不断地皱眉头。虽说温康骧与梁艾军两人因为性格不同总是发生一些摩擦，却对他的军事才能佩服得五体投地，看到苑无涯的指挥布阵后，温康骧心中的担心表露无遗。

契丹大军攻打魏州已是不可争的事实，凭借着苑无涯的能力，能不能坚持到洛阳派出的百万大军前来，都是一个未知数，温康骧如何不担心？

"狄大人，这……"温康骧正想说他对苑无涯的看法，却见狄仁杰摆了摆手，这才缄口不语。

苑无涯并没有理会温康骧的担心，反而信心十足地说道："请狄大人和温大人放心，只要末将还有一口气，就不会让契丹大军的一兵一卒登上魏州的城墙。"

狄仁杰赞许地点了点头，夸赞了几句后，便与温康骥离开大营回了刺史府。

炎热的夏季，白天的时间显得格外长，好容易盼到太阳落山，一丝久违的凉意和微风相继而至。

一条娇小的身影借着清凉的月光飞奔着，目标正是防卫森严的刺史府。来人对刺史府很熟悉，没惊动任何卫士便来到狄仁杰的房间门口，一个鱼跃从窗户轻轻地钻进房间中。

狄仁杰本就睡得不太踏实，听见动静后便醒了过来，看到眼前熟悉的身影，这才松了一口气，轻声说道："这段时间来我房间的人实在是太多了，刺史府的防卫对你们这些江湖人物看来是起不到什么作用的。"

来人闪身近前，嘻嘻一笑，说道："大人，我此次冒险前来是与您说两个至关重要的消息。"

狄仁杰点了点头，笑道："你这丫头，古灵精怪得很。我猜第一个消息定是关于梁艾军的，对不对？"

齐灵芷的笑声传来，学着李元芳的腔调说道："大人真乃神人也，梁大人被我安排在城中一处秘密所在，他受了一些苦，不过伤势不重，调养几日便可复原，要说这梁大人真是条汉子，挨了那么多打，居然守口如瓶，没有说出那枚兵符的下落。"

"皇帝赐给他的兵符现在何处？"狄仁杰问道。

齐灵芷顽皮地一笑，从怀中掏出一枚黑黝黝的兵符，在狄仁杰的眼前晃了晃。

狄仁杰"嗯"了一声，从袖袋中掏出一封信，递给齐灵芷，说道："这封信你交给梁艾军，让他带着兵符依计行事，切不可再鲁莽。否则，不但魏州不保，弄不好还会危及整个大周的社稷！"

齐灵芷面色凝重地接过信连同兵符收了起来，又说道："大人，第二个不是好消息，您得有个准备。"

狄仁杰捋着胡子说道："说吧。"

齐灵芷抿了抿嘴，一脸严肃地说道："大人，据白鸽门的线报，契丹叛军正在酝酿一个计划，名为'女魃之吻'，计划具体内容只有李尽忠和幕后主使两个人知道，连孙万荣都不知道计划的具体内容。"

"女魃之吻！"狄仁杰小声重复着，眉头上拧成一个疙瘩。

"计划的名字还是牺牲了三名兄弟才得到的，至于幕后黑手的身份，至今成谜，怕是要等到叛军的计划成功时才能知道。"齐灵芷有些沮丧。白鸽门虽说是江湖上以打探信息见长的门派，可对于庞大的军队而言，却显得有些微不足道，所发挥的作用也极其有限。

见狄仁杰没有说话，齐灵芷又问道："大人，客师他现在怎么样？咱们的计划他并不知晓，不知道他能否经受住这件事对他的打击？"

狄仁杰沉吟一声，说道："灵芷，你放心吧，客师是聪明的孩子，最终定会领悟到咱们的意图，再说汪远洋不是还在他身边守着嘛！"

齐灵芷点了点头，正欲说话，却听见一阵轻微的脚步声响起，与狄仁杰对视一眼，便闪身向后面的窗户奔去，并传音给狄仁杰："小露的身份很可疑，小心！她的事情我已告知汪大哥，不久后就会水落石出。"

当敲门声响起时，齐灵芷已消失不见，狄仁杰叹了一口气，打开房门，看到小露端着一只碗，草药的香气迎面扑来。

"大人，我见您房中有声音，想着您可能没睡，便给您熬了粥，里面放了一些药材，是补气用的。"小露的声音有些颤抖，借着月光能够看到她的双眼有些红肿，应该是刚刚哭过。

狄仁杰笑着接过碗，轻声说道："小露，雷善明的死令你难过，但事情总有过去的时候，时间会冲淡一切。记住，这里永远是你的家，不要想得太多。"

小露抬起头看着狄仁杰慈祥的脸，将头撇过去用手抹了抹眼睛，随即说道："大人，小露明白，您保重身体，魏州的事……"说到这里，她便停住了话题，又低下头抹着眼泪。

狄仁杰看出了小露有话要讲，不知为何却又停了下来，安慰道："有什么话尽管和我说，只要是我能办到的，一定尽全力。"

小露犹豫了一番，最终点了点头，说声"多谢大人"后便转身跑开。

狄仁杰凝视着小露的身影，直到消失后才默默地转身进了房间，关上房门正欲休息，却发现房间的角落里有两条黑影……

人类面对突如其来的惊喜时，并非都会表现出高兴，有时也会出现呆滞等状态。尤其是一位已死去的人，突然出现在面前，那该是怎样的情形！

"大人，我回来了！"颤抖的声音从黑暗中传出来。

狄仁杰霎时间仿佛被雷击中一般，浑身一颤，呆立在原处，嘴巴微微张开，眼泪立刻涌了出来，在眼眶中不停地打转。

"雷善明，真的是你吗？真的是你吗？"狄仁杰颤着声音问道。

雷善明走出阴影，凌厉而坚毅的眼神、棱角分明的脸庞是那样令人熟悉，银色的月光照在魁梧的身躯上，令他仿佛一尊战神像一般。

"是我，大人，我回来了！"雷善明重复着之前的话，走到狄仁杰面前，冲着他深深一拜。

"啧啧啧！我不知道这是第几次看到狄胖子流眼泪了，都说女人是水做的，难道狄仁杰转了性不成？"徐莫愁嘲讽的话飘了过来，令狄仁杰又是一愣。

"你这老毒虫子，怎么说来就来！"狄仁杰急忙用袖子将眼泪擦干，他可不想在徐莫愁面前露出窘态，免得以后在别人面前被他揶揄。

缓了一阵，狄仁杰露出笑脸，问道："你们是一起来的？雷善明，你究竟经历了什么，能和我说说吗？"

徐莫愁呵呵一笑，说道："狄胖子，你变得好啰嗦，第一个问题说来话长，以后再说，你只需要知道雷善明成为我的宝贝徒弟，我的解毒术已有了传人。"

狄仁杰又是一阵惊喜，拉着徐莫愁的手说道："那可真是恭喜你了，雷善明这孩子认真好学，一定能够超越你的。"

徐莫愁用力甩开狄仁杰的手，笑着说道："狄胖子，你别羡慕，你要是再不努力找徒弟，那一套推理功夫怕是要失传了吧！"

狄仁杰突然收起笑容，做了个噤声的动作，小声说道："小心隔墙有耳！"随后来到门口向外看了看，见院子中没有人，这才转身回来，说道："你们回来得太是时候了，最可贵的是你们还在暗中，索性就不要露面。"

徐莫愁点了点头，说道："不只是你会些推理，我要想学也不会比你差。我们此次悄悄地潜入刺史府，就是为了做暗中的棋子。一路上我们已经听说了，你现在是众叛亲离，袁客师几人纷纷离你而去，若是我猜得不错，应该是苦肉计吧！"

狄仁杰笑着摇了摇头，说道："有真有假，说来话长，以后再说！"他学着徐莫愁刚才的语气说着话，惹得徐莫愁摆出一副无奈的神态。

"狄仁杰，咱们说些正经的，雷善明的经历十分奇特，你不妨听听，也许对魏州目前的局势有所帮助。另外，我看你神色虽好，却隐隐有一股毒气暗藏体内，所料不错应该是瘟毒，你先与我说说魏州瘟疫的事情吧。"徐莫愁说道。

第八十八章　推演天机

狄仁杰倒吸一口凉气，侯郎中的解药他是吃过的，效果很好，瘟疫产生的病状很快消失不见，怎会体内还有瘟毒？这令他想起了侯郎中体内瘟疫再次爆发险些丧命的事情，若徐莫愁说的是真的，那魏州城很多人体内都留有瘟疫，随时会爆发出来！

狄仁杰脸色沉了下来，将来到魏州后所遇到的事情一五一十地讲述出来，讲到精彩处，徐莫愁也是瞪大了眼睛倒吸凉气。

听罢，徐莫愁捋着胡子思索了一阵，口中发出一声长"嗯"声，像是知道了什么。狄仁杰见状，得知他一定有所收获，便欲张口问话。

徐莫愁看到狄仁杰求知欲甚强的模样，不禁一笑，摆了摆手，说道："你还是先听听雷善明的经历，我现在给你配药，帮你清除瘟毒！至于瘟疫的事情，容我以后再和你说。"

狄仁杰应了一声，心中暗道："徐莫愁就是徐莫愁，这么厉害的瘟疫，看他的模样像是有十足的把握。"

徐莫愁不再理会二人，走到一旁的桌子旁边，从身上掏出数个小瓷瓶，开始配置解药。

雷善明扶着狄仁杰做到了床榻上，倒了一碗茶递了过去，这才开始娓娓道来。

……

听完雷善明的叙述，狄仁杰立刻陷入到冥思中，头脑中不断地闪现魏州和洛水村两地发生的怪异事件，怪异的"沙沙"声、离奇死亡的独孤思庄等人、巨大的万人坑、直通洛水流域的地下山谷、神秘的吸血水妖、变异的瘟毒、契丹叛军按兵不动，等等，这些事件仿佛有一条线贯穿其中，却令人很难抓到……

不知过了多久，当狄仁杰满头大汗地睁开眼睛，徐莫愁仙风道骨般的脸出现在他眼前，睁着丹凤眼关心地盯着他。

"喂，老伙计，你要是再不醒过来，我还真有些担心呢。快把药吃了！"徐莫愁舒了一口气，递过去一颗黑色的药丸，药丸散发着腥臭的味道，令人感觉很是不爽。

狄仁杰没有丝毫犹豫，接过药丸后立刻吞了下去，又喝了一大碗茶水，长长地吁出一口气："老毒虫子，你配置的这是什么解药，又腥又臭，难喝得很？"

徐莫愁没有答话，而是用手搭上他的脉门，仔细地把着脉，脸上不时露出疑惑之色。

"师父，狄大人怎样？"雷善明问道。

徐莫愁摇了摇头，捋着胡子说道："瘟毒很是顽固，我配置的药丸只是将其压制在体内，却无法将其清除。若这瘟毒真的是人为所致，那此人的手段厉害得很！"

狄仁杰笑了笑，说道："我相信你老伙计，天下没有你解不开的毒！"

徐莫愁哼了一声，没有理会狄仁杰的话，说道："别给我戴高帽子，我要用侯郎中来试验我的药丸，狄胖子，你想办法把他弄来，再找一个秘密之处，我需要闭关。至于雷善明，就留在你身边保护你吧，现在魏州已到了危急时刻，想杀你的人很多，多一个人守在你身边，我也放心。"

狄仁杰点了点头，说道："不但是他，还有一个人也是需要你立刻救治的，他是司马梁艾军的小公子，被神秘人用诡异手法将瘟毒打入穴道中，应该是想通过他来控制梁艾军。"说罢便从袖袋中掏出一个竹筒，从里面倒出一只小鸟来，现在只有齐灵芷才能满足徐莫愁提出的要求。

一个时辰不到，小鸟便飞回来，带来了一张字条，上面写着城中一处民宅的地点，徐莫愁拿起字条从后窗户离开。

狄仁杰看着徐莫愁离去的背影苦笑一声，自嘲道："幸好房间还有一个后窗户，否则，今晚这么多人，都不知道从哪里离开才好。"

狄仁杰与雷善明又聊了一阵，关于吸血水妖和地下山谷的事情又有了一些收获。

不知不觉天色已经大亮，狄平起床后便来到狄仁杰的门外，听到里面有说话的声音，便敲了敲门。得到应答之后，推开房门，发现了雷善明那熟悉的身影，不由得一愣，随即控制不住情绪，大叫起来。

叫声很快将下人们引来，小露也奔了过来，当她看到雷善明魁梧的身影时，不由自主地捂住了嘴，眼泪噼里啪啦地落了下来。

狄仁杰看到两人眼中喷射而出的热情，心中怎能不明白？立刻说道："雷善明，我还有些事情要处理，相信你有很多话要与小露说，你陪着她到后花园走走。"

雷善明感激地点了点头，走到小露面前，伸出双臂，将她紧紧地搂在怀中。小露没有挣扎，也没有害羞，像只乖乖的小兔子般靠在他的胸前。

人们不敢相信地望着雷善明，在众人眼中，他早就是一缕孤魂，却不想今天又出现在这里，给人造成了巨大的震惊。

在众人诧异的眼光中，雷善明拉着小露跑向后花园，两人的身影消失后，人们这才松了一口气，将疑惑的目光投向狄仁杰，以求得答案。

狄平却大吼一声，大管家的威风展现出来，吓得众下人立刻四散而去。

"老爷，您……"狄平看到狄仁杰满脸的疲惫有些心疼。

狄仁杰摆了摆手，问道："狄平，上次你给我看的那本古书放在哪里了？"

狄平一愣，挠了挠脑袋才想起狄仁杰所说的那本古书，说道："老爷，您看您，都忙糊涂了，上次您看县志时不是随手放到书架上了嘛，我给您去拿。"说罢，狄平转身走进书房，很快便拿着一本书来到狄仁杰的房间中。

狄仁杰拿到古书后，翻开一页，顿时眼睛一亮："袁客师这小子，呵呵。天助我也，天助我也。"

狄平也跟着兴奋起来，忙问道："老爷，您发现了什么线索不成？要是真的有了大发现，也应该给我记上大功一件，这本书可是经由我的手给您的。"

狄仁杰神秘一笑，捋着胡子说道："该到水落石出的时候了，自打来到魏州，我便觉得有一股强悍的势力一直在左右着所有的一切，所有人都像木偶一样被他控制着，我见招拆招，却始终落入下乘，被幕后黑手设计在一个巨大的局中。现在我终于弄明白了，不过眼下还有一个问题需要弄清楚，就是如何破了这个绝世之局。"

狄平憨憨地笑了笑，说道："老爷，我一个字都没听懂！"

狄仁杰心情大好，伸手打了狄平脑袋一下，笑道："你这小厮，贫嘴的劲儿一点不比狄春差，快去给我弄些吃的来，肚子要饿瘪喽！"

狄平一缩脖子，嬉笑着转身而去。

狄仁杰的脸上露出自信的表情，转身进入房间，关上房门，坐在桌子旁打开古书，古书的扉页上印着一个猴子的图案，那猴子画得活灵活现，居然有几分灵气，他呵呵一笑，口中喃喃地说道："这个袁客师，果然是好演技，设计了这个局中局，连我都被他骗过了。"

翻开一页，上面画着八卦图，下面一排篆体小字：乾为天，坤为地，震为雷，巽为风，坎为水，离为火，艮为山，兑为泽。

再翻一页，映入眼帘的是一排篆体小字：五行八卦，推演天机——袁天罡。

狄仁杰笑了，有了袁天罡加以注解的这本古书，就能准确地推演出这场大旱结束的时间，可以利用这个时间做一个局，一个可以解决所有危机的局。

……

魏州的黎明是昏暗的，却像一名出浴的美貌少女，给人以清凉的感觉，微风吹过，小草们欢快地唱起了童谣。

汪远洋背着手站在"云康别院"的后花园中，一身紫衣的花魁云瑶站在他身旁，那一头乌黑的长发随着微风轻轻飘起，散发出令人沉醉的香气。

"师妹，到现在你还不相信师父被那个恶人害了吗？"汪远洋沉着声音问道，他已将齐灵芷所经历的事情讲给云瑶，可她并不相信。

云瑶只是一笑，用手捋了捋有些凌乱的刘海，看着远方天际露出的一丝光芒慢慢地说道："师兄，师父他老人家早已驾鹤西去，怎么会出现在独孤大人家的密室中！另外，狄大人推测那人可能是魏州事件的幕后黑手，这怕是有些牵强了吧？"她说话的语速很慢，却异常坚决。

汪远洋叹了一口气说道："师妹，你很聪明，知道我是为什么来到这里的。你说那人与魏州的事件无关，那你怎样解释六百万两官银变成房间地砖的事情？你不要把事情推到老鸨身上，她并非'云康别院'的主人，真正的主人是你！"

云瑶淡淡一笑，倾国倾城的容貌令人动容，说道："师兄，这件事情是独孤大人吩咐我做的，我也没有办法，官场上的事情，我一个平民老百姓怎么弄得清楚。要是狄大人想要回这些银两，随时可以派人将银子拿走。另外，既然事情已经说破，我劝你还是离开'云康别院'，免得咱们师兄妹闹翻脸。"

汪远洋本就不善言辞，被云瑶一番反驳弄得说不出话来，只好将气闷在肚子里，转身欲走。

"师兄，麻烦你转告狄大人，你们的苦肉计并不高明，不过，袁客师绝对是名演戏的好手，可惜他投在狄仁杰门下。"云瑶头也不回地说道，言语中充满不屑之意。

"袁客师的事情我管不了，他真的叛离了狄大人。师妹，我劝你一句，回头是岸！"汪远洋说罢身形一晃，人已经消失不见。

云瑶轻叹一口气，回头望向汪远洋消失的方向，眼中流露出疑惑之色。过了一阵，一条身影借着清晨的昏暗来到后花园，几个闪身便来到了云瑶面前。

第八十九章　拖延时间

来人戴着一个面具，乍一看很滑稽，但结合那双放着莹光的眼睛，却散发出令人恐惧的锋芒。

"虽然没听到你和汪远洋讲些什么，却看出你产生了疑虑。云瑶，请你相信我，我所做的一切都是为了咱们的将来，只要计划成功了，我就可以坐在龙椅上高高在上，而你就是未来的皇后，咱们的子子孙孙将会永远统治这片天地。"神秘人的声音充满了诱惑力，听得云瑶一阵向往，她那双美目中立时又充满狂热。

恋爱中的女人所能看到的尽是些美好，对于美好事物后面的危险却忽略不计。

云瑶轻轻地靠在他的身上，说道："一切都听你的，现在州府上下所有官员都已落入彀中，没人可以逃出我的手掌心，狄仁杰实际上已被架空，一个傀儡而已。"

神秘人叹了一口气，伸出手在云瑶的头上抚摸着，幽幽地说道："你可别小看了狄仁杰，很多能人高手都是到了最后被狄仁杰翻盘，为了保险起见，计划启动之前，必须要将其杀死！"

云瑶呵呵一笑，说道："这还不容易，他的苦肉计并不高明，现在他身边一个能够保护他的人都没有，凭你我的功力，取他性命还不是易如反掌。"

神秘人摇了摇头，说道："要是能用这种手段杀他，他早就死了，何苦还要等到最后。杀死一个人容易，但想巧妙地杀死一个人，又不被人怀疑就很难了，过早地杀死狄仁杰，会引起武则天的警觉，一旦事情出现纰漏，所有计划就功亏一篑了。"

云瑶脸上露出不解之色，眼睛盯着黑暗中的神秘人的眼睛默不作声。

"放心吧，我想让他三更死，他就活不到五更！"神秘人自信满满地说道。

云瑶一听，表情一滞，随即问道："狄仁杰身边有高手暗中守护，你的使者怕是没有这个能力，难道你想启用'女魃之吻'？"

神秘人脸上露出诡异的笑容，口中发出嘿嘿的声音，说道："有时候为了达到目的，可以做任何牺牲。"

云瑶眉头一皱，正欲说话，神秘人却凑了上来，用嘴唇堵住了云瑶的嘴。

……

越是到了快要水落石出时，事情就越是充满变数，变数既快又狠！

正午的太阳依然是毒辣的，仿佛要将每个人身体内的水分榨出来，令人变成干尸。

霍兰山一向冷静沉着，此时却顾不得守卫们异样的眼光，慌慌张张地冲进刺史府，直奔狄仁杰房间。

"狄大人！"霍兰山还未跑到门口便喊着，语气中充满了焦急。

狄仁杰将手中的古书放下，转身走到门口。霍兰山身形一滞，停了下来。

"霍捕头，何事令你如此慌张？"狄仁杰见状忙问道。

霍兰山深吸了一口气，调整了一下后，呼吸变得均匀起来，这才说道："狄大人，城中有人感染瘟疫死了，而且死状极其恐怖……您还是亲自去看看吧！"

狄仁杰面色变得凝重起来，点了点头说道："你前面带路。"

自打徐莫愁说破他体内瘟毒并未清除时，他就觉得事情没那么简单。原本极难清除的瘟疫，侯郎中莫名其妙地得到了一个方子，将一场罕世瘟疫消除，这有些太过巧合。

在狄仁杰的心中，能解开这个难题的只有徐莫愁，可他还在闭关研制解药，不可能出来帮他。

狄仁杰在霍兰山的引领下来到魏州城最繁华的街道，捕快们早已将街道封锁，口鼻都用青色的布蒙着，露出的眼睛闪现出一丝恐惧，生怕瘟疫会传染到他们身上。

原本在狄仁杰身后的霍兰山身形一闪，拦在他的面前，拱了拱手说道："狄大人，为了您的安全起见，您在远处看看就好，不要太靠前了。"说罢转身抬起手一指，只见不远处几具尸体横七竖八地躺在地上，尸体裸露出来的皮肤变成了墨绿色，不停地向外渗着绿色的水，一股极臭的味道向四周散发着。

狄仁杰皱了皱眉，问道："附近的居民都撤出去了吗？"

"撤出去了，不过卑职怕他们已感染瘟疫，命人将其带到女魃祭祀庙中隔离。"霍兰山答道。

"此件事情是否传开？"狄仁杰又问道。他现在最担心的并非瘟疫，因为他相信徐莫愁的能力，研制出克制瘟疫的药是早晚的事情，他所担心的是民众恐慌，魏州城几十万人加上十万驻军，一旦引起恐慌，定会造成大乱！

情绪的力量绝对要大于瘟疫！

霍兰山脸上一红，显然他猜出狄仁杰问话的用意，回答道："瘟疫再次爆发的事已传遍大街小巷，很多人准备离开魏州城。此事是卑职处置不力，还请大人责罚！"

狄仁杰微微摆了摆手，眼睛望着那几具尸体出神，过了一阵，才轻舒一口气，说道："罢了罢了，事情来得太突然，怪不得你。"

霍兰山见狄仁杰再次进入沉思，欲言又止，只好站在一旁愣愣地看着那几具尸体。

过了好一阵，要不是看到狄仁杰微微起伏的胸膛和流下来的汗水，霍兰山还以为他是一尊石像，正欲小声叫他，却看见他睁开眼睛，满脸焦急之色。

"事情竟然是这样，有些不妙，有些不妙，要是民众离开了魏州城得不到医治，就都得死！霍捕头，快，立刻传我令，封锁城门，不允许任何人离开魏州城，安抚民众的事情就交给温大人，让他全权处理，一个人都不能离开魏州城！"狄仁杰的语气不容置疑。

霍兰山有些迟疑，准备张口问他，想了想两人身份的差别，还是将话憋了回去，最终点了点头，转身而去。

狄仁杰叹了一口气，他知道是前、后两道截然不同的命令使得霍兰山疑惑。当初知道前刺史独孤思庄的召集令不妥之处后，便力排众议打开城门，令民众恢复正常的农商活动，将召集来的苦工遣散回家，以保证大灾后农业生产的恢复。可现在他又下了封闭城池的命令，前后矛盾的命令是决策者的大忌。

他现在需要考证刚才的推断是否正确，所以一到刺史府便带上狄平，来到了城东一处不起眼的民宅中。

当徐莫愁看到一脸愁容的狄仁杰时，"噗嗤"一声笑了出来，老顽童似的揶揄道："神探狄大人又遇到难题了？"

狄仁杰摆了摆手，依然苦着脸："老毒虫子，看你开心的模样，一定是有结果了！"

徐莫愁捋着胡子说道："你先说，免得我说了你没得说！"

狄仁杰苦笑一声，将自己的推断讲述出来。

原来，狄仁杰看到瘟疫爆发后，心中便联想到一个可怕的事情，那就是全城人都喝了侯郎中配制的治疗瘟疫的药水，但是药水并未将瘟毒清除，只是暂时压制在体内，遇到一定条件后就会爆发。

幕后凶手利用人们对瘟疫的恐惧令魏州大乱，让狄仁杰应接不暇，以图最后阴谋的得逞。

徐莫愁嘿嘿一笑，说道："有一点我始终不明白，幕后黑手为什么不先把你干掉，非得与你斗智斗勇？"

狄仁杰眉头慢慢舒展开来，说道："因为我的身份比较特殊，而且幕后黑手酝酿的是个惊天阴谋，要是提前将我杀死，就会令人警觉，那阴谋的效果就会大打折扣，所以我不能死，魏州城百姓不能死，大营的将士们不能死，只有到了最后关头，所有人才会统统死去，因为那个时候，阴谋已经得逞，就算神仙下凡，也无力挽回！"

徐莫愁一听顿时来了精神，上前一步揶揄道："你这老狐狸，知道了这么多居然不和我说，难道想考验我的耐心吗？"

狄仁杰呵呵一笑，说道："你不也有事情没说吗，快说说你的收获吧！"

徐莫愁立刻收起了笑脸，满是严肃地说道："对于瘟疫你只猜对了一半，全城人的确都中了瘟疫，喝了侯郎中的解药后，将瘟毒化成一颗种子埋伏在体内，只要幕后真凶愿意，随时可以要了这些人的命。不过传播瘟疫的途径却不是水，而是苍蝇！"

"苍蝇！"狄仁杰有些吃惊。苍蝇无处不在，用这种生物传染瘟疫，绝对是防不胜防。

徐莫愁脸上一寒，又说道："还有让你更加意外的，引发潜伏在体内的瘟疫种子的也正是这种苍蝇，不过令人奇怪的是，有人居然能够控制苍蝇，进而控制瘟毒发作的时间，若是非要给这件事情一个解释，那这个人一定是精通蛊术的苗人。"

狄仁杰捋着胡子默不作声，过了一阵，他突然想起齐灵芷的经历，汪远洋的师父在与齐灵芷对阵时曾经说过一句苗族土语，这说明神秘老人去过苗族地区或者就是苗人，也就有可能会使用蛊术。幕后黑手与神秘老人通过女徒弟有了瓜葛。若这样看来，幕后黑手的条件再次吻合！

"是他，一定是他！"狄仁杰重复说着。

"是谁？"徐莫愁好奇地问道。

狄仁杰摆了摆手，问道："老伙计，对于瘟疫你可否有破解之法？"

徐莫愁露出了得意的笑容："我还需要一些时间，你要想办法拖延时间才行。"

"拖延时间！"狄仁杰坚定地点了点头。

第九十章　禁地之谜

酒是很好的一种东西，可以令人忘却忧虑，可以令人沉醉于兴奋。

袁客师一口气喝干一坛酒，一股火辣辣的感觉顺着喉咙流了下去，令他不由自主地"哈"出一口气，用以缓解酒的辣劲儿。

对于魏州的局势，他也布了一个局中局，可没等敌人上钩，他自己倒是先入了局。

他清楚地记得齐灵芷那穿心一剑，不但招式不可破解，更兼之那股狠劲儿，令他的心彻底寒下来，要不是看了狄仁杰交给他的锦囊，他早就醉死在温柔乡中了。带着八分酒意，他晃晃悠悠地来到了"云康别院"的后院附近。

越是到了晚上，"云康别院"就越是热闹。虽说大旱三年，"云康别院"的供水却保持足量，随时会丧命的人们疯狂地花着银两，或是买醉，或是买笑。

无论是老鸨还是歌伎，甚至是玩客，都知道袁客师的存在，他已经成为一个众人嘲笑的代名词，在人们的眼里，他就是一个不识时务的废物，无论走到哪里，都没人愿意正眼去看他。

袁客师环顾四周，发现人们并未注意他，于是身形一晃，一改醉态，整个人瞬间消失在夜幕中。

"云康别院"的后院是一个禁地，除了花魁向云瑶还有一名妇女常年住在这里，除此之外再无其他人可以进入。曾经有一名实权官员借着酒劲儿非要进入禁地中看看，结果被向云瑶惩戒一番，虽大肆叫嚣，最终却不了了之。

两名彪形大汉常年守在后院的门口，明眼人一看就知道这两人绝非普通的大汉，而是武林中的高手。其中一人腰间别着包囊，应该是暗器名家，这种高手警觉力很好，莫说是一个人，就算是一只鸟飞过去，也会被其知晓。

越是神秘的地方就越能引起人的好奇心，袁客师虽说有些颓唐，好奇心却丝毫没有减少。门口那两名高手厉害，却是在固定哨位，只要将二人避开，便可以轻易地进入后院中。

袁客师咧嘴一笑，心道："也不知道安排守卫的人是怎么想的，找了两名高手，却定了一个愚蠢的守卫计划。"

他绕到一处比较偏僻的地方，在墙外听了一阵，见里面没什么动静，身形一纵便进入后院。

后院中一片枯黄，在纷杂中却有一座标致的小楼，黑暗中幽幽一抹灯光与前院的灯火通明形成强烈的反差。

"我倒是要看看，这所谓的禁地中究竟有什么秘密！"袁客师脚下倒乱七星步一动，来到了小楼附近一棵树下，躲在树干后面观察着。

整座后院几乎是宁静的，除了风吹过的声音外，还有微弱的女人和孩子的声音。

袁客师观察了一阵后，发现并没有动静，便幽灵般地来到小楼附近，贴着亮着灯的那间房间听着里面的动静。

能听得出来，房间中一名妇女在哄着小孩儿。

袁客师心中一动，虽说喝了酒，脑子却转得飞快。这里是青楼，按说是不应该有孩子的，更何况是在这禁地之中！

"难道是这样？"袁客师倒吸了一口凉气，随即用手指捅开窗户，向里面望去。

房间内布置比较豪华，一名年轻的少妇在床榻边哄着一名两三岁的小女孩儿，小女孩儿调皮地拨弄着妇女的头发，嘴里咿咿呀呀不知道说些什么。

乍一看，小女孩儿竟然与小露有几分相似。

"真的是这样！看来消息是准确的。"袁客师脸上的酒意渐渐褪去，从怀中掏出迷香，正准备施放，却听见远处传来一阵轻柔的脚步声，两名看门的高手几乎同时发出打招呼的声音。

"糟了，应该是向云瑶！"袁客师暗叫不好。通过这些天的观察，向云瑶身负高深武功，单从气势上看，绝对不会比他的功夫差，若是躲避不及时，肯定要被她抓个正着。

袁客师正要施展轻功离开，却听见身后一阵微风，还未等反应，手腕已被人抓住，耳边传来熟悉的声音："是我，跟我走。"

是汪远洋！

他暗中叹了一口气，虽说与汪远洋学习了倒乱七星步，可因为内功不深厚，导致轻功不能达到最佳效果，与汪远洋这等高手还有很大的差别。

袁客师知道自己的症结所在，他不能像李元芳、汪远洋、齐灵芷一样心无旁骛地练习武功，也不能像狄仁杰一样专心思考，可以说他什么都会，但什么都不精通。

思绪间，两人离开了小楼，来到附近一棵枯树后。

"屏住呼吸、控制心跳，将眼睛闭上！"汪远洋的声音再次传来。

袁客师急忙调整呼吸，同时闭上眼睛，极尽内力控制着心跳，当他头脑一片空明之际，已然忘记时间、忘记空间。

不知过了多久，要不是汪远洋推了推他，怕是还要维持在这种状态一段时间。

袁客师睁开眼睛，看了看一脸祥和的汪远洋有些发愣。前几天两人还为了一件琐碎的事情发生打斗，如果不是狄仁杰及时到来，一定会被他的蝉翼刀斩杀，可看他现在的模样，哪里还有一丝杀气！

"这究竟是怎么回事？"袁客师问道。

汪远洋做了一个噤声的手势，身形一晃来到小楼前，从腰间摸出一枚铜钱，中指一弹，铜钱悄无声息地顺着窗户纸射了进去。随即他轻轻推开窗户，一个鱼跃进入房间中。

袁客师见状，亦学着汪远洋的方法进了房间。

房间中，那名妇女和衣倒在床上，那枚铜钱正落在床榻上。身边的小女孩已经睡熟，稚嫩的脸上露出了笑容，想必是做着美梦！

"汪大哥，这……这究竟是怎么回事？"袁客师满头雾水。

汪远洋一笑，说道："客师，这一切都是大人安排的，目的就是为了查出小露的真实身份和她的秘密。"

袁客师若有所悟地点了点头，随即说道："大人的局安排得实在是太逼真了，连我也深陷其中。那赈灾银和军饷的事情呢？明明就藏在这里，为什么不来取，将向云瑶等人抓起来审问？"

汪远洋一笑，说道："银子并不重要，向云瑶也不能抓，这件事等以后再和你说，现在咱们要将小女孩儿带走。"

袁客师指着熟睡的小女孩儿，结结巴巴地说道："她……她不会是……小……"

汪远洋点了点头，伸手抄起小女孩儿抱在怀里。小女孩儿并没有被惊醒，依然睡得很甜。

"此处非久留之地，我离开后就不能再回来了。你留下来继续监视向云瑶的动向。哦，她就是我师妹！"汪远洋说道。

袁客师张大嘴巴，久久没有反应过来。

"客师，有些事还得容后再说，大人让我转告你，无论发生什么，都要谨记锦囊上所写内容！你该醒了！"汪远洋说罢手腕轻轻一抖，一个锦囊飞向袁客师，随即身形一晃，窗户晃动了一下，便消失不见。

袁客师出手一抓，锦囊便被抓在手中。

"又是一个锦囊！但还有些不明白，灵芷她那一剑真的令我感到了死亡，还有小露，她究竟是谁？为什么会有一个孩子？明明知道'云康别院'中藏着六百万两赈灾银和军饷，却为何按兵不动？还有那些每天都来'云康别院'醉生梦死的官员们，他们为什么会变成这样？每天陪着他们喝酒作乐的生活真是让人够了！真真假假、虚虚实实，我现在弄不明白到底生活在戏里还是戏外！"袁客师苦笑一声，摸了摸下颌长满的胡楂，醉意蒙眬的双眼多了一丝清明，颤抖着双手打开锦囊，他知道，狄仁杰计划的关键部分就在这小小的锦囊中。

……

福无双至，祸不单行。

对于已是惊弓之鸟的魏州人而言，再容不得半点变故，可变故不会顺着人们的心意，越是想来的越不来，越惧怕的就越会出现。

夜幕如期而至，人们不愿意浪费一点体力，早早地躺在房间中沉睡。天气异常闷热，没有一丝风吹过，连知了也停止了叫声。

原本安静的地面上突然出现了大大小小的老鼠，一双双带着惊恐的眼睛直勾勾地望着前方，在夜幕下发出瘆人的绿色，沿着墙边快速地爬着。

夜半，一阵巨大的晃动伴随着轰隆隆的声音传来，将熟睡中的人们惊醒。顷刻间桌案摇摆、酒杯翻倒，屋梁椽柱发出折断的声音，

部分反应过来的人们光着身子惊叫着跑出房屋，却因为巨大的晃动跟跄着摔倒，坐在地上跟着震动上下起伏着。更多的人还被睡意控制，晕沉沉的不知道发生了什么，当一间间房屋在大地力量的摧残下倒塌时，甚至来不及发出一声惨叫。

相对厚实的城墙出现了道道触目惊心的裂口，城垛大块大块地脱落下来，

将地面砸出一个个的深坑，守城的兵士们大声呼叫着，趴在地面上不敢动弹，生怕被甩到城墙下摔死。

很快，魏州城陷入一片黑暗和沉寂，令人绝望和压抑。不久后，一处火光在城中燃起，那火光越来越大，两处、三处……那并非是人们点燃的火把，而是失去控制的火源将房屋点燃引发的火灾！

自古以来，灾难就不是单一存在的，一个巨大的灾难定会有数个附带的灾难衍生出来。

逃出来的人们跪在地上哭泣着、祈祷着。

巨大的震动终于停了下来，呻吟声、求救声不时地从一座座废墟中传出来。

第九十章　禁地之谜

第九十一章　乱象

狄仁杰向魏州大营的众将下达了一连串的救援指令，正要亲自参与救援，却感觉头晕目眩，他身体一阵摇晃。狄平手疾眼快地扶住他，并低声询问着。

温康骥放下手上的活儿，急忙上前询问着。

狄仁杰的脸在火把的映衬下显出蜡黄色，显然是操劳过度所致，他苦笑一声，摆了摆手说道："没事没事，只是感觉心有些累罢了，不用管我，快去救人。"

温康骥抿了抿嘴唇，拱了拱手，冲着身边的霍兰山招了招手，两人带着数名捕快、衙役向远处奔去。

人的本性是自私的，但在大灾难面前变得团结起来。在温康骥等人的推动下，人们开始互救互助，更多的人被救出来，被救的人自发加入到救援者的队伍中。

黑暗中，一支火把亮了起来，两支、三支……

天灾虽大，人心却不散！

……

天边渐渐露出鱼肚白，久违的朵朵白云出现在天空。

霍兰山红着双眼站在狄仁杰面前，禀报着这场大地震所造成的损失。城中的房屋多为木石结构，虽遭到了破坏，大部分还坚强地矗立着，倒塌的多数是年久失修的旧房。而人员密集的苦工营地主要以茅草屋为主，反而损失最小。

魏州大营也传来消息，由于指挥得当加上都是行军的帐篷，除了少数人受到轻伤和走失了一小部分马匹外，并无其他损失。

人员的伤亡虽没有具体的数字，但从一具具被抬到城中中心街道上的尸体来看，人员损失非常惨重。

狄仁杰正叹着气，却见钟嘉盛匆匆忙忙走了过来，他身上的衣衫不整，头发凌乱，满是伤痕的脸上露出惊慌之色。

钟嘉盛走到狄仁杰身边，小声说道："大人，事情有些不妙，因为这场大地震，那口井里的水全部消失了，不过人们都忙于救助和自救，还未注意到这件事情。"

大地震还未结束，钟嘉盛便第一时间冲向那口水井，他心中很明白，一旦大地震影响了地下岩石，便会造成水源渗入地下，有限的井水会很快消失。

狄仁杰心中一惊，急忙用手指掐算了一下时间，凝重的脸上多出了一丝忧虑。

"先不要将此事说出去，之前足量供应水源，相信各个人家还有些存水，要是我计算没错，我们应该可以挺过这场灾难。"狄仁杰小声说道。

钟嘉盛点了点头，正要说话，却见温康骥从远处跑了过来，眉间拧成了一个肉疙瘩。狄仁杰心里"咯噔"一下，在他的心中，但凡温康骥脸上出现愁容时，一定没有好事！

温康骥甚至没有行礼，直接走到狄仁杰身边，耳语道："大人，失控了，女魃为害人间之说在民间盛传，现在很多人都要离开魏州，甚至……"

"甚至什么？"狄仁杰问道。

温康骥向四周看了看，才又说道："甚至很多官员也要离开，连官都不做了，唉！"

狄仁杰皱了皱眉头，深深地吸了一口气，再缓慢地吐出去。

温康骥又说道："人们都集中在城门附近，吵着要离去。可是大地震令城墙受损，城门已经无法打开！"

"事情怎么又和女魃联系到一起了？"狄仁杰小声地说着。

温康骥苦着脸说道："狄大人，大地震后不久，有几名百姓发了瘟疫，前一刻还好好的，说死就死了，浑身上下冒着绿水，看起来很是吓人。"

狄仁杰脑海中现出之前那几名死于瘟疫百姓的场景，不由得叹了一口气。温康骥不再言语，目光望向狄仁杰，等待着他的命令。

过了一阵，狄仁杰仿佛是下了很大决心："温大人，劳烦你先去城门口安抚民众，我有些事要处理，事毕后我立刻赶往城门，给大伙儿一个交代！"

温康骥抿着嘴犹豫了一下，最终还是点了点头，拱手施礼后离去。

狄仁杰长吁出一口气，令身边众人参与救助百姓，他与钟嘉盛向城东徐莫愁所在的民宅中走去，幸运的是，这间民宅比较结实，除了院墙裂开一道缝外，房屋并没有受到损伤。

狄仁杰刚刚推门而入，便见徐莫愁从房中冲了出来，脸上带着兴奋之情。显然他还不知道发生了大地震。

"狄胖子，我找到破解之法了，正要去找你，你却先来了，不愧是神探啊。"徐莫愁手舞足蹈地说着，见到狄仁杰脸上的愁容，兴奋劲儿顿时消散了一半儿，又问道："发生了什么事，把你愁成这个样子？"

钟嘉盛清了清嗓子，将发生大地震以及民众惧怕女魃准备离开魏州的事情讲述出来。

徐莫愁听罢气得连连跺脚，说道："愚昧，实在是太愚昧了！哪来的什么旱魃，所有离开的人都得死，都得死！"

狄仁杰捋着胡子，沉着声音说道："老伙计，现已到了关键时刻，能不能翻盘就看你的了。"

徐莫愁深吸了几口气，努力令情绪平复下来，郑重其事地点了点头，拍着胸脯说道："狄仁杰你放心，瘟疫就交给我好了。但关于万人坑的事，我没有办法，唯一的建议就是让洛水区域所有人撤离！"

狄仁杰笑了笑，说道："这么严重！好吧，万人坑就交给我吧。"

钟嘉盛听得云里雾里，不知道二人所说的万人坑究竟有什么秘密，正要开口询问，却见狄仁杰摆了摆手，说道："钟嘉盛，你先莫问，到了说的时候我自然会说。"

徐莫愁嘿嘿一笑，说道："钟盗神，我这里不需要你的帮忙，你就跟着狄胖子吧，他现在众叛亲离的，要是没个人在身边保护可不行。侯郎中的解药有些问题，呃……这个说了你也不懂。这是我配置的部分解药，掺在水中给人喝下去便可以将瘟毒种子杀灭，这一份足够五百人解毒所用，至于其余部分，我正在配置，一天之内必定全部完成。"说罢便将桌子上一个纸包递给狄仁杰。

狄仁杰笑了笑，在徐莫愁的肩膀上拍了拍说道："我就知道你有办法！"又嘱咐了一番后，与钟嘉盛离开宅院，刚走出门口进入胡同，见一道黄色影子来到面前。

齐灵芷满脸污迹，身上的衣裳很脏，左臂处还渗着血迹。

狄仁杰一惊，忙关心地问道："灵芷，你受伤了？"

狄仁杰之绝地旱魃

齐灵芷咧嘴一笑，满不在乎地说道："皮外伤，救人时被石头砸了一下，不碍事。大人，我带来了两个坏消息。"

狄仁杰微微一笑，说道："你说吧！"此时他的心完全放开，对于坏消息已习以为常。

"一个是关于契丹叛军的，李尽忠和孙万荣已经率领军队开拔，按照行军速度，前锋三天后将会到达魏州城下。"齐灵芷说道。

狄仁杰点了点头，小声说道："三天，时间倒是刚刚好，就怕其中还有意外发生，要是能阻拦叛军一段时间就好了。"

齐灵芷呵呵一笑，说道："这事好办，阻止契丹大军行军很难，但是拖延一段时间还是有可能的。第二个消息就是魏州大营会在契丹大军攻城时叛变，到时候里应外合，魏州城唾手可得。"

狄仁杰神秘一笑，说道："这件事早在我的预料中，幕后黑手虽然布局比较大，可在细节上做得不够，通过梁艾军身上发生的事，我便推断出这种可能，现在加上你的情报，已将此事敲定。"

齐灵芷一本正经地说道："大人，洛阳的百万援军是远水解不了近渴，眼下的魏州成为绝地，您有什么办法破解这个局吗？"

狄仁杰微微点点头，捋着胡子说道："我回去准备一下，再让钟嘉盛替我去万人坑看看，所有的人事都已尽到，剩下的就看天意了。好了灵芷，还有很多事需要你去做，一定要注意安全，不要莽撞行事。"

齐灵芷应了一声，身形一晃便消失在胡同中。

……

狄仁杰回到刺史府后，立刻将徐莫愁配置的解药交给狄平，令其准备水车，随后又将那本袁天罡注解的古书拿出来看了一番，脸色凝重地望着钟嘉盛，说道："钟老弟，魏州现在是一场巨大的赌局，若是赢了，这场叛乱和天灾都会结束，输了……你现在离开还来得及！"

钟嘉盛眼睛一瞪，像是动了真怒，气鼓鼓地说道："狄大人，您太小看钟嘉盛了，虽然我的身份不能冠冕堂皇地出现在朝上，但这颗爱国之心还是有的，无论输赢，我愿意与魏州共存亡。"

狄仁杰点了点头，说道："好，钟嘉盛，本官替大周百姓谢谢你了！"

钟嘉盛知道狄仁杰一定有重要的任务交给他，而且与之前说的万人坑有关。

第九十一章　乱象

453

"一会儿咱们去城门安抚民众，打开城门后，还请你去万人坑走一趟，所有的行动之法都在这个锦囊中，你到了万人坑后，再打开，若步骤有错，可见机行事！锦囊中有徐莫愁配置的抵抗毒雾的解药，共有三颗，每颗药丸只能维持一炷香时间的效力。"狄仁杰说罢便从怀中掏出一个锦囊递给了钟嘉盛。

钟嘉盛双手接过锦囊，他见狄仁杰满脸凝重，便知道锦囊中所写内容绝非一般。

"狄大人，钟某做了一辈子的盗墓贼，现在跟着您总算做了些光宗耀祖的事，若此去无回，还请大人给钟某立个衣冠冢。"钟嘉盛冲着狄仁杰深深一拜，语气中充满决绝之意。

狄仁杰立刻将脸转过去，大袖子在眼睛处抹了又抹。他的计划并不完善，对万人坑内的情形也不甚了解，众多的变数令此行充满危险，用有去无回来形容这次任务亦不为过。

气氛变得凝重起来，两人皆默不作声，房间中只剩下沉重的呼吸声。过了一阵，一阵脚步声传来。

"是汪远洋，他一定带来了好消息！"狄仁杰眼睛一亮。

钟嘉盛呵呵一笑，说道："就算是元芳兄弟听声辨位的功夫也不过如此！"

狄仁杰摆了摆手，说道："我哪里有什么功夫，只是听得多了，便熟悉了。"

两人就此话题一阵说笑，凝重的气氛一笑而散。

第九十二章　解脱

与汪远洋同来的还有雷善明和小露。小露脸上带着满满的慈爱，怀中抱着一个小女孩儿。小女孩儿睡了过去，红扑扑的小脸令人忍不住想要亲上一口。

"大人，卑职有幸不辱使命！"汪远洋说道。他满脸胡楂，一双眼睛满是疲惫，想必是这些日子全力查找小露女儿造成的。

钟嘉盛一愣，脸上露出疑惑的神色，忙问道："小露姑娘怎么会有一个孩子？这……"

狄仁杰摆了摆手，答道："说起来比较复杂，容我以后再和你说！"

小露面露愧疚，抿着嘴犹豫了一下，遂将孩子交给身边的雷善明，"噗通"一声跪倒在地，眼泪唰地流了下来："狄大人，小露罪该万死，请您发落。"

汪远洋急忙将小露扶了起来，说道："小露，你的情况大人早就知道。一直未揭破的原因主要是为了救你的孩子。"

小露啜泣着说道："小露做了很多错事，现在不知该怎样面对大人。"

"你也是孩子，过去的就过去了，弃暗投明才是正道。"狄仁杰淡淡地说道。

小露犹豫了一阵，才说道："狄大人，您是怎么看穿我身份的？"

狄仁杰捋着胡子说道："你的破绽很多，知道你的身份并非难事，此事不提也罢，最重要的是找回了你的孩子。"随即话锋一转："雷善明，你对万人坑最熟悉，有了你的相助，钟嘉盛的胜算会大些！"

雷善明听得有些糊涂，问道："万人坑？幕后黑手的阴谋是万人坑？"

狄仁杰点了点头，说道："时间紧迫，咱们得去城门安抚准备离开魏州的民众。城门打开后，你与钟嘉盛立刻前往万人坑，所需物品我已令人准备齐全。"

雷善明猛地点了点头，抱拳说道："大人，雷善明捡回一条命，要是能为魏州的百姓做些什么，命丢了也在所不惜！"这番话他说得铿锵有力，令在场的人对他的敬重增加不少。

小露扭过头看了看熟睡的孩子，抿了抿嘴唇，犹豫不决的眼神渐渐坚定起来，说道："大人，小露同样是捡回一条命的人，对万人坑很熟悉，我的孩子就托付给大人了，民女随着二位大哥同去万人坑！"

狄仁杰望向雷善明怀中熟睡的孩子，叹了一口气，将着胡子思索一阵才说道："好，多一个人就多一分胜算，难得你能够弃暗投明，不过我更希望你能提供幕后真凶更详细的资料，对于最后一搏会有所帮助。"

小露摇了摇头，神色黯然地说道："大人，这件事民女就帮不上忙了，幕后那人一向是神出鬼没，我从来未见过他的真面目，只是按照指令去做事。他的武功很高，几乎可以来无影去无踪。另外，女魃吸血杀人的手法也是他教给我的，独孤大人他……唉！"

狄仁杰之绝地旱魃

456

狄仁杰应了一声，又说道："我应该叫你刘晓雅才对吧。我想知道三年前你掉入万人坑后的经历，能否与我简单说说？"

小露抿了抿嘴，脸上露出了痛苦的表情，显然是不愿意回忆起从前的那段经历，过了一阵，她才幽幽地从怀中掏出一摞纸，递给狄仁杰，说道："狄大人，我知道这一天早晚会到来，我对您敬重有加，所以一直没下手害您。我把所经历的写了下来，现在孩子已找回，我心无牵挂，算是解脱了，这些可以给您了。"

狄仁杰接过纸张，沉思了一下，随后说道："好啦，咱们还是先去城门，万人坑的事情就拜托三位了。"

狄平从门外跑了进来，抹了抹脸上的汗说道："老爷，水车准备好了，能够收集的水都在这里了，要是解决不了问题，那……"

狄仁杰自信地笑着，收起那一摞纸，说道："放心吧，咱们谁都不会死，该死的是那些为恶之人！"

雷善明将孩子交给狄平媳妇，小露显然是舍不得孩子，看了又看、亲了又亲，最终才依依不舍地跟着众人离开刺史府，一行人带着水车向城门方向走去。

魏州城并非是军事重镇，城门算不上巍峨，城墙内的街道很宽敞，青石铺成的路面经历了百年的考验依然平整。

城门内侧的空地从来没有聚集过这么多人，从歪歪扭扭的城墙上向城中望去，黑压压一片，人们带着包袱，领着孩子、老人，若不是脸上激愤的情绪，也只有庙会才会有如此壮观的场面。

虽说聚集的是百姓，可吃过几次亏的温康骥还是调来了大营中一队人马。

城墙上布满了弓箭手，城门附近尖锐的拒鹿马和守城的卫士的长枪将人们逼在城门附近，不能再前进一步。

温康骥站在城墙上大声游说着，他的嗓音有些嘶哑，脸上的汗水不断地滚落下来，浸透了衣衫。一旁的霍兰山冷眼看着众人，手扶着腰刀。

正当人们逐渐安静下来时，有一人却倒在地上，周围的人正欲上前将其扶起来，却见倒地之人口中不断地发出"嘀嘀"的声音，脸上不断地冒出绿色的液体，身体开始抽搐起来。

人们的惊叫声还没有停止下来，这人便已断了气，绿水从身体不断流出来，在地面上形成一条小溪！

"瘟疫！"人群中不知谁喊了一嗓子，令本来就处于吃惊状态的人们立刻四散而去。恐慌比瘟疫传染要快得多，转瞬间便令好好的秩序变得混乱起来。

守在附近的大营兵士们立刻进入警戒状态，喝止着人们。在长枪和弓箭的威胁下，人们渐渐静了下来，却自觉地远离那具尸体。

不知道温康骥是真糊涂还是被瘟疫吓得糊涂，他紧皱着眉头，见人们静下来后，又开始滔滔不绝地演说，并未理会死去的人。

人们已面临生死，对温康骥的演说并不买账，开始有人出声抨击，声音越来越大，言辞越来越不堪，眼见着场面再次失控。

"狄大人来了！"不知道谁喊了一嗓子，令沸腾的声音逐渐平息下来，人们自觉地向两侧让开一条路，让狄仁杰等人走了过去。

狄仁杰自打来到魏州后，采取了一系列的举措，令民生逐渐恢复起来，他在众人心中的威望极高，"狄仁杰"这三个字在人们心中等同于定心丸。

狄仁杰走到那具已化为绿水的尸体前，不由得皱了皱眉头，抬头看了看城墙上的温康骥，叹了一口气。

对于温康骥没理会死人的事，他能够理解，毕竟这段时间内死的人太多，几乎令所有人变得麻木起来。

"来人，弄些生石灰，把尸体先掩盖起来，另外将拒鹿马挪走并把城门撞开！"狄仁杰走到城门口说道，他的声音虽然不大，却传出很远，令人群中发出一阵欢呼。

守城的将军向城墙上看了看，见温康骥没有做声，便立刻下令挪开拒鹿马，并带着人用撞木开始冲撞城门。

城门因为大地震受到变形的城墙挤压很难打开，经过一番努力后，两扇巨大的城门才轰然倒地，城门的砖头随着大门噼里啪啦地落下来，扬起一阵尘土。

面对大敞四开的城门，人们反而没有立刻离开，将目光锁定狄仁杰。

"乡亲们，我知道你们的想法，不过在大家离开之前，请听我一言。我在这里有三个承诺。第一，我会请出毒郎中徐莫愁来消除这场骇人听闻的瘟疫。第二，本人在城楼开坛施法，利用上古奇书求雨，若三天后不下雨，我愿意以血祭天。"狄仁杰话语间信心十足，整个人气势如虹，令所有人听罢精神一振。

人们开始议论起来，却没因为狄仁杰的一番话回到城中。他威望虽高，可瘟疫和即将杀来的契丹叛军令人心生恐惧，几乎只剩下逃生的本能了。

"第三，是关于契丹叛军，吾皇已令拱卫西京长安的百万大军开拔至洛水流域，并火速支援魏州。若是叛军在此期间攻城，只要我们军民一心守住城池，援军必然会到达魏州地区，与我们里应外合将其歼灭！"狄仁杰郑重其事地说道。

百万大军开拔的事情早已在民间传开，然而民众关心的并不是契丹叛军的命运，而是担心叛军会在援军到达之前攻打魏州，再重复一次冀州的屠城。

见人们犹豫不决，狄仁杰又大声说道："乡亲们，如果你们还想离开魏州，狄某亦不反对，就请饮一碗家乡的水再离开！"狄仁杰指了指身旁的水车。

议论声渐渐变大，人群开始慢慢蠕动起来，一部分人带着家眷返回城中，一小部分人默默地走向水车，喝了一碗水后，蹒跚着脚步离开魏州，更多人都在观望着。

此时的人们非常相信发誓这一说法，见狄仁杰立下了死誓，很多人的心开始平稳下来。狄仁杰冲着雷善明、钟嘉盛、小露三人使了个眼色。三人会意，立刻跟着人群离开。

温康骥在城墙上接着话题说道："狄大人是为了大伙儿的性命着想，你们想想，离开了魏州，生计如何保障，周边的几座城镇虽说旱灾的情况比魏州好一些，却只能自保，要是大量的灾民涌进，就无暇顾及了。到那时，你们便到了进退两难的局面，岂不是比现在更加糟糕！"

人们听得出狄仁杰和温康骥的话都是实在话，便开始议论起来，很多已经迈开脚步的人亦停了下来。

过了好一阵，议论声才渐渐小了下来。一名背着包裹的老者挤出人群，冲着狄仁杰抱了抱拳大声说道："狄大人，百姓都敬重您的为人，信任您，既然您这样说了，我们就留下来陪着，三天后要是不能下雨驱走旱魃、清除瘟疫，我们便离开。您是难得的好官，无须以血祭天。"说罢便带着家人向城中走去。

狄仁杰点了点头没再说什么，冲着老者抱了抱拳。老人的话说得简单明了，却在民众中起了很好的作用。

人们犹豫了一阵，开始冷静思考离开魏州后的生活。现在魏州虽然处于危急时刻，却能够保证粮食和水，而且狄仁杰又承诺请来徐莫愁处理瘟疫，加上朝廷派来百万大军支援，平定契丹叛军也就是挥挥手的事情。若是离开，面临的危险依然不少，饥饿、干渴、疾病、瘟疫、沿路的土匪等，任何一样都会要了人们的命！因此大部分人权衡利弊后，重新回到城中安顿下来。

第九十三章　死局

温康骥见人们慢慢散去，这才走下城楼，来到狄仁杰身边，兴致勃勃地问道："狄大人，您所说的朝廷的援军何时能到？据情报，叛军三天后即将到达城下，凭借魏州破损的城墙，怕是一轮攻击都挨不住！"

狄仁杰挥了挥手，令身边的人退去后，苦笑一声说道："温大人，百万大军岂是说来就来的。据塘报说，前锋大军到达洛水流域后火速赶来魏州，按照急行军的速度，至少四天之后才能到达。至于大部队，应该会在洛阳与魏州之间的位置驻扎休整，做好迎击叛军的准备。至于叛军，我狄某愿与魏州大营十万将士一同埋骨于此！"

温康骥倒吸了一口凉气，瞪着眼睛问道："话虽然可以这样说，可真到了叛军临城时，该如何应对？不能光凭着您的一句话，叛军便会退却！"话一出口他便觉得有些不妥，随即用手掩口低下了头。

"无碍无碍，我的确是说了些大话，不过这也是为了民众的性命着想。我发现魏州城所有人都染上了瘟疫，只是暂时被侯郎中那一记药给压制住了。百姓们要是现在离去，一旦身体内的药效失效，便会死于非命。"狄仁杰愁容满面地说道。

温康骥嘴巴张得大大的，汗水从额头上流了下来，过了好一阵，才问道："狄大人，这么说，咱们都染上瘟疫了？"一提起瘟疫，他好像忘了刚才对契丹叛军的恐惧。

契丹叛军还有一丝人性尚存，未必对魏州居民进行屠杀，可是瘟疫是无差别灭杀生灵，只要沾染瘟疫，几乎没有生存下来的可能。

狄仁杰点了点头，便不再言语，低头看着从城楼进进出出的人们。

温康骥见狄仁杰对瘟疫并无惧意，脸上遂露出愧疚，小声说道："惭愧了，惭愧了。狄大人，您所说的求雨一事，是不是与袁天罡留下的推演书籍有关？"

狄仁杰捋着胡子笑了笑，说道："难道我们的温大人也相信这些？"

温康骥见狄仁杰无意回答他的问题，只好将注意力转到一旁，看着狄平将一些稀奇古怪的玩意儿摆在城墙上，脸上露出不屑的神色。

第六感人人都有，更何况是以推理擅长的狄仁杰，他立刻感到了温康骥的不屑之色，遂一笑，解释道："温大人，你一定是笑话我了，旱魃本就是无稽之谈，现在我却用求雨这种形式来驱赶旱魃，岂不是搬石头砸脚！"

温康骥连连摆手，苦笑一声说道："狄大人，下官不是那个意思，只是……这真的好用吗？"

"三天后暴雨将至，要是契丹叛军还未到达魏州，便会被暴涨的清水河拦住，等河水退去，我大周百万大军便会截断他们的后路，与魏州大营里应外合，将其歼灭！"狄仁杰信心满满地说道。

"三天，三天，这个时间准吗？"温康骥仿佛对狄仁杰的推演并不看好。

狄仁杰并没有回答，而是冲着霍兰山说道："霍捕头，这三天你派人保护本官，另外你带着捕快强行征集城中大户存的水源，集中放在刺史府，每天全量保证城中百姓供水，若谁敢于阻拦或是不配合，可以立即将其收监！发放供水由狄平来负责。"

霍兰山应了一声，温康骥脸上却露出不解，想开口问却又不敢问。

狄仁杰见状笑着说道："三天后天降大雨，所有的问题都会解决。好了温大人，大营正在积极备战，梁大人潜逃，我这里又脱不开身，你要积极督促他们才是，虽说有清水河作为保障，但万一契丹叛军提前到达，结局便不好说了。"

温康骥连道"明白"，随即抱拳拱手，又应了几声，便带着霍兰山离开城楼。狄仁杰看着二人离去的背影，叹了一口气。

夜幕很快降临，古老的城楼带着伤痕矗立着，月光照在城墙上，令整座魏州城染上淡淡的忧伤。

城外不远处，一个人蹒跚着向城门走来，那一头幽蓝色的头发在月光下更显怪异……

大地震仿佛将人们的欲望全部抹杀，以往热闹非凡的"云康别院"异常安静，歌伎舞女等都早早睡下，只有后院门口还亮着幽幽的两盏灯，两名大汉站在灯下警惕地望着周围。

带着潮气的风刮过凉亭，令向云瑶身上的香气顺着风儿飘到远处。一条黑影轻揽着柔弱无骨的腰肢，肆意地嗅着迷死人的香气。

"所有的事情都按照你的计划进行着，就连狄仁杰也被你算计在内，你究竟是人还是魔鬼？"向云瑶依偎在戴面具的神秘人身前说着。

"我是人，狄仁杰也是人，不同的是，他老了。"神秘人得意地笑着。

向云瑶轻皱眉头，说道："我感觉小露有些失控了，她应该是对那个傻大个儿动了真心，女人心难测，万一临阵倒戈，你的计划就会出现问题。"

神秘人摇了摇头，不急不缓地说道："我布的局已成为死局，魏州所有人都得死，就算小露背叛也不能挽回局面。"

向云瑶坐直了身子，手轻轻地拍在神秘人的手背上，轻声安慰道："你的这个布局杀气太重，不如放手，咱们找个没人的地方隐居起来，安安稳稳地过后半生不好吗？"

神秘人苦笑了一声，说道："这个局已经不是我一个人的局了，是几百万人的局，是两个国家的局，现在想抽身怕是太晚了，人在江湖身不由己说的就是我吧。"

向云瑶不再说话，再次依偎在神秘人的怀中。

夜凉了，神秘人感到向云瑶的颤抖，遂将她紧紧搂在怀中。

……

自打来到魏州后，狄仁杰从未洗过一次澡，最奢侈也就是将手帕沾湿了擦擦脸。这一次可是下足了本钱，狄平烧了一大锅水，将木桶装得满满的。

狄仁杰当着众人的面进行一番仪式后，便进入房间沐浴更衣。

他这样做令众人更加相信推演天机之说，若三天后不下雨，怎么肯将这么多救命的水浪费在洗澡这件事上？

水是有生命的，可以令人充满生命的能量。当狄仁杰再次出现在众人面前时，脸上的疲惫之色尽除，取而代之的是一种自信，满面春风的自信。

霍兰山带着十几名捕快陪着狄仁杰再次来到城楼上。狄仁杰独自一人登上城楼，点燃祭台上的火烛，盘坐在厚厚的坐垫上。

城下的人们虽仰望着城楼，却无法看到狄仁杰。

狄仁杰呵呵一笑，从怀中掏出小露所写的那摞纸，仔细地读了起来，读一张便在火盆中烧毁一张，他脸上的表情也随着纸上的内容时阴时晴……

小露不懂武功，无法与盗神钟嘉盛和雷善明相比，加上三人出城的时候并没有骑马，导致队伍行走的速度被拖慢了很多，雷善明看起来有话要说，

狄仁杰之绝地旱魃

462

却碍于钟嘉盛在场欲言又止。

钟嘉盛虽说是单身却并非不通情理，交代一声后，便独自一人施展轻功向万人坑方向赶去。

钟嘉盛一走，雷善明便立刻提出背着小露前进的提议，小露脸上一红，犹豫了一阵后还是接受了。要是她的身份没被揭破，两人可能还会保持亲昵的状态，但小露已经有了孩子，而且还是带着谋害狄仁杰的目的而来，又是杀害独孤思庄的凶手，就算是雷善明不说什么，小露也感觉到两人的距离拉远了不少。

雷善明不善言谈只是憨憨一笑，蹲下身子让小露趴到后背上，背起她后，展开轻功向钟嘉盛追去。

由于独孤思庄的一纸召集令，小刘庄的青壮年都被征集到魏州城中，村中的房屋年久失修，加上之前汪远洋率领魏州大营两千精兵与守卫赈灾粮的护卫大战一场，破坏了大部分的建筑，令小刘庄更显苍凉。

三人通过了小刘庄的中心广场，依稀还能看到曾经战斗过的痕迹，地面上一块块发黑的土地令人想起鲜血飞溅的场面。

来到万人坑的附近，三人傻了眼。

原本河道中巨大的坑已经消失不见，取而代之的是一片凸起的小丘，原本棱角分明的河道也变了形状，想必是这场大地震令地形发生改变，将巨大的万人坑洞口堵住！

大自然的力量强悍无比，哪怕是一个小小的抖动，都不是人类的所能承受的。

雷善明和小露两人都是进入过万人坑的，只是掉入坑中的时间不同，可是看现在的凸起的小土丘，哪还有半点地下山谷的模样。

两人已没了主意，遂将目光望向钟嘉盛。

钟嘉盛从怀中掏出锦囊，说道："这锦囊原本是要下到万人坑中才可以看的，但是现在情况有变，只能先看看狄大人的计划再做决定了。"

雷善明与小露两人点了点头，表示同意。

钟嘉盛打开锦囊，掏出一张字条看了几眼，便将字条攥在手心挤成一个纸团，随后放入口袋中。

雷善明一见，急忙出声问道："盗神大哥，狄大人的锦囊上说了什么？"

钟嘉盛抿了抿嘴，脸上露出了苦笑，说道："这次的任务你俩无法参与，只能由我一个人完成。雷善明，你将我放入万人坑后，就带着小露远离这里。"说罢便将纸团放进口袋中，将肩膀上背着的绳子解了下来。

雷善明一愣，随即反应过来问道："盗神大哥，究竟是怎么回事？您不说清楚我们不走。"

钟嘉盛呵呵一笑，说道："你们看，大地震造成河道两岸的土挤在一起，令万人坑洞口消失，现在要想进入万人坑，就需要在上面打一个盗洞，我打的盗洞只能容下我这样的身材下去，你不行，小露乃是女子行动不便，所以……"

雷善明憨憨地点了点头，一旁的小露正欲说话，却见钟嘉盛又摆了摆手，说道："狄大人给我们的时间不多，只能我下去了。再说，避毒药丸只有三颗，三个人都下去，时间不够用。"

雷善明点了点头，走上前一步，抱着钟嘉盛用力在他的后背上拍了拍。

"好兄弟，你照顾好小露，她是个好姑娘！"钟嘉盛说完便拿出工具开始试探着打盗洞的地点。

盗神就是盗神，无论是盗墓还是挖井都不在话下，更何况是挖一个大部分是沙土的地面。

钟嘉盛很快便不见了踪影，雷善明手中紧紧地抓着那根绳子，生怕挖通之后钟嘉盛会掉下去。

第九十四章　暗棋

钟嘉盛挖累了就坐上装土的篮子拽拽绳子，雷善明便会将他拉上来，休息、吃饭、喝水，缓过神来后继续下去，挖掘的过程只是重复重复再重复，周而复始、枯燥无味。

魏州城的官员们每天的任务就是来到城门下陪着狄仁杰，毕竟他是刺史，其他官员帮不上忙也要在一旁候着。

城楼上空荡荡的，祭台上的蜡烛随着微风不断地跳着舞，贡品放在盘子中，被太阳晒得干瘪瘪的，几只苍蝇不停地飞来飞去，想去沾点光，却又担心有些烦躁的狄平会随时挥手将它们打落。

狄仁杰坐在坐垫上，闭着眼睛养神，听见狄平走来走去的脚步声便睁开眼睛，呵呵一笑说道："你这小厮，让你在刺史府发放饮水，你却偏偏来到这里，又耐不住性子。"

狄平挥起手打落一只飞舞的苍蝇，笑嘻嘻地说道："老爷，我这不是替您着急嘛！叛军攻城在即，城中瘟疫未除，您却来这里求雨，不吃不喝的，要是有个闪失怎么办。"

狄仁杰正欲说话，一阵"扑棱棱"的声音传来，他急忙伸出手，一直袖珍小鸟飞到他的手心上，刚一落下，小鸟便身体一歪，倒了下来，甚至连挣扎都没有，便闭上了眼睛。

狄仁杰心中一阵酸楚，口中喃喃地念叨着："这是第二十次飞行了，已经远远超出你的极限，安心去吧，等魏州事件一了，我一定为你立碑刻字！"说罢，便从小鸟的腿上摘下来一个细细小纸卷，将小鸟放入竹筒后展开纸卷读了起来。

狄平凑了过来，看到蝇头小字后眉头一皱，他虽读些书，可看到这种小字也头痛。

过了一阵，狄仁杰站起身，望了望小刘庄万人坑的方向，自语道："万事俱备只欠东风，现在就等你的好消息了，钟嘉盛，我的老伙计！若你真的不幸遇难，我一定将你的嘉盛货栈经营好，让你流芳百世！"说到这里，他的眼眶红了起来，深深地吸了几口气后才回过神，将手中的小字条送到蜡烛前点燃，一阵风吹过，字条瞬间化成灰烬，黑色的粉末顺着风飘到城墙外。

"老爷，盗神大哥不是一般人，一定会逢凶化吉的。"狄平在一旁劝道。

狄仁杰摇了摇头："万人坑充满变数，关系着魏州的整个局势。我选择让钟嘉盛去是因为他的技能。他常年盗墓，一定有非常手段可以完成此事，要是其他人去了，只怕是要身殒在瘟毒中。"

虽说有徐莫愁配置的解毒药丸，瘟毒却千变万化，说不定下一刻便会发生变异。钟嘉盛是盗墓界的顶尖高手，对于尸毒、瘴气等均有很好的克制办法，比常人会多一些生存机会。

……

不知道是受到大地震的影响还是到了季节，凉爽的夜比平日降临得早了一些，魏州城中的人们终于感受到久违的凉意，带着一股潮气的凉意。

人们三五成群地在街头聊天，内容自然是眼下魏州最受关注的人物：狄仁杰。

狄仁杰来到魏州后解决了民众的饮水和食物，针对聚集在城中的苦工颁布了遣散令，侯郎中解决了瘟疫的大难题，已成为魏州百姓心中的神。至于那些在事件中死去的独孤思庄、押运粮食的官兵等并非百姓所关注，无论破解与否都不会影响百姓的生活。

要是狄仁杰能够求雨将旱魃驱走，再加上洛阳的百万援军赶来魏州剿灭契丹叛军，一切就变得完美了。

人们心中充满希望，对狄仁杰的信任到了一个无比的高度上，甚至有的人认为他是上天派下来拯救魏州人民的神！

魏州城看似安宁，实则已是风起云涌。

一条影子从"云康别院"中蹿了出来，借着夜色几乎是贴着青色的高墙快速地飞奔着，目标是狄仁杰所在的城楼。

城楼周围虽然布满了明哨暗哨，对于来人来说却形同虚设，当他出现在狄仁杰面前时，一旁打瞌睡的狄平猛地醒了过来，操起身旁的腰刀立刻站在狄仁杰面前护着。

狄仁杰呵呵一笑，说道："狄平，不碍事，是自己人。"随即又对来人说道："你终于来了，有收获吗？"

一个年轻但沙哑的声音回答道："大人，您可把我害苦了，要不是汪大哥给了我锦囊，我怕是要熬不住了。"

狄仁杰颇有意味地笑着，袁客师自然看得明白，这次的经历也是在考验他，要是意志不坚定，暗中的汪远洋就会挺身而出，将所有事情讲明白，但这样一来，整体布局就会有缺陷，他成为暗棋的作用就会大大渐少。

"大人，今天是最后一天，大雨真的可以来吗？"袁客师望着只有几朵白云的天空问道，显然他心中亦没有底。

"客师，古人的推演之术说起来有些玄乎，实则是遵循天道。你父亲袁天罡乃是一代奇才，将推演术研究至极致，对那本古书的注解更是几乎完美，加上我查找了所有的县志以及走访经历过六十年前那场大旱的老人，可以确认降雨的时间就是明天。"狄仁杰捋着胡子说道。

世人绝大部分对于这种玄而又玄的事情抱着将信将疑的态度，狄仁杰原本不信，可在精读了古书后，对于推演之说改变了看法。

袁客师笑了笑，看到狄仁杰捋胡子的动作，他就知道这件事是有把握的，遂说道："大人，看来客师多虑了。至于您交给我的任务，其实在我进入'云康别院'时，就已经开始探查了，咱们算是心照不宣。"

狄仁杰脸上的笑意更浓，说道："我就知道你不简单，从一开始，你便独立布局，布了一个我们都没有察觉的局，我没看错你，只是你陷得太深。"

袁客师听到这里一脸苦相，说道："大人，您这样评价我都有些惭愧了，我陷入了自己的布局中，甚至分不清现实和虚幻，幸好您的锦囊将我拉了回来，这两天我将收集到的魏州官员被拉拢至腐败的所有证据整理好，需要时我便会将其拿出来。"

狄仁杰点了点头，脸上带着些许的恨意："官场腐败虽不比天灾，却会危害江山社稷，这些蛀虫一日不除，我大周天下便一日不宁！"

"还有一件事情恐怕出乎您的意料。"袁客师说道。

狄仁杰捋着胡子，笑眯眯地说道："汪远洋救回的孩子并不是小露的孩子！"

袁客师倒吸一口凉气，惊道："大人真乃神人也，这件事极其隐蔽，您怎么会知道的？"

狄仁杰呵呵一笑："当然是从小露的身上知道的，她表面上对孩子亲密，但从她看孩子的眼神中看不到任何母爱。另外，汪远洋得手实在是太过容易了，也引起了我的怀疑。"

袁客师脑子转得很快，立刻明白了其中的奥秘，焦急地说道："小露果然有问题，您为什么不揭穿？钟嘉盛和雷善明岂不是有难……我立刻赶过去！"说罢便欲动身。

狄仁杰赶忙摆了摆手叫住袁客师："客师莫急，此事我已安排远洋去做了，你无须担心，只管回到'云康别院'做好你的事，如我所料不错，最终你会跟着到万人坑去的。"

袁客师一愣，随即挠了挠脑袋，呵呵一笑："大人，您看我，喝酒喝得脑袋都有些不好用了，顺其自然、顺其自然！我得回去了，回到似梦似幻的地方。唉，花魁向云瑶是汪大哥的师妹，'云康别院'真正的主人，武功高得很，要是发其飙来，不知道我能不能应付得来。"他想起向云瑶的武功就有些头痛，他头脑聪慧，可正由于这个原因，导致武功始终停滞不前，一旦遇到武功高强者，便会束手束脚。

狄仁杰轻舒一口气说道："放心吧，你不会一个人面对她的，若遇到意外，要多动脑！"

袁客师听后眼睛一亮，急忙问道："是不是灵芷在暗中保护我？"

狄仁杰只是笑笑，却不说话。

袁客师乃是聪明人，立刻知道了其中的奥秘，但心中同时一颤，若齐灵芷真在暗中保护他，那他在"云康别院"花天酒地一定被她看到了，她要是发起飙来，比向云瑶要可怕一百倍。

袁客师的心又悬了起来。

……

三天时间说长不长，说短不短，对于魏州城中所有人来说，这段时间算是煎熬之至。

云朵三三两两地在空中散步，空气异常闷热，丝毫没有下雨的意思。一大清早，人们便开始陆陆续续来到城楼下，有的身上背着行囊，有的则是推着独轮车，上面装着大大小小的物品。

大营中的兵士们已经整装待发，挤满了原本空荡荡的城墙，苑无涯站在城头上，紧张地望向冀州方向。

"狄大人，今天已是第三天，契丹大军将在傍晚兵临城下。"苑无涯转过身拱手说道。

狄仁杰坐在坐垫上，缓缓地睁开眼睛，在狄平的搀扶下站起身，整理衣冠后才慢慢说道："对敌军的动向要掌握清楚才行，苑将军，加大探马的出动频率，每半个时辰一报。"

苑无涯顿了顿，说道："大人，现在最大的问题不是叛军什么时候到，而是援军能不能及时赶来，您看看这城墙和城门，契丹叛军一次攻城便会城破。"

狄仁杰笑了笑："苑将军，援军很快就到，你放心好了。"

两人正说着，一名探马从远处骑着马飞速而来，还未到城下，便大声喊着："契丹前锋骑兵距魏州城不足百里。"

温康骥脸色一变，犹豫了一下后才说道："狄大人，要不咱们弃城吧，下官愿带着部分大营将士在此阻敌，确保大人和百姓的安全。"

狄仁杰笑着点了点头："温大人，你这些日子进步很大，如果咱们能在这场灾劫下活下来，本官定会向皇帝推荐你。不过咱们还没到弃城逃跑的地步，区区几十万叛军，我狄仁杰还没放在眼里。"

温康骥嘴唇动了动，看到狄仁杰一脸自信，只好将话收了回去，与苑无涯交换眼色。苑无涯立刻走到一旁，安排加大探马频率的事宜。

温康骥抬头看了看天，满脸忧虑地叹道："大人，您看这天，能下雨吗？"

狄仁杰面色一正，掐着手指算了算，随即说道："温大人，人算毕竟是人算，老天究竟怎样，本官也只能尽人事，却无法更改。要是大雨不能如期来临，本官定会以血祭天，到时候魏州城就托付给你了。"

温康骥倒吸了一口凉气，说道："狄大人万万不可，那话只是说说罢了，您还当真了？"

狄仁杰望向城内的民众，严肃地说道："温大人你看，他们将全家人的性命都寄予狄某身上，我怎能说话不算？"

温康骥叹了一口气，不再说话，转身望向冀州方向。

狄仁杰背着手来到城墙边，手搭凉棚，望的却是小刘庄的方向……

第九十四章　暗棋

469

第九十五章 对决

盗墓从表面上看是个无本买卖，但绝不是一个令人愉快的活儿，盗洞狭窄，随时会面对各种危险，一个不小心便会性命不保。

钟嘉盛连续两天挖掘盗洞，以前墓穴上面的夯土大多是带有黏性的黄土，再难挖，还是有办法挖出来。而万人坑上面则是流动的河沙，挖一段距离后，便会有流沙填补上，令之前所做的功亏一篑。两天下来，就连以盗墓为乐趣的钟嘉盛也不禁挠头。

幸运的是，河沙层并不算太厚，当钟嘉盛觉得失去希望时，盗铲结结实实地铲上一锹黄土！

他兴奋地叫了一声，通过土层可以清晰地判断很快便会挖通。盗洞很小，小到甚至容不下他转身，他望了望头顶巴掌大的天，拽了拽拴在他腰间的绳子，示意雷善明拉他上去。

钟嘉盛把绳子称为生命之绳，如果雷善明不是所信任的人，他就要面临生死考验。令他奇怪的是，拽了几下绳子，却并未得到雷善明的回应。

"喂！大个子！"钟嘉盛的嗓子已经哑了，喊出的声音受到盗洞的影响，没传出多远就被沙土吸收，散碎的沙土受到震动落下来，令他一阵窒息。

"糟了！"钟嘉盛预感不妙，手脚蹬在盗洞壁向上蹿去。盗洞很小，加上两侧都是沙土，触碰之下便会落下来，完全没有着力点，他难以施展手脚。仅仗着多年的经验，一寸一寸地向上移动着，还未等上移一丈距离，便看见洞口处出现一张熟悉的脸。

小露与两人几乎不眠不休近三天的时间，若在平时也算是患难之交，在钟嘉盛和雷善明的眼中，她绝对是温柔的乖乖女。令人诧异的是，那张精致的脸上竟然露出些许杀气。

"你……"钟嘉盛本想问问究竟是怎么回事，话说一半便收了回来，这种场合下，只要不是傻子都可以看得出来，小露定是假意弃暗投明，实则仍旧是幕后黑手的卧底。

想到这里，钟嘉盛手脚力气一松，整个人随着滑落的沙土落回洞底，叹了一口气，耸了耸肩。

"钟大哥，对不起了。我不会杀你，雷善明也只是晕了过去，很快就会醒来。"小露说话时脸上带着些愧疚，令仅有的一丝杀气散去，却依然抿着嘴唇，将手中的绳子慢慢移向井口。

钟嘉盛看得清楚，只要小露将绳子扔下来，他就算有天大的本领，也无法一个人完成狄仁杰的任务，能不能活命都难说。

正当钟嘉盛绝望时，一个男人的声音传来，声音不大，却很清晰，显然是内功上乘的高手："若我是你，就不会将绳子扔下去。因为孩子做人质助纣为虐还可以原谅，但利用了别人对你的信任作恶，就有些说不过去了。"

来人正是汪远洋，依旧是那一身灰色衣袍，浓密的络腮胡子、疲惫而忧郁的眼神。他几个闪身便来到小露身边，右手始终放在腰间，说话的语气虽平淡却充满杀机，只要小露松开手，他便会取出蝉翼刀施出杀招。

"汪大哥，你……你怎么来了？"小露一惊，手一哆嗦，险些将绳子扔下去。

"自然是大人的安排，如果你真的弃暗投明，我就一直隐在暗中。可惜呀，你在水中下了迷魂药，骗过了江湖阅历浅薄的雷善明，准备将绳子扔下盗洞中。这样，这两人便无法完成狄大人的计划。不过，我猜你现在也不知道狄大人的计划究竟是什么吧！"汪远洋冷冷地说道。

小露眼眶里噙满泪水，用袖子抹了一把后才咬着牙说道："你们之间的争斗我并不关心，我只要我的孩子！"

一位母亲对孩子的渴望是常人所不能理解的，尤其是孩子刚出生便被幕后黑手带走，并一直利用这一点控制小露。

汪远洋沉默了很久，点了点头说道："我能理解你，不过……"他说到这里，停顿一下，仿佛是下了很大决心，再次说道："你的孩子早就死了。"

小露脸色一变，随即又恢复正常，说道："汪大哥，我一介女了说谎就罢了。您是我敬重的人，堂堂的大丈夫，说出这种话来骗人不是该有的行为。"

汪远洋叹了一口气，从身上解下一个包袱，打开之后平放在地面上，一具小小的骸骨出现在小露面前，他将一只手骨分了出来，指着说道："我找到了当年你的接生婆，她认出这副骸骨就是你的孩子。"

从骨骸上来看，应该是一名一岁左右的孩子，手指却有六只。

小露脸色一下变得煞白，身体一晃，瘫坐在盗洞边，手一松，绳子顺着井口滑落下去。

汪远洋手疾眼快，从皮囊中掏出一枚飞镖，手腕一抖，飞镖"嗖"的一声飞射出去，将绳子末端钉在洞口处。

洞底钟嘉盛一直仰着头看着，见绳子被钉在洞口，这才松了一口气。

小露几乎是爬着来到那副骸骨面前，用手不断地摩挲着，口中喃喃地说着："为什么要骗我？为什么让我害了那么多人？我的孩子……"

汪远洋叹了一口气，从怀中掏出一个小瓶，打开瓶塞后放在躺在一旁的雷善明鼻子前。雷善明皱着鼻子打了一个喷嚏，随即慢慢睁开眼睛坐了起来，脸上一片迷茫。

"傻大个儿，赶紧把盗神给拉上来，我们还有一场大仗要打。"汪远洋微笑着。

雷善明晃了晃脑袋，终于缓过神来，冷眼看了一下小露，随即起身，抓起洞口的绳子，很快便将钟嘉盛和盛土的篮子一同拉了上来。

钟嘉盛一上来便欲找小露理论，却被汪远洋拦住。

"远洋，这究竟是怎么回事？黑黑白白的，弄得我都分不清善恶了。"钟嘉盛白了白眼睛埋怨着。

汪远洋一笑，说道："一切都在大人预料中，只是他年纪大了，身体不如从前，很多事都是由我们几人分别执行，表面看起来一片乱象的魏州，其实都在掌控中。"

钟嘉盛摇了摇头，苦笑一声："狄仁杰的脑袋真是好用，咱们就不行了，远洋，那下一步该怎么办？"

汪远洋用手指了指不远处半人高的荒草，说道："我们必须先打发那些人才能做正事。出来吧，师妹！"

话音刚落，就见枯草中陆陆续续走出二十几号人，为首之人正是"云康别院"的花魁云瑶！

云瑶脚下步伐轻灵，几个闪身后便来到汪远洋身前，淡淡一笑："师兄果然厉害，隐藏得这么巧妙都没逃过你的眼睛，本想着等盗神大哥将万人坑打通了，我们再出现，将你们一网打尽，扔进万人坑中，想不到提前被你看破了，这样也好，与其乘人之危，不如真刀真枪地打一场，耽误了时间，你们照样完不成任务。"

汪远洋可惜地摇了摇头,轻声说道:"师妹,你知道这个阴谋会害死多少人吗?"

云瑶呵呵一笑,说道:"哪一个王侯将相不是踩着人骨头上去的,你饱读诗书,应该比我更清楚。你拜师时,师父就看出你生性懦弱,所以才没有将本门的绝学传给你。"

汪远洋哼了一声,说道:"别提师父,老人家倒是将一身本领教给了你,你却传授给外人,最终将他害死。"

"陈年旧事了。既然狄仁杰洞悉了这个局,为什么不派大营的将士来守卫这里?"云瑶目光一寒。

汪远洋冷冷地说道:"大营也不是一潭净水,这件事想必你不知道吧?"

云瑶的笑意渐渐冷了下来,哼了一声说道:"知道也好,不知道也罢,箭在弦上不得不发。你当年是带艺拜师,除了咱们师门绝学轻功倒乱七星步外,我从没看过你施展过搏杀功夫。听说你在江湖上以快刀著称,这也是师父将蝉翼刀赐给你的原因,今天师妹想看看你的真本事!"

汪远洋叹了一口气,望了一眼雷善明。雷善明会意地点了点头,将两根镔铁棍拿在手中,挥舞了几下,隐约有风雷之声。

云瑶呵呵一笑,从腰间抽出一把薄薄的长刀,整个刀身呈现淡淡的粉红色,刀身柔软至极。

"师父说蝉翼刀本是一对,白色的是雄刀,而这把粉色的是雌刀。师兄,要是你还顾忌当年师门之情,就请将蝉翼刀还给我,我可以放你一条生路离去。"云瑶说话间内力灌注粉色蝉翼刀中,刀身居然不再颤抖,变得坚挺异常。她的话中有话,并非要蝉翼刀那么简单,而是让汪远洋缴械投降。

汪远洋没有答话,默默地将蝉翼刀抽出,同时将子母刀擎在手中:"双手刀法,自创,汪远洋!若我死在你的刀下,请将子母刀扔进万人坑中,至于蝉翼刀,你可以取走!"

云瑶一笑,随即脸色一正,说道:"玄狐刀法,师承玄狐老人,向云瑶!若我死在你的刀下,这把刀就是你的了!"说罢,身形一晃,脚下踏着倒乱七星步率先攻击。

汪远洋的师父玄狐老人武功庞杂,各种兵器无一不通,最拿手的两样绝活是刀法与剑法。

齐灵芷在独孤思庄家的密室中领教过玄狐老人的剑法，他被瘟毒侵染多年，依旧不是齐灵芷所能比拟的，可见其厉害之处。

向云瑶手中粉红色长刀立刻幻成一片，仿佛盛开的桃花一般，加上婀娜的身姿，若对手稍微走神，便会立刻死于刀下。这一招名为"风吹仙袂飘飘举，犹似霓裳羽衣舞"，她身体微微旋转，倒乱七星步配合手中长刀，"唰"地砍向汪远洋的脖子。

"好快的刀！"汪远洋赞了一声，身体立刻做出反应，身体微微一退，恰好退到了刀锋所及之外，等对方刀势一老，便挥舞双刀蹼身而上……

第九十六章　叛变

　　雷善明心地单纯没有江湖阅历，见向云瑶与汪远洋动了手，而那些彪形大汉虎视眈眈，便大吼一声，冲过去与对方搏杀。他修习李元芳的煞天气功，内外兼修，加上身高力壮，算是占足了优势。

　　对方的彪形大汉虽然比雷善明小了一号，却有人数的优势，大汉们化解了雷善明的攻击，随后组成五行阵，将雷善明和钟嘉盛围在当中。

　　汪远洋率人在小刘庄抢夺赈灾粮时遇到过五行阵，阵法虽然普通，威力却不小。组成五行阵的彪形大汉们立刻反攻，打得雷善明狼狈不堪。钟嘉盛见状从身上掏出一把匕首，匕首散发出蓝色的幽光，一看就知道不是凡物，可是在对方都是长兵器的情况下，不擅长武功的他只能苦笑一声。

　　雷善明再不敢妄动，不断向后移动着，终于靠到了钟嘉盛的背上。两人背靠背，深吸一口气，将内力运转圆满。

　　两人组合虽没有五行阵的威力，至少可以减少背后被人偷袭的可能。

　　彪形大汉并不急于进攻，只是将两人围起来。从体型和相貌上看，他们应该是契丹人，虽然在江湖上没有名气，从释放出来的杀气判断出都是搏杀高手，和江湖一流高手也有的一拼。

　　汪远洋见状，急攻出几招逼退向云瑶，说道："师妹，你这样做就有些不守规矩了，雷善明和钟嘉盛哪里打得过这些高手，咱们的比拼并不公平。"

　　向云瑶发出一阵铜铃般的笑声，也不说话，挥舞着长刀再次挺身而上，死死缠住汪远洋。两人出手很快，你来我往几十招的试探，令两人都对彼此的功力敬佩不已。

　　汪远洋是带艺拜师，只从玄狐老人处习得轻功倒乱七星步，却并未学习刀法、剑法，是因为玄狐老人见他自创的刀法非常独到，若传授给他刀法会影响他的成就，索性就只传授给他轻功和其他技能。

向云瑶从小在玄狐老人身边长大，在武学方面完全就是玄狐老人的化身，因女性力弱，学习了较为轻灵的玄狐刀法。玄狐刀法乃是玄狐老人的成名功夫，威力很强，她虽然只学到了八分，亦足够成为当世绝顶高手。

如果汪远洋没悟出双手刀法，单凭自创的蝉翼刀法很难匹敌向云瑶，双手刀法乃是在小刘庄抢夺赈灾粮时临阵搏杀悟出，极具实战性，与向云瑶的玄狐刀法不相上下。

正当汪远洋心急如焚时，袁客师懒洋洋的声音传来："汪大哥，你放心对付她，钟大哥这里还有我，求助白鸽门的高手们耽误了一些时间，要不早就来了。兄弟们，保护我盗神大哥。"他说话间故意将雷善明漏掉，显然是因为小露的事情他还在吃醋。

话音未落，青色人影一闪而至，随即二十几条身影也纷纷而至。青色人影正是赶来支援的袁客师，另外一些人是白鸽门的门人。

雷善明一笑："来得好！"

随后他大吼一声，挥舞着镔铁棍开始进攻。

……

人类发明兵器的原因是为了抵抗野兽的侵害，随着文明的发展，兵器开始变成了人类相互伤害的一种工具。兵器是人类发明者的骄傲，某种角度也是人类野蛮史的见证。

天上的云朵不知何时穿上了黑衣，黑压压来势汹汹。带着潮气的风不断吹来，却令人精神一振。

狄仁杰看了看天，脸上的笑容多了起来，拍了拍手中的古书，对众人说道："看来我狄仁杰用不着以血祭天了，你们看。"

众人早已望见乌云铺天盖地涌过来，对于狄仁杰神奇的推演敬佩不已，纷纷称赞着。只有温康骥还是一脸的苦相，他眼巴巴地望着冀州的方向，看样子是怕契丹的铁骑攻打过来。

城下的百姓跪在地上，向狄仁杰叩拜，他们知道，这场盼之已久的大雨将至，旱灾即将结束。

"温大人，只要大雨降临，暴涨的清水河便会将契丹大军拦在魏州城外，等河水退却时，契丹叛军面临的是缺粮断饷和百万征讨大军的围困。"狄仁杰笑着说道。

温康骥附和着一笑，随即又变成一副哭相，说道："狄大人，万一契丹大军在河水暴涨之前赶来，该如何是好？"

狄仁杰摆了摆手，呵呵一笑，将目光望向冀州方向，说道："按照契丹叛军行军速度应该到不了的，除非……"话刚说到这里，便见城外远处一匹快马疾速而来，探马手上拿着红色的旗子挥舞着。

温康骥与狄仁杰对视一眼，立刻命令守城兵士打开城门。

探马使用了红色的旗子表示十万火急，也就意味着军情有了变化。马儿来到城门时已口吐白沫，探马一个翻身从马上下来，立刻跑向城楼。

"狄大人，温大人，苑大将军，契丹叛军距离魏州城不到五十里了！"探马话音中有些颤抖，显然是被契丹叛军的行军速度所震慑。

狄仁杰倒吸一口凉气，看了看布满乌云的天空，一屁股坐在一张藤椅上，喃喃地说着："怎么可能？怎么可能？"

苑无涯始终保持着冷静，一把揪起探马的脖领子喝道："你可探听得清楚了？"

探马脸上的惊慌之意更足，急忙小鸡啄米似的点着头。

温康骥脸色一变，说道："狄大人，契丹骑兵行军速度快，五十里路程最多一个时辰，您看这天……"说罢便指了指低垂的乌云，意思是说就算现在开始下雨，清水河暴涨也不会那么快。

狄仁杰深吸一口气，站起身，冲着苑无涯令道："苑大将军，准备迎战，只要坚守五个时辰，我相信暴雨定会将大部分契丹叛军拦在清水河外，契丹前锋大营就算厉害，没有了后援，很快便会落败。"

苑无涯应了一声，随即开始点将布防。

乌云越压越低，天空飘起毛毛细雨，一阵风吹来，吹走了烦躁，带来了凉意。探马几乎是每隔一炷香时间便来报一次，随着时间的推移，探马来报的时间越来越短。

……

"契丹叛军距魏州城不足十里！"

"契丹叛军距魏州城不足五里！"

……

原本围在城楼下的百姓听到这个消息后，几乎是一哄而散，原本迎来这场雨的喜悦也随着契丹叛军的到来完全消散。

当黑压压的骑兵距离魏州城不足三里，马蹄的轰轰声才静止下来。城墙上的大周将士们弓箭上弦，烧得"咕噜咕噜"冒泡的菜油被抬上城墙，双方都沉默着，等待搏杀的那一刻……

契丹骑兵被称为"旋风"并非虚传，当战鼓敲响的一刹那，骑兵们开始慢慢向魏州城奔来。

负责守城的张副将眯着眼睛，口中喃喃地说着："有些不对劲，骑兵对于攻城战不占优势，怎么会打头阵？"

大将军苑无涯将宝剑抽出来，一剑将张副将的头颅砍下，大声吼着："众将听我令，打开城门，迎接大帅李尽忠进城，活捉狄仁杰！"

战场上的变化瞬息万变，却不及眼前。

守城将士霎时间分成两派，前一刻还是性命相交的战友，此刻却刀枪相见。事发突然，城楼很快被苑无涯的人控制。

临时拼凑的城门发出"嘎吱嘎吱"声，城门大开。马蹄声越来越近，甚至能感到契丹骑兵锋利刀刃散发出的寒气。

苑无涯"嘿嘿"笑着，拎着宝剑走到狄仁杰面前，说道："狄仁杰，想不到吧？"

温康骥脸色铁青，说道："苑无涯，你……"

狄仁杰沉着脸不语，身边的狄平正欲理论，却被狄仁杰阻止。

"狄大人！"温康骥浑身抖动如筛糠，眼神飘忽不定。

狄仁杰摆了摆手，冲着苑无涯说道："我还希望情报是假的，没想到真的是你。苑无涯，皇帝待你恩重如山，你居然做出这种叛逆之事！"

这场叛变苑无涯应该是准备了很久，几乎在他动手的一刹那，预谋的计划便开始启动，几乎毫不费力地控制局面，城楼上的喊杀声渐渐消失，只有沉重的呼吸声和铠甲摩擦的声音刺激着人的耳朵。

苑无涯环顾四周，见局势已被控制，便将长剑收起，冷冷地哼了一声："待契丹大军攻入洛阳时，我就是护国大将军，谁会稀罕一个魏州大营的破将军！"

狄仁杰听罢大笑起来，笑声中却并无半点惧意。

苑无涯皱着眉头，终于忍耐不住，高声喝道："狄仁杰，你听听契丹铁骑的马蹄声，居然还能笑得出来？待我挥师南下时，定将你锁在囚车中，让你看看本将如何率领大军踏平洛阳。"

马蹄声近在耳边，狄仁杰闭上眼睛，叹了一口气，轻轻说道："苑无涯，你只是一个傀儡，李尽忠利用你后，定会将你杀死灭口。"

"他等不到李尽忠了！"冷冷的女声传了过来。

声音未落，一条娇小黑影从城墙下疾速飞起，几个闪身避过阻拦的兵士，瞬间来到城楼，苑无涯来不及反应，被对方一剑指在喉咙上……

第九十七章　破局

世间之事瞬息万变。

雷善明本可以凭着一股必死的勇气与对手搏杀，却碍于他的任务是保护钟嘉盛，而不是杀多少敌人，在气势上弱了半截，动起手来束手束脚，很快便陷入被动状态。

契丹二十几名高手属沙场悍将，是从死人堆里滚出来的，搏杀的招式没有任何技巧，简单粗暴，每一招都直奔要害，令雷善明二人左支右绌，十几个回合下来，两人便受了伤，若非雷善明的煞天气功小成，能够抗击一些刀剑伤害，两人怕是早已身死。

随着袁客师等人的加入，一边倒的局势立刻反转，袁客师武功虽然差了些，对于破阵却很是内行。契丹高手们的五行阵虽妙，却挡不住袁客师率领的白鸽门内家高手，数个回合下来，五行阵便被破开，众人各自为战。

雷善明不用分神照顾钟嘉盛，便大吼一声，挥舞着镔铁棍疯魔般地攻击，一副誓要把怒气撒到对手身上的模样。

见此情况，向云瑶变得焦急起来，屡次欲摆脱汪远洋去帮助契丹高手。汪远洋使出浑身解数缠斗，令她摆脱不得。

冷兵器时期的厮杀极其残忍，残肢乱飞、鲜血喷溅。战争中，人类残杀敌人的效率很高，喊杀声渐渐停了下来。刚才还叫骂连天的战场，现在只剩下部分人的呻吟声。

袁客师等人浑身是血，身上都带了伤，确认所有对手死透之后，便站在距汪远洋不远处掠阵。

汪远洋见大局已定，心中轻松无比，手上的功夫变得飘逸起来，双手刀如同雪花一般飞舞。向云瑶铁青着脸，手上的招式虽然狠辣，却奈何不了对手。

"钟大哥，你继续计划，这里交给我！"汪远洋言语中充满自信。他与向云瑶对阵百招，判断她的功夫与他平分秋色，若是平时，鹿死谁手还不好说，但此刻向云瑶已乱了阵脚，发挥的功力不足五成，哪里还是他的对手。

向云瑶脸上显出杀气，使出几招同归于尽的招数逼开汪远洋，随后展开绝世身法人刀合一，闪电般奔向盗神钟嘉盛。

她的目标正是钟嘉盛，她心中清楚，无论狄仁杰的计划是什么，核心必定是钟嘉盛，只要将他杀死，计划就会落空。

雷善明看得清楚，立刻站到钟嘉盛身前，将镔铁双棍挥舞得密不透风，他亦感到向云瑶这一刀的气势，就算他巅峰时期也无法抵挡，更何况刚才的拼杀令他受了伤。

向云瑶这一刀角度刁钻，竟然趁着两根铁棍舞动的空隙递了进去，眼见着就要刺进雷善明胸口，刺穿后会将后面的钟嘉盛一同刺死！

"休得伤人！"汪远洋大喝一声，随后将手中蝉翼刀抛射而出，蝉翼刀以诡异的弧线飞向向云瑶，按照速度计算，定会在向云瑶刺伤雷善明之前砍掉她的头颅。

向云瑶叹了一口气，身体一顿，退后两步，手上长刀一转，轻轻贴着白色蝉翼刀，内力运转，将刀身蕴含的柔劲化开，一伸手将蝉翼刀拿到手这一手令汪远洋一愣，他的蝉翼飞刀并非玄狐老人所教，而是自创刀法，今天却被向云瑶轻松破了，可见玄狐老人对于刀剑的深厚见地。

"师兄，刀我收回来了，不过你们所谓的计划怕是来不及了，看看天吧！"向云瑶笑着收起双刀，身形一飘向远处奔去。

"向大姐，你也不想想，你那位连计划的内容都不告诉你，何谈信任！"袁客师大声喊着，又向乌云密布的天上看去。他这样说也是出于对幕后黑手的分析，按照幕后黑手的行事方式，最核心的计划肯定不会告诉任何人，所有人都只是他的一颗棋子，任由他的摆布。

向云瑶飘逸的身影突然一滞，随后又行云流水般地离去。汪远洋看着向云瑶远去的背影叹着气。

"继续吧，大人还等着我们的捷报！"袁客师说道。

钟嘉盛伸出手，小雨点不断落在手心，很快汇聚成一汪水，他咬了咬牙说道："来不来得及都要做，成败在此一举。若失败，大周将面临一场灭世大劫。"

众人默不作声，在雨水中默默地做事。

不大一会儿，只听得钟嘉盛在盗洞下大声喊道："通了，放我下去！"

"等等，快将他拉上来。"小露的声音传来。

刚才众人搏命厮杀，将小露忘了个干净，众人扭头一看，她的脸上充斥着悲伤，却还有一丝决绝之色。

袁客师身形一晃拦住小露，说道："小露，这里已经没有你的事了，离开魏州，找一处没人认识你的地方生活吧，大人那儿由我去解释！"

小露惨笑一声，看了看一脸痛苦的雷善明说道："我什么都没有了，还能到哪里去！当年我从这里掉落下去，也许万人坑就是我的最终归宿吧。"

众人沉默，也许是被这种悲观情绪感染，纷纷低下头来。

三年来一直支撑她活下去的希望就是孩子，然而此刻她面对的是一具骸骨，所有的希望在那一刻破灭，让她彻底失去了生存的欲念。

"万人坑里面的情况我最熟悉，盗神大哥若是贸然下去，定会有去无回。我知道狄大人的计划，是想利用万人坑中的火油将所有的瘟疫烧尽吧？"小露说道。

汪远洋身体一震，要不是小露是名手无缚鸡之力的女子，他手中的子母刀定会飞射而出将其杀死。

小露惨笑一声，说道："汪大哥，您放心，世上怕是只有我能够看透狄大人的计划，就算幕后黑手派人来破坏也只是见招拆招，并非真正洞悉计划。"

任谁也想不到，这样一名女子居然如此聪慧，若是生为男儿身，怕是早就中举当朝为官了。

"快拉我上去，瘟毒涌上来了！"钟嘉盛的声音从盗洞中传来。

小露从怀中掏出一个小瓶，从中倒出三颗药丸放入口中，长吁一口气："这是徐御医提供的三颗避毒丸，现在全被我吃了，只有我才能下去破这个局。傻大个儿，你要是再不将盗神拉上来，他就要被毒死了！"她冲着雷善明凄然一笑，口中的"傻大个儿"让雷善明心里一酸。

汪远洋见雷善明有些迟疑，便大喝一声："雷善明，将盗神拉上来。"

雷善明缓过神来，立刻发力将钟嘉盛拉上来。

钟嘉盛刚一上来，便破口大骂："真是够倒霉的，狄大人给我的解药不知道去哪里了，幸好你拉得快，否则毒雾上来，我这条老命就没了。没解药了，现在怎么办？"他看着一众人将目光望向小露，遂望了过去，在她手上看到了熟悉的小瓷瓶。

"怎么会在你手里？快拿来！"钟嘉盛上前就抢。

小露将瓶子抛给他，说道："钟大哥，药丸我全吃了，现在只有我才能下去，把工具和火石给我。"

"你……你……"钟嘉盛被气得说不出话来。

小露抿了抿嘴："钟大哥，您看了字条后便揉成一团放在口袋中，被我顺手拿了过来，本来是要偷看你们的计划并加以破坏，却发现这是个有去无回的计划，您不让我和雷善明知道，是因为想一个人去，对吗？"

钟嘉盛沉着脸点了点头，随即说道："小露，你可知道幕后黑手这个局会杀死多少人？"

小露摇了摇头。

"整个洛水流域所有的人，加上拱卫洛阳的百万大军，这是一场灭世大劫。"钟嘉盛正色说道。

小露点点头，说道："钟大哥，我明白。我当年从这里死而复生，就让这里再次成为我的坟墓吧。"说罢便将小孩的骸骨用布裹了起来，系在身上。

钟嘉盛叹了一口气，望了望同样唏嘘的汪远洋，得到了肯定的答复后，将随身的皮囊解下来递给小露，一一讲明用法。

淡绿色的毒雾涌了上来，却没有以往猛烈，众人退后，只有雷善明还停留在原地，深情地看着小露。

袁客师叹了一口气，一闪身来到雷善明身前，小声说道："你还要拉着绳子送小露下去，若是在这里，怕是绳子拉到一半，你就中毒身亡了，小露便会坠落万人坑摔死。"

雷善明应了一声，拉着绳子随着袁客师后退。

小露望着二人脸上露出眷恋，暗叹一口气，站在篮子上，喊了一声，随着绳子慢慢落入盗洞中……

雷善明依依不舍地看着小露没入万人坑，沉着脸，手中紧紧地握着绳子，一寸一寸地放着。

袁客师忐忑不安地问道："汪大哥，小露能完成这次任务吗？"

汪远洋微微摇头，说道："已尽人事，剩下的看天意吧。小露经历了这么多，应该能够悟透生死，走吧，无论怎样，这里不再需要我们了，那里……还需要！"他指着魏州城的方向。

……

蒙蒙细雨充斥着整个天空，落在灰色的城墙上，逐渐聚集成水珠滚落下来。

狄仁杰呵呵一笑，捋着胡子说道："灵芷，你来得好快，很多问题我还没来得及问他。"

齐灵芷答道："大人，您现在问他也是一样，要是问不出，就由我来问好了。"她说话间眼中杀气闪现，令苑无涯不由自主地打了一个冷战。

"女罗刹"齐灵芷的威名早已在江湖传开，严刑逼供的手段更是令人闻风丧胆，苑无涯平日喜好结交江湖人物，自然听说过。

苑无涯眼珠滴溜溜一转，趁着齐灵芷和狄仁杰说话的工夫，手臂上扬准备拨开齐灵芷的长剑。齐灵芷立刻发觉，手腕一抖，剑尖立刻在他的脖子上割开一道伤口，血珠子涌了出来。

苑无涯一惊，垂下手臂，不敢再有任何动作，眼珠转向狄仁杰颤着声音说道："狄仁杰，你快让她把剑放下，否则，契丹大军定会报复性屠城！"

狄仁杰笑着摇摇头，走到城楼一缺口处，看着已经冲进城的大军。喊杀声和刀尖碰撞的声音不断响起，映衬着人们的惨叫声此起彼伏。

狄仁杰回头看了一眼齐灵芷，有询问之意。

齐灵芷一笑，内功传音道："大人放心，三个时辰足够您揭穿幕后真凶了，我白鸽门虽说是靠买卖信息生存的门派，却有很多足智多谋的高手，若是倾尽全力，阻止契丹大军五个时辰也不是问题！"

狄仁杰会心一笑，点了点头，又将目光望向城下。

过了一阵，喊杀声渐渐小了，几名身穿契丹将服的将领带着大批人马冲上城楼。苑无涯脸上的恐惧渐渐消去，取而代之的是得意，可当他看到契丹将领那张脸时，得意又变成了惊讶。

"怎么会是你？"苑无涯身体一晃，要不是齐灵芷及时将长剑缩了缩，锋利的天霜宝剑定会将其喉咙贯穿！

穿着契丹军服的梁艾军瞪了一眼苑无涯，大声喝道："我是魏州司马梁艾军，苑无涯临阵叛变，罪该万死，其他人受其蛊惑，若立刻缴械，可免罪！"

变故来得太快，以至于所有人都愣住了。叛变的将士纷纷望向被逼住的苑无涯，却得不到任何回应。苑无涯的死党见状，挥着刀冲了过来，准备救人。

梁艾军身边的将士立刻拦截，一番搏杀后，将其全部杀死。

大部分的兵士不愿意反叛，都是在被逼迫的情况下答应的，若是一味屠杀，就算杀光叛军，己方损失亦会很大。叛军看到梁艾军展示了实力，又放出承诺，这才将手中兵器扔掉，跪在地上磕头。

苑无涯的脸涨得通红，大骂道："你们这群胆小怕事的小人，一个梁艾军就令你们缴械投降了吗？魏州大营的将士们在他的淫威下生活了这么多年，现在终于有了机会可以翻身，你们居然要放弃，他现在还是朝廷的通缉犯，霍捕头，快将他擒拿归案！"

梁艾军反手一巴掌打在苑无涯的脸上，喝道："有度的管理叫严，无度的管理才叫淫威，你彻底错了！至于通缉犯，那是狄大人与我唱的一出戏而已！"

苑无涯被打的脸立刻肿胀起来，头盔也摔落在地，大口地吐着血。

梁艾军冲着狄仁杰拱手施礼，朗声说道："狄大人，敢于反抗的魏州大营叛乱将领与兵士已就地正法，其余叛乱之人已归顺，现魏州城在我控制之下，相州大营二十万兵马按照预定计划到达指定位置。"

狄仁杰摆了摆手，笑着说道："梁大人，行军打仗就拜托你了，不过幕后主使的阴谋却并非攻打魏州，而是另有其他。"

梁艾军点点头，脸上尽是信服的神色。

"说来话长，还是让我从头说起吧……"狄仁杰长叹一声。

第九十八章　幕后黑手的真面目

腐败是历代当权者最大的敌人，造成腐败的原因很多，美色诱惑是其中一种，亦是最好用的一种。一切诱惑的源头来自于"云康别院"，位于魏州城偏僻的角落，虽不起眼，却是真正的销魂窟！"云康别院"的真正主人是花魁向云瑶，她对于幕后黑手的作用很大，就是利用美色和金钱诱惑魏州当权的官员。

大部分官员被美色和金钱拉下水，做了一些肮脏的事。刺史独孤思庄却是例外，他并非不近美色，而是能够把持自我。

钱财、色诱不成，便采用威逼手段。幕后黑手对于瘟毒的控制炉火纯青，可以让瘟毒无声无息地侵入人体，又利用毒术令水蛭发生变异，大量的水蛭可以在转瞬间将人血吸干成干尸。他给独孤思庄下了瘟毒，并将瘟毒传染给独孤府上的所有人。

独孤思庄发现身中瘟毒，加上夫人、孩子等亦身中瘟毒，只好求助医馆的侯郎中，侯郎中却有名无实，对于这种变异的瘟毒毫无办法。

幕后黑手此时才跳出来，以全府上下的性命威胁独孤思庄。独孤思庄无奈之下只好任由其控制，每一个决定都是通过信鸽传信的方式得到，这也是他在位不谋其政的原因所在。

司马梁艾军脾气暴躁、性情耿直，屡次当面指责独孤思庄不作为。幕后黑手几乎不费吹灰之力便将其推到了独孤思庄的对立面。至此，虽然梁艾军手握兵马大权，却无法操控魏州大局。

幕后黑手很清楚梁艾军的为人，宁为玉碎不为瓦全，若利用瘟毒来威胁他，定不会起到任何作用。不过梁艾军对于官场上的明争暗斗并不在行。

幕后黑手通过控制刺史达到控制魏州的目的达成了，整个魏州成了棋盘上一步重要的棋。

契丹人作战勇猛，但缺少粮饷和军械。魏州土地肥沃，军械和粮饷充足，可以成为契丹大军南下的重要补给站。

总有事情会出乎意料，百年不遇的旱灾开始了，清水河几乎在短短的半月内便干涸，小刘庄河段发生巨变出现巨大的天坑！

幕后黑手前往小刘庄探查巨变情况，意外将未死的刘晓雅救出。当他看到逆流的地下河时，一个巨大的阴谋便在他的脑海中诞生了。

他制造出骇人听闻的变异瘟毒，用变异水蛭携带瘟毒进入地下河中，顺流而下来到洛水湖，引发了洛水流域的瘟疫暴发，民间为此还创造出嗜血水妖的传说。

若不是雷善明机缘巧合破了案，整个洛水流域怕是已沦为变异水蛭的天下。瘟疫发生后，徐莫愁及时出现，用水蓝的头发做引子，成功瓦解了罕世大灾。

这场瘟疫其实是幕后黑手所做的一个测试，他要证明地下河逆流的理论是正确的。当洛水流域发生瘟疫的消息传到幕后黑手处时，他知道宏伟计划完全可以实现。当然，对于徐莫愁破解瘟疫的事情他并没有放在心上，因为他制造出来的瘟毒随时可以变异，前一刻还有效的药方，转瞬即有可能会变得无效。

此时，他意识到利用瘟疫灭杀洛水流域的人并没有太大用处，武则天死了，还会有李氏族人站出来在长安称帝，契丹军队最终也会遭到唐朝大军的剿杀！只有将大周主力大军灭杀，令契丹成为统治者，才能达到他的目的。

因此，他酝酿了一个超级恶毒的计划——女魃之吻！

幕后黑手暗中与契丹首领联系，酝酿反叛的事情。契丹首领李尽忠早就对营州都督赵文翙不满，接到幕后黑手的信件后，找来妻弟孙万荣商量，两人一拍即合，着手准备谋反的事宜。

在此期间，刘晓雅生了一个孩子，虽然是刘大壮的孽缘，她却并未迁怒于孩子，娘儿俩被幕后黑手安排在一处民房中生活。她哪里知道，对于她，幕后黑手另有打算。

他首先教会她操控变异水蛭的方法，为了彻底控制她，还将她的孩子藏到秘密之处，以此要挟令其服从。

他还要制造大量瘟毒，变异水蛭虽然亦可以传播瘟毒，数量上却不足，不能在偌大的洛水流域形成区域性瘟疫，无法配合女魃之吻行动。于是他利用职权故意拖延发放赈灾粮，并暗中破坏多处水源，又暗中命独孤思庄下了一纸召集令，将魏州所辖范围内的青壮年征集到城中，形成苦工营地。

至此，原本已是举步维艰的魏州危在旦夕，官府无力解决粮食和水的问题，百姓们生计艰难，大批人在饥渴中死去。

他提出利用小刘庄天坑作为掩埋尸体之处，看似是为了避免瘟疫扩散，又解决了处理尸体大量消耗人力、物力的问题，实则是利用尸体制造瘟疫，通过地下河将瘟疫传播到整个洛水流域。

他又通过一些历法书籍计算出干旱结束的大约时间，最后需要的是等待和控制，等待那场结束干旱的暴雨，控制大周百万雄师东进的时间段，两者吻合后，大量的瘟毒便会顺水而下，将整个洛水流域化为死寂！

契丹叛军盘踞冀州按兵不动的原因是等待。他分析出皇帝武则天得到大周军队败落的消息定会暴怒，会命令拱卫西京长安的百万雄师东进剿灭叛军。一旦大军来到洛水流域，便会被瘟疫侵染，大周王朝会土崩瓦解，到那时，契丹大军再挥师南下，可以轻而易举地占领洛阳，成为天下之主！

梁艾军原本是契丹人血统，与李尽忠一直有书信来往。李尽忠酝酿谋反后，曾经给他写过数封书信，劝其帮助一起打天下，他不但拒绝，更是劝李尽忠放弃谋反的念头，可惜的是，这些书信却成了栽赃他的证据。

刺史独孤思庄并不愚钝，怀疑暗中控制他的人就在身边，便开始秘密调查，经过努力终于找到一些线索。

此时，李尽忠、孙万荣按照女魃之吻的战略计划获得东硖石谷大捷，随后又破了冀州，矛头直逼魏州城。武则天得知独孤思庄不作为，便派狄仁杰前往魏州接任。

独孤思庄知道消息并未惊慌，反而喜出望外，准备将所掌握的线索整理出来，告诉狄仁杰。

幕后黑手亦发现事情有些不妙，便威逼司库参军罗金柱和独孤思庄，令其利用职权之便将刚刚到位的赈灾银提走，并将军饷掉包，最终弄成银砖存放在"云康别院"中。为了栽赃陷害独孤思庄，还处心积虑地在刺史府后院做了一个秘密银库，将部分赈灾银存放其中。

为了保险起见，幕后黑手利用刘晓雅化身逃难的小叫花子，她用变异水蛭杀死独孤思庄，随后在狄仁杰到任时策划了活人祭祀事件，令她卧底于刺史府并杀死准备和盘托出的罗金柱。

狄仁杰之绝地旱魃

幕后黑手预料狄仁杰会派出高手探查，便秘密运送中了瘟毒且充满怨气的玄狐老人进入密室中，以期杀死前去探查的齐灵芷或是汪远洋等人。

　　刘晓雅虽然不情愿，碍于孩子被幕后黑手掌控只好顺从，利用姿色破坏汪远洋、肖清平、袁客师、齐灵芷等人的关系，最终令铁桶般的团队土崩瓦解。

　　在他的策划下，狄仁杰成了孤家寡人，没有了白鸽门的信息支援，没有了汪远洋的贴身保护，没有了袁客师的探查分析，他几乎是举步维艰。

　　梁艾军的军事才能和契丹人血统是幕后黑手看好的，为了控制脾气暴躁的梁艾军，他甚至冒着暴露身份的危险，潜入梁府将瘟毒打入梁家小儿子体内，用以威胁他。

　　可梁艾军宁为玉碎不为瓦全，并没有屈服，若非狄仁杰及时到场，小儿子怕是早已死亡。

　　幕后黑手一计不成另生一计，找人传出魏州大营苑无涯要造反的谣言。梁艾军得到消息后大惊，立刻召集心腹将领商议对策，却正中计谋。

　　当夜，幕后黑手暗中找到狄仁杰，并假传梁艾军密谋造反的消息。捕头霍兰山等人陪同狄仁杰前往抓捕，狄仁杰利用探案经验揭破了秘密聚会人的身份——梁艾军，又利用捕头霍兰山拿到梁艾军与契丹首领李尽忠的来往信件。

　　至此，梁艾军就算浑身是嘴也说不清楚，若不投靠契丹便只有死路一条。随后幕后黑手派人绑架了梁艾军，并藏在秘密地点，准备等破城之后再行劝说。

　　也许是天意帮助他，魏州地区又发生地震，令原本的地势大变，万人坑消失了，没有人能破解万人坑中的瘟毒，就算徐莫愁来了也不行。至此，女魃之吻计划变为必成之局！

　　到此时已是万事俱备，就等着大雨来临之际契丹大军攻城，坐拥魏州后以逸待劳，等东进的大周百万雄师丧命于变异瘟疫之下！

　　……

　　狄仁杰讲到这里长长地吁出一口气，深邃的目光望向温康骥，说道："温大人，收手吧，现在还来得及！"

　　温康骥一直沉着脸没说话，见所有人的目光集中到他身上，脸上露出苦笑，说道："狄大人，怎么扯到我身上了？"

　　狄仁杰呵呵一笑，说道："我讲了这些，相信在场的众位都能听得出来，你就是魏州事件真正的幕后黑手。"

温康骥摇了摇头，说道："狄大人，传言您是最会讲故事的官员，果然名不虚传。您的故事很精彩，却是诬妄之言。下官虽说能力差些，给您惹过乱子，却不至于这样诬陷我，再说，下官愚钝得很，哪有您说的那些惊天动地的大能力！"

狄仁杰摆了摆手，说道："你是我见过的最聪明的对手，不过，人没有完美的，就算设计一个再完美的局，还是会有破绽，你并非完人，破绽在所难免。"

温康骥正欲说话，狄仁杰又说道："你的第一个破绽就是戏演得太过了。"

温康骥默不作声，一脸平静地看着狄仁杰。

第九十九章　伪装

狄仁杰笑着说道:"你一直充当一名比较愚钝的长史角色,平时小错不断却从不贪腐,还能在我的教导下进步,随后又帮助我,提供赈灾粮被劫案和银两掉包案的线索和方向,令我破案,找回了粮食,找到银子下落。"

温康骥接过话:"狄大人,这都是下官应该做的,无可厚非,怎么莫名其妙地成了罪证?"

梁艾军露出疑惑神色,显然是对狄仁杰的话不理解。

狄仁杰摆了摆手,解释道:"其实你做下这些案子的目的很简单,就是利用它们来扰乱我的视线,令我分身乏术,无法查出真相。至于重新归我们掌控的赈灾粮和银两,不过是暂存在我们手中罢了,这也是你的计谋之一。一旦契丹大军破城,粮食和银子还不是手到擒来。"

梁艾军瞪大了双眼,问道:"隐藏得好深!"

狄仁杰点了点头说道:"温康骥又扮演了一名蔺相如式的好官,对于梁艾军的火爆脾气不但不追究,甚至在我的面前不断说他的好话。"

梁艾军红着脸问道:"狄大人,这……这有什么不对的地方吗?"

狄仁杰呵呵一笑,说道:"梁大人,你的脾气连我都无法忍受,能够忍住的,要么是真的怕你,要么是爱你,要么就是不将你放在眼里,温大人应该属于后者。"

梁艾军略加思索便点了点头,望向温康骥的眼神中带着一丝敬畏。

雨点稀稀落落地落在城楼上,久违的凉风吹过,带走人们心中的浮躁,带来一丝清凉。将士们沉重的盔甲蒙上一层水雾,最终汇集成水珠流淌下来。

兵器散发出寒光和杀气,却比不上狄仁杰充满肃杀之意的气势。

"我倒是愿意你真的做温康骥,好好地做一名长史,不是挺好吗?"狄仁杰语重心长地问道。

温康骥仿佛一块滚刀肉，只是冷冷地哼了一声，说道："狄大人，我敬重您，但不能容忍对我的诬陷。下官只知道契丹大军即将兵临城下，原本的通缉要犯梁艾军冒充契丹人占领城楼，不知耍什么鬼把戏。而您，作为一名刺史，不将其捉拿归案，却在这时指责我是幕后黑手！"

在官场上一向唯唯诺诺的温康骥居然破天荒地出言顶撞，这令在场所有人惊讶。

雨渐渐大了起来，雨点落在地面上溅起水花，发出"哗哗"的声音，城楼上安静极了，所有人都将目光关注到狄仁杰与温康骥身上，气氛凝重到可以化成雨滴，敲在人们的心坎上。

狄仁杰望了望小刘庄万人坑的方向，脸上出现的一丝担心转瞬即逝，表情坚定地说道："大家还记得那场刺杀行动吧，狂暴的强悍刺客和睿智的娇小刺客，他们几乎将本官和温康骥杀掉！"

众人皆惊，开始小声议论起来。那场惊险万分的刺杀众人皆知，却不知道此事与温康骥究竟有何干。难不成是他策划的行动？

狄仁杰待众人安静下来后，才说道："所有人都以为刺杀行动的策划者是梁艾军，又或是契丹首领李尽忠。其实都不是，真正的策划者是齐灵芷，娇小的刺客也是她，那名勇敢的将领的确是梁艾军的心腹。我暗中找到他，将对梁艾军和温康骥的怀疑讲述出来，他对梁艾军忠心耿耿，不肯相信梁艾军是幕后黑手，所以才愿意舍命配合刺杀行动来证明梁大人的清白。"

刺杀朝廷官员，按照大周律例乃是重罪，甚至会牵扯到家族，甘愿冒如此大的风险帮助梁艾军，亦只有死士才能做到。

梁艾军听到此处，脸上露出愧疚。当初他听到消息后万分惊讶，那名将领是他的铁杆心腹，做出刺杀刺史的举动，无疑令他陷入不义之地。他大发雷霆，若不是渐渐冷静下来，怕是会进行一次军营大清洗，将身边不信任的将领统统清除。

齐灵芷神色一黯，接着说道："当时他被瘟疫侵染得很严重，就算没有刺杀行动，亦必死无疑。"

众人的惊呼声再次响起，瘟疫这个词并不陌生，但那名将领并没有任何得了瘟疫的症状，所以悄无声息地入侵才是这场变异瘟疫真正可怕之处。

温康骥眼中飘出一丝意外，随即说道："狄大人，您是大理寺寺丞出身，对于大周律例比在场的任何人都清楚，那场刺杀是齐灵芷策划的，您应该将她捉拿归案问罪才是。"

温康骥的这种策略是官场上经常用到的，规避主要问题，将矛盾指向对手，与对手纠缠不清，最终达到逃避律法制裁的目的。

苑无涯已没有最初不可一世的气势，却立刻附和道："对对，将齐灵芷捉拿归案。"

齐灵芷杀气陡现，手中长剑一抖，剑身打在苑无涯的脸上，令他另外一边脸立刻肿了起来。苑无涯闷哼一声，强忍住疼痛，表情愤怒却不敢直视齐灵芷。

"温康骥不明所以，还以为是契丹李尽忠派人来刺杀我，便假意救我，可惜的是，齐灵芷的戏太逼真，最终将他逼得不得不释放出杀意来吓退刺客。可笑的是，他事后质问李尽忠等人，得到的却是一头雾水，因为他们并不知道此事！"狄仁杰笑着说道。

战争时期，敌我双方都会派卧底刺探对方情报，甚至可以提前数年或者是数十年卧底在对方阵营中，对于狄仁杰知晓李尽忠军营中的事，也算是见怪不怪，更何况，还有齐灵芷的白鸽门相助。

齐灵芷接着说道："我当然不会真的杀了狄大人，我出手时，却感到一股强悍的杀气临体，这股杀气只有李元芳、汪远洋这等顶级高手才会有，然而它竟然来自于身为文官的温大人！温大人是高手，看出我并未使出拿手功夫，对杀死我并无把握，这才利用杀气将我逼退。"

"计划还未进行到最后一步，所以温康骥还不想暴露身份。"狄仁杰说道。

齐灵芷呵呵一笑，说道："温大人还有一个最大的破绽，就是所擅长的毒功，毒功练到一定程度，连血液中都会带有毒性，你练毒功用的是瘟毒，血液中自然带着瘟毒。还记得我的长剑刺伤你的手臂吧，你的血液沾染了我的刀刃，那把刀最后被轿夫硬生生地夹在肋下夺走，本来他的伤并不重，却因为伤口直接染了瘟毒，最终身亡，所呈现的症状亦是瘟疫症状。霍捕头，我说得对吧？"

霍兰山铁青着脸，最终还是点了点头。

众人听罢大惊，立刻退后数步远离温康骥，生怕他会突然出手杀人或是被其身体上的瘟毒所侵。

"至于捕头霍兰山从梁府搜集到的书信证据，它们还在我手中，并没有被刺客偷走，我仔细研究，信纸是皇宫专用的纸张，这一点没有问题。当年契丹投靠大唐，唐王赐予契丹很多物品，其中一项便是皇宫专用纸张，因此李尽忠写信用的都是这种纸。但是这种纸易燃，几乎是沾火就着，梁府那场大火很多人都见过，根本没有可能留下这张残片。我反复确认，发现残片上的字迹的确是李尽忠本人的，那就只有一种可能，霍兰山给我的残片是伪造出来的，是幕后黑手找到李尽忠，让他写了一封信，再用火烧掉一部分。"狄仁杰说罢从袖袋中掏出一张纸片，正是霍兰山从火场中冒死得到的信件残片。

梁艾军两只眼睛瞪得像铜铃般，问道："这……下官真的有些不明白了。"

狄仁杰一笑："烧掉的那部分内容不重要，重要的是残留下的内容。温康骧知道我推理分析的能力，通过部分内容分析出整张信的内容并非难事，这样一来，梁艾军通敌的罪名就算落下了，最终只有一条路可走，那就是投靠李尽忠，为其所用。我假借刺杀行动丢失纸片，实际上是做了缓兵之计。"

霍兰山听罢，脸色一变，脚步不由自主地向后移了半步。周围的众将领立刻将长刀抽出并对准他。

狄仁杰捋着胡子，露出惋惜的神色："霍捕头，你和小露一样，应该不知道温康骧的身份，但我不知道你是怎么入了他的局。"

霍兰山倔强地抿着嘴，并不答话。

狄仁杰点点头，说道："你心中一定是不服气，好吧，我就讲讲你的破绽。当初齐灵芷安排刺杀时，你最初喊了一句'契丹的乱臣贼子，竟然胆敢刺杀朝廷命官'，当时天色已晚，几乎不能视人，你怎能凭借着两人的刺杀行为就认定刺客是契丹人？"

梁艾军亦不明所以，投来询问目光。

"是你误以为刺客是幕后黑手安排的，幕后黑手最终是为了契丹叛军入侵，所以才认为刺客是契丹人。此时，我已确定你与幕后黑手有瓜葛。袁客师也怀疑你，所以便设了一个局中局，任凭你领着进入'云康别院'。他每天的花费达几十两银子，你一个小小的捕头，若没人支持你，怎么能拿得出那么多的银子？"狄仁杰说道。

不等霍兰山答话，狄仁杰又说道："你还拿了独孤思庄给罗金柱的信当做证据，这一点最为可笑。独孤思庄若有事情让罗金柱去办，直接告诉他就得了，何必再用写信这种麻烦的手段，还会留下证据！"

霍兰山叹了一口气，整个人像是泄了气的气球："自古英雄难过美人关，我做这些事情，还不是为了向云瑶？不但是我，魏州所属官员哪个不迷恋她，甘愿为她做事？比如说眼前的大将军苑无涯吧，敢于谋反定是出于她的原因！"

城楼上没有议论声，更多的是唏嘘。向云瑶是魏州城的一个神话，男人爱慕、女人嫉恨，"云康别院"中所有的女人无一不是极品，凡是有权有势的男人，哪个不知"云康别院"？

苑无涯瞪起眼睛正欲反驳，却看到齐灵芷眼中的寒光，便只是嘟囔了一声。齐灵芷神情变化自然是为了袁客师，袁客师在"云康别院"混了月余，谁知道究竟做了什么事情。

在一旁默不作声的温康骥冷笑一声："狄大人，我不懂您说的这些和我有什么关系。我会武功很正常，但作为一名文官，并不想让人知道我习武的事，这能说得过去吧？"

狄仁杰点了点头，捋着胡子笑道："还在嘴硬！你的破绽虽大，但不在于你本身，而在于你的合作伙伴们，霍兰山只是其中之一而已。"

人的能力再强，亦无法一个人完成一件事，世间每件事都需要多人配合才能完成。比如一道菜，需要农民将菜种好，送到酒馆，由打杂的洗好切好，厨师将其做成菜，再由店小二端上客人的桌，才算完成一道菜的售卖。

再强的人也需要帮手！

第一〇〇章　帮凶

众人用怀疑的目光相互打量着，没人知道温康骥的帮手有多少，更没人知道帮手究竟是谁！

狄仁杰脸色一冷，说道："刺史独孤思庄、司库参军罗金柱、捕头霍兰山、少女小露、医馆的侯郎中、'云康别院'的花魁向云瑶，这些人都是你的帮手，除了向云瑶外，其余人到现在都不知道你是谁！"

众人听到名字后，有的惊讶，有的愧疚，有的恐惧。惊讶是因为小露，这样一名娇媚的少女却成了帮凶；愧疚是因为向云瑶，魏州的大部分军政官员、将领拜倒在向云瑶的石榴裙下，做了一些情非得已的事情；恐惧是因为侯郎中，大名鼎鼎的瘟疫克星侯郎中居然也是帮凶！

"先说说侯郎中吧，关于他是帮凶，这一点所有人都没想到，一名悬壶济世的郎中，为什么会投靠阴谋家，做出这等祸国殃民的事情？"狄仁杰有些惋惜。

对于侯郎中，魏州城没人不熟悉，因为有了瘟疫，使得原本并不出名的他备受爱戴，名声达到巅峰。要说这样一个人是幕后黑手的帮凶，定会将众人的下巴惊掉！

果然，众人嘘声一片，一双双带着惊恐的眼睛相互望着，却不知说什么好。

"来人，将侯郎中带上来吧！"狄仁杰脸色阴沉。

郎中是悬壶济世的人，若心术不正，便会成为最大的祸害，这一点他怎能不知？郎中侯志勇被两人押着来到城楼上，他身后跟着一位仙风道骨的清瘦老人。温康骥看到老人后脸色一变，汗水从额头挤出来，顺着脸颊向下滚落。

"温大人，这位应该不需要我来介绍吧？"狄仁杰笑着说道。

温康骥苦笑一声："狄大人，虽说我是地方官员，御医徐莫愁的大名还是知道的。"

狄仁杰走到侯志勇面前，冷冷地哼了一声："侯郎中本是一名好郎中，可惜被名利二字蒙蔽双眼，被人利用，成为棋子，可悲，可悲！"

侯志勇低垂着头，脸红得像一张红布，他本性不坏，却因为喜好名利的弱点被人利用，导致今天的下场，知道真相的他后悔万分，若是早些悔悟，也许会有一个不同的结局。

温康骧望向狄仁杰的眼睛带着一丝挑战，看来并不相信侯郎中会波及他。

狄仁杰会意地点点头，说道："侯郎中的第一个破绽出现在我感染瘟疫后，当时我对他提供的药方略加调整，但克制瘟毒的无名小草药性太强，几乎令我处于濒死状态，若侯郎中懂得治疗瘟疫的医理，便不会束手无策，此是其一。"

侯郎中嘴唇动了动，欲言又止。

狄仁杰接着说道："这场瘟疫最大的厉害之处在于它可以变异，治疗的药方需要不断调整，可侯郎中的药方只有两个，一个是最初的药方，另一个是在女魃庙突然领悟来的，两个药方截然不同。但侯郎中所谓的调整并非真的调整药方，只是在其中加了几位补气的中性药材而已。治疗瘟疫的方子都是经过千百次测试才能奏效，哪能以一个不变的方子克制万变的瘟毒？"说到这里，他将目光望向徐莫愁。

徐莫愁走到侯郎中身前，狠狠地瞪了他一眼，学着狄仁杰的模样捋着胡子说道："狄大人所言极是，大灾后大疫是常理，魏州最初的瘟疫是自然发生。但后来的瘟疫出自人为，有人用高明手段改变了瘟疫，令其变得更具毒性和隐蔽性，至于侯郎中配制出的解药，表面看起来是解药，实则是为了配合瘟毒的隐蔽性，将毒性压制在体内，令其潜伏变成瘟毒种子，随时可以引发。"

若没有对症的药物和强悍的体魄，瘟疫在这个时代等同于死亡。

徐莫愁的声音传出很远，令听到的人们大吃一惊。

"制造变异瘟毒的人是个奇才，引发瘟疫发作的引子无处不在，它就是苍蝇！"徐莫愁指了指落在城墙上苍蝇说道。

一名副将反应很快，立刻挥起长刀砍在城墙上，冒出一串火花儿，发出刺耳的摩擦声音，最终也不知道苍蝇是飞走了还是被长刀斩成两截。

人们将目光纷纷转向空中，挥舞着手中的武器驱赶着苍蝇。

徐莫愁一笑，轻松说道："当然，并非苍蝇落到身上就会引发瘟疫暴发，引发瘟毒是需要特定环境的，只有下起大雨，才会令苍蝇体内的引子发作，引发瘟毒，又或者由施术者直接引发瘟毒种子亦可！哈哈，不过大家莫要惊慌，因为所有人体内的瘟毒都解了。"

人们大吃一惊，原本看雨点有些兴奋的神色立刻转变成恐惧，听了徐莫愁的话，又变得将信将疑，却渐渐安静下来，是出于对徐莫愁大名的信任，更是对狄仁杰的信任。

"瘟毒虽难，却还难不倒我徐莫愁。我在你们的饮水中加了解药，只要喝了水，体内的瘟毒种子便会被清除，苍蝇身上的只是引子，体内没有瘟毒，引子便起不到任何作用！"徐莫愁的话说得掷地有声，听起来信服感很强。

人们愣了一下，很多人不自觉地将携带的水囊拿出来喝了几口水。

对于以往波澜不惊的魏州，还不知道有多少稀罕事要发生。在经历了数次的惊讶后，人们开始平静下来拭目以待。

温康骥的脸上变得平静下来，露出了难以捉摸的神色。

"狄大人，就算是侯郎中解瘟疫的本领是假的，这与我有何关系?"温康骥质问道。

狄仁杰呵呵一笑："我断定侯郎中不知如何破解变异瘟疫，却由于某种原因知晓了解瘟疫的方子，我就在想，究竟是谁指点了他?"

梁艾军拍了下脑门，大声说道："那肯定是制造瘟毒的人了！"说罢便将愤怒的目光投向温康骥，他的性情耿直，喜怒全部体现在脸上。

狄仁杰点了点头，继续说道："是的。还记得在女魃祭祀庙侯郎中要用火烧死所有人的事吧?"

温康骥抿着嘴默不作声，脸色却变得铁青。

"侯郎中虽然对解除瘟疫并不是很在行，却还是精通医道的，同时他还有一丝良知。他发现所掌握的配方无法控制瘟疫，便下了必死的决心。当时我已怀疑温康骥，便将计就计，假意烧毁女魃祭祀庙来试探。可惜呀，温康骥害怕我真的点火，便利用传音术将配方告诉侯郎中。侯郎中应该也怀疑过，却被众人的感恩戴德蒙蔽了双眼，沉浸在喜悦中，绝口不提声音的来源。不过对于解除瘟疫并不擅长的侯郎中，没发现解药并不是解药的秘密，直到徐莫愁来了，才告诉我这个秘密！"狄仁杰说道。

齐灵芷接着说道："侯郎中以为听到了女魃的提示，因为那声音是女人的声音，这一点他亦感到奇怪！温大人不会否认会传音术之类的功夫，因为传音术在江湖上很常见，内力达到一定程度的高手都可以做到。但能够令传出去的声音发生改变的人却不多。变音术这类功夫极其难练，若没有法门，凭借自身能力很难练成。恰好玄狐老人会这门功夫，并传授给他最得意的女弟子云瑶。"

温康骥一笑，说道："我哪里知道谁是玄狐老人，谁又是他的宝贝徒弟云瑶。"

齐灵芷摇了摇头表示无奈，调侃道："温大人装傻的能力真是高人一筹，都到这个时候了，还能淡定地说谎，不如加入我白鸽门，给你个堂主当。"

听到白鸽门这三个字时，温康骥脸色一变。

"温大人虽然做事隐蔽，却还是逃不过白鸽门的监视。您数次易装易容戴着面具进入'云康别院'中与云瑶相会，能瞒得了天下人吗？"齐灵芷表示出不屑。

温康骥欲张口说话，却被狄仁杰抢先说道："我知道你一定会说，这算不上证据，只是妄言而已。"

温康骥一笑，点了点头，背手而立。

狄仁杰说道："再说说小露吧。她虽是帮凶，却是名可怜的女子，甚至到了这时，依然不知道指使她的幕后黑手究竟是谁！小露的真实身份就是小刘庄的刘晓雅，当年她落入万人坑中却侥幸未死，被温康骥救上来。令人想不到的是，小露怀了刘大壮的孩子。这令他原本要利用小露的计划改变。他利用了她的孩子要挟，教她利用变异水蛭杀人的手法，杀害了独孤思庄和罗金柱，以及谋害了发现线索的库丁张耙子等，甚至还要谋害我！"

齐灵芷接着说道："当时我就怀疑张耙子并非是真的生病，却怎么也想不到是小露做的手脚。"

狄仁杰点了点头，说道："张耙子是库丁，银两出入库自然都无法瞒过他。开始时，温康骥并未感到他的威胁。可当小露与张耙子在银库中时，听到他说起银两并非是独孤大人提走的，而是另有其人。小露便起了杀心，准备利用变异水蛭杀死张耙子。可惜的是，变异水蛭不容易携带，小露每次只随身携带一只而已，她便用这只水蛭害了张耙子，很可惜，张耙子命大，落得个中风，却并未死去。"说到这里，他拍了拍手，高声喊道："请张耙子上来！"

随着拖沓的脚步声，一个颤颤巍巍的身影慢慢地出现在城楼上。

"狄大人，其实我并未发现线索，只是凭着感觉说一说罢了，没想到……小露这女子竟然……"张耙子说到这里一脸气愤，显然是被一名弱女子害了后恼羞成怒!

"说说府库提取银两的事情。"狄仁杰说道。

张耙子喘了几口气,平静下来才说道:"当时独孤大人与罗大人一同前来府库提取银子,可我见那些干活的壮丁有契丹人的特征,便留了心,仔细观察,正要和独孤大人禀报,却发现他也有问题。以往独孤大人提取银两签字时有个特点,就是喜欢用他自己随身带的毛笔,绝不肯用府库准备的毛笔,但他居然向府库要了毛笔签字,我便怀疑独孤大人有假!"

温康骥笑了,由微笑变成朗声大笑,声音中夹杂着强悍的内劲,震得附近的人耳膜生疼。

"好一个狄仁杰,竟然能从细枝末节上找出这么多的破绽来,不错,不错!还有什么破绽,你继续说!"温康骥不再演戏,将傲视天下的气势释放出来,若非知道他是幕后黑手,还以为是尊贵的皇帝降临!

第一〇一章　必成之局

狄仁杰明白温康骥是在拖延时间，等到清水河暴涨后，女魃之吻计划就变得无懈可击了。可他何尝不是在拖延时间，他在盼着钟嘉盛成功的消息传来！

"当我接手独孤思庄和罗金柱离奇死亡两件案子后，隐约觉得两人的死绝非是贪污银两那么简单。你们想想，独孤思庄和罗金柱并非痴傻之人，贪污部分银两也就罢了，怎么可能将全部的赈灾银和军饷全部据为己有？而且独孤刺史与我交接在即，只要到了银库清点，一切便会水落石出。这种损害国家但绝不利己的事情你们会做吗？所以，贪污案摆明了是被栽赃陷害。"狄仁杰将目光看向随从的官员们。

魏州官场早已腐化严重，官吏十有九贪，被狄仁杰凌厉目光一看，在场官员纷纷低下头。

"因为我来到魏州接任刺史，凶手预感一旦我与独孤大人交接，很多线索就会落到我手中，迫不得已之下，只好杀了独孤大人，至于罗金柱，亦是同理。"狄仁杰说道。

温康骥摇了摇头，显然是心中并不服气。

"独孤思庄与罗金柱被害的手法一致，还有十五名探马和三百名押运的铁甲精兵。我始终看不破这种杀人手法，直到雷善明讲述了他的经历后，我才知道凶手是利用变异水蛭将人血吸干，并假借女魃杀人之名转移视线。"狄仁杰说到这里便将目光望向一身契丹将领打扮的梁艾军。

梁艾军清了清嗓子，说道："这女子居然如此可怕，与表面完全不相符合。"

温康骥面色一凛，显然是被狄仁杰说中了作案手法而震惊。

狄仁杰一笑，说道："小露可疑之处很多，首先是她和袁客师的事情。袁客师曾经和我说过，小露故意和他私下接触，目的正是离间齐灵芷与袁客师的关系，此是其一。"

齐灵芷的脸上表情古怪，显然是琢磨着袁客师是否真的出轨。

"还记得我初次去万人坑探查吧，一名穷苦而柔弱的女子竟然会骑马，这一点也令人匪夷所思。刘龅牙家的下人说小露是生过孩子的妇女，这一点我也问过刺史府其他的妇女，她们的答案几乎一致。而祭祀用的少女必须是未经过人事的，两点便有了冲突，显然她作为祭祀品是有人刻意安排，此是其二。"狄仁杰接着说道。

温康骥皱了皱眉头，却没有说话。

狄仁杰继续说道："罗金柱被害时，客房附近只有小露在，下人与衙役等在刺史府劳作多年，唯独小露是一个变数，此乃其三。"

"算不得真凭实据，都是妄断推测罢了。"温康骥笑道。

"温大人别急，你让小露出现在我身边并非只是为了卧底杀死我这么简单，在最关键时刻，还能起到意想不到的作用，比如今天！你知道我一定会怀疑小露的身份，并对此调查，便找了一个与小露孩子差不多的女孩儿，让汪远洋得手，同时让小露假意弃暗投明，实则是再次卧底在我身边，伺机杀死我或者是破坏我的计划。"狄仁杰说道。

梁艾军倒吸一口凉气，心道："世界上居然有人能弄出这么复杂的一个阴谋，局中有局、计中有计！"

狄仁杰摇摇头，冷笑一声说道："可惜的是，汪远洋在'云康别院'找到了真正小露孩子的遗骸。我又让独孤夫人暗中观察小露，经过多次确认后，可以敲定小露就是之前出现在独孤家的小叫花子！至此，杀害独孤思庄、罗金柱的凶手便水落石出。"

温康骥点了点头，说道："果然是只老狐狸，但小露也不是最后的手段，若她不成，还有人会帮助我破坏你的计划，此时的钟嘉盛等人应该葬身万人坑底了！"

"好吧，咱们拭目以待。不过有很多事我不明白，你能说说你的故事吗？"狄仁杰问道。

温康骥叹了一口气，将目光望向小刘庄的方向，沉默了一阵后，才缓缓讲述起来。

……

契丹归顺唐朝后，族人的生活并没有太大的改善。虽然朝廷的政策很好，但落到具体执行的地方州官，往往得不到真正的落实。

无论是在土地的分配、经商课税还是在科举上，契丹人往往会受到歧视，契丹与汉族混居的城市，汉族人会排挤契丹人，称之为下等人。

一名特别有天分的契丹小孩儿为了能够参加科举，被寄养在一个汉族家庭，从小便受到各种歧视和不公待遇。为了叙事方便，暂且称呼他为契丹人甲。

契丹人甲为了能够出人头地便忍气吞声，在此期间，他不但学习了文化，更是忍辱负重，偷学武艺，成为一名高手。有了本领，他立志要改善族人的社会地位，要让族人过上好生活。

可他明白，契丹部落与大唐的矛盾根源很深，若非大能者，很难调和。他预料契丹与大唐之间早晚会有一战，若不懂武功，便不能为族人效力。

契丹人甲在科举中高中状元，却因为身份卑微，最终未被重用，反而被派到偏远地区任小吏，对于一名状元而言，下场的确惨了些。到任后，他不但受到汉人官吏的排挤，甚至连衙役等也瞧不起他，令他的一腔报国热忱灰飞烟灭。

一年后，契丹人甲不辞而别，独自一人闯荡江湖。游历江湖时，他遇到了一名叫向百灵的女孩儿。

向百灵下山购买生活所需，她相貌出众、气质极佳，一下山便被心怀鬼胎的江湖人物盯梢，双方一言不合便打了起来。她武功虽高，江湖经验却少得可怜，被对手用迷魂粉弄得几乎失去战斗力。

关键时刻，契丹人甲仗义出手，凭借着一身蛮力与对手恶斗，最终将对手赶跑。

救命之恩当涌泉相报，向百灵欲给契丹人甲银两，却遭到拒绝。他讲述了他的经历以及远大志向，令向百灵另眼相看。

向百灵从契丹人甲处了解了外面世界的精彩，契丹人甲亦从向百灵处学到更多高明的功夫，他们亦因为志同道合而彼此爱慕，成为一对恋人。

一天，向百灵带着心爱的契丹人甲来到师门重地，他趁着她不注意，偷了一本关于毒术的武功秘籍。这是一本利用瘟毒练武功的秘籍，在正派武林人士眼中属邪门武功，本应被销毁，可是玄狐老人不忍心，便私藏下来。

由于天资聪慧加上刻苦，契丹人甲很快便毒功大成，学会了一身高明的本领。有了资本，他原本沉寂的心再次躁动起来，对于人生有了一个新的目标，发誓不但要改善族人的生活和地位，更要做人上人。

此时，向百灵艺成下山，与契丹人甲来到魏州。

爱情的力量是伟大的，它可以令恋爱中的人做一切事情。向百灵化名向云瑶，利用武功吞并了一家青楼，开始为契丹人甲谋事。

契丹人甲最初的计划很简单，就是将所有的官员拉下水为其所用，这样一来，有利于契丹人的政策都会得到落实，更多的契丹人有饭吃、有房子住，在买卖上会受到公正的税收，在科举上会受到公正的对待……

而令他失望的是，朝廷官员并不作为，拜倒在向百灵的石榴裙下和为契丹族人争取利益完全是两回事。他意识到原本的想法和格局都是行不通的，必须要通过推翻唐朝对其统治才能实现族人的利益。

契丹人甲改变了计划，开始预谋反叛！

他们的首要目标是刺史独孤思庄，通过控制刺史来控制魏州，成为契丹挥军南下的粮仓。令人意想不到的是，独孤思庄虽然在治理地方上建树不大，却是名好男人，对于其他官员和商人的邀请一概不应，莫说是去"云康别院"，就算是去酒楼也是不肯。

但魏州的大部分官员还是俗人，在向云瑶刻意拉拢下纷纷下水，拜倒在其石榴裙下，尤其以长史温康骥为甚。

此时的契丹人甲在温康骥身上看到了希望。

在一次温康骥被灌醉后，蓄谋已久的契丹人甲将其杀死，并在向云瑶的帮助下易容成他的模样。

契丹人甲担心温康骥的家人会从细节上看出破绽，用变异水蛭将温府上下六十三人全部杀死，成为轰动一时的灭门惨案。而"温康骥"本人却因为去青楼饮酒作乐逃过一劫。至此，契丹人摇身一变，成为地方封疆大吏——长史温康骥。

"我就是契丹人甲，不过我顶替温康骥的事想必狄大人没推理出来吧？"温康骥说话间嘴角上扬，带着挑衅的表情。

狄仁杰笑着摇摇头，说道："你原本的经历我并不知道，但是你冒充温康骥这件事我却知道。温康骥自打中举以来，一直在魏州地区任职，从未离开，一名手无缚鸡之力的书生，哪有时间去学高明的功夫。当刺杀行动确认你有不输于齐灵芷的功夫时，我便断定你假冒了温康骥。"

梁艾军脸上露出惊讶的表情，看着温康骥讥讽道："'温大人'好谋略呀！"

狄仁杰一笑，说道："'温康骥'只是他其中一个身份而已，他还是十二地支成员之一瘟鸡，我说得没错吧?"

梁艾军惊讶地看着"温康骥"，问道:"狄大人，我感觉他有问题，却不知道还有这样一重身份，江湖传言，十二地支成员个个都是顶尖人才，看来却非虚言!"

狄仁杰呵呵一笑，抒着胡子说道:"十二地支成员当然不简单，大将军苑无涯不过是他的一颗棋子罢了，甚至连李尽忠、孙万荣等人，都是他手上的一颗棋子。"

此话一出，众人皆惊，苑无涯瞪大眼睛，脸上写满了不服气。

"温康骥"点了点头:"白鸽门，还有内卫，他们的作用果然不可小觑。"

"就算没有白鸽门和内卫提供消息，我依然能知道你是假冒的。还记得我让你写给朝廷的塘报吧，你用的是右手。而我翻看你曾经写过的一些文章，却发现纸张上无意滴落的墨迹却是从左向右的方向，这说明温康骥是个左撇子。熟悉温康骥的人都被你杀死，可他留下的文章出卖了你!"狄仁杰说道。

"温康骥"笑着鼓掌，说道:"狄仁杰果然厉害，能够将如此细致之处也分析得如此透彻。看来我如何成为十二地支成员的事，你也了如指掌了。"

狄仁杰呵呵一笑:"十二地支十分神秘，白鸽门和内卫亦无法查出他们的来历，我不是神仙，更不知道十二地支的来历。"。

齐灵芷冷冷地哼了一声:"我倒想知道汪远洋师父玄狐老人是怎么落在你手中的。"

"温康骥"下颌微微扬起，脸上露出不屑之意，说道:"那个老家伙，居然闲着没事下山来找他的徒弟向百灵，我怎么能让他得逞，于是便在半路暗算了他。玄狐老人虽然武功高强，却因为寻找爱徒疏于防范，竟被我用毒功偷袭得手，哈哈哈……"

狄仁杰呵呵一笑，说道:"'温康骥'，你煞费苦心酝酿了女魃之吻计划，还针对我下了一番苦功，不想知道我是如何对应的吗?"

"温康骥"耸了耸肩。

狄仁杰刚想说话，就见一条紫色身影从城墙下飞蹿而上，来到"温康骥"身边，看到一身契丹人打扮的梁艾军和被齐灵芷制住的苑无涯，她眉头一皱，向"温康骥"投去询问的眼神。

"温康骥"没有说话，只是缓缓地将她的手拉住，笑呵呵地看着狄仁杰。

"嗖"，两条青色身影飞上城墙，来到狄仁杰面前，拱手施礼后站在他身后。

两人正是追向云瑶而来的汪远洋和袁客师二人。

袁客师见到齐灵芷后，立刻上前，眼中流露出歉意。齐灵芷看到袁客师后一脸寒霜，但看他满脸胡须、眼神中尽是沧桑后，神情又缓和下来。

汪远洋则是在狄仁杰的身边耳语几句，狄仁杰微微点点头。

"温康骥"脸色凝重，说道："人到得差不多了，狄仁杰，你说说吧，我倒是要看看你有什么计划！"

狄仁杰呵呵一笑，说道："当我知道小露有问题后，我便与汪远洋、齐灵芷和肖清平三人商量对策，因为小露针对的是袁客师，所以这件事便没让他参与。袁客师绝顶聪明，当然不会看不透此事，他与我心照不宣，闹僵后自行离去。我分析幕后黑手定会先搞垮我身边人，让我变成瞎子、聋子，所以我便将计就计，让汪远洋假意与我闹僵，离开刺史府。同时肖清平和齐灵芷也由于袁客师和汪远洋的原因相继离去。汪远洋前往'云康别院'的原因有二，一是探查小露的身份和背景，二是监督袁客师。"

袁客师摸了摸脸上的胡子接着说道："而我的目的是为了查找府库六百万两赈灾银和军饷，到了'云康别院'后，我就怀疑新铺的地砖有问题，便与汪大哥商量如何试探，便有了我俩在房间中打斗的事情。"

"此时的我隐藏在暗中，利用白鸽门的资源不断查找幕后黑手的线索，还有保护失踪的司马梁艾军，在得到大人的指令后，带着梁司马前往附近的相州搬救兵。"齐灵芷说道。

"温康骥"笑着点点头，说道："狄仁杰果然不一般，我应该一见到你就杀掉你，免得你弄这么多意外出来。"

狄仁杰笑笑说道："随着雷善明和徐莫愁的归来，我终于洞悉你的最终目的——女魅之吻计划的恶毒之处，更是通过内卫和白鸽门打探到苑无涯要在契丹攻城时造反，里应外合夺取魏州。于是我便屡次提到推演天机来迷惑你，并故意将天降暴雨的时间说得拖后，同时齐灵芷命白鸽门的弟兄利用情报的时间差拖延契丹叛军出发的时间。"

梁艾军也按捺不住内心的激动，接着说道："我带着相州大营的军队，换上契丹军队的衣服和旗帜，按照狄大人的指令进攻魏州城，引诱苑无涯反叛。"

"温康骥"恶狠狠地瞪了一眼苑无涯，骂道："你这个蠢货，无端走漏消息，才导致你的失败！"

苑无涯看了看美若仙子的向云瑶，苦笑一声说道："我有什么办法，反叛这种事又不是我一个人能做的，他们要说，我也拦不住!"

"肖清平利用这段时间去了你的老家，找到了你的亲生父母，他们也希望你放下屠刀!"汪远洋甩出一张纸，内力灌注之下，纸张飞旋着射向"温康骥"。

"温康骥"哼了一声，凭空一掌将纸张击得粉碎，冷冷地说道："女魃之吻计划已经展开，无论是谁，都不能阻止我! 狄仁杰，你做了这么多事情，还是不能阻止女魃之吻计划，你败了!"他说到这里，指了指天空飘落的大雨和城外已经奔流的清水河。

第一○二章　大结局

话音未落，只听得小刘庄万人坑方向突然冒起一阵巨大的火光，片刻后，轰隆隆的爆炸声才传来。

"你们做了什么?""温康骥"不敢相信自己的眼睛。

轰隆隆的声音持续了很久，原本有裂痕的城墙随着声音颤抖着，过了好久才静止下来。

大雨倾盆而下，豆大的雨点不断地敲击在城墙上，发出巨大的响声，风也随即而来，将干枯的大树吹得东倒西歪。

"想不到吧'温康骥'，你所有的阴谋都失败了，我劝你还是束手就擒的好!"袁客师大声喝道。

盗神钟嘉盛终于开口:"是小露，她引爆了地下火漆，瓦解了你的女魃之吻计划!"

"温康骥"爆出一阵大笑，震得周围的人耳膜生疼。

"算你狠，狄仁杰，没有李元芳在，你们这群人能留得住我吗?""温康骥"狂笑道。

汪远洋将子母刀拿在手，准备上前，却见向云瑶手持蝉翼双刀，拦住了他。

"不管怎样，就算天下人都负了他，我也不会，师兄，先过我这关!"向云瑶说话间语气坚定。

两人正要动手，却听见不远处传来轰轰的声音。

"报! 契丹叛军距离魏州城不足三里!"探马来不及上城墙，索性在城下大喊着。

狄仁杰面色一沉，下令道:"梁艾军听令，立刻率众迎敌，务必将敌军挡在城外。"

梁艾军挥了挥手，带着人向城门走去。

"契丹大军一到，你们照样完蛋！""温康骥"大吼着，身形一晃冲向梁艾军，此时他也顾不得留住梁艾军这个人才。契丹大军攻城在即，多一个梁艾军就少一分胜算。

"温康骥"轻功超绝，使用的居然也是倒乱七星步，他脚下步伐连动，众将士出手阻拦，却连他的影子都没碰到，眼见他来到梁艾军身后，一把抓向他的脖颈。

齐灵芷身形一纵，脚尖踩在苑无涯头顶，微微一用力，他便晕了过去，借着踩踏之力，使出移形换影的功夫，手中天霜宝剑一抖，一记"暗香浮动月黄昏"由心而发。

"温康骥"只觉得一缕冷香掠过，齐灵芷已悄然间飘至他身后，剑心直指他的后心，剑芒吞吐，剑气飞射而出。

"温康骥"暗叫可惜，却只能回身格挡。

齐灵芷眼见剑气刺中了"温康骥"的手掌，却不能继续深入，便知道他手上定是带了西域的蚕丝手套，趁着招式未老，她身体轻轻一扭，一式"攒花染出几霜痕"舞出无数幻影，幻影中每人手持一剑，刺向"温康骥"。

"温康骥"只觉得阵阵幽香四面袭来，却不知该如何闪躲，只得将掌法发挥至极限，格挡长剑。

齐灵芷两招便逼得"温康骥"落入下风，此功劳源于玄狐老人。玄狐老人临死前将大部功力传给齐灵芷，令她功力大长，回风雪舞剑法威力倍增，就算玄狐老人再世，亦可以一拼，"温康骥"虽然厉害，却怎比得过玄狐老人？

"噗噗"，"温康骥"的掌法终于抵不过轻灵见长的回风雪舞剑法，左臂和腹部连续中了两剑，鲜血立刻崩现出来，他闷哼一声，手上招式一变，施出一招将齐灵芷逼退，他借机点住穴道封闭血脉。

齐灵芷已完全占据上风，哪肯轻易让步，化解对方的招式后，再次蹲身而上，一上手便施出回风雪舞剑法的绝学"漫天飞雪"，一剑七式，只见天霜宝剑化作寒星点点射向"温康骥"。

"温康骥"眼见没法躲开，只得硬着头皮施展掌法格挡，哪知齐灵芷这一招令他眼花缭乱，眼见着就要丧命于齐灵芷剑下，却听得一阵金属碰撞的声音发出。

向云瑶竟然不顾汪远洋的攻击，持蝉翼双刀硬生生地将齐灵芷的剑法化解。汪远洋收势不住，子母刀刺进向云瑶的后背。

"师妹！"汪远洋收回子母刀喊着。

齐灵芷一剑刺进向云瑶的胸前，拔出长剑后，一股鲜血从向云瑶的胸前喷射而出。

"云瑶！""温康骥"大叫着一把抱住向云瑶，恶狠狠地看了汪远洋与齐灵芷一眼，却不再动手，瘫坐在地上抚摸着向云瑶的脸。

"收手吧，我们败了。"向云瑶握着"温康骥"的手，一滴眼泪从眼角流下。

"温康骥"没有答话，只是仰天长啸。向云瑶伸出手抓住"温康骥"的裤腿，艰难地说道："别打了，带我走。"

"温康骥"抹了抹脸上的泪痕，狠狠地点了点头，一掌罩在她的天灵盖上。向云瑶笑了，知道"温康骥"不愿她多受罪，要送她一程，她轻轻地抓着他的衣角，仿佛回到年轻时。

向云瑶刚刚离开师门下山，她拽着他的衣角，乖得像一只小兔子跟在他的身后，他不时地回过头，抛出一个甜蜜至极的眼神……

齐灵芷正欲上前，却被狄仁杰拦住。

向云瑶闭上双眼，胸口不再起伏，绝世容颜在一身紫衣映衬下亦变得苍白。

"你们都得死！""温康骥"双眼突然变成绿色，身上发出无可匹敌的气势，放下向云瑶，他身体微微一晃，便站起身，手上的蚕丝手套脱落，露出一双墨绿色的手。

"不好，他要自爆！"齐灵芷大叫一声，回身护住狄仁杰。

汪远洋刚要动手，却见一条身影扑向"温康骥"，冲势不止，两人竟然一同坠落城墙。

"霍兰山！"狄仁杰看得清楚，关键时刻，是霍兰山舍命将"温康骥"抱着推下城墙。

"噗噗噗"，"温康骥"身体发出几声闷响，随即绿色的烟雾从身上冒出，但风大雨大，绿色烟雾未等上飘，便随着雨水流走。

霍兰山身体抽动几下，眼见着没了气息，十几丈高的城墙，加上"温康骥"自爆所产生的冲击力，足以让他毙命。

狄仁杰知道，霍兰山的心已随着向云瑶的死亡而死，与"温康骥"同归于尽并未为了救狄仁杰，只是寻求一种解脱而已。

汪远洋来到向云瑶身边，默默地捡起蝉翼双刀，抱起向云瑶，向城下飞奔而去。

契丹前锋骑兵呼叫着号子冲到城下，眼见就要通过未封闭的大门，却见城楼上突然火光一闪，一声巨响随之而来，一个黑黝黝的铁管子架在城楼上，铁管口冒着黑烟。

刚刚靠近城门的大片契丹骑兵纷纷倒地，后面的骑兵不知道发生了什么，勒住缰绳，惊恐地望着城楼。

"放箭！"梁艾军大吼着。

羽箭带着呼啸声飞向契丹骑兵，羽箭穿破雨帘，射进骑兵们的身体……

越来越多的契丹骑兵涌到城下，一部分冲击城门，一部分与城上的弓箭手对射。一时间惨叫声不断响起，羽箭破空的声音来往不绝！

雨越来越大，雨水汇集成流，与地面的血水形成一条红色的小溪，流向不远处的清水河。

"来了，来了！"狄仁杰用手指向不远处的清水河。

只见清水河上游一股巨大的水流直冲而下，一路上势不可挡，树木、石块混合着泥沙仿佛一头洪荒巨兽奔腾而来。

契丹大军猝不及防之下被拦腰冲成两截，大部队在李尽忠的指挥下仓皇后退，生怕被泛滥的大水冲走。前锋部队已经冲到城下，无路可退，只得拼命进攻。

梁艾军早已端坐于马上，手中大刀一挥，大周骑兵便跟随他发起冲锋，顺着城门冲杀出去，仿佛一把利刃直刺叛军心房。

"杀！"

梁艾军冲出城门的同时，一支大周军队从城两边冲出，沿着河水冲向契丹前锋大军，与梁艾军形成合围之势……

战争没有理由，双方都是为了生存。当梁艾军一刀斩下契丹前锋大将的头颅时，终于结束了这场罕世大战。

契丹败，却无一降兵！

望着远处不断后退的契丹大军，狄仁杰终于松了一口气，双手拄在城垛上叹着气。

……

半月后，魏州城已恢复原本的热闹，街市上叫卖声不绝于耳，修缮城墙的苦工哼着当地的小曲，仿佛是庆祝着之前的胜利，城门过往的人络绎不绝，仿佛已经忘了那段刻骨铭心的日子。

狄仁杰端坐在马上，回头看了看破败的城墙，摇了摇头，催马向神都洛阳的方向奔去。

"老爷，打了胜仗您叹什么气？"狄平策马到狄仁杰身边。

狄仁杰看了看狄平，沉声说道："胜利也好、失败也罢，死的都是我大周子民，损耗的是我大周国力，我怎能开心得起来？"

狄平听罢不语，看到狄仁杰鬓角已经全白，心中不由得一酸。

汪远洋一直跟在狄仁杰身边，却始终默不作声，蝉翼双刀缠在腰间一白一紫十分显眼。

齐灵芷与袁客师远远地跟在后面，说着悄悄话。

"姐姐，雷大个儿究竟去了哪里？难不成和小露一起遇难了不成？"袁客师问道。

齐灵芷摇摇头，说道："发生了那么大的爆炸，很难说。不过我听说爆炸后不久，有一名幽蓝色头发的女子出现在附近，赶着马车，车上好像躺着一个人。"

"哦，但愿吉人自有天相吧！"袁客师叹道。没有了与小露之间的纠葛，他对雷善明已没有了敌意。

齐灵芷眼珠一转，问道："客师，你在'云康别院'卧底时，做没做过坏事？"

袁客师张大嘴巴，露出一副惊讶的表情："姐姐，你是在怀疑我的为人吗？"

"快说！"

"……"

"快说！"

"我说没做过你相信吗？"

"不信！你这恶贼，吃我一掌！"

"啊！狄大人救命啊！"

……

（全书完）